Michael Brose

GOBAO

Ein Atlantis-Roman

Michael Brose

GOBAO

Ein Atlantis-Roman

Verlag Ch. Möllmann

Die Deutsche Bibliothek – CIP-Einheitsaufnahme
Brose, Michael:
Gobao : Roman / Michael Brose.
– 1. Aufl. – Schloß Hamborn : Möllmann, 2001
ISBN 3-931156-67-2

Umschlaggestaltung nach einem Gemälde
von M. K. Ciurlionis (1875-1911)

Erste Auflage 2001

Alle Rechte vorbehalten
Copyright © by
Verlag Ch. Möllmann
Schloß Hamborn 94, 33178 Borchen
Tel.: 0 52 51 – 2 72 80
Fax: 0 52 51 – 2 72 56
www.chmoellmann.de
Herstellung: Bonifatius GmbH, Paderborn,
Buchbinderei Kloidt, Paderborn

ISBN 3-931156-67-2

für
Claudia, Thomas
Karl-Josef
und Mircea

Prolog: GESCHICHTE UND DICHTUNG

All unser Wissen gleichet einer Kerze
Die mühsam flackert – im Gewirr der Nacht
Und Dunkel ist – und was man sieht ist wieder: Dunkel
Geh nur zehn Schritte – und dich foppt das Unbekannte:
Wie dachte jener, der von Minne sang?
Wie jener Knabe, der dem Orpheus lauschte?
Was flüsterte das Gras zu Zeiten Echnatons?
Wir gehen (wie naiv) von unserm Handeln,
Unserm Fühlen aus. Wir legen unsre Triebe,
Unsre Angst – den Schöpfern längst versunkener Reiche unter
– Und messen ihre Weisheit gar an dem,
Wie wir von Wissen uns was gaukeln.
Doch da wo Änderung ist, wird ALLES anders.
Und nie im starren Takte frißt die Zeit den Raum,
Der Raum die Zeit. –
Vielmehr erst öffnen sich
Im Sphärentanze – wie sich der Rose Blätter öffnen –
die Äonen
Und jede schwingt in andrem Rhythmus, blüht
Nach eigenen Gesetzen. So ist Geschichte eines jener
Märchen, das mit dem größten Flitter von Wahrscheinlichkeit
Uns unsre Herkunft dreist im Wind befestigt.
Und wir beruhigen uns schnell bei ihrem Trödel, mit dem
Sie uns ihr Trugbild glauben macht.

Schon wie wir selbst als Kind gefühlt,
Bleibt uns verborgen.
Im Nebel des Gewesnen – ist Erinnern: Wahn. –
Wir hören nicht den Schritt der Wirklichkeit,
Begreifen kaum die Reste ihrer Spur. –

Und so gesellten sorglich uns die Götter
Dem Wissensdrange Sinn für DICHTUNG bei.
Denn wo uns Scherben spöttisch-stumm verhöhnen,
Hilft Phantasie der matten Seele auf.
Ihr Flug erschafft, was wir entbehren:
Der Wahrheit Kleid – das selbst phantastisch glänzt.

Kommt also – laßt uns wacker schweifen
Ins große dunkle Reich: ES WAR EINMAL ...
Spannt kühn die Flügel – fürchtet nicht die Brandung
Des ries'gen Meeres des Vergangenseins.
Laßt die Pantoffeln an – bleibt nah am Ofen,
Legt Leckereien hin und einen guten Trunk –
Und schließt die Augen, schiebt beherzt die Riegel
Vom Tor ins Innre eurer Seele fort.

Zehn Schritt hinein – schon funkeln fremde Sterne,
Geschmeide sinds – im Wipfel OUGURRE'S
Darüber BAOLIN – wer weiß es anders?
GOBAOS Himmel leuchtet schon für euch.
Darunter ALAKIVA – jene blaue Kugel,
Die euch als Erde heute sicher trägt.
Nun stülpt die Meere um – und holt hervor das Feste,
Das mächt'ge Eiland – wie es einstmals war. –
Seid ihr schon furchtsam? Ist es gar zu fremd?
Ihr lehnt am Ofen – nichts kann euch geschehn!

GOBAO aber – mancher nennt's ATLANTIS –
Entrollt sein Schicksal eurem Traumesblick. –

1. Kapitel: 4. AUGUST 2031

Overdijk fühlte sich nicht besonders, als er aufwachte. Vermutlich war die Sommergrippe, die ihn in manchen Jahren heimsuchte, wieder im Anzug. Er würde am besten gleich nach dem Frühstück eine Aspirin schlucken. Im ganzen Haus herrschte ungewohnte Stille. Joan war für vier Tage zu einer Freundin nach Hamburg gefahren. Er angelte nach seinen Pantoffeln. Mal sehen, was im Kühlschrank zu finden ist. Die Kaffeemaschine ließ ihr übliches cholerisches Blubbern vernehmen, als er im Bad das Schränkchen durchwühlte – und wieder mal sein Rasierzeug nicht fand. Joan hatte aufgeräumt. Er unterdrückte den leisen Ärger – und folgte willig SPINOZA, dem Kater, der ihm herausfordernd und klagend zwischen den Beinen herumstrich. „Jawohl Verehrtester, Sie kriegen ihr Futter. Gleich, sofort, augenblicklich, ja doch, ja doch..." Spinoza ging zielsicher den Weg voraus. Postierte sich vor seiner Schale auf der Terrasse, krümmte tänzelnd die Vorderpfoten, rechts, links, rechts, links...chrr, chrr, miau, mau, mau, maunz, chrr ...

Als er heftig schnurrend fraß, das machte er immer so, alles gleichzeitig, schnurren und fressen, ging Overdijk wieder ins Bad sein Rasierzeug suchen. Er hatte in der Küche das Radio eingeschaltet. Die Kaffeemaschine, erbittert über die Konkurrenz, blubberte so laut sie konnte. So hörte Overdijk nur die Hälfte der Acht-Uhr-Nachrichten. Ah, da war sein Rasierzeug – und sogar dort, wo es immer lag.

... DIE BESETZUNG DURCH DIE CHINESISCHE ARMEE HAT GESTERN NACHT PUNKT 23 UHR MEZ BEGONNEN... Overdijk horchte auf. Er lief in die Küche, stellte das Radio lauter.

... BEREITS DER 20. BREITENGRAD (NÖRDLICHER BREITE) VON ELITETRUPPEN ÜBERSCHRITTEN.

BETROFFEN SIND BIS JETZT LAOS UND NORD-VIETNAM. AUCH VON DER GRENZE ZU THAILAND WIRD VON HEFTIGEN KÄMPFEN BERICHTET. WIR MELDEN UNS WIEDER MIT EINER SONDERSENDUNG GEGEN 8.30 UHR. DAS WETTER ...

Overdijk stellte das Radio ab, goß sich mechanisch seinen Pott mit Kaffee voll, rührte um, obwohl er weder den gewohnten Zucker, noch die Sahne dazugegeben hatte, lief im Pyjama auf die Terrasse – und ließ sich in den Liegestuhl fallen.

„Das riecht nach einer Katastrophe", flüsterte er dem von seiner Futterschale verständnislos aufblickenden Spinoza zu. Er beschloß, am Strand von Scheveningen zu frühstücken und sich unterwegs Zeitungen zu kaufen. Er brauchte jetzt Bewegung. Unrasiert zog er sich eilig an, strich Spinoza kurz über den Rücken und verließ das Haus.

Ein kühler, regenfeuchter Wind wehte ihm vom Meer entgegen. Er begegnete nur wenigen Menschen auf der breiten Allee. Fahrradfahrern, einem Postboten mit seinem Wägelchen. Rumpelnd überholte ihn die Straßenbahn. Kurz vor dem pompösen Hotelpalast an dem sie endete – um in einer Schleife wieder nach Den Haag zurückzukehren, bog er halbrechts ab, erreichte bald die Strandpromenade. Die meisten Restaurants hatten noch geschlossen.

Einige hundert Meter jenseits der Meeresbrücke saßen schon wenige Frühaufsteher an den im Freien stehenden runden Tischen von Van Galen's Snack-Bar. Der Kellner lehnte in langer, weißer Schürze in der Tür.

„Wie immer?"
„Wie immer!"

Die See wirkte in mürrischem Grau irgendwie brodelnd. Viele kleine Wellenkämme jagten sich, fielen übereinander her, verschwanden, entstanden, quirlten herum in chaotischer Zerfahrenheit. Das kam von dem Wind, der alle Augenblicke seine Richtung zu ändern schien, mal kurz heftig an einem nicht gut verschnürten Sonnenschirm riß, Pappbecher über den Ufersand scheuchte, dann wieder irgendwo lustlos am Boden zischelte, schließlich für Momente ganz verstummte, um gleich darauf erneut loszufauchen. –

Overdijk schlürfte seinen Kaffee, aß seine Rühreier, brockte die Hälfte des Croissants ein paar hungrigen Spatzen hin, brannte sich endlich eine Zigarette an und holte die Zeitungen hervor. Zuerst „DE HAAGSCHE KURIER". Gleich drei Schlagzeilen unterteilten in breiten Lettern das Titelblatt.

EINMARSCH CHINAS IN VIETNAM UND LAOS, las er oben.

STARKES ERDBEBEN IN ISTRIEN – UNTERGANG VENEDIGS IST BESIEGELT, stand in der Mitte.

OTTAWA – STÖRFALL IN KANADISCHEM KERNKRAFTWERK, stürzte ihm ganz unten noch entgegen.

„Was für ein Tag", murmelte Overdijk lautlos vor sich hin. Dann sah er sich verstohlen um. Hatten die anderen Gäste schon Zeitung gelesen?

Aber niemand von denen sah sonderlich beunruhigt aus. Overdijk zahlte. Hastig stand er auf. Er wollte laufen, nur laufen und laut nachdenken können. Er verließ die breite mit Platten belegte Promenade, ging hinunter zum Strand, stapfte durch den feuchten Sand, nahe am Ufer. Er lief und lief, schüttelte öfter den Kopf, redete halblaut mit sich selbst, den HAAGSCHEN KURIER in der Rechten, die andern Zeitungen noch ungelesen in der Manteltasche.

Außer den Titelzeilen hatte er noch nicht weitergelesen. Eine Erinnerung war in ihm aufgeblitzt. Sie hatte durch sein betroffenes Brüten, während er den Spatzen geistesabwesend bei ihrer eifrigen Futtersuche zusah – die Zeitung noch aufgeschlagen vor sich auf dem Tischchen – Zeit gehabt, sich aus seinem Unbewußten zu lösen und aufzusteigen – und erreichte ihn schließlich in seinem Grübeln, kurz nachdem er gezahlt hatte, und brachte ihn, kaum daß er sie erkannte, dazu, daß er aufsprang und davonhastete und lief und lief, und murmelte, kopfschüttelte, ungläubig-gläubig und immer wieder ... „was für ein Tag, was für ein Tag" ... vor sich hinsagend, als wäre dieser Satz sein Morgengebet.

So schnell wäre ihm die merkwürdige Erinnerung auch nicht aufgestiegen, wenn er nicht erst vor wenigen Wochen wieder mal in einer der Akten geblättert hätte. Einige Akten, und zwar die von seinen bemerkenswertesten Patienten, hatte er bei sich zu Hause in dem mächtigen alten Bücherschrank seines Studierzimmers untergebracht. Das war nun auch schon wieder bald drei Jahre her. Die psychotherapeutische Praxis in der „LANGE VORHOUT", die letzte Zeit gemeinsam mit Doktor Jammes geführt, wurde von diesem damals ganz übernommen.

Er, Overdijk, behielt sich nur die weitere Betreuung des KABOUTERHUIS vor – und fand ansonsten endlich Zeit, sich seinem Buch „DIE SECHSTE POSAUNE" zu widmen, für das er schon vor sieben Jahren, in jenem denkwürdigen Frühjahr, als die AMPHORE gefunden worden war, die ersten Ideen niederschrieb.

Fröhliches Kreischen und Schreien von Kindern riß ihn aus seinen Grübeleien. Sie rannten mit nackten Füßen an ihm vorbei, sprangen den leckenden, flachen Wellen entgegen, verfolgten deren Rückzug, nahmen gleich darauf Reißaus, wenn diese sich wieder näherten, und trieben so ihr übermütiges Spiel, von zwei älteren Erzieherinnen lächelnd beobachtet und beaufsichtigt. Ganz in Gedanken war er, ohne es zu merken, weit den Strand entlang gelaufen. Seine Schuhe waren naß. Die Zeitung hielt er noch immer in der Rechten. Das Ensemble flacher Backsteinbauten des Kindersanatoriums blinkte ihm hinter den Dünen entgegen. Mein

Gott, wie spät ist es? Er mußte umkehren. Gegen zehn wurde er im KABOUTERHUIS erwartet. Es blieb ihm noch eine Dreiviertelstunde. Er überlegte, was er zuerst tun sollte. Joan anrufen? Mit Jammes sprechen, oder die Zeitungsartikel der drei Hiobsbotschaften erst einmal lesen? Er beschloß, im KABOUTERHUIS anzurufen und Krasczewski zu bitten, die Besprechung ohne ihn abzuhalten.

Spinoza sah ihn vorwurfsvoll, aber schweigend an, als er im Hausflur die nassen Schuhe von den Füßen zog. In der Küche war das Plastik-Milchkännchen, das er vergessen hatte, wegzustellen, durchlöchert. Spinoza sah ihm mit unschuldiger Miene zu, als er es, da es leer war, in den Mülleimer warf. „So, so, Verehrtester. Beliebten Sie, es anzubohren, hin und her zu kugeln und alles ratzeputz wegzulecken, was? Nun, dann können Sie nicht mehr allzu hungrig sein, oder?" Spinoza tat, als habe er nichts gehört – und stolzierte ins Wohnzimmer.

Als er den Artikel über Chinas Invasion überflogen und gerade die ersten Sätze von der Überflutung Venedigs gelesen hatte, klingelte das Telefon. Joan klang aufgeregt.

„Hast Du schon Nachrichten gehört?"

„Ja!"

„Auch die letzten vor einer halben Stunde?"

„Nein, wieso?"

Joan's Stimme zitterte: „Klaas, die Chinesen haben auch Birma angegriffen und sind in Nordkorea einmarschiert..."

„Joan, meinst Du, daß das was größeres wird?"

„Ich weiß nicht, Klaas, ich weiß nur, daß ich Angst habe. Niemand tut etwas. Außer Protesten und Verlautbarungen rührt sich nichts. China ist der größte Handelspartner der USA und Europas, Klaas. Sie wollen den großen Tiger nicht reizen, sagen sie. Es gehe um regionale Probleme. So stellen sie das hin, es ist nicht zu fassen! Mir ist ganz schlecht. Es ist fast wie mit Deutschland, Klaas, vor beinahe hundert Jahren. Die Deutschen sind damals in Österreich und in der Tschechoslowakei einmarschiert, haben Polen überfallen – und niemand stand dagegen auf. Ich habe so ein komisches Gefühl bei der Sache. Was sollen wir bloß tun?"

„Joan, Joan, höre mir zu, beruhige Dich erst mal; und dann ist es am besten, Du kommst so schnell wie möglich nach Hause."

„Ja, Klaas, so denke ich auch. Ich nehme den nächsten Zug. Bis heute Abend, Lieber."

Klaas hängte auf, brannte eine Zigarette an. Die Erinnerung schoß wieder in ihm hoch, die ihn vom Tischchen von Van Galen's Snack-Bar aufgejagt hatte. Natürlich, er wollte nachsehen. Er ging ins Studierzimmer, suchte im großen Bücherschrank. Da standen ja die fünf Patienten-Akten: Yvonne ter Ver
Franz Eden
Otto Mieler
Jennifer Jordan
Bertram Curio – ah, endlich, da war sie.
Er blätterte hastig die numerierten Anamnese-Abschnitte durch: bald fand er die Stelle, die ihm im Gedächtnis hängen geblieben war. Unter 17. Juni 2009 stand zu lesen:

„Heute ist mein vierzigster Geburtstag. Und noch immer ist meine Krankheit nicht richtig überwunden. Overdijk behauptet, es wäre meine letzte Krisis gewesen. Doch ich bin skeptisch. Hatte letzte Nacht, wie meist um meinen Geburtstag herum, einen merkwürdigen Traum. Er ist insofern außergewöhnlich, als er von Zukünftigem handelt. Zukunftsträume habe ich selten. Meistens träume ich von der immer gleichen, schrecklichen Erdbebenkatastrophe. Und das so plastisch und realistisch, daß ich oft tagelang die furchtbare Angst, die ich jedesmal dabei empfinde, nicht abschütteln kann. Diesmal sagte mir eine Stimme, es sei Anfang August des Jahres 2031. Sie klang wie aus dem Radio. Dann fuhr sie fort: In Kanada sei in einem Atomkraftwerk ein Super-Gau passiert, Venedig sei untergegangen und China habe einen großen Krieg angefangen. Dann schwieg die Stimme – und ich sah mich über einem wüsten Wasser schweben, aus dem die pyramidale Spitze des Campanile vom Markus-Platz von Venedig ragte. Da ich in großer Höhe schwebte, bekam ich plötzlich Angst, begann zu fallen und stürzte mit enormer Geschwindigkeit auf das Wasser zu. Davon wachte ich schweißgebadet auf.
Obwohl mir das hier nicht wie ein zu meiner Krankheit gehöriger Traum vorkommt – eher scheint es eine Art Reflex auf halbverdautes Science-Fiction-Zeugs zu sein, das ich manchmal lese – schreibe ich es mit auf, und halte mich damit an das Versprechen, das ich Overdijk gab, ruhig auch Dinge zu notieren, die ich selbst für unwichtig halte."

Overdijk schloß die Augen und sah Curio vor sich, wie er an seinem letzten Tag im KABOUTERHUIS in seinem Arbeitszimmer schweigend, fast bedrückt, aus dem Fenster starrte.
„Was wirst Du jetzt unternehmen, Bertram?"
„Ich weiß nicht recht, Klaas. Mit dem Literaturstipendium kann ich drei Jahre, bescheiden zwar, aber sorgenlos leben. Ich dachte, ich nehme mir ein Zimmer in Weimar und arbeite meine Träume auf. Du hast mich gelehrt, mit ihnen umzugehen. Sie sind nicht verschwunden. Früher war das mein innigster Wunsch gewesen. Ich wehrte mich gegen sie – umsonst. Seit ich sie akzeptiere, bin ich ruhiger geworden. Du sagst, ich werde mein Leben lang so träumen. Ich bin nicht gerade begeistert Aber ich habe begriffen, daß Nicht-mehr-träumen und Gesundsein nicht unbedingt zusammengehören, sondern mit ihnen richtig umgehen können, Heilung verspricht. Sicher hast Du recht. Dennoch bleibt meine Angst. Ich will es versuchen. In Weimar hat alles angefangen, vielleicht ist es auch der rechte Ort, für immer damit fertig zu werden."

Spinoza zwängte sich durch die nur angelehnte Tür, maunzte leise und sprang auf den Schreibtisch. Overdijk blätterte zurück an den Anfang der Akte, fand den chronologischen Lebenslauf. Curio war 1969 geboren, also inzwischen schon 62 geworden. Wie es ihm wohl jetzt ging? Ob er noch lebte? Er hatte das KABOUTERHUIS 2012 verlassen, vor fast 20 Jahren. In den hinteren Teil der Akte war ein ganzer Packen Briefe eingeheftet. Vor ca. 14 Jahren war ihr Kontakt, nach immer spärlicheren Briefen in immer größeren Abständen, schließlich ganz eingeschlafen.

Overdijk fand in einem der letzten Briefe eine Telefonnummer. Er wählte sie und wartete gespannt. Die Frauenstimme klang sehr weich: „Sommer! Bitte, wer ist da?" Overdijk erklärte ihr den Grund seines Anrufs. Nein, sagte sie, Herr Curio wohne nicht mehr hier. Ja, sie hätten noch Kontakt, sie sähen sich mehrmals im Monat. Er sei vor einem Jahr in Frührente gegangen und arbeite nebenbei noch an drei Abenden in der Woche am Theater. Ja, als Einlaßkontrolle. Ob er, Overdijk, seine Telefonnummer wolle? Es gehe ihm gut. Er sei seit zwanzig Jahren nicht mehr krank geworden. „Er wird sich bestimmt freuen, von Ihnen zu hören, Professor..."

Overdijk beschloß, Curio später anzurufen. Joan würde, wenn sie gleich den nächsten Zug genommen hatte, in zwei Stunden ankommen. Er wollte noch etwas einkaufen und sie dann von der Central Station abholen.

Als er sein Haus in der Middelburgsestraat verließ, die Amsterdamsestraat vorlief, den Badhuisweg überquerte und schließlich die Nieuwe Park Laan erreichte, hielt gerade die Eins in Richtung Stadtzentrum. Overdijk faltete den Haagse Kurier auseinander und las den Artikel über Venedigs Untergang zu Ende: „Ein Seebeben in der oberen Adria im Golf von Venetien habe eine große Flutwelle ausgelöst. Sein Epizentrum befinde sich unweit der Küste von Istrien zwischen Piran und Novigrad. Es habe an Stärke die beiden letzten großen Beben in Italien, 1908 in Messina auf Sizilien und 1915 in Arezzano, in der Nähe Roms, bei weitem übertroffen. Experten sprechen von einem Rätsel, da das Beben in einem als tektonisch ziemlich sicher geltenden Bereich stattfand. Richtiger sei es, von einer Seebebenserie zu sprechen. Sie habe gestern Abend mit leichten Erschütterungen begonnen – und gegen ein Uhr Morgens ihre größte Stärke erreicht. Betroffen sei vor allem Venedig und sein Industriestandort Mestre, aber auch Chioggia, Triest und sein flaches Umland stünden teilweise unter Wasser. Bis in die frühen Morgenstunden wurden noch über dreißig Nachbeben gemessen. Nach ersten Schätzungen fielen der Katastrophe bis jetzt ca. 150 000 Menschen zum Opfer. Damit steht es nach dem großen Beben von Kansu 1920 in China, bei dem 180 000 Tote geschätzt wurden, an zweiter Stelle in der Geschichte bekannter Beben. Schon gestern Abend gegen 21 Uhr war mit umfangreichen Evakuierungsmaßnahmen begonnen worden. Solange der Verbindungsweg mit dem Festland, der Ponte della Liberta, sowie der Eisenbahnweg Ponte della Ferrovia noch befahrbar waren, seien pausenlos alle erreichbaren und beschlagnahmten Fahrzeuge, sowie im 20 Minutentakt fahrende Sonderzüge zur Rettung von Überlebenden eingesetzt worden. Schiffe, Boote, ja selbst die Gondeln transportierten ununterbrochen Katastrophenopfer aus der Innenstadt, vom Lido, von Murano und den nördlichen Lagunen aufs Festland. Kurz nach ein Uhr seien dann die Straße, Ponte della Liberta und der Schienenweg, Ponte della Ferrovia, die beide die kürzesten Verbindungen nach Mestre seien – unpassierbar geworden. Die Rettungsarbeiten seien noch immer im vollen Gange. Pausenlos suchen Boote das Stadtinnere nach Opfern ab. Mestre selbst mußte zum großen Teil geräumt werden. Das Hochwasser erstrecke sich inzwischen bis in die Nähe Padua's. Ausnahmslos alle in der Adria kreuzenden Schiffe haben ihre Hilfe angeboten und seien unterwegs zum Katastrophenort. Hubschrauber und Wasserflugzeuge unterstützten die Bergungsaktionen."

Overdijk sah hoch. Er mußte aussteigen. Station Korte Voorhout. Es war fürchterlich. Er würde mit Joan heute Abend die Nachrichten im Fernsehen anschauen müssen. Er lief die Korte Voorhout entlang und bog dann zur Lange Voorhout ein. Bald kam er mit zwei vollen Beuteln wieder aus dem Supermarkt heraus. Die Lange Voorhout war für diese Zeit merkwürdig menschenleer. Er kam am Antiquariat „OUD en GOED" vorbei, drückte die Klinke – und vom Türgong gerufen, erschien Pieter van Bruk in der Tür zu den hinteren Räumen.

„Ah, Professor, Sie sind's!", rief van Bruk mit seiner singende Stimme erfreut aus. „Treiben Sie die Neuigkeiten von heute auch um? Eine so schlimm, wie die andere. Und alles an einem einzigen Tag." Er bat ihn ins hinterste Zimmer, das wie alle anderen vier Räume bis unter die Decke mit Büchern vollgestopft war. Es hatte ein breites Fenster zum Hof hinaus. Davor standen zwei alte Ungetüme von Sessel und ein zierlicher, geschnitzter indonesischer Tisch. Van Bruk stellte Gebäck darauf, zwei Tassen und goß Kaffee ein.

„Wenn Sie rauchen wollen, dann rauchen Sie, Professor. Ich weiß, daß ihnen der Kaffee ohne Zigarette nicht halb so gut schmeckt. Ich selbst habe es vor ein paar Jahren aufgegeben. Aber komischerweise rieche ich den Duft von Zeit zu Zeit noch gern."

„Was glauben Sie, wird passieren, Pieter?", fragte Overdijk zwischen zwei Zügen. Pieter van Bruk war früher, bevor er Overdijk nach dem Tod von dessen Eltern das von ihnen geerbte Antiquariat abgekauft hatte, Journalist gewesen. Auslandskorrespondent von zwei holländischen und einer belgischen überregionalen Zeitung. Unter anderem hatte er mehrere Jahre in Peking gelebt. Auch nach seiner Pensionierung verfolgte er leidenschaftlich das aktuelle politische Geschehen in der Welt – und es war nicht das erste mal, daß er mit seinem Freund Overdijk Ereignisse im Weltgeschehen ausführlich diskutierte. Er war ein nüchterner Kopf, allem Mystischen und Mythischen abgeneigt. Die unmittelbare Realität sei schon geheimnisvoll genug, pflegte er lachend zu erwidern, wenn ihn Overdijk für seine esoterischen Studien erwärmen wollte.

„Was passieren wird, fragen Sie, Professor? Ich wundere mich eigentlich nur, wieso die Chinesen erst jetzt ihrem schon lange gehegten Expansionsdrang nachgeben. Sehen Sie, im letzten Jahrhundert, da hatten sie noch alle Hände voll damit zu tun, ihren Lebensstandard dem japanischen, amerikanischen und europäischen anzugleichen. Und wie Sie wissen, haben sie es auch geschafft. So gegen 2010 war es soweit.

Schon in den neunziger Jahren, so ab 1994, schrieben sie jährlich zweistellige Zuwachsraten. Und wie sie dennoch ihre kommunistischen Grundideen beibehalten konnten, wie sie es fertig gekriegt haben, ihre soziale Philosophie so flexibel zu halten und den modernen Erfordernissen anzugleichen, muß man schon genial nennen. Schließlich sind sie, seit dem Sturz der Diktatur nach Castro's Tod auf Kuba, der einzige übriggebliebene kommunistische Staat auf der Welt. Professor, ich sage ihnen nichts Neues: Wir sind inzwischen elf Milliarden Menschen auf der Erde. Trotz globaler Wachstumsbeschränkungen, seit der Pille für die Männer, der weltweiten Förderung von Einkindfamilien, der Reform der Verhütungspolitik der katholischen Kirche und vielem anderen mehr. Ohne all das wären wir wahrscheinlich doppelt so viele. Aber dreieinhalb Milliarden davon leben in China, das damit seine Grenzen erreicht hat. Logisch wäre es gewesen, wenn der große Tiger Rußland angegriffen hätte. Das ist im mongolisch-sibirischen Bereich noch immer so ziemlich ein Raum ohne Volk, während China ein Volk ohne Raum ist. Doch die Taktik der Chinesen denkt tiefer.

Rußland, das noch immer an der maroden Erbschaft seiner kommunistischen Ära herumdoktert, ohne so recht auf einen grünen Zweig zu kommen, hat seltsamerweise zu viele Sympathisanten unter den anderen Großmächten. Zugegeben, sie haben endlich ein menschliches soziales Netz einrichten können. Niemand muß dort mehr hungern. Aber gemessen an dem chinesischen Wirtschaftswunder, sind Rußlands Erfolge eher dem Gang einer Schnecke vergleichbar. Birma, Laos, Thailand, Vietnam sind kleine Fische – nicht besonders freundlich gesinnt gegenseitig, aber mit intakten ökonomischen Systemen. Von Korea ganz zu schweigen, das ja Japan seit Jahren erbitterte Konkurrenz macht. Es kommt mir vor, wie eine Expansionsübung, dieser Überfall. Möglich ist er nur gewesen, weil China in diesen Ländern schon seit Jahren in weiten Bevölkerungskreisen wachsende Sympathien genießt. Keine Arbeitslosigkeit, stabile und niedrige Mieten und trotzdem ein ganz akzeptabler Lebensstandard, sind Dinge, die schon so manchem, von der freien Marktwirtschaft Gebeutelten, zu denken gegeben hat. Es ist ein Versuch. Und der Vergleich mit dem Dritten Reich ist gar nicht so abwegig. Niemand von den anderen Großmächten wird im Ernst daran denken, China deswegen den Krieg zu erklären. Man wird abwarten, halbherzig protestieren, Regierungserklärungen abgeben. Und dabei bleibt es. Ich halte es durchaus für möglich, daß wir bald einen russisch-chinesischen Krieg haben werden."

Pieter van Bruk schwieg. Overdijk sah gequält aus dem Fenster. „Pieter, die Atomwaffen sind weltweit verschrottet, aber ein Problem wäre es sicherlich nicht, heimlich wieder welche herzustellen. Das Wissen ist einmal da!"
„Da haben Sie ganz recht, Professor. Aber auch die konventionelle Kriegstechnik Chinas ist der Rußlands längst weit überlegen."
„Ach Du meine Güte, gleich halb sechs! In einer Viertelstunde kommt Joan mit dem Zug aus Hamburg an. Ich muß mich beeilen!" Overdijk sprang auf und stürzte aus dem Laden.
„He, Professor, ihre Beutel", rief ihm van Bruk nach. Overdijk ergriff sie dankend und eilte zum Bahnhof. Als er zügig die große Halle durchquerte, sah er an der Anzeigetafel, daß die Ankunft aus Hamburg sich um zehn Minuten verspäten werde. Es blieben also noch vier Minuten. Endlich rollte der Euro-Trans-Rapid aus Deutschland am Gleis 3 ein.

Gleich nach den 20 Uhr Nachrichten zeigte das Fernsehen in einer Sondersendung des Auslandmagazins ausführlichere Bilder von den drei Katastrophen. Sie wirkten, man merkte es sogar dem Berichterstatter an, wie ein Schock, wie ein warnendes Menetekel auf das aufgestörte Bewußtsein.
Joan war ihm auf dem Bahnsteig entgegengestürzt. Sie umarmten sich wortlos. Joan weinte leise. Sie nahmen ein Taxi. Joan wollte nichts, als nach Hause. Und hier saßen sie nun vor dem Fernseher, versuchten, ihre traumartige Betroffenheit zu kanalisieren, indem sie, begierig auf Konkretes, die Sendung verfolgten. Zuerst kamen die Bilder aus China. Da die Chinesen Nachrichtensperre verhängt hatten, war man auf Satellitenaufnahmen und heimlich aus dem Krisengebiet geschmuggelte Videokassetten angewiesen. Viele Journalisten aus Europa und Amerika waren beim Vormarsch der Chinesen verhaftet und an unbekannten Orten interniert worden. Dem Westen versprach man, daß sie nach einigen Formalitäten in ihre Heimatländer abgeschoben werden würden. China hatte noch vor einigen Wochen in seiner Südprovinz Guangxi ein großes Militärmanöver veranstaltet; außerdem war der Zusammenzug starker Truppenverbände um Kunming beobachtet worden. Da China aber des öfteren mit Vorliebe Manöver an seiner Grenze zu Vietnam in den letzten Jahrzehnten abgehalten hatte, wunderte es niemanden, zumal wegen dem Spannungsverhältnis zwischen beiden Völkern, das seit dem Ende des Vietnamkrieges im letzten Drittel des 20. Jahrhunderts, nie ganz zur Ruhe gekommen war. Vietnam war hauptsächlich durch die chinesische

Marine besetzt worden. Bodentruppen drangen mit unzähligen Panzern, nachdem sie Nordvietnam überrollt hatten, unterhalb von Hanoi in Laos ein und hatten schon am späten Nachmittag Thailand erreicht. Burma wurde massiv aus der Luft angegriffen, während ein Teil der vorrückenden Bodentruppen über Thailand von Süden her eindrang. Korea wurde zu Wasser, zu Land und aus der Luft attackiert.

Das Chinesische Fernsehen begründete die Annexion damit, daß die betroffenen Länder im Begriff gewesen seien, eine militärische Allianz gegen Großchina zu bilden, mit dem Ziel, China früher oder später, mit heimlicher Unterstützung der USA und Westeuropas, anzugreifen, da China diesen Mächten, wegen seiner blühenden Wirtschaft und dem leuchtenden Weg des Kommunismus ein Dorn im Auge sei. Dem habe das Land, als einzige, wahre Hüterin des Marxismus, entgegentreten müssen.

„So etwas kann man auch nur den Chinesen weismachen!", sagte Joan wütend.

„Das reicht auch. Die Meinung der übrigen Welt war ihren Machthabern noch nie wichtig", antwortete Overdijk.

Dann kamen die Bilder von Venedig. Luftaufnahmen von einem Rettungsflugzeug, das Schlauchboote, Schwimmwesten und Verpflegungspakete über dem Gebiet abwarf. Es sah nicht ganz so aus, wie in Curios seltsamem Traum vor fast zwanzig Jahren. Der Campanile war noch halb zu sehen, ebenso der obere Teil der Dächer der Markuskirche und des Dogenpalastes. Einige Kirchenspitzen, Dächer größerer Paläste. Überall wimmelte es von Booten, großen und kleinen, bis zu den Gondeln. Der Sprecher sagte, daß immer noch leichtere Nachbeben registriert würden. Über die Ursachen wisse man bis jetzt nach wie vor keine Erklärung.

Endlich kam der Bericht von Ottawa, der beiden, Joan und Klaas bis jetzt gar nicht recht zu Bewußtsein gekommen war. Von einem Gau war bis jetzt vorsichtig die Rede, einem Störfall, möglicherweise stehe er an Konsequenzen dem von Tschernobyl im letzten Jahrhundert nicht nach.

„Was heißt hier: m ö g l i c h e r w e i s e", regte Joan sich auf.

„Und wenn er nur halb so schlimm ist, reicht es auch noch!", rief Klaas aus.

Das betroffene Gebiet liege etwa 150 Kilometer nordwestlich von Ottawa – und sei zunächst in einem Radius von 6o Kilometern großräumig abgesperrt. Alle in diesem Gebiet lebenden Einwohner würden evakuiert. Der Verlauf der radioaktiven Wolke werde noch erforscht...

Das Telefon klingelte. Valentina, die einzige Tochter der Overdijks war am Apparat.
„Tientje, wie geht es Dir?!", rief Joan in den Hörer, fast schrie sie es. „Wie ist das Wetter in Florida? Gott sei Dank, daß Du anrufst. Hast Du schon Nachrichten gehört?"
„Deshalb rufe ich an, Mama. Aber bitte reg Dich nicht auf! Ich bin nicht in Florida!"
„Waaas? Nicht? Wo zum Kuckuck steckst Du dann?"
Klaas sah sie fragend an. Joan stellte auf Lauthören.
„Bitte bleib ganz ruhig", ließ sich Tientje wieder vernehmen. Ich bin mit Freunden nach Kanada eingeladen worden für ein paar Tage. Ich habe mich gefreut: wollte mir die Straße ansehen, wo Paps gewohnt hat und die Uni, in der er studierte. Jetzt kommen wir hier nicht raus. Um Panik zu vermeiden, haben sie Ottawa unter Quarantäne gestellt. Der Ausnahmezustand ist ausgerufen worden. Vor dem Verlassen der Stadt, was nur für die erlaubt ist, die nicht zurückkehren, also nach Hause wollen, muß man sich auf Strahlenschädigung untersuchen lassen. Ich komme also erst nächste Woche nach Hause ..." Die Leitung wurde unterbrochen. Sicher telefonierte halb Ottawa. –
Joan sank auf den Stuhl neben dem Telefontischchen. Klaas schwieg erschüttert. „Morgen rufe ich Curio an", dachte er. „Morgen, gleich morgen."

2. Kapitel: BERTRAM CURIO

Overdijk ist ein merkwürdiger Mensch. Ich könnte auch Klaas sagen. Wir sind inzwischen per Du. Aber hier bei meinen Erinnerungen, zu denen er mich angeregt hat, ist mir Overdijk lieber. Irgendwie verhilft es mir zu mehr Sachlichkeit, seinen Familiennamen zu verwenden.

Äußerlich ein typischer Holländer. Wasserhelle Augen, schmaler Kopf, schiefe Zähne; lange, schlaksig herumschlenkernde Glieder, aufreizend legerer Gang. Geistig beeindruckt mich seine außerordentliche, aber warmherzige Wachheit. Und die befähigt ihn, zuhören zu können. Ich meine – w i r k l i c h zuhören. Und was fast noch wichtiger ist: nicht zu urteilen. Eigentlich habe ich es satt, immer wieder diese Anamnesen zu verfertigen, die bis heute nichts gebracht haben – auf die aber alle Psychotherapeuten ganz versessen zu sein scheinen. Es wird auch – das habe ich mir geschworen – das letzte Mal sein. Punkt. –

Doch wer Overdijk kennt, weiß, wie schwer es ist, ihm etwas abzuschlagen.

„Schreib auf, was Dir einfällt. Achte nicht auf Ordnung und Reihenfolge. Das hemmt und verschüttet bloß. Erzähle nur, was Du erzählen willst. Zwinge Dich zu nichts ..."

Nun, das hat er nett gesagt – und auch schlau – es steckt beinahe ein therapeutisches Prinzip darin. Nicht nur für Anamnesen, sondern für alles Schreiben. Jedenfalls bei mir.

Pardon, ich muß mich vorstellen: Curio, Bertram. Geboren am 17. Juni 1969, in einem Dorf bei Weimar, ehemalige DDR. Overdijk wird hinnehmen müssen, daß ich diesen Faktenkram etwas ironisch wiederkäue. Mein Geburtsdatum ist nicht irgendeins, sondern wie mir scheint, auch schon eine Ironie. Sozusagen der 16. Jahrestag des Juni-Aufstandes 1953 in der damals noch nicht ideologisch durchsklerotisierten DDR. Und kurz vor dem 8. Jahrestag des Mauerbaus. Überhaupt zu einem quirligen Zeitpunkt bin ich auf die Welt geraten: Studentenunruhen, Prager Frühling, Jesus Poeple, Vietnam-Krieg ... alles Ereignisse, deren Vibrationen irgendwie in mir gewirkt haben müssen.

Hier und heute erscheint das alles ziemlich exotisch. Den guten Holländern könnte ich genauso gut von irgendeinem Guerilla-Aufstand in Panama erzählen, oder einem Erdbeben auf den Fidschi-Inseln ...

Wieso kann ich Erdbeben nicht genauso gelassen, wie Marmelade oder Scheveningen oder Bronchitis hinschreiben? Das weiß ich bis heute nicht. Aber es ist so. Eine geheimnisvolle Beunruhigung geht für mich von diesem Wort aus; ja ich habe eine ganze hübsche kleine Sammlung solcher Worte, die mich erschüttern, so oft ich sie auch benutze. Dazu komme ich noch.

„Achte nicht auf Ordnung und Reihenfolge..."

Sehr gut. Habe auch gar keine Lust, gleich von der DDR mit ihren erlaubten und verbotenen Jahrestagen zu erzählen. Auch nicht von Erdbeben und anderen Problemen.

Es sei mir gestattet, mich erst mal in der Gegenwart umzusehen.

KABOUTERHUIS – das Wort ist wahrlich nicht schlecht gewählt. Wie Overdijk darauf gekommen ist? Wir sechs, die wir hier in diesem ehemaligen Zweifamilienhaus leben, haben in der Tat einiges von Zwergen und Kobolden in uns oder an uns, je nach dem. Außer einem Bett und einem Stuhl für jeden gibt es hier noch kaum Möbel. Gestern waren wir auf dem Flohmarkt. Verstauten grinsend einige Unikate auf unsern kleinen Lieferwagen – das ganze Zeug steht noch unten im Gemeinschaftsraum. Morgen wird der Streit losgehen, wer was bekommt.

Wir haben zu tun: Türen und Fenster müssen gestrichen werden. Die Wasserleitung ist defekt. Mehrere Lampen funktionieren nicht. Der Garten ist ein Unkrautdschungel. Natürlich machen wir das alles selber. Das sind so Overdijks putzige Einfälle. Das Haus hat ihm ja erst vor kurzem einer seiner dankbaren Patienten geschenkt.

Es steht in guter Lage. Wirklich. Zehn Minuten bis zum Strand von Scheveningen – und acht Haltestellen mit der Tram bis in Den Haag's Zentrum. Endlich ist Oktober. Im Herbst, finde ich, zeigt sich Den Haag von seiner schönsten Seite. Beinahe so schön wie Weimar. Oh je, nun bin ich doch wieder in die Vergangenheit gerutscht. Wieso kann ich diese merkwürdige Stadt nicht vergessen? Immerhin ist es bald zwei Jahrzehnte her, daß ich sie verlassen habe, damals nach der Trennung von Simone, zwei Monate nach dem Fall der Mauer.

Oude Kaas: Simone, Mauerfall – und der heftige Drang, endlich die Welt zu sehen. Sie hat die schwersten Perioden mit mir zusammen erlebt. Die trostlose DDR-Realität, meine Angstanfälle, Schübe, mein Untertauchen für Wochen. Es muß sie furchtbar geschlaucht haben, als ich plötzlich verschwunden war, und sie nicht wußte, ob ich überhaupt noch lebe. Ebenso wird es FU ergangen sein, später, als sie mich auf Rügen fanden, an meinem Lieblingsplatz im Wald zwischen Binz und Sellin, wo mich meine rätselhaftesten aber auch besten Träume heimsuchten, die ich je gehabt habe.

„Achte nicht auf Ordnung und Reihenfolge ..."

Aber die Erinnerungen stürmen jetzt in so einem Wirbel auf mich ein, sie springen wie Äffchen von einem Zeitast zum anderen, daß ich doch versuchen will, ein wenig Ordnung zu halten, von damals zu heute in einer lockeren Linie. Wobei ich mir selbstverständlich Abschweifungen erlauben werde.

Ich habe zwei Geschwister. Bin aber so gut wie nicht mit ihnen im Kontakt. Von Markus weiß ich nur, daß er auf irgendeinem Kaff in Mecklenburg ein Haus gebaut haben soll. Er war immer der Nüchternste von uns Dreien, lernte Maschinenschlosser, was Pa damals mächtig aufregte, trat bald in die SED ein, was endgültig dazu führte, daß die Familie seine Existenz verdrängte. Mit Vierzehn war er auf eigenen Wunsch von Onkel Hermann ausgezogen und hatte um Aufnahme in ein Heim, ein Schulinternat gebeten. Onkel Hermann ist einer der beiden Brüder meiner Mutter. Nach der Scheidung wurden wir Drei: Ruth, Markus und ich dem Vater zugesprochen. Aber Pa war denkbar ungeeignet, Kinder aufzuziehen. So überredete er Hermann, Markus zu sich zu nehmen.

Ruth kam zu Pflegeeltern nach Hiddensee – und ich blieb die ersten Jahre nach der Scheidung bei Pa. Immer war Mutter die starke Persönlichkeit in ihrer Ehe gewesen. Sie hatte einen heftigen Hang zu religiösen Dingen. Man sagte von ihr, sie besäße das zweite Gesicht. Ich konnte damals nichts damit anfangen. Stellte mir vor, daß sie noch irgendwo im Schrank ein Ersatzgesicht habe, das sie zu feierlichen Anlässen aufsetzen konnte. Es muß so um 1976/77 gewesen sein, da kam sie Pa auf die Schliche. Er hatte eine Freundin im Orchester. Habe ich vergessen zu erwähnen, daß Pa lange Jahre Konzertmeister an der Weimarer Staatskapelle war?

Mutter wirkte meistens kräftig und ausgeglichen. Sie strahlte unentwegt Wärme und Herzlichkeit aus. Aber in ihrem Innern brodelte ein Vulkan. Solange sie keinen Anlaß fand, kam die Glut nur erträglich dosiert an die Oberfläche und sorgte für behagliches und gütiges Klima. Dagegen kam Pa nie an. Auch seine neurotischen Zustände zerschmolzen unter ihrer lächelnden Ruhe. Pa konnte reizbar, tragisch aufgeregt und weinerlich sein. Dann schloß ihn Mutter meist schweigend in ihre Arme, strich ihm über sein widerspenstiges Haar und brummte dazu einen Gassenhauer, den sie beide zum Schießen komisch fanden, und der seine Wirkung auf Pa nie verfehlte.

Aber sie war ein Vulkan. Und als sie Beweise fand, daß Pa ihr untreu war, erlebte ich einen Ausbruch von ihr zum ersten mal bewußt.

Sie zertrümmerte an jenem Tag fast unser gesamtes Geschirr. Pa stand händeringend hinter ihr und wollte sie beschwichtigen. Doch das machte sie nur noch wütender. Und dann? Dann faßte sie einen Entschluß. Und wenn Mutter einmal etwas beschloß, gab es nichts mehr, was sie davon abbringen konnte.

Pa und wir erfuhren ihn erst zwei Tage später. So lange dauerte das drohende Schweigen, in das sie nach dem zertrümmerten Geschirr verfiel. Wir schlichen diese fürchterlichen Stunden in der Wohnung umher wie Geister. Dann endlich teilte sie in aller Seelenruhe Pa mit, was nun werden würde:

„Hier kann ich nicht mehr leben", verkündigte sie ihm. „Das war zu arg, Eduard. Ich mache Platz. Die Koffer habe ich schon gepackt. Noch heute werde ich Euch verlassen und mir irgendwo ein Zimmer suchen. Wage nicht, mich zu fragen, wo ich hingehe." Pa schwieg sowieso. Er dachte nicht im Traum daran, sie zu unterbrechen. „Also, Eduard, Du kannst Deine Freundin zu Dir holen, sie hier einziehen lassen. Und wenn sie Dich liebt, wird sie Dir auch helfen, Deine Kinder großzuziehen. Ich verzichte auf sie. Ich reiche die Scheidung ein. Du wirst von mir hören." Dann verstummte sie entschlossen, drehte sich auf dem Absatz um und ließ den verdutzten Pa stehen. Und tatsächlich hörten wir, die wir die Tür zum Kinderzimmer nur angelehnt hatten, um lauschen zu können, eine Viertelstunde später die Wohnungstür ins Schloß krachen.

Und dabei blieb es. Niemand wußte, wo sie war. Ein halbes Jahr lang erhielt Pa nur amtliche Briefe von einem Anwalt. Dann im Juni 1978 kam auch Post für uns. Wir haben alle im Juni Geburtstag. Ruth am 2., Markus am 30. Und ich, wie schon erwähnt am 17.! Mutter schickte ein riesiges Paket mit Geschenken. Und für jeden nur einen kurzen Gruß mit Ermahnungen: Wir sollten Pa keinen Ärger machen und wenn wir alt genug sein werden, würden wir auch verstehen.

Es war die Zeit, da Pa mit uns ans Ende seiner Kräfte geriet. Seine Freundin, die viel jünger als er war, und die wir nie anders als mit „Fräulein Zobel" anredeten, hatte vor kurzem das Handtuch geworfen und war wieder ausgezogen. Wir ahnten noch nicht das ganze Drama. Nicht, daß Pa seit einiger Zeit bei einem Nervenarzt in Behandlung war. Freunde rieten ihm schließlich, die Kinder zu verteilen. Und so kam es.

Fast jedes Jahr waren wir früher, als Mama noch bei uns war, an die Ostsee gefahren. Meist nach Rügen, wo ein Kollege von Pa ein schmuckes, einfaches Holzhäuschen direkt am Steilufer an der Küste zwischen Binz und Sellin besaß. Bei einem Besuch auf Hiddensee verliebten sich Mama und Pa in diese kleine, schmale Insel, die wie eine Nadel vor der Westküste Rügens liegt. Sie fanden in Neuendorf Unterkunft – und wechselte von da an, von Rügen meist noch vierzehn Tage nach Hiddensee.

Unsere Gastgeber, ein kinderloses Ehepaar, vernarrten sich von Anfang an in die kleine Ruth. Sie ist zwei Jahre jünger als ich, Markus zwei Jahre älter. Sie behandelten sie, als wäre sie ihre eigene Tochter. Ruth war damals drei. Jetzt war sie sieben und sollte in die Schule kommen. Pa entschloß sich, während der Theaterferien mit uns noch einmal nach Hiddensee zu fahren. Wir wurden von den Hellers mit größter Herzlichkeit empfangen. Gleich am nächsten Tag eröffnete ihnen Pa, was passiert war, schilderte auch seine Situation und man wurde sich einig. Pa sollte Ruth, selbstverständlich unter Zahlung einer bestimmten Summe, den Hellers zur Pflege überlassen, bis sich sein Gesundheitszustand gebessert haben würde; mindestens aber für die ersten drei Jahre, damit das Kind nicht durch dauernden Wechsel konfus würde. In den Ferien sollte sie, wenn sie wollte, nach Weimar kommen.

Markus kam zu Onkel Hermann. Onkel Hermann hatte eine Kneipe in Berlin, genauer in Königs-Wusterhausen, am oberen Ende der Luckenwalderstraße. Eine waschechte urige Berliner Eckkneipe mit Billardzimmer. Er war eine Seele von Mensch, aber leider, was damals noch niemand wußte, fast jeden Abend blau, ein Alkoholiker. So blieb Markus sich selbst überlassen. Onkel Hermann machte ihm keine Vorschriften, konnte ihm auch nicht viel helfen bei seinen Problemen des Heranwachsens. Markus nahm die Trennung von Mama und Pa sehr ernst – und er fühlte sich, als er zu Onkel Hermann kam, von Pa abgeschoben. Schweigsam, wie er immer gewesen ist, sagte er kein Wort davon zu niemandem. Er schrieb nicht – und wollte Pa auch nie besuchen kommen. Pa respektierte das. –

Wenn ich es recht betrachte, hatte Ruth es von uns drei Geschwistern am besten getroffen.

Ich blieb fürs erste bei Pa. Es ging mir gut – und auch nicht. Pa behielt die nun riesengroße Wohnung. Fünf Zimmer, das war für damalige DDR-Verhältnisse ein Privileg. Aber da ihm das Wohnungsamt nichts Vernünftiges anderes bieten konnte, war es Pa recht. Sie lag günstig. Im obersten Stock einer der geräumigen Villen in der Belvederer Allee. Ich hatte mein Zimmer nach vorne raus, konnte über die Wipfel der Platanen direkt auf den Goethe-Park sehen. Neben dem meinen, lag das große, salonartige Zimmer, in dem der alte Bechsteinflügel stand. Es konnte durch eine Schiebetür in zwei kleinere Räume unterteilt werden. Daran schloß sich das kleine, schmale Zimmer, eigentlich nur eine Kammer an, das im Sommer, aber auch zu anderen Zeiten, von einem der Teilnehmer der so zahlreichen Weimarer Tagungen bewohnt wurde. In Weimar war immer etwas los: Shakespeare-Tage, Theaterworkshops, Musikseminar, internationale Germanistentagung ...

Ich kann mich an einige interessante Gestalten erinnern: Einem Herrn Kuchido aus Japan, der für eine Zeit im Nietzsche-Archiv arbeitete, welches aber damals für uns DDR-Bürger immer noch geschlossen war, ja tabu blieb bis zum Fall der Mauer. Ferner kam zweimal ein Edward Timms, Germanist aus Cambridge bei uns unter. Ein schmaler Mensch von liebem Wesen, der mir Fotos zeigte von seiner türkischen Frau Aishe und seinen fünf Kindern, von denen zwei adoptiert waren.

Pa schlief zur Hofseite hinaus, im Eckzimmer. So konnte er bequem in sein Arbeitszimmer gelangen, das daneben lag. Der andere Eckraum war unsere Küche.

Ich war neun geworden, als ich plötzlich mit Pa alleine leben mußte. Niemand machte mir mehr das Frühstück. Zur Schule fuhr ich alleine mit dem Stadtbus, der unweit unseres Hauses hielt. Pa stand meist spät auf und kam spät, wenn ich schon schlafen sollte, oft auch tatsächlich schon schlief, vom Dienst nach Hause.

Wer das Künstlerleben am Theater kennt, weiß, daß man nach der Vorstellung meistens noch so aufgekratzt ist, daß man das Bedürfnis hat, die Anspannung des Abends irgendwo noch bei einem Bier und Schwatz ausklingen zu lassen. Zum Glück gab es gleich gegenüber des Personalausgangs den Theaterclub, oder nur einige Minuten weit, den Theaterstammtisch im „Alt Weimar". So war es keine Seltenheit, daß Pa erst gegen ein Uhr nach Hause kam. Die ersten Monate fürchtete ich mich allein in der großen Wohnung. Ich ließ aus Angst vor der Dunkelheit in allen Zimmern das Licht brennen, hockte mich im Schlafanzug in Pa's Arbeitszimmer und schmökerte in Büchern aus seinem Regal.

In dieser Zeit muß ich auch die ersten Sachen über Atlantis gelesen haben. Aber wirklich fasziniert hat mich das erst später.

Ich war ein bläßliches Kind mit Sommersprossen und dünnen, seidigen, hellblonden Haaren. Meine Ohren waren abstehend, weshalb ich mein Haar lang tragen durfte, damit es den Eindruck etwas mildern half. So habe ich zu jener Zeit eher ausgesehen, wie ein Kind auf Gemälden von Philipp Otto Runge. Ich lernte leicht, aber in einigen Fächern, die nun neu auf mich zukamen wie Physik, Chemie und Russisch, lustlos. Deutsch, besonders der Literaturunterricht und Englisch, das fakultativ war, dann noch Musik und Geschichte, gefielen mir am besten. Schularbeiten erledigte ich schnell, um in meinen geliebten Park zu kommen. Dort schweifte ich mit meinen zwei Freunden, die ich damals hatte, Martin Weingart und Lars Poser, herum. Wir hatten in einem Versteck unsere Holzschwerter und durchzogen als die drei Musketiere die Büsche und Wäldchen links und rechts der Ilm. Martin war Halbwaise und seine Mutter aber, Mia Weingart, eine echte Dichterin, was mich damals sehr beeindruckte und meine Phantasie beschäftigte. Eine Zeitlang hatte ich sogar die fixe Idee, ich würde in Wirklichkeit nur als eine Gestalt aus einem ihrer Romane existieren. Sie schrieb auch Gedichte. Hauptsächlich aber Kinderbücher, wovon sie ganz gut leben konnte. Lars Poser lebte bei seiner Großmutter. Seine Eltern hatten vor zwei Jahren die Ausreise erhalten, nachdem man sie verhaftet und wegen staatsfeindlicher Hetze angeklagt hatte. Die Großmutter war Anthroposophin und mir ein wenig unheimlich. Ich wußte auch nicht so recht, was das sein sollte, dachte aber nicht weiter darüber nach. Oft gingen wir auch bis nach Schloß Belvedere hinauf, wo die Musikschule untergebracht war, hinter der sich eine wunderbare Parkanlage hinzog.

Weimar im Herbst. Ich sehe noch die schattige Belvederer Allee, die uralten Bäume, das dichte Laub auf den Wegen, das niemand wegräumte und das bei jedem Schritt raschelte. Atme noch die würzige Luft, stemme mich gegen den Wind, und beobachte aus meinem Zimmerfenster in aller Frühe die scheuen Eichhörnchen. Mit Ruth hatte ich einen kindlichen Briefwechsel angefangen. Es ging ihr gut. Als sie uns besuchen kam, sah sie gesund und kräftiger aus. Sie konnte inzwischen gut schwimmen, was ich nie richtig gelernt habe; und sie hatte allmählich den norddeutschen Dialekt angenommen. Das fand ich putzig. –

Die Zeit verging. Pa und ich hatten uns an unser Leben gewöhnt. Manchmal erzählte er mit etwas von früher, als er und Mama noch zusammen waren, und wie ihn seine Dummheit von damals jetzt reue. Ich wollte wissen, ob Mama nun für immer gekränkt sei. „Das weiß ich nicht", sagte er traurig, „das weiß ich wirklich nicht. Möglich wäre es schon. Sie ist so ein Feuerkopf."

„Würdest Du denn wieder mit ihr zusammenleben wollen", fragte ich weiter. Da sah er mich merkwürdig überrascht an. Auf die Idee schien er noch gar nicht gekommen zu sein. Dann ging er plötzlich schnell aus dem Zimmer. Das hätte ich ihn wohl nicht fragen sollen, dachte ich damals betrübt. Heute weiß ich, daß es ganz richtig war, davon anzufangen.

In meinem dreizehnten Jahr erschütterten mich zwei bedeutsame Erlebnisse. Um Weihnachten 1981 wachte ich mitten in der Nacht durch fürchterliche Kopfschmerzen auf. Außerdem war mir schrecklich schlecht. Ich ging ins Bad und erbrach mich. Pa wollte ich nicht wecken. Ich sah auf die Uhr. Es war kurz nach drei in der Nacht. Also legte ich mich wieder ins Bett. Aber der Kopfschmerz wurde immer schlimmer. Wieder ging ich ins Bad, wieder erbrach ich mich. Ich fing an, vor Schmerzen zu wimmern. Pa mußte irgend etwas gehört haben. Als er mich sah, erschrak er tief.

„Junge, wie siehst Du denn aus? Bleib ganz ruhig, ganz ruhig, ich hole einen Arzt." Er zog sich eilig an und verließ das Haus. Nach einigen Minuten, die mir endlos vorkamen, kehrte er zurück. Die Telefonzelle war zum Glück nicht weit. Bald klingelte es – und eine Notärztin untersuchte mich. Dann gab sie mir eine Spritze.

„Ich kann es noch nicht mit Bestimmtheit sagen. Aber es besteht Verdacht auf Meningitis." Ein Krankenwagen brachte mich ins Sophienhaus. Ich will nicht weiter in den Schmerzen und Ängsten, die ich im Folgenden durchmachte, herumstochern. Nur die wiederholten Rückenmarkspunktionen sind mir noch in grausiger Erinnerung. Im Frühjahr 1982 ging es mir endlich wieder spürbar besser. Doch irgendwas in mir hatte sich verändert, ohne daß ich zu sagen gewußt hätte, was es war.

Im Mai erhielt ich einen Brief von Mama. Sie schrieb, daß es sehr viel zu erzählen gäbe, soviel, daß es ein viel zu langer Brief werden würde, aber wenn ich Lust hätte, könnte ich sie ja mal besuchen. Pa hatte nichts dagegen. Und so fuhr ich in der zweiten Juli-Woche nach Wörlitz. Wörlitz ist ein kleines Städtchen in der Nähe von Dessau im heutigen Sachsen-Anhalt. Berühmt ist es wegen seinem Park, den sogar Goethe besucht hatte. Ich war sehr erstaunt, als mich ein Mann, den ich nach Frau Curio fragte, zum Kirchturm wies. Die Kirche grenzte direkt an den Park. An der dicken Holztür unten am Turm stand kein Name an der

Klingel. Ich drückte den Knopf. Nichts rührte sich. Doch dann rief es über mir. Ich mußte einige Schritte zurückgehen – und endlich erkannte ich Mama, die ganz oben aus einem gotisch spitz zulaufenden Fenster sah. Sie warf etwas herunter. Es war der Schlüssel. Ich öffnete und begann hinaufzusteigen, dabei die Stufen zählend. Die Überraschung, daß Mama auf einem Kirchturm lebte, war gelungen. Mit keinem Wort hatte sie davon etwas in ihrem Brief erwähnt. Der Absender hatte statt der Straße nur ein Postfach gehabt. Ich solle in der Straße, wo der Bus halten würde, einfach nach ihr fragen, hatte sie geschrieben. Schon nach der dreißigsten Stufe kam eine Tür in Sicht, dann wieder eine bei der Hundertundzehnten, schließlich noch eine bei der Hundertvierzigsten, doch erst nach hundertundfünfundsechzig Stufen stand Mama in der offenen Tür. Wir umarmten uns, mir kamen die Tränen, die ich tapfer verbiß.

„Groß bist Du geworden, Bertram. Komm rein, na komm schon." Ich hatte das Gefühl, ins Mittelalter versetzt zu sein. Erst mußte ich drei Stufen hinuntersteigen, durch einen kleinen Gang zwischen zwei vollgestopften Bücherregalen hindurch, dann öffnete er sich zum Zimmer. Die gotischen Fenster, die sich gegenüberlagen, waren in Schulterhöhe und hatten Fensterbretter, breit wie Tische, die mit Kissen belegt waren. Man gelangte über eine kleine Leiter hinauf. Ich setzte mich in eins der Fenster und genoß den wunderbaren Ausblick. Mama ließ mich in Ruhe und werkte in dem kleinen, durch halbhohe Kommoden abgeteilten Raum. Der ihr als Küche diente. Dann deckte sie den Tisch.

„Bertram, ich muß noch einige Besorgungen machen. In einer Stunde bin ich wieder da. Hier ist der Schlüssel für die Räume weiter oben. Dort wirst Du auch schlafen. Wenn Du willst, schau Dich indessen nur tüchtig um, ja?" Ich nickte.

Wie Mama nur auf diesen Kirchturm geraten war? Und wovon lebte sie? Wie sie mir am Abend erzählte, als wir, nachdem wir gegessen hatten, noch, ohne Licht zu machen, beisammen saßen und plauderten, bis die Dämmerung ganz allmählich zu Dunkelheit zerronnen war, arbeitete sie im Park mit, als Mädchen für alles. Sie machte Führungen, hielt mit die Wege und Anlagen sauber, saß an der Kasse des Schloßmuseums, oder bei der Kahnvermietung. Mit dem Pfarrer war sie gut befreundet, schon bevor sie auf den Turm zog, und noch in der Straße, in der der Bus gehalten hatte, zuerst in einem möblierten Zimmer wohnte. Als ihr die Idee kam, auf den Turm zu ziehen, hatte der Pfarrer nichts dagegen. Es sähe nur sehr wüst darin aus – und würde einige Arbeit kosten, bis er wohnlich sei. Und so hatte sie denn begonnen, aufzuräumen. Eimerweise Taubenmist, Dreck und Gerümpel hätte sie an der großen Holzwinde herabgelassen. Abenteuerlich sei es gewesen, die Möbel heraufzuschaffen, teils mit der Winde, mit der sie heute noch ihr Trinkwasser hinauftransportiere. Gleich morgen könne ich ihr dabei helfen. Die Lichtleitung habe ihr ein Schloßhandwerker repariert, und die obere Schlafkammer, die ich ja vorhin gesehen habe, sei von einem Tischler aus dem Ort so schön gezimmert worden, mit dem Alkovenbett und den Regalen. Sogar ein Lautsprecher von ihrem Radio und Plattenspieler, beide sehr altertümliche Modelle, wäre dort oben angeschlossen – und ihre Gäste, sie habe oft interessante Gäste, könne sie so morgens, wie ich es selber erleben werde, mit schöner Musik wecken, am liebsten mit Bach, den würde ich doch inzwischen sicher kennen? Ich nickte bejahend.

Von Papa und Weimar sprachen wir an diesem Abend nichts, und ich fand es ganz in der Ordnung so. Vielmehr interessierte mich, wie sie sich ihr neues Leben eingerichtet hatte. Dann gab sie mir Handtücher und Bettwäsche und einen Gutenachtkuß und ich stapfte irgendwie erlöst und entrückt noch fünfzehn Stufen weiter nach oben in mein neues Reich für vier Tage. Die oberen Räume fand ich noch schöner als Mama's. Nach einem kleinen Vorflur, dessen linke Seite ein riesiger altertümlicher Garderobenspiegel einnahm, und der im ganzen höchstens zwei Quadratmeter maß, gelangte man in einen großen Raum, der an drei Seiten riesige Fenster besaß. Ein ovaler Tisch mit geschnitzten Beinen stand an der Längswand, ein Schaukelstuhl nebst kleinem runden Tischchen am linken Fenster. Rechts in der Ecke ein Vertiko und auf dessen Aufsatz der Lautsprecher. Gleich neben der Tür eine Emailleschüssel auf einem Drahtgestell, daneben auf einem Hocker ein ebenfalls emaillierter Krug mit Wasser zum Waschen gefüllt. Wiederum rechts vom Vertiko führte eine Tür in die Kammer mit dem Alkovenbett. Sie war kaum länger als dieses Bett und hatte nur an seinem Fußende eine in die Fensternische eingefügte Schreibplatte mit einem Stuhl davor. Die ganze Längsseite des Bettes nahm ein zweites Fenster ein, dessen Fensterbrett ein wenig über das Bett überstand, als Ablage geeignet. Am Kopfende war bis an die Decke ein regelrechtes Bücherregal eingefügt, in dem eine ganze Reihe interessanter Lektüre stand. Die Wände waren teils mit warmgelbem Stoff und teils, etwa von der Hüfthöhe bis zum Boden, mit Bastmatten bespannt. Den Fußboden bedeckte ein Kokosläufer.

Ich knipste die kleine Leselampe über dem Kopfende an, bezog mein Bett, öffnete die beiden Fenster weit – und legte mich, nachdem ich in meinen frischen Pyjama geschlüpft war, den ich aus Weimar mitgebracht hatte, hinein. Seltsame Empfindungen durchzogen mich. Ich hatte das Licht wieder gelöscht – und lauschte auf die Geräusche unten im Park. Der Wind wehte, die Blätter der großen Platanen, Eichen und Buchen rauschten. Ab und zu hörte ich Stimmen mir unbekannter Vögel. Dann setzte, sanft wie ein Adagio, ein warmer Sommerregen ein. Bald fielen mir, ohne daß es mir bewußt war, die Augen zu, und ich geriet in einen Traum, um dessentwillen ich eigentlich die ganze Episode so detailliert bis hierher geschildert habe:

Zuerst sah ich Papa und Mama, aber viel, viel jünger als jetzt, in wunderbar bestickten, bis zum Boden reichenden, bunten Gewändern eine lange Allee entlanggehen. Die Zweige der mir gänzlich fremden Bäume waren lang und gebogen. Sie bildeten oben über der Allee ein rundes Dach, und waren so dicht ineinander verflochten und verwachsen, daß nur sanftestes, schattiges, grünes Licht durchzuschimmern vermochte. Ich sah sie von hinten und sie gingen ohne Eile von mir weg, in diese endlose Allee hinein. Sie drehten sich nicht um – und ich hatte das Gefühl, daß sie von meiner Existenz noch gar nichts wußten. Ich wollte sie rufen, brachte aber keinen Ton heraus. Auf einmal merkte ich, daß ich in einiger Höhe auf einem dicken Ast eines gewaltigen Baumes saß. Der Ast war so breit wie ein Pfad. Seine obere Seite war geglättet, also nicht mehr rund, und an seinen beiden Seiten waren Geländer aus Tauen und Lianen, an denen man sich festhalten konnte. Ich lief den Ast vor, bis zum Stamm des Baumriesen – und dieser war so hoch, daß ich nicht vermochte, bis zu seinem Wipfel zu sehen. Seine Äste waren so weit voneinander entfernt, daß ich den nächsten nicht erreichen konnte, um mich hochzuziehen. Aber ich wollte diesen Baum doch so gerne hinaufklettern. Da entdeckte ich, daß in seinen Stamm kleine, rechteckige, dicke Brettchen gefügt waren, in einer Spirale um den Stamm führend, auf denen man hinaufsteigen konnte, und eben so ein Seil oberhalb dieser Brettchen herumführte, an dem man sich festhalten konnte. Ich muß eine ganze Weile so immer höher gestiegen sein, als ich in dem immer noch ungeheuer dicken Stamm eine regelrechte Tür vor mir sah. Sie war von weiter unten nicht zu sehen, hatte eine ovale Form und war von außen mit der dicken Rinde des Baumes versehen. Ich drückte dagegen – und sie öffnete sich. Ich befand mich augenblicklich in einem runden Raum von vielleicht vier bis fünf Metern Durchmesser. In fast regelmäßigen Abständen, ließen Schlitze, die man in die Wände geschnitten hatte, gedämpftes Licht herein. An den Innenwänden führten wieder so kleine Brettchen und ein Halteseil in Spiralen weiter nach oben. Dann kam ein breiterer Schlitz, durch den man hinaus auf einen ähnlichen Ast gelangte, wie schon unten. Dieser Ast führte, ebenfalls an der Oberseite abgeplattet, in einigen rechts und links ausbiegenden Windungen – und teilweise auch auf und nieder gehenden Wellen ein ganzes Stück durch diese merkwürdige, überall von Wachstum umgebene, Welt. Ein anderer dicker Ast, von einem nächsten ungeheuren Baum war mit diesem durch Lianen verbunden, auf dem ich bequem weiter gehen konnte. Auch dessen Stamm ragte weit hinauf – und noch immer konnte ich keinen Wipfel sehen. Erst jetzt sah ich mich richtig um. Ringsum mächtige Bäume, von denen nicht nur Lianen, sondern auch Blumengirlanden in den wunderbarsten Farben hingen. Und von allen Bäumen führten solche Astwege zu ihren Nachbarn. In verschiedener Höhe waren sie mit dieser ovalen Tür versehen, oder den einfacheren Schlitzen, durch die man sich zwängen konnte. Manche der Äste waren so gewaltig, daß, wenn mehrere von ihnen zusammenführten, auf diesem Boden ein ganzes, aus gelblich schimmerndem, ineinander verflochtenem Pflanzenmaterial geformtes Haus stand. Ein solches war von stattlicher Höhe, wobei die nächst höheren und scheinbar in ihrem Wachstum wie kunstvoll zusammengeführten Äste das Dach bildeten. So stieg ich abwechselnd immer höher oder wanderte waagerecht – und Asthäuser, runde Zimmer im Bauminnern, Brettchenstufen und Astwege nahmen kein Ende. Es schien ein ganzes Dorf, ja eine ganze Stadt zu sein, aus Bäumen und Pflanzen gebildet, deren Wachstum man nur behutsam gelenkt hatte, so daß sich darin auch Häuser und Wege harmonisch einfügten, von ihnen in Material und Farbe nicht unterschieden.

Aber mein Wunsch, endlich einen Baumwipfel zu erklimmen, war so groß, daß ich, wie mir schien sehr weit oben, einen der Bäume nicht mehr verließ, sondern an ihm hinaufstrebte, immer weiter und weiter. Er wurde auch schon etwas dünner, und ich sah ein erstes Funkeln hellerer Lichtspritzer – schließlich kam wieder eine ovale Tür, daraus sah ein Mädchengesicht von solchem Liebreiz, daß mir das Herz heftig zu schlagen begann ... und davon, zu meinem größten Bedauern, wachte ich auf.

Die Sonne schien hell in mein Alkovenbett, im großen Zimmer fluteten die Töne einer Orchestersuite von Bach mit dem Licht wetteifernd durch den Raum. Mein Herz schlug noch immer heftig – und es dauerte eine ganze Zeit, bis ich mich wieder zurechtfand. Oh, dieser Traum durfte kein Ende haben. Mein inbrünstiges Wünschen war fast wie ein Gebet. Traurig und froh zugleich, kleidete ich mich rasch an, wusch mir nur flüchtig das Gesicht, und sprang die Treppen hinunter zu Mama.

Meine Enttäuschung war groß, als ich weder die nächste Nacht, noch die darauf folgende wieder so träumte, wie in der ersten.

Tagsüber begleitete ich Mama zu ihrer Arbeit, kassierte Eintrittsgeld im Schloß. Dann rechten wir Heu zu großen Haufen zusammen. Dabei erzählte sie mir, daß sie Pa immer noch liebe, aber ihn nicht wieder heiraten wolle, obwohl sie ihm nicht mehr böse sei.

„Ich habe jetzt hier meine Aufgabe", sagte sie ernst. „Komm, wir steigen mal bis zur Turmspitze!" An meinem Quartier vorbei, stiegen wir noch höher hinauf. Mama öffnete eine Klappe über unseren Köpfen, und wir gelangten auf eine Aussichtsplattform. Bis dahin durften Sonntags auch Besucher steigen. Mama betreute den Turm. Dafür konnte sie darin mietfrei wohnen. Sie war sehr religiös geworden. Wir beteten vor und nach jeder Mahlzeit. Als Mama und Pa noch zusammenlebten, hatten wir von Religion nicht viel gespürt. Sie glaubten wohl beide an ein höchstes Wesen. Verehrten es aber ohne Kirchgang, einfach als das Prinzip des Guten und als Offenbarung in der Natur. Wir mußten zu keinem Religionsunterricht, da sie beschlossen hatten, uns in diesen Dingen ganz frei zu lassen. Wir sollten selber entscheiden, was wir als richtig annehmen wollten, wenn wir groß genug dafür sein würden. Jetzt erzählte sie mir, daß sie gleich in der ersten Zeit, als sie hier auf den Turm gezogen sei, ein Erlebnis gehabt habe, eine Begegnung mit einem Lichtwesen, damals, als sie mit hohem Fieber lag, wovon sie niemandem etwas erzählte. Dieses Erlebnis habe sie von Grund auf verändert. Seitdem wisse sie von Gottes überwältigender Realität und Güte. Von da an kam ihr immer stärker der Gedanke, den Turm nicht nur für sich zu nutzen. Ich hätte ja die erste Tür ungefähr nah der vierzigsten Stufe gesehen, und auch die, an der wir eben weiter unterhalb der Plattform vorbeigekommen seien. Dort habe sie Räume eingerichtet für Menschen, die Ruhe suchten, und welche die Frage nach Gott und danach, wie wir in seiner Gegenwart leben sollen, bewege. Mit ihnen studiere sie die Bibel und denke über die heutige Zeit nach. „Dafür habe ich jetzt Verantwortung", sagte sie. „Ich kann das nicht alles einfach stehen und liegen lassen. So, wie es gekommen ist, scheint es mir nun für alle das Beste. Wenn ich ein- zweihundert Jahre früher geboren worden wäre, hätte ich sowieso in einem Kloster gelebt. Und was sollte Pa wohl mit einer Nonne anfangen, als die ich mich jetzt fühle?" Die letzten Sätze verstand ich nicht recht. Ich spürte nur, wie ernst es Mama war – und daß sie erfüllt und glücklich in ihrem jetzigen Leben war. Es war mein letzter Tag auf dem Turm und Zeit, Abschied zu nehmen. Morgen früh würde ich nach Weimar zurückkehren. Insgeheim hoffte ich immer noch, daß der Traum wiederkehren würde, doch dies geschah nicht. Mama hatte mich zum Bus gebracht, und ich war fast dem Weinen nahe, auch noch, als ich schon im Zug von Dessau nach Leipzig saß, wo ich umsteigen mußte. Pa holte mich in Weimar ab.

Die folgenden Jahre verliefen ruhiger. Pa hatte sich gefestigt. Ruth war von Hiddensee wieder zu uns zurückgekehrt. Sie wurde langsam eine Frau – und ich freute mich heimlich, eine schöne Schwester zu haben. In der neunten und zehnten Klasse entwickelte ich richtig Freude am Lernen. Ich machte gründlich, und mit einem Gefühl großer Leichtigkeit, meine Hausaufgaben. Dabei mußte ich mich nicht sonderlich anstrengen, die Dinge flogen mir zu. Gerade war das Problem der Jugendweihe, an der mich die Lehrer natürlich drängten, teilzunehmen, von mir auf meine Art gelöst worden. Pa sagte nur, er wolle mir da nicht drein reden. Ich solle es selbst entscheiden. Allerdings müsse ich mit Schwierigkeiten rechnen, eventuell auch damit, das Abitur nicht machen zu dürfen.

Die Jugendweihe war eine sozialistische Zeremonie an der Schwelle zum Erwachsenwerden, bei der man auf die Fahne der DDR Treue zum Staat und den zehn Geboten der sozialistischen Moral gelobte. Dann erhielt man ein Geschenk und wurde von da an mit Sie angeredet. Die Lehrer bedauerten sehr, daß ich nicht mitmachen wollte. Ich gehörte inzwischen zu den besten Schülern. Aber mich stieß dabei ab, daß die Teilnahme daran, wie eine Art freiwilliger Zwang gehandhabt wurde. Auch hatte ich seit dem Besuch bei Mama begonnen, mich für Gott und religiöse Fragen zu interessieren. Etwas naseweis, aber entschlossen, begründete ich meine Ablehnung der Jugendweihe mit Glaubensmotiven. Dabei war ich gar nicht so sehr christlich. Nur manchmal, wie es sich gerade ergab, ging ich in die eine oder andere Kirche, mit einem Gemisch aus Scheu und Neugier. Hörte die Predigten, von denen ich nicht viel verstand. Näher waren mir die Abläufe der verschiedenen Rituale. Ich fand sie geheimnisvoll. Ein paar Monate zuvor hatte ich begonnen, das Alte Testament zu lesen, einfach von vorn nach hinten. Dabei blieben mir die meisten Stellen Rätsel. Zu Mama fuhr ich noch einmal nach den Prüfungen. Es war natürlich gekommen, wie Pa gefürchtet hatte. Schon in der neunten Klasse verkündete mir mein Klassenlehrer, daß ich das Abitur nicht machen dürfe. Warum, wußte ich ja. Als mich der Direktor auf dem Schulhof sah, hielt er mich an und drückte mir sein Bedauern über meine Einstellung aus. Wie ich, bei meiner Intelligenz, an einen Gott glauben könne, wollte er wissen. Wo Gott denn nach meiner Meinung zu finden sei? In den Bäumen? Oder vielleicht in den Wolken? Er sei ja nicht zu sehen! Ich erwiderte, daß er, der Herr Direktor doch sicher öfter denke? Er nickte und wollte wissen, was das mit Gott zu tun habe.

„Nun, was Sie denken, Herr Direktor, kann auch niemand sehen – und trotzdem ist es eine Tatsache", entgegnete ich. Da blickte er mich verblüfft an und ließ mich schließlich grußlos stehen. Daß ich das Abitur nicht machen durfte, schmerzte mich mehrere Jahre. Ich fühlte, daß studieren das Richtige für mich gewesen wäre. Ich wußte auch, was. Ein Sprachenstudium, Germanistik oder Slawistik war es, was ich mir gewünscht hätte. Nun mußte ich mit Pa beratschlagen, was ich nach der Mittleren Reife mit meinem Leben anfangen wolle.

„Auf keinen Fall in die Produktion", sagte Pa. Also blieb in Weimar eigentlich nur Schriftsetzer oder Buchbinder übrig. Ich entschloß mich für das Letztere. Ich würde mit Büchern zu tun haben, das gab den Ausschlag. Und so begann ich im Herbst 1985 meine Buchbinderlehre in der Landauer-Werkstatt in der Erfurter Straße. Auch mein Freund Lars Poser fing bei Landauer seine Ausbildung an. Da wir beide die Schule mit „Ausgezeichnet" verlassen hatten, setzte man große Erwartungen in uns. Doch irgendwie stand die Lehre für mich unter keinem guten Stern. Ich konnte nicht verwinden, daß ich nicht studieren durfte, und begann, die DDR mit sehr kritischem, ja ablehnenden Augen zu sehen. Martin Weingart hatte die Jugendweihe mitgemacht und ging jetzt aufs Internat in Bad Berka bis zum Abitur. Er wollte Journalist werden, doch unsere Beziehung kühlte sehr ab – und bald verlor ich ihn ganz aus den Augen.

Nun muß ich von Simone berichten. Simone Hebestreit. Ihr Vater war Pfarrer in Niedergrunstedt, einem Dörfchen südwestlich von Weimar. Sie war zierlich, hatte flinke, braune Augen und fast so dünnes, hellblondes Haar wie ich. Aber sie trug es sehr kurz, lief gern in alten Jeans und einer ledernen Motorradjacke herum.

Oft, wenn ich über den Theaterplatz ging, sah ich sie in einer Gruppe Jugendlicher stehen. Sie hatten Rotwein- und Bierflaschen bei sich – und alle waren, gemessen an den normalen Bürgern und den zahlreichen Touristen, die hier mit Kameras herumschlenderten, ziemlich abenteuerlich gekleidet. Jedesmal, wenn ich vorbei kam, konnte ich nicht anders, als sie verstohlen beobachten. Eines Tages faßte ich Mut – und steuerte auf die Gruppe zu. Das Kennenlernen war problemloser, als ich dachte.

„He Alter, willst'n Bier?", fragte mich ein schmales Bürschchen und hielt mir seine halbvolle Flasche hin. Das war der erste Alkohol, den ich in meinem Leben getrunken habe. Ich nahm beherzt einen kräftigen Schluck und reichte ihm die Flasche zurück. Simone blickte nicht ein einziges Mal zu mir. Um so öfter ließ ich meine Augen in ihre Richtung wandern. Als ein Polizeiauto langsam über den Platz fuhr, entschied sich die Gruppe, in den Goethepark auszuweichen. Ich blieb bei ihnen.

„Gestern haben sie Okker hier ins Bullenschiff gezerrt. Er ist noch nicht wieder aufgetaucht", erklärte mir der Schmale. „Spielste'n Instrument?", wollte er wissen. „Wir suchen noch Verstärkung für unsere Hausband in der Gerberstraße."

Ich gestand, daß ich ein bißchen Klavier könne.

„Haarscharf günstig, Alter. Wir suchen einen Keyboarder. Haste Lust? Heute Abend so gegen acht, Gerberstraße 9. Brauchst bloß nach Kuli fragen, okay?"

Das war kein schlechter Einstieg – und um Simone öfter zu sehen, sogar phantastisch. Ich verließ die Gruppe an der Ackerwand und ging nach Hause, die Tasche ablegen.

Pa saß in seinem Arbeitszimmer. Er schrieb seit einem Jahr an einer musikwissenschaftlichen Abhandlung. „Na, was macht die Kunst?", wollte er wissen.

„Wie immer", antwortete ich, „so lala, Pa."

„Ich habe heute Spielfrei, Berto. Hast Du Lust, mit mir Essen zu gehen, ins „Alt-Weimar", ich lad Dich ein?"

„Heute nicht, Pa. Hab schon was vor. Ein andermal, ja?"

„Komm nicht so spät nach Hause, Großer ..."

Aber ich war schon auf dem Treppenhaus, hielt die Klinke in der Hand. „Nein, nein, Pa, mach Dir keinen Kopf!", rief ich zurück.

Es begann mir Spaß zu machen, in Cafés zu sitzen, die Leute zu beobachten, oder meinen Gedanken nachzuhängen. Gleich neben Landauers Werkstätten lag das Café Mosligg. Sie machten die besten Eclairs von Weimar. Hinter dem Konditoreiladen diente ein schmaler Raum als Café, das meistens überfüllt war. Ich erspähte ganz hinten noch einen freien Stuhl und balancierte mein Tablett dorthin. Einige Busfahrer unterhielten sich laut, fast schreiend. Ein Mütterchen löffelte an einer Schwarzwälder Kirschtorte. Niemand beachtete mich. Wieder, wie so oft in der letzten Zeit, stieg das Bild von Simone in mir auf. Das heißt, um diese Zeit wußte ich noch gar nicht, wie sie hieß. Das dauernde Denken an sie – und mein klopfendes Herz, wenn ich sie sah, und das aufgeregte Wonnegefühl in ihrer Gegenwart sagten mir, daß ich mich wohl bis über beide Ohren verliebt hatte. Ein Duft von Abenteuer umgab mich. Es gab also noch mehr, als Lernen, brav die Lehre machen, und den alltäglichen Trott auf der Welt. Ruth neckte mich schon, ob meiner Geistesabwesenheit. Sie war ein äußerst schöner Backfisch geworden – und da ich ihren Spott fürchtete, erwähnte ich meinen Zustand mit keinem Wort. Um die Sache abzukürzen: Ich ging an diesem Abend in die Gerberstraße. Der Band sagten meine Klavierkünste, die sich auf dem Keyboard seltsam genug ausnahmen, zu. Ich wurde engagiert. Auch Simone war da, und ich erntete von ihr zum ersten mal einen wachen, bewundernden Blick. Wir fanden zusammen. Immer öfter war ich jetzt in dem heruntergekommenen Haus, das die Gruppe mit noch anderen sozusagen besetzt hatte und mit abenteuerlichem Ambiente ausstattete und bewohnte. Sogar eine eigene Art Kneipe hatten sie unten eingerichtet.

Ich erlebte die Erfüllung meiner ersten Liebe mit allen Ingredienzien der Romantik. Gesegnet sei Weimar, das sich für solche Gelegenheiten vorzüglich eignete. Den ganzen Corona-Schröter-Weg vorbei an Goethes Gartenhaus bis zum Bienenmuseum in Oberweimar küßten wir uns an einem Abend, nachdem sie mich keck gefragt hatte, ob ich mit ihr „'n bißchen Spazierengehen" wolle. Sie hatte die Initiative ergriffen. Ich selbst war in meiner tumben Verliebtheit viel zu schüchtern, um mehr zustande zu bringen, als sie nur immer und immer wieder anzustarren.

Das zweite Lehrjahr hatte angefangen. Öfter war ich jetzt bis spät nachts in dem Haus in der Gerberstraße; gewöhnte mich an die dröhnende Musik, trank mein Bier und hatte nur im Sinne, Simone nahe zu sein. Von meiner neuen Umgebung übernahm ich, die Lehre, ja überhaupt das bürgerliche Leben verächtlich zu betrachten. Es gab ja keine Zukunft, für die es sich lohnte, sich anzustrengen. Schon gar nicht in der trüben DDR. Null Bock und No Future waren Slogans, die mir bald ebenso leicht und überzeugt von den Lippen kamen, wie meinen Kumpanen. Das waren und blieben sie einige Zeit in der Tat für mich: Kumpane! Denn wirkliche Freunde gewann ich dort nicht. Was uns zusammenhielt, war der Haß auf das SYSTEM, unsere trotzigen Glaubensinhalte, jenseits des Spießertums, wie wir glaubten – und die Unlust, in irgendeiner Form geregelt zu leben.

Pa ahnte von alle dem nichts. Ich richtete es geschickt immer so ein, daß ich noch vor ihm zu Hause war und legte mich schleunigst ins Bett. Die Ohren dröhnten mir von dem stundenlangen Krach in der „Szene-Kneipe", und ich hustete öfter vor dem Einschlafen noch herum, von dem vielen Zigarettenqualm, den ich passiv eingeatmet hatte.

Einige Zeit später, kurz vor dem Weimarer Zwiebelmarkt, hatte ich ein Erlebnis, das in seiner Folge eine Serie rätselhafter und angsteinflößender Träume auslöste. Obwohl der Inhalt der Träume nichts mit diesem Erlebnis zu tun zu haben schien, sondern es nur der Auslöser für sie wurde, was ich heute für ganz gewiß halte. Und vorbereitet wurden sie natürlich auch von dem ganz und gar für mich ungeeigneten Lebensstil, dem ich mich, um Simones Willen, hingab.

Simone hatte am Abend zuvor, wie sie sagte: „sturmfreie Bude". Ihre Eltern waren für eine Woche weggefahren. Also nahmen wir schon nachmittags den Bus nach Blankenhain, stiegen an der Bedarfshaltestelle, Abzweigung Niedergrunstedt aus, liefen eng umschlungen, uns immer wieder küssend die Landstraße bis ins Dorf. Die Hebestreits bewohnten ein geräumiges Pfarrhaus. Simone legte im Wohnzimmer eine Platte mit „Seelenstreichelmusik" auf. Wir tanzten und tranken Rotwein. Kurz, es kam, wie es kommen mußte, Simone entjungferte mich an diesem Abend.

Danach lag ich die halbe Nacht wach neben ihr, die zufrieden schlief. Sehr gemischte Gefühle beherrschten mich – und ließen mich nicht zur Ruhe kommen. Irgendwie zerschmolz in diesen durchwachten Stunden zum ersten mal der rosarote Schleier vor meinem Blick auf Simone. Was ich für Liebe bis dahin gehalten hatte, und was mich diese merkwürdige Zeit himmelhochfliegende Gefühle haben ließ, enthüllte sich mir nun einfach als ein triebhaftes Begehren, von dem ich bis dahin kaum die ersten Begriffe hatte. Und das erfüllte mich mit einem rätselhaften Schmerz, den ich nicht klar zu artikulieren vermochte. Ich war nur äußerlich und halb bei ihr am nächsten Tag. Sie gab sich rührend Mühe, brachte mir Frühstück ans Bett, dann badeten wir zusammen – und etwas, das sich in mir wie abspaltete, hörte uns erstaunt zu, wie ich mit Simone Pläne schmiedete, wie wir nach meiner Lehre zusammenziehen wollten, aber natürlich kein Kind in diese verdammte Welt set-

zen würden usw. usf. Dieses in mir Abgespaltene hörte sich unser Gerede spöttisch an. Ich kannte mich selbst nicht mehr, kam zu keiner Klarheit und ließ die Dinge zunächst irgendwie lahm und willenlos laufen.
Wir fuhren mit dem Bus zurück nach Weimar. Gegen sechs Uhr abends wollte sich die Band zur Probe treffen. Ich habe schon meine ganze Kindheit durch, etwa seit dem zehnten Lebensjahr, ab und zu Gedichte geschrieben. Auch kleine Geschichten, meistens mit phantastischem oder märchenhaften Inhalt. Als ich Pa mal eines der Gedichte zeigte, fragte er mich nur, wo ich das abgeschrieben hätte. Seitdem verheimlichte ich ihm meine Erzeugnisse, schrieb sie nur in mein Tagebuch. Die Band wollte Texte vertonen, nach Art der Liedermacher – und sie sollten, wie wir uns ausdrückten „fetzen" und „einschlagen". Ich drechselte zu Hause einige Sachen zusammen, über unser Leben, das Null Bock und No Future – und fand damit zu meinem Erstaunen großen Beifall. Mehrmals waren wir schon damit in evangelischen Gemeinden in Thüringen aufgetreten, mit Erfolg. Ich wurde wer in der Szene. Das machte mich stolz und ich kam mir bedeutend vor.
Wir hockte also im Keller des Gerberstraßenhauses vor unseren Instrumenten. Simone saß mit Freundinnen in der Ecke und hörte unserem Krach, vermischt mit brüllendem „Gesang", enthusiastisch zu. Da wurde die Tür aufgestoßen und ein ganzer Trupp Bullen, mit Schlagstöcken in der Hand, brach in den Kellerraum ein. Die anderen waren oben zu sehr damit beschäftigt gewesen, abzuhauen, oder schon von den Polypen eingekeilt worden, um uns noch warnen zu können. Ich bekam einen heftigen Schlag auf die Schulter, wurde von zwei beleibten Hünen hochgerissen und auf die Straße hinaus in ein Bullenschiff gezerrt. Völlig überrascht hockten wir wie die Kaninchen im Auto. Auf dem VPKA Hauptquartier, unweit des Bahnhofs, wurden wir getrennt und jeder einzeln in ein anderes Zimmer zum Verhör gebracht. Das sei eine „Klärung eines Sachverhalts", wurde mir von einem griesgrämigen, älteren Beamten mit Schnauzer eröffnet. Es sei das beste für mich, wenn ich alle Fragen wahrheitsgemäß beantworten würde, dann könnte ich vielleicht noch mal mit einem „blauen Auge davonkommen"! Seit wann ich diese staatsfeindlichen, die DDR und die Werktätigen verunglimpfenden Texte schriebe, wollte er wissen. Ich fragte kleinlaut zurück, welche Texte er meine. „Stell Dich nicht dümmer, als Du bist, Bürschchen!", fuhr er mich an. „Sonst ziehen wir andere Saiten auf", fügte er drohend hinzu. Er holte einige Seiten Papier aus dem Schreibtisch, hielt sie mir unter die Nase. Es waren Entwürfe zu Texten, die ich geschrieben hatte. Wie

kamen sie dazu? Ich mußte sie nach der Abschrift ins Reine, achtlos irgendwo liegen gelassen haben.

„Ist das Deine Schrift?", wollte er wissen – und sein Ton war scharf und drohend.

Es hatte keinen Zweck, das zu leugnen. Die Texte waren in Schreibschrift entworfen – und es wäre für sie ein Leichtes, mir zu beweisen, daß diese Verse von mir waren. Also gab ich es zu.

„Nun, das reicht aus", sagte er fast fröhlich. „Weißt Du, was auf staatsfeindliche Hetze steht? Du bist noch nicht volljährig, aber ein Jährchen Jugendstrafvollzug könnte schon für Dich dabei herausspringen."

Ich zitterte innerlich.

„Es sei denn", fuhr er fort...

„Es sei denn, was?", fragte ich atemlos dazwischen...

„Siehst Du", grinste er, „jetzt wirst Du vernünftig. Wenn man jung ist, nicht wahr", redete er auf einmal fast gütig weiter, dabei holte er ein Päckchen F6 aus der Schublade. „Rauchst Du?"

Ich nickte. Ich machte ein paar Züge ... dann fuhr er fort:

„ – also wenn man jung ist, weltanschaulich noch ungefestigt und zudem aus bürgerlichen Kreisen stammt, dann kann es einem schon mal passieren, daß man ahnungslos verführt und verhetzt wird durch falschen Umgang. Die Arbeiterklasse hat für so was Verständnis und ist großmütig, wenn man ..." – er machte eine kunstvolle Pause – „... wenn man bereit ist, seinen Fehler einzusehen und wieder gut zu machen."

Er sah meinen fragenden Blick mit Genugtuung.

„Wir bräuchten da zum Beispiel Informationen über das, was in dem Haus in der Gerberstraße so passiert: wer da alles aus und ein geht, und wer was für eine Rolle spielt ..."

Er reagierte geschickt auf mein entgeistertes Schweigen.

„Du hast Zeit, Dir das in Ruhe zu überlegen, mein Junge. Auf jeden Fall ist, was Du da für uns tun kannst, kein Verrat. Niemand will von Dir, daß Du wen verrätst", redete er jetzt schnell und wie geölt weiter. „Hier geht es um Wichtigeres. Dir ist bestimmt nicht klar gewesen, bei Deinem Mittun in jenen Kreisen, daß sich dort gefährliche Gegner der Sozialistischen Arbeiter- und Bauernmacht eingenistet haben – und ihre Wühl- und Verhetzungstätigkeit unter Euch ausüben, was?"

Dann schob er mir ein Blatt Papier rüber.

„Du darfst jetzt, nachdem Du hier unterschrieben hast, da rechts unten, ja neben dem Datum, nach Hause gehen. Es ist nur eine Formsache.

Durch Deine Unterschrift versprichst Du, Deinen Fehler wieder gut zu machen, indem Du für eine Weile mit uns zusammenarbeitest. Du kannst Dir aber die Sache noch in Ruhe" – er grinste wieder so komisch – „in Freiheit", das sagte er mit Nachdruck, „überlegen. Die Unterschrift bestätigt nur Deine Bereitschaft. Wenn Du es nicht tun willst, kannst Du uns immer noch anrufen. Hier ist meine Nummer. Von da an nimmt allerdings das Ermittlungsverfahren, das bis zu deiner Entscheidung noch ruhen wird, seinen normalen Gang – und ich kann dann natürlich nicht mehr beeinflussen, wie das Gericht urteilen wird.

Es ist besser für Dich, wenn Du von unserem Gespräch niemandem etwas erzählst. Du darfst ruhig weiter in die Gerberstraße gehen. Halte aber Deine Augen und Ohren offen. Deine Freundin, wie heißt sie doch gleich? Simone, habe ich recht? Das ist doch die Pfarrerstochter aus Niedergrunstedt. Zu der darfst Du am allerwenigsten etwas davon sagen, wenn Du ihr wirklich helfen willst. Sie ist noch stärker belastet als Du. Außerdem ist sie seit zwei Monaten volljährig. Die käme nicht so billig wie Du davon. Aber wenn Du vernünftig bist, will ich sehen, was ich für sie tun kann. Hast Du verstanden?"

Ich schluckte heftig. Mir war kotzübel. Nur erst mal raus hier – und Zeit zum Nachdenken haben, dachte ich, und unterschrieb.

„Na also", tönte der Schnauzer, „ich wußte, daß Du intelligent bist. Ist doch Quatsch, sich wegen so was die Zukunft zu versauen. Also, mein Junge, ich höre von Dir, sagen wir in einer Woche ..." Damit gab er mir einen Passierschein, mit dem ich unbehelligt an der Pforte des Haupteinganges hinaus durfte.

Es war schon spät, kurz vor elf. Pa würde heute aber kaum vor eins nach Hause kommen. Erst jetzt spürte ich den Schmerz an der Schulter wieder, von dem Schlag, den ich im Keller abgekriegt hatte, als sie uns verhafteten. Ob noch jemand beim Verhör war? Vielleicht wurden einige sogar drin behalten? Unschlüssig, was ich tun sollte, wartete ich in einer Nebenstraße noch eine Weile, ob jemand Bekanntes herauskäme. Wo wird Simone jetzt sein? Ich war wie zerbrochen. Vor lauter Schiß hatte ich diesen verdammten Wisch unterschrieben. „Du bist auf dem Weg, ein Verräter zu werden", tönte es in mir. Mit wem sollte ich über das Geschehene reden? Mit Pa? Um Gottes Willen, nein! Ich schlich mit hängendem Kopf nach Hause, ging ohne Licht zu machen in mein Zimmer – legte mich ins Bett – und lag die ganze Nacht wach.

Am nächsten Morgen schlich ich völlig übermüdet und zerschlagen in die Landauer-Werkstatt. „Ist was mit Dir?", fragte mein Lehrausbilder.

Ich winkte nur ab und schwieg. Ich überlegte den ganzen Tag hin und her – und fand keinen Ausweg. Zum Feierabend holte mich Simone diesmal nicht wie sonst immer ab. Wo sie nur steckte? Ob sie sie gleich da behalten hatten? Ich wagte nicht, in die Gerberstraße zu gehen, um nachzufragen. Ich saß zu Hause in meinem Zimmer, tat so, als ob ich lernen würde. Pa sah kurz rein, fragte, wann wir wieder mal Essen gehen wollten: „Vielleicht Mittwoch, Berto, hörst Du mir überhaupt zu?"

Ich nickte und sagte lahm: „Ja Mittwoch ist gut, Pa, das paßt mir."

Da war er's zufrieden – und ging in sein Arbeitszimmer. Ich atmete auf.

Die folgende Nacht lag ich die ersten drei Stunden wieder wach, dann mußte ich eingeschlafen sein – und fand mich auf einmal in einem Traum wieder, wie ich so intensiv lange keinen mehr, ja eigentlich seit dem auf dem Turm in Wörlitz nicht mehr gehabt hatte:

„Rette Dich", sprach eine Stimme zu mir. Ich stand seltsamerweise auf dem Dach unseres Hauses. Durch die ganze Belvederer Allee zog sich längs ein Riß hin, der immer breiter wurde. Es regnete in Strömen. „Dieses Land wird ob seiner Frevel untergehen", sprach die Stimme weiter. „Nur, wer auf dem Ettersberg Zuflucht sucht, wird überleben."

Der Riß wurde immer breiter. Das Nachbarhaus stürzte plötzlich ein. Auch unser Haus bebte und wankte. Dann wurde ich in die Lüfte erhoben und schwebte über dem Land, das zwar fremd aussah, von dem ich aber annahm, daß es Thüringen sei. Gewaltige Blitze zuckten, gefolgt von heftigem Donner. Am Horizont schoß ein Feuerstrahl zum Himmel. Viele Menschen schwammen schreiend und um Hilfe rufend umher. Auf einmal war das alles verschwunden – und ich stieg wieder einen dieser Bäume hinauf. Ich erkannte alles sofort wieder. Da war sie ja, die Fortsetzung meines Traumes! Wie lange hatte ich darauf warten müssen. Und wieder erschien das Mädchengesicht in der ovalen Tür – und verschwand. War das Simone? Ich stieß die Tür auf zum Bauminnern. Da saß der Schnauzer im Lotussitz und schwenkte das Papier, welches ich unterschrieben hatte – und ich wachte auf.

Mein Kopf war brennend heiß. Alles tat mir weh. Ich mußte hohes Fieber haben. „Gott sei Dank, ich kann im Bett bleiben", dachte ich. Pa griff mir besorgt an die Stirn, als er gegen zehn zu mir kam. Dann steckte er mir ein Thermometer in den Mund.

„Deine Freundin ist da", sagte er mit forschendem Blick. „Willst Du sie sehen?"
Ich erkannte, daß Pa jetzt alles wußte. Alles, außer dem Verlauf und Ergebnis des Verhörs. Simone hatte ihm gebeichtet. Das Thermometer zeigte 38,6° C. Ich bat Pa, Simone für ein andermal zu bestellen. Jetzt war ich nicht in der Lage, mit ihr zu sprechen. Dann drehte ich mich zur Wand – und schlief wieder ein. Wirre, unzusammenhängende Träume durchzogen mich:

Ich lief durch die Allee mit dem runden Dach aus Ästen und Blättern, trug ein Gewand, ähnlich dem von Mama und Pa damals. Es war safrangelb und hatte bunte Stickereien an den Ärmeln, am Saum über den nackten Füßen und auf der Brust. Im Traum fühlte ich mich jünger. Vielleicht 13 oder 14.

Doktor Bußbedt sprach von einer Art Mischung aus realer Erkältung und Nervenfieber. „Rußfett", wie er bei uns Patienten hieß, konnte alles erklären, wußte auf alles eine Antwort. Mit schmatzender Selbstgewißheit holte er aus seinem mit Weisheiten vollgestopften Schädel ein wohlklingendes Fremdwort nach dem anderen hervor. Sprach es aus, nicke bekräftigend dazu, wie ein aufgeregter Kanarienvogel und drückte die zu einem Gewölbe gebogenen Fingerspitzen gegeneinander. Ich litte an einer paranoiden Schizophrenie halluzinogener Färbung, verkündete er mir nach etwa vier Wochen triumphierend. Verzeihung! – Ich bin gesprungen.

Ich bin schon in Mühlhausen, genauer Pfafferode. Bezirkskrankenhaus für Psychiatrie und Neurologie, Haus 18.

Simone habe ich seit jenem Abend in der Gerberstraße noch nicht wiedergesehen, jedenfalls nicht bewußt, da ich sie, als man mich im Wald auf dem Ettersberg fand, nicht erkannte.

Wie ich dorthin gekommen bin, weiß ich nicht. Ich schlief seit jenem Morgen, als Pa mich so forschend angeblickt hatte, immer wieder ein, oder besser, versank in einen hitzigen Reigen aus schönen und schrecklichen Bildern. Ich will sie hier nicht alle schildern. In den nächsten Jahren, in denen ich Mühlhausen mehrmals von innen sah, war ich so mit Träumen, Alpträumen, Halluzinationen und Visionen eingedeckt – und alles wiederholte sich dabei mehr oder weniger immer wieder, so daß ich später und an anderer Stelle davon erzählen werde, vorzüglich im Zusammenhang mit meiner Bekanntschaft und späteren Freundschaft mit Overdijk. Er war der Einzige, der sie nicht als reine Einbildung, Wahn und Verwirrung auffaßte, sondern darin durchaus eine Botschaft sah, deren Entschlüsselung die Chance für meine Heilung sein könnte. Und er hat damit Recht behalten!

Jedenfalls war ich eines Nachts, wie mir Pa später berichtete, spurlos verschwunden, als er vom Dienst kam – und noch nach mir habe schauen wollen. Zum Glück habe sich Simone dann erinnert, daß ich ihr mal von meiner Sehnsucht sprach, im Wald in einem Baumhaus zu leben. Das war auf einem Spaziergang, den wir auf dem Ettersberg unternahmen. Also kämmte die Polizei den Wald durch – und fragte in den umliegenden Dörfern nach mir. In Daasdorf war ich im Konsum gesehen worden und aufgefallen. Mit wirrem Haar und fiebrigem Blick, wie die dicke Verkäuferin zu Protokoll gab. Ich hätte Unmengen Schokolade und Brot und Äpfel gekauft und etwas irgendwie Merkwürdiges ausgestrahlt.

An eine andere Flucht erinnere ich mich besser. Das war kurz vor meiner zweiten Einlieferung in Pfafferode. Simone hatte sich eine eigene Bude besorgt, eine heruntergekommene Dachwohnung in der Brehmestraße, unweit vom Hauptbahnhof. Ich war von Pa weg zu ihr gezogen. Meine Schübe, wie man so eine schizophrene Krise nennt, verliefen so, daß man ihre Anfänge meist nicht erkannte – und sich meiner Verrücktheit erst bewußt wurde, wenn es schon zu spät war. Ganz allmählich und unmerklich zunächst begann sich mein Denken zu „krümmen", knüpften sich scheinlogische Zusammenhänge und bildeten das Netz, in dem sich, unterstützt von phosphoreszierenden Träumen und Taghalluzinationen, mein Bewußtsein verfing. Außerdem war unser Leben dem Verrücktwerden ja so ziemlich förderlich. Fast jeden Abend hockte Besuch bei uns. Alles mehr oder weniger gestrandete Gestalten. Wir redeten bis in die Nacht, tranken Tee und Rotwein, hörten stundenlang Musik, rauchten Unmengen Zigaretten – und glaubten, das alles zu brauchen, um wenigstens auf diese Weise so etwas wie Freiheit zu fühlen.

In jener Nacht, eigentlich war es schon früher Morgen, nachdem die andern längst gegangen waren, saß Paletti immer noch in Simones Zimmerchen auf den Matratzen. Er hatte seinen Spitznamen, weil er fast jeden dritten Satz mit „Alles Paletti!" beendete. Wir hörten zum hundertsten Mal die Patti Smith Platte, die uns irgend jemand geliehen hatte. Paletti sprach von der Arche Noah. Keine Ahnung, wie wir auf dieses Thema gekommen waren. Ich brannte mir eine neue Zigarette an, wahrscheinlich die vierzigste. Die Müdigkeit war einer seltsamen Überwachheit gewichen. Meine Nerven vibrierten, Adrenalinstöße rieselten mir den Rücken runter. Die Russen hätten den Gipfel des Ararat abgesperrt, weil da noch die Reste der Arche Noah zu finden seien. Die Sintflut der Bibel sei in Wirklichkeit der dramatische Untergang eines ganzen Kontinents gewesen – und die Arche Noah eines der Schiffe, von der es eine regelrechte Flotte gegeben haben müsse, das bis nach Armenien vorgedrungen sei. Damals hätte nur der Gipfel des Ararat aus den Fluten geragt.

Plötzlich hörte ich von der Platte: „Mache Dich auf nach Süden, Bertram." Ich sah die andern an. Niemand schien das erfaßt zu haben. Es wiederholte sich. „Nach Süden, Bertram. Du sollst das Tal der Rettung sehen. Mache Dich auf!" Simone gähnte. Paletti war verstummt. Er machte Anstalten, aufzubrechen. Die Dämmerung drang schon durchs Fenster. Zum Glück war morgen Samstag. Als wir uns hinlegten, konnte ich, obwohl ich todmüde war, nicht einschlafen. Simone schlief schon.

Ich ging auf die Toilette. Da sah ich auf der Landkarte, die dort an der Innenseite der Tür hing, eine leuchtende Spur langsam nach unten kriechen. Sie verfolgte die Straße, die in Richtung Bad Berka aus Weimar herausführte. Es war klar, dort mußte ich hin, das Tal der Rettung zu suchen. Ich zog mich geräuschlos an, schloß leise die Tür, verließ das Haus. Vom Bahnhof dröhnte das Geräusch rangierender Dieselloks. Ein Milchauto rumpelte die Brehmestraße hinunter. Ich lief durch die noch schlafende Stadt, erreichte den Friedhof. Das Tor stand offen. Erste Vögel begannen, noch schlaftrunken, zu zwitschern. Hinter der Goethe- und Schillergruft, an deren Rückseite eine winzige russische Kirche steht, bog ich nach links ein, auf den Weg, die Friedhofsmauer entlang, die diesen von der Berkaer Straße abschirmte. Kurz vor dem großen Haupttor, gegenüber vom Krematorium, machte ich vor einem Grab halt, das mich merkwürdig anzog. Vor dem Grabstein war eine Skulptur, die einen etwa siebenjährigen Knaben darstellte. Ich ließ mich ihm gegenüber im Schneidersitz auf dem Weg nieder und starrte ihn lange Zeit an. Das fahle Frühlicht flirrte eigenartig um die steinernen Locken der Skulptur. Ein Sonnenfleck auf dem Gesicht des Knaben spielte über dessen Stirn, tanzte auf der Nase, vergrößerte sich endlich – und, ich erschrak – die Gesichtszüge begannen sich zu bewegen. Mit einem feinen sirrenden Geräusch öffnete sich der Mund, dann wurden die Augen lebendig. Ich war tief aufgewühlt und gebannt. Endlich begann er zu sprechen. Doch dieses Sprechen war eigenartig. Ich hörte es nicht außen,

sondern es klang in mir. Und es klang seltsam fremd und singend. Ich verstand den Sinn nicht. „Kennst Du unsere Sprache nicht mehr?", fragte der steinerne Knabe in mir. Ich schüttelte den Kopf. „Sprich mir nach", sagte er, „dann wirst Du Dich erinnern." Er wiederholte langsam. Ich ahmte seine Laute nach:
„Ika o mirre gat aleidji tez Borä ..."
Folgsam sprach ich leise nach. Er wiederholte diesen Satz mehrmals – und ich wiederholte immer wieder. Dabei bohrte sich sein Blick in meine Augen – ich wurde, so schien mir, dadurch immer leichter, bis ich meinen Körper nicht mehr spürte. Der Satz wurde immer hallender, als säßen wir in einem riesigen Saal – und mit einem Male kam mir mühelos die Übersetzung.

Da sprach der Knabe weiter, immer weiter. Es waren Verse. Als er geendet, fing er wieder von vorne an, immer wieder. Mir war, als sprächen wir diese Verse stundenlang. Und dann fühlte ich, daß ich sie jetzt auswendig kannte.

Doktor Bußbedt tat sehr wissend, als ich sie bei meinem nächsten Aufenthalt in Haus 21 für ihn aufschrieb, und nahm sie als Beweis für „psychopathologisches automatisches Dichten" in meine Akte auf.

Der singende Ton, in dem der Knabe mir die Verse vorgesprochen, hallte noch lange in mir nach. Die Kraft ihrer Bilder jagte mich schließlich auf, hinaus aus dem Friedhof und auf die Straße nach Bad Berka. Doch schon hinter Gelmeroda hieß mich eine Stimme, die Straße zu verlassen und in den Wald hinein zu gehen. Ich kletterte hinab in eine dicht bewachsene Schneise, auf der anderen Seite wieder hinauf, folgte dem Lauf eines Baches in der nächsten Senke, dann einem schmalen Pfad – und stand schließlich mitten im Wald vor einem Haus. Hinter dem Haus war ein nicht umzäunter Garten. Ich setzte mich auf eine Bank unter einen Kirschbaum, um auszuruhen. „Kannst Du die Verse noch?", fragte die Stimme.

Ich probierte: „Ika o mirre gat aleidji tez Borä ..."
Und wie zuvor sprach ich mühelos die Übersetzung leise vor mich hin. Ich hatte alles behalten.

Sie kündeten von der Zukunft, das konnte ich den fürchterlichen Sätzen entnehmen. Und nun begriff ich auch, was sie mir sagen wollten: Ich sollte das Tal der Rettung finden – dort eine neue Arche bauen. Zitternd stand ich auf, die Verse murmelnd:
    Steil steigt das Meer zu überdrehten Fluten
    Gischtiger Hufschlag frißt den Fels wie Gras

Von tausend Rossen mühelos zerstampft
Treibt ein Orkan die Wälder vor sich her
Und krachend zucken Risse – Blitzen gleich
– Die Erd' zerspaltend – kreischend wild dahin
Zu Schlünden reißt die Wut der Elemente
Zu Höllenrachen sie im Grimme auf
Nichts Festes, das nicht jäh – in irrem Tanze
Sich über'nander wirft – zermalmt, zermahlt
Alles zerstört, was je auf ihm gewohnt. –

Der Himmel birst in flatterndem Entsetzen
Und Flammenströme setzen ihn in Brand
Mit Feuerhänden greifen die Vulkane
Dem fahlen Dunkel ins gesträubte Haar
Der Mond verlischt in blutigrotem Dampfe
Der ungehemmt das Firmament erstickt.

Und grollend brüllt vom ärgsten Spalt des Meeres
Nachtschwarz der Haß des tiefsten Abgrunds selber auf
Da ist kein Halt mehr,
Nichts reicht sich die Hände
Nur Stürzen – bodenlos
Mit rasendem Getön.
Entriegelt ist das Band der Elemente
Nichts hält das tobende Verderben auf
Und gräßlich knirscht das Jauchzgeheul des Tod's.

Ringsum den Völkern fährt es durch die Seelen
Die stumm ein eisig-grauser Traum umstellt
Gobaos letztes stärkstes Zucken vor dem Ende
Durchfährt in dieser Nacht der Erde Rund
Ein namenloses Zittern weckt dann Viele
Auch die Entferntesten
In schrecklichem Momente auf
Und nicht zu sagen ist, was sie durchleben
Und unbeschreibbar bleibt's
Bis auf den jüngsten Tag.

Als ich sie zuende gemurmelt hatte, ging die Tür des Hauses auf und ein Mann schaute mich ernst, aber nicht unfreundlich an. Er winkte mir, näher zu kommen. Ich faßte mir ein Herz und ging zu ihm.

„Wohin führt Dich Dein Weg?", fragte er.

„Zum Tal der Rettung", erwiderte ich.

„So, so", sagte der Mann – und betrachtete mich mit einem seltsamen Blick. „Der Weg dorthin ist weit. Willst Du nicht zuvor bei uns frühstücken?"

Da war ich erleichtert und nahm dankend an. In dem Haus wohnte eine große Familie. Acht Kinder, vom Kleinsten bis zum Ältesten, saßen um einen langen Tisch. An dem einen Ende die Mutter, an dem anderen der Vater. Man stellte noch einen Stuhl für mich heran. Ich nahm, plötzlich schüchtern geworden, Platz.

Bevor sie aßen, sprach der Vater ein Gebet. Das gefiel mir sehr. Dann schwiegen alle und aßen. „Diese Familie mußt Du auch retten", dachte ich bei mir.

3. Kapitel: DIE AMPHORE

Da stehen sie ja. Alle Bücher, die sich im Laufe der Jahre über Atlantis angesammelt haben: Zuvorderst die Bände von Charles Berlitz, die er eine Zeitlang regelrecht verschlungen hat, nachts, mit der Taschenlampe unter der Bettdecke: „Mysterien versunkener Welten", „Die Arche Noah", „Das Atlantis-Rätsel", „Spurlos", „Der achte Kontinent". Dann Otto Muck's „Atlantis. Die Welt der Sintflut" und sein „Alles über Atlantis". Sigismund von Gleich „Der Mensch der Eiszeit und Atlantis", „Das Atlantis-Geheimnis" des amerikanischen Hellsehers Edgar Cayce, John Michell's „Die Geomantie von Atlantis" (Wissenschaft und Mythos der Erdenergien), „Atlantis und die Rätsel der Eiszeitkunst" von Ernst Uehli, Heinz Kaminski's „Sternstraßen der Vorzeit" (Von Stonehenge nach Atlantis). Schließlich folgten noch einige englische Titel: W. C. Beaumont „The Riddle of Prehistoric Britain", in dem der Autor Großbritannien mit Atlantis identifiziert, das einmal viel größer gewesen, und dessen größter Teil an Landmassen von einem Kometen 1322 vor Christus zerstört worden sei. Auch Alexander Braghines „The Shadow of Atlantis" hatte er gern gelesen. Natürlich auch das Kinderbuch von Helena van Achteren: „De Sprokjes van Plato over Atlantis", das er mit acht oder zehn Jahren geschenkt bekam, und das sehr schön illustriert ist. –

Overdijk öffnete die Dachluke, um frische Luft in die Kammer zu lassen. Hier oben hatte sich seit seinen Kindertagen nicht viel verändert. Und da sind ja auch noch die Mappen, die den Schluß seiner Atlantis-Sammlung bilden. In denen ist alles versammelt, was seine Phantasie damals beflügelte: Gletscher, Höhlenzeichnungen, Tempel, erdachte Landkarten von Atlantis, die er mit Flüssen und Seen, Bergen und Wäldern, Städtenamen, Straßen und Tempelanlagen versah. Aus alten Fachzeitschriften und Büchern über sein jahrelanges Lieblingsthema, die er teils in den Wühlkisten des elterlichen Ladens, teils an den Bücherständen auf dem wöchentlichen Flohmarkt fand, waren Abbildungen herausgeschnitten, eingeklebt und kommentiert. So mischten sich fremde und eigene Skizzen in bunter Folge. Sein Lieblingsspiel war, ganze Geschichten" zu erfinden, und in dem geheimnisvollen, versunkenen Kontinent spielen zu lassen.

Und da auf dem Kinderschreibtisch, der direkt unter der Dachluke steht, liegt ja auch der Haufen von Zeitungsartikeln und Büchern, die seit dem merkwürdigen Ereignis in großer Zahl geschrieben worden waren: dem Auffinden eines eigenartigen Gefäßes, aus bis zum heutigen Tage noch immer nicht identifiziertem Material. Ein estnischer Gelehrter nannte „das Gefäß", später, ca. ein Jahr nach seiner Entdeckung, „Amphore". – Seitdem bürgerte sich dieser Name für das rätselhafte Objekt ein – und unter diesem Namen wurde es weltberühmt. Es hieß von nun an DIE AMPHORE schlechthin. Dabei sah es gar nicht so sehr wie eine griechische Vase aus. Nur in etwa annähernd und mit einiger Phantasie konnte man darin eine Ähnlichkeit mit solchen antiken Behältnissen sehen.

Overdijk war von einem Verlag gebeten worden, der eine Dokumentation über das Kabouterhuis plante, Material aus seinem Leben beizusteuern. Das führte ihn endlich auch in diese Kammer, dem Reich seiner Kindheit, das er weiß Gott wie lange schon nicht mehr betreten hatte.

Er betrachtete die Utensilien seiner kindlichen Phantasie mit einer Mischung aus Belustigung und Gerührtheit. Das Schaukelpferd, die Indianerausrüstung mit selbst gebasteltem Pfeil und Bogen, das hölzerne Schwert mit dem Lederfutteral und dem breiten Gürtel, das ihn, als Ritter Lancelot durch Scheveningen streifend, vor allen Gefahren schützte. Und in der dunklen Ecke ganz hinten stand auch noch der riesige alte Globus, der jahrelang als Dekoration im elterlichen Antiquariat und Antiquitätengeschäft diente. Daneben ein kleines Schränkchen mit Glastüren, in dem noch immer die Muscheln, Seesterne und seltenen Steine lagen, die er einstmals sammelte.

Overdijk öffnete die alte Truhe, deren Deckel, ganz verstaubt, laut kreischte, als er ihn hochhob, als würde sie gegen die Störung ihrer Ruhe protestieren. Sie ist angefüllt mit allerlei Krimskrams, alten Sachen, die ihm bei seinen phantastischen Reisen als Verkleidung dienten. Ein langer schwarzer Pelzmantel seiner Mutter, den er erbeutete, als sie ihn ausrangieren wollte. Glatt und glänzend mit breitem Kragen, der einem, wenn man ihn hochstellte, das Aussehen eines verwegenen Eroberers gab.

Da rührt sich hinter der Truhe etwas. Eine Decke gleitet herab und gibt den Spiegel frei, der mit ihr verhängt war. Overdijk grinst sich an, als er sein vor eifriger Suche gerötetes Gesicht erspäht. Er schlüpft in den Mantel und dreht sich damit theatralisch vor dem Spiegel. Er ist ihm zu eng und er schleppt auch nicht mehr so wie damals nach, was er sehr geliebt hatte, da es ihm das Gepräge eines königlichen Hermelins gab. Als Knabe war es für ihn ein Leichtes gewesen, ihn sich scharlachrot zu denken, und mit ihm in der zum Audienzsaal verwandelten Kammer einherzustolzieren.

Er legt den Mantel zur Seite, um einen Karton aus der Truhe zu heben. Er enthält seine Hefter und Bücher aus der Studentenzeit. Seine Begeisterung für das Atlantis-Problem brachte ihn ganz selbstredend dazu, Archäologie und Altertumswissenschaften als Fächer zu wählen, und sich zunächst mit Feuereifer in ihre Geheimnisse zu stürzen. Doch bald, schon nach drei Semestern mußte er erkennen, daß ihn das um keinen Schritt näher an die Lösung dieses Rätsels brachte. Jan, sein Vater, verstand ihn und war kein bißchen ungehalten, als er ihm eines abends eröffnete, daß er wechseln wolle zur Psychologie, die er sich damals noch wie eine „Archäologie der menschlichen Seele" vorstellte, mit verborgenen Schichten und rätselhaften Funden, die ihm ebenso spannend zu werden versprachen, wie die Knochen und Scherben, auf die er bei verschiedenen Ausgrabungen gestoßen war.

Das „Atlantis" des Menschen, all das in geheimnisumwitterte Tiefen verschwundene, ins Unbewußte gesunkene Erleben, dessen Bergung und Deutung vielleicht helfen würde, sich selbst und die Welt besser zu verstehen.

In einer eigenartigen Weise wirkten die Motive, die ihn zuerst zur Archäologie führten, in seiner Beschäftigung mit der menschlichen Psyche nach. Nie verließ ihn der Hang zu Phänomenen, zu Geheimnissen, wie sie ihm von dem Zauberwort Atlantis entgegentraten – und das lenkte ihn endlich noch zu den besonderen Rätseln der menschlichen Seele, zur Parapsychologie, die ihn nach den psychologischen Studien an der Sorbonne in Paris, an das renommierteste Institut seiner Art, nach Ottawa in Kanada führte.

In seiner Doktorarbeit: „C. G. Jungs Archetypen und die Gemeinsamkeiten in den Geheimlehren alter Völker", verfolgte er den Gedanken, daß man in ferner Vergangenheit ein viel umfangreicheres und detaillierteres Wissen von den Fähigkeiten der Seele hatte, als sich die heutige moderne Medizin träumen läßt. Diese Fähigkeiten lägen als archetypische Erinnerung versunken in jeder heutigen menschlichen Seele verborgen. Man müßte, so formulierte er seine These, zuerst dieses geheime Wissen, wie es im ägyptischen Buch Thot, im Mayabuch Popol Vuh, im Tibetanischen Totenbuch und anderen Urkunden alter Weisheit niedergelegt ist, bergen, und in die Sprache moderner Psychologie übersetzen. Dabei wäre es allerdings notwendig, unsere Vorfahren nicht als dümmer als uns selbst zu betrachten, sondern ihre, uns zunächst in fremde Bilder, Gleichnisse und Metaphorik gekleideten Mitteilungen ernst nehmen, ja sie als den damaligen Zeiten angemessene Wissenschaft anerkennen.

Solange man aber die Frage der Prä- und Postexistenz des Menschen, oder wenigstens eines Teils von ihm, nennen wir ihn ruhig SEELE, so dogmatisch ablehne, und diese Ablehnung als angeblich wissenschaftlich abgesichert ausgebe, wird es schwer halten, diese Zeugnisse hoher Kulturen richtig zu würdigen. Ja, er sei überzeugt, daß sie, unvoreingenommen betrachtet, nicht nur Wertschätzung verdienten, sondern eine Fülle von Hilfen bei den uns heutzutage unter den Nägeln brennenden Fragen beisteuern könnten.

Nicht von Ungefähr stoße man besonders häufig bei der Behandlung psychisch Kranker auf verblüffende Hinweise auf die Präsenz solcher ins Archetypische eingegangener Phänomene. Er wolle nicht die Tatsache psychischer Erkrankung unterhöhlen – und etwa die visionären oder halluzinatorischen Symptome als pathologisch getarnte Gesundheit hinstellen. Jedoch sei es wiederum betrachtenswert, sich in zahlreichen Fällen zu fragen, woran der Einzelne erkrankt sei.

Er sei bei seinem Studium zahlreicher Anamnesen darauf gestoßen, daß darin Dinge enthalten waren in Form von visionären, traumhaften, halluzinatorischen Zuständen, die sich nicht aus der Biographie des Patienten erklären ließen. Weder aus dem, was er in seinem Leben erfahren, noch aus dem, was er jemals gelesen, gehört oder gesehen habe. Dinge, die dem, der sie erlebte, (man könnte besser noch sagen: erlitt), selber so fremd seien, so fern lägen, daß sie ihm selbst am meisten unheimlich erschienen. Unheimlich aus mehreren Gründen: Zum ersten erschreckten sie ihn durch ihre psychische Exotik, zum zweiten würde ihm klar, daß die moderne Wissenschaft, bei der er vielleicht verzweifelt Hilfe suchte, keine Erklärung für das was ihm widerfuhr hatte. Mit Ausnahme der einen einzigen: Psychische Erkrankung.

Aber dem unvoreingenommen Denkenden dürfte eigentlich klar sein, daß nicht erst seit heute „Psychische Erkrankung" der Topf sei, in den wir alles an psychischem Erleben werfen, welches den Dogmen unserer Auffassung von Normalität nicht entspricht. Fern sei dieser Untersuchung der Gedanke, Dinge wie: LEBEN NACH DEM TOD / REINKARNATION / ENGEL / EWIGKEIT / GOTT / GEISTIGE WELTEN und dergleichen mehr als Tatsache, als erwiesen hinzustellen. Darum könne es nicht gehen. Was diese Arbeit wolle, sei, eine Haltung zu fördern, die sie nicht von vornherein abtut und halsstarrig leugnet, sondern, sie als offene Möglichkeit ansieht und nicht ausschließt, daß sich das eine oder andere im Laufe der Zeit eventuell als stichhaltig erweist.

Overdijk hielt es nicht lange im Bereich der reinen theoretischen parapsychologischen Forschung. Noch während seiner Zeit als Dozent am Institut für Psychologische Phänomenologie in Hamburg, ließ er sich zum Psychotherapeuten ausbilden. Er wollte mit Menschen zu tun haben und ihren konkreten Biographien. Und so kam es dazu, daß er im Herbst 2008 eine psychotherapeutische Praxis in Den Haag eröffnete, in der Lange Voorhout, unweit des Geschäfts der Eltern.

Hatte er schon mit seiner Doktorarbeit in Fachkreisen einige Beachtung gefunden, so machte ihn die Veröffentlichung seines Buches: „DIE THERAPIE DER GÖTTER" (psychotherapeutische Aspekte des Tibetanischen Totenbuches: Bardo Thödol) zwei Jahre später berühmt. Für eine ganze Generation Jugendlicher wurde es jahrelang regelrecht zu einem Kultbuch.

Noch während er an diesem Buch arbeitete, schenkte ihm einer seiner dankbaren Patienten ein geräumiges Haus in Scheveningen. Overdijk konnte damit seine Idee in die Tat umsetzen, für einige seiner Patienten eine Art Wohngemeinschaft einzurichten, in der sie gemeinsam die Aufarbeitung ihrer Erlebnisse mit kreativen und therapeutischen Mitteln weiterführen konnten, bis sie sich stark genug fühlten, ins „normale" Leben zurückzukehren. In Anlehnung an eines seiner Lieblingsbücher aus der Kindheit, nannte er das Haus KABOUTERHUIS (Zwergenhaus). Und dieser Name wurde von seinen Patienten wegen seiner freundlich-ironischen Humoristik gerne übernommen.

Overdijk hatte sich auf Patienten spezialisiert, die in einer Art erkrankt waren, von der er in seiner Doktorarbeit schon gesprochen hatte: Menschen, die „Erlebnisse aus früheren Inkarnationen" hatten, oder Visionen, die ihrem sonstigen Erleben fern lagen, oder Fähigkeiten an sich selbst bemerkten, die ihnen Angst machten und über die sie verrückt geworden waren: wie Gedankenlesen, außerleibliche Zustände, hellseherische Blicke in die Zukunft oder in die Vergangenheit. Für Patienten dieser Art wurden er und sein Kabouterhuis so etwas wie ein Geheimtip. Die wechselnden Bewohner veröffentlichten Trance- und Visionsprotokolle, oder verarbeiteten ihre Zustände zu Märchen und Geschichten, sie malten oder bildhauerten und organisierten mit Hilfe seines Renommees

Ausstellungen, ja eroberten sich damit sogar einen achtbaren Stellenwert auf dem Kunstmarkt. In einigen Ländern, meist von „Ehemaligen Assistenten" aus dem Kabouterhuis, wurden ähnliche Häuser nach Overdijks Modell eingerichtet. So in Flensburg, an der dänisch-deutschen Grenze, in Marbach in Schwaben und in Jena in Thüringen. Natalja Garinskaja, die eine Zeitlang seine Assistentin gewesen war, eröffnete eins in Riga in Lettland, und Krasczewski, der erst seit zwei Jahren bei ihm war, wollte demnächst eins in Polen, in der Nähe Krakows eröffnen.

Dies machte zusammen mit den Gründungen Aberdeen in Schottland, La Roche-sur-Yon in der Vendee in Frankreich und in Fiesole bei Florenz in Italien, einen hübschen Reigen von Nachahmern aus.

Das müßte genügen für den Artikel über die Kabouterhuis-Idee.

Overdijk verließ die Bodenkammer und sah im Briefkasten nach Post. Die archäologische Fachzeitschrift, die vierteljährlich erschien – und die er noch immer aus alter Anhänglichkeit an seine ersten Studien abonniert hatte, war dabei. Auf dem Titelblatt war sie wieder einmal abgebildet, die AMPHORE. Eine Schlagzeile versprach neue Erkenntnisse über den rätselhaftesten Fund der Neuzeit.

Es war inzwischen schon elf Uhr Vormittags. Joan würde erst gegen eins vom Dienst in der Steiner-Klinik kommen. Als er die Treppe hinabstieg, hörte er unten Spinoza klagen. Und mit Recht, denn er hatte bis jetzt noch kein Futter bekommen. Overdijk war bei der Reise in seine Vergangenheit unmerklich die Zeit davongeeilt.

„Ja, mein Lieber. Nun schimpf mal tüchtig. Du hast vollkommen Recht. Ein vertrottelter Professor ist Dein Herrchen, was? Schließt sich da oben ein und vergißt Dich ganz. Komm, nun kriegst Du Schmerzensgeld, ja? Nun machen wir eine Büchse auf. Was hätten Sie denn gern Eure katerliche Gnaden? Lachs? Thunfisch? Wild? Was? Ah ja, ich verstehe. Also Lachs. Praktisch, diese Büchs'chen. Einfach an der Lasche ziehen – und schon sind sie auf. Wünsche guten Appetit. Wohl bekomms Ihro Schnurrigkeit."

Spinoza war schon, als Overdijk die Büchse aus dem Schrank nahm, wie wild um seine Beine gestrichen. Er hatte sein Miauen zu langgezogenen Arien gesteigert, war schließlich auf den Küchentisch gesprungen und hatte seinen Kopf an der Büchse gerieben, so daß Overdijk Mühe hatte, die Lasche zu ziehen. Jetzt fraß er, ohne seinen Spender auch nur noch eines Blickes zu würdigen, mit heftiger Entschlossenheit, ernst und konzentriert die ganze Ladung in wenigen Minuten ratzeputz auf. Leckte die leere Büchse noch lange hingebungsvoll, bis auch kein Krümelchen mehr in ihr war, und anschließend sich selbst die Barthaare und die Pfoten, bis selbst der Geruch der Kostbarkeit endgültig mit verspeist war.

Overdijk hatte Bertram Curio anrufen wollen. Ja, ja. Doch aus irgendeinem Grund schob er es immer wieder hinaus. Ein paar Tage waren schon seit Tientjes Anruf verstrichen, ohne erneute Nachricht von ihr.

Die Chinesen hielten die überfallenen Länder nach wie vor besetzt. Aber es kam nicht, wie befürchtet, zu barbarischen Übergriffen. Es ging ihnen nicht um Unterjochung – nur um Ausdehnung ihres Machtbereichs. Der große Tiger hatte sich eingeengt gefühlt, von zuviel Kapitalismus umzingelt. Trotzdem wurden die Wirtschaftssysteme in den überfallenen Ländern kaum angetastet. Nur Rundfunk, Fernsehen, Eisenbahn und Luftverkehr verstaatlichte man sofort. Hie und da war von Aufbegehren gegen die Okkupanten die Rede. Ein Häuflein von Studenten in Phön Jang, ein Streik von Arbeitern in Bangkok. Alles aufflackernde Feuer, die das gewaltige Imperium bald zu löschen verstand. Overdijk war es müde, immer wieder in den Fernseher zu starren. Er mußte sich sammeln, wieder zu sich kommen, abschalten, sich ablenken. Es nützte nichts, wieder und wieder die Bilder zu sehen, die Artikel zu lesen. Die unerträgliche Spannung, ob und wann Tientje sich wieder melden würde, mußte irgendwie neutralisiert werden. Wenigstens für einige Stunden.

Die neue Ausgabe von OUDHEIDKUNDE kam ihm also gerade recht. In ihrer Mitte war ein Blatt, das man auseinanderfalten konnte, bis es die Größe eines Plakates erreichte. Darauf abgebildet, ganz unten rechts, etwa A4-groß, die Amphore. Der übrige Platz war mit Zeichen bedeckt. Offenbar Schriftzeichen, die man in ihr gefunden hatte. Sie glichen weder den ägyptischen Hieroglyphen, noch der Keilschrift, noch germanischen Runen oder indianischen Schriften. Nicht dem Altchinesischen, Altjapanischen, noch sonst irgendeiner altertümlichen Schrift.

Overdijk hatte sich einen Pott Kaffee gemacht, einen Yoghurtbecher und ein Stück Käse und einen Kanten Brot geschnappt und war mit der Zeitung in sein Arbeitszimmer gegangen. Mit ein paar Reißwecken befestigte er das Plakat an seinem Bücherregal. Dann blätterte er bis zu dem Beitrag über die Amphore und begann zu lesen:

Den Beginn überflog er, da dort nur resümiert wurde, was ihm schon bekannt war. Wie sie im November 2028 nach einem Erdbeben an der Küste Tunesiens beim Tauchen nach Opfern, zwischen Kap Bon und El

Haouaria nordöstlich von Tunis gefunden wurde, von einem Team eines amerikanischen Kriegsschiffes, das zur Rettung herbeigeeilt war. Wie sie bald darauf vom CIA beschlagnahmt wurde, da man festgestellt hatte, daß sie aus einem, auf der Erde bislang unbekannten Material zu bestehen schien. Bis sie schließlich in ein Museum in Los Angeles überführt wurde – und von da an in einer aus Panzerglas gefertigten Spezialvitrine der Allgemeinheit zugänglich war. Hatte schon ihre unbekannte Zusammensetzung für Aufsehen gesorgt, so beschäftigte noch mehr die Schriftrolle, die man in ihrem Innern fand, die Gemüter. Diese Rolle bestand ebenfalls aus einer rätselhaften, unbekannten Substanz. Eine Art Mittelding zwischen Papyrus und Pergament, offenbar aus sehr fein strukturierten Pflanzenfasern. Wie man vermutete, einer ausgestorbenen Art von Pflanzen. Das rätselhafteste aber war die Schrift, deren eigenartig verschlungene Zeichen wie eine Art Morsealphabet benutzt worden zu sein schienen. Denn es war auffällig, daß oftmals dieselben Formen zwei, fünf, ja acht mal hintereinander auftraten. Experten äußerten die Vermutung, daß dies eine Verschlüsselungsmethode sein konnte, um die Inhalte nicht profanen Lesern, wer immer diese auch gewesen sein mochten, zugänglich zu machen. So sei ja zum Beispiel bekannt, daß man Worte durch Zahlen ausdrücken könne, indem man einfach die Buchstaben des Alphabets numeriere. Nun ist aber das Alphabet eine Sprach- bzw. Schriftgeschichtlich sehr junge Erfindung – wogegen sich alle Experten darin einig waren, die Amphore in sehr frühe Entwicklungszeiträume der Menschheit anzusiedeln. Schriften, deren Systematik der des Alphabets, wie wir es heute kennen, analog sind bzw. nahekommen, lassen sich relativ leicht entschlüsseln. Ebenso Schriften, deren Zeichen auf ein konkretes Ding oder Geschehen deuten. Schwieriger wird es schon, wenn Zeichen nur auf religiöse, meist sogar esoterische Inhalte zielten – da sie nur demjenigen etwas zu sagen vermögen, der mit der ganzen Assoziationsbreite der Zeit, in welcher die Texte verfaßt wurden, vertraut war. Selbst, wenn die Schrift-, Zeichen- oder Bildersprache in heutige Worte übersetzt werden könnte, käme noch das Problem der geheimen Metaphorik damals Eingeweihter, was die Möglichkeit in sich schließe, daß der Text letztendlich hermetisch bleiben würde, und jede Deutung hoffnungslos im Nebel der Spekulation verbleiben würde.

Die Amphore hatte eine Höhe von 48,03 cm und an ihrer breitesten Stelle maß sie 22,07 cm. Ihre Oberfläche gläsern, bei verschiedener Beleuchtung opalisierend zwischen blau und grün. Proben ergaben, daß das Material aus dem sie bestand, an Härte in die Nähe des Diamanten rückte, allerdings nicht dessen Sprödigkeit aufwies, so daß man erstaunlicherweise sogar von einer gewissen Elastizität sprechen mußte.

Sie war nur bedingt durchsichtig, da sich ihre Farbigkeit nach innen verdichtete und sie außerdem von merkwürdigen, netzartigen roten und goldenen Fäden durchzogen war. Ihre Oberfläche bildeten geschliffene regelmäßige Siebenecke, in deren rhomboiden Zwischenräumen ein immer gleiches Symbol auftrat. Eine Art Fisch in stilisierter Form und nur hauchfein hineingeritzt. So wirkte die Amphore wie ein riesiger geschliffener Diamant von der Form einer altgriechischen Vase. Ihr unteres Ende verlief fast spitz aus. Oben befand sich eine Öffnung, die mit einer Art Teerwachs verschlossen gewesen war. Dies war der Zugang zu der röhrenförmigen Aushöhlung, in der sich die zusammengerollten Papyro-Pergamente befunden hatten. Im ganzen drei Rollen, ausgebreitet etwa vom Format A3, nur etwas schmaler und länger. Über und über mit den noch unentzifferten Zeichen bedeckt. Das Plakat an Overdijks Regal gab sie verkleinert alle drei wieder, das vierte Feld füllte die Fotografie der Amphore aus.

Overdijk mußte schmunzeln über die langatmige Passage, wie man versucht habe, mit einem der leistungsfähigsten Computer die Schrift zu entziffern. Er sei mit den schwierigsten Schriftarten gefüttert worden, die je zu knacken gewesen seien – alles ohne Ergebnis.

Interessant wurde endlich der Schluß des zwölfseitigen Artikels, wo der Verfasser in ironischem Ton davon berichtete, daß es inzwischen eine Anzahl von Personen gäbe, die behaupteten, durch längeres Verweilen vor der berühmten Vitrine von einer Krankheit geheilt worden zu sein. Seitdem gehe das Gerücht von den magischen Kräften der Amphore um. Völlig absurd sei der Bericht eines Rollstuhlfahrers, der daraufhin mehrere Stunden vor ihr verharrte, dieses an mehreren Tagen wiederholt habe – und schließlich aus seinem Rollstuhl aufgestanden, und ihn schiebend, an der verblüfften Aufsichtskraft vorbeigelaufen sei. Nun ja, jetzt war der Mann offenbar an seinem Ziel – und für ein paar Tage in den Schlagzeilen der Weltpresse, schloß der Artikel.

Overdijk reizte die selbstgefällige Sicherheit dieses sich allzusehr auf sicherem wissenschaftlichen Boden wähnenden Schreibers.

„Warum soll eine uns unbekannte Materie nicht Dinge bewirken, die fürs Erste noch wie ein Wunder wirken?" dachte er. „Aber natürlich, auch der Einfallsreichtum eines Schelms wäre nicht auszuschließen.

Und auch hysterische Autosuggestion, wie schon so oft in Lourdes und anderswo."

Er warf einen nachdenklichen Blick auf das Plakat, auf die seltsam verschlungenen Schriftzeichen. Hatte nicht einmal eine seiner Patientinnen unter Hypnose ein altjapanisches Gedicht nicht nur lesen, sondern auch übersetzen können, das auf einer Zeichnung geschrieben war, die er einige Zeit in seinem Behandlungszimmer aufgehängt hatte? Er dachte damals zuerst, sie habe sich das nur eingebildet, obwohl es sehr schön, sehr japanisch klang, was sie ihm da vorrezitierte. Doch als er sich von einem Fachmann die Übersetzung besorgte, war er verblüfft, wie ähnlich, ja identisch beide Versionen waren, wenn man kleine Abweichungen außer acht ließ, bzw. sie der dichterischen Freiheit der auch sonst poesiebegeisterten Patientin zugute hielt. Wie war doch ihr Name? Sie hatte gleich zu Beginn ihrer Behandlung erklärt, in ihrem letzten Leben die Hexe von Endor gewesen zu sein, in dem Leben davor aber ein berühmter Samurai im alten Japan.

Er überflog die Akten: Jennifer Jordan? Nein, nein, so hieß sie nicht. Ter Ver? Schon eher. Er müßte nachlesen. Immerhin war sie schon seit fünfzehn Jahren geheilt. Er überflog die Stichpunkte der Inhaltsangaben, die er immer sorgfältig zu jeder Akte angefertigt hatte. Da riß ihn das Läuten der Klingel aus seinen Gedanken. Wer mochte das sein? Joan läutete nicht. Oder hat sie ihren Schlüssel vergessen?

Spinoza trippelte voran, aufgeregter als sonst. Ahnte er, wer da klingelte? Er öffnete. Schweigend fiel ihm Tientje in die Arme ...

4. Kapitel: BERTRAM CURIO II

Ich muß nicht betonen, daß ich wieder in Mühlhausen landete, auf der gleichen Station – und wieder bei Dr. Bußbedt. Noch war ich kein erfahrener „Interner", wie sich die nannten, die schon mehr als dreimal hierher zurückgekehrt sind – und die über einschlägige Erfahrungen und entsprechende Tricks verfügten. Nein, kein Interner, sondern noch immer ein Greenhorn, das dem Onkel Doktor alles brav erzählte, wie es sich zugetragen hatte. Vom „automatischen Dichten", wie „Rußfett" meine Verse betitelte, die mir der steinerne Knabe auf dem Friedhof eingeübt, habe ich schon berichtet. Ich erzählte ihm auch von der Patti Smith Platte (er hatte kein Ahnung, wer Patti Smith war), auch davon, wie mir die Stimme befohlen hatte, mich aufzumachen, und wie ich schließlich im Wald auf jenes einsame Haus gestoßen sei, mit dem freundlichen Mann, seiner Frau und seinen acht Kindern.

Komischerweise wußte ich kein bißchen davon, auf welche Weise ich wieder nach Mühlhausen geraten war. Mir fehlte ein ganzes Stück Film. Haarklein und naiv redete ich zum „guten" Rußfett. Daß er regelmäßig von der Stasi konsultiert wurde – und bei Berichten über mich nicht hinterm Berg hielt, davon schwante mir nicht das Geringste.

Mein diesmaliger, der zweite von insgesamt fünf Aufenthalten in der „Klapper", zog sich länger hin. Auch war ich gar nicht direkt zu Rußfett gekommen, sondern zuerst in einem streng geschlossenen Haus gelandet. Haus 21.

Ein Mitpatient, der meine Ankunft dort erlebt hatte – und später ebenfalls zu „Rußfett" in die 18 verlegt wurde, berichtete mir, daß ich getobt hätte, man mir einige Beruhigungsspritzen verpaßt und mich im Isolator ans Bett geschnallt habe. Es sei mir aber, zur Verzweiflung der Nachtwache, mehrmals gelungen, die Hand- und Fußriemen zu lösen und ein riesiges Getöse zu veranstalten, indem ich das Bett auseinandergenommen und mit seinem Kopfteil gegen die Tür gedonnert habe. Das sei so zwei Tage gegangen, bis man mich mit einer solchen Medikamentendosis vollzupumpen genötigt sah, daß ich 48 Stunden nicht mehr aufgewacht sei. Von da ab hätte ich mich ruhiger verhalten. Komisch: ich erinnere mich nur, wie ich in Begleitung eines Weißkittels, meine sieben Sachen unterm Arm, der Rest im Koffer, die große Platanenallee mit den Blumenbeeten in der Mitte hinab bis zur 18 ging und von Jack Mair, dem pockennarbigen Oberpfleger in Empfang genommen wurde. Nur ein bißchen wunderte ich mich, daß ich nicht ins Bad mußte, was doch bei jeder Neueinlieferung das Erste und obligatorisch war.

Jack grinste, als er meiner ansichtig wurde. „Na Bertram, wieder im Lande? Willkommen daheim!"

Ich bekam mein Bett im Sechserzimmer. In dem kahlen Speise- und Aufenthaltsraum waberte der Qualm unter der Decke – und ließ das trübe Neonlicht bläulich funkeln. Einige erkannte ich wieder: Rommel hockte wie immer düster in seiner Ecke auf seinem Stammplatz. Von Donnersbach glänzte noch immer, wie mit Butter beschmiert, übers ganze Gesicht – und Berles, das freute mich am meisten, Berles saß wieder in der Nähe des Fensters im guten Anzug mit tadellosem Sitz, weißem Hemd und sorgfältig geschnittenem Vollbart. War er immer noch vom letzten Mal hier, oder schon wieder? Ich ahnte noch nichts von seiner Tragödie – sondern hatte, als ich ihn kennenlernte, selbstredend angenommen, daß er wie ich, mal drin mal draußen war ... Drehtürpsychiatrie eben. Doch davon später. Und im Flur hingen noch dieselben Bilder: Leonardos HEILIGE ANNA SELBDRITT, ein Holzschnitt von Masereel, der Freiheit oder Zukunft oder so betitelt war. Ich kann mich nicht mehr genau entsinnen. Seine Abbildungen, aus Schulbüchern gewohnt, fielen allein schon deshalb durch meinen Wahrnehmungsraster. Was man uns in der Schule an Kunst versucht hatte nahezubringen, schmeckte immer irgendwie nach dieser penetranten Nähe zum Sozialistischen: Käthe Kollwitz' MUTTER, Bilder von Otto Nagel, Masereel's Holzschnitte, Goyas ERSCHIEßUNG DER AUFSTÄNDISCHEN, Gorkis Roman MUTTER, Brechts einschlägige Gedichte, DAS SIEBTE KREUZ von Anna Seghers, aus dem Faust der Osterspaziergang und Prometheus, weil sich daraus ableiten ließ, daß Goethe Atheist und latenter Sozialist gewesen war ... und dieses Tendenziöse führte dazu, daß wir alles, was wir so durch die Schule kennenlernten, in Bausch und Bogen ablehnten. Und manches sehr zu Unrecht, wie George Grosz zum Beispiel, oder Heine, natürlich auch Goethe.

Das dritte Bild war das CAFE IN ARLES von van Gogh. Im Laufe der sieben Monate, die man mich diesmal drin behielt, stand ich oft und oft und immer wieder vor ihm, aber auch vor Lionardo. Zwischen Lionardo und Masereel war die Tür, die zu den Aborten führte. Drei Abteile ohne Tür zur Linken, die Pißrinne mit dem Wasserhahn am Ende zur Rechten. Die Medikamente machten nicht nur müde, verursachten nicht nur Verstopfung und seltsamen Bewegungszwang, der mich stundenlang den Flur auf und ab gehen ließ, hemmten nicht nur das Denkvermögen, ließen die Hand beim Briefeschreiben zittrig und mühselig die Zeilen halten, sie unterdrückten auch den Speichelfluß, trockneten den Mund aus und erzeugten einen nie zu stillenden, immensen Durst. An Mineralwasser oder so was war nicht zu denken (ich bin in einer DDR-Klapsmühle) – der große Kessel mit kaltem, nach „Hängolin" schmeckendem Feld-, Wald- und Wiesentee, aus dem man sich seinen Plastikbecher vollschöpfen konnte, war von den 25 Durstigen bald geleert. Hinaus konnte man ohne Erlaubnis von „Rußfett" nicht. Also blieb nur der Hahn am Ende der Pißrinne, der, eigentlich zu deren Spülung gedacht, uns allen als Durstlöscher diente. Man ist nicht wählerisch in solch einer Situation und gewöhnt sich an die merkwürdigsten Dinge. So auch daran, sein Essen so schnell wie möglich hineinzuwürgen, damit es einem die anderen nicht wegschnappten, und was man nicht gleich verschlang, heimlich irgendwo in der Kleidung verschwinden zu lassen, um damit den regelmäßig auftretenden nächtlichen Heißhunger zu stillen. Denn Essen gibt es nur zu den drei Mahlzeiten. Dabei Abendbrot gegen halb sechs und Frühstück erst wieder am nächsten Morgen um neun. Auch das machten die verdammten Medikamente. Daß man nachts nicht richtig schlafen konnte, dafür den ganzen Tag fast umfallen wollte vor Müdigkeit, zumal sie einen um 6.30 Uhr aus den Betten jagten, weil es die sture Stationsordnung so wollte. Dann hockte man also hungrig und dösig die zwei Stunden bis zum Frühstück im Aufenthaltsraum herum. Wer hatte, der rauchte, die andern versuchten zu schnorren, oder beschäftigten sich sonst irgendwie auf absurde Weise. Wie Nepomuk zum Beispiel, der ewig und drei Tage nichts anderes tat, als endlose Zahlenkolonnen nach einem geheimnisvollen System, das nur er verstand, aufs Papier zu kritzeln und dabei offensichtlich seine Ekstasen erlebte, seine Assoziationen hatte, seinen Schutz, mit dem er sich abschirmte gegen die erbarmungslos eintönige Realität des Klapsmühlenalltags.

Nach dem Frühstück war Visite. Vorher mußten alle Räume von uns unter den abschätzigen Bemerkungen der Pfleger (alle von uns wurden ausnahmslos von ihnen geduzt) peinlich genau gesäubert werden. Dazu gehörte auch akribischer Bettenbau, wie in einer Kaserne. Zum Schluß stellte sich jeder am Fußende seines Bettes auf – und „Rußfett" hatte seinen Auftritt:

„Guten Morgen. Wie geht's? Schon besser? Na fein, dann bleiben wir doch noch eine Weile bei dem Präparat." – Zum Nächsten: „Guten Morgen!" (Darauf hatte ein frohes „Morgen Herr Doktor!" zu erfolgen. Es war besser, man hielt sich dran, es hatte seine Vorteile.) „Was sagen sie? Nicht so gut? Sie schlafen schlecht? So, so!" (Vielsagender Blick zu Jack Mair.)"Da wird es gut sein, wenn wir noch etwas dazunehmen, nicht wahr? Also nur Kopf hoch, mein Lieber. Wird schon werden!" Zum Nächsten: „Guten Morgen. Wie geht's. Na fein..." Usw., usf.

Der einzige Vorteil bei der Sache: Auf die Art war „Rußfett" mit der blöden Visite in zwanzig Minuten fertig. Ich war ein Greenhorn, wie gesagt. Doch allmählich begriff sogar ich, was lief. Von da an schmetterte ich jeden Morgen: Es gehe mir „gut", dann „sehr gut", dann „ausgezeichnet, Herr Doktor. Ihre Therapie hilft wirklich erstaunlich!" Dabei konnte außer der ewigen Pillenfresserei von Therapie gar keine Rede sein. Ein, zwei Gespräche zu Anfang, bei denen Rußfett eilig und routiniert in die Akte kritzelte, dann die Ansetzung der Pillenmischung, fertig aus. Wer schlau war, wurde rasch gesund, ob er es nun war oder nicht. In diesen sieben Monaten aber lernte ich, was ein „Hirnie" wissen mußte, um einigermaßen heil aus dieser wahrhaftigen Klaps-„Mühle" wieder herauszukommen.

Eine Woche lang hatte ich ihn, nach meiner „Interneninitiation", meinem „Erwachen" gelobt, so gut ich konnte, ihm Honig ums Maul geschmiert, bis er mich seinen Assistenten als Paradebeispiel seiner ausgezeichneten Therapiemethode vorführte – und ich hatte endlich meinen ersten Ausgang, mit seinem Segen. Meinen ersten, aber nicht meinen letzten. Der Trick funktionierte. Bald durfte ich pauschal zweimal die Woche. Und ich setzte meinen ganzen Ehrgeiz daran, eine Anordnung, jeden Nachmittag hinaus zu können, aus ihm herauszuschlagen.

Muß ich erwähnen, daß Rommel, von Donnersbach und Berles „Interne" waren? Also ließ man uns zusammen raus. Bald jeden Nachmittag. Mein Problem war noch das Geld. Ich hatte schlichtweg keins. Natürlich gab mir Vater jedesmal welches mit. Doch das wurde einem, wenn man „in Empfang genommen wurde" sogleich weggeschlossen, zusammen mit dem Personalausweis und sonstigen Papieren. Selbstredend las auch der „gute Rußfett" zuerst die Post, die ankam, und die Antworten, die ich mir mit zittriger Hand abrang. Doch von Donnersbach wußte einen Ausweg. Er lieh mir ein paar Münzen. Ich solle vom nächsten Telefonhäuschen, sagte er, meinen Alten anrufen, ihm die Lage schildern und ihn bitten, ein Postsparbuch auf meinen Namen zu eröffnen, es mir zu schicken, aber postlagernd. Gesagt, getan. Und von da an war es ein Leichtes, mir von der kleinen Post Geld abzuheben. Von dem bei der Einlieferung Weggeschlossenen, bekam man höchstens fünf Mark gegen Unterschrift bei jedem Ausgang ausgehändigt.

Also wir waren draußen. Laut Anstaltsordnung war das Verlassen des Klinikgeländes für Patienten streng untersagt. Aber niemand hielt sich daran. Die Kunst bestand darin, sich nicht erwischen zu lassen.

Am meisten mochte ich Berles. Alexander Berles, ehemals Fachdolmetscher für Englisch, Russisch und Chinesisch. Erst jetzt, bei einem unserer Spaziergänge durch den Wald zum „Jagdschlößchen" erfuhr ich mehr von seinem Leben.

Man hatte ihn, als er von Arbeit überhäuft, schlecht schlief, manchmal laut mit sich redete, und wenn ihn jemand ansprach, gereizt reagierte, zu einem Arzt geschickt, diesen, ohne daß er etwas ahnte, vorinformiert – und der hatte ihn postwendend nach Mühlhausen geschickt, „zum Ausspannen, zur Erholung", wie er versicherte.

Diese Erholung dauerte jetzt schon achtzehn Jahre. Alexander hatte keine „Beziehungen" draußen, wie die Internen sagten. Niemanden, der sich stark machte für ihn, ihn wieder draußen haben wollte usw. Alles notwendige Voraussetzungen, um dem Schicksal, ein Dauerpatient zu werden, zu entgehen. Seine Frau hatte sich schon früher von im scheiden lassen, lebte mit einem FDJ-Funktionär zusammen, der die Sache auch geschaukelt hatte.

Seine Mutter und seine Geschwister lebten im Westen, sein Vater war vor sechzehn Jahren verstorben. Seine Arbeitskollegen waren froh, ihn los zu sein. Damit war sein Schicksal besiegelt. Aus eigener Erfahrung begann ich zu ahnen, wie viele seiner Schrullen und Zustände, die den Ärzten, die im Laufe der Zeit kamen und gingen, als Beweis für die Schwere seines Falles dienten, auf das Konto des Klinikalltags kamen.

Um so mehr bewunderte ich seinen zähen Willen, mit dem es ihm bis dato gelungen war, nicht wirklich verrückt zu werden. Er besaß immer ein A5-Notizbuch, in das er mit sorgfältigster Schönschrift alles notierte, was ihm an Bemerkenswertem durch den Kopf ging. Russische oder chinesische Vokabeln, kleine Zeichnungen, Zitate aus der Literatur (er war enorm belesen), Gedichte, ja in klarer Notenschrift Musikstücke, bzw. Teile davon, Anfänge oder Passagen, an die er sich erinnerte. Er führte komplizierte Rechenoperationen aus, erstellte logarithmische Reihen, übertrug Interessantes aus geliehenen Büchern. Kurz, er beschäftigte seinen Geist bei jeder Gelegenheit, um ihn vor der Umnachtung zu retten. Ebenso achtete er darauf, daß er äußerlich nicht verfiel. Ungefähr alle zwei Jahre bekam er ein Paket aus dem Westen von seiner ältesten Schwester. Sie bezog eine schmale Invalidenrente wegen einer gebliebenen Kinderlähmung. Aber sie trieb doch in der Rot-Kreuz-Kleiderkammer regelmäßig ganz passable Anzüge und weiße Hemden und Krawatten für ihn auf, und steckte ansonsten noch einige Kleinigkeiten mit rein: Schokolade, Zigaretten, Schreibbücher, Kosmetika etc. Das erlaubte ihm, da er die Anzüge immer sorgfältig behandelte, sie bürstete und lüftete, täglich ein frisches Hemd anzog, die schmutzigen mit Kernseife wusch und zum Trocknen ans Fenster hängte, seine Schuhe glänzend wienerte, mit einem Necessaire von der Schwester seine Fingernägel pflegte, den Bart akkurat schnitt und pflegte, immer eine imposante Erscheinung in dieser an verkommenen, verschlampten, gleichgültig versumpften, boschbildartigen Fratzen reichen Umgebung zu bleiben und zu bewahren. Daß seine Reinlichkeit tickartigen Charakter angenommen hatte, wen wollte das wundern unter diesen Bedingungen und der langen Zeit einer irrealen Zwangswelt?

Am meisten aber imponierte mir sein Antlitz. Eine hohe, gewölbte Stirn; die Haare, die immer leicht gewellt waren, glatt nach hinten gekämmt; eine kühn gebogene Nase; blitzende, tiefblaue Augen – und das Seltsamste, wirkend wie ein erschütternder Kontrast: keinen einzigen Zahn mehr im Mund. Doch durch seinen enormen Willen brachte er es fertig, dennoch deutlich und sauber artikuliert zu sprechen, ja selbst zu singen. Er besaß eine angenehme, etwas silbrige Stimme, mit kräftiger Baßresonanz – und ich höre ihn noch wie heute in der Toilette am Ende der Pißrinne bei unserem „Durstlöscher" Passagen aus Mendelssohns „Elias", Mozarts „Zauberflöte" oder Händels „Messias" singen. Die ersten Gedichte von Rilke und Gottfried Benn lernte ich von ihm, ebenso den Prolog im Himmel aus Goethes Faust. Er sprach nicht nur korrekt und deutlich, sondern deklamierte mitreißend und faszinierend. Noch immer höre ich es in seiner Version, mit seiner Stimme, dieses: „Die Sonne tönt nach alter Weise / Im Brudersphären Wettgesang / Und ihre vorgeschriebne Reise / Vollendet sie mit Donnergang / Ihr Anblick gibt den Engeln Stärke / Ob keiner sie ergründen mag / Und alle ihre hohen Werke / Sind herrlich, wie am ersten Tag ...!"[1] Dieses ... „herrlich, wie am ersten Tag", rief er mit donnernder Gewalt – und das gefiel mir so gut, daß ich ihn oft provozierte, diesen Vers zu wiederholen. Als ich

---

[1] Prolog aus Goethes „Faust"

später begann, mich intensiv mit Literatur zu beschäftigen, stieß ich eines Tages auf eine bebilderte Biographie über Ezra Pound – und war zutiefst verwundert über die enorme Ähnlichkeit, die Berles mit ihm hatte. Ganz anders Rommel. Rommel hieß tatsächlich Rommel – und er glaubte, daß er besagter Rommel aus der jüngsten Geschichte sei. Hitlers General, der „Wüstenfuchs", der Oberbefehlshaber des deutschen „Afrika-Corps", General Erwin Rommel. Er wußte vom Feldzug gegen Ägypten gemeinsam mit den Italienern zu erzählen, von der Rückeroberung der Cyrenaika in Libyen im Frühjahr 1941 – und wie seine Armee stecken geblieben sei bei El-Alamein wegen Nachschubmangel, was ihn noch heute heftig aufregen konnte. Die Wochen im Juli 1941 seien die schwärzesten in seinem Leben gewesen.

Wir schreiben 1987. Rommel sieht keinesfalls, obwohl er schwer zu schätzen ist, älter aus als Ende Fünfzig. Er hätte also mit, zu seinen Gunsten gerechnet, ca. 15 Jahren jener legendäre „Wüstenfuchs" sein müssen. Doch dieser Widerspruch störte ihn kein bißchen in seinem Wahn.

Er besaß einige Fotos von seinem Identum, die eine verblüffende Ähnlichkeit mit ihm aufwiesen. Und er hatte es fertig gebracht, sich auch ein entsprechendes Outfit zuzulegen. Er trug bei unseren Ausgängen, ob es nun heiß oder kalt war, stets einen alten, langen, abgeschabten Ledermantel, innen gefüttert mit Lammfell; einen breiten Ledergürtel zu seinen braunen Kordhosen. Und die Füße steckten wahrhaftig in einer Art Offiziersstiefel, die ihm noch niemand abgenommen hatte. Der Himmel mochte wissen, woher seine Garderobe stammte. Kam noch die militärische Mütze, ein schmutzgrünes Käppi hinzu – und die Erscheinung war perfekt.

Durch sein vierschrötiges Gesicht, dem entschlossenen, angriffslustigen Kinn, den buschigen, schwarzen Augenbrauen; den ewig, wie zwei Tage nicht rasierten Wangen, dem kalten, herrischen Blick und der imposanten breitschultrigen Körpergröße, wirkte er tatsächlich wie ein Feldherr. Ganz seiner Rolle gemäß, sprach er nur in schnarrendem Befehlston – und im übrigen wenig, und stets nur mit einer gewissen Verachtung in der Stimme, da er sich dem Gewimmel der gewöhnlichen Sterblichen haushoch überlegen wußte. Er fühlte sich als Opfer der Kommunisten – und trug seinen Zustand heroisch und ohne zu klagen.

Trotzdem, ich mochte ihn. Die Konsequenz seiner Wahnwelt imponierte mir – und ich ging darauf ein, indem ich ihn nie anders als mit „General" anredete. Er quittierte das mit einer gewissen rauhen Freundlichkeit – und nicht zuletzt damit, daß er mich öfter bei unseren Ausflügen freihielt, wenn ich wieder mal pleite war. Und auch er, außerhalb seiner fixen Idee, war übrigens ziemlich normal geblieben in den immerhin sieben Jahren, die er schon in Haus 18 lebte.

Eine wiederum andere Merkwürdigkeit bildete von Donnersbach, Gottfried von Donnersbach, um genau zu sein. Er war ein durch und durch von allem Religiösen ergriffener und bewegter Mensch. Von Haus aus evangelisch getauft und aufgewachsen, erschien ihm der Protestantismus bald als zu dürr und nüchtern. So ging er aus eigenem Antrieb, nachdem er zum katholischen Glauben konvertiert war, in ein Kloster in der Nähe seines Geburtsortes Heiligenstadt. Die Franziskaner auf dem Kerbschen Berg nahmen ihn freundlich auf – und er wurde tatsächlich für mehrere Monate ihr Novize. Doch getrieben von einer Fülle ekstatischer Erlebnisse, besonders während der Morgenandachten und nachmittags bei der Arbeit im Garten, wurde er überzeugt, daß er weiterziehen müsse, die Wahrheit zu suchen. Mehr war ihm nicht deutlich. Nur dieser unbestimmte, von wahren Sturzbächen intensiver innerer Freudewellen begleitete Drang, bewegte ihn.

Und so hatte er bald alle möglichen Sekten und Kirchen durch. Er war schon nach zwei bis drei Jahren baptistisch getauft, kannte die Anschauungen der Adventisten und Methodisten, entdeckte die Alt-Katholiken für sich, arbeitete einige Zeit bei den verbotenen Zeugen Jehovas mit, erlebte die Gottesdienste verschiedener Freikirchen, besuchte auch immer wieder die vorhandenen Klöster in der DDR, machte die Exerzitien des Ignatius von Loyola für Laien mit bei den Jesuiten in Erfurt-Hochheim, schloß Bekanntschaft mit den Dominikanerpatres um Pater Gordian in Leipzig, studierte die Schriften der Bagwan-Sekte, die ihn, aus dem Westen geschmuggelt, irgendwo bei Berlin erreichten, und erlebte sogar noch ein Noviziat von fast einem Jahr bei Hans Heinz Blauer, einem fast ebenso kuriosen Wahrheitssucher, wie er selbst einer war. Blauer hatte in Hermsdorf am Hermsdorfer Kreuz ein regelrechtes evangelisches Kloster gegründet, das, als Gottfried von Donnersbach zu ihm stieß, aus drei Brüdern und einer Schwester bestand. Ein Kloster mit eigener, selbst gebastelter Liturgie, strengen Regeln, Zölibat und allem, was dazu gehört. Blauer nannte sich Prior und Primus inter pares, also Erster unter Gleichen, sah Dienst am Nächsten, besonders den Schwachen, Verlassenen und Verfemten als die Aufgabe seiner Gründung – und natürlich auch die Erneuerung des vertrockneten evangelischen Kultus. Er führte, in Anlehnung an das Katholische, die Trans-

substantiation wieder ein, glaubte also fest daran, daß Christus bei den Wandlungsworten, dem Mittelpunkt des Kultus, tatsächlich substantiell in der Hostie zugegen war. Er ließ von einem befreundeten Schreiner im Wohnzimmer des Hauses, das ihm die Witwe geschenkt hatte, die jetzt als Schwester Magdalena Mitglied in seinem Orden war, einen schönen hölzernen Altar bauen, setzte darauf einen vergoldeten Tabernakel, schmückte die Wände der Kapelle mit eigenen Malereien, Szenen aus dem Leben Mariens, wie der Verkündigung, der Kreuzigung u.ä. Doch nicht nur die Kapelle, nein das ganze Haus schmückte der eifrige Prior mit seiner Kunst. Die Brüder gingen im übrigen ganz normal ihren Berufen nach, zahlten aber alles Geld in eine gemeinsame Kasse, aus der jeder erhielt, was er zum Leben brauchte. Man nahm einige Hilfsbedürftige auf, im Haus und in einem Anbau, den man bald darauf errichtete, mit sparsam, aber ansprechend eingerichteten Zimmern. So zog bald aus einem nahen Dorf eine uralte, über und über runzlige Frau ein, um die sich niemand mehr kümmerte, und die in ihrem Häuschen völlig verwahrlost war; bald kam ein mongoloides Zwillingspaar, Bruder und Schwester hinzu, und endlich ein todkranker Greis, dem man die Zeit bis zum Sterben erleichtern wollte. Hans Heinz Blauer war ausgebildeter Diakon und versah sein Amt in der Stadt und den umliegenden Dörfern. Er hielt Andachten, gab Religionsunterricht, taufte und beerdigte. Eine Seltsamkeit fiel Gottfried von Donnersbach aber bald auf. Die Vorliebe der Brüder für Schnaps. Fast jeden Abend, wenn sie sich in dem Raum vor der Kapelle zusammensetzten, leerten sie gemeinsam ein bis zwei Flaschen. Trotzdem gefiel ihm die Zeit bei ihnen ganz gut. Und die Tatsache, daß er etwas über neun Monate bei ihnen blieb, zeugt auch dafür. Doch dann jagte ihn der euphorische, unbestimmte Drang wieder auf. Er suchte und fand ein Zimmer in Gotha, eine Arbeit als Hilfshausmeister in einer städtischen Berufsschule – und widmete sich in seiner Freizeit intensiv dem Studium von allerlei Schriften. Von Meister Ekkehardt, Hildegard von Bingen, Paracelsus, den Schriften der Gnosis, bis zur Autobiographie von Paramahansa Yogananda, den Werken Teilhard de Jardins, Sri Aurobindo's, dem Chinesischen
I Ging und einigen Büchern über Zen-Buddhismus reichte seine Sammlung, die er nach und nach mit viel Spürsinn, aus Antiquariaten und weiß Gott woher sonst noch zusammengetragen hatte. Natürlich waren auch die Bekenntnisse Augustins und die Nachfolge Christi des Thomas a Kempis darunter. Er las und las, verschlang Buch um Buch, kritzelte Anmerkungen an ihre Ränder, und fühlte sich bald zu eigenen

Texten über religiöse Themen inspiriert, die er auf der Schreibmaschine vervielfältigte und wie Flugblätter in den Abendstunden in den Briefkästen ganzer Stadtteile in Gotha verteilte. Zu Umkehr und Buße rief er darin auf, zur Verachtung des Materiellen, denn das Himmelreich sei wieder einmal nahe – und das Bestehende werde nicht bleiben, sondern dem Zorn Gottes verfallen. Wer aber ihm, Gottfried von Donnersbach, den in einer Nacht ein Engel des Herrn damit beauftragt habe, in die Hand schwöre, von nun an dem Mammon zu entsagen – und Gott zu dienen, der werde gerettet. Zu dieser Umkehr, so stand schließlich am Ende, seien alle befähigt. Ob sie nun Gläubige oder Ungläubige, Kommunisten oder Buddhisten, Parteimitglieder oder Anhänger irgendeiner Kirche wären. Es genüge, sich von ihm segnen zu lassen, um das Heil zu erlangen. Er unterzeichnete mit seinem vollen Namen und schrieb noch für die, die umkehren wollten, seine Adresse dazu, und von wann bis wann er täglich zur Austeilung des Segens zu Hause anzutreffen sei. Das machte es der Staatssicherheit leicht, ihn bald darauf festzunehmen, zu verhören – und schließlich als harmlosen „armen Irren" in Mühlhausen einzuliefern, wo er nun ebenfalls Dauergast blieb, wie Rommel und Berles.

Wendungen wie: „...Verachtung des Materiellen", und „...das Bestehende werde nicht bleiben", und „...ob Kommunist oder Buddhist" hatten die Geheimdienstler hellhörig gemacht und schließlich sein Schicksal besiegelt. Aber Gottfried war darüber gar nicht so betrübt. Man konnte Gott überall dienen. Und mit jenem fröhlichen, ganz vom Himmel und seinen Segnungen erfüllten Gemüt, missionierte er in der Klapsmühle seelenruhig weiter. Vorzüglich unter seinen Mitpatienten, bei Ausgängen und anderen Gelegenheiten, und auch ich sollte bald mit seiner eifrigen Überredungswut Bekanntschaft machen.

Außer, daß ich von Zeit zu Zeit mal das „Vater unser" sprach, praktizierte ich so gut wie überhaupt nicht religiös. In den Wochen, wo ich noch nicht wieder richtig klar war, hatte Gottfried also leichtes Spiel mit mir – und so wurde ich bald Getaufter seiner neuen Kirche. Er goß mir zu diesem Behufe am Ende der Pißrinne einen Zahnputzbecher voll Wasser über den Schädel – und schenkte mir ein von ihm verfaßtes handschriftliches Traktat, das seine wichtigsten Ideen oder Offenbarungen enthielt, sagte mir noch, daß der Herr sich freuen würde, wenn ich aufhörte zu rauchen – und damit war's getan. Übrigens war Rommel auch mit von der Partie, da ihm die Idee vom Zusammenbruch des Bestehenden besonders am Herzen lag. Wenn auch aus anderen Gründen.

Berles blieb fest. Er bezeichnete sich als Freigeist, der nicht glauben werde, was er nicht selbst erlebt habe.

Von Donnersbach kannte auch Rommels Geschichte – und als wir einmal beide allein im Ausgang waren, erzählte er sie mir auf unserer Wanderung durch den Wald. Natürlich konnte man mit ihm in keine Kneipe gehen. Das lehnte er streng ab. Jedoch an einer Imbißbude einen Kaffe zu trinken, erlaubte ihm seine Mission – und ich tat ihm den Gefallen und rauchte den ganzen Nachmittag wirklich keine Zigarette. Das freute ihn sehr. Gott arbeite schon an mir – und ich werde bald seine Gnade zu spüren bekommen.

Rommel sei es vor sieben, acht Jahren tatsächlich gelungen, ein paar Dorfbengel zusammenzukriegen, mit denen er quasi militärische Übungen im Wald abgehalten habe. Dabei entwickelte er sein Ziel, eines Tages, wenn sie richtige Waffen haben würden, auf Rudolstadt zu zu marschieren, das Rathaus zu besetzen und das vierte Reich auszurufen. Die vielen, vom Kommunismus Unterjochten, würden sich daraufhin wie ein Mann, davon war er überzeugt, erheben und dem Spuk DDR ein Ende machen. Als Waffen benutzten sie Dolche, Schleudern und holzgeschnitzte Flinten – damit trainierten sie im Wald. Exerzierten, spielten Angriff und Guerillakrieg, buddelten sich ein, kletterten Bäume hoch, orientierten sich ohne Karten im Gelände, versuchten nur von Pilzen und Beeren zu leben, lasen alte Schwarten über Partisanentaktik und ähnliches mehr. Lange Zeit fiel niemandem etwas auf. Bis sich Rommel eines Tages entschloß, Ernst zu machen, und mit seinen 14 Anhängern, seltsam genug kostümiert, tatsächlich auf Rudolstadt zumarschierte. Sie kamen auch unbehelligt bis zum Rathaus, stapften, ohne auf dessen Gezeter zu achten, an dem verdutzten Pförtner vorbei, die Treppen hinauf zu den Räumen des Bürgermeisters. Der Pförtner alarmierte sofort die Polizei – und noch ehe sie die Ledergepolsterte Tür zum Amtsbereich des Stadtoberhaupts aufreißen konnten, sahen sie sich umzingelt, mit Handschellen versehen und abgeführt. Der Rest ist nur zu logisch. Der Kriminalkommissar erkannte nach kurzer Zeit die völlige Verrücktheit des Ganzen und Rommel landete, da wo wir alle landeten, früher oder später. Die erste Zeit war er in einem streng geschlossene Haus, da er in kurzen Abständen immer wieder Tobsuchtsanfälle bekam. Als er ruhiger wurde, verlegte man ihn endlich ins Haus 18. Rommel selbst sprach mit keinem Wort von dieser Geschichte, erzählte überhaupt, außer seiner Wüstenfuchsstorie, nicht viel! „Wer zum Schwert greift, wird durch das Schwert umkommen", kommentierte von Donnersbach salbungsvoll seinen Bericht, und dabei glänzte sein strahlend begeistertes Gesicht, als triefe es von Butter.

Eines Morgens, wir saßen noch beim Frühstück, wurde ich ins Dienstzimmer gerufen. Man schloß einen Schrank in dem dahinter liegenden Raum auf – und gab mir meine Zivilsachen raus. Ich solle mich ordentlich anziehen, ich hätte Besuch. Dann bekam ich zwanzig Mark ausgehändigt – und sogar, Wunder über Wunder, meinen Personalausweis. Ich hatte nicht die geringste Ahnung, wer mich besuchen kam. Um so mehr war ich überrascht, als man die Doppeltür im Hausflur aufschloß – und mich Mutter in Empfang nahm. Ich brauchte eine ganze Weile, um mich zu sammeln. Wir spazierten eine Weile wortkarg durch die Platanenallee. Schließlich schlug Mutter vor, mit dem Bus in die Stadt zu fahren – und irgendwo gemütlich etwas zu essen. Ich nickte stumm. Langsam taute ich auf. „Du siehst verändert aus, Bertram", sagte sie schließlich. „Geht es Dir gut?" Tapfer bejahte ich. Es sei alles nicht so schlimm, wie es aussähe, haspelte ich eifrig, sie solle sich keine Sorgen machen. „Ich habe mit Deinem Arzt gesprochen, Bertram. Er meinte, es sei besser, Du bliebest noch eine Zeit lang hier. Meinen Vorschlag, daß Du, um Dich wieder ans normale Leben zu gewöhnen, irgend etwas arbeiten solltest, fand er vernünftig. Und bei Deiner guten Verfassung, wie er betonte, sei das auch kein Problem. Hättest Du nicht Lust dazu?"

Ich sah sie bewundernd an. „Meint Du richtig arbeiten? Mit Geld verdienen? Oder denkst Du an Arbeitstherapie? Die habe ich hinter mir, Mama. Das ist stupide. Die haben nur Schuhsohlen kleben, Laub rechen im Gelände, oder Arbeit in der Gärtnerei – und man ist dabei mit den hoffnungslosesten Fällen zusammen. Das macht mich nur noch kränker."

Sie nickte verstehend. „Nein, nein. Dr. Bußbedt meinte, wir sollten morgen zur Sprechstunde der Fürsorgerin, einem Fräulein Metzlich oder Netzrich oder so ähnlich gehen, gleich gegenüber von Haus 2. Die sei für sowas zuständig. Willst Du?"

Ich fand die Idee wunderbar. Erstens würde ich endlich wieder etwas Geld haben, zweitens fünf Tage in der Woche nicht in dem öden Haus rumsitzen müssen – und wie es aussieht, käme ich wieder mit ganz normalen Menschen in Berührung. Also war ich einverstanden. Mama hatte sich ein Zimmer genommen und versprach, mich am nächsten Morgen nach dem Frühstück wieder abzuholen. „Nach dem Gespräch mit der Fürsorgerin hast Du doch sicherlich noch Freude daran, wenn wir einen Bummel in der Stadt daranhängen, um uns mal richtig auszuschwatzen, was?" Da umarmte ich sie und hätte beinahe angefangen, zu weinen.

In der Regel war ich nach einem Schub in ca. sechs Wochen wieder klar bei Verstand. Die Klinikgepflogenheit aber ließ Fälle wie mich frühestens nach einem halben Jahr wieder raus. Solange ich selbst von Visionen und Taghalluzinationen erfüllt war, merkte ich nicht besonders viel von dem Bedrückenden der Situation. Doch mit zunehmender Gesundheit wurde der Aufenthalt zu einer Tortur. Nichts wünschte ich mir dann sehnlichster, als endlich entlassen zu werden. Dabei ängstigten mich noch die Schicksale meiner drei Freunde – und ich mußte immer wieder gegen die Angst ankämpfen, daß sie mich vielleicht sogar nie wieder raus lassen würden. Deshalb war ich von Mutters Initiative so überwältigt. Sie versprach mir in absehbarer Zeit Rückkehr ins normale Leben.

Fräulein Metzig, wie sie wirklich hieß, reagierte sehr wohlwollend auf Mutters Einfall. Es gäbe für eine begrenzte Zahl von Patienten die Möglichkeit, in einem der Betriebe in und um Mühlhausen, einen sogenannten geschützten Arbeitsplatz zu bekommen. Inbegriffen seien vier Wochen Probezeit, nach welcher der Betreuer in dem Betrieb eine Beurteilung erstellen müsse, ob ich zur Weiterbeschäftigung geeignet sei. Ich würde einen ganz regulären Stundenlohn für Hilfsarbeiter erhalten, von dem die Klinik dann allerdings einen gewissen Betrag für Unterkunft und Verpflegung einbehielte. Das restliche Geld stünde mir dann aber zur freien Verfügung. Auch dies aus dem Grunde, mich wieder an normale Verhältnisse zu gewöhnen. Es würde nicht weggeschlossen, sondern auf ein Konto überwiesen, zu dem ich bei meinen Ausgängen freien Zugriff haben würde. Dann holte sie die Liste mit den in Frage kommenden Betrieben aus ihrem Schreibtisch. Ich entschied mich für eine LPG, da sie am weitesten von der Klapper entfernt war. Dann mußten noch einige Bogen ausgefüllt werden, und der Vorstellungstermin beim dortigen Brigadier wurde vereinbart. Schon übermorgen würde Fräulein Metzig mit mir dorthin fahren – und wenn alles geregelt sei, könne ich schon nächste Woche anfangen.

Wir bummelten anschließend wieder durch die Stadt, fanden ein Café und Mama lenkte meine Gedanken durch ihre Fragen auf die Zeit danach.

„Wie soll es dann weitergehen mit Dir, Bertram? Fühlst Du Dich stark genug, die Lehre zu Ende zu machen? Immerhin müßtest Du wahrscheinlich ein Jahr wiederholen?"

Ich versprach, darüber nachzudenken – erzählte bei dieser Gelegenheit, wie sehr mir die Medikamente zu schaffen machten, und warum ich so wenig geschrieben habe ...!

Sie berichtete dann, daß Pa und auch sie schon viel eher gekommen wären, doch habe man ihnen beiden am Telefon versichert, daß es die erste Zeit nach dem Schub nicht angeraten sei, zu kommen. Das würde ihn nur zu sehr aufwühlen. Sie grüßte mich von Pa, Simone und Ruth. Dann kramte sie in ihrer Tasche und brachte zwei Päckchen zum Vorschein. Das eine von Pa enthielt zwei Bücher und einen Kuvert mit fünfzig Mark. Das eine Buch war ein schmaler Band mit Gedichten von Rilke vom Insel-Verlag, das andere war dicker: eine Paperback-Ausgabe aus dem Westen. Ein Roman von einem gewissen Thomas Wolfe – „Es führt kein Weg zurück". Ich kannte weder Titel noch den Autor. In dem Kuvert waren auch noch ein paar Zeilen von Pa. Er denke sich, daß es mir gut tun könne, wenn ich das eine oder andere Gedicht von Rilke versuchen würde, auswendig zu lernen, um, wie er sagte, meinen Geist mit Gesundem zu beschäftigen. Und bei dem Roman sei er auf meine Meinung gespannt. Im übrigen würde er bald mal vorbeikommen, ich bekäme rechtzeitig eine Karte. Das andere Päckchen war größer. Es kam von Simone und enthielt eine Stange Zigaretten und mehrere Tafeln Schokolade, aber keine einzige Zeile.

Schließlich brachte ich Mama zum Bahnhof. Ich fühlte mich klein und einsam, als ich dem davonfahrenden Zug nachwinkte. „Schreib mir. Versuch es. Wenn's auch schwer fällt. Du wirst sehen, bald bist Du wieder ganz gesund", sagte sie noch zum Abschied. Ich wollte noch nicht zurück. Es war erst halb vier, also noch Zeit. Jack Mair würde mich nicht vor dem Abendbrot zurück erwarten. Also ging ich in die Mitropa, bestellte einen Kaffee und blätterte im Rilke.

Die Tabletten brachten es immerhin mit sich, daß meine Visionen allmählich schwächer wurden und schließlich ganz verschwanden. Und dann konnte ich zumeist gar nicht mehr verstehen, wie ich von ihnen geplagt und beeindruckt worden war. „Rußfett" versuchte jedesmal klar zu machen, daß sie nur Ausflüsse meiner kranken Phantasie seien, und nichts mit irgendwelcher Realität zu tun hätten. Dann predigte er sein Rezept. Ich solle sorgfältig meine Tabletten schlucken, ordentlich arbeiten gehen, und mir eine gesunde Tageseinteilung angewöhnen. – Es täte mir nicht gut, soviel zu rauchen, Nächte durchzumachen, diese schädliche, laute Musik zu hören und phantastisches Zeug zu lesen. Es wäre besser, ich würde mir bald ein ordentliches Mädchen aussuchen, nicht so eine aus diesem chaotischen Milieu, eine Familie gründen und ein Kind zeugen. Das brächte mich bald auf vernünftige Gedanken. Ansonsten bestünde die Gefahr, daß wir uns immer wieder sähen – und das würde ich doch sicher nicht wollen? Es war erstaunlich genug, daß er sich überhaupt eines Tages die Zeit zu diesem Gespräch nahm. Die Tatsache, daß ich nun arbeiten ging, schien mein Ansehen erhöht zu haben.

Die LPG erwies sich als Volltreffer, d. h. es gefiel mir dort sehr gut. Auch wenn ich nun morgens um fünf Uhr geweckt wurde, mit dem Bus nach Mühlhausen runter mußte, dort am Busbahnhof umsteigen, um endlich gegen sieben in dem Dörfchen anzukommen.

Der Brigadier, ein Herr Rosselberg, erwies sich als sehr umgänglich. Angenehmerweise wurde ich von Anfang an nicht als „Hirnie" angesehen, sondern für voll genommen. Die Arbeit war nicht all zu schwer. Ich machte, was gerade anfiel. Kisten zusammennageln für die Apfelernte. Mit dem Traktor und Hänger hinausfahren und Behälter auf den Feldern verteilen, in denen die Maiskolben gesammelt wurden von den Frauen des Dorfes. Im Gewächshaus helfen, oder Tabakblätter auffädeln und zum Trocknen aufhängen. Natürlich war ich morgens todmüde und schlief im Bus fast ein. Dennoch – da ich erst in der LPG die abends zuvor in der 18 vorbereiteten Brote frühstückte, bekam ich meine Tagesration an Tabletten in einem Döschen mit, außer der Abendmedizin. Natürlich war ich inzwischen gewitzt genug, sie gleich, wenn ich im Dorf ankam, wegzuschmeißen – in den kleinen Bach bei der Haltestelle. Die Fische werden sich gewundert haben, wie müde man davon werden kann. Schon alleine das brachte mir merkliche Erleichterung. Ich konnte wieder besser denken, wurde zusätzlich durch die Arbeit an der frischen Luft endlich wieder nach Wochen richtig wach, vermochte nach Feierabend, bevor die Nachtdosis kam – unter Aufsicht von Jack Mair, und deshalb nicht vermeidbar – sogar im Rilke zu lesen und schließlich auch den Thomas Wolfe, der mich bald fesselte. Schon auf die Hinfahrt morgens freute ich mich, trotz Müdigkeit, aus einem einfachen Grund. Am Busbahnhof gab es ein Imbißlokal, das schon um sechs Uhr morgens öffnete. Da mir bis zum nächsten Bus immer eine halbe Stunde Zeit blieb, trank ich dort in aller Ruhe Kaffee und aß ein bis zwei der lecker gerichteten Brötchen, mit immerhin dreierlei Belag zur Auswahl: Käse, Fisch oder Gehacktes. Das Ganze hatte schon so etwas angenehm Psychiatriefernes, und so komisch es klingt, durch diese einfachen, alltäglichen Erlebnisse machte ich in drei Wochen in meinem gesundenden Selbstbewußtsein mehr Fortschritte, als in den ganzen Zeiten zuvor innerhalb des nervenden Klappergetriebes. Die Zeit begann, wie im Fluge zu vergehen – und unversehens stand die Entlassung vor der Tür. Mama hatte mir mit Recht geraten, ich solle „Rußfett" um eine Unterredung bitten, und ihm zu verstehen geben, daß ich meine Ausbildung beenden wolle.

Es wirkte – und endlich kam Pa, um mich abzuholen. Vor Freude und Erleichterung qualmte ich eine nach der anderen in seinem klapprigen Moskwitsch. Unterwegs erfuhr ich von ihm zu meiner Verwunderung, daß mein diesmaliger Schub ihn und Mama wieder einander näher gebracht habe. „Es begann mit einem Brief von ihr", schmunzelte er. „Sie wolle sich nur erkundigen, was mit Dir los sei, und wie man nun verfahren müßte, um Dir zu helfen. Dann faßt ich mir ein Herz – und fuhr sie eines Tages besuchen in ihrem Turm. Ja, ich habe auch in dem Zimmer geschlafen, daß Du ja schon lange kennst, Bertram. Nun, kurz und gut, wir sind seitdem gute Freunde. Ihr Groll ist verflogen, doch von ihrem neuen Leben will sie nicht lassen. Das kann ich gut verstehen." Und dann gestand er mir noch rührend stockend, daß er wieder eine Freundin habe, nein, nicht aus dem Orchester, sondern eine Malerin – ich hätte doch sicher nichts dagegen. Dann bat er mich um eine Zigarette und ich spürte, daß ich ihn liebte, so wie er war.

Landauer war einverstanden, daß ich nochmal, wenn auch mit zwei Wochen Verspätung, ins zweite Ausbildungsjahr einstieg. Ich bezog wieder mein altes Zimmer mit Fenster auf den Park. Simone ließ sich die ersten Tage nicht blicken. Als sie endlich kam, hatte sie jemanden bei sich. Ein blondes Bürschchen mit randloser Brille, Theologiestudent aus Jena. Ich begriff sofort – und war in gewissem Sinne sogar erleichtert.

Damit erlosch auch mein Interesse an dem Haus in der Gerberstraße. Irgendwie hatte ich jetzt eine Phase, in der ich das Bedürfnis verspürte, oft allein zu sein. Ich las mit wachsendem Hunger alles Mögliche und kaum systematisch. Manchmal drei Bücher auf einmal. Dabei setzte ich mich gerne zu Pa ins Arbeitszimmer. Er schrieb und ich las. Ab und zu wechselten wir ein Wort. Der Rilke hatte es mir angetan. Ich wollte mehr über ihn wissen. Wie groß war meine Freude, als mir Pa zum Geburtstag die dreibändige Dünndruckausgabe des Gesamtwerkes vom Insel-Verlag schenkte. Aber auch Gottfried Benn zog mich an, in Erinnerung an Alexander Berles. Sie hatten einiges von ihm in der Landesbibliothek. In jener Zeit legte ich den Grundstock für meine Literaturkenntnisse. Ich durchstöberte fast jeden zweiten Tag die sieben Antiquariate in Weimar. Bald kannte man mich schon und legte mir das eine oder andere zurück, von dem man annahm, es könne mich interessieren. So vervollständigte ich meine Bibliothek der Klassiker, die man in den 50iger Jahren angefangen hatte, herauszugeben. Damals noch von dem längst vergessenen Louis Fürnberg mit initiiert. Im Laufe der Zeit sollten 144 Bände davon herauskommen, zu einem wirklich bildungsfreundlichen Preis von 5,- Mark pro Band. Im Antiquariat bekam ich sie meist noch billiger – und bald reihten sich nicht nur Goethe und Schiller, nicht nur Herder und Wieland, Lessing, Klopstock, Hölderlin in meinem Regal aneinander, sondern auch Winckelmann, Hans Sachs, Grimmelshausen, Mörike, Storm, Lenz, Jean Paul, Kleist, Novalis, Hauf, Eichendorf, Chamisso, Brentano, Stifter, Nestroy, Fontane, Ebner-Eschenbach, Droste-Hülshoff, C. F. Meyer, Hebel und E. T. A. Hoffmann.

Die Hälfte meines Lehrlingsgeldes ging bei meiner erwachenden Sammelleidenschaft drauf. Ich las nun endlich den „Faust", gleich mehrmals hintereinander. „Die göttliche Komödie", Shakespeares Dramen und Sonette, Dostojewski und Pasternak – aber auch Zeitgenössisches: Christa Wolfs „Kassandra" und „Kein Ort. Nirgends", alles von Böll; Härtlings „Hölderlin", den „König David Bericht" von Stefan Heym. Es erwies sich als Glücksumstand, daß ein Kollege meines Vaters nach einem Gastspiel im Westen geblieben war. Viele seiner Bücherpakete kamen durch. So reihten sich Kafkas „Briefe an Felice", Gottfried Benn, Ezra Pound, John Cooper-Powys, Henry Miller, Paul Celan und Egon Friedells „Kulturgeschichte der Neuzeit" in meine Sammlung ein.

Ich schrieb nun keine Texte mehr von „Null Bock" und „No Future". Ich schrieb Gedichte, in Anlehnung an solche, die mich gerade begeisterten. So hatte ich Rilke-, Benn-, Else Lasker-Schüler- und Paul Celan-Phasen.

Die Zeit der Examina, der Abschlußprüfungen kam heran. Visionen hatte ich keine mehr. Manchmal noch eigenartige Träume, ähnlich und unähnlich dem auf dem Turm bei Mama. Ich begann, sie aufzuschreiben. Dr. Ragg, der mich ambulant weiter behandelte, vorsichtshalber – und auf Anraten von Mama, erzählte ich nichts mehr davon. Seine Antwort wären sowieso nur Tabletten gewesen. Ich schlief seit dem letzten

Schub aber schlecht – und so ließ ich mich von ihm überreden, eine Minimaldosis von Leponex beizubehalten, nur zum Einschlafen – „schlafanstoßend", wie er das nannte. Wir sahen uns nur alle drei Monate, zur Kontrolle meines Zustandes.

Ich schrieb aber nicht nur die Träume auf, die mich noch ab und zu heimsuchten – sondern versuchte mich an meine früheren Visionen zu erinnern. Ohne sie verstehen oder deuten zu wollen, notierte ich einfach, was mir davon im Gedächtnis geblieben war. Auch das hatte Mama geraten. Und es schien eine wohltuende Wirkung auszuüben. So – bei klarem Verstand aufgezeichnet, konnte ich sie mit Abstand betrachten – und spürte sogar das eigentümliche Fluidum des Übergeschnapptseins an ihnen. Und so war es erst einmal ganz recht.

Sehr viel später, als ich sie mit Overdijk noch einmal durchging – und wir sie noch unter ganz anderem Blickwinkel betrachteten, ja dem ihnen allen Gemeinsamen schon erstaunlich nahe kamen, wodurch sie gar nicht mehr so verrückt erschienen, war ich froh, das Heft mitgenommen zu haben, aus irgendeinem Instinkt, es könnte vielleicht noch nicht das letzte Wort darüber gefallen sein.

Meine Prüfungen fielen in eine aufregende Zeit. Schon einige Wochen vorher machte sich Erregung breit unter den Menschen. Viele redeten jetzt lauter über den Staat, mit erhobenem Kopf und offensichtlich, ohne sich sonderlich zu fürchten. Durch einen guten Bekannten in einem der Antiquariate konnte ich sogar ein Exemplar von Gorbatschows „Perestroika" ergattern, las es – und war aber ziemlich enttäuscht. Was da drin stand, schien ja vielleicht ganz gut gemeint. Doch kam es in einer so hoffnungslos, in der Phraseologie verkopfter Kommunisten gekleideten Sprache daher, wirkte so wirklichkeitsfern und nebulös, daß ich mir nicht viel von diesem angeblichen Aufwind in Rußland versprach.

Natürlich erspürte ich das allgemeine Gelächter, das von den meisten Gesichtern widerschien, als das ZK daranging, den „Sputnik", eine Art russischer „Readers Digest", zu verbieten. Bald wird man Marx und Engels verbieten müssen, wurde gewitzelt, weil zu gefährliche Sachen für die „Betonköpfe" in ihnen stünden.

Die praktische Prüfung war vorbei, mein Gesellenstück abgeliefert – und nur noch zwei mündliche waren zu bestehen, dann war ich Buchbinder – und würde natürlich bei Landauer bleiben. So viel stand schon fest.

Da breitete sich jene Unruhe aus, die die Menschen nicht schlafen ließ. Auffällig viele liefen jetzt bis spät nachts auf den Straßen herum. Es wurde viel und erregt diskutiert. Die Nachrichten von den Botschaftsbesetzungen in Prag und die Öffnung der Grenze in Ungarn sorgten für Aufruhr. Endlich hielten uns die Vorgänge in Leipzig in Atem – und danach nicht mehr zu Hause. Die Montagsdemonstrationen setzten ein. Ich hatte das Gefühl, ganz Weimar stünde auf den Straßen und Plätzen der Innenstadt. Jahrelang aufgestauter Unmut machte sich Luft. Vertreter von Behörden versuchten zu beschwichtigen, versprachen rasche Abhilfe, die „Organe" seien bemüht ... man zischte sie wütend aus. Sie sollten den Mund halten, jetzt rede das Volk – und siehe da, die sonst so selbstsichere, sich martialisch gebende Staatsmacht verzog sich zittrig und kleinlaut in die Ecke, froh, wenn sie das heil überstehen würde. Denn noch konnte niemand vorausahnen, wie alles weitergehen würde. Ob mit Gewalt und Blutvergießen, mit Racheorgien und Bürgerselbstjustiz ... eine merkwürdige Zeit. Und ohne die Leponex hätte ich wohl noch nicht einmal die vier oder fünf Stunden nachts geschlafen. Alles vibrierte, es hing über den Köpfen, unfaßbar und doch überall wirksam und zu spüren. Die Menschen fanden ihre Stimme, ihre wirkliche, ihre Sprache wieder. Sie begannen zu sagen, was sie dachten – und es wirkte wie Dämonenaustreibung auf viele. Was einen noch vor kurzem in Angst gehalten hatte – erwies sich als lächerliche, zwergenhafte Bosheit, der es nun nicht mehr gelang, zu blenden und einzuschüchtern. Was folgte, weiß jeder. Ich muß es nicht wiederholen. Die Mauer fiel. Aus „Wir sind das Volk!" wurde: „Wir sind ein Volk!" – und die DDR versank ins Fabelreich der Geschichte, materiell und psychisch ...

Es muß an einem dieser Tage gewesen sein. Genau kann ich das nicht mehr sagen, weil das, was folgte, mir die Erinnerung durcheinander gebracht hat. Aber doch, doch, ja, ja, an einem dieser Tage. Auf dem Schloßplatz? Der Schillerstraße? Dem Theaterplatz? Oder vor dem Kasseturm gegenüber der Post? Ich weiß es beim besten Willen nicht mehr. Weiß nur noch, daß ich sie da irgendwo zum erstenmal wahrnahm. Es sprachen ja an den verschiedenen Stellen fünf Redner gleichzeitig – immer mehr wagten sich vors Mikrofon. Alte Mütterchen, Hausfrauen, Arbeiter, Kinder, die Schauspieler des DNT ... und ich pendelte, um möglichst viel mitzukriegen von einem Platz zum anderen, mich mühsam durchschlängelnd durch das Volk von „ganz Weimar" (außer den Säuglingen und Kranken).

Dort sah ich sie. Halb an einem Gitterzaun oder einem Laternenpfahl hochgeklettert. Vielleicht 16, 17 Jahre alt, höchstens 18. Schwarzer Bubikopf, schmächtig-zarter Körperbau ... Was ich sah, waren eigentlich nur ihre Augen. Wie zwei Sonnen, schwarze, intensive Sonnen, blickten sie. Aber nicht aufgeregt, nicht unruhig begeistert, wie die der vielen andern. Nein, sie sahen überwach, weit geöffnet und mit größtmöglicher, gesammelter Aufmerksamkeit auf das, was geschah...

Mehr erinnere ich nicht. Dann mitten in einer dieser letzten Versammlungen, bevor es „Wir sind ein Volk!" hieß, mitten in der schon ein wenig abebbenden Demonstrationswut der Weimarer, hatte ich, man wird es vielleicht schon ahnen, nach über zwei Jahren Pause wieder eine VISION.

5. Kapitel: MIKAELIA

„Alles in allem ist in diesem ersten Drittel vom ersten Jahrhundert des neuen Jahrtausend immerhin einiges geschehen, Professor!"
Overdijk saß wieder einmal im Hinterstübchen von OUD & GOED bei Pieter van Bruk. Pieter hatte eine Erkältung hinter sich. Der August brachte dieses Jahr eine Menge kalter, regnerischer Tage. So lief er vorsichtshalber noch immer mit einer Wollmütze und einem dicken Schal herum, den er malerisch rechts und links über die Schulter geworfen trug. Er schluckte ein paar Pillen und ermunterte Overdijk, seine Gauloises ruhig anzuzünden. Es störe ihn kein bißchen. Der kleine Ölheizer hielt den Raum gemütlich warm – und Overdijk war schläfrig zumute. Van Bruk kratzte sich am Hinterkopf und verschob dabei die Pudelmütze, so daß sie ihm schräg über die Augen rutschte. Das gab ihm ein verwegenes Aussehen. Ohne die Mütze zurückzuschieben, ging er hinaus und brachte bald die beiden Pötte mit frischem Kaffee herein. Overdijk nahm sie ihm ab und stellte sie behutsam auf das kleine indonesische Tischchen. Pieter van Bruk ließ sich ihm gegenüber ächzend in den freien riesigen Sessel fallen.
„Lassen wir mal die Hiobsbotschaften von vorletzter Woche beiseite. Wie geht es übrigens Tientje? Hat sie sich von dem Schock erholt? Machen Sie sich nicht zu viele Sorgen. Man hätte sie kaum rausgelassen, wenn sie nicht okay wäre. Maniwaki liegt gut hundert Kilometer von Ottawa weg – und an diesem Tag kam der Wind aus Südosten. Habe mich erkundigt, weil ich wissen wollte, wo die guten Kanadier jetzt ihre Probleme kriegen. Die radioaktive Wolke ist in Richtung Hudson Bay gesegelt. Ottawa selbst ist so schlimm nicht betroffen; und die vom Strahlenkrankenhaus sind keine Idioten. Schlimm ist die ganze verdammte Chose. Aber nicht so sehr in Ihrem Fall, Professor."
Overdijk versuchte ein Lächeln. Vielleicht hatte der alte Kauz ja Recht.
„Sie wollten über die Zeit seit der Jahrtausendwende sprechen, Pieter ..."
„Ah ja, richtig. Jetzt haben die paar Staaten, die sich schon vor 17 Jahren entschieden, ganz aus der Kernenergie auszusteigen, natürlich Aufwind. Tschernobyl konnte man noch auf die Schlamperei im maro-

den Kommunismus schieben. Maniwaki aber gehört zu den sichersten Reaktoren seiner Art. Hm, besser: gehörte. Und dabei kommen die Skandinavier, das Baltikum, Ungarn und Neuseeland ganz gut ohne diese Dinger zurecht – und sind längst der Beweis, daß es auch so geht. Das wird ein Fall für die UNO. Der Alternativ-Energie-Flügel ist nicht mehr so lahm, wie noch in den neunziger Jahren des letzten Jahrhunderts. Die werden Dampf machen – und mein Gott, Zeit wär's.

Und soviel ich weiß ist Schneidewind, der jetzige Generalsekretär selbst auch auf ihrer Seite. Soll in seiner Heimat Graubünden schon lange entsprechend die Trommel gerührt haben. Übrigens stehen die Zeichen gut für ihn, daß er für die nächste Amtsperiode wiedergewählt wird.

Haben Sie schon gelesen, daß China aus der UNO ausgeschlossen werden soll? Jedenfalls wird darüber heiß debattiert. Übermorgen ist Abstimmung. Wäre gut so. Die verdammte Kuscherei vor dem großen Tiger muß aufhören. Wäre doch zum Kotzen, wenn nichts mehr zählte, außer lukrative Wirtschaftsverträge. Doch wenn man kein lückenloses Wirtschaftsembargo dranhängt, wie seinerzeit bei Südafrika, könnte ich mir vorstellen, daß die Sache ziemlich wirkungslos bleibt.

Und Venedig ist wohl im Eimer, was Professor? Das Hochwasser geht zurück, wenn auch langsam. Doch die alten Kästen werden das wohl kaum aushalten, und für ihre Restauration die Milliarden rauszuschmeißen, wer wird das übernehmen, he? Wir haben andere Probleme. Und da bin ich ja endlich wieder bei dem, was ich sagen wollte: Einiges ist schon geschehen, die letzten dreißig Jährchen, Professor, finden Sie nicht?"

Overdijk wußte, daß die Frage rein rhetorisch war, und hütete sich, seinen Freund bei seinem Exkurs zu unterbrechen.

Dafür unterbrach ihn etwas anderes. Ein Kunde betrat den Laden. Das Glockenspiel über der Tür rief. Van Bruk ging brummend hinaus – und Overdijk mußte dran denken, daß Joan sicher schon auf ihn wartete. Und so erfuhr er an diesem Nachmittag nicht, was nach Pieters Ansicht in den letzten dreißig Jahren an „Positivem" geschehen sei. Er hatte sich von seinem Freund verabschiedet, verließ den Laden und lief forschen Schrittes in Richtung Straßenbahn. Joan wirkte wie ausgewechselt, seit Tientje wieder da war. Natürlich sprachen sie nun alle drei fast von nichts anderem, (abends im großen Wohnzimmer, ohne Licht zu machen, weil sie die langsam aufziehende Dämmerung liebten), als den schockierenden Ereignissen des 4. August. Tientje mußte alle sechs

Wochen zu Nachuntersuchungen. Aber sie wirkte frisch und munter. Sie berichtete von den Demonstrationen gegen die Kernenergie, die seit dem Gau in gewaltigen Wellen die USA und Kanada in Atem hielten – und von der Geheimniskrämerei, mit der die Behörden alle Folgemaßnahmen des Unglücks umgaben – was die aufgestörten Menschen nur noch mehr erbitterte.

Joan wurde ruhiger, als sich allmählich abzeichnete, daß kein Krieg im Heraufziehen war wegen der chinesischen Okkupation – das hatte sie am meisten befürchtet – und auch weil klar wurde, daß der Große Tiger diese Länder nur okkupiert hatte, aber nicht nennenswert unterdrückte, bis auf die Verstaatlichung der machttragenden Bereiche, wie Post, Telefon, Rundfunk, Fernsehen und Verkehrswesen. Sogar einreisen durfte man nun schon seit zwei Tagen wieder. Die Chinesen waren schlau – und zeigten kein Interesse daran, sich in krasser Konfrontation mit der übrigen Welt zu verausgaben. Vielmehr verbreiteten sie hartnäckig ihre Sicht der Dinge. Gerade die USA hätten es nötig, sich aufzuplustern, höhnten sie, mit der eiskalten Wahrung ihrer Machtinteressen in aller Welt, die nichts weiter sei, als demokratisch getarnte Absatzpolitik ihrer alles beherrschenden Megakonzerne.

Italien war in eine tiefe politische Krise geraten. Venedig wurde zum Zankapfel der Parteien, die sich gegenseitig Schlamperei – und das schon seit Jahrzehnten – vorwarfen. Sonst, so hieß es, hätte Venedig nicht so gründlich untergehen müssen. Schon lange seien die Expertisen der Fachleute den Behörden bekannt gewesen. Pläne hätten vorgelegen, wie man Venedig gegen solch mögliches Unheil schützen könnte, usw., usf.

Und so erörterten sie die Lage, saßen bisweilen vor dem Fernseher – aber die Aufgewühltheit der ersten Tage legte sich und an ihre Stelle trat eine Art wacher Resignation oder resignierter Wachheit. Nur eines wollte Overdijk, wenn er auch kaum darüber sprach, nicht aus dem Sinn: die verblüffende Voraussage dieser drei Katastrophen durch Curio bis auf den Monat genau, vor über zwanzig Jahren. Wie war so etwas möglich? Curio selbst war damals schon auf dem Weg der Heilung, hatte Abstand zu seinen Gesichten, konnte mit ihnen umgehen, und nahm diesen Traum auch vernünftigerweise nicht sonderlich ernst. Warum hatte er ihn noch nicht angerufen? Seit Tagen schob Overdijk es immer wieder hinaus. Irgend etwas in seinen Überlegungen hinderte ihn daran. Teile seines Unbewußten schienen an dem Problem herumzukauen, denn er grübelte vor dem Einschlafen komischerweise über Yvonne ter Ver, Curio und die Amphore gleichzeitig. Er erinnerte sich schwach, in einer der letzten Nächte den Grund dafür geträumt zu haben, konnte ihn aber im Wachzustand nicht mehr rekapitulieren. Heute mußte es aber passieren. Er wählte, der Rufton erklang, er ließ es ca. zwanzig mal läuten. Niemand nahm ab. Am nächsten Abend versuchte er es wieder, mit dem selben Ergebnis. Endlich wählte er die Nummer, bei der sich am 4. August die Frauenstimme gemeldet hatte.

„Ja bitte? Sommer?", klang es ihm sofort vertraut entgegen. Nein, Herr Curio sei nicht da. Er sei verreist. „Es sind ja noch Theaterferien. Wohin? Nach MIKAELIA! Sie wissen?"

Und ob Overdijk wußte. Da wollte Tientje ja auch hin ab September, ein soziales Jahr absolvieren, in einer Einrichtung für geistig Behinderte irgendwo bei Klaipeda. Er bat Frau Sommer, Curio herzlich zu grüßen, diktierte ihr seine Telefonnummer, falls er sie nicht mehr hatte. Er möge doch zurückrufen, wenn er wieder da sei. Sie versprach, es auszurichten. Overdijk war nach Plaudern zumute über Curios Werdegang, wenn auch sozusagen aus zweiter Hand.

„Was er getan hat, wollen Sie wissen? Was er immer getan hat, Professor. Er schreibt, wenn auch mit mäßigem Erfolg."

Overdijk erinnerte sich an Curios Kinderbuch „KABOUTER KNAPPJE", welches Curio, schon bevor er zu ihm in die Praxis kam, in Holland mit guter Resonanz veröffentlicht hatte.

„Haben Sie seit damals nichts mehr von ihm gelesen? Nun ja, es lagen lange Pausen dazwischen. Erst hatte er noch eine Stelle als Kunsttherapeut, ja hier in den Hufeland-Kliniken. Dann ist er abgewickelt worden. Ja, man habe ihn in Frührente geschickt, die allerdings mager genug ausgefallen sei. Er habe ja nie besonders viel verdient, dann die langen Klinikaufenthalte. Aber immerhin. Erst habe er sich danach ein Atelier, ein bescheidenes, eingerichtet und viel gemalt, aber kaum etwas verkauft. Schließlich sei er auf den Job am Theater verfallen, der ihm offensichtlich Spaß mache – etwas zur Rente beisteuere – und ihm trotzdem viel Freiraum ließ. Er müsse ja immer erst gegen fünf Uhr nachmittags zum Dienst. Seine Wohnung stehe noch voll von seinen Bildern, doch seit etwa zehn Jahren schreibe er wieder. Doch jetzt fällt mir ein, es kann gut sein, daß Sie nichts davon wissen können. Er hat sich ein Pseudonym zugelegt und unter diesem einen Roman veröffentlicht. Wie er heiße? „Narrenhände"! Ach so, sein Pseudonym? Nach dem Geburtsnamen seiner Mutter: Brune, Tobias Brune."

Aber natürlich kannte Overdijk den Namen, wenn auch nicht das Buch. Er entsann sich. Es lag ja mehrere Wochen im Schaufenster von OUD & GOED. Allerdings nicht in Holländisch, sondern im deutschen Original, schon antiquarisch. Irgendwer hatte es dann schließlich gekauft.

„Ja, auch ein paar Gedichtbände. Doch davon kann man ja nicht leben, wie Sie sicher wissen werden. Der letzte, vor zwei Jahren herausgekommen, heiße: „Heute ist übermorgen". Ob sie es ihm schicken solle. Sie habe noch einige Exemplare übrig von denen, die ihr Curio schenkte. Also gut. Und die „Narrenhände" packe ich Ihnen gleich mit dazu. Alles Gute, Professor! Ich werde ihm alles ausrichten. Auf Wiederhören."

MIKAELIA also. Was er da wohl wollte? Vielleicht ein Buch schreiben? Und seitdem, also seit 19 Jahren nicht mehr krank geworden. Das war ihm zu gönnen. Immerhin hatte er 43 werden müssen, bis er die Schizophrenie überwand. Eigentlich sträflich, daß er immer spärlicher auf Curios Briefe reagiert hatte. Obwohl auch wieder richtig. Ein Patient ist erst gesund, wenn er sogar seinen Therapeuten vergißt. Und so war es doch wieder in der Ordnung. Ob es überhaupt sinnvoll sein wird, den guten Bertram an damals zu erinnern? Noch dazu von seiner Akte zu sprechen? Vielleicht hatte er deshalb so lange gezögert, ihn anzurufen? War er deshalb so eigenartig erleichtert, daß er ihn nun auch nicht angetroffen hatte? Diese verflixte Vorausschau hätte ihn beinahe dazu gebracht, seinen alten Freund ohne Taktgefühl zu überfallen. – Nun hatte es sich glücklicherweise gefügt, daß ihm noch genug Zeit blieb, die Sache noch einmal gründlich zu überdenken. „Es wird nicht schaden, sie noch einmal vorher zu lesen, die AKTE CURIO? Was meinst Du, Spinoza?" Der sprang ihm auf den Schoß und machte einen Buckel. Die Frage an den Kater hatte er laut gesprochen – und Joan und Tientje, die ja nichts von seinen Überlegungen, die vorausgegangen waren, ahnten, sahen ihn erstaunt an. Dann mußten sie alle drei herzlich und laut lachen. Joan hatte den Fernseher, schon als Overdijk zum Telefon griff, ausgeschaltet. Es kam sowieso nicht viel Neues.

„Wann wirst Du nach MIKAELIA fahren, Tientje?", wollte Overdijk wissen.

„Ich kann am 1. September im „Sonnenhof" anfangen, Pa."

„Merkwürdig, dieses wachsende Interesse für das Baltikum, seit es sich wieder zusammengeschlossen hat und nun Mikaelia heißt", sinnierte er laut. „Was weißt Du von dem frischgebackenen Staat?"

„Das, was Du auch weißt, Pa! Schließlich hast Du mir erst davon erzählt. Und wenn ich mich richtig erinnere, warst Du es, der herausgefunden hatte, daß die Produkte von BALTICBIO einfach am besten schmecken. Abgesehen davon, wie preiswert sie sind. Und sie sind längst nicht mehr nur in Europa beliebt. Inzwischen schätzt man sie auch in Übersee."

„Weiß ich, weiß ich", wehrte Overdijk lachend ab. „Du mußt mich nicht missionieren. Was ich meine ist: Wir haben hier und in Deutschland und noch anderswo doch auch Waldorfschulen, biologisch-dynamisch arbeitende Bauernhöfe, Weleda-Fabriken, Heilpädagogische Einrichtungen. Wieso willst Du ausgerechnet nach Klaipeda? Du kannst doch kein Wort Litauisch?"

„Aber Russisch, Pa, zerstreuter Pa. Du hast mir damals selbst dazu geraten, als die Frage stand, was ich fakultativ wählen sollte. Erinnerst Du Dich? Der Sonnenhof hat besonders Kinder aus Rußland in Pflege, weil sie in ihrer Heimat noch zuwenig solche Heime haben. Und die ersten acht Wochen ist sowieso nachmittags ein Intensivkurs in Litauisch. Doch zu Deiner Frage: Natürlich haben wir das alles hier, gleich vor der Haustür, die Steiner-Klinik und überhaupt. Doch was sich in Mikaelia abspielt, ist einmalig in der Welt. Sie haben ein ganz neuartiges soziales Konzept, wenn es auch in der Probephase ist. Seit drei Jahren kommen sie mit ihm nun schon gut zurecht. Und die Prognose der Experten, daß sie bald wirtschaftlich zusammenbrechen werden, hat sich nicht bewahrheitet, im Gegenteil. Ich finde das phantastisch, Pa! Und will es aus der Nähe erleben! Sie haben wirklich die Wissenschaft und die Wirtschaft getrennt und voneinander unabhängig gemacht, ebenso das Rechtsleben. Reichtum bedeutet nicht mehr automatisch Macht bei ihnen, Pa; vor allen Dingen keine soziale Macht. Ein Konzern kann nicht mehr diktieren, was zu erforschen ist, weil die Wissenschaftler nicht mehr von ihnen bezahlt werden. Die Kinder werden nicht mehr zu Robotern erzogen, die im Räderwerk von Industrie und Technologie funktionieren. Sondern man fördert das, was in ihnen steckt, ob es nun rentabel ist oder nicht. Kein Künstler muß sich mehr von irgendeiner Bank sponsern lassen und damit Dinge tun, die er gar nicht will. Zugegeben, niemand scheint dort dadurch übermäßig reich zu werden. Aber er hat sein Auskommen – in Sicherheit, Pa – ohne grassierende Arbeitslosigkeit. Wo gibt es das noch? Und außerdem: Wer studieren will, ist nicht mehr vom Geldbeutel seiner Eltern abhängig."

„So, so", machte Overdijk ironisch, aber Tientje war in Fahrt. Und Overdijk gefiel das. Mochte sie ruhig ins Baltikum fahren, das seit drei Jahren Mikaelia hieß – und nicht erst seitdem auf viele Jugendliche faszinierend wirkte. Zum erstenmal versuchten da drei kleine Länder, in einem vernünftigen Bündnis die Ideen Rudolf Steiners von der Sozialen Dreigliederung zu verwirklichen. Außer der Chinesischen, war das immerhin die erste, freilich ganz anders geartete soziale Alternative zum Kapitalismus. Dabei tasteten sie weder das Privateigentum an, noch traktierten sie die Menschen mit einer rechthaberischen Ideologie. Die Anthroposophie war keineswegs „Staatsreligion", ja es gab dort nicht einmal so viele Anthroposophen wie in Holland oder gar in Deutschland. Und die Dreigliederung war nicht von oben diktiert, sondern durch Volksabstimmung beschlossen worden, allerdings auf Anregung von Konstantinus Mileitis, der ein paar Jahre, gleich um die Ecke in Zeist, in die Waldorfschule gegangen war. Idealistisch kehrte er in seine Heimat Litauen zurück, gründete dort mit einigen Freunden ein Zentrum mit Schule machender Wirkung. Estland, Lettland und Litauen, die vorwiegend von der Landwirtschaft lebten, sahen sich bald mit einem stetig wachsenden Netz von biologisch-dynamischen Höfen überzogen. Elternverbände gründeten in eigener Initiative Waldorfschulen. Heilpädagogische Heime entstanden, pharmazeutische Betriebe, künstlerische Zentren, eine Art Goetheanum in Reval mit Unterstützung aus Järna in Schweden und Helsinki. Und bald hatten alle diese Initiativen ein solches Ansehen gewonnen, daß der Boden bereit war, als Mileitis, der inzwischen in die Politik gegangen war und jahrelang Litauen als Außenminister vertreten hatte, zum Litauischen Präsidenten gewählt wurde, als Parteiloser. Seiner beharrlichen, zähen und langwierigen Verhandlungsarbeit war es zu verdanken, daß ein Volksentscheid gewagt wurde. Die Staatsreform im Sinne der Sozialen Dreigliederung wurde immerhin von 63 % der Wahlberechtigten befürwortet. So geschah es vor vier Jahren. Schon ein Jahr später sahen die drei Länder den Unsinn ihrer Grenzen ein – und eine erneute Volksabstimmung vereinigte sie unter dem Namen, der von Mileitis stammte, MIKAELIA.

Mochte sein Tientje also ruhig dorthin fahren. Wenn sich dieses Experiment sollte halten können, um so besser. Die Balten waren nicht im Euroverbund, hatten nicht den Euro als Währung – und sie wurden deshalb im übrigen Europa schmunzelnd geduldet.

Ob Pieter van Bruk auch an diese neue Erscheinung am Himmel der Geschehnisse der letzten dreißig Jahre gedacht hatte, als er gerade ausholen wollte – und unterbrochen worden war?

6. Kapitel: DIE AKTE CURIO UND NOCH EINE AMPHORE

Tientje hatte sich verabschiedet. Overdijk winkte noch hinter der Glasscheibe, bis sich die Tür des Flugzeugs schloß. Dann ging er hinaus, rief ein Taxi und fuhr direkt ins Kabouterhuis.

Es war windig und kühl an diesem Donnerstag. Tientje wollte, bevor sie nach Klaipeda ging, noch ein paar Tage bei ihrer Freundin Eila verbringen. Das Gepäck hatte sie schon vorgestern direkt nach Litauen geschickt. Eila wohnte in Espoo bei Helsinki. Ihr Vater hatte in der finnischen Botschaft in der Nähe des Vreede-Palastes lange Jahre als Sekretär gearbeitet. Eila war mit Tientje in dieselbe Schule gegangen – und mit der Zeit Tientjes beste Freundin geworden. Von Helsinki würde sie mit der Fähre nach Tallin übersetzen, von dort mit dem Interbaltic, der über Tartu, Riga und Kaunas bis Vilnius führte, bis Jelgava in Lettland fahren – und schließlich in den regionalen Schnellzug direkt nach Klaipeda umsteigen. Sie hatte versprochen, sofort zu schreiben, wenn sie angelangt sein würde.

Das Taxi geriet in einen Stau. Der Fahrer zuckte bedauernd die Achseln. Overdijk hing seinen Gedanken nach. Ungewöhnlich früh zeigten sich in diesem Jahr die ersten Boten des Herbstes. Noch war es sommerlich warm in dieser vorletzten Augustwoche, in den Nächten aber schon empfindlich kühl. Vereinzelte Blätter zeigten bereits leichte Verfärbungen. Overdijk war nicht ärgerlich darüber. Im Gegenteil. Er liebte den Herbst von allen Jahreszeiten am meisten. Als sie endlich die Innenstadt passiert hatten und in die Schnellstraße nach Scheveningen einbogen, sah er unwillkürlich zum Himmel, der in prächtiger Dramatik in dicken Wolkenhaufen und elegischem Farbenspiel ebenfalls schon septemberlichen Charakter angenommen hatte.

Krasczewski berichtete ihm kurz über die Neuigkeiten. Eleonore war ausgezogen. Sie hatte eine winzige Wohnung in Delft gefunden – und Arbeit als Schaufensterdekorateurin in einem großen Kaufhaus im Zentrum. Sie hatte einen Brief an Overdijk hinterlegt, in dem sie sich für die gute Zeit im Kabouterhuis bedankte.

In ihr Zimmer sei heute morgen Siglinde Sober gezogen, Overdijk wisse doch, die schmale Blonde aus Weimar, die schon in der Kabouterhuis-Enklave in Jena in Thüringen einige Monate zugebracht habe, dann aber wieder in eine nur klinisch behandelbare schwere Depression verfallen sei. Ambesser, der Therapeut in Jena, habe sie schon Anfang letzten Jahres für Den Haag angemeldet, in der Hoffnung, daß Siglinde in einer völlig neuen Umgebung mehr Abstand zu ihrem Umfeld und ihrer Problematik bekommen könnte. Krasczewski beriet sich damals mit Overdijk – und schließlich gab man Ambesser die Zusage, das Fräulein Sober, sobald sie auf dem Weg der Genesung, und ein Platz im Scheveninger Kabouterhuis frei sei, kommen könne. Nun war sie also da. Ob Overdijk sie sprechen wolle?

„Lassen wir sie erst einmal in Ruhe ankommen, Tadeusz! Es eilt nicht. Soll sie zunächst ihr Zimmer einrichten, sich ein bißchen in Den Haag umsehen. Kann sie denn Holländisch?"

„Kein Wort." Krasczewski pulte mit einem Zahnstocher an seinen Fingernägeln. „Ruhe ist gut! Sie ist mit einem Lieferwagen hier eingetrudelt. Ein Freund hat sie hergebracht. In dem waren nichts als größere und kleinere Skulpturen. Ihr ganzes Zimmer ist voll davon. Sie hält sich für eine zweite Camille Claudel, Sie wissen? Auguste Rodins begabte Geliebte. Und sie hasse Rodin, der Camille nur ausgenützt habe und für ihr jahrelanges Eingesperrtsein in einer Klapsmühle verantwortlich gewesen sei. – Sie hat mich gleich gefragt, wo man hier eine Ausstellung machen könne. Und heute abend will sie eine Lesung veranstalten. Sie schreibt nämlich auch noch. Essays und Gedichte, wie sie sagt. Ein Essay heiße „Schmerzgewölbe", handele von besagter Camille, und sei bislang ihr Hauptwerk." –

Overdijk kicherte. „Was haben Sie, Krasczewski? Dann ist sie doch bei uns goldrichtig?"

Krasczewski rückte unruhig in seinem Sessel hin und her. Overdijk bot ihm eine Zigarette an. Beide rauchten.

„Na, Sie werden ja bald selbst sehen. Machen Sie sich auf einen vollendeten Diktator gefaßt!"

Dann sprachen sie die anderen Bewohner durch, verständigten sich über Bürokram. Der staatliche Zuschuß für das Gemeinnützige Kabouterhuis mußte neu beantragt werden. Die Aufenthaltserlaubnis für Boris war zu verlängern. Boris Budenitsch, der Ingenieur aus Odessa. Er hatte in Den Haag seine Liebe zur Malerei entdeckt. Seine naiven Bilder hingen schon im Flur des Kabouterhuis. Immer stellte er Heilige dar, in Anlehnung an Ikonen, auf denen aber stets auch eine seiner phantastischen Erfindungen zu sehen waren. Flugboote, Wettermaschinen, merkwürdige Hochhäuser in Kathedralenform – und auf jedem Bild Ilja, sein Kater, den er in Odessa hatte zurücklassen müssen. Manchmal war Ilja sogar selbst eine Ikone. Ein ernsthaft blickender weißer Kater mit graubraunen Flecken und einer vertikalen Denkerfalte zwischen den Augen – und Heiligenschein. Boris war auf dem besten Weg, gesund zu werden. Schade wäre es, wenn er jetzt ausziehen müßte. Overdijk versprach, seine „Beziehungen spielen zu lassen" – und noch drei Monate für Budenitsch herauszuholen.

Es war Zeit zu gehen. Overdijk verabschiedete sich von Krasczewski. Joan würde heute später kommen. Die Donnerstagskonferenz im Bejaarde-Huis zog sich erfahrungsgemäß bis in die Abendstunden hin. Joan liebte ihren Beruf. Als Gesprächstherapeutin erfuhr sie so manches aus dem Leben der Alten. Besonders interessierte sie, was die über Neunzigjährigen zu berichten wußten. Die hatten noch als Kleinkinder den zweiten Weltkrieg – und dann bewußt die Fünfziger-, Sechziger-, Siebziger-Jahre des vorigen Jahrhunderts erlebt. Und natürlich auch die Wende 1989!

Spinoza empfing ihn erfreut. Es war Fressenszeit. Er biß, weil er es nicht erwarten konnte, in den Büchsenrand, noch ehe Overdijk ihren Inhalt in die Schale entleeren konnte. Dann knurrte er, als sei noch ein Konkurrent zugegen, der ihm was wegfressen könnte, schmatzte, und sah zwischendurch scheel zu Overdijk auf.

Overdijk blätterte am Küchentisch in der Akte Curio. Die chronologische Übersicht zu Anfang überflog er nur flüchtig:

1969, am 17. Juni in Weimar geboren. Also Sternbild Zwillinge. In der Kindheit Meningitis. Abiturverbot, Buchbinderlehre, erster und zweiter Schub, Behandlung in Mühlhausen. Der dritte Schub während des Falls der Mauer, November 1989, Behandlung in einer Klinik im Ruhrgebiet. Arbeit in einem biodyamischen Hof in Jütland in Dänemark. Beginnt dort zu malen. Fängt an der Kunstakademie in Hamburg ein Malstudium an. Vierter Schub. Klinikaufenthalt in Hamburg. Kommt nach Den Haag. Lernte in Hamburg ein Mädchen kennen, Mareike Sommer. Hatte sie schon in Weimar gesehen bei einer Montagsdemonstration. Sie studiert Eurythmie. Nimmt in Den Haag erneut Malereistudium auf. Mareike wechselt nach Den Haag an die Academie voor Eurythmie. 1997, Heirat mit Mareike. 1998 wird ein Sohn geboren: Raphael Tobias. Schreibt für ihn „De Kabouter Knappje" mit wunderschönen, von ihm selbst gefertigten Illustrationen. Wird in Holland und Belgien ein Erfolg. 2004, erneuter Schub. Unmengen von Visionen mit

Angstzuständen. Bilder vom Ende der Welt, Völkerwanderungen, Rückfall der Menschheit in die Barbarei. Taucht unter. Wird wochenlang gesucht. Schließlich zwischen Binz und Sellin (Insel Rügen) gefunden. Kommt auf eigenen Wunsch in eine Klinik in Leiden. 2005, Scheidung von Mareike. Raphael wird der Mutter zugesprochen. Wird zum Malereistudium nicht mehr zugelassen. Bekommt Sozialhilfe, nebenbei ein paar Stunden in der Woche Arbeit als Lektor beim Kinderbuchverlag „SPROKJES" in Den Haag. Vereinsamungstendenzen. 2007, kurz vor Weihnachten erneuter Schub. Wieder Behandlung in Leiden. Behandlungsdauer fast ein Jahr. Kommt als einer der ersten Bewohner schließlich 2009 mit Vierzig endlich zu Overdijk ins Kabouterhuis.

Am 2. 8. 2009 Traum vom 4. 8. 2031!!! Verläßt das Kabouterhuis 2012 als geheilt. Overdijk erwirkt zusammen mit dem Lektor von SPROKJES ein Literaturstipendium für ihn, aufgrund eines Erzählbandes „TRAUMWEGE", in dem er einige seiner Visionen verarbeitete.

Geht damit zurück nach Weimar. Den Rest hatte ihm Frau Sommer, die niemand anders als Mareike Sommer war, schon angedeutet. Was wohl aus Raphael geworden ist? Der muß ja inzwischen auch schon über Dreißig sein. –

Overdijk blättert weiter. Es folgen die Berichte der Kliniken: Mühlhausen, Düsseldorf, Hamburg, Leiden. Also insgesamt sechs Schübe. Davon die zwei ersten in Mühlhausen, die zwei letzten in Leiden.

Behandlung zuerst mit Promethazin / Propaphenin, Parkopan (später Akineton); dann Haloperidol – dieses wurde wegen Suizidversuch, später als unverträglich erkannt, abgesetzt. Wann war das? Nach dem ersten Schub, also vor 1989. Davon hatte ihm Curio nie etwas erzählt ... Auch in seinen Anamnesen ist davon nie die Rede. (?) Wurde so in Düsseldorf im Wesentlichen beibehalten. Erst in Hamburg erstmaliger Versuch, auf Leponex umzustellen. Ab Leiden dann nur noch Leponex.

Diagnosen:
Von HOPS (Hirnorganisches Psychosyndrom),
über Manisch-Depressiv (Zyklothymie),
bis Paranoide Schizophrenie (Spaltungsirresein mit Verfolgungswahn).
Das allerdings schon sehr früh von einem gewissen Dr. Bußbedt noch zu DDR-Zeiten diagnostiziert. (Wobei die damalige Chefärztin noch diktatorisch bei ihrer Ansicht: manisch-depressiv blieb. Ihrer Lieblingsdiagnose, wie ihm Curio später grinsend erzählte.)

Seit der Behandlung mit Leponex verschwinden Curios Klagen über gravierende Nebenwirkungen, unter denen er zuvor zu leiden hatte:

Mundtrockenheit, Heißhunger, Augenliderzucken, Händezittern, Schweißausbrüche, Obstipation (Verstopfung). Später, unter Haloperidol anhaltende Akathisie. Wochenlang sei er wie ein Tiger auf dem Flur hin und her gelaufen. Nie habe er länger auf einer Stelle verweilen können. Wenn er sich setzte, trieb es ihn gleich darauf zum Laufen. Wenn er lief, verspürte er den Wunsch, sich hinzulegen. Und wenn er lag, wollte er andauernd sitzen. Das habe ihn total zur Verzweiflung getrieben. Offensichtlich eine Fehlmedikation, zumindest zu hohe Dosierung. – Er hatte es auch noch ambulant in Weimar weiter einnehmen müssen. Ein Wunder wäre es nicht, wenn ihn das zum Suizid getrieben hatte.

Schließlich folgten einige Beispiele seiner Visionen, in der Handschrift Bußbedts. Curio war bei der Medikation damals nicht in der Lage, selber etwas Ergiebiges aufzuschreiben. Einige Proben dahingehender Versuche von ihm waren dem Mühlhausenbericht beigegeben. Gequälte, zittrige Druckschrift, der man die Mühe ihres Urhebers ansah – und nie länger als eine halbe Seite. Curio berichtete dann später im Kabouterhuis auch, daß er über 40 Tabletten pro Tag in Mühlhausen bekam. Diese drakonische Dosierung, offenbar eine verbreitete Gepflogenheit in der DDR-Psychiatrie, erklärte freilich Einiges. Später, in Düsseldorf und besonders in Hamburg, als man spürbar die Dosierung herunterfuhr und mit wenig Leponex (Clozapin) zurechtkam, treten dann wesentlich mehr anamnestische Versuche in der Akte auf. Overdijk kam zu dem Teil von Curios Erinnerungen an Visionen, zu denen er ihn selbst angeregt hatte – und die er während seiner Zeit im Kabouterhuis niederschrieb. Diese und der sich anschließend immerhin fünf Jahre anhaltende rege Briefwechsel mit Curio, waren das, was Overdijk jetzt am meisten interessierte.

Overdijk legte sich die Akte aufs Nachtschränkchen. Er wollte diesen Teil der Akte vor dem Einschlafen noch heute Abend beginnen, gründlicher zu studieren. Als Joan endlich nach Hause kam, lag er schon im Bett und las.

Curio hatte sich nicht genau chronologisch erinnert. Doch seine Aufzeichnungen dann noch selber in ungefähre Reihenfolge gebracht. Overdijk wollte vor allem wissen, was ihn nach dem Fall der Mauer gefangennahm. So übersprang er die Passagen der früheren Jahre, den Traum von der Baumstadt, die Visionenserie nach dem Verhörerlebnis und der versuchten Anwerbung als Spitzel. Obwohl diese schon aufschlußreich war, wenn man sie mit den späteren Ereignissen vom Herbst 1989 zusammenhielt. Dazu schienen auch die „Arche-Noah"-Erlebnisse und die merkwürdigen Verse, die in einer Art halluzinativem Diktat, oder Auto-Diktat entstanden waren – und in fürchterlicher Sprache vom Zusammenbruch des Bestehenden kündeten, zu gehören.

Schließlich kam er zum mit „Düsseldorf" überschriebenen Teil von Curios Aufzeichnungen. Overdijk schienen Bertrams Gesichte zunehmend archaischer zu werden. In einem berichtete er von einem riesigen Wagen, dem über zweihundert Ochsen vorgespannt gewesen seien, beladen mit kostbarem Material, gut abgedeckt, da es witterungsempfindlich war. Und wie ihm dann eine Stimme erklärt habe, daß der Zug dieses Volkes, welches den gewaltigen Wagen (mit übermannshohen Holzrädern, an jeder Seite 24) begleitete, der Samen sei einer neuen Erde mit einer neuen Kultur.

Wieder ein anderer erzählte von einem Berg, nein einer ganzen Ansammlung von Bergriesen, auf denen geflügelte Wesen gestanden – und in einer Art Wechselgesang von Gipfel zu Gipfel ein langes Lied psalmodiert hätten, in dem immer wieder der Vers: „IN DEM BEWEGTEN JAHR DER STEINEFLUTEN" refrainartig wiedergekehrt sei.

Overdijk mußte immer wieder Passagen überblättern, in denen Curio nicht beim Thema blieb, sondern ausgiebig Mitinsassen schilderte, mit denen er in Düsseldorf und dann auch in Hamburg und Leiden Freundschaft geschlossen hatte. So spannend und zum Teil köstlich amüsant diese Schilderungen auch waren.

Dann, schon im Kapitel Hamburg, schilderte Curio die Fahrt in einem ungeheuren hölzernen Haus, das von Hunderten von Menschen bewohnt war und ewig auf dem Meere herumtrieb, ohne jemals anzukommen. Schrecklich genug. Doch die angstmachenden Anteile in Curios Visionen nahmen seit dem Mauerfall spürbar ab. Curio mochte aber die visionäre Verfassung überhaupt immer wieder beunruhigt haben. Nach seinem Werdegang setzte er sie, ob nun angsteinflößend oder eher friedlich, ja sogar mitunter sehr schön, mit Kranksein gleich – und fürchtete sich jedesmal wieder davor. Zumal diese Erlebnisse sich nicht auf Träume beschränkten, sondern ihn am hellen Tag überfallen konnten. Etwa in der Düsseldorfer Innenstadt in der Fußgängerzone, oder später in Hamburg in einem Café nahe der Binnen-Alster. In Leiden trat dann sogar noch einmal eine Serie sehr unheimlicher Zustände ein, worunter der, mit dem grausamen, immer schweigenden König, der in seinem Palast in einer Stadt mit sieben, sie konzentrisch umgebenden Ringmauern, auf einem Thron aus reinem Lapislazuli saß – und der jeden ermorden ließ, der auch nur im Geringsten gegen ihn aufmuckte. So auch einmal eine ganze, in tiefblaue Gewänder gehüllte Schulklasse im Tempelbezirk, die über ihn ein Spottliedchen sang. Bertram wachte auf vor Grauen, als er mit ansehen mußte, wie sie im Kanal zwischen der vierten und der fünften Ringmauer auf Befehl des Schweigers ertränkt wurden.

Während seines letzten Klinikaufenthaltes in Leiden erlebte er beim Spaziergang über die Felder den Mahlstrom. Eine große Zahl an Menschen und Gegenständen, Tiere, Hausrat und kleine Häuser wurden von ihm erfaßt und in großer Schnelligkeit immer weder und wieder herumgeschleudert, dabei tiefer und tiefer in den Abgrund gezogen, bis sie gänzlich darin auf nimmer Wiedersehen verschwanden.

Viele andere kleinere Erlebnisse waren dazwischen verzeichnet. Alle mit rätselhaftem Nachgeschmack. Overdijk hatte Curio behutsam geraten, sie aufzuschreiben, ja, wo es sich machen ließe, sie in Geschichten, Erzählungen und Märchen zu verarbeiten, da er zunächst eine immense, ins Pathologische verirrte Erfindungskraft bei Curio vermutete – und den kreativen Prozeß als therapeutische Möglichkeit sehr hoch veranschlagte. Dabei kam schließlich der Band mit Erzählungen „TRAUMWEGE" zustande, den zuerst ebenfalls der SPROKJES-Verlag herausbrachte.

Immer waren Curios Erlebnisse irgendwie fremd, archaisch, fast archetypisch. Schon darin, wie er Einzelheiten beschrieb: Bekleidung, Geräte, Fahrzeuge, Sitten und Landschaften. Nur in der Anfangszeit, während seiner Buchbinderlehre, waren noch Anklänge an die Realität vorhanden. So, wenn er z. B. die Weimarer Belvedere Allee auseinanderbrechen sah, usw. Später bestand keine oder kaum noch Ähnlichkeit mit seinem realen Umfeld, weshalb er sich auch nicht mehr vor einer vermeintlichen, zukünftigen Katastrophe versteckte, wie zuletzt noch einmal zwischen Binz und Sellin auf der Insel Rügen.

Um so mehr stach der eine und einzige, so seltsam exakte Traum hervor, der unter dem Datum 2. 8. 2009, also erst wenige Wochen nach seiner Aufnahme im Kabouterhuis, von ihm niedergeschrieben worden war. Und fast nur am Rande und wie nebenbei – und um so frappierender war auch dessen Bewahrheitung vor wenigen Wochen und bis auf den Monat genau.

Von Curios eventuellen Erlebnissen nach seinem Weggang vom Kabouterhuis, seiner Rückkehr nach Weimar, von weiteren Träumen oder Ähnlichem, wußte Overdijk nichts. Denn gleich zu Beginn ihres Briefwechsels hatte er ihn gebeten, nicht mehr über dieses Thema zu spre-

chen, da Curio Abstand gewinnen wollte von seiner kranken Zeit, die lange genug gedauert habe. Ein sehr verständlicher Wunsch. Und so hielt sich Overdijk auch streng daran. –
Statt dessen schilderte ihm Curio vieles von dem, was sich getan hatte seit dem Fall der Mauer, in der Gegend Europas, die noch immer von allen „Neue Bundesländer" genannt wurde. Weimar, so berichtete er, sei ein verdammt teures Pflaster geworden. Zur Hälfte fast nur von europäischer Chickeria bewohnt. Kulturgrößen, pensionierte Regierungsräte, Filmstars, Schriftstellern mit Bestseller-Vermögen, Industriellen u. v. a. Die Mieten in der Innenstadt, besonders zwischen dem Goethe- und dem Schillerhaus seien horrend. Aber es gäbe auch das andere Weimar, die alternative Szene mit kleinen Kneipen und Theatern, eher Theaterchen, mit Galerien und Ausstellungen unbekannter Nachwuchskünstler, zu denen er sich mit nun bald Mitte Vierzig auch immer noch zähle. Niemand kenne hier seine, bisher nur in Niederländisch erschienenen, Bücher. Weder den „Kabouter Knappje", noch die „Traumwege". Und das sei gut so. So könne er im Verborgenen arbeiten ohne Erwartungsdruck. Er habe wieder angefangen zu malen, berichtete er später. Eine winzige Wohnung mit Dachatelier habe er gefunden, wider Erwarten in der Belvedere Allee – und es sei schon eigenartig, so nah am Ort der Kindheit zu wohnen.
Joan saß noch unten am Fernseher. Overdijk fielen die Augen zu. Er löschte das Licht und drehte sich zur Wand. Er war schon halb im Einschlummern, als ihn Joan sacht an der Schulter rührte.
„Telefon, Klaas. Ich hätte Dich nicht geweckt. Aber es ist Curio. Er ruft aus Litauen an, aus Vilnius. Soll ich ihm sagen, er möchte morgen...?"
„Nein, nein. Laß nur..." Overdijk erhob sich schlaftrunken. Curio mußte was gemerkt haben.
„Professor, hallo. Habe ich Sie geweckt? Wir können auch morgen... Ich dachte, ich komme auf der Rückreise mal bei Ihnen vorbei, mache einen Bogen um Thüringen, ehe ich nach Weimar zurück ... oh, Sie klingen so schlaftrunken. Entschuldigen Sie! Bis morgen."
Es knackte in der Leitung. Curio hatte aufgelegt. Overdijk war jetzt hell wach. Curio wollte kommen? Hatte Frau Sommer, hatte Mareike ihn gleich benachrichtigt? Das war ja ganz famos! Ausgezeichnet. Er machte sich einen Schlaftee, brannte eine Zigarette an.
Joan sah ihn fragend an. „Er will herkommen?"
„Würde es Dich ...?"

„Nein, aber nein, Klaas. Wie kommst Du darauf? Es ist spannend, aufregend. Ich freu mich. Wie er wohl aussehen wird, inzwischen? Immerhin schon zwanzig Jahre ..."

„...ja Du hast Recht, zweiundzwanzig Jahre her ... du lieber Himmel, wie die Zeit ..."

„...er kann doch in Tientjes Zimmer ... ich meine, wie lange will er denn ... ach, das weißt Du noch gar nicht. Er ruft morgen wieder ...?"

Overdijk legte den Zeigefinger auf seinen Mund. „Psst Joan, schau mal...!"

Auf dem Bildschirm war eine griechische Vase zu sehen, ohne Vitrine – nein, keine Vase. Eine Art gläserne Amphore.

„Klaas, das ist ja die Amphore, aber die ist doch blaugrün? Diese hier ist rötlich. Was sagt er?"

Sie lauschten dem Kommentar: „... in den Morgenstunden gefunden worden, bei Baggerarbeiten für den geplanten Staudamm im Amazonas-Delta. Sie ähnelt ziemlich verblüffend genau der berühmten, vor einigen Jahren an der Küste von Tunis gefundenen sogenannten AMPHORE. Doktor Edward Barrings vom Archäologischen Institut in Los Angeles, der zufällig in der Nähe gerade Urlaub macht, ist sofort herbeigeeilt, hat sie vermessen – und erstaunt festgestellt, daß sie genau die gleichen Maße, wie ihr weltbekanntes Pendant hat. Bis auf die Tatsache, daß sie aus einem rötlich gelblichen Kristall zu sein scheint, ähnelt sie ihrer Vorgängerin aufs Haar. Einschließlich der Siebenecke mit den Siebensternen im Innern und den rätselhaften Fischsymbolen in den rhomboiden Zwischenräumen der aneinandergrenzenden Siebenecke. Sie wird zur Zeit unter Aufsicht von Dr. Barrings nach Rio de Janeiro geflogen – um im dortigen Istituto arcologico eingehend untersucht zu werden." – Dann folgten Meldungen über eine neue Ausstellung von Enrico Lappazi in Brüssel.

Overdijk stellte den Fernseher ab.

„Aber das ist ja verrückt, Joan! Noch eine Amphore? Mit der ersten bis auf die Färbung identisch – und das beinahe zehntausend Kilometer vom Fundort der ersten entfernt? Auf der anderen Seite des Atlantik?"

„Allerdings Klaas, unfaßbar – trotzdem, sei nicht böse, aber Du mußt ins Bett. Es ist schon nach Mitternacht. Du hast morgen einen anstrengenden ..."

„Schon gut, Frau Overdijk", unterbrach sie Klaas grinsend, ich bin schon so gut wie eingeschlafen." Damit drückte er brav die gerade angezündete Zigarette aus, zog Spinoza, der um seine Beine strich, scherzhaft am Schwanz. „Gute Nacht, Herr Philosoph" – und tappte die Treppe hoch in sein Schlafzimmer.

Joan lächelte, dann löschte sie das Licht der Stehlampe und ging ihm hinterher. Sie hatte ihr Schlafzimmer neben dem seinen. Sie verabscheuten es beide, wie überall üblich, in einem Monstrum von Ehebett gemeinsam zu schlafen. Vielleicht verstanden sie sich deshalb nun schon so lange und so gut?!

7. Kapitel: EINE IDEE WIRD GEBOREN

Curio hatte sich stark verändert. Overdijk erkannte ihn kaum wieder. Schlapphut mit breiter Krempe, unter dem sein immer noch dichtes, blondes, von grauen Strähnen durchzogenes Haar hervorquoll. Hinter der randlosen Brille mit runden Gläsern blitzten ihn tiefblaue Augen an. Sie schüttelten sich die Hände, lächelten verlegen. Curio fand als erster die Sprache wieder.

„Sie werden immer jünger, Professor ... ach Quatsch, was rede ich ... Mensch Klaas, Klaas! ..." Und damit umarmte er ihn herzhaft.

Overdijk mußte kichern, schließlich lachte er herzlich und befreiend: „Ist das immer noch derselbe? Ich meine, immer noch Dein Lieblingsmantel?"

Curio blitzte humorvoll: „Allerdings derselbe, nun schon runde dreißig Jahre alt, das gute Stück!"

„Sonst hätte ich Dich wahrscheinlich gar nicht erkannt", flunkerte Overdijk zurück. Er war es tatsächlich. Bertram Curio – mit seinem alten Ledermantel von damals. Überall abgeschabt, schäbig? Nein, das nicht. Eher von schäbiger Eleganz, ja, so konnte man ihn nennen. Sie steuerten in die Innenstadt, mitten durch die Unmenge ihnen ausweichender Fahrräder, die um diese Zeit die Straßen und Fußwege okkupiert hielten.

„Kann mir denken, wo Du hin willst, Klaas." Curio breitete die Arme aus. „Menschenskind, endlich mal wieder Den Haag. Ihr seid wirklich anders, ihr verflixten Holländer. Bewegt Euch anders, denkt anders, seht die Welt und das Leben anders. Wo ist sie denn hin verschwunden, meine geliebhaßte deutsche Verkniffenheit? Du brauchst dieses Land nur irgendwohin zu verlassen, außer vielleicht in Richtung Schweiz, und schon triffst Du Menschen, Bewegung, Lockerheit ...! Du denkst sicher, ich übertreibe? Nee, nee, mein Lieber! Komme gerade aus Litauen. Mit dem Zug. Mag das verdammte Fliegen nicht, hab's noch nie gemocht. Eine ganz hübsche Strecke, trotz bequemer Schlafwagen. Und stell Dir vor, Klaas. In der Nacht wachte ich auf – kein Geräusch, außer die ratternden Räder, kein Laut, ich meine keine Sprache, alles schlief, der Schaffner wahrscheinlich auch, und draußen, nichts als stygische Finsternis. Und auf einmal wußte ich, frag mich nicht woher, denn ich hatte auch nicht auf die Uhr gesehen, irgend etwas sagte es mir, ein anders gewordenes Etwas in der Luft, ein Fluidum, was weiß ich – jedenfalls war klar: ich bin in Deutschland. Was sagst Du dazu? Dann tappte ich, wohin man halt so muß in der Nacht, an dem Schaffner in seinem Kabuff vorbei – fragte ihn: „Deutschland?" – Er nickte bloß. Natürlich war es Deutschland, was denn sonst. Und da ist halt alles deutsch in meinem putzigen Vaterländle, dem, wie ich schon immer behauptet habe, dem zum Trotz so große Denker entstammen, und nicht etwa, weil es dem Idealen so förderlich ist. Hölderlin hat schon recht: Handwerker siehst Du, Besenbinder, Bauern, Advokaten, Automobilbauer, Computerfritzen ... aber keine Menschen! – na so ungefähr. Aber, zum Kuckuck, ich laß Dich ja gar nicht zu Wort kommen?!"

Overdijk grinste – und freute sich. Wie schön, ihn hier zu haben, ein bißchen älter geworden, aber noch immer so ungestüm, so gerne redend wie damals. Wenigstens in den Zeiten, wo ihn nicht die Visionen plagten.

„Quo vadis, Overdijk?", hörte er seinen alten Freund sticheln.

„Du weißt es!", gab er zurück.

Damit waren sie auch schon fast angekommen. Dichte Regenwolken hatten den Himmel schon jetzt am späten Nachmittag verdüstert – und sie sahen von weitem das Schild von Pieters OUD & GOED leuchten.

„Oder willst Du erst irgendwo was essen, Bertram?"

Bertram winkte ab: „Ich habe seit Arnhem nichts anderes mehr getan, als im Speisewagen gehockt und gefuttert. Nur hinein. Weiß er's?"

Overdijk schüttelte den Kopf.

„Also dann langsam. Du zuerst!"

Sie öffneten, wie schon früher manchmal, ganz, ganz langsam. So langsam, daß die Glöckchen über der Tür stumm blieben – und schlichen wie Diebe durch den Laden. Pieter van Bruk fuhr herum, als eine Stimme ihn mit brachialer Fröhlichkeit begrüßte.

„Goeie middag, Mijnheer!"

Dann sank er in einen der beiden riesigen Sesselungetüme.

„Nein", rief Pieter endlich, „das ist nicht fair Klaas!" Dann sprang er wieder auf. „Wieso hast Du mir nicht"..., er unterbrach sich, machte einen Schritt auf Bertram zu: „Curio, richtig? Bertram, ja? Im ältesten Ledermantel Europas, was? Steht hier einfach so da, in meinem Butikje, he? Klaas, das machst Du nicht noch mal mit mir!" – Dann lachte und hustete er eine Weile gleichzeitig. – „Ah, ihr verflixten Himmelhunde. Setzt Euch, na los, macht schon, nehmt Platz wie in alten Zeiten. Du hier, und Du da. Und ich hol mir den Klappstuhl. Kaffee? Was sonst!

Bin gleich zurück." Und damit flitzte er hinaus in das winzige Kabuff, das ihm als Küche diente.

Curio und Overdijk blinzelten sich zu. Pieter war schon wieder da, rieb sich die Hände, rannte hier hin und da hin. Brummte, kicherte. „Nein sowas, sowas. Moment. Ich mach erst mal schnell Feierabend. So, das wärs." Das Leuchtschild über seiner Ladentür erlosch. „Nun noch hübsch abgeschlossen. Fertig!" Dann pflanzte er sich wieder vor Bertram auf: „Nun verräter mein, wie geworden Reise für Du? Dein? Dich? ..."

Curio feixte. „Hör auf mit Deinem Deutsch, Pieter, das wird in diesem Leben nicht mehr besser. Ich kann noch genug Neederlands, um mich gut mit Dir zu unterhalten, precies."

Der Wasserkessel pfiff. Und dann saßen sie endlich, rührten in ihren Pötten, knabberten an den Stockbrodjes, die van Bruk herbeigezaubert hatte, kasperten, grinsten sich an. Drei alte Lausbuben, bemüht, nicht vor Rührung zu flennen.

Natürlich mußte Curio erzählen, was er getrieben habe, wie es jetzt so sei in Weimar und drumherum, von Mikaelia – und was er von China halte, von Ottawa, von Venedig, wovon er lebe, ob er wieder eine Frau habe, wie es Raphael gehe, was Mareike Sommer mache, ob er wieder was veröffentlicht habe ...

„... und am besten", kicherte Overdijk, „er beantwortet Deine Fragen gleich alle auf einmal und alle mit einem Satz, Pieter, ja?"

So hockten sie bis in den späten Abend, als Joan schließlich anrief. Nein, sie sei nicht böse, und ob sie nicht alle drei Lust hätten, ins Indonesische Restaurant „Surabaya" zu kommen. Sie habe schon einen Tisch bestellt.

So saßen sie. Aßen und plauderten. Sie waren fast die einzigen Gäste im „Surabaya". Auf acht kleinen Heizplatten, rechteckig und von der Größe eines Schulheftes, wurden die Köstlichkeiten warm gehalten. Reis, Fleischbällchen, Gemüse. Drumherum standen die Schälchen mit den Beilagen. Bambussprossen, Rosinen, Nüsse, unbekannte Sachen, die vortrefflich schmeckten. Immer wieder mal kam das lächelnde indonesische Mädchen, nach ihren Wünschen fragend. Sie nippten, außer Curio, der nach wie vor keinen Alkohol trank, an den kleinen Keramikbechern, in denen sich köstlicher Likör befand. Curio bestellte immer wieder Kaffee, trank davon viele Tassen, immer im Wechsel mit Mineralwasser. Dann kamen sie, nachdem Curio begeistert von Mikaelia berichtet und dann geschildert hatte, was aus Raphael geworden war, (dasselbe wie damals Bertrams Vater, und an derselben Stelle, nämlich Konzertmeister der Weimarer Philharmonie, kurioserweise), auf die schockierenden Ereignisse, auf China, Ottawa und Venedig zu sprechen, über die fast nur Pieter laut nachdachte und alle anderen gespannt zuhörten. – Kamen schließlich zu der Amphore, zur ersten, vor drei Jahren gefundenen, und zu der, von der man gestern morgen in den Medien berichtet hatte. Es wurde gerätselt, wie alt sie seien, woher sie stammen könnten und wovon die Schriftzeichen wohl künden mochten.

Pieter schob sie Außerirdischen zu, Curio meinte schlichtweg, die Sache sei ihm schleierhaft – und Overdijk, er wußte selbst nicht wieso, vertrat plötzlich energisch die These, sie könnten, ob ihrer unbekannten Zusammensetzung, von keiner der bekannten alten Kulturen stammen, sonst hätte man ähnliche Dinge aus demselben Material schon finden müssen. Es bliebe also nur die Möglichkeit, daß sie von einer vorsintflutlichen, ja vorhistorischen Zeit stammen könnten.

Curio sah ihn fragend an. „Du meinst Dein Steckenpferd, Klaas? Atlantis?"

„Wieso nicht?", gab Overdijk zurück. Und dann rutschte es Overdijk doch heraus: „Was machen Deine Träume, Bertram?"

Pieter stieß ihn in die Seite, auch Joan gab Signale mit den Augen. „Laß ihn in Ruhe!", hieß das.

Aber Curio reagierte ganz normal. „Sie sind noch da", erwiderte er seelenruhig. „Und sie handeln immer noch von Erdbeben, Vulkanausbrüchen, Völkerwanderungen und Untergängen aller Art. Aber sie machen mir nicht mehr zu schaffen, wenn Du das meinst, Klaas. Seit ich Dein Kabouterhuis verließ, können sie mich nicht mehr beunruhigen, wenn sie mir auch nach wie vor ein Rätsel sind. Das habe ich Dir zu verdanken. Du warst der Einzige, der mir erklärt hat, daß man ob solcher Träume nicht zwangsläufig verrückt sein muß."

„Vielleicht warst Du nie krank?", warf van Bruk ein.

Curio winkte ab. „Da täuschst Du Dich, Pieter. Ich war krank, sogar sehr, stimmts Klaas? Nee, nee, schön wärs. Es handelte sich tatsächlich um eine ausgewachsene Schizophrenie mit allem Drum und Dran!" Er nahm sich eine Gauloises aus der Schachtel, die Overdijk ihm hingehalten hatte, schwieg eine Weile, rauchte. „Das Problem war, diese beiden Dinge – meine Verrücktheit und die Träume – auseinanderzuhalten. Das Kunststück hat Klaas fertiggebracht. Und der Beweis liegt darin, daß ich zwar immer noch solche Sachen träume, aber keine Visionen oder Halluzinationen mehr am hellen Tag habe. Seit ich die Träume akzeptieren gelernt habe, sie nicht mehr unterdrücke oder verdränge, brauchen sie auch nicht mehr überfließen ins Tagesbewußtsein. Ist es nicht so, Klaas?"

„Da hast Du ganz Recht, Bertram. Precies. Genauso verhält es sich. Und was Du noch immer erlebst, möchte ich vorsichtig „archetypische Sensibilität" nennen. Du hast den sehr selten gewordenen Zugang zu Bewußtseinsschichten, besser zum Unterbewußten, das eigentlich in uns allen schlummert."

„Kollektives Unterbewußtsein. Das ist C. G. Jung. Deshalb muß es aber nicht falsch sein", warf van Bruk, nachdenklich geworden, ein.

„Doch was hat das mit den Amphoren zu tun, Klaas?", wollte Joan wissen. „Oder reden wir jetzt von was anderem?"

„Nein, nein, Joan, wir sind immer noch beim Thema. Bertram, ich habe, bevor Du anriefst noch einmal in Deiner Akte gelesen. Es stört Dich doch nicht, wenn ich jetzt darauf zu sprechen komme?"

Curio sah ihn belustigt an. „Klaas, die Tatsache, daß ich hierher gefahren bin, Euch zu besuchen, woran sollte die mich wohl erinnern? Du kannst ganz beruhigt sein. Sprich nur weiter. Bin gespannt, worauf Du hinaus willst."

„Gut, Bertram. Also ich las – und entdeckte, abgesehen von Deinen frühen Erlebnissen, wo noch sehr viel Anklänge an Deine Umgebung mitspielen, als Du zum Beispiel visioniert hattest, daß Thüringen überschwemmt und erdbebengeschüttelt war, usw., also abgesehen davon – entdeckte ich, daß Du später immer mehr Dinge träumtest oder visioniertest, je nach dem, die einen seltsamen archaischen Charakter aufweisen.

Ich erinnere mich an versartige Passagen, die Du von Dir gabst, an Schilderungen von Vorgängen, die nirgends in der uns bekannten Altertumsgeschichte ihr Pendant haben. Es hatte irgendwie das Fluidum vorsintflutlicher Erlebnisse!"

„Wußte ich's doch", stöhnte van Bruk erheitert. „Er ist wieder bei seinem Steckenpferd. Sag's doch gleich. Du glaubst, Bertram hat von Atlantis geträumt, Klaas?"

Overdijk nippte an seinem Likör. Dann fuhr er fort:

„Immerhin wäre das eine Möglichkeit – und ... und einen Versuch wert!"

„Was für einen Versuch?", wollte Joan wissen. Aber Overdijk schwieg – und wußte plötzlich selbst ganz deutlich, was in der letzten

Zeit in seinem Hinterstübchen gebrütet hatte. Curio erriet seine Gedanken.

„Du meinst, ich sollte ... Du willst mich noch mal ... ist das Dein Ernst ... eine Trancesitzung? Wie damals?"

Overdijk nickte – doch dann schüttelte er den Kopf.

„Vergiß es, Bertram, und verzeih mir. Ich bin unmöglich! Es muß eine Zumutung für Dich sein."

Bertram lachte. „Wieso? Aber nein. Keineswegs. Bei Dir fürchte ich nichts. Und Du hast vor, mich die Amphorentexte in Trance lesen zu lassen, stimmts?"

Overdijk war verblüfft. „Woher weißt Du das?"

„Das war nicht schwer zu erraten."

Jetzt kam Overdijk in Fahrt. „Ich weiß nicht, ob Du sie noch ... aber nein, Du warst ja schon ein paar Jahre weg. Weißt Du, ich hatte nach Dir eine Patientin, Yvonne ter Ver. Sie glaubte, sie sei einmal ein Samurei im alten Japan gewesen. – Das Merkwürdige ist nur, daß sie mir eines Tages in Trance das Haiku entzifferte, das bei mir auf einem alten japanischen Bild an der Wand geschrieben war. Und sie konnte es übersetzen. Es war in Altjapanisch geschrieben. Ich dachte zunächst, sie phantasiere, wenn auch sehr hübsch. Doch ein Experte bestätigte mir, daß sie richtig lag."

„Die Hieroglyphen Ägyptens sind auch nicht von Experten, sondern von einem kleinen englischen Postangestellten entziffert worden", meldete sich Pieter van Bruk wieder. „Wenn Deine Idee vielleicht auch nichts bringt, so ist sie doch spannend, Klaas! Das heißt, wenn Bertram sich stark genug...?"

„Ein bißchen Bammel habe ich schon, das muß ich zugeben ... trotzdem, versuchen wir's. Okay, ich bin einverstanden. Bloß, das kann eventuell länger dauern. Ich muß in einigen Tagen zurück nach Weimar, zum Dienst. Die Saison geht wieder los. Aber ich könnte mich im November für drei Wochen frei machen ...? Ich würde das ganze am liebsten dort ... Klaas, hast Du nicht Lust, Weimar kennenzulernen? Und ihr?" Er wandte sich zu van Bruk und Joan.

„Gerne Bertram, aber leider habe ich dieses Jahr keinen Urlaub mehr", antwortete Joan.

„Ich würde kommen", rief van Bruk.

Und damit war die Sache abgemacht. Overdijk und Pieter van Bruk würden Anfang November nach Weimar reisen – es war einen Versuch wert ... Die Idee war geboren. –

8. Kapitel: SIGLINDE SOBER

Overdijk schob sein Fahrrad neben sich her, auf dem Gepäckträger Curios Reisetasche. Sie überquerten die Kreuzung, steuerten auf die Centraal Station von Den Haag zu.

„Bitte, versuch nicht, ohne mich, Dich irgendwie autogen zu manipulieren, Bertram. Das fände ich bedenklich!"

„Mach Dir keine Sorgen, Klaas. Mir ist es auch lieber, wenn Du dabei bist ...!"

Der Eurocity rollte herein. Curio würde in Frankfurt umsteigen müssen. Sie verabschiedeten sich. Overdijk winkte noch eine Weile, dann kehrte er um.

Krasczewski wartete sicher schon. Es wurde nun Zeit, sich mit Siglinde Sober zu unterhalten. Overdijk bestieg sein Rad und fuhr die Konings Kade in Richtung Scheveningen entlang. Nach einem Stück Niuewe Parklaan bog er schließlich rechts ein.

Im großen Gemeinschaftsraum im Kabouterhuis herrschte Stille. Nur eine Stimme war zu hören:

> ... auf alle Zeit
> versickert im gleichgleichen Klang
> des Spinetts ...
> Im stinkenden Hemd
> das einzig schützt gegen Zudringlichkeit
> die er nicht mehr tragen will
> und verharmlost
> absichtlich in Wahnsinn ...
> der keiner ist!
>
> Heimlich ist ER ER! –
>
> Es rinnt die Zeit nicht
> mehr im Stundenglas –
> sie springt – sie springt
> von einer Höhlung in
> die andere
> springt – schwarz

    um hohlen Mittelpunkt
    aufsaugend alles Leben
    alles –

Overdijk trat zu Krasczewski, der in der Tür lehnte.
„Ist sie das?"
Beifall ertönte. Die Kabouterhäusler klatschten. Hinter Siglinde standen drei halbmannshohe Skulpturen aus Holz. Formen aus Kugeln und Kanten. Die erste schmal und spiralig gedreht. Die zweite ein schräges Gebilde, wie diagonal über dem Sockel schwebend; die dritte gedrungen und mit Rundungen, die nach innen verliefen. Auf kleinen Schildchen an ihren Sockeln war:
CAMILLE CLAUDEL – HÖLDERLIN – SELBST
zu lesen.
Overdijk ging lächelnd auf die Vortragende zu. Er stellte sich vor. „Und Sie sind also Siglinde Sober?" Er gab ihr die Hand.
„Hat es Ihnen gefallen, Herr Professor?"
„Ich bin zu spät gekommen, konnte nur den Schluß hören ... und den fand ich interessant. Wie heißt ihr Gedicht, das Sie zuletzt lasen?"
Siglinde war erfreut. „Ich nenne es bis jetzt: DIE SPHINX SPRINGT – aber das ist noch ein Arbeitstitel."
„Ich würde mich gern mit Ihnen unterhalten, in meinem Arbeitszimmer. Wollen Sie?" Siglinde Sober nickte. Als sie sich im oberen Stockwerk gegenüber saßen, gab sie ihm einen an ihn adressierten Brief. Er stammte von Dr. Ambesser aus Jena. Overdijk legte ihn ungeöffnet auf den Schreibtisch. „Hatten Sie Schwierigkeiten in Jena?"
„Wenn Sie das dortige Kabouterhuis meinen, nein. Aber mit Jena schon, und mit Weimar und Erfurt – überhaupt mit dieser ganzen verdammten Provinz." Sie lachte böse auf. Ihre Augen verengten sich. „Sie verstehen sicher, daß ich das ganze Spießergelaber dort nur schwer ertragen kann?"
„Ich kenne die Menschen dort nicht. Was stört Sie an ihnen?" Overdijk musterte sie nebenbei. Sie trug ein helles, lang herabfallendes Kleid, beigefarben und im Schnitt der zwanziger Jahre des vorigen Jahrhunderts. Darüber eine Art gehäkelter Weste, die ihr bis zu den Knien reichte. Um den Hals ein ganzes Ensemble aus insgesamt, von der kleinsten bis zur längsten, sieben Ketten, teils aus bemalten Holzkugeln, teils aus Steinen und Muscheln, teils aus kleinen blitzenden Glasgebilden, oval, rund, kantig geschliffen. An den Füßen Sandalen mit kreuz-

weise bis über die Waden hoch geschnürten Bändern. Auf dem Kopf trug sie einen breitkrempigen Hut mit einem blau-rot-gelb gestreiften Band, dessen Enden seitwärts über die Krempe hingen. Diesen Hut schien sie niemals absetzen zu wollen. Grüngraue Augen, große Pupillen, dünnes, aschblondes, mittellanges Haar. An der Weste fiel ein Gebilde aus dem Inneren einer Taschenuhr, das auf einem Keramikblättchen befestigt und mit Muscheln umgeben war, auf.

„Ich spreche von denen, die sich dort Künstler dünken; ihren Intrigen und Geilheiten, dem Neid und dem Hochmut. Aber ich hab's ihnen gegeben in meiner letzten Erzählung. Dort kriegen sie alle ihr Fett, Claire-Goll-mäßig: ich verzeihe keinem?"

„Wer ist Claire Goll?", wollte Overdijk wissen.

Doch sie war in Fahrt.

„Jedenfalls mache ich in Weimar, in Provinzenshausen, keine Ausstellungen und keine Lesungen mehr. Nun gerade nicht! Die halten mich für blöd. Aber was macht das. Da bin ich in guter Gesellschaft: siehe Camille Claudel, Hölderlin oder auch Van-Gogh-mäßig. Alle sind verkannt worden, alle, alle, alle ..."

Jetzt wirkte sie sichtlich aufgeregt. Overdijk versuchte sie abzulenken. „Sind Sie verheiratet?"

„War ich, Professor, war ich. Dreimal. An drei Männer habe ich mich verschwendet. Lange genug – und so schön bescheuklappt, wie ich damals rumlief ..."

„Haben Sie Kinder?"

„Um Gottes willen, nein. Das hätte mir noch gefehlt. Bei den egoistischen Vätern, unmöglich! Männer eben!"

„Was haben Sie gegen Männer?"

Sie winkte ab. „Lassen wir das. Heute nicht, Professor."

„Haben Sie Bildhauerei studiert?"

Sie lachte. „Schön wär's, Herr Overdijk. Alles autodidakt, gleich nachdem ich den dritten Mann schließlich auch los war. Und schreiben tue ich schon, seit ich denken kann" nahm sie Overdijks nächste Frage vorweg.

„Was interessiert Sie am Kabouterhuis-Konzept?", wollte dieser weiter wissen.

„Na, das ist doch ganz einfach: ihre geniale Grundidee: Kunst als Therapie, Krankheit als kreative Potenz, übernormale psychische Fähigkeiten oder Erlebnisse nicht gleich mit dem Stigma des Verrücktseins zu belegen."

„Das gab's alles schon vor mir", warf Overdijk bescheiden ein.

„Sicher, Professor", erwiderte sie eifrig. „Aber nicht so locker, wie bei ihnen, und nicht mit einem solchen Ausmaß an Eigenbeteiligung, das sie ihren Schützlingen einräumen.

„Gut", meinte Overdijk und kramte in seiner Jackentasche. „Es gefällt mir, daß Sie sich für mein Konzept erwärmen können. Das wird hilfreich sein. Rauchen Sie?" Er bot ihr an.

„Ja, aber nicht so starke. Ich bevorzuge Kent."

Overdijk bediente die Kaffeemaschine und stellte zwei Tassen und ein Tablettchen mit Milch und Zucker auf den Schreibtisch.

„Wollen wir uns gemeinsam anschauen, was Doktor Ambesser so schreibt? Interessiert Sie das?"

Siglinde Sober sah ihn bedeutsam an. „Sehen Sie, das ist es ja, was ich meine. Sie spielen mit völlig offenen Karten, verstecken sich nicht hinter ihrem Fachchinesisch. Das hat mir schon an Dr. Ambesser gefallen. Ich weiß also, was drin steht, Professor."

„Dann darf ich kurz lesen?"

Sie machte eine generöse Handbewegung.

„Er sagte mir, mein Problem gehöre zum schizophrenen Umkreis, obwohl ich niemals extreme Schübe erlebte. Es sei eher die hebephrene Form, also die langsame, dafür aber ständig präsente Variante. Bei mir aber nicht, wie im klassischen Falle, stetig zunehmend, sondern eher rückläufig, weshalb er mich auch damals aufgenommen habe – und im übrigen endogen. Körperlich bin ich eigentlich gesund, bis auf das Ding vor 13 Monaten. Das war allerdings heiß – und danach hatte ich zum erstenmal so was wie einen regelrechten Schub, ich meine einen harten. Deshalb konnte mich ja Dr. Ambesser auch nicht behalten. Ich mußte in die Hufeland-Klinik in Weimar, leider. Danach hat er mir den Vorschlag mit Den Haag gemacht. Alleine hätte ich mich ja doch nie aufgerafft, aus dem Kaff rauszukommen."

Overdijk las die zweite Seite von Ambessers Brief.

„Ah ja, hier steht's ja. Sie hatten ein Mamma-Karzinom?"

Siglinde zog heftig an ihrer Zigarette, drückte sie dann hastig aus.

„Da hab ich ganz schön Schiß gehabt, Angst geschwitzt, konnte nicht schlafen ... kein Wunder, man kann ja sterben an sowas, hops gehen, nicht wahr? Die beruhigten mich immer, legten mir Statistiken vor und so – aber die Angst blieb und die Schlaflosigkeit – und dann hat's eben geknallt, trotz Kabouterhuis in der Semmelweisstraße in Jena."

„Aber Sie haben bis jetzt ...?"

„Nein", brachte sie seinen Satz zu Ende, „keine Metastasen seitdem. Die Lymphe, die sie vorsichtshalber rausgesäbelt haben, waren auch clean, also nicht befallen. Vielleicht habe ich ja Glück und es bleibt ruhig. Wäre nicht schlecht zur Abwechslung."

Overdijk schenkte ihr Kaffee nach.

„Ambesser verweist hier auf ihre Aufzeichnungen über den nachfolgenden Schub. Sie hatten Begegnungen mit Engeln?"

„Und ob. Erst sah ich nur Dämonen. Dann habe ich geschrien und gerufen. Die Engel eben, die Hierarchien. Und die kamen dann auch – und haben geholfen. Sogar der Archai war dann da, Sie wissen schon, Steiner-mäßig?"

Overdijk mußte verneinen.

„Macht nichts", fuhr sie fort, „bloß danach ist etwas Merkwürdiges passiert: Immer, wenn ich rechts auf dem Klinikflur lief, war ich unsichtbar. Wirklich! Und die anderen liefen durch mich hindurch. Und wenn ich dann nach links ging, war ich wieder sichtbar ...?

Overdijk unterbrach sie nicht.

„Aber das steht viel genauer in den Aufzeichnungen, um die mich Ambesser gebeten hatte. Verstehen Sie was von Anthroposophie?"

„Wenig", gab Overdijk zu. „Meine Tochter ist hier in die Waldorfschule gegangen. Was man dann halt so als Eltern mitkriegt. Ich versuchte mich auch mal an der „Geheimwissenschaft", doch die erschien mir dann doch zu phantastisch. Die Demeter-Sachen essen wir trotzdem gern. Und die Schule ist Tientje bekommen. Zumal man ja dort die Kinder ideologisch ganz frei läßt – sonst hätte ich meiner Frau damals nicht zugestimmt." –

Overdijk erhob sich. „Für heute müssen wir Schluß machen, Frau Sober. Unser Haus ist mit einem Galeristen in Delft in Kontakt. Wenn Sie möchten, gibt Ihnen Herr Krasczewski die Adresse. Ab und zu stellt er gern Sachen von Kabouterhuislern aus. Ansonsten denke ich, es ist gut, es Ihnen zu überlassen, wann und ob Sie sich wieder mal mit mir unterhalten wollen. Ich würde gern mehr über die Anthroposophie erfahren. Und wie Sie dazu gekommen sind. Leben Sie sich erstmal gut ein ...!"

Als sie gegangen war, machte er einen Vermerk für Krasczewski in ihrer Akte. Er schlug vor, die 100 mg Leponex, die sie in 25 mg Dosen vier mal täglich bekam, in den nächsten Tagen auszuschleichen, mit dem Ziel, auf 12,5 mg zum Einschlafen zu kommen – und dabei aber auch in guten Zeiten zu bleiben.

Krasczewski trat ein. „Ah, Doktor, ich dachte, Sie seien noch unten."

„Wie finden Sie sie?", wollte Krasczewski wissen.

„Nicht so diktatorisch, wie Sie sie mir geschildert haben. Was wissen Sie über Archai und sowas?"

„Hat sie Ihnen davon erzählt? Sie erzählt es jedem, der ihr zuhört. Sie monologisiert den ganzen Tag. Scheint sich bei Ihnen zusammengenommen zu haben?"

„Vielleicht", sagte Overdijk. „Obwohl ich ihr meistens zuhörte."

„Archai", nahm Tadeusz Krasczewski den Faden wieder auf. Das ist ein Begriff aus der Hierarchien-Lehre von Steiner. Sie fungieren in dessen sogenannter Geistigen Welt. Wir Menschen sind in dieser Ordnung das unterste Glied einer Rangfolge. Nach uns folgen die Angeloi, dann die Archangeloi, darüber die Archai – und wie's dann weitergeht, weiß ich nicht mehr so genau. Mächte, Throne, Gewalten oder so. Ist schon zu lange her, daß ich darüber las."

„Na, das ist doch immerhin schon etwas", schmunzelte Overdijk. „Dann stehe ich bei dem nächsten Gespräch mit Frau Sober nicht mehr ganz so dämlich da. Wenn Sie mir noch sagen können, wer Claire Goll war?, wird meine Bewunderung für Ihr Gedächtnis ins Unermeßliche steigen!"

„Kein Problem, Professor. Sie war die Frau von Yvan Goll, einem ziemlich erfolglosen Dichter mit zu starker sozialer Ader für hilfebedürftige Kollegen. So zwischen den beiden Weltkriegen des vorigen Jahrhunderts. Claire schrieb nach dessen Tod ein damals viel beachtetes Buch. Ihre Erinnerungen, betitelt: „Ich verzeihe keinem", ein bißchen skandalnudelig, aber nicht unangenehm."

„Danke, mein Dr. Lexikon!", lachte Overdijk. „Noch etwas frage ich Sie heute nicht, sonst werde ich noch kleinmütig. Nein, aber mal im Ernst. Ich denke, daß der Wirkstoff für Siglinde Sober ganz brauchbar ist. Nur die Dosis scheint mir zu hoch?"

„Das sehe ich auch so, Professor. Die stammt noch von der Hufeland-Klinik in Weimar."

„Na fein. Werden Sie für drei Wochen ohne mich klar kommen? Ich beabsichtige, einen alten Freund zu besuchen – in Weimar."

„Im Moment ist es ruhig. Bis auf Frau Sober. Aber da ich gerade den Praktikanten einarbeite, der sich übrigens sehr gut macht, dürfte das kein Problem werden. – Er war übrigens auch mal eine Zeitlang dort."

„Wer? Und wo?"

„Na, der Erfinder der Archai und wie sie alle heißen, Steiner, Dr. Rudolf Steiner. Er hat die Naturwissenschaftliche Abteilung von Goethes

Werken kommentiert – in seinen jungen Jahren. Sollten Sie mal lesen. Da geht's hübsch bodenständig und wissenschaftlich zu – ganz und gar nicht übersinnlich. Ich kann's Ihnen leihen."

Endlich machte sich Overdijk mit einem dünnen Paperbackbändchen in der Jackentasche auf den Heimweg. Zu Hause sah er die Post durch. Ein Schreiben vom Amt für Ausländerangelegenheiten, ein Kärtchen von Curio und endlich ein Brief von Tientje. Sie sei schon eher nach Klaipeda aufgebrochen, schrieb sie. Sie schreibe auf der Fähre von Helsinki nach Tallin. Sie freue sich so sehr auf den Sonnenhof in Klaipeda, daß sie es nicht mehr in Finnland gehalten habe. „Du mußt mich dort unbedingt mal besuchen kommen, Pa!", schloß der Brief. „Und natürlich küß ich Dich, bis Dir die Luft ausgeht, Väterchen! Immer Deine Tientje."

9. Kapitel: IN WEIMAR

Curio freute sich darauf, seinen beiden alten Freunden Weimar zu zeigen. Die Amphoren-Idee war ein willkommener Vorwand. So sah er die Sache. Es war ihm gelungen, wie er Overdijk schrieb, für die beiden eine kleine Wohnung zu mieten für einen Monat. Gleich bei ihm um die Ecke. Von einem Musiker aus der Philharmonie, der mit einem Kammerspielensemble den ganzen November auf Gastspielreise in Japan unterwegs sein würde. „So erspare ich Euch", schrieb er, „die blöde Hotelatmosphäre – und bei mir wäre es doch ein bißchen sehr eng geworden." Er freue sich sehr und zähle schon die Tage. Schade, daß Joan sich nicht frei machen könne.

Und so kam der Tag heran. Pieter und Klaas saßen im Speisewagen des Intercity von Frankfurt nach Dresden, über Eisenach, Erfurt, Weimar, Leipzig, wie die Stimme aus dem Lautsprecher verkündete. Hinter Bebra blickten sie neugierig nach draußen. Sie waren noch nie in dieser Region Deutschlands gewesen, die man noch immer „die Neuen Bundesländer" nannte.

Man konnte nicht viel erkennen. Dichter Nebel hüllte heute alles in undurchdringliche Watte. Und die Bahnhöfe sahen inzwischen längst aus wie überall in Europa. Hypermodern, glatt, sauber, phantasielos. Van Bruk vertiefte sich in seine Zeitung – und Overdijk kramte das Büchlein heraus, das ihm Krasczewski geliehen hatte.

„Goethes Naturwissenschaftliche Schriften" stand auf dem Titelblatt. Overdijk wußte selbstverständlich, daß Goethe auch Forscher war, daß er Pflanzen, Tiere und das Wetter beobachtet und seine Gedanken darüber niedergeschrieben hatte. Gelesen hatte er davon „Die Metamorphose der Pflanze" – nur gehört von seiner „Farbenlehre". Ein Dichter von Weltrang war ihm der große Weimarer, der die Naturforschung als Hobby, als Ausgleich betrieben haben mochte.

Der Zug hielt in Gotha. Von hier mußte es nicht mehr weit sein bis nach Mühlhausen, wo Bertram zweimal untergebracht war.

Sie zahlten und gingen zurück in ihr Abteil. Nun mußte bald Erfurt kommen. Von da bis Weimar war es nur ein Katzensprung. Overdijk hatte das Büchlein wieder eingesteckt. Kurz vor Erfurt klarte die Sicht spürbar auf. Danach, der große Berg dahinter, das mußte der Ettersberg sein, auf dem sich Curio einmal versteckt hatte. Oben auf ihm: „Buchenwald" – Mahnmal heute an die finsterste Epoche der Deutschen.

Als sie in Weimar ausstiegen, gestikulierte Curio, der sie gleich entdeckt hatte, wie wild herum und rief mit donnernder Stimme über den ganzen Bahnsteig. Die Dämmerung hatte bereits eingesetzt. Sie nahmen den Stadtbus ins Zentrum. Weimar kam Overdijk riesig vor, von Erfurt aus gesehen. Denn die Häuser schienen von dort bis hier gar nicht abgerissen zu sein. Curio erklärte, daß die Randgebiete in den letzten Jahren ständig gewachsen waren. Dörfer und Dörfchen seien verschluckt worden – und man müsse jetzt eigentlich vom Großraum Erfurt – Weimar – Jena sprechen. Zumal vor zehn Jahren, gegen den Widerstand von Bürgerinitiativen, mit dem Bau einer die drei Städte verbindenden U-Bahn begonnen worden sei, der erst vor zwei Jahren abgeschlossen wurde.

„Weimars Stadtkern aber ist klein. Ihr werdet schon sehen", versicherte er. Und so war es in der Tat. Unter den aufflammenden Laternen schlenderten sie auf der Schillerstraße entlang – und waren verblüfft, wie kurz der Weg bis zum Frauenplan, bis zum Goethehaus war. Bald erreichten sie die Belvedere Allee. Links zog sich der jetzt schon in Dunkelheit gehüllte Goethe-Park an der Ilm hin. Rechts prunkte die Reihe der mit viel Liebe restaurierten alten Villen, die schon vor weit über hundert Jahren in den verschiedensten Stilen von reichen Liebhabern errichtet worden waren. Immer nach dem Geschmack ihrer ersten Besitzer, die ihre architektonischen Reminiszenzen an Reisen in Italien, Frankreich, Spanien und anderswo hier verewigten. Vor einem florentinisch anmutenden Kasten machte Curio halt. Wir sind da. Ohne Aufzug stieg man drei Etagen nach oben. Curio wohnte in einem als Studio ausgebauten Dachboden. Links waren noch die Bodenkammern der anderen Mieter. Rechts gelangte man durch eine gepolsterte Tür in Curios Reich. Von einem winzigen Flur aus gingen drei Türen in drei kleine Räume mit teilweise schrägen Wänden. Ein Schlafzimmerchen, das Bad und endlich ein größerer Raum mit kleiner Kochnische. Dieser verfügte über ein teilweise verglastes Dach, durch welches man in den Himmel schauen konnte, wenn er klar war.

Dieser Raum war sparsam, fast karg eingerichtet. Eine Ecke füllten zwei gegeneinander gestellte Schreibtische aus. Der eine überfrachtet mit allerhand Büchern, Zeitschriften, Papierbergen. Der andere bot mehr freien Raum um die in seiner Mitte ragende Schreibmaschine. Eine fast fossile, mechanische – Marke „Olympia", aus dem vorigen Jahrhundert.

Vorn, nahe dem breiten Fenster, das zum Park hin lag, die Staffelei mit einem angefangenen Bild. Eine Collage von der Art, wie sie Curio schon damals im Kabouterhuis von Zeit zu Zeit schuf, mit Kreisen und Linien, Engeln und Tieren, die er aus alten Zeitschriften ausschnitt – geheimnisvollen Mustern, Lavaströmen, Eisbergen und Luftaufnahmen von chinesischen Reisterassenfeldern und vielem, vielem anderen. Über der Staffelei die mit einer Luke versehene Dachverglasung, ähnlich alten Pariser Atelierwohnungen! Das gab dem Raum trotz der Dunkelheit draußen etwas Leichtes, wie Schwebendes. Mehr der Mitte zu ein kleines, mit getriebenem Kupferblech überzogenes, rundes Tischchen, darum gruppiert drei alte Korbstühle, wobei keiner dem anderen glich. Das war, zusammen mit der in eine Wandnische eingelassenen Kochecke und dem an der einzigen rechteckigen Wand des Zimmers, diese ganz ausfüllend, und bis zur Decke reichenden Bücherregal, zweireihig vollgestopft und sich in Stapeln am Boden noch fortsetzenden Büchern, schon die ganze Einrichtung. Seine Wäsche bewahrte er in einer der Wohnungstür gegenüberliegenden winzigen Bodenkammer auf, die er ganz zu einem begehbaren Schrank umfunktioniert hatte.

„Kommt nur herein – und schaut Euch ruhig um. Ich mache uns erst mal einen Tee. Ihr seht, wir hätten bei mir fast übereinander schlafen müssen. Nachher bring ich Euch in Euer Quartier, eine geräumige Wohnung. Es wird Euch gefallen. Ein richtiger Palast gegen das hier."

Curio grinste verlegen. „Wollen wir nachher noch etwas durch den Park streifen – oder seid ihr zu müde von der Reise?" Man war zu müde. Und so brachte sie Bertram bald drei Häuser weiter. Sie betraten eine Dreizimmerwohnung im Parterre von weitaus größeren Maßen, als Bertrams Klause. Er verabschiedete sich bald – und Pieter und Klaas verschwanden kurz darauf jeder in sein Bett.

Am nächsten Morgen, zu gepflegter Stunde gegen halb zehn, klingelte das Telefon. Curio war am Apparat. Ob sie mit ihm zusammen frühstücken wollten, ein paar hundert Meter von hier, vorn auf dem Platz und quasi hinter Wielands Rücken? Sie wollten. Danach begannen sie an der Ackerwand, an der Rückseite des Gartens vom Goethehaus einen ausgedehnten Spaziergang, auf dem besprochen wurde, wann man die Trance-Sitzung beginnen wollte. Und wo. Man einigte sich auf Curios Reich. Die gepolsterte Liege, die sich an den rechten Schreibtisch anschloß, sollte als Ruheplatz, als Versenkungsstätte für Curio dienen. Overdijk würde die Hypnose vornehmen und Pieter protokollieren. Vorsichtshalber wollte man noch einen Recorder laufen lassen – und das ganze aufnehmen.

Der erste Versuch war für den übernächsten Tag festgesetzt. Bis dahin wollten sie sich in Ruhe das „klassische Weimar" anschauen, bummeln, essen gehen und tun, was ihnen sonst noch so einfallen würde.

Weimar war aus den Nähten geplatzt. Die naheliegenden früheren Dörfer ringsum gehörten inzwischen längst zur Stadt. Gaberndorf und Tröbsdorf, Niedergrunstedt und Gelmeroda, Oberweimar und Schöndorf. Den Ettersberg hoch zogen sich Wohnsiedlungen und Villenanlagen. Die Gegend hinter der Erfurter Straße, die Curio noch als freies Feld gekannt hatte, Taubach und Großschwabhausen waren von den vorrückenden Besiedlungen verschlungen worden. Die neue U-Bahn verkehrte in Minutenschnelle zwischen Jena West, Apolda, Weimar und Erfurt. Mehr als achthundertsiebzigtausend Menschen wohnten inzwischen in diesem Großraum. Hochhäuser, Einkaufszentren, Schnellstraßen und U-Bahnstationen hatten sich etabliert. Bis auf die kleinen Inseln historischer Stadtkerne – der Erfurter zog sich beispielsweise vom Anger bis zum Dom, der Jenaer um den Holzmarkt herum – war die Bauwut überall zu sehen. Weimar hatte dabei Glück gehabt. Als eine der wichtigsten europäischen Kulturzentren überhaupt, war es von der EU reichlich gefördert worden. Strenge Bestimmungen regelten hier die Ansiedlung von Industrie, die konsequent nur außerhalb der Bannmeile erfolgen durfte, die immerhin einen Radius von vier Kilometern betrug. Mit viel Aufwand waren die zahllosen historischen Bauten restauriert worden. Das Goethehaus, schon gegen Ende der DDR-Ära mit einem modernen Anbau versehen, bekam nun noch einen supermodernen Museumsanbau, wobei man sich im Baustil, zumindest außen um größtmögliche Annäherung an den der Klassischen Zeit bemühte. Ebenso ging es dem Schillerhaus, den Häusern um den historischen Markt, besonders der Werkstatt Lucas Cranachs. Das alte Schloß, der Marstall, das Goethe- und Schiller-Archiv, die historischen Brücken über die Ilm, Goethes Gartenhaus, das Bertuchhaus, die Herderkirche mit der Pfarrei dahinter, Eckermanns Wohnhaus unweit vom Frauenplan, die Altenburg, das Liszthaus in der Belvedere Allee, das Deutsche National Theater, der Theaterplatz, das Palais, das Kirms-Krackow-Haus und viele andere Kleinode. Sie wurden historisch getreu restauriert, mit Anbauten hie und da versehen, im Innern diskret modernisiert.

Den größten Anteil an neuen Gebäuden außerhalb des Zentrums bildeten die Hotelneubauten. Weimar hatte jedes Jahr eine immense Flut von Touristen zu verkraften, ähnlich wie Heidelberg. Die Andenken-Industrie boomte. Es wimmelte von Restaurants, Cafés und Bistros im klassischen Ambiente. Die große Kongreßhalle, die Hitler durch den eskalierenden Krieg hatte unfertig hinterlassen müssen, und die zu DDR-Zeiten halbwegs fertig geflickt worden war, wobei man damals die acht in die Tiefe reichenden unterirdischen Etagen einfach zuschüttete, bekam nun endlich eine sinnvolle Funktion. Man legte die Untergeschosse wieder frei und räumte das riesige Gebäude aus, indem man die Zwischenwände entfernte. Ursprünglich sollten nach Hitlers Willen sechzigtausend Menschen in diesen Bau hineinpassen – also das ganze damalige Weimar – um den Großveranstaltungen der NSdAP beizuwohnen. Nun konnte sie ihrer neuen Bestimmung als Großgarage entgegensehen. Denn für Autos war ab hier Schluß. Vom Ende der früheren Leninstraße, die direkt vom Bahnhof in die Stadt führte – und am alten Thüringischen Landesmuseum endete – von diesem Landesmuseum aus bis hinauf nach Belvedere als Nord-Süd-Achse, und vom Archiv bis zum Schwanseebad als Ost-West-Achse, war das ganze innere Weimar zu einer einzigen großen Fußgängerzone umgestaltet. Kleine elektrisch betriebene Stadtbusse, im Sommer mit offene Verdeck, mit zwei Anhängern, brachte einen fast geräuschlos an jede gewünschten Punkt der Innenstadt. Wobei die meisten es vorzogen, zu Fuß zu gehen, wegen der rührend geringen Distanzen zwischen den einzelnen Sehenswürdigkeiten. Wer in der Stadt arbeitete, wohnte meist außerhalb in den urbanisierten Dörfern. Im Stadtkern waren die Wohnungen längst unbezahlbar geworden. Dennoch lebte es sich gut in Weimar und Umgebung, da die Touristenindustrie bewirkte, daß hier immerhin die niedrigste Arbeitslosenquote ganz Thüringens zu verzeichnen war. Bis in die Abendstunden walzten Besucher, Sommer wie Winter über die Kieswege des Goetheparks. Im ehemaligen Pionierhaus an der Ilm war eine Art Andenkencenter, mit Restaurant und Café, eingerichtet. Nobelhotels umringten den Park. Überall leuchteten die gelben Papierkörbe – um den Park vor einem Müllkollaps zu bewahren. Die Wiesen durfte man nicht mehr betreten. Aus demselben Grund. Es waren einfach zu viele Menschen, die der Park täglich verkraften mußte. Neben dem Nationaltheater hatten sich mehrere Bühnen etablieren können. Im alten Schloß spielte die Compagnia Thüringia rund ums Jahr. Am Bahnhof, im ehemaligen Hotel „Einheit", gab es das Kabarett GAUCKOM. Das frühere Haus Stadt Weimar war zu einer Freilichtbühne, die vorwiegend Komödien und Lustspiele bot, umfunktioniert worden.

Curio zahlte fast die Hälfte seines ohnehin nicht üppigen Einkommens für die Miete. Das war ihm aber der bevorzugte Stand seines Domizils wert. Seit die Belvedere Allee ein breiter Spazierweg geworden war, nur von den kleinen Elektrobussen befahren, konnte er auch wieder Eichhörnchen und Hasen aus seinem Atelierfenster im gegenüberliegenden Park beobachten. Die drei besuchten ein Konzert im großen Schloßsaal, mit Werken von Arvo Pärt, Carlos Granada und Anke Schwetz-Balint. Sie schlenderten durchs Goethehaus, aßen im Weißen Schwan, Goethes und seines Freundes Zelter Stammlokal, ergatterten Karten für Faust I, fuhren mit dem Elektrobus nach Tiefurt, machten einen Abstecher nach Erfurt zum Dom, frequentierten eine beträchtliche Anzahl von Cafés am Wege, bis sie endlich zur Sache kommen wollten.

Das Plakat mit der ersten Amphore und der rätselhaften Schrift hing eh schon in Curios Schlafzimmer. Sie holten es herüber ins Atelier, befestigten es, der Liege gegenüber, an der Staffelei. Van Bruk legte sich Papier und Stifte zum Protokollieren bereit. Sie waren mit Lebensmitteln und Getränken eingedeckt – und am Morgen des 4. November 2031 war es dann endlich soweit.

10. Kapitel: EINEN VERSUCH WERT

Die erste Sitzung schlug fehl. Curio starrte in Trance auf die Schrift, ohne jedes Ergebnis. Nach zwei Stunden brachen sie ab.

„Es wäre ja zu seltsam, Klaas", meinte van Bruk, „zu phantastisch, findest Du nicht? Warum sollte ausgerechnet Bertram diese Schrift lesen können?"

Bertram erhob sich, öffnete das Fenster, dann grinste er verlegen zu Overdijk.

„Ich war irgendwie zu unruhig, Klaas. Zuviel Erinnerung an meine Zeit der Schübe, verstehst Du? Ich denke, wir sollten es morgen ruhig noch mal probieren, was meint ihr?"

Das Telefon klingelte. Krasczewski war am Apparat. Siglinde Sober sei durchgedreht, berichtete er. Sie habe versucht, ihre Skulpturen zu zerstören. „Sie wollte sie verbrennen, Professor. Ich hatte zufällig in der Nähe ihres Zimmers zu tun. Es ist zum Glück nicht viel passiert. Nur ihr Zimmer sieht jetzt etwas verrußt aus. Sie ist heute morgen nach Leiden gebracht worden. Aber Sie müssen nicht zurückkehren, ich komme zurecht. Dachte nur, es sei besser, Sie wüßten es gleich. Gute Tage noch in Weimar ..."

Van Bruk hatte eine Reißzwecke, mit dem das Plakat am Regal befestigt war, gelöst, es rutschte herab – und hing nun, nur noch von einer gehalten, schräg herab.

„Seht mal!", rief Curio, „die Zeilen!"

Alle drei starrten auf das Plakat. „Was meinst Du, Bertram? Was ist los?", wollten sie schließlich wissen.

„Na seht Ihr's denn nicht? Wie akkurat die Zeichen geschrieben sind? Immer im gleichen Abstand! Jetzt scheinen auch Zeilen diagonal zu laufen. Wenn man sie so läse, würde sich auch das Phänomen der Anhäufung an manchen Stellen erklären..."

Van Bruk schnaufte. „Du meinst, der Verfasser habe diagonal geschrieben? Zur Irreführung? Oder aus irgendeinem anderen verdammten Grund? Das wäre allerdings mal originell. Mir ging schon vorhin durch den Kopf, man müßte eventuell darauf gefaßt sein, daß Du von hinten nach vorne lesen müßtest – oder von oben nach unten – und sogar umgekehrt, von unten nach oben wäre möglich. Aber diagonal? Also Bertram, das wäre schon ziemlich ungewöhnlich."

Van Bruk drehte jetzt spielerisch das Plakat ganz auf den Kopf. Overdijk kratzte sich am Ohr. Die drei sahen sich an. Die Zeichen in ihrer kreisenden, kugeligen Form, sahen auch so sehr nach einer sinnvollen Schrift aus. Ja, wenn man es recht betrachtete, wirkten sie immer wie eine logische Reihenfolge.

Am nächsten Tag versuchten sie es noch einmal. Curio fühlte sich heute ruhiger. Er hatte schlecht geschlafen gestern Nacht. Wachte ein paar mal auf. Dazwischen träumte er seltsames Zeug.

„Gegen Morgen, mein letzter Traum, Klaas, der war komisch. Ich sah ein Schriftzeichen, ungefähr wie das da." Curio deutete auf ein Zeichen in der Mitte der ersten Zeile, wenn man diese als von oben nach unten führend annahm. „Und dann sagte man mir, nein, warte mal, nicht sagte – es war mir einfach verrückterweise klar, dieses Zeichen sei der Schlüssel zur Schrift, es sei der Weg? Was immer damit gemeint sein mochte..."

Van Bruk war in den Anblick des jetzt andersherum hängenden Plakats versunken. „Seht mal!", rief er plötzlich. „Das Zeichen, von dem Bertram spricht, kommt auch nur einmal im ganzen Text vor. Ich bin alles durchgegangen. Seht Ihr? Und es wirkt viel geometrischer, gar nicht so kullerig und wellig, wie die anderen. Daß uns das nicht gleich aufgefallen ist! Es sieht aus wie ein Mäander. Und da, auf dem zweiten Blatt, ist es wieder – ungefähr an derselben Stelle, nur daß da der Mäander andersherum läuft – und hier, auf der dritten Seite, ebenso – und da steht er nicht auf dem Kopf, sondern liegt auf der Seite...?"

Overdijk schlug sich vor die Stirn. „Bertram, Pieter hat Recht. Es hat ganz den Anschein, als sei dieses Zeichen eine Art Wegweiser, in welcher Richtung Du lesen mußt. Versuchen wir's.

Hier auf Seite eins müßtest Du zuerst von oben nach unten lesen, dann die unterste Zeile rechts rüber gehen, also von unten nach oben, von dort zurück nach links, bis zum Beginn der zweiten senkrechten Zeile, unten die zweitunterste Zeile wieder nach rechts, die zweitletzte aufrechte wieder hoch – und immer so weiter, bis Du in der Mitte ankommst. Das ist wirklich famos ... ist doch einen Versuch wert, oder?"

„Und bei den anderen Seiten verfährst Du so, wie die Linien der Schlüsselzeichen es angeben. Auf jeden Fall geht's immer von außen nach innen", ergänzte van Bruk.

„Oder von innen nach außen", gab Bertram zu bedenken. „Auch das ist schließlich möglich. Aber das werden wir herausfinden. Ich kann nur hoffen, daß mein Traum wirklich irgendetwas mit dieser Sache zu tun hat!"

Overdijk lachte. „Wir drei alten Narren haben uns sowieso schon ins Abwegige verrannt. Wir kommen mir vor wie Halbwüchsige beim Detektivspiel, da kommt es auf eine verrückte Idee mehr oder weniger auch nicht mehr an. Aber wenn das hier heute nichts bringt, hören wir auf, was? Ich habe ohnehin schon ein schlechtes Gewissen, Bertram, weil ich Dir diesen ganzen Spuk zugemutet habe. Man sollte doch meinen, daß der als nüchtern verschriene alte Overdijk ein bißchen vernünftiger sei!"

„Kommt, haltet keine Volksreden", mischte sich van Bruk wieder ein. „Bist Du bereit, Bertram?" Curio nickte.

„Roger! Schreiten wir zur Tat."

Die Vorhänge wurden zugezogen. Eine Lampe strahlte das Plakat an. Curio war in Trance versunken. Overdijk sprach mit ruhiger Stimme, langsam und monoton. „Versuch jetzt, Bertram, die Schrift zu lesen, von oben nach unten, die erste Zeile.

Dann herrschte gespannte Stille. Zehn Minuten, eine Viertelstunde. Overdijk wollte schon abbrechen, da sagte Curio ein Wort: „O-U-G-U-R-R-É."-

Van Bruk hatte vergessen, das Band anzuschalten. Hastig drückte er die Aufnahmetaste. Overdijk war mit einemmal hell wach. Er wollte schon laut fragen, besann sich gerade noch. Jetzt Bertram nur nicht wecken.

Er zwang sich zur Ruhe. Dann sprach er leise und langsam die Frage: „Kannst Du es noch einmal wiederholen?"

„Ja", kam es dumpf von der Couch. Bertram schien eine Anstrengung zu machen, dann hauchte er wieder:

„O-U-G-U-R-R-É." –

„Gut.", sagte Overdijk. „Und jetzt lies weiter.

Wieder spürte man die Anstrengung, die es Bertram kostete, fortzufahren. Doch dann folgte offenbar ein ganzer Satz:

„L-I-N-G-U-A-L-I-N."

„Weiter", sagte Overdijk behutsam und monoton, „lies weiter!"

„L-I-N-M-A-Y-A-S-E-T-I-G-U-A-M-A-D-I-S-D-A-N ..."

„Kannst Du übersetzen?", fragte Overdijk vorsichtig weiter. Wieder vergingen mehrere Minuten in atemloser Spannung. Bertram atmete schwer, endlich sagte er: „Das erste Wort bedeutet BAUM, das zweite eine Stadt, das dritte MEIN VOLK."

„Dein Volk?", fragte Overdijk.

„Ja", erwiderte Curio langsam. „Ich bin ein Linmayaseti."

„Wo lebt dieses Volk?", wollte Overdijk wissen.

„Im Wald.", sagte Bertram. „Im endlosen Wald."

„Kannst Du noch ein Stück weiterlesen?"

„Ja", sagte Bertram: „Az lah mychli qui sopu maha gyu. Ich übersetze", fuhr er fort: „Der Tierkreis steigt durch meine grüne Stirn ..." Jetzt kam er in Fahrt. Satz für Satz folgte, und gleich nach jedem Satz übersetzte Bertram. Overdijk, obwohl, genauso wie van Bruk, begierig, am liebsten gleich alles auf einmal zu hören, spürte die zunehmende Anstrengung, die es Bertram kostete, weiterzumachen.

Er beendete die Sitzung. Bertram kam zu sich.

„Gott, bin ich müde", stöhnte er.

„Gut, Bertram, gut, ruh Dich aus. Ich mach Dir einen Tee. Hast Du Hunger?"

Curio nickte.

„Wunderbar, alter Freund, wunderbar. Gleich kriegst Du was. Und wenn Du wieder gekräftigt bist, machen wir einen Spaziergang, ja? Das Band können wir uns morgen anhören."

Overdijk half Bertram, sich aufzurichten. Van Bruk hatte Wasser aufgesetzt. Dann aßen sie alle drei, noch benommen von der unerwarteten Wendung, schweigend ihre Suppe.

Curio schlief seit einer Stunde. Van Bruk und Overdijk waren in ihre Gastwohnung gegangen. Van Bruk versuchte, die seltsamen Laute vom Recorder in lateinischen Buchstaben wiederzugeben. Overdijk notierte Curios Übersetzungen.

Am nächsten Tag und an den folgenden, wiederholten sie die Sitzungen. Die Idee mit dem Schlüsselzeichen erwies sich als richtig. Die Sache nahm Curio ziemlich mit. Overdijk gab ihm etwas zum Schlafen, beobachtete seinen Freund aufmerksam, jederzeit darauf gefaßt, die Sache abbrechen zu müssen. Aber Bertram hielt durch. Endlich waren alle drei Amphoren-Papyri übersetzt.

„Jetzt fehlen nur noch die Texte aus der zweiten Amphore!", frohlockte Overdijk. „Sie sagten, es sei die gleiche Schrift. Ich muß Joan anrufen. Die neue Ausgabe von OUDHEIDKUNDE müßte schon da sein. Vermutlich wird sie schon den Text enthalten. Gesagt, getan.

Joan bejahte Overdijks Frage, versprach, die Zeitschrift sofort loszuschicken. In der Tat enthalte sie ein neues Plakat von der zweiten Amphore. Tientje habe geschrieben. Sie sei sehr glücklich – und küsse alle. Wann wir sie besuchen kämen...
„Bleibst Du noch lange?"
„Ich denke, ca. eine Woche, höchstens zehn Tage", erwiderte Overdijk.
„Habt ihr was erreicht?"
„Ja, Joan, aber laß Dich überraschen. Es ist noch zu früh, davon zu reden."
„Gut, also bis bald, Lieber." Joan hängte ein.
Sie vertrieben sich die Zeit, bis zur Ankunft der archäologischen Fachzeitschrift OUDHEIDKUNDE, die Overdijk noch immer abonniert hatte, mit Spaziergängen. Besprachen dabei, was nun tatsächlich passiert war. Overdijk äußerte den Wunsch, wieder mal nach Belvedere zu wandern, von wo man so einen herrlichen Ausblick über Weimar habe. So schlenderten sie, das Herbstlaub furchend, durch den Goethepark, kehrten bald in einem Café ein – und tauschten ihre Gedanken aus.
„Das wird schlicht und ergreifend eine Sensation, Jungs!", sagte Overdijk.
„Es ist immerhin möglich, daß man uns nicht glauben wird", warf van Bruk ein. „Kann ja jeder kommen – ein paar dunkle Verse murmeln und behaupten, das stünde auf den Papyri. Fatalerweise ist Bertram auch noch ein Dichter!"
„Aber die ganze Art dieser Verse ist nicht mein Stil", entgegnete Bertram. „Und dann wimmelt es in dem Text von fremdartigen Worten und Bildern. Ougurré, Lingualin, Osvalid, Borä, Alakiva, Kiliki, Talin Meh. Wie hätte ich mir das alles ausdenken sollen?"
„Aber Pieter hat recht", meinte Overdijk. „Sie werden versuchen, uns das Ganze zu zerpflücken. Fast scheint mir, es wäre am besten, wir würden es gar nicht erst an die große Glocke hängen. Jedenfalls nicht gleich ..."
„Das habe ich auch schon überlegt", meinte Curio. „Seit unserer letzten Sitzung habe ich etwas sehr Merkwürdiges geträumt. Ich muß eine Art Lehrer gehabt haben. Er hat mir prophezeit, daß diese Aufzeichnungen wiederentdeckt würden, wenn sich die Erde ca. zehntausendmal um die Sonne gedreht habe. Das würde, wenn man meinen Traum ernst nimmt, auf Atlantis verweisen? Habe ich recht, Klaas?"

„Allerdings, ja, ja, Bertram. Doch das wird man uns noch weniger glauben als alles andere!"

Overdijk war es, als bemerke er eigentlich jetzt erst die ganze Schönheit, der gottseidank erhaltenen alten Stadt Weimar. Er versuchte sich vorzustellen, wie sie wohl heute aussähe, hätte es Goethe nicht gegeben. Wie eines dieser üblichen, zu Tode restaurierten kleinen Nester im Schwarzwald und anderswo, dachte er.

Die OUDHEIDKUNDE steckte in Curios Briefkasten. Eilig befestigten sie das Plakat der zweiten Amphore wieder am Regal. Tatsächlich war die Schrift dieselbe. Und auch die Schlüsselzeichen fanden sich wieder da, wo sie schon auf dem ersten Plakat zu sehen waren. Vier Tage später war auch dieser Text aufgenommen und übersetzt. Er schien zeitlich dem Text der ersten Amphore voranzugehen. Laut Bertram war er mit GOBAO überschrieben – und gleich die ersten Verse schilderten eine furchtbare Katastrophe. In wuchtigen Bildern war von Überschwemmungen, Vulkanausbrüchen und Stürmen die Rede. Als sie die Kassette noch einmal abhörten, fragte Bertram plötzlich: „Du hast doch meine Akte dabei, Klaas?"

„Ja, Bertram, wieso?"

„Kannst Du sie mir holen? Ich muß was nachsehen."

Overdijk kehrte bald darauf mit Curios Akte wieder. Dieser schlug nach, blätterte, fand endlich die Stelle, die er gesucht hatte.

„Pieter, kannst Du noch mal an den Anfang zurückspulen?"

„Was hast Du vor, Bertram?"

„Werdet ihr gleich sehen. Aber haltet Euch gut fest! Moment, noch nicht laufen lassen. Ich muß Euch erst etwas vorlesen. Es stammt aus der Anamnese, die ich auf Klaas Anregung 2009/2010 schrieb. Genauer, der Passus stammt aus den Erinnerungen an meinen zweiten Schub. Ich lernte damals auf dem Weimarer Friedhof von einer Skulptur einige Verse. Na ja, da könnt ihr sehen, wie schlimm ich dran war. Klaas, Du meintest damals, ich hätte auf diesem halluzinatorischen Umweg einfach mit meinem Unterbewußtsein korrespondiert. Also hört mal zu: Ika o mirre gat aleidji tez Borä ... Okay Pieter, jetzt kannst Du anstellen."

Van Bruk tat es. Overdijks Stimme war zu hören.

„Kannst Du jetzt den ersten Satz lesen, Bertram?" Dann hörte man schweres Atmen – und endlich Bertrams seltsam dumpf klingende Stimme:

„Ika o mirre gat aleidji tez Borä ..."

Die beiden sahen Bertram verblüfft an. Dann folgte die Übersetzung des Satzes: „Steil steigt das Meer zu überdrehten Fluten." Dann wieder ein Satz – und wieder die Übersetzung. Wobei Bertram aus seiner Akte immer vorherlas, was kommen würde. Und es kam. Haargenau, Wort für Wort.

„Als ich das damals aufschrieb, schrieben wir 2010. Eingehämmert hat mir die Verse der steinerne Knabe ca. 1986/87. Also ist es jetzt gut 45 Jahre her. Ich konnte diesen Text lange auswendig. Erst nach dem Verlassen des Kabouterhuis ist er nach und nach verblaßt."

Pieter fand als erster seine Sprache wieder. „Das glaubt uns nun erst recht niemand mehr!", schnaufte er.

Overdijk sah Bertram lange nachdenklich an. „Bertram, mir geht noch ein ganz anderer Grund durch den Kopf, weshalb wir die Sache nicht an die große Glocke hängen sollten. Ich habe Deine Akte in letzter Zeit mehrmals gelesen. Besonders Deine Angstträume, Visionen usw. Irgendwie werde ich den Verdacht nicht mehr los, daß das alles mehr mit Dir zu tun hat, als wir bis jetzt annahmen. Die Erdbeben, von denen Du früher träumtest, die Flut, das Baumdorf – ich glaube, das war einer Deiner ersten Träume dieser Art – und noch so viele andere. Wenn man das alles mal spielerisch von der Warte aus sieht, daß Du den Untergang einer ganzen Welt miterlebt haben könntest, mag sie nun Atlantis oder sonstwie heißen. Die unglaubliche Identität der Papyri aus der zweiten Amphore mit Deinen Versen aus dem zweiten Schub bringen mich darauf. Drastischer kann man den Untergang einer Welt wohl kaum schildern ..."

„Warte Klaas", warf Curio ein. „Ich träume wieder verstärkt, besonders seit wir an die zweite Amphore herangingen. Das meiste ganz undeutlich. Irgendwie kamen mir dabei auch die Gefühle, die Ängste wieder, die ich durchlebte, als sie mir damals noch ganz zusammenhanglos widerfuhren. Aber ich merke, daß es besser ist, zu Euch davon zu sprechen, ehe sich da wieder was verknotet und psychopathisch wird, was Klaas?"

„Ich habe mir schon sowas gedacht – und wollte warten, bis Du selber davon anfängst. Nein, Bertram, vor einem neuen Schub brauchst Du keine Angst mehr zu haben. Ich denke viel eher, daß wir nahe daran sind, Deine unumkehrbare Gesundung, ich meine die letzte Gewißheit darüber zu erleben. Sicher hast Du, weil Dir alte Ängste hochstiegen, unbewußt Deine jetzigen Träume auch abgewürgt...?"

„Das ist gut möglich, Klaas. Aber eins fand ich doch merkwürdig, letzte Nacht, weil es so deutlich war. Ich saß einem Mann unbestimmbaren Alters und von indianischem Aussehen gegenüber. Er schwieg sehr lange. Und dann, als ich mich schon erheben wollte, sagte er auf einmal: „Schweres wird kommen. Schweres wirst Du erfahren. Doch Du wirst überleben. Schreibe es auf."
„In welcher Sprache, Meister?", erwiderte ich.
„In unserer", sagte er ernst.
„Mit welchen Zeichen?"
„Mit Deinen", antwortete er ernst.
„Womit soll ich beginnen?"
„Mit der letzten großen Flut!"
Dann wachte ich auf."
Overdijk lächelte. „Das bestätigt meine Gedanken, Bertram. Du hast es nicht mehr nötig, Deine Träume als krank zu betrachten. Mach sie fruchtbar. Achte auf sie – und verarbeite sie. Niemand wird uns die Enträtselung der Amphore glauben. Meiner Meinung nach gibt es nur einen Weg, Bertram, den der Dichtung – also Dich. Du hast die Schrift entziffert – und Du konntest sie übersetzen. Wenn jemand den Untergang von Atlantis beschreiben kann, dann bist Du es. Die Wissenschaft würde uns nur alles zerpflücken und zerstören. Als Dichtung wird das, was wir sicher wissen und erlebt haben, überdauern."

„Bis der Zeitpunkt gekommen ist, da auch die Wissenschaft hinter Herkunft und Bedeutung der Amphoren kommt.", ergänzte Pieter. „Wenn ich bedenke, daß wir die größten Kenntnisse über die alten Griechen aus der Ilias und der Odyssee haben, klingen Klaasens Worte sehr vernünftig. Auf jeden Fall gehen diese Papyri zuerst Dich an, Bertram, soviel ist klar. Und das an die große Glocke zu hängen, rennt ja nicht weg, oder?"

Und, da Bertram zwar nichts mehr darauf erwiderte, aber mehrmals energisch mit dem Kopf nickte, war die Sache beschlossen.

11. Kapitel: DER DICHTUNG SCHLEIER AUS DER HAND DER WAHRHEIT

Bertram brachte seine Freunde zum Bahnhof. Ihr Gepäck hatten sie schon am Abend vorher dort deponiert. Die Innenstadt wimmelte von Fußgängern. Die empfindliche Kälte ließ ihren Atem als Dampf aufsteigen. Sie waren rechtzeitig aufgebrochen – und machten noch einen Umweg. Sie überquerten die Belvedere Allee, betraten den Goethe-Park ein paar hundert Meter vor dem Liszt-Haus. Noch einmal stiegen sie die schmale Treppe hinab, die durch das sogenannte Nadelöhr führte, dann über die Holzbrücke mit weiß lackiertem Geländer und am rechten Ufer der Ilm entlang. Jenseits der Wiese grüßte noch einmal Goethes Gartenhaus. Dann näherten sie sich dem Schloß, umgingen es an seiner Hinterseite, bogen schließlich nach links in die Gerberstraße ein, die hier gerade begann, kamen auf Seitensträßchen und Wegen zum großen Parkhaus, das früher einmal die Kongreßhalle hatte werden sollen im Dritten Reich, und deshalb noch immer in einer paradoxen Wortverbindung „Adolfs Datsche" hieß. Ein kleines Café lockte dort, wo Bertram aus seiner Kindheit noch den Laden des Zigarrenhändlers Klump wußte. Sie nahmen Platz, bestellten Cappucino.

„Was Du mir über Atlantis erzählt hast, diese Vermutungen, die nie aufgehört haben, die unterschiedlichsten Leute zu beschäftigen, von Däniken bis Berlitz – und erst in jüngster Zeit wieder durch Ichikawa, dem sensationsgewohnten japanischen Journalisten, der dies Thema wieder vom Bermuda-Dreieck her aufgerollt hat, mag ja alles sehr interessant sein, Klaas. Aber ich denke, daß mich das Ganze erst mal gar nichts angeht. Im Gegenteil. Es behindert nur mein authentisches Traumerleben, meine Intuitionen werden unnütz gestört – und es bringt mehr die Gefahr der Beeinflussung mit sich, als daß es hilfreich ist."

„Das stimmt, Bertram", entgegnete Overdijk. „Ich sollte nicht mehr davon sprechen. Verlaß Du Dich jetzt ausschließlich auf Deine Innenerlebnisse. Ich glaube, daß sich bald vieles für Dich im Zusammenhang auftun wird, von Deinen ersten Visionen bis zu den heutigen."

Dann waren sie fort und Bertram wurde seltsam traurig zumute. Er mochte jetzt noch nicht gleich wieder nach Hause gehen. Die Dämmerung begann schon spürbar eher. Vereinzelt flammten Laternen auf. Irgendwie bedrückte ihn Weimar im Moment. Aber das war ihm schon früher oft so gegangen. War er weit weg gewesen, hatte er sich nach dieser Stadt gesehnt, und hatte er eine Zeit lang ihr Pflaster getreten, wollte er am liebsten wieder weit fort.

Aber hier hatte begonnen, was ihn dann immer wieder aus dem Gleis brachte – sicher war es nun sinnvoll, seine Innenerlebnisse auch hier endgültig zu lösen und zu klären. Overdijk war wieder mal ganz typisch er selbst. Der Möglichkeit, daß Bertram sich sozusagen gesund schriebe und daß dadurch ausheilte, was ja nur eines Tages, als er mit Overdijks Hilfe begonnen hatte, seine Bilder ernst zu nehmen, sie nicht wegzustoßen, zur Ruhe gekommen war, nicht mehr krank machte – dieser Möglichkeit, die ihn auf eigentümliche Weise sogar irgendwie vor sich selbst rehabilitieren würde, bis in ferne Kindheitstage hinein, räumte Overdijk den größten Stellenwert ein. Davor hatte alles andere zurückzutreten. Was für ein begnadeter Therapeut Overdijk doch war. Und was für ein treuer Freund!

Bertram hatte nur das Wenigste von dem erzählt, was er seit ihren Sitzungen an wieder aufflammenden Bildern durchlebte. Teils aus Angst, besonders am Beginn ihres Unternehmens. Zu viel an alten Gefühlen war wieder wach geworden, die ganze Panik, in der er als Jugendlicher und später die unsinnigsten und tollkühnsten Sachen angestellt hatte – in Sorge, die Menschheit sei nahe daran, in einer riesigen Katastrophe unterzugehen. Er wußte es längst anders. Hatte er es die ersten Jahre nach dem Kabouterhuis einfach für kranke Phantasie gehalten, die er zwar nicht mehr von sich stieß, nicht mehr verurteilte, sich ihrer nicht mehr schämte, die er aber trotzdem als pathologisch auffaßte. So ließ die Entzifferung der Amphorentexte nun nicht nur Pieter van Bruk und Klaas Overdijk an dem pathologischen Charakter seiner früheren Zustände zweifeln, sondern auch ihn selbst. Offenbar waren ihre Inhalte bis dato rätselhaft, aber nicht krankhaft gewesen. Krank waren ihre Wirkungen, die auf ein Gemüt trafen, das ob ihrer Unerklärlichkeit zutiefst erschrak. Warum er dann so viele Jahre daran litt, ging zu einem großen Teil zu Lasten der schulmedizinischen Psychiatrie. Für sie war er krank, seine Erlebnisse Hirngespinste, beziehungsweise Psychonebel – nicht träumen, keine rätselhaften Bilderwelten durchleben galt als normal, als gesund. Und in dieser Richtung verhalfen Tabletten, Erkenntnis des Unsinnigen, das sich da in seinem Innern breitmache, regelmäßige Arbeit als Ablenkung und eine normale Lebensführung, was unter anderem auch hieß, nachts zu schlafen und tagsüber beschäftigt zu sein. Und das hatte er in aufrichtiger Krankheitseinsicht denn auch versucht. Hatte sich daran gehalten, seine Tabletten genommen, war, als er das Kabouterhuis verließ, nach Weimar zurückgekehrt, hatte sich diese Wohnung gesucht, und bald darauf begonnen, im Theater zu arbeiten. Eine bescheidene Arbeit, zu der er auch heute abend wieder gehen wird. Bescheiden! Denn weder als Buchbinder, noch als Maltherapeut, zu dem er sich in Den Haag, lange, bevor er Overdijk kennenlernte, ausbilden ließ, fand er Arbeit bei seiner „Vergangenheit". Ein Blick in seine Bewerbungspapiere reichte, wenn er auf die Zeiten und die Anzahl seiner Klinikaufenthalte fiel, und man lehnte ihn ab. Irgendwann gab er es auf. Die Arbeit am Theater war ein Glücksfall, sie ließ ihm viel Spielraum für seine Kunst. Er hatte Muße, zu malen und zu schreiben. Trotzdem blieb für ihn die Ruhe, die seelenberuhigende Atmosphäre der Nacht immer voll magischem Reiz. Manchmal riskierte er es noch, blieb sinnend auf, bis es hell wurde – riß sich dann aber wieder los von ihrem Zauber und zwang sich, gegen acht Uhr morgens aufzustehen und bei Tageslicht beschäftigt zu sein.

In der Nacht aber, wenn er das ungeheure Gewölbe des Raumes über sich wußte – und er sich in seinem seltsam erregten Empfinden sowenig zu unterscheiden schien von der dröhnenden Stille da draußen; sowenig, daß ihm war, als wäre er in all dem und all das in ihm, auf unerklärliche Weise – in solch einer Nacht, wenn die Zeit nur wie von Ferne wetterleuchtete, wenn eigentlich nichts verging, nichts entstand, nichts angefangen hatte und nichts aufhörte, wenn sich die Augenblicke so weit dehnten, daß sie nicht mehr aufeinander folgten, sondern in Gleichzeitigkeit um ihn tanzten und strömten, in einer Bewegung, die zugleich sonderbar ruhte – in einer dieser Nächte wurde ihm plötzlich schmerzhaft bewußt, daß alles, was er je erlebt, gedacht, gewollt hatte, ja nur in i h m wirklich zu sein schien, daß ihn ein Abgrund trennte von allem Außen, größer und dunkler als diese unendliche Nacht, ein Abgrund, der ihn in ohnmächtige Einsamkeit einschloß auf immer ...

Und gleichzeitig blitzte in ihm auf, wie oft er das vergaß, s i c h vergaß – und die ganze Welt, wiederum unerklärlich, sich in ihm bewegte, die Geschehnisse, die Menschen, die Sprache, die Gerüche, das Auf- und-Ab der Tage, Jahre, – und wie er völlig daran hingegeben sein konnte, wie aufgelöst, ohne Grenzen in allem mitschwang. –

Und es blieb ihm ein ungelöstes Rätsel, wie es zugleich einen Punkt geben konnte, der Bertram Curio hieß, und auch wieder nicht – wenn alles nur Geschehen war, Geschehen im Umkreis, wenn Augenblicke sich die Hände reichten, entstanden, vergingen oder in Gleichzeitigkeit verharrten, ruhten und strömten – und er seine ganze Kraft brauchte, um zu irgend etwas in diesem unaufhörlichen Fließen I C H sagen zu können.

Und er konnte kein Wissen darüber erwerben. Es war nirgends auch nur annähernd etwas zu finden in Büchern; ja auch sein Denken reichte nicht an dieses Geheimnis, daß er mehr fühlte, mit seinem Fühlen umstand und betrachtete. Und dieses wie schauend Erfüllte, so, wie man aufs Meer hinausschaut, an langen Abenden, die nicht zu vergehen scheinen, wo Farbendrama auf Farbendrama am Himmel im Zwiegespräch mit den wogenden Weiten des Wassers kein Ende finden will – dieses Betrachten, wo Punkt und Kreis in eins zu fallen schienen, verwirrte und beglückte ihn; machte, daß er sich vergaß und gleichzeitig aufs Deutlichste selbst empfand.

Und er wußte, er würde es nie direkt aussprechen können. Er würde sagen: „Es ist etwas, wovon ich nicht weiß, was es ist, aber dieses Nichtwissen will ich beschreiben, so genau wie möglich. Und daß er das wollte, machte ihn fröhlich. Die Ruhe der Nacht, die er ungeheuer gewölbt über sich wußte, umgab ihn – und er ahnte, wenn er ihr Geheimnis aussprechen könnte, würde er aufhören, zu sein.

Manchmal jedoch, wenn er nachts aufblieb, grübelnd über den Sinn der Träume, die ihn so hartnäckig und regelmäßig heimsuchten; sie zu bannen unternahm, indem er sie aufschrieb, eben das davon, was sich ausdrücken ließ in dürren Worten; erahnte er, daß die Geister, die sonst nur wenn er schlief an ihm wirkten, so wirkten, daß er morgens erquickt und ausgeruht den Tag beginnen konnte, daß diese Geister ihm in diesem traumartigen Wachbleiben einen Schimmer ihrer Helligkeit gönnten, so daß er etwas zu erhaschen vermochte von ihrer geheimnisvollen Wirklichkeit. –

Und dann begriff er auf einmal Zusammenhänge, die ihm im Nebel des zerstreuten Tagesbewußtseins hartnäckig verborgen blieben.

Aber es hatte etwas Gewaltsames und Extremes, dieses Wachbleiben, etwas Unerlaubtes, Verbotenes. – Man durfte es nicht zu oft benutzen, sonst konnte man krank, ja verwirrt werden.

Aber von Zeit zu Zeit lockte ihn die, vom seltsamen Zauber des Unwirklichen, besser Überwirklichen durchwebte Stimmung, dieses Fluidum, das dem des Traumes, des Mythos, des Jenseitigen so sehr verwandt war.

Und so wurde ihm die Nacht zur Antenne ins Unbekannte; und es erfüllte ihn die Gewißheit, daß der tiefste denkbare Schlaf, das Sterben, die versiegelten Tore der Nacht zu öffnen imstande war, und zugleich die Kraft verleihen konnte, in sie hinein zu erwachen, r i c h t i g zu erwachen.

Ein hupendes Auto riß Curio aus seiner Grübelei. Er sah auf die Uhr, er mußte sich beeilen. In einer Viertelstunde begann sein Dienst. Zufällig hielt gerade die Eins. Er stieg ein und passierte fünf vor halb sechs den Pförtner am Hintereingang des Deutschen National Theaters. Er zog seinen schwarzen Anzug und das weiße Hemd in der Umkleidekabine an. Band den Schlips mit den Initialen DNT um, holte seine Schlüssel vom Pförtner und begann seinen Dienst. Er schaltete die Lichter in der Vorhalle an, grüßte Fräulein Klinckerfuß hinter dem Kartenschalter, schloß die Reihe der Pendeltüren auf. Dann ging er zu den Garderobenfrauen, die mit ihren kleinen Kassen mit Wechselgeld noch beim Dienstzimmer zusammenstanden. Sie grüßten ihn herzlich. Curio war beliebt. Frau Senkblei, die Oberschließerin, verteilte dicke Packen mit Programmheften.

„'n Abend, Herr Curio!" Er nickte.

„Was spielen wir denn heute, Monika?", wandte er sich an eine jüngere Kollegin. „Den Carlos? So, so, wieder mal den Carlos. Wer spielt ihn? Curt Belozzo? Der ist gut. Da gehe ich nach der Pause ein bißchen „fenstern"."

„Fenstern", so nannten sie es, wenn sie sich in die kleine Kabine setzten, die eigentlich dem Feuerwehrmann zugedacht war, der jede Vorstellung von hier aus zu überwachen hatte. Der zog es aber vor, direkt hinter der Bühne in einem ähnlichen Kabuff aufzupassen, und so blieb der Raum meistens zum „fenstern" frei. Mit Monika wechselte sich Curio dabei meistens ab. Sie bezog seinen Polsterhocker, der an der Seite der Pendeltüren diskret versteckt stand, und von dem aus man den ganzen Eingangsbereich gut im Auge hatte. Nach zwanzig Minuten kam dann Curio wieder aus dem Kabuff und löste Monika ab.

Overdijk war in Den Haag gleich mit dem Fall Siglinde Sober beschäftigt. Joan fuhr für ein paar Tage nach Mikaelia, nach Klaipeda zu Tientje. Overdijk konnte nicht schon wieder frei nehmen. Bald kam Post von Bertram – und dann fast jede Woche ein Brief. Overdijk ging mit den Briefen regelmäßig in van Bruks Hinterstübchen und sie besprachen sich, in die beiden riesigen Sessel gelümmelt, ihr Pottje Koffie in den Händen. Es war feucht und kalt geworden. Vom Meer wehte es unablässig bis in die Innenstadt.

Bertram berichtete von seinen Vorbereitungen. Er habe sein altes Heft wiedergefunden, in das er noch bis vor drei-vier Jahren einige Träume und Tagvisionen („Ja, Klaas, auch solche tauchten immer wieder mal auf. Ich war nur zu feige, es Dir gleich zu gestehen.") aufgezeichnet habe. Nicht alle und nicht regelmäßig. Aber doch die, die öfter, die immer wieder mal auftraten. Auch sei es gut, daß er jetzt die Kopie von der Akte habe, die durch Overdijk mit nach Weimar gekommen war. Die Texte der Amphoren habe er inzwischen so oft wieder gelesen, daß er sie fast auswendig könne. Es werde ihm immer mehr zur Gewißheit, daß es sich um Atlantis handeln müsse, das im Text GOBAO heiße. Er träume jetzt manchmal Verse, die irgendwie weiterführen, aber auch andere, die bei völlig Unbekanntem ansetzten. Er schreibe das alles erst mal ohne Kritik auf.

„Vorige Woche fiel es mir wie Schuppen von den Augen. Ich bin wieder mal bis zum Morgengrauen wach geblieben. (Das mache ich noch ab und zu, Klaas, sieh mir nur nicht zu streng drein! Und keine Sorge, ich kann damit umgehen – und hatte den nächsten Tag frei.) – Also ich blieb auf, war wach und doch versunken. Ein Zustand ähnlich dem, in den Du mich versetzt hast bei unseren Sitzungen, als ihr hier wart. Ich kann Euch nicht sagen wieso, wie soll man eine blitzartig einschlagende Gewißheit schildern, genug und kurz und gut – ich wußte auf einmal: Ich selbst war der Verfasser dieser Amphoren-Papyri, und ich hieß Vedan, war eine Art Rhapsode bei meinem Volk, den Linmayaseti – im Baumreich, dessen Hauptstadt Lingualin ist. Wenn ich Euch nicht hätte, würde ich Gefahr laufen, an diesem Punkt wieder zu glauben, daß ich übergeschnappt sei. Doch nach dem, was wir drei zusammen erlebt und herausgefunden haben, kommt es mir gar nicht mehr so abwegig vor."

Im nächsten Brief schrieb er: „Es ist merkwürdig. Wie soll ich es Euch sagen. Ich fange an, mich zu erinnern. Nicht bloß in Träumen oder Visionen, nein, am hellen Tag, bei klarer Verfassung. Erinnere mich so, wie man sich an seine Kindheit erinnert, überhaupt an früher. Farben, Formen, Gerüche, Gespräche, Erlebnisse. Es hat überhaupt nicht mehr den Geruch des Halluzinativen, des Imaginären, der Illusion. Es sind Bilder, sind Gedanken, die so normal daherkommen, wie mein ganz alltägliches Bewußtsein, so wie ich schließlich Euch auch in Erinnerung habe und behalte, und beispielsweise die Zeit, die ihr hier wart.

Seitdem habe ich angefangen, mich so wenig wie möglich dagegen zu sperren. Erst wollte ich das Buch mit einer Art umständlichen Präambel versehen, in der ich auseinandergesetzt hätte, wie ich zu dem ungewöhnlichen Stoff gekommen sei. Aber jetzt weiß ich, daß ich nichts davon tun werde. Ich schreibe ganz einfach die Geschichte GOBAOS und die meinige, so wie sie mir der Strom der Erinnerung, das Labyrinth meines Gedächtnisses entgegenbringt. Es ist schon ein eigenartiges Gefühl, wenn man erlebt, wie einen das Gedächtnis im Stich läßt. Aber noch eigenartiger ist, wenn es plötzlich wie aufbricht, wenn ein Strom, ja eine Flut von Einzelheiten mit bemerkenswerter Deutlichkeit auftauchen, und immer mehr und mehr dahinter sichtbar wird.

Ihr könnt Euch denken, daß ich nun Morgen für Morgen an meinem Schreibtisch sitze. So gegen 9 Uhr bin ich meistens bereit. Ein frisches Blatt steckt in meiner uralten Schreibmaschine, die ich liebe (ein Computer ist einfach nicht dasselbe – und für mich auch nicht das Bessere). Dat Pottje dampft, die erste Zigarette schmeckt – und ich brauche nicht lange zu warten. Es genügt, daß ich unabgelenkt an GOBAO denke, und der Strom setzt ein. Es wird Dir sicher gefallen, Klaas, daß ich vormittags daran arbeite. Mit Absicht, mein Lieber. So gehe ich sicher, daß sich nichts Überreiztes und Rauschhaftes einschleicht. Auch höre ich nach drei Stunden konsequent auf, bis zum nächsten Morgen. Immerhin sind schon über achtzig Seiten heraus – und ich habe nicht den Eindruck, daß es so bald zu Ende geht. Vom Inhalt will ich Euch, aus altem Aberglauben, nichts preisgeben. Nach meiner Überzeugung verliert der kreative Prozeß, vorzeitig enthüllt, seine Kraft."

Dann hörten die Freunde in Den Haag zwei Wochen nichts von Bertram. Der nächste Brief war dafür sehr umfangreich. Es sei unglaublich, schilderte er, ganze Zeiträume täten sich auf. Die Struktur dieses riesigen Reiches, das einstmals auch über die Linmayaseti geherrscht habe, aber in sehr positivem Sinne, entrolle sich vor ihm. Die Hauptstädte auf der großen Insel. Die Tempel, die verschiedenen Kulte.

„Sie hatten unser Volk schon sehr früh besucht. Sie brachten uns die Schrift und noch viele andere wichtige Dinge. Ich hatte eine allerliebste Freundin, die später umkam. Soviel kann ich Euch noch verraten. Es gab nicht nur eine, es gab Tausende von Archen. Könnt ihr Euch vorstellen, wie es ist, in der Erinnerung an der Küste zu stehen, hinter sich den Dschungel mit unserem Baumreich – und die Luft einzuatmen, ihren Duft zu erinnern, der in eine Zeit reicht, aus einer Zeit herüberduftet, da Ägypten noch nicht war, Griechenland noch kein Begriff, Persien noch nicht, und nicht das, was wir als altindische Kultur kennen? Dieses Buch wird schnell entstehen. Im Grunde brauche ich nur mitzuschreiben. Und was es enthält, hätte ich mir nicht im Entferntesten jemals ausdenken können! Ich fühle, daß ich nur den Schleier für diese gewaltigen Wahrheiten webe. Kennt ihr Goethes Gedicht „Zueignung"? Ja – dann wißt ihr, was ich meine.

Wenn es so weiter strömt, hoffe ich, in einem halben Jahr fertig zu sein – und natürlich seid ihr die ersten, die es zu lesen bekommen! Klaas, es war eine goldrichtige Idee von Dir, die Materie nicht dem Gezänk der Gelehrten auszusetzen. Bis bald! B. C."

12. Kapitel: EIN PÄCKCHEN UND EINE REISE

Monate vergingen. Siglinde Sober war aus Leiden zurückgekehrt, bezog wieder ihr altes Zimmer im Kabouterhuis. Sophie Kaledor und Jean-Luc Artaud halfen ihr beim renovieren. Noch aus Leiden hatte sie bald Overdijk angerufen – und gebeten, sie das Zimmer selbst wieder in Ordnung bringen zu lassen. Sie entschuldigte sich aufrichtig betrübt über ihren Aussetzer. „Ich war in einer fürchterlichen Krisis, Professor. Konnte an nichts mehr glauben – und an mich selbst am wenigsten. Es war eine Art Selbstmordversuch, wenn ich auch nicht Hand an mich selbst legte, sondern stellvertretend an meine Skulpturen..."

Overdijk las immer mal wieder weiter in dem Büchlein, das ihm Krasczewski geliehen hatte. Es gefiel ihm recht gut. Schließlich fragte er Krasczewski, ob er ihm noch mehr von diesem interessanten Autor leihen könne. Krasczewski zögerte, endlich meinte er:

„Gerne, Professor. Wenn Sie sich nicht von dem zunächst für Sie Ungewöhnlichen abschrecken lassen, könnte ich Ihnen zwei sehr empfehlen." Damit kramte er in seinem Schreibtisch und brachte zwei Bändchen zum Vorschein, die wiederum wie das erste, wie „Goethes Naturwissenschaftliche Schriften" gestaltet waren.

„Da wäre einmal hier die „THEOSOPHIE", und hier „REINKARNATION UND KARMA". Das zweite wird Sie am meisten interessieren. Doch Sie haben mehr davon, wenn Sie sich zuerst mit der Theosophie vertraut machen, weil da die Grundlagen behandelt werden, auf denen das zweite – und nicht nur dieses – fußt. Wann fahren Sie übrigens nach Mikaelia?"

„Ich dachte am Sonntag, Doktor Krasczewski. Ich habe es Tientje nun schon so lange versprochen. Ihre Zeit dort ist bald um. Was halten Sie von der Entwicklung unseres Sorgenkindes?"

„Sie meinen Siglinde? Oh, besser, ohne Zweifel. Ich sehe es an ihren neuen Skulpturen. Sie ist jeden Tag bei der Arbeit, im alten Wintergarten. Sie nähert sich mehr dem Lebendigen, finden Sie nicht?"

„Ganz sicher", erwiderte Overdijk. „Seit sie auch in Ton modelliert, fangen ihre Gebilde an, mir zu gefallen. Diese Baumsachen mit den menschlichen Antlitzen, die aus der Rinde herauszuwachsen scheinen, finde ich besonders gelungen."

„Ja", erwiderte Krasczewski nachdenklich, „verglichen mit den Arbeiten, die sie mitbrachte, diesen ganz im Geometrischen, wie eingesperrten Figurationen, scheint es, als beginne sie jetzt das Lebendige, Organische, auch Menschliche zu entdecken. Sie sagte mir neulich selber, daß sie nicht mehr so aus dem Kopf, sondern mehr aus dem Bauch heraus arbeite."

„Wollen wir hoffen, daß sie ihre nächste Krise, die, wie ich annehme, ganz sicher kommen wird, kreativ statt pathogen lösen kann. Wollte sie nicht in Delft ausstellen? Sie sollten sie ermuntern ..."

Overdijk ging nach Hause. Im Briefkasten war Post. Ein Brief von Tientje – und ein Zettel, der ihn aufforderte, sich ein Päckchen abzuholen. Overdijk holte sein Fahrrad aus dem Flur und fuhr zu der kleinen Scheveninger Postfiliale. Es kam von Curio.

Er las zuerst Tientjes Brief. Er hatte sich auf eine Bank gesetzt. Tientje schrieb, sie freue sich auf seinen Besuch und sie habe einen Entschluß gefaßt. Sie wolle noch einige Jahre in Mikaelia bleiben und dort eine Ausbildung beginnen. Sie habe ihre Liebe zu behinderten Kindern entdeckt, egal ob geistig oder körperlich behindert, oder beides. Die Erfahrungen im Sonnenhof hätten sie stark verändert – und die Strukturen dieses neuen Sozialversuchs imponierten ihr inzwischen so sehr, daß sie sich gar nicht mehr vorstellen könne, in nächster Zeit woanders zu leben. „Du wirst schon selber sehen, wenn Du hier bist, Paps. Komm bald. Ich liebe Dich Tientje."

Für Curios Päckchen wollte Overdijk sich Zeit nehmen. Er radelte ans Meer. Schob sein Rad durch den feuchten Ufersand. Einige hundert Meter jenseits der Meeresbrücke machte er halt bei „van Galens Snack Bar". Der Kellner lehnte in langer weißer Schürze in der Tür.

„Wie immer?"

„Wie immer!"

Overdijk schlürfte seinen Kaffee, aß seine Rühreier, brockte die Hälfte seines Croissants den hungrigen Spatzen hin, brannte sich endlich eine Zigarette an und öffnete vorsichtig das Päckchen. Es enthielt einen Brief – und einen dicken Manuskriptpacken.

Bertram schrieb, daß er die Arbeit an dem Buch habe unterbrechen müssen, um nach Wörlitz zu fahren. „Meine Mutter, Klaas, ist letzte Woche mit 87 Jahren in ihrem Turm an den Folgen eines Sturzes gestorben. Sie ist die Treppe runtergefallen und starb noch in der selben Nacht. Ich war an diesem Tag nicht zu Hause, sondern bei Mareike

Sommer, von der ich Euch herzlich grüßen soll. So erreichte mich der Anruf des Wörlitzer Pfarrers erst am nächsten Morgen. Ich fuhr sofort hin. Am Sonntag war dann die Trauerfeier, ein strahlender Tag, schon leicht herbstlich, wie sie sie liebte.

Der Pfarrer äußerte bei seiner Ansprache, daß sie eine moderne Heilige gewesen sei. Immer für andere da – und von herzerfrischender und sehr toleranter Frömmigkeit. So sei es möglich gewesen, daß die Bekenner der verschiedensten Religionen, ja auch Atheisten und einfach religiös Indifferente in ihr eine helfende Freundin gefunden hätten. Besonders in den Zeiten der DDR-Diktatur sei das wichtig gewesen. Und die Behörden hätten sie auch immer im Auge behalten. Er selbst habe mit ihr, als man sie endlich 1992 fand, ihre Akte gelesen, die die Staatssicherheit über sie angelegt habe.

„Man hat sie bespitzelt, Klaas. Leute zu ihr geschickt, die fromm taten und sie aushorchten. Das habe ich Dir, glaube ich, noch gar nicht erzählt. Doch sie konnten ihr nichts anhaben. Ich ließ sie von Wörlitz überführen. Gestern ist sie auf dem Weimarer Historischen Friedhof, unweit der Goethe- und Schillergruft beerdigt worden, neben Papa, der ja wie Du weißt, schon vor 17 Jahren bei einem Autounfall ums Leben kam. Nun ruhen sie endlich wieder vereint nebeneinander. Übrigens ganz so, wie sie es in ihrem Testament verfügt hatte.

Du kannst Dir sicher denken, daß ich in den nächsten Wochen kaum Muße habe, an dem Buch weiterzuarbeiten. Ich bin ganz in die Kindheit vergraben. Mutter hat jahrelang, ohne daß wir etwas davon wußten, Aufzeichnungen gemacht. Erinnerungen an die Zeit, als wir klein waren und Pa mit ihr sehr glücklich war. Aber auch spätere Erlebnisse mit ihren Turmbesuchern, auch kleine Traktate über Religiöses. Sie hob alles auf. Unsere Kinderbriefe, Fotos, kleine Malereien von uns. Auch die ersten zaghaften Versöhnungsversuche von Pa, in Form von rührend unbeholfenen Postkarten. Übrigens traf ich bei dieser Gelegenheit nach ewigen Zeiten meinen Bruder Markus wieder. Er lebt noch immer in seinem Dorf in Mecklenburg. Da er in der Partei war, ist er nach der Wende „abgewickelt" worden, wie man das damals nannte. Er hat sich mit Hilfsjobs durchgeschlagen, war dann lange Zeit arbeitslos – und bekommt seit einigen Monaten Frührente. Er hat einen Herzschrittmacher und hinkt in Folge einer komplizierten Hüftoperation. Zum Glück hat er das Haus. Ein auf Kredit zu DDR-Zeiten hochgezogener Neubau. Das kleine Grundstück, auf dem es steht, kaufte er einem Ansprüche erhebenden „Wessi" ab.

Ich lege Dir den ersten Teil des Buches bei und bin auf Dein Urteil und auf Pieters Meinung gespannt. Es ist noch in der Rohfassung. Doch will ich zunächst erstmal den Faden zu Ende aufrollen, um es dann, wenn alles heraus ist, noch einmal gründlich zu überarbeiten. Es wäre ohne Deine Anregung gar nicht entstanden, Klaas. Und bitte halte mit Deiner Kritik nicht hinterm Berg. Besonders, was Du davon hältst, ist mir von größter Wichtigkeit! Wenn Du Deine Tochter besuchen fährst, grüße sie ganz lieb von mir. Ich bin übrigens bald ganz in Eurer Nähe. Jedenfalls am selben Meer, der Ostsee. Wenn ich mich wieder fähig fühle, am Buch weiterzuarbeiten, will ich zuvor noch ein-zwei Wochen nach Hiddensee fahren, zu Ruths ehemaligen Pflegeeltern, die inzwischen schon hochbetagt sind. Ich grüße Euch alle herzhaft, Euer B. C."

Overdijk blickte vom Brief auf hinaus aufs Meer. Möwen trieben ihr kreischendes Spiel. Am Horizont zogen mehrere Schiffe ihre Bahn. Das Meer leuchtete heute tiefgrün, mit wie Splitter eingestreuten Reflexen von hellem Blau und goldenen Sonnenspritzern. Müßig schlendernde Menschen unterbrachen immer wieder seine Sicht auf die Weiten des nur leicht bewegten Wassers. Weiter rechts bauten drei junge Leute an einer Burganlage aus Sand, umstanden von Schaulustigen. Aus Restaurant-Zelten unterhalb der Strandpromenade klang das Durcheinander verschiedener Bands und kleiner Orchester zu ihm herauf. Sie machten mit dem nie abreißenden Touristenstrom ein gutes Geschäft. Da waren Walzertakte, unregelmäßig unterbrochen von jazzigen Klangfetzen, gemischt mit Blasmusik zu hören. Bis in die Ferne verloren sich die wie Perlen aneinandergereihten Bars, Cafés, Restaurants, Andenkenläden, Bankfilialen, Hotelbauten und Trödelläden. Er würde nachher einige dieser Kistchen prall gefüllt mit Muscheln, Seesternen und anderen Meeresfunden kaufen, worum ihn Tientje gebeten hatte. Ihre Kinder im Sonnenhof liebten so etwas sehr.

Overdijk ließ seine Seele baumeln. Das extra noch einmal in Packpapier gewickelte Manuskript lag ungeöffnet vor ihm auf dem Tischchen. Diagonal hatte Bertram in großen Buchstaben GOBAO draufgeschrieben.

Overdijk beschloß, seine Neugier zu zügeln und sich die Lektüre des Manuskripts für die lange Bahnfahrt nach Mikaelia aufzuheben. Er beabsichtigte den Nachtzug nach Kopenhagen zu nehmen, sich dort einen Tag umzusehen und dann am nächsten Tag in aller Frühe in Malmö die Fähre zu besteigen, die schon seit Jahren auf ihrer Route nach Helsinki auch Klaipeda anlief. Die Unlust am Fliegen teilte er mit Curio; ja überhaupt war ihm alles hastige Reisen zuwider – und die Zeit, die er scheinbar damit gewann, wenn es nicht anders gehen mochte, büßte er andererseits ein, indem er meist mehrere Tage brauchte, um auch geistig und seelisch dort anzukommen, wo sein Körper schon weilte.

Wenige Tage später verließ er die „SKANDIA" im Hafen von Klaipeda. Tientje riß ihn fast um in ihrer stürmischen Freude. Sie hatte drei ihrer Schützlinge bei sich, ein Mädchen und zwei Jungen. Der eine saß im Rollstuhl und wurde von dem anderen, der älter wirkte, geschoben. Sie begrüßten ihn lispelnd auf Niederländisch. Offensichtlich hatte Tientje ihnen das beigebracht. Das mongoloide Mädchen faßte ihn gleich darauf zutraulich bei der Hand und zog ihn nun eifrig und schnell auf Litauisch weitersprechend hinter sich her. Den großen Koffer begehrte der Junge im Rollstuhl auf seine Knie zu laden, die Reisetasche nahm ihm Tientje ab.

Noch war Overdijk mit den Gedanken ganz woanders. Er war erfüllt von den Schilderungen Bertrams über Gobao. Weit zurückversetzt in eine plastisch geschilderte Welt jenseits der Grenze bekannter Geschichte. Und so mußte ihn Tientje immer wieder zum Gegenwärtigen aufrütteln, bis er sie verlegen um Verzeihung bat. Doch wenn sie erst gelesen habe, was er bei sich führe, würde sie ihn verstehen. Er hatte es doch nicht aushalten können, Gobao erst bei Reiseantritt zu beginnen und schon zwei Tage vorher darin geschmökert. Und so wollte es der Zufall, daß er schon auf der Hälfte der Strecke, zwischen Malmö und Helsinki damit zu Ende kam. Nahe dem Heck der Fähre, auf deren Oberdeck Overdijk in mehrere Decken gewickelt auf seinem Liegestuhl gesessen war – da man verdammt viel Glück mit den sonst um diese Zeit schon ungnädigen Witterungsverhältnissen hatte – las er, von Zeit zu Zeit aufsehend und das im Südwesten verschwimmende Gotland betrachtend, die letzten Seiten des Schlußkapitels, das zugleich einen Ausblick auf den zweiten Teil gab, welchen Curio vorsichtig für den Frühsommer des nächsten Jahres in Aussicht gestellt hatte.

Jetzt nahm ihn ein schlichter Heuwagen mit zwei vorgespannten Ackergäulen in Empfang. Der Junge im Rollstuhl wurde auf einer Planke hinaufgeschoben, man reichte das Gepäck des Professors nach oben – und Overdijk bedeutete eine Hüne mit gutmütigem Gesichtsausdruck, er möge zu ihm auf den Bock klettern.

Die Einreiseformalitäten waren denkbar einfach und kurz gewesen. Ein mikaelischer Beamter hatte seinen Reisepaß beäugt und dann gute Tage gewünscht. Sein Gepäck wollte er höflich lächelnd nicht visitieren.

Mikaelia war zwar nicht im Europäischen Währungsverbund, aber indessen hielt es seine Grenzen längst ebenso großzügig offen, wie fast alle europäischen Länder, mit Ausnahme Rußlands und Albaniens. In einem Wechselstübchen tauschte er einige große Scheine des Euro in die Mikaelischen MIKAMARK um, was das mongoloide Mädchen mit neugierigen Augen aufmerksam verfolgte.

Nun zuckelte also der mit alten Decken ausgelegte Heuwagen, an dessen Rädern sich das Emblem des Sonnenhofes, eine Art geflügelter Hase, drehte, seinem Ziel zu. Die Stadt meidend, fuhren sie einen ins Gras gefurchten Weg direkt an der Küste entlang. Die Fahrt durch die wunderbar stille Landschaft gefiel Overdijk ausnehmend, und die emsig plappernde Nastassja, so hieß das Mädchen, lenkte er bald darauf ab, indem er um seinen Koffer bat, und ihr und den beiden Jungen je einen Muschelkasten überreichte. Nun waren sie beschäftigt – und er konnte sich in Ruhe mit Tientje unterhalten, die hinter ihm am Kutschbock lehnte. Der Hüne lächelte ihn von Zeit zu Zeit an, sagte: „Holland gutt, auch am Meer, Professor haben krassiwaja Tochter, ona molodijez" – und dann sang er wieder diese einfache schöne Melodie vor sich hin, die er angestimmt hatte, sobald sie die Hafengegend hinter sich ließen. Nach etwa einer Stunde war man am Ziel. Und Overdijk, der sich – da Tientje es ihm nicht besonders deutlich geschildert hatte – den Sonnenhof als eine Art großes Bauerngehöft mit Acker und Wiesen drum herum vorgestellt hatte, war überrascht, ein ganzes kleines Dorf mit immerhin über zwanzig, teils noch mit Stroh gedeckten einstöckigen Häuschen vorzufinden, von dem Tientje ihm sagte, daß dies alles der Sonnenhof sei.

„Du wirst in unserm Gästehaus wohnen, Paps", sagte Tientje stolz und fröhlich zugleich. „Und da wir zur Zeit keinen weiteren Besuch haben, gehört Dir das Haus, so lange Du hier bist, ganz allein!"

Das Dorf strahlte eine Atmosphäre gelassener Heiterkeit aus, soviel spürte Overdijk gleich in seinen ersten Stunden. Man hatte ihm das Gepäck bis in sein Häuschen getragen, sich freundlich von ihm bis auf später verabschiedet und ihm bedeutet, daß er sicher erst einmal ausruhen müsse – und mit seiner Tochter zusammen sein wolle.

Der Hüne faßte ihn vorsichtig am Arm – und wies auf eine etwa zwanzig Zentimeter große Glocke, die über der Eingangstür hing: „Du brauchen etwas, Du hier läuten.", sagte er. Und damit nahm er das Lederband, das vom Schlegel herabhing und läutete. „Ich wohnen da drüben." Selbstbewußt wies er auf ein in hellem Blau gestrichenes Haus auf der anderen Seite des Kiesweges. „Ich Dich hören und kommen", und damit verabschiedete auch er sich würdevoll und ließ die Beiden allein. Als sie das Haus betraten und in die rechts liegende, kleine Küche gelangt waren, mußte Overdijk schmunzeln über die platten Nasen einiger Kinder, die neugierig ihre Gesichter ans Küchenfenster gedrückt hielten. Tientje drohte ihnen scherzhaft – und schließlich stoben sie laut prustend und johlend davon.

Die Tage waren angefüllt mit Besichtigungen des ganzen Komplexes, der Sonnenhof hieß. Immer mehrere Kinder, von den kleinsten bis zu den älteren wohnten in einem Häuschen mit ihren „Eltern" zusammen, den heilpädagogisch ausgebildeten oder diesen Beruf gerade erlernenden Helfern. Jedes Haus war in einer anderen fröhlichen Farbe gestrichen, zum Teil die Außenwände bemalt, der Phantasie der Kinder entsprechend, und meist von ihnen selbst ausgeführt. Es strahlte das Dorf in gelben, dunkelroten, hell- und tiefblauen, grünen und braunen Tönen. Und jedes Haus hatte seinen Namen. Über jeder Tür prangte ein geschnitztes und verziertes großes Brett, auf dem der Name des Hauses stand: „MIKAEL" las Overdijk, „RAPHAEL", „Solnze-Haus", „Haus Swjatoslaw", „Ciurlionis-Haus", und er stieß einen leisen Ruf der Überraschung aus, als er über einer Tür doch tatsächlich auch „Kabouterhuis" las. In der Mitte des Dorfes stand ein größerer Bau, ganz aus Holz. Das war die Schule.

Das mongoloide Mädchen kam jeden Tag nach dem Professor sehen. Jetzt führte es ihn in der Schule herum. Es zeigte ihm die Klassenzimmer, die Turnhalle – und den schmucken kleinen Theatersaal mit einer regelrechten Bühne. Die Gewächshäuser hinter dem Dorf mußte er bewundern; die stattliche Anzahl Pferde, die ihnen gehörten; die Schafherde, den Rinderstall und den Fischteich und das Flüßchen mit der selbstgebauten Brücke. Da waren die Werkstätten für die Größeren: Schreinerei, Töpferei, Bildhauer-Atelier, Schusterei, und noch vieles andere. Im Dörfchen wurde von den Älteren ein Laden unterhalten, in dem man alles kaufen konnte, was die Sonnenhöfler so produzierten: Lebensmittel, selbst gezogene Kerzen, Spielzeug, Taschen und Schuhe, Rohwolle, Strümpfe und Jacken, Musikinstrumente, Bildermappen, und, und, und... Dieser Laden war weithin bekannt und beliebt. Vor allem aus der Stadt, aus Klaipeda kamen die Kunden, deckten sich hier ein mit Milch und Käse, Butter, Brot, Obst und Gemüse. Der Sonnenhof war für die Qualität seiner Produkte bekannt. Und die Kinder aßen zum größten Teil alle die Sachen, die sie selbst erzeugten. Sie verwalteten sich selbständig, übten kleine Musikprogramme und Theaterstücke ein, die sie nicht nur in ihrer Schule, sondern auch auf Tourneen in der näheren und weiteren Umgebung aufführten. Viele ihrer Eltern wohnten in Litauen, aber ein nicht unbeträchtlicher Teil der Kinder kam von überall her Aus Rußland, Estland, Lettland, Polen – ja selbst aus dem fernen Armenien, Aserbaidshan und sogar aus Nordafrika.

Overdijk begann zu verstehen, was Tientje hier so begeisterte. Er hatte selbst das Gefühl im Laufe der schnell vergehenden Tage, noch einmal Kind zu sein.

Dabei lebten die Kinder nicht üppig. Sie waren einfach, aber zweckmäßig und phantasievoll gekleidet. Die Mahlzeiten waren schlicht, schmackhaft und natürlich. Das Glück dieses Dorfes war auch ein Glück, das aus der Bescheidenheit, aus der Absage an alles Überflüssige kommt. Es gab für die Helfer nur einen einzigen Radioapparat im Dorf. Keinen Fernseher, ein Telefon im Büro. Man duldete außer einem Lieferwagen, der die Umgebung mit Sonnenhofprodukten versorgte, kein Auto. Dafür eine Menge Fahrräder die den guten alten Holland-Fietsen nachempfunden waren. Viele der Kinder ritten ohnehin lieber auf Pferden oder kutschierten kleine Wagen, denen Ackergäule vorgespannt waren. Ein wenig sah Overdijk dabei die Gefahr der Weltfremdheit, obwohl er einräumte, daß es für die spätere Stabilität der Seele, für ihre Widerstandskraft natürlich nichts besseres gab, als einige Jahre in einer solch technikabstinenten Umgebung aufzuwachsen. Jedenfalls war, was ihm hier an Kindern begegnete, ein unsäglich wohltuender Kontrast zu den mit Computern aufgewachsenen Zöglingen irgendwelcher anderen Schulen. Eine Zahl der Kinder war geistig behindert, etwa die Hälfte. Die anderen hatten „lediglich" – nicht ganz passend gesagt – körperliche Behinderungen. Einige gingen auf Krücken oder fuhren im Rollstuhl, manche waren ganz ans Bett gefesselt. Um so erstaunlicher schien ihm, daß ein großer Teil des Unterrichts in der schönen Holzschule von allen Kindern gemeinsam erlebt wurde. In Fächern wie Plastizieren, Weben, Flechten, Theaterspiel, Lesen, Schreiben und Rechnen saßen sie nebeneinander und halfen sich gegenseitig. Und gerade in den künstlerischen Bereichen war es keineswegs ausgemacht, daß die geistig Gesunden etwa bessere Resultate aufwiesen. Die naive, unverdorbene Seele eines mongoloiden oder sonstwie behinderten Kindes konnte manchmal erstaunlich klare und ausdrucksstarke Motive künstlerisch verarbeiten. Was an Naturwissenschaftlichem, an Allgemeinwissen, an Sprachkunde und anderem denjenigen Kindern vermittelt werden mußte, die nach der

Schule ins normale Leben „draußen" ziehen würden, bekamen diese in zusätzlichem Sonderunterricht.

Da man die geistig behinderten Kinder ohnehin nicht übermäßig mit „Wissen" zu befrachten trachtete, sich dabei in Grenzen hielt, die ihrer Verfassung angemessen und förderlich waren, blieb für die anderen in den späten Vormittags- und frühen Nachmittagsstunden genügend Raum für „normalen" Unterricht.

Diejenigen, welche für immer am Sonnenhof bleiben würden, unternahmen in der Zeit Wanderungen mit ihren Eltern, Fahrten mit den Ruderbooten und dem wunderschön und märchenhaft gebauten Floß auf dem kleinen Flüßchen. Und dann mußten ja noch von allen die Tiere versorgt werden, die Gewächshäuser und Werkstätten besucht werden, um die Dinge herzustellen, die man im Lädchen verkaufte. Das Dorf mußte sauber gehalten, und den „Eltern" bei der Hausarbeit geholfen werden und vieles andere mehr. Die Kinder schienen erstaunlich belastbar, waren viele Stunden des Tages fleißig mit Lernen und Arbeit beschäftigt, ohne unglücklich zu sein. Overdijk hatte mal in Holland ein SOS-Kinderdorf besucht, kannte auch einige Waldorfschulen – doch die Resultate, die hier zu sehen waren, schienen seine früheren Eindrücke erstaunlich zu übertreffen. In diesem Mikaelia, dem Zusammenschluß der drei kleinen baltischen Staaten, die nicht besonders wohlhabend waren, herrschte eine Atmosphäre, in der solche Einrichtungen wie der Sonnenhof gedeihen konnten. Kam es daher, daß sie in einem homogenen Umfeld lebten, und nicht als manchmal kraß unterschiedene Inseln, wie in den anderen Ländern?

Mikaelia hatte sich ja dafür entschieden, nach den Ideen Rudolf Steiners zur Sozialen Dreigliederung ihre Gesellschaft umzugestalten. Die spöttische Herablassung, mit der Experten einst dem ganzen Wagnis ein baldiges Ende bescheinigten, war keinesfalls gerechtfertigt. Mikaelia konnte gut existieren. Es gab ein geflügeltes Wort: „In Mikaelia wird man nicht reich, aber auch nicht arm."

Und dieses ganze, von anthroposophischer Vernunft umgebene Klima schien zu bewirken, daß auch ihr heilpädagogischer Ausläufer stärker und wirksamer erblühen konnte.

Tientje würde also noch hier bleiben. Im nächsten Frühjahr begannen wieder die Ausbildungskurse in Heilpädagogik in dem kleinen Bildungszentrum von Klaipeda. Ihr Praxisort würde der Sonnenhof bleiben. Und Overdijk stimmte nach diesen Tagen ihrem Entschluß aus ganzem Herzen zu.

Die Zeit war wie im Fluge vergangen. Das kleine mongoloide Mädchen, Nastassja, hatte seine Hand gepackt und stammelte immer wieder: „Großväterchen, nicht weggehen, hierbleiben ..." Overdijk strich ihr übers Haar.

„Ich komme wieder, Nastassja, bestimmt."

„Bald?", wollte sie wissen.

„Ja, Nastassja, bald. Schon im nächsten Jahr."

Da klatschte sie in die Hände und sprang auf der Dorfstraße davon, immer wieder laut rufend: „Großvater kommt wieder, bald, bald, schon im nächsten Jahr! ..."

Der Hüne lud das Gepäck wieder auf den Heuwagen. Tientje, Nastassja, der Junge im Rollstuhl und der ältere stiegen auf. Overdijk kletterte auf den Bock – und das Gefährt zuckelte zurück zum Hafen von Klaipeda.

Lange winkten sie ihm nach, als sich die Fähre langsam vom Festland löste.

Schließlich verließ er die Plattform am Heck und ging in seine Kajüte. Er suchte sein Schreibzeug. Er wollte Curio endlich einen ausführlichen Brief schreiben, über Mikaelia und natürlich über seine Eindrücke von „GOBAO". Da er Curios zögernde Art, seine Dichtungen betreffend, kannte, war er noch vom Sonnenhof an einem Vormittag nach Klaipeda mit dem Rad gefahren, und hatte sich von dem Manuskript Kopien in einem Kopierlädchen am Markt angefertigt. Dann kaufte er mehrere gepolsterte Großformat-Briefumschläge, versah jeden mit einem Begleitschreiben, am Café Baltic gegenüber, adressierte und frankierte sie schließlich und steckte sie in den Briefkasten vor dem Rathaus.

Nun waren sie schon einige Tage auf Reisen zu den paar Verlegern, zu denen Overdijk noch von früher her guten Kontakt hatte. An seinem eigenen Buch: „Die sechste Posaune", in dem er seine Gedanken über die zunehmenden Gefahren der übertechnisierten Gegenwart niederlegen wollte, besonders vom Gesichtspunkt des Psychologen aus gesehen, murkste er schon seit langem, nicht recht konsequent, herum ... Aber seit er Gobao gelesen hatte, war ihm klar, daß dieses Buch seines Freundes Vorrang besaß. Bertram würde es ihm später sicher nicht übelnehmen, daß er ihn nicht gefragt hatte. Es sollte eine Überraschung werden.

Und so fieberte er, einigermaßen gespannt, seiner Rückkunft entgegen. Sicher war schon die eine oder andere Antwort im Kasten.

Natürlich bekam als erstes derjenige Verleger, welcher Curio noch aus seiner Den Haager Zeit kannte – und der dessen Buch „De Kabouter Knappje" herausgebracht hatte, eine Kopie. Dann ein größerer Amsterdamer Taschenbuchverlag, schließlich gingen noch zwei Exemplare nach Deutschland und eins nach Kopenhagen.

Abends legte sich Overdijk gemütlich in seine Koje, öffnete das Bullauge – und beim sanften Schaukeln der Fähre und den leise schmatzenden Geräuschen kleiner Wellen las er nun Gobao ein zweites mal.

13. Kapitel: EIN BRIEF AN OVERDIJK

Lieber Klaas!

Ich hefte hier – und vielleicht auch noch an anderen Stellen einige Gedanken ein, von denen ich glaube, daß sie Dich angehen.

Jetzt erst, seit ich mich ganz auf diese merkwürdige Form des Erinnerns eingelassen habe, tauchen eine regelrechte Flut von Bildern, Einzelheiten, schönen und schrecklichen Erlebnissen auf. Und das wunderbarste ist: an so mancher Stelle fügen sich plötzlich Erlebnisse ein, die ich schon lange kannte, bevor wir uns in Weimar daran machten, die Papyri zu entziffern. Ich kannte sie aus meinen Träumen, Halluzinationen und Visionen. Da sie unerklärlich auftraten, jagten sie mich immer wieder in die Krankheit.

Du wirst schon sehen. Mein Traum vom Baumvolk, den ich in Wörlitz auf dem Turm hatte; das Erlebnis, wie die Belvedere Allee auseinanderbrach, wie Thüringen versank und noch so vieles andere. Alles gehört in einen großen Zusammenhang.

Und denke nur: es gab nicht nur zwei Amphoren! In insgesamt 7 solcher Behälter habe ich als VE-DAN meine Erlebnisse verborgen – und sie auf meinen Wanderungen vergraben. In eben diesen Amphoren, die aus einem, die Zeiten überdauernden Material bestehen. Denn es war nicht abzusehen, ob nicht die ganze, uns damals vertraute Welt zerstört werden würde. – So benutzte ich diese quasi Flaschenpost, eventuellen Menschen lange nach uns Kunde zu geben von Gobaos Ende. Es kann also gut sein, daß bald noch mehr Amphoren gefunden werden – und das ist eine Chance. Daran mußte ich gestern mit Verblüffung denken. Denn wenn mein Buch schon vorher fertig sein sollte, werden diese Amphoren einen regelrechten Beweis liefern für die Richtigkeit meiner Intuitionen, denen vertrauend ich jetzt mein Buch schreibe.

Doch ohne Dich, ohne Deine weise Therapie, wäre ich nie zu dieser Klarheit durchgedrungen. Und ich mag nicht einmal daran denken, was geschehen wäre, wenn diese Bilderflut mich ungeheilt und unvorbereitet in ihrer ganzen Wucht überfallen hätte!

Weißt Du: Zunächst beabsichtigte ich, alles Folgende, das ganze Buch in dieser rhythmisierten Sprache zu schreiben, wie sie auf den Papyri vorgegeben ist. Doch dann machte ich mir klar, daß dies die Geduld heutiger Leser allzusehr strapazieren würde. Außerdem wäre der Strom meiner Erinnerungen auch ständig von metrischen und formalen Problemen gehemmt. Und so entschloß ich mich für Prosa.

Ich kann Dir gar nicht sagen, was für eine Erinnerungskraft mir von den alten Texten entgegenkommt. Vieles ist dort ja nur angedeutet, was mir zu erklären, zu erhellen aufgegeben ist. Ich bin so froh, daß meine krankheitsfördernden, rätselhaften Seelenerlebnisse nun in einer gesunden Weise Erlösung finden.

Oh ja, Klaas. Schreiben als Therapie ... „Die Therapie der Götter", wie Du einst ganz richtig erspürt hast. Denn jede Dichtung kommt letztlich aus Bereichen, die nur Dummköpfe zu bespötteln imstande sind! In geheimnisvoller Weise verbindet sie uns mit etwas, das sich weit über unserem Horizont abspielt.

Ich hoffe nur, es stört Dich nicht, wenn durch meine Briefe Deine Lektüre von Zeit zu Zeit ins Heute, in die Gegenwart gewendet wird. Schließlich, was in meinem Buche so weit weg erscheint, ist es uns nicht im Grunde unglaublich nah?

Sind wir nicht wieder dabei, wie ein zweites Gobao unterzugehen? Und alle die Völker mit in unseren Mahlstrom zu reißen, die zuvor durch unsere Kultur in großen Sprüngen in die Zivilisation eilten? Ist es nicht fast wieder an der Zeit, „Papyri in Amphoren" zu versenken? Denk an den 4. August letzten Jahres, denk an die Folgen, die der so unsinnige Riesenstaudamm im Amazonasgebiet zeitigen wird. Denk an all unsere Technik, die wie eine Krake überall die Welt umklammert hält. Kein Zoll breit unberührte Natur ist fast mehr übrig. Und noch immer ist, außer vielleicht in Mikaelia, keine vernünftige weltweite soziale Ordnung eingerichtet, die uns doch erst und endlich die Kräfte freisetzen würde, die globale Situation wirklich in den Griff zu bekommen ...

Natürlich wird es gut sein, diese Einschübe, diese Briefe an Dich, aus dem Manuskript zu entfernen. Was meinst Du? Bestenfalls könnte man sie für diejenigen, die es interessiert als Anhang beihefften? Hat Pieter das Buch schon gelesen? Und Joan und Tientje?

Ich brauche sehr Eure Resonanz. Das gibt mir den Mut und die Kraft, weiterzumachen. Du kennst ja meinen Kleinmut in Bezug auf mein Schreiben ...

Seit einigen Tagen kommt Mareike Sommer jeden Vormittag zu mir. Sie hat es übernommen, die Manuskripte durchzusehen – und ins Reine zu schreiben. So komme ich schneller vorwärts. Ich soll Euch von ihr grüßen. Und auch von Mutter – zu der – versteh mich aber richtig – sich ein zarter, sehr innerlicher, sehr zerbrechlicher Kontakt eingestellt hat.

Vorzüglich, wenn ich ganz still, ohne Trauer und innerlich leer und weit geöffnet, an ihrem Grabe sitze. Wir haben, wenn es Dir möglich ist, es recht aufzunehmen, so manches gute Gespräch – und ich bekomme von ihr wertvolle Hinweise für meine Arbeit.

So, Ihr Lieben. Nun muß ich aber wieder an den Schreibtisch. Ich denke und hoffe, wir sehen uns bald wieder ...?!

Herzhaft B. C.

P.S.: Du warst in Mikaelia? Wie hat es Dir gefallen?

14. Kapitel: DIE GOBAO-PAPYRI

Hier beginnt die Geschichte vom Untergang GOBAOS, wie des Königskindes Sänger VE-DAN sie erlebt hat, und von ihm selbst aufgezeichnet.
Er hat sich bemüht, den Lehren seines Meisters GURRE-DAN getreu von dem zu künden, was alles um – und um gestaltete, so sehr, daß man sagen kann, die Welt sei nachher eine völlig andere geworden.

Als erstes mögen die Papyri sprechen
die man gefunden in der jüngsten Zeit.
In zwei Behältern waren unzerstörbar sie verschlossen
die heute jeder als Amphoren kennt:
Von gleicher Art – aufs Haar von gleichen Maßen
in gleicher Weise Siebensternbeschliffen,
Blau-grün, die andre rötlich funkelnd,
erlegen sie der Welt ein Rätsel auf.
Nun hat die Kraft der Dichtung sie entschlüsselt.
Was folgt – ist ein durch sie gewebtes Kleid,
in das gehüllt die alte Wahrheit flammt
durch alle Schichten dichtgeballten Dunkels
das uns von manchem Wissen undurchdringlich trennt.
Des Menschen Geist vermag, wenn auch bespöttelt,
weit mehr als manche Kluge je vermuten.
Ins Reich des Werdens kann sein Auge dringen
auf fest gefügten Pfaden es belauschen,
denn alles Leben schreibt mit Geisteslettern
sich immerdar ins große Weltenbuch.
Darin zu lesen war VE-DAN vergönnt,
draus zu ergänzen, was ihm selbst entfiel.
Doch mögen nun, wie anfangs schon versprochen
als erstes jene sechs Papyri sprechen.

ERSTE AMPHORE – ERSTES PAPYRUS: OUGURRÉ

Still steigt der Morgen
Aus dem Nachtverblassen
Die Sterne frösteln noch im Frühazur
Ein Condor schwingt sich schweigend auf
Entzündend huscht nun schon das Strahlenvolk
Über die Dschungel
Und Blütenflammen lodern überall im grünen Meer
TALIN MEH reibt lange sich die Augen
Nestelt nun liebreich-flink
Am nachtvergessnen Schlafmohnschurz
Der Riesenbaum
Der heilge Traumerzieher
Ist wieder schweiggrün eingehüllt
In Zweigesruhe
und TALIN MEH – das Zungenmädchen
Kind der LIN-MAYA-SETI-GUA-MHADYS-DAN
Legt flink die Arme kreuzweis
Über die winzgen Brüste
Neigt sich dann tief vor OUGURRÉ
Dem Mutterbaum – in dem das Vaterreich
Als Saft und Wachsen kräftig wirksam lebt
Lehnt dann den Kopf noch einmal innig an die Rinde
Ganz fest – das rechte Ohr – das Herzohr
Lauscht ehrerbietig nun zum letzten Male
Auf dessen Klingen in dem tiefverschwieg'nen Innern
In dem bewahrt Gestaltungsreiches schaffend webt
Und Weisheit wohnt unendlich langer Zeiten
Und spricht – wie sie's gelernt am Abendfeuer
Des Dschungelvolkes um die Zungenberge, von
Ihrem Stamm – in langen Feiernächten –
Das Lied des Danks LIN-MAYA-SETI-GUA-MHADYS-DAN
Das es bewahrte aus der Zeit
Als es das Königskind zuerst gesungen
Und seinen Untertanen übergab
Heilig zu hüten es
Durch alle Zeiten

„Hab Dank – OUGURRÉ
Gute Mutter – unser Gedächtnis"

Und dann ging
Langsam und sicher
Mit neuem ernsten Lächeln
Am Fluß hinab ins Tal
Vom Traum erweckt
Der Sonne Flammen auf der feinen Stirn
Schweigend und wissend nun
Das Zungenmädchen aus dem Volk
Der LIN-MAYA-SETI-GUA-MHADYS-DAN
Heim zu den Ihren ging nun
TALIN MEH

ERSTE AMPHORE – ZWEITER PAPYRUS: GURRE-DAN

Der Tierkreis steigt durch meine grüne Stirn
Amha-Dys lacht im Sturm erwachter Kraft
Der Sonne Ströme stürzen flammgoldrauschend
Um Deine Glieder – TALIN MEH
Du Blauweltlachen – Geöffnete Verborgenheit
Dein Tanz lichtpfeilversprüht
Mohntrunk'nes Schauern überm Klang
der Myrrhe-Trommeln

Und GURRE-DAN erzählt
Indes die Berge singend schwinden
Im Abendsaum – der alles Sehen hüllt
Die Menge murmelt unter seinen Händen
Geht staunend mit in seinen Bildern
Die er vermischt mit Milch und Blut der späten Stunde
„So ging das Kind!", beschreibt er
„Und so hob's die Arme – weitausgebreitet
Stand auf dem Altan – und hub zu singen an
In einer Sprache, die noch keiner
– Auch es selbst nicht – kannte.

Und in den Welten reckte sich das Stumme
Erlöst durch die Geburt des neuen Klangs
GOBAO aber sank – die mächt'ge Insel
In dem bewegten Jahr der Steinefluten
Der tonlos Düstere mit ihr ..."

Ein Vogellaut verneigt sich, selbstvergessen, gen Morgen
Kühl fließt der Nachtsee
In den Schoß des Perlmuttflieders
Im Achselwalde wandeln Hibiscyu und Gen-Nev
Der Feuerkranich   Tausendtodbesieger
Verbrennt die Reißenden – die Felsentiger
Zerschmilzt das schwarze Glas – das Nachtgebirge
Die Traumes-Bilder, übermütig froh
Verkichern sich im sanften Sternenmund
Oh – TALIN MEH: LIN-GUA-LIN

Das Herz des Stimmenreiches
Die stolze Stadt – hoch auf den Zungenbergen
Ward wieder hell für alle, sprach der Langgeblieb'ne
Des Königskindes Sänger: GURRE-DAN

In dem bewegten Jahr der Steinefluten
Als sich die Götter zürnend von ihr wandten
Gobao sank – die mächt'ge Insel

„Ihr alle" – sagt er – „seid in Schlaf versunken
Als sich die Stimmen aus den Fesseln rangen
Und ungestört flog das Erwecken hin
Durch alle Kerker der Vergessenheit
Aus finsteren Basaltpalästen
Brachen die Welten auf – wie früh erwachte Wand'rer
Ihre Bewegung schuf die neuen Wege
Was hoch war – sank, was tief – begann zu steigen
Die sieben Winde fuhren auf – die kühnen:
Traumwind – Der Schmelzende – Klarkühl – Nachthauch
Ruhezorn – Wind der Begegnung – und auch: Morgenmut

Sie kamen alle – sammelten ihr mächtiges Gefolge
Zu ziehen vor den Fels des Großen Vogels
Und sieh: ER reckte seine Schwingen, sein Gefieder
Den Horizont umspannend – sprach die Worte
Daß viele Sterne rollten in den Sphären
Niemand verstand sie – keiner sprach sie nach
Bis blitzend – und wie herrliches Erkennen
Die Antwort Amha-Dys' erfolgte aus der Ferne
Hoch von dem Pfauenthron von Klangsmaragden
In dem bewegten Jahr der Steinefluten
Gobao aber sank – die mächt'ge Insel.

ERSTE AMPHORE – DRITTER PAPYRUS: AMHA-DYS

Jetzt – unaufhaltsam – stieg ein Zwiegesang
Aus jeder Silbe – wogengleich – Erwachen schaffend
Verstreuend es – wie alterslosen Samen
Der jauchzend aufsprang in den Träumen Ungezählter
Die Zweige wurden eine neuen Baum's
Und BAOLIN beginnt in seinen Wipfeln.

Hoch auf dem Pfauenthron – aus Klangsmaragden
Vor Hoheit unsichtbar – äonenalt – regiert
Gewebt aus Klang das Kind: Amha-Dys
König der Laute – Augenoffenbarer
Dessen Gesang den Stillen: LAVENTRUM bezwang
Den Eises-Schweiger, der zerfiel
In dem bewegten Jahr der Steinefluten
Zu Rauch und Wasser wurde – in die Tiefe stürzte
Und stromgebändgt – meerzerflossen – quellendienend
Zu Nichtsein wurde vor des Vogels Schwingen.

Und in den Wüsten gab der Sand die Beute frei
Paläste stiegen, blaue Pyramiden
Jadestatuen und Topas-Alleen, kristallene Städte
Wundersam ans Licht – und fremde Wesen, taumelnd noch
Sie schritten scheu umher unter den Lebenden
Tenochtitlan – das Gobi-Reich und Samar-Dun
Chysmal, Tyrrhen und Osvalid gebaren sich auf's neu
Verwunsch'ne Geister, Magier, lichte Pharaonen
Nam-Seth-Ra, Axon-Dur und Mollon-Is
Tyana und die sechsundneunzig Niegesehenen
Waren zu spüren im Gespräch der Lebenden.

Des Kindes Lied – es rief des Feuerkranich's Flammenflug
Mit Löwenschwingen – menschengesichtig – brustrubin
Des Namen: Cheops, Phönix, Nachtströmer, Borä,
Lingua-Meh, Nes-Bachre-Fath, Sefir, Semurg, Anand
In dem bewegten Jahr der Steinefluten
Die Stadt, die Stolze aber, auf den Zungenbergen
LIN – GUA – LIN, ward endlich wieder frei.

ZWEITE AMPHORE – VIERTER PAPYRUS: JAHR DER STEINEFLUTEN

In dem bewegten Jahr der Steinefluten
Als sich die Götter zürnend von uns wandten
Geschieht – was mir die Hände zittern macht
Kurz nur ist her was ich geschehen sah
Drum schild're ich's, als sei es Gegenwart
Man möge mir mein unzulänglich Stammeln
Meine Verwirrtheit mag man mir verzeih'n
Wenn wir jemals mit dieser Fahrt zu Ende
Wenn einst wir landen werden irgendwo
Will ich mit ruhigem Sinne klar beschreiben
Was mir im Augenblick unmöglich ist:

Steil steigt das Meer zu überdrehten Fluten
Gischtiger Hufschlag frißt den Fels wie Gras
Von tausend Rossen mühelos zerstampft
Treibt ein Orkan die Wälder vor sich her
Und krachend zucken Risse – Blitzen gleich
– Die Erd' zerspaltend – kreischend wild dahin
Zu Schlünden reißt die Wut der Elemente
Zu Höllenrachen sie im Grimme auf
Nichts Festes, das nicht jäh – in irrem Tanze
Sich über'nander wirft – zermalmt, zermahlt
Alles zerstört, was je auf ihm gewohnt. –

Der Himmel birst in flatterndem Entsetzen
Und Flammenströme setzen ihn in Brand
Mit Feuerhänden greifen die Vulkane
Dem fahlen Dunkel ins gesträubte Haar
Der Mond verlischt in blutigrotem Dampfe
Der ungehemmt das Firmament erstickt.

Und grollend brüllt vom ärgsten Spalt des Meeres
Nachtschwarz der Haß des tiefsten Abgrunds selber auf
Da ist kein Halt mehr
Nichts reicht sich die Hände
Nur Stürzen – bodenlos

Mit rasendem Getön.
Entriegelt ist das Band der Elemente
Nichts hält das tobende Verderben auf
Und gräßlich knirscht das Jauchzgeheul des Tod's.

Ringsum den Völkern fährt es durch die Seelen
Die stumm ein eisig-grauser Traum umstellt
In dem bewegten Jahr der Steinefluten
Als sich die Götter zürnend von uns wandten
Geschieht – was mir die Hände zittern macht.

GOBAOS letztes stärkstes Zucken vor dem Ende
Durchfährt in dieser Nacht der Erde Rund
Ein namenloses Zittern weckt nun Viele
Auch die Entferntesten
In schrecklichem Momente auf
Und nicht zu sagen ist, was sie durchleben
Und unbeschreibbar bleibt's
Bis auf den jüngsten Tag.

In dem bewegten Jahr der Steinefluten
Als sich die Götter zürnend von uns wandten
Geschieht – was mir die Hände zittern macht.

ZWEITE AMPHORE – FÜNFTER PAPYRUS: VE-DAN

In Egyop – in meiner Hütte sitz ich nun
Und brüte täglich über dem Erlebten
Denn bald verlasse ich, die hier gerettet
Versuchen – neu ihr Leben einzurichten.
Mit sechs Getreuen – so ist's abgesprochen
Geht uns're Fahrt bald über's kleine Meer.
Siri zu suchen lautet unser Auftrag
Der erst nach Norden zog – um dann nach Osten
Zu wandern – wo die Erde endlos ist
Um jenes Tal zu finden – hinter drei Gebirgen
Das sorgsam vor der ganzen Welt versteckt
Und das als erster Mha-No, jener große Priester
Des höchsten Heiligtum's der GOBAON
Mit vielen Auserwählten suchen ging.
Schon vor zehn Sommern sind sie fortgezogen
Und Siri folgte treulich ihrer Spur
Wir sollen nur, so sagte Siri, uns ostwärts wenden
Aber auch zugleich dem Norden zu
Bis wir am Ende jenes Meeres durch eine Enge
Ein neues Meer vorfänden, an dessen End'
sich ein Gebirg' erhebt.
Dort würde er ein Heiligtum errichten
Bevor er weiter ganz nach Osten zöge
Und wenn wir sechs zum rechten Sternenzeitpunkt
Aufbrächen, ihn zu finden, würden wir
Mit ihm vereint dann schließlich weiterziehn.
Nun brüt' ich täglich über dem Erlebten
Schwer, fast unmöglich scheint mir alles
Aufzuzeichnen, was wir Unfaßbares erlebt
Wie wir schon nahe am Verzweifeln waren
Und wie uns schien, es bräche ALAKIVA
Die gute Erde auseinander.
Mein Name ist VE-DAN, ich bin kein Aryo
Vielmehr ein Gast von diesem tapf'ren Volk
Das sich dem finst'ren LAVENTRUM niemals ergab.

Ich stamme fast vom and'ren Weltenende
Vom Volk der LIN-MAYA-SETI-GUA-MHADYS-DAN
Da stürzen mir, gleich ungezähmten Pferden
Die Bilder meiner Lieben durch den Sinn.
Wie mag es Dir jetzt gehen TALIN MEH?
Kehrst Du zurück aus NAM-SET-SETI-LIN?
In neuem Leib die Erde zu bewohnen?
Bei Deinem Bild dringt mir das Wasser in die Augen.
Und wie der ält'sten Stirn, dem Mha-au-gon?
Dem großen, weisen Führer uns'res Stammes,
Wie GURRE-DAN, dem vielgeliebten Meister?
Sein Schüler durft' ich sein für viele Jahre
Von dem ich alles lernte, was ich weiß.
Er schloß mir auf der sieben Welten Weisheit,
Lehrte die Sprache mich, die Macht des Klangs
In den gehüllt, diese zum Herzen dringt.
Er wäre heute über hundert Sommer
Doch zuzutrauen ist ihm langes Bleiben
Und wie CHIN-LI, wo weilt der feine Knabe
Der Höchste seines Reiches KIAN-MHA
Der uns einst beigebracht, daß ALAKIVA
Die gute Erde rund ...

ZWEITE AMPHORE – SECHSTER PAPYRUS: SIRI

Die Aryo führte SIRI an, der kleine Priester
Mit starken Augen und geradem Sinn
Sie folgten, wie besprochen MHA-NO's Spuren
Ins tief verborg'ne Tal im Herz der Welt.

Vor vielen Sommern schon rief uns der Höchste
Der größte Priester von dem Tempelberg
Der in GOBAOS Norden mächtig sich erhebt
In einem tief geheimen Kreis zusammen.

Aus allen Gegenden kamen die Weisen
Der sieben großen Tempel bald hierher
So auch die großen ander'n Eingeweihten
Der Völker ringsumher, die einst GOBAO
Sich durch die Größe seiner Weisheit unterwarf.

Durch lange Zeiten brachten nichts als Segen
Die klugen Lehrer dieser GOBAON
Die Schrift, den Bau gewalt'ger Tempel,
Die Kunde von den Sternen lehrten sie
Sie halfen weise Staaten dort zu bilden
Wo immer sich ihr Einfluß Bahn verschafft.

Sie wußten, wie mit inn'ren Sinnen
Man die Geheimnisse der Welten schaut.
Dem Wuchs der Pflanzen konnten sie befehlen
Dem Lauf der Flüsse – und der Tiere Wut
Und Drachenboote brachten uns zum Staunen
Die wie die Vögel flogen, weithin über's Land
Und über's Meer – so sahen sie sie kommen
Die Ahnen meines vielgeliebten Volks.

Sie halfen uns, die Zungenstadt zu bauen
Lin-Gua-Lin hoch auf dem Pfauenberg
Auch blieb Amha-Dys unser Königs-Jüngling
Hoch auf dem Pfauenthron aus Klangsmaragden
Der Oberste von unser'm Dschungelvolk.

Die letzten hundert Sommer erst verbogen
Gobaos Frieden in die Tyrannei
Seit LAVENTRUM der erste Böse herrschte.
Dann seine Söhne, Enkel gleichen Namens
Brach Finsternis auch über uns herein
Gier, Haß und alle schlimmen Leidenschaften
Zerstörten bald der sanften Güte Kraft.

So ging auch GURRE-DAN, mein weiser Lehrer
Mit SIRI nordwärts zu dem Berg MHA-NO's
In einem Raume unter'm Sonnen-Tempel
Tief in dem Berge sahen sie enthüllt
Der Zukunft Schleier – bald wird ganz GOBAO
Durch furchtbare Zerstörung untergeh'n.

Deshalb, so sprach der große Lehrer
Sollten sie sammeln alles treue Volk
Das wert sei, dies zu überleben
Um Neues zu errichten, nach der großen Flut
Und SIRI gab er damals seinen Auftrag
Die letzten, die zu retten möglich ist,
In einem langen Zuge zu vereinen
Und ihm zu folgen in's verborg'ne Tal
So werde bald auch ich von Egyop's Küste
Aufbrechen, SIRI nachzugeh'n ...

15. Kapitel: IHR STRÖME – ACH IHR STRÖME

Stell Dir noch einmal vor, Ve-Dan, ja Du in Deinem Zelt an Egyops Küste – noch einmal versetze Dich zurück in Deine Jugend. Wenn Dich auch Schmerzhaftes abschrecken will. Siehst Du Dich, wie Du in fußlangem Gewand, mit den schönen Stickereien an Brust und Rücken und den Säumen, barfuß die in Spiralen um den mächtigen Baum führende Treppe hinunterkletterst? Siehst Du den Dschungel? In tausend Farben spielend, funkelnd vor Lichtreflexen – und immer heller werdend, oben, in der Höhe, wo endlich die Baumkronen sich ganz den Feuerpfeilen der SOKRIS darbieten. Hörst Du noch den Kleinling weinen? DEBRES, Dein Brüderchen? Wo willst Du hin? Wieder den Pfad entlang zum Ufer des großen Wassers, das eine Stunde von hier das Dschungelreich teilt? Willst Du Dich, wie so oft und gerne, auf den Ast des großen Taque-Baumes setzen, die Beine baumeln lassen über dem langsam fließenden Wasser des UBYU-LIN? Das hast Du stundenlang vermocht. Versetz Dich nur zurück. Sieh auf das Wasser, sieh auf sein Strömen. Ist es nicht so wie die Erinnerung, die jetzt von Dir Besitz ergreift? Strömt er nicht so, der heilige Fluß, wie diese? Wechseln nicht wie bei ihr die Bilder? Sie in unendlicher Vielfalt mit sich führend, Farben, Gerüche von allen Ufern, an denen sie vorüberkamen? Und weißt Du noch die Verse Deines ersten Liedes? Wie Du es schüchtern und verlegen GURRE-DAN vortrugst, dem gütigen Manne, zu dem es Dich schon früh mit magischer Sympathie zog?

> Ihr Ströme – ach ihr Ströme – Lichtgefälle
> Wogender Lidschlag UBYU-LINS im Grün
> Der SOKRIS Lichtpfeil blitzt in Deinen Haaren
> Die Farben singen – wenn sie auf Dir fahren
> Und meine Seele möchte mit Dir ziehn ...

Weißt Du noch, wie erschrocken Du warst, als Du eines Tages, auf Deinem Aste sitzend – und ganz versunken in den Anblick des ziehenden Wassers, den Kleinen sahst? Dieses Männchen in funkelndem Gewand, gold-grün-rot. Ganz bewachsen mit Haaren war sein Gesicht. Etwas dick sah er aus. Und er trug einen großen Hut auf dem Kopf, wie ein Teller mit steiler Spitze oben drauf. Etwas ärgerlich sah er aus. Offenbar mochte er es nicht, daß Du ihn sehen konntest. Ein Buboa. Das wußtest Du sofort. Einer von dem unsichtbaren Volk. Nur manchmal sah man sie kurz. Und immer hatte es etwas zu bedeuten. Etwas besonderes. Doch keine Angst. Sie brachten nur Gutes, die Pflanzen-Meister. Das wußtest Du längst aus den Erzählungen abends in der Hütte oben im Baum, wenn die alte Ahnya ihre Geschichten hören ließ ...

Und Deine Mutter lächelt, die liebe SY-DANY, als Du ihr davon sprichst. Nun, Ve-Dan, ist es Zeit für Dich, ins Jugenddorf zu ziehen, damit Du lernst, ein Mann zu werden. –

Zwei Jugenddörfer gibt es bei Deinem Stamm von diesseits des Flusses. Eins für die Jungen, eins für die Mädchen. Und sie sind einen Tag weit auseinander gelegen. Doch einmal in jedem Mond, der auf LIN-MAYA, KRIS-DAN, Sonnensohn heißt, dürft ihr zusammen sein. Ihr trefft Euch am großen Fluß zum Baden. Spürst Du es stärker schlagen, Dein Herz, wenn Du die schönen Mädchen lachend spielen siehst? Schwimmen und laufen, auf die Bäume klettern – und Euch Jungen übermütig necken. Ist Dir's nicht, als sähst Du sie zum ersten mal? Warum verschlägt ihr Anblick Dir auf einmal den Atem? Und wovon träumst Du in diesen Tagen? Ist sie nicht süß, die Sehnsucht, die Dich von da an wünschen läßt, daß Dir ein neuer KRIS-DAN Gelegenheit gibt, sie wiederzusehen?

Oh ja – jetzt droht Dich Schmerz zu übermannen. Siehst Du sie spielen? Taucht sie auf vor Deinem Auge der Erinnerung? Die Liebliche, das schlanke Zungenmädchen? Sei tapfer, wie Du es damals gelernt im Jugenddorf! Da lehnt sie lächelnd, sie, die Dir von nun an nicht mehr aus dem Sinn gehen wird. Ach – TALIN MEH, TALIN MEH ...

Doch was zeigt jenes Bild, das jetzt erscheint, hinter den ovalen Blättern des Taque, die Geisterhände auseinanderziehen?

Du sitzt, mit vielen Deines Alters. In Festgewändern sitzt ihr, die nur Kinder zarten Alters tragen. Du kannst kaum älter sein als sieben Sommer oder sechs. Groß ist das Boot und lang und schmal. Ganz aus dem Holz der Bäume, die man Que-Bao, Himmelssäule nennt. Aus einem Stamm gehauen. Vorne am Bug ein Flechtwerk aus Lianen – in sieben Flügeln aufgefächert, bunt bemalt, schützt Eure Fahrt AMHA-DYS Zeichen. Denn sieben Winde sind sein starkes Heer. Zwölf Ruderer sitzen, sechs an jeder Seite, hinten der Steuermann, ganz vorn der MHA-AUGON, die älteste Stirn. So heißt jener Uralte Erste Eures Stammes. Sein Wort ist mächtig, was er befiehlt, ist Gesetz. Ja – Ve-Dan – erinnere

Dich. In diesem Alter pflegt man beim Baumvolk den Kindern zum ersten Male UOGIS zu zeigen, das große Wasser, das Meer, die Träne BORÄS. Dabei erzählt man Euch von Gobao. Auch, daß die Wasser UOGIS bis ans Ende der Welt reichen, wohin die Seele nach dem Tode gebracht wird von dem dunkelblauen Fisch, der mit silbrigen, leuchtenden Mustern geschmückte KILIKI. Dort nehmen sie dann die Abgesandten BAOLIN'S entgegen.

„Wenn wir zwei Tage weiterführen mit diesem Boot, Kinder", so spricht der MHA-AU-GON, „dann würden wir die Küste sehen, der mächtigen Insel Gobao." Seine Stirn – siehst Du – jetzt umwölkt sie sich. „Früher, müßt ihr wissen", fährt er fort, „besuchten wir Gobao oft und gern. Freundlich hieß man uns damals jederzeit willkommen. Mein Urgroßvater hat es als Kind noch erlebt und es mir erzählt. Zu jener Zeit, als ich kaum älter war als ihr. Doch seit die LAVENTRUM-Könige dort herrschen, darf niemand mehr ohne ihre Erlaubnis Gobao betreten. Wir müssen große Bäume für sie fällen. Lianen müssen wir sammeln für ihre gewaltigen Werkstätten, große Berge Früchte anhäufen an UOGIS Ufern – und andere Dinge noch. Das alles nehmen sie als Tribut für ihren „Schutz", den sie uns angedeihen lassen, wie sie sagen – obwohl uns außer ihnen niemand bedroht. Ihr seid noch zu klein, um alles zu verstehen. Versunken sind die Zeiten, als noch gute Freundschaft Gobao hielt zu allen Völkern ringsumher. Groß ist Gobao, eine mächtige Insel, Kinder. Das Wissen dieses Volkes überstrahlt uns alle. Und Segen brachte es ringsum den andern Menschen, solange ihre Herzen friedvoll waren. Auch sind nicht etwa alle Gobaon jetzt böse. Noch immer gibt es viele gute, weise Priester. Sie haben Tempel voller Weisheit. Doch seit die LAVENTRUM-Könige ihr finsteres, schweigendes Regiment errichteten, verdunkelt sich die Insel immer mehr. Mehr sollt ihr heute nicht zu hören kriegen. Das Meer zu sehen – die Größe und Schönheit ALAKIVA'S zu erleben, ist der eigentliche Grund, weshalb wir heute euch hierhergebracht."

Und wieder taucht, Ve-Dan, ein anderes Bild Dir auf. Die Zeit im Jugenddorf ist fast vorbei, als einer aus dem Rat der Ältesten auftaucht. Sofort, so sagt er, sollt ihr eure Sachen nehmen und zurückkommen in die Baumstadt. So folgt ihr ihm in langer Reihe, hintereinander, den schmalen Dschungelpfad entlang. Und als ihr ankommt, seht ihr alle emsig beschäftigt. Sie packen viele Dinge zusammen, verschnüren sie zu tragbaren Bündeln. Ihr werdet die Stadt in den Bäumen, die heißgeliebte, die euch vertraut ist vom ersten Atemzug an, verlassen. Weggehen wird der ganze Stamm unter der Führung des Mha-Au-Gon.

Der Ruf erging von AMHA-DYS, dem Königskind, hoch auf dem Pfauenthron aus Klangsmaragden, äonenalt, vor Hoheit unsichtbar. Oben auf den Pfauenbergen regiert er in der Zungenstadt LIN-GUA-LIN, dem Herz des Zungenreiches, zu dem auch sie gehören, die LIN-MAYA-SETI-GUAMHA-DYS-DAN, die Baumvölker aus den Dschungeln unweit der Küste von UOGIS – und Gobao gegenüber. Ins Innere des endlosen Waldes und näher an die Zungenstadt heran, so lautet Amha-Dys Botschaft, mögen nun diese Stämme in Eile ziehen. Denn Unheil steht bevor.

Und alle folgen. Es herrscht Regsamkeit und Unruhe im Dschungel. Viele Dinge werden zum Flusse UBYU-LIN getragen. Dort verlädt man sie in die Bote, die auf die Reise gehen werden, näher heran an die Zungenstadt. Andere sind schon aufgebrochen. Erst auf den breiten Astwegen, mal aufsteigend zu höheren Baumarmen, mal hinab zum untersten Weg, bis die Baumstadt zu Ende ist. Nun muß mühsam jeder Schritt dem Dschungel abgerungen werden. Die stärksten Männer bahnen mit langen Messern Tag und Nacht den Weg – und hinter ihnen zieht das Baumvolk, große Ballen tragend, andere die kleinsten Kinder. Auch Du Ve-Dan, wen trägst Du auf dem Rücken? Dein Brüderchen, den Kleinling Debres. Vor Dir geht Talin-Meh auf dem Ästeweg. Indessen bahnt zwei Tage weiter vorn Dein Vater CAO-DAN den Dschungelpfad mit anderen Männern. Hinter Dir kommt SY-DANY, Deine Mutter. Und viele andere folgen in langem Zug. Zwei Tage geht ihr nun schon. Habt die Stadt aus Bäumen verlassen, die tief vertrauten Hütten der Kindheit. Längst liegt sie hinter euch. Schmal ist der Dschungelpfad. Einer hinter dem andern geht ihr. Spürst Du den würzigen Duft, Ve-Dan? Hörst Du die Stimmen der Tiere? Finden Deine Füße sicher den Weg?

Den ins Landesinnere sich weit hinein erstreckenden Lauf des Ubyu-Lin habt ihr nun erreicht. Jetzt wird es etwas leichter. Die Männer, die euch vorausgegangen, haben große Flöße gebaut. Auf ihnen fahrt ihr weiter, setzt euren Weg fort. „Sing uns Dein Lied noch mal, Ve-Dan!, bitten Dich die Mädchen. Und unter ihnen strahlt Talin-Meh. Erst zögerst Du, doch als auch die andern auf dem Floß Dich bitten, bist Du bereitwillig.

Wo mag GURRE-DAN jetzt sein? Des Königskindes Sänger? Schon vor drei KRIS-DAN ist er fortgegangen, einen wichtigen Auftrag habe er, so seine letzten Worte, mit keiner Silbe dürfe er davon sprechen.

So singst Du also, fast wie an seiner Stelle, die Zeit zu kürzen, Ve-Dan, auf der langen Fahrt. Sie bringt euch immer tiefer ins Innere des Zungenreiches, immer tiefer. Wovor flieht ihr? Was steht bevor? Niemand weiß es. Nur etwas Drohendes scheint alles zu durchtränken. Ungreifbar wie der Wind, der manchmal eure Flöße schaukeln macht. Was weht da plötzlich durch eure Gedanken? Was ahnt ihr, ohne ihm einen Namen geben zu können? Weiter geht die Fahrt, immer weiter. Viele Tage und Nächte ... singe Ve-Dan, singe Dein Lied, die Zeit zu kürzen auf der langen Fahrt!

Und so faßt Du Mut – hebst an. Erst, wie bei Euch üblich, läßt Du lange, traurige Töne hören. Sie schwellen an und nehmen ab, bis sie kaum noch zu hören sind. So stimmst Du Deine Zuhörer ein, wie Gurre-Dan es Dich lehrte. Dann wagst Du endlich die erste Zeile Deiner Verse. Singe, Ve-Dan, singe weiter ...

KRIS-DAN – Dein Auge schimmert dunkel
Mit kühlen Perlen ist Dein Haupt geschmückt
So fängst Du für uns ein der SOKRIS Pfeile
Durchstreifst das Nachtreich ohne große Eile
Hast unsren Traum mit Deinem Glanz entzückt

Ihr Ströme – ach ihr Ströme – Lichtgefälle
Tanz kühler Perlen um das Haupt KRIS-DAN'S
Der SOKRIS Leuchten streift Dein dunkles Haupt
Den Widerschein für uns hat sie erlaubt
So tröstest Du die Herzen unsres Klan's

Und Du – UBYU-LIN – heiliger Fluß
Zu Deinem Ufer führte oft mein Schritt
Wie Leben spendend wirken Deine Hände
Wie selbstlos helfen sie – und ohne Ende
Oh nimm mein Tun in Deinem Wirken mit

Ihr Ströme – ach ihr Ströme – Lichtgefälle
Wogender Lidschlag UBYU-LIN'S im Grün
Der SOKRIS Lichtpfeil blitzt in Deinen Haaren
Die Farben singen – wenn sie auf Dir fahren
Und meine Seele möchte mit Dir ziehn

Weiter geht die Fahrt, immer weiter. Die Kleinen schlafen schon längst in den Armen der Mütter oder auf den Ballen, die man in der Mitte des Floßes zusammengestellt, einige Tücher darüber gebreitet hat. Langsam, sehr langsam treibt das Floß, treiben die Flöße vor und hinter ihnen weiter.

Talin-Meh blickt heimlich und freundlich zu Dir, der Du Deine Augen dem fließenden Wasser zugewandt hältst.

Singe, Ve-Dan, singe, uns die unheilschwangeren Seelen zu trösten, uns die Zeit zu kürzen auf der langen Fahrt. Weiter geht sie, weiter, immer weiter ...

16. Kapitel: AUF DEM PFAUENBERG

Ihr bautet euch neue Hütten in neuen Bäumen, nahe der Zungenstadt. Oft stiegt ihr bis in deren Wipfel, um nach dem Pfauenberg zu spähen. Dem höchsten inmitten anderer Berge, die ihn wie einen Kranz umgaben, der aber natürlich von diesen verdeckt, von hier aus gar nicht zu sehen ist.

Du bist nun älter geworden. Die wunderbare Zeit der ersten Liebe liegt hinter Dir, Ve-Dan. Und bei dieser Deiner ersten Liebe bist Du geblieben. Schon wiegt die liebliche Talin-Meh euren Sohn VE-GURRE auf ihren Knien. Noch immer läßt ihr unbeschreibliches Lächeln Dein Herz höher schlagen.

Erinnere Dich, erinnere Dich an Talin-Meh. Vergiß den Schmerz. Der wird erst später kommen. Es hat noch Zeit. Sieh, wie ihr zusammen, angelangt am neuen Ort, aufbauen helft das neue Dorf des Baumvolks. Die breiten unteren Äste glättest Du mit Deinem Messer an der Oberseite. Mit anderen Mädchen trägt Talin-Meh die Späne fort. Sie werden eure Abendfeuer nähren. Oh, wieviele Verse entlockt Dir ihre Gegenwart! Wie süß ist Dein Schlummer. Sie wohnte ja nur zwei Hütten weiter – und morgen schon, schon morgen siehst Du sie wieder.

Die Zeit vergeht. Jetzt wiegt sie Ve-Gurre auf den Knien. Eure Hütte ist oben, fast unter den Wipfeln der Bäume, deren zusammengeführte Äste sie bilden. Es ist Platz darin für zwei Lager – und für die Lianenwiege Ve-Gurre's, die an der Decke hängt. Was braucht es mehr?

Aber wo willst Du jetzt hin? Was erfahrt ihr sieben Jünglinge in der Hütte des Mah-Au-Gon, der ÄLTESTEN STIRN? Nun kommt ihr wieder heraus. Ihr habt ernste Gesichter. Zum Abschied umarmst Du Talin-Meh, streichelst den Kleinen. Nun gehst Du mit den anderen. Den Astwegen, die zu der Lichtung am Fuße der Berge führen, folgt ihr. Bei euch tragt ihr eure Waffen. Die Dschungelmesser, Blasrohr, Pfeil und Bogen. Den kurzen Rock aus Pflanzenfasern – und fein geflochtene Brustschilde. Bald enden die Astwege. Ihr klettert auf den Boden des Waldes herab. Ein schmaler, gewundener Pfad führt euch bis zu der Lichtung, die ihr am Abend erreicht. Müde seid ihr – viele Stunden wart ihr unterwegs. Schon funkeln die Sterne, die Geschmeide Bao-Lin's. Ihr sammelt Reisig, entzündet ein Feuer, lagert euch um dieses. Schweigsam seid ihr und ernst. Was sprach der weise Mha-Au-Gon?

Die ersten Späher sendet Sokris bald über die Gipfel. Gesang der Vögel weckt euch. Jetzt hört ihr auch den Bach rauschen, der sich hier lieblich schlängelt. Ihr erfrischt euch. Bald seid ihr wieder unterwegs. Zum Fuße eines Berges wandert ihr. Dann nehmt ihr die Stufen, die man in ihn gehauen hat. Höher steigt ihr und höher. Noch niemals seid ihr so hoch gewesen. Nur Aoyu kennt sich aus. Zehn Sommer ist er euch an Jahren voraus. Ihr folgt ihm schweigsam, hinauf, immer höher. Schließlich verschnauft ihr auf dem Gipfel des ersten Berges. Blickt in die Runde. Unter euch wogt das grüne Meer des Waldes. Ein Riesenvogel umkreist euch. Aoyu weist mit der Hand nach Norden. Hinter drei Gipfeln, sagt er, liegt die Zungenstadt LIN-GUA-LIN. Ein Hochpfad führt über die Rücken der nächsten zwei Berge. Lange wandert ihr so zwischen Himmel und Erde, Bao-Lin und Alakiva. Und wieder wird es Abend. Wieder lagert ihr. Wieder weckt euch Sokris und der Ruf des großen Vogels. Nun geht es nochmals tief hinab ins Tal, dann an seinem anderen Ende erneut nach oben. Halb ist der Berg erstiegen, da gewahrt ihr eine Höhle. Mit seltsamen Mustern und Zeichen, in den Stein gehauen, ist ihr Eingang geschmückt. Der dritte Abend, seit ihr fortgezogen seid, bricht herein. Kein Feuer dürft ihr diesmal anzünden. Aoyu hat es verboten. Noch lange schaut ihr, am Höhleneingang gelagert, der sinkenden Sokris zu. Unendlich dehnen sich die Wälder. Dazwischen die blitzenden Streifen des Ubyu-Lin.

Aber noch viele andere Ströme zerteilen den Dschungel. Sie alle fließen weiter im Norden dem Meer zu, nachdem sie sich zuvor zu einem mächtigen Fluß, dem KATHE-MA-DUN, vereinigt haben, erklärt Aoyu.

Er weckt euch noch vor Tagesanbruch. „Heute haben wir den letzten und weitesten Weg zu gehen", sagt er. „Nun erfahrt ihr auch, warum ihr die festen Knüppel und die dicken Harzklumpen mit hier hinauf geschleppt habt. In jeden Klumpen bohrt ihr einen Knüppel." Mit seinem kleinen Kristall fängt Aoyu die ersten und doch zugleich kräftigen Sonnenpfeile ein. Bald fängt das Büschel trockenen Grases an zu qualmen, kleine Flämmchen beginnen darauf zu tanzen. Ihr entzündet die Harzklumpen eurer Fackeln. Ins Innere der Höhle führt nun euer Weg. Zwei Fackeln trägt jeder von euch bei sich. Im ganzen also vierzehn. Doch nur eine vorn, die der voranschreitende Aoyu trägt, und eine hinten, die Temu hochhält, darf brennen. Lang ist der Tunnel durch den Berg, sagt Aoyu. Bald werden die dritte und vierte mitgeführte Fackel entzündet. Dann die fünfte und sechste. Stundenlang geht ihr so hintereinander durch den Berg, bis ihr die Wände auseinander streben seht. Ihr durchquert einen großen Raum, eine richtige hohe Halle. Von ihr führen viele schmale Wege in alle Richtungen. Aoyu geht unbeirrt auf einen bestimmten zu. Und wieder geht und geht ihr. Schon werden die dreizehnte und vierzehnte Fackel angezündet. Bis auch diese erloschen sind – und noch immer nimmt der Tunnel kein Ende. „Habt Mut! Bald sind wir da", hört ihr Aoyu's Stimme im Dunkel. „Geht mir einfach weiter hinterher und haltet euch dicht beisammen. Temu, du bist der letzte, stimm ein Lied an. So wissen wir, daß niemand verlorengeht."

Müde bist du, Ve-Dan. Die Füße schmerzen Dir. Mit beiden Händen tastest du, wie die andern, die Wände des Tunnels entlang. Temu singt, laut und falsch. Also sind alle noch beisammen.

„Halt!", ruft Aoyu. Alle bleiben stehen. Was sie nicht sehen können ist, wie Aoyu auf einen kreisrunden, oben flachen und fein geglätteten Stein steigt, und wie dieser sich unter seinem Gewicht senkt. Nur was nun folgt, sehen alle. Wie von Zauberhand bewegt, rollt ein großer, mannshoher, kreisrunder, schwerer Felsblock zur Seite und läßt helles Tageslicht hereinströmen. Alle blinzeln, kneifen die Augen vor der Helle zusammen. Erst nach und nach nehmt ihr wahr, was draußen sichtbar wird – und es überwältigt euch. Auch dich, Ve-Dan.

Vor euch führt eine schmale, in den Felsen gehauene steinerne Treppe in steilem Zickzack hinab. Unten befindet sich ein breites Plateau, von dem aus sich eine Hängebrücke hinüberschwingt zum nächsten Berg. Und ihr seht diesen Berg, den Pfauenberg, staunend an. Er ist höher als die Berge ringsum. Obwohl man seinen Kamm abgetragen zu haben scheint, so daß auf ihm ein riesiger Platz entstanden ist.

Auf diesem gewaltigen Platz nun ist sie erbaut, Lin-Gua-Lin, die Zungenstadt, hoch auf dem Pfauenberg. Zahllose Häuser schimmern in vielen Farben. Große und kleinere. Steinstraßen kreuzen zwischen ihnen. Mehrere Tempel ragen auf mit goldenen Dächern. Die Wände der Häuser sind mit leuchtenden Steinen geschmückt, die Straßen in vielfarbigen Mustern angelegt. Von allen Seiten führen steile Treppen den Berg hinauf, und mit ihnen rechts und links ebenfalls Häuser, direkt aus dem abfallenden Fels gehauen, mit vorspringenden Dächern. Höhlen mit solchen kreisrunden Steintüren, wie die, die sich eben vor euren Blicken geöffnet hat, lassen vermuten, daß der Berg auch in seinem Inneren begehbar ist.

Doch Aoyu läßt euch nicht lange Zeit zum Staunen. Er mahnt zur Eile. „Wir werden erwartet", sagt er. So steigt ihr die Zickzack-Treppe hinab, überquert den reißenden Fluß auf der Hängebrücke. Als ihr die letzten Stufen auf der anderen Seite wieder hinaufgelangt, werdet ihr von zwei Kriegern angehalten. Aoyu weist das Perlenband des Mha-Au-Gon vor – und ihr dürft passieren.

Doch kaum habt ihr euch auf eurem Weg durch die Stadt ein wenig umgesehen, müßt ihr sie auch schon wieder verlassen. Doch könnt ihr sie weiterhin aus einiger Entfernung bewundern. Jenseits des Pfauenberges erhebt sich ein steiler Felszacken wie eine Nadel in den Himmel. Dieser Felsen, vom Pfauenberge abgerückt, und nur durch einen, wenigen bekannten, geheimen Tunnel zu erreichen, trägt auf seiner Spitze den Palast des Königskindes.

Amha-Dys selber residiert hier. Regiert von hier aus sein Volk, das nicht nur aus dem Stamm der Lin-Maya-Seti-Gua-Mha-Dys-Dan, sondern aus noch vielen anderen besteht. Von den Küsten des östlich gelegenen Meeres, das auf Lin-Maya UOGIS heißt, bis zu der anderen Träne Borås, dem Meere mit Namen GI-SOU, erstreckt sich sein Reich. Auch ist Lin-Gua-Lin nicht die einzige Stadt. Nicht einmal die größte. Es gibt solche mit mehr Bewohnern, zwischen kleineren Bergen in Richtung des Meeres Gi-Sou. Aber sie übertrifft alle anderen an Pracht und Kunst. Ins Innere des SOKRIS-Tempels führt euch Aoyu. Dort nimmt euch ein Priester in weißem Gewand in Empfang. Schweigend steigt ihr mit ihm eine Wendeltreppe hinter dem Altar hinab. Wieder geht es durch einen Tunnel. Er ist von Öllampen erhellt, die aus dem Felsen gehauen sind. Dann tretet ihr hinaus – ihr seid am Rande des Palastfelsens. Außen führt eine Treppe um ihn herum nach oben. Schon hundert Meter unterhalb des Palastes beginnen Wohnungen, große Räume, ja sogar kleine Gärten auf Plattformen, alles kunstvoll aus dem Stein gehauen.

Oben angelangt, steigt ihr zwischen zwei großen Ringmauern, die gewaltig, den Hof vor Blicken abschirmen, aus dem Tunnelschacht. Hier hat man Erde mühsam hoch getragen. Gras, Blumen und Gemüse, selbst kleine Bäume mit Früchten wachsen zwischen den Mauern. Die innere ist niedriger und breiter. Auf ihr können die Wachen rundherum patrouillieren. In der Mitte erhebt sich der Palast zu ehrfurchtgebietender Höhe.

Mehr Zimmer hat er, als zehn Menschen Finger haben, erläutert A-oyu. In seiner Mitte sei ein großer siebeneckiger Saal, von schlanken, granatroten Säulen getragen und mit einem Dach aus farbigen Kristallen, wodurch er in ein wundervolles Licht gehüllt sei. Seine Wände seien mit Gold, Silber, Kupfergold, Lapislazuli und vielen anderen seltenen Edelsteinen geschmückt. Im Kreise stehn dort die aus dem OS-VA-LID geschliffenen Sitze der Edlen des Reiches. Am nördlichen Ende aber erhebe sich der Pfauenthron aus Klangsmaragden. Er sei aus funkelnden grünen Steinen, die „singen" können, erbaut, sagt Aoyu. Ihr seht ihn zweifelnd an. „Ihr werdet es schon noch erleben. Das heißt, nicht alle. Temu und Ve-Dan, ihr bleibt mit mir hier. Die anderen kehren morgen in aller Frühe um – und werden dem Mha-Au-Gon eine Botschaft überbringen. Ein Führer wird sie begleiten bis an den Rand des Dschungels.

Doch jetzt wird es erst einmal Zeit, in unser Quartier zu gehen. Wir werden uns heute beim Sinken der SOKRIS zur Ruhe begeben. Der Tag war anstrengend – und morgen stehen wichtige Dinge bevor."

17. Kapitel: DER GROßE RATSCHLUß UND EIN WIEDERSEHEN

Auf den Gängen im Innern des Palastes ist gedämpftes Murmeln zu hören. Langsam und gemessen wandeln ernste Männer in der Nähe der großen Thronhalle. Aoyu, Temu und Ve-Dan stehen in der Nähe der Treppe, die vom zweiten Innenhof hier herauf führt. Immer noch kann man unten Neuankömmlinge sehen.

Da sind welche mit den großen Federhauben aus den Flügeln des Se-Phir. Andere tragen nach oben sich verbreiternde Kopfbedeckungen aus feinem Silber. Wieder anderen dient einfach ihr langes, bis über die Schultern wallendes Haar als Schmuck. Noch nie hat Ve-Dan so viele verschiedene Vertreter des Lin-Gua-Reiches beieinander gesehen. Ein Ausruf des Erstaunens entfährt ihm, als ein hochbetagter Mann im Festgewand der Lin-Maya-Seti, auf der Brust das halbmondförmige Schild aus Goldkupfer mit dem Fisch aus blauen Edelsteinen, dem Zeichen eines Sängers des Königskindes, die Treppe heraufkommt; neben sich einen gobaoischen Priester der Sokris in schlichtem hellgelben Gewand. Gerade will er den geliebten Lehrer anrufen, als Gurre-Dan ihn erkennt und mit seinem Begleiter näherkommt.

Lächelnd läßt Gurre-Dan die stürmische Freude seines Schülers über sich ergehen.

Ein Gong ertönt – und ruft alle Geladenen in den Thronsaal. Hinter den weiß leuchtenden Sitzen für die höchsten Würdenträger des Reiches, hat man im äußersten Halbrund noch zwei Reihen geschnitzter Hocker aufgestellt, die aus dem Holz der Ligos-Bäume gefertigt sind. In die hinterste Reihe setzen sich Temu, Aoyu und Ve-Dan. „Wir reden später", flüstert ihm Gurre-Dan zu. Dann schreitet er auf seinen Stab gestützt zu einem der weißen Sitze zur rechten des Thrones und nimmt Platz.

Siri ist Bote des obersten Priesters der Gobaon. Dieser MHA-NO genießt großes Ansehen. Nicht nur bei den unter Laventrums Herrschaft leidenden Gobaon. Sondern auch bei den Völkern diesseits und jenseits von Gobao, die das Inselreich zu seinen Kolonien zählt. Siri ist ein A-ryo. So nennt sich das Volk auf der Felseninsel unterhalb Gobaos. Von ihnen wird später noch die Rede sein. Sie sind weithin für ihre außerordentliche Tapferkeit bekannt. Siri sitzt auf einem Holzschemel hinter

Gurre-Dan. Er ist, wie alle seines Volkes, von kleinem Wuchs, aber stämmigem, kräftigem Körperbau. Niemals hat dieses Volk sich den Gobaon unterworfen. Sie sind ihnen an Klugheit und Wissen ebenbürtig. Sie besitzen wie diese Flugboote. Und ihren Priestern sagt man geheimnisvolle, gewaltige Kräfte nach. Ja, einige sollen über solche verfügen, die selbst auf Gobao nicht bekannt sind. Mit einer Art ärgerlichem Respekt denken die Laventrum-Könige an die Aryo. Versuchen, sie als Verbündete zu gewinnen. Doch diese wußten immer, sich unabhängig zu halten. Auf den weißen Steinsitzen nehmen jetzt die Führer der verschiedenen Lin-Maya-Völker Platz. Gurre-Dan vertritt die Lin-Maya-Seti-Gua-Mha-Dys-Dan. Der Mha-Au-Gon war zu gebrechlich geworden, um die Reise nach Lin-Gua-Lin zu wagen. Auf den Holzschemeln sitzen schon Sänger, Priester und Oberhäupter kleinerer unabhängiger Stämme aus dem Norden und Süden.

Zum zweitenmal ertönt der unsichtbare Gong. Jetzt wenden alle ihre Blicke zum Pfauenthron. Das Gemurmel verstummt. In einem goldrot schimmernden Gewand, die hohe Federkrone auf dem Haupt, betritt AMHA-DYS den Saal. Tiefe Stille verbreitet sich. Scheu mustert Ve-Dan das Königs-Kind. Ein starker Zauber geht von ihm aus, dem sich niemand entziehen kann. Etwas Wunderbares gewahrt Ve-Dan an ihm. Er sieht aus wie ein Jüngling, ja fast wie ein sehr junger Knabe – und zugleich wie ein sehr alter weiser Mann. Älter noch, viel älter als der Mha-Au-Gon, so kommt es Ve-Dan vor.

Nun strahlt die Sonne auf das kristallene Dach. Der Thron und AMHA-DYS beginnen zu funkeln. AMHA-DYS lächelt in die Runde. Dann weist er mit dem Stab in Richtung Gurre-Dans. Dieser erhebt sich und tritt in die Mitte. Er winkt Siri, der sich ebenfalls erhebt und sich ihm zur Seite gesellt.

„Wie ihr alle wißt", fängt Gurre-Dan zu sprechen an, „wie ihr alle wißt, stehen schwerwiegende Dinge bevor. Der Mißbrauch der heiligen Kräfte, durch die uns Macht über die Pflanzen und alle Wesen von den Göttern verliehen wurde, der in größtem Stile zugenommen hat, seit die Laventrum-Könige herrschen, hat bewirkt, daß großes Unheil, ja eine gewaltige Katastrophe bevorsteht. Die Einzelheiten wird uns nachher Siri, der Abgesandte des MHA-NO erläutern. Der unermüdlich forschende Blick der Priester in verschiedenen Heiligtümern in und um Gobao gab uns vor kurzem die unumstößliche Gewißheit, daß Gobao innerhalb zwölf Sonnenkreisen untergehen wird. Es werden alle Gebiete in den Ländern ringsumher mit in die Katastrophe gezogen. Deshalb hat vor schon geraumer Zeit AMHA-DYS seinen Völkern nahe den Ufern Uogis' befohlen, ins Landesinnere zu ziehen."

Nun endlich versteht Ve-Dan, warum sie ihre Baumstadt verlassen mußten, in dem Jahr, als sich seine tiefe Liebe zu Talin-Meh entzündet hat.

„Aber ihr wißt auch alle", fährt Gurre-Dan fort, „daß nicht alle Gobaon böse sind. Ja, viele von ihnen leiden mehr als wir unter der harten Hand der Laventrum-Könige. Schon lange hat MHA-NO deshalb angeordnet, daß die Priester, die sein Vertrauen haben, viele ihrer gerechten Anhänger im Geheimen vorbereiten mögen, sich bereitzuhalten, eines Tages Gobao zu verlassen und in unbekannte Gebiete Alakivas auszuwandern. Die Einzelheiten wird nachher, wie schon gesagt, Siri, der engste Vertraute MHA-NOS uns berichten.

MHA-NO selber leitet in eben diesem Moment eine Versammlung auf einer geheimen, nur den Priestern bekannten kleinen Insel hoch im Norden, oberhalb Gobaos. Dort sind die vertrauenswürdigen Vertreter der Völker von der anderen Seite Gobaos vereint. Noch ist uns allertiefstes Schweigen auferlegt. Das versteht sich von selbst. Denn groß ist die Macht und die Grausamkeit der Laventrum-Könige.

Doch die Prophezeiungen sagen, daß bald die ersten furchtbaren Katastrophen beginnen werden. Und der große Ratschluß, den wir hier besprechen wollen, wird erst dann, wenn dadurch die Laventrum-Könige abgelenkt sein werden, beginnen, zur Tat zu reifen. Noch haben wir Zeit, alles in Ruhe zu überlegen und vorzubereiten. In zwei Sommern aber setzt die Strafe der Götter ein. MHA-NO wird die erste Schar Auserwählter los senden. Ein weiterer Zug Auswanderer wird jeden Sommer folgen. Die letzte Rettungswelle soll kurz nach Gobaos Untergang losziehen; indessen MHA-NO, der mit der mittleren, der vierten der sieben Wellen reisen wird, weit weg von Gobao, im fernen Osten, seine Getreuen vorbereitet haben wird zur Aufrichtung einer neuen Kultur, von der aus eine neue Welt erwachsen wird."

Gurre-Dan schweigt – und alle im Saal mit ihm. Endlich hebt Siri zu sprechen an:

„Ich danke dem Königskinde, dem weisen AMIIA-DYS, daß ich hier sprechen darf. Ich danke Euch allen, daß Ihr die Güte habt, nicht alle Gobaon zu verurteilen, für das, was dieses Reich Euch antut, seit der finsteren Herrschaft der dämonischen Laventrum-Könige, besonders des letzten seiner Reihe. Unsägliches habt Ihr unter der Macht des Eisesschweigers gelitten. Und dennoch vernebelte Euch das nicht den

Blick für die, die sich ein rechtschaffenes Herz auf Gobao bewahrt haben. MHA-NO selber sendet Euch dafür durch mich seinen Dank und bietet Euch alle Kräfte, die in seiner Macht stehen, um jetzt schon damit anzufangen, die Keime einer neuen Welt zu entwickeln."

Noch immer herrscht tiefe Stille im Saal während Siri spricht.

„Wie soll das nun im Einzelnen vor sich gehen? Die Voraussagen lassen erkennen, daß starke Erdbeben, Stürme und eine gewaltige Flutserie bevorstehen. So viele Menschen werden davon betroffen sein, daß die schon vorhandenen Schiffe bei weitem nicht reichen würden, um die Willigen zu retten. Deshalb muß schon jetzt damit begonnen werden, neue zu bauen. Doch ihre Gestalt wird auch ganz anders sein müssen, als alle uns bekannten Gobao-Schiffe, auch anders, als Eure Drachenboote, anders als die Schiffe der Völker jenseits von Gobao, ja anders als alles, was wir bisher als Schiffe kennen. Größer müssen sie sein, aus stärkstem Material erbaut und geeignet, auch die tobendsten Fluten, ja selbst Feuerströmen zu widerstehen. Ihr wißt, ich bin ein Aryo. Und einige unter Euch kennen sicher meine Heimat, die granatrote Insel aus härtestem Fels unterhalb Gobaos. Das Holz der Hocker, auf denen die meisten von Euch sitzen, ist von Ligos-Bäumen gewonnen, die nur auf Aryo wachsen. Sie sind als die Bäume mit dem härtesten Holz, das wir kennen, berühmt. Und Euch ist die Kraft bekannt, mit denen die Gobaon und auch wir, die Aryo, unsere Flugboote antreiben. Die Gewalt, die in den Pflanzensamen ruht, dient uns als Antrieb. Und es gibt den Saft einer Pflanze, den die Lin-Maya-Seti PLITZCOA-DYSOU nennen, von dem bekannt ist, daß er jedem Feuer widersteht. Wenn die Blitze der Götter von Zeit zu Zeit einen Teil der trockenen Dschungel anzünden, sind es diese Pflanzen, die als einzige unversehrt stehen bleiben. Wir Aryo lieben unsere Ligos-Wälder. Doch sind wir bereit, sie zu opfern, um eine genügende Anzahl der Rettungsschiffe daraus zu bauen. Tausende davon werden nötig sein.

Die Laventrum-Könige werden, wenn es soweit ist, versuchen, viele von ihnen zu verfolgen und zu versenken. Wenn wir uns beraten haben, will ich Euch dann noch von einem tiefen Geheimnis, dem PERO-MHO-DÄA-Zauber sprechen." Siri macht eine bedeutungsvolle Pause.

Zur anschließenden Beratung ist nur ein kleiner Kreis von Stammesfürsten, Priestern und Sängern zugelassen. Ve-Dan muß den Saal mit vielen aus der hintersten Reihe verlassen.

Aoyu, Temu und Ve-Dan warten mit den anderen auf dem kleineren Innenhof des Palastes auf das Ergebnis des Großen Ratschlusses. Erst als schon die Dämmerung beginnt, öffnen sich die Türen des Thronsaales.

Gurre-Dan kommt nun zielstrebig auf die drei Lin-Maya-Seti zu, umarmt seinen Schüler und grüßt die anderen beiden. „Große Dinge sind beschlossen worden. Viel Arbeit wartet auf uns alle. Kommt, laßt uns den Untergang der Sokris vom östlichen Turm aus betrachten."

Sieben Türme bilden die äußersten Ausläufer der Palastanlage auf dem steilen Felsen. Vier heißen nach den Himmelsrichtungen, in die sie weisen. Drei tragen die Namen von Sonne, Mond und Erde: Sokris-Turm, Kris-Dan-Turm und Alakiva-Turm. Zwischen dem östlichen Turm und dem südlichen Turm befindet sich der Eingang zur Palastanlage.

„Seid Ihr bereit, Eure Heimat für längere Zeit nicht wieder zu sehen?", fragt Gurre-Dan Aoyu, Temu und seinen Schüler ernst. „Ihr werdet für eine wichtige Aufgabe gebraucht. Doch hat der Hohe Rat beschlossen, daß an ihr nur mitwirken soll, wer sich aus eigenem Entschluß dazu bereit erklärt. Wißt zuvor, daß Eure Aufgabe nicht ungefährlich sein wird. Ihr bekommt sie nur dann mitgeteilt, wenn ihr sie annehmen wollt. Jetzt könnt ihr noch umkehren. Bis morgen früh habt ihr Zeit, es Euch zu überlegen. Und bedenkt: Wenn Ihr einmal zugestimmt haben werdet, gibt es kein zurück mehr! Wer dann noch umkehren will, muß sterben. Also prüft Eure Herzen. Niemand wird Euch zürnen, wenn Ihr zurücktretet. Denkt gut nach!"

Ve-Dan hat in dieser Nacht einen Traum:

Er geht in ärmlicher Kleidung durch eine Stadt, die er noch nie zuvor gesehen hat. In sieben Kreisen, die immer von einer ringförmigen Mauer umgeben sind, ziehen sich die Gebäude hin. Hinter jeder Mauer fließt ebenso kreisförmig ein Strom. In der Mitte der Stadt auf einer Anhöhe steht ein gewaltiger Palast – und wiederum in dessen Mitte ein riesiger Tempel. Mit anderen ärmlich gekleideten Menschen passiert er eine Ringmauer nach der anderen. In jeder Mauer sind in allen Richtungen Tore eingelassen. An jedem Tor halten schwerbewaffnete Soldaten Wache. Er wird bei jeder Mauer wie alle anderen kontrolliert. Schließlich gelangt er in die Nähe des Palastes und muß mit den anderen Ausbesserungsarbeiten verrichten. Am Abend kehrt er nicht mit den anderen zurück zum äußersten Ring, sondern wird auf ein großes Boot befohlen, welches langsam auf einem diagonal durch die Stadt fließenden Strom davonfährt. Schließlich liegt die gewaltige Stadt hinter ihnen. Er legt sich auf den Boden des Oberdecks zum Schlafen. In aller Frühe weckt ihn ein tiefer Posaunenton ...

Davon erwacht Ve-Dan in seinem Quartier im Palast der Zungenstadt. Was mochte der Traum bedeuten? Wohin würde sein Weg führen?

Gurre-Dan erwartet sie in seinem Gemach. Temu spricht als erster. Er habe Furcht bekommen, sagt er. Fast weint er dabei. Und er bitte, nach Hause zu dürfen. Er fühle sich nicht stark genug.

Gurre-Dan redet freundlich zu ihm: „Es ist besser so, mein Sohn", sagt er. „Besser ist, daß Du die Wahrheit sagst – und Dich nicht falscher Ehrgeiz verleitet, Dinge auf Dich zu nehmen, für die Du nicht die rechte Kraft in Dir fühlst."

Dann spricht Aoyu. Was er sagt, ist kurz: „Ich will."

Dasselbe sagt nach ihm Ve-Dan mit fester Stimme.

Als Temu gegangen ist, umarmt Gurre-Dan die beiden schweigend. „Noch heute werdet Ihr Eure Aufgabe erfahren."

18. Kapitel: AM UFER DES GISOU

Auf Aryo klingen weithin die hallenden Schläge der Kristalläxte, mit denen man die Ligosbäume in großen Mengen fällt. Zu gewaltigen Flößen werden sie zusammengebunden. Mit den Schiffen der Aryo, nicht unähnlich kleinen, starken Flugbooten, sie dahin gezogen, wo sich die beiden Meere, die Uogis und der Gisou begegnen. Dann wendet sich ihre Fahrt wieder nach Norden, an der Westküste jenes Kontinents entlang, auf dem auch die Lin-Maya-Seti wohnen. Wochenlang dauert die Fahrt. Bis sie bei der schmalen Landzunge anlangen, die hier nur drei Tagesreisen breit, Gisou und Uogis voneinander trennt. In eine verborgene Bucht werden die Ligosstämme gebracht. Dort zieht man sie an Land – und an diesem geheimen Ort, vor den Augen der Krieger Laventrums verborgen, entstehen die ARCAYA, die schwimmenden Häuser, deren Bau der Große Ratschluß bestimmt hat.

Und hier leben und arbeiten schon mehrere Monde lang auch Aoyu und Ve-Dan. Nach den Plänen tüchtiger Baumeister bearbeiten sie die Stämme so, daß sie sich fast fugenlos zusammenfügen lassen. Einige Arcayas sind schon fertiggestellt und in den zahllosen verborgenen Meeresbuchten versteckt worden. Man bedeckte sie mit Zweigen, Lianen und anderen Materialien, bis sie selbst von den sie Erbauenden nur noch schwer ausgemacht werden können.

Ve-Dan weiß, daß auch noch an anderen geheimen Orten, die niemand kennt, der nicht unmittelbar dort zu tun hat, Arcayas gebaut werden. Auch jenseits Gobaos, an den Küsten Uogis.

Sie sind breit wie ein großes Haus. Außen herum ist ein breiter Rand. Innen haben sie viele Kammern und Räume. Bald zweihundert Menschen finden in jeder Platz. Vorn und hinten haben sie Ausbuchtungen, in die so ein, den Flugbooten ähnliches, kleines aber kräftiges Schiff paßt, sie vorwärts zu treiben. Schlafplätze gibt es darin, Vorratskammern, ja selbst Ställe für Tiere.

Keine Nachricht darf Ve-Dan nach Hause senden. Ja niemand soll wissen, wo er überhaupt ist. Temu hat er seinen Talisman, einen kleinen, flachen und kreisrunden Stein mit seltsamer Musterung mitgegeben, zum Zeichen für die Eltern und Geschwister und besonders für Talin Meh, daß es ihm gut geht.

Fleißig baut man an den Arcaya. Es sind Vertreter aus vielen verschiedenen Stämmen beteiligt. Nicht nur Lin-Maya-Seti, sondern auch von weiter südlich, die Azde-Coan, eines von den größeren Dschungelvölkern, aber auch Bewohner von Aryo, Gobaon, besonders aus Gobaos Süden und von der Westküste der großen Insel. Dann die kräftigen und schweigsamen Vertreter der Nordvölker, ja selbst welche aus den weit, weit oben, in der kalten Welt von NASO gelegenen Gebieten.

Eines Tages bekommt Ve-Dan den Auftrag, mit einigen von ihnen nach Norden zu ziehen. Sie wandern, eine kleine Gruppe von zwölf Personen, die schmale Schnur entlang, die Uogis und Gisou nur in einer Breite von zwei Tagesreisen voneinander trennt, erreichen dann das weite Grasland. Die Naso besitzen kleine Zelte, die schnell aufgestellt werden können, aus dem Fell eines Ve-Dan noch nicht bekannten Tieres.

Eines Abends, als sie sich gerade um das Feuer versammeln, um etwas zu essen und den Einbruch der Dämmerung zu erleben, vernimmt Ve-Dan mit den anderen ein mächtiges Dröhnen und Donnern. Erst sehr leise, dann immer stärker. Er weiß nicht, was das zu bedeuten hat, aber da die Naso seelenruhig bleiben, wartet er ab. Die Erde scheint zu beben, die Luft ringsum ist von Gedröhn erfüllt – und dann sieht Ve-Dan zum erstenmal in seinem Leben eine gewaltige Herde mächtiger Büffel. Sie galoppieren in langer Reihe am Horizont entlang. Und da Ve-Dan schon bequem am Feuer liegt, kann er beobachten, wie die Sonne immer wieder zwischen zwei Büffeln hervorblitzt, nachdem sie sie für einen Bruchteil mit ihren mächtigen Rücken verdeckt haben.

Am nächsten Morgen ziehen sie weiter. Ve-Dan hat von seinem Lehrer den Auftrag erhalten, sich den Weg gut einzuprägen, die Route nach Norden!

Sie wenden sich bald mehr nach Westen und erreichen schon nach wenigen Tagen wieder die Küste Gisous. Nun geht ihr Weg immer am westlichen Meer entlang. Ve-Dan beschreibt ihn mit seinen Worten, zeichnet dazu kleine Skizzen. Auch die Büffelherden hat er auf dem Bild vom Grasland verewigt.

Hier entlang, bis hinauf nach Naso wird eine der Routen führen, die die geretteten Gobaon ziehen sollen, hat Gurre-Dan erklärt. So seien sie weit genug entfernt von den Schergen Laventrums – und damit in Sicherheit. „Präge Dir den Weg gut ein", sagte der alte Sänger. „Wenn es soweit ist, wirst Du einer der Führer für die Flüchtlinge nach dem Norden, nach Naso sein." Und so hält Ve-Dan die Augen offen. Wenn sie im Norden ankommen, soll er von den Nasiern den Bau der kleinen Zelte erlernen, in denen die Gobao-Flüchtlinge auf ihrem Fluchtweg wohnen werden. Oftmals wandern sie unmittelbar am Meeresufer. Dann wieder gehen sie weiter landeinwärts. Rechts von ihnen, in der Ferne gut zu sehen, erhebt sich ein gewaltiger Gebirgszug, der sie von nun an immer begleiten wird. – Ve-Dan muß diesen ganzen Weg zweimal machen. Wenn er mit Aoyu und einigen von den Azde-Coan umkehrt, werden sie, von einer großen Schar Nasiern geleitet, viele Wagenladungen mit diesen kleinen Zelten in den Süden bringen. Sie werden an wichtigen Punkten immer einige zurücklassen, sie gut verstecken – und so den flüchtenden Gobaon ihren Weg erleichtern. Auch große Mengen von Dörrfisch und getrockneten Früchten und allerlei Gerätschaften werden sie zusammen mit den Zelten verbergen, die den Gobaon das Überleben sichern sollen.

19. Kapitel: NEUIGKEITEN

Overdijk unterbrach seine Rückreise von Mikaelia in Kopenhagen. Erst zwei Tage später saß er schließlich im Euro-Trans-Rapid über Hamburg nach Amsterdam. In Utrecht stieg er um; eine halbe Stunde später rollte der Snelltrain in der Den Haager Centraal Station ein.

Kalter, feuchter und stürmischer Herbstwind blähte seinen offen gelassenen Mantel, als er die Halle verließ. Es war Herbst geworden. Die ersten Laternen flammten schon auf. Overdijk beschloß, auf seinem Heimweg einen Abstecher zu Pieter van Bruk zu machen. Joan hatte Spätdienst und würde erst gegen 21 Uhr von der Steiner-Klinik nach Hause kommen. Pieter hatte schon geschlossen und schlurfte brummig aus seinem Hinterstübchen zur Ladentür, als Klaas schellte. Seine grimmige Miene hellte sich allerdings schnell auf, als er gewahrte, wer ihn da in seiner wohlverdienten Ruhe störte.

„He, he Professor. Schon zurück aus dem Elysium?" Er grinste breit und herzlich, riß die Glastür auf und winkte seinen Freund herein. Overdijk konnte sich ein Lächeln kaum verkneifen. Pieter trug seine ewige uralte Strickjacke – und falsch zugeknöpft. Seine Füße steckten in fast auseinanderfallenden Hauslatschen. Seine Haare loderten ihm wild ums Haupt.

Natürlich saßen sie bald mit ihrem Pottje Koffie in den beiden Sesselungetümen. Overdijk berichtete von Mikaelia und Pieter hörte skeptisch-wohlwollend zu. Dann kamen sie auf Bertram zu sprechen. „Ach Mensch, Professore, das hätte ich fast vergessen. Hier ist Post von ihm für Sie. Komischerweise hat er sie an mich geschickt. Einschreiben und Rückantwort. Bei seinem schmalen Geldbeutel. Muß was Besonderes sein. Da sehen Sie, über der Anschrift steht es: Lieber Pieter, bitte erst öffnen, wenn Sie mit Overdijk wieder mal zusammen sitzen. Verstehen Sie das? Was will er nur mit seiner Geheimniskrämerei?"

Das Päckchen war schmal. Schien also keinen weiteren Manuskriptteil zu enthalten. Overdijk steckte sich eine Zigarette in den Mund, ohne sie anzuzünden und öffnete es. Dann holte er ein Dutzend eng beschriebener Blätter heraus.

„Soll ich vorlesen?"

„Bin ganz Ohr, Professor", grunzte Pieter.

Weimar, 11. Oktober 2032

Lieber Klaas, lieber Pieter,

haltet Euch gut fest. Klaas, brenn Dir eine an. Ihr sitzt hoffentlich in den beiden Sesseln, habt Ruhe in Euch und einen Pott Koffie in den Händen? Ich habe Neuigkeiten, die so unwahrscheinlich sind, daß ich sie, läse ich davon in einem Buch, für die Ausgeburten einer schwelgenden Phantasie eines Autors mit schlechtem Geschmack halten würde. Doch hier hat Pieters Lieblingssatz seine vollste Berechtigung: „Das Leben, die Realität ist schon geheimnisvoll genug!"

Wie soll ich bloß anfangen? Unmöglich, alles auf einmal zu berichten! Habt Geduld! Ich muß ein bißchen ausholen...

Overdijk sah auf die Uhr. „Was, schon zehn nach neun?"

„Kein Problem, Klaas, rufen Sie Ihre Joan doch einfach an." Joan mußte kichern am Telefon. „Bei Pieter bist Du natürlich, Klaas. Brauchst es mir gar nicht zu beichten. Ich wußte es. Mit wem bist Du eigentlich verheiratet? Muß ja was Wichtiges sein, das Dich festgehalten hat? Soll ich kommen?"

„Liefde, das wäre genau das Richtige. Wenn Du nicht zu müde bist? Es ist Post von Bertram da, weißt Du!"

„Dachte ich's doch. Natürlich bin ich eigentlich zu müde. Ach, Klaas ... also, bis gleich. Hat Pieter was zum Beißen da? Ich bin ganz schön hungrig!"

Overdijk sah fragend zu Pieter.

„Joan fragt, ob Sie was zu Essen da haben?"

Pieter nahm ihm den Hörer ab. „Hallo, guten Abend Joan. Verzeihen Sie. Ich bin Schuld. Den Brief hätte ich ihm auch morgen ... Also nun kommen Sie erst mal. Ein paar Sandwiches, Stockbrotjes, oude Kaas und etwas Salat von heute Mittag müßten noch im Kühlschrank sein. Zum Trinken, warten Sie mal – oh je, allerdings nur Kaffee, Tomatensaft und Kamillentee, wenn Sie das nicht entmutigt ... Ansonsten bringen Sie doch ein Fläschchen Wein mit, auf meine Rechnung natürlich! Tot ziens!"

Er knallte den Hörer auf die Gabel und grinste Overdijk an. „Na, wie hab ich das gemacht?"

Eine halbe Stunde später, wechselte Pieter aus seinem Sessel auf den Hocker, den er hinter der Kasse im Laden hervorgeholt hatte. Joan durfte sich im Sessel lümmeln und kaute an einem Riesensandwich, das Pieter ihr in der Zeit bis zu ihrem Eintreffen als Wiedergutmachung kunstvoll mit allem belegt hatte, was in seiner Küche an Schmackhaften aufzutreiben war. Gurken- und Tomatenscheiben, zwei Oliven, oude Kaas, Zwiebelringe. Joan kaute und hörte zu. Overdijk las weiter:

„Lieber Klaas, das Manuskript, seinen ersten Teil, den Du inzwischen schon gelesen haben wirst, mußt Du Dir an der Stelle unterbrochen denken, an der davon berichtet wird, wie Ve-Dan schließlich auch in einer Mission unterwegs ist, die ihn tief in das heutige Europa führte. Über Südfrankreich, durchs Baskenland bis zum Mittelmeer leitete er einen Zug Auswanderer, bis diese dann die bereitgehaltenen Arcayas bestiegen hatten, um sich in Egyop, dem heutigen Ägypten anzusiedeln. Er selbst fuhr zunächst nicht mit, sondern wanderte mit wenigen Gefährten an der französischen Mittelmeerküste entlang, bis ins heutige Italien, wandte sich dann wieder streng nach Norden, überquerte die Alpen, die damals allerdings noch anders aussahen – dazu komme ich noch – und stieß nach Mitteleuropa vor, wo er auf Siri treffen sollte, um mit dessen Zug, der über das heutige England, Holland, Deutschland, durch Polen, die Ukraine und Kasachstan zog, bis in die heutige Mongolei vorzudringen, um in jenem geschützten Tal, nahe der heutigen Wüste Gobi anzulangen, das der Sonnenpriester Mha-No zur Wiege einer künftigen Menschheit nach Gobaos Untergang bestimmt hatte.

Mit Siri sollten noch wichtige Dinge besprochen und abgestimmt werden. Danach kehrte Ve-Dan, wie Du weißt, wieder um – und gelangte schließlich vom Mittelmeer aus ebenfalls nach Egyop. So viel zur Einleitung.

Nun muß ich ganz wo anders weiter erzählen. Du wirst auch bald verstehen, warum:

Ich pflege, wie ich Dir schon beschrieb, meistens morgens von 9 bis 12 Uhr zu schreiben. Dann esse ich etwas – und mache anschließend so gegen 13 Uhr meinen Spaziergang durch den Goethepark. Manchmal erst einmal nach Belvedere hinauf, von dort in einem Bogen in den Park, an der Ilm entlang, über die Wiesen bis zum Römischen Haus. In dieser Gegend befinden sich, wie Du weißt, einige Höhlen. Kleinere künstliche und auch einige größere, natürlich entstandene. In Weimar erzählt man sich schon immer, daß man von dort aus in Gänge gelangen könne, die sich unter der ganzen Stadt hinzögen. Bei meinen Spaziergängen liebe ich es, allerlei zu beobachten: die Enten in der Ilm, Touristen, manchmal auch scheue Eichhörnchen, Hunde, streunende Katzen ... und eben auch die drei Kinder, von denen ich nun berichten muß. Das erste mal sah ich sie an einem Dienstag, Ende August.

Sie spielten, ohne auf mich zu achten, mit einem schon arg demolierten Ball. Unter dem Durchgang des Römischen Hauses steht eine steinerne Wanne. Auf deren Rand hatten sie einige leere Colabüchsen gestellt und versuchten, diese mit dem Ball herunter zu schießen. Der größte von den dreien, mit brauner dunklerer Haut, schien der Älteste und ihr Anführer zu sein. Die beiden anderen waren ungefähr gleich groß. Der eine hatte hellblondes, der andere kastanienbraunes Haar. Sie mußten dieses Spiel schon länger treiben, denn beim Treffen der Büchsen bewiesen sie großes Geschick. Dann sah ich sie zwei, drei Tage nicht. Anfang September beobachtete ich sie zum zweiten male. Der Kastanienbraune, den ich als ersten gewahrte, stand vor einer dieser Höhleneingänge, die man als Erwachsener meist nicht beachtet, die aber auf Kinder eine viel größere Anziehungskraft haben. Er spähte unruhig hin und her. Es hatte ganz den Anschein, als ob er sozusagen „Schmiere" stehe. Sein ganzes Gebaren ließ mich vermuten, daß die beiden anderen sich in der Höhle befinden mußten. Ich zog mich auf eine Bank zurück, weit genug entfernt, um die drei nicht zu stören, aber mit guter Sicht auf das, was noch folgen mochte.

Und tatsächlich, bald tauchten die beiden anderen aus der Höhle auf. Sie standen nun alle drei dicht beieinander und tuschelten geheimnisvoll. Dann verschwand der Älteste wieder, diesmal mit dem Kastanienbraunen, und der Hellblonde stand jetzt Schmiere. So ging das eine Weile, immer abwechselnd. Ich wurde es müde, ihnen zuzuschauen bei dem, was ich für harmloses kindliches Spiel hielt und nahm meinen Weg wieder auf, zur Bushaltestelle, da ich noch einige Besorgungen zu machen hatte.

Ich vergaß die beiden Episoden bald wieder gänzlich. Zwei Tage später besuchte ich meinen Freund Dietrich Kluge, eine Caféhausbekanntschaft. Wir waren vor Jahren mal im Café Mosligg in der Erfurter Straße ins Gespräch gekommen. Es stellte sich heraus, daß er Maler war, ein kleines Atelier in der Stein-Allee besaß – und nebenbei in einem Jugendtreffpunkt in Weimar-West, einem scheußlichen Neubaugebiet noch aus DDR-Zeiten, mit sozial gefährdeten Kindern und Jugendlichen malte und bildhauerte. Er lud mich damals ein, ihn dort zu besuchen, als er von mir erfuhr, daß ich eine Ausbildung als Maltherapeut habe, in diesem Beruf aber keine Arbeit mehr fände.

Seitdem fuhr ich alle paar Wochen zu ihm hinaus. Er verstand es, die Kinder zu fesseln durch die Dinge, die er sich für sie ausdachte. Sie schnitzten in Holz, formten in Gips, töpferten und malten mit ihm. Er ließ ihnen weitgehend freie Hand. Sie setzten ihre Erlebnisse und Ängste um, reagierten ab und lebten schöpferisch aus, was sie an Überreizungen durch Fernseher, Video und Werbung unverdaut in sich herumtrugen. Er genoß großes Ansehen bei ihnen, da er sie ernst nahm – und niemanden gängelte. Bei diesem Besuch nun im Erdgeschoß eines dieser tristen großen Neubaublöcke war ich nicht wenig erstaunt, meine Drei aus dem Park wiederzusehen. Sie erkannten mich natürlich nicht, da sie mich bei ihren Spielen im Park gar nicht wahrgenommen hatten. Und so erfuhr ich bald ihre Namen. Der Hellblonde hieß, ein seltsam schön und fremd klingender Name: Domagoj. Den Ältesten riefen sie Achmed. Vermutlich ein Algerier oder Marokkaner. Der Kastanienbraune heiße Moritz, verriet mir Dietrich.

Seit diesem Besuch erkannten mich die Drei, wenn wir uns im Park begegneten. Sie grüßten mich, ein wenig mürrisch und verlegen – und verfolgten wieder ihr Spiel.

Doch es sollte ein Tag kommen, den ich so schnell nicht werde vergessen können: Der 9. September!

Wieder war ich auf meinem Spaziergang. Diesmal schon gespannt, ob ich die drei Rangen wiedersehen würde. Es dauerte gar nicht lange, als mir auf dem Wege unweit des Römischen Hauses der Kastanienbraune, also Moritz, entgegenstürzt kam. Ich war einigermaßen verwundert. Ohne Scheu sprach er mich diesmal an.

„Bitte, schnell – können Sie uns helfen? Erwin geht es nicht gut!"

„Wer ist Erwin, mein Junge? Du bist doch Moritz, nicht wahr?"

Er nickte nur hastig.

„Ich erkläre Ihnen alles später. Bitte kommen Sie schnell. Ich glaube, er stirbt!"

„Wer? Erwin?"

Wieder nickte er kurz. Seine angstgeweiteten Augen bedurften keiner weiteren Erklärung – und ich folgte ihm nun ohne Umschweife. Moritz führte mich zu einer dieser Höhlen und winkte mir, hinter ihm hereinzukommen. Ich mußte mich etwas bücken. Moritz hatte eine Taschenlampe. Die Höhle schien größer und geräumiger, als man von außen vermuten mochte. Endlich sah ich auch innen Licht. Eine Petroleumfunzel blakte. Außerdem hielt Domagoj, der Hellblonde, noch eine starke, mit Batterien betriebene Lampe in den Händen, wie man sie als Notausrüstung im Auto mitzuführen pflegt. Mir bot sich ein unbeschreiblich jammervolles Bild. Auf einem, offenbar aus Haufen alter Matratzen und allerlei Lumpen hergerichteten Lager, lag ein völlig verwahrloster Mensch unbestimmten Alters. Langes, zotteliges, gelblich-graues Haar, einen eben solchen Bart, eingehüllt in einen abgeschabten und mehrfach zerlöcherten, pelzgefütterten Ledermantel. Hinter dem Lager bedeckte ein zerschlissener Teppich, den er weiß Gott wo aufgetrieben haben mochte, die Wand. Ein zerbeulter Einkaufswagen aus einem Supermarkt stand quer im Weg. In einer Ecke erspähte ich kurz einige Kothaufen und Erbrochenes. Vor seinem Lager noch ein Sessel mit herausquellendem Innenleben. Überall leere Flaschen und Büchsen verstreut – und am Fußende des Lagers vier bis fünf Plastiktüten, alte Beutel und ein graugrüner Rucksack. Wahrscheinlich die ganze Habe des Elenden. Er hing, halb vom Lager aufgerichtet, in den Armen Achmeds und stöhnte zum Herzerweichen. Dabei brabbelte er, wie irre, irgendwelche, meistenteils unverständliche Satzfetzen ...

„... ich war dort. Ja, ja. Das Ende der Welt ... alles, zugrunde, alles ... niemand soll das sehen ... zugeschüttet ... große Angst ... verrückt, total verrückt ... zugeschüttet ... darf keiner ... niemals ans Licht ..."

Dazwischen hustete er so heftig, machte beim Atmen derart gedehnte Pausen, daß man vermuten mußte, sein Ende würde jederzeit eintreten. Bis er doch wieder tief und mit einem gräßlichen Pfeifen die Luft einsog, von Neuem hustete – und so fort. Achmed sah mich durchdringend an.

„So war Erwin noch nie, wissen Sie. Hier, fühlen Sie mal seine Stirn! Unheimlich heiß. Er muß hohes Fieber haben. Er will keinen Krankenwagen. Er habe Angst, sagt er. Wir wissen nicht wovor.

Spontan legte ich Achmed die Hand auf die Schulter. „Wird er laufen können? Wenn wir ihn stützen, Achmed?" Achmed machte große Augen. Ich erklärte ihm meine Frage:

„Ich wohne hier ganz in der Nähe. Wie wär's, wenn wir ihn erst mal zu mir schafften. Dann sehen wir weiter?"

Ich spürte, daß ich das Richtige getroffen hatte. Eifrig packten alle mit an. Tatsächlich bekamen wir Erwin auf die Beine. Ich hakte ihn links unter, Achmed rechts.

„Wo wollt ihr hin? Meine Beutel? Wo sind meine Beutel?" Er schüttelte sich, sackte zusammen. Mit Mühe hielten wir ihn aufrecht.

„Die bringen wir mit, Erwin. Mach Dir keinen Kopf. Hier sind sie!", riefen Moritz und Domagoi.

Wir bekamen ihn bis vor die Höhle. Die frische Luft schien ihm etwas Erleichterung zu verschaffen. Dann ging es die paar Treppen hoch – und ich schlug entschlossen gleich den Weg über die Wiese ein, bis zur

Belvedere Allee. Einige Passanten glotzten neugierig und mißbilligend. Doch das störte uns jetzt überhaupt nicht.

Die Treppe hoch, das wird sicher ein Problem, schoß es mir durch den Sinn. Doch Erwin schien etwas zu Kräften zu kommen – und so langten wir endlich glücklich in meiner Klause an.

„Kommt ins kleine Zimmer, er muß sofort ins Bett", kommandierte ich. „Doch Moment. Domagoi, da rechts ist das Bad. Laß schon mal Wasser in die Wanne ein. Ein heißes Bad und dann fest eingepackt, das wird Wunder wirken!" Die Jungs folgten meinen Anweisungen begeistert. Ich spürte ihre Sympathie förmlich als Wärmewellen.

„Moritz, da auf dem Schreibtisch liegt meine Geldbörse. Nimm Dir ein paar Mark heraus und fahr zur Apotheke, Aspirin kaufen, hörst Du? Unten ist hinten im Hof ein unabgeschlossenes altes Fahrrad. Das kannst du nehmen. Halt. Nimm noch einen Zwanziger und bring aus der Kaufhalle Schnaps mit, so können wir vorbeugen. Entzugsprobleme sind das Letzte, was Erwin jetzt gebrauchen kann."

Wir zogen ihn aus. Was sich noch verwenden ließ, stopfte ich gleich in die Waschmaschine. Dann hievten wir ihn, zum Glück war er nicht sehr schwer, in die Wanne. Ich wies Achmed an, Erwins Oberkörper hochzuhalten. Ich wußte, daß jetzt mehr als zehn Minuten im Wasser nicht gut sein würden. Also wusch ich ihn, zusammen mit Domagoi so schnell und so gründlich es ging. Dann packten wir ihn in mein Bett. Zuvor hatten wir ein nasses und gut ausgewrungenes Laken darauf gelegt. Darin wickelten wir ihn gut ein. Jetzt noch ein dickes Deckbett und zwei Decken drüber – fertig. Das war geschafft.

„Habt ihr Hunger?" Die Jungs nickten.

Also kauten wir bald alle drei – und lauschten dem wirren Gerede, das Erwin nun wieder hören ließ. Ich kramte meine Zigaretten hervor. Achmed wollte auch eine. Dann rauchten wir und schwiegen. Erzählen würden sie mir sicher später, von selber. –

Es war Abend geworden. Moritz und Domagoi verabschiedeten sich. Ich gab ihnen mehrere Abschnitte von meinen Busfahrkarten.

„Bis morgen!", rief ich ihnen nach. Achmed blieb noch. „Wird man nicht zu Hause auf Dich warten?"

„Da ist nur die Alte. Und die ist besoffen", brummte er.

„Sprichst Du von Deiner Mutter?"

Achmed schwieg. Ich drang nicht weiter in ihn. Aus dem Nebenzimmer war wieder dieses fürchterliche Husten zu hören. Wir gingen hinüber. Das halbe Bett war blutig. Wir erschraken. Achmed blickte fragend zu mir.

„Wo ist meine Brieftasche?"

Erwin ächzte und atmete heftig. Ich beugte mich zu ihm.

„Können Sie mich verstehen, Erwin?"

„Bin doch nicht taub", kam es zurück.

„Gut. Sie spucken Blut. Sollen wir nicht doch einen Arzt ..." Wieder hustete Erwin. Und noch beängstigender als in der Höhle. Dabei fuchtelte er mit dem linken Arm in heftig abwehrender Bewegung.

„Hören Sie Erwin", sagte ich nun entschlossen, ihm den Ernst seiner Lage klarzumachen.

„Sie sind sehr krank. Möglicherweise todkrank. Sie können bei mir bleiben, solange es irgend geht. Ich verspreche Ihnen auch, daß Sie nicht ins Krankenhaus kommen. Aber einen Arzt brauchen wir jetzt. Ich kenne einen guten, meinen Hausarzt und außerdem mein Freund, Dr. Arnus. Wir müssen Ihr Fieber runter kriegen. Offenbar haben Sie eine starke Bronchitis, wenn nicht eine Lungenentzündung ..."

Erwin hielt sich hustend die Hand vor den Mund. Als er sie weg nahm war sie voll Blut. Offenbar bekam er es jetzt mit, daß er Blut spuckte. Seine Augen weiteten sich vor Schreck; dann sah er mich zum erstenmal direkt an. Ein langer, hoffnungsloser Blick. Schließlich schloß er, sein Einverständnis bekundend, die Augen. Dr. Arnus kam eine Stunde später. Er untersuchte Erwin lange und schweigend. Dann gab er ihm eine Spritze und Tropfen aus einer kleinen, dunkelbraunen Flasche. Zehn Minuten später schlief Erwin fest. Wir schlichen aus dem Zimmer.

„Es sieht schlimm aus, Bertram. Er macht es nicht mehr lange. Vielleicht heute Nacht noch, vielleicht morgen. So genau kann ich das nicht sagen. Hat er Papiere?"

„Er rief vorhin nach seiner Brieftasche", mischte sich Achmed ein. „Sie sei hinter dem Teppich!"

Wir durchsuchten erstmal seinen Beutel. Ergebnislos.

„Dann muß sie noch in der Höhle sein!" Achmed zögerte. „Soll ich sie suchen gehen?"

Dr. Arnus verstand nicht.

„Wir haben ihn in einer Höhle im Goethepark gefunden, Robert", erklärte ich.

Dr. Robert Arnus packte seine Tasche.

„Na schön, es eilt nicht. Ich komme morgen wieder. Jetzt ist es ohnehin zu dunkel."

Ich brachte ihn vors Haus.

„Robert, er ist sicher in keiner Krankenkasse. Die Kosten übernehme ich ..."

„Laß mal!", Arnus winkte ab. „Das geht schon in Ordnung."

Er gab mir die Hand.

„Willst Du ihn bei Dir behalten? Vielleicht hat er Verwandte?"

„Gleich morgen früh werde ich mit Achmed in die Höhle gehen, seine Brieftasche suchen. Dann sind wir schlauer. Gute Nacht und danke, Robert."

Er tippte sich mit dem Zeigefinger an den Hut. Seine typische Geste. Ich stieg die Treppen wieder hoch.

„Bist Du müde, Achmed?"

Er schüttelte den Kopf. Trotzdem holte ich das alte Campingbett aus dem Kämmerchen. Mir selbst richtete ich das Sofa her. Wir rauchten noch eine, dann legten wir uns zum Schlafen nieder. Die Tür zu Erwin ließen wir angelehnt. Er schlief ruhig. Dann erzählte mir Achmed seine Geschichte:

Sie würde jetzt zu weit führen. Nur wie er Erwin kennenlernte, will ich berichten. Sie hatten ihn in dieser Höhle gefunden, vermutlich an dem Tag, als ich die drei zum erstenmal vor ihr beobachtete. Er bat sie, ihn nicht zu verraten. Dafür versprach er, ihnen ein Geheimnis zu zeigen. Er war freundlich zu ihnen. Gab ihnen Geld. Sie holten ihm Schnaps – und für sich Zigaretten und Kaugummi. Er schwadronierte ihnen von seiner Vergangenheit vor. Sie glaubten ihm nur die Hälfte, ließen es sich aber nicht anmerken. Er sei nicht immer so ein verdammter, heruntergekommener Penner gewesen, heulte er. Das müßten sie ihm glauben. Er habe bessere Tage gesehen. Ingenieur sei er gewesen, in Rußland. Er sei Wolgadeutscher. Dann sei seine Frau gestorben. Sie hätten keine Kinder gehabt. Da habe er sich aufgemacht nach Deutschland, in der Hoffnung auf ein besseres Leben. Das war vor vielen Jahren. Er habe auch Arbeit gefunden, nicht als Ingenieur, nein. Niemand brauchte in Deutschland einen russischen Ingenieur. Aber in einer Putzkolonne in einem großen Maschinenbaubetrieb im Norden. Er wohnte in einem Männerheim, das war am billigsten. Er wollte Geld sparen und irgendwann nach Rußland zurückkehren, denn bald habe er Heimweh bekommen. Fürchterliches Heimweh. Mit dem Ersparten wollte er ein kleines Unternehmen gründen, eine kleine Werkstatt für technische Geräte.

Doch es kam anders. Eines Tages wurde er beschuldigt, in dem Werk etwas gestohlen zu haben. Man konnte ihm nichts nachweisen. Trotzdem wurde er entlassen. Er blieb arbeitslos. Da habe er angefangen, zu saufen ... „den Rest könnt ihr euch denken", hatte er noch gesagt.

Die Jungen drangen in ihn. Er sollte ihnen das Geheimnis zeigen. Erwin wich aus.

„Nicht gleich", brummte er. „In ein paar Tagen. Ich muß erst überzeugt sein, daß ihr schweigen könnt. Vielleicht habt ihr mich ja auch schon verraten?"

Da waren sie beleidigt. Doch bald besuchten sie ihn wieder. Es ließ sie nicht los. Er hielt sie hin. Schließlich bestellte er sie für drei Tage später. Doch da hätten sie ihn so vorgefunden, bedauerte Achmed. „Alles andere wissen Sie ja", schloß er.

Lieber Klaas, ich muß abkürzen. Erwin ist noch in dieser Nacht gegen fünf Uhr morgens gestorben. Er hatte noch einmal diesen grauenhaften Husten, die atemlosen Pausen wurden immer länger. Sein Herz wird es nicht mehr geschafft haben. Wir hielten ihm die Hände, die unruhig zuckten. Wischten ihm den Schweiß von der Stirn. Zu Trinken einflößen war unmöglich. Ein trauriger und entsetzlicher Todeskampf folgte, den Achmed tapfer mit ansah. Einige Satzfetzen, kaum verständlich, ließ er noch vernehmen:

„... war dort ... ein Wunder ... schrecklich und schön ... unheimlich ... das Ende der ... das Ende ... gefährlich ... glaubt mir keiner ... immer so besoffen ... vielleicht ein Spuk ..."

Dann brach sein Blick. Achmed schloß ihm die Lider. Arnus kam gegen acht – und stellte den Totenschein aus.

„Wie hieß er? Erwin? Und weiter?"

„Ich gehe in die Höhle", sagte Achmed.

„Dann komme ich nach der Sprechstunde wieder." Arnus ging.

„Warte Achmed, ich komme mit." Es herrschte Nebel und eintöniger Nieselregen. Das war uns gerade recht so. Kein Mensch war im Park zu sehen. Als wir in die Höhle drangen, wehte uns feuchter Modergeruch entgegen. Wir suchten alles ab.

„Hinter dem Teppich, hat er gesagt", fiel es Achmed nach einer Weile wieder ein. Er kroch auf das Lumpenlager, hob den an der lehmigen Wand befestigten Teppich hoch, tastete die Matratzenkante entlang.

„Herr Curio, hier ist sie!"

Der Teppich löste sich und fiel herunter. Im Schein der herumschwenkenden Taschenlampe wurde da, wo der Teppich gehangen hatte, ein kürbisgroßes Loch sichtbar. Achmed starrte gebannt darauf.

„Gut", rief ich, „gehen wir nachsehen, ob Papiere drin sind."

Achmed leuchtete jetzt das Loch direkt an.

„Warten Sie, sehen Sie doch mal! Die Höhle scheint noch weiterzugehen?"

Jetzt blickte auch ich genauer hin. Es hatte den Anschein, als habe jemand versucht, das Loch zu stopfen, es zu verbergen. Ein Halbkreis von lockerem Geröll umgab es an der Unterseite.

„Vielleicht hängt das zusammen mit dem Geheimnis, von dem Erwin immer sprach?", murmelte Achmed.

„Junge, jetzt haben wir keine Zeit", drängte ich. Wir gehen später noch einmal her, alle zusammen, wenn Du willst! Komm jetzt, komm, Achmed. Dr. Arnus wird bald zurück sein – und wir haben noch viel zu tun!"

Achmed nahm den völlig verdreckten und zerschlissenen Teppich wieder auf.

„Sie haben Recht. Ich komme. Ich hänge nur das Loch wieder zu. Es soll keiner außer uns finden."

Er war tatsächlich Ingenieur. Erwin Daviditsch Ehrenburg aus Tomsk. Ein Foto, völlig vergilbt, zeigte offenbar seine Frau. Etwas Geld, ein Zettel mit Adressen, ein ganz zerknitterter 5-Rubel-Schein, eine längst abgelaufene Versicherungskarte war alles, was wir in der Brieftasche fanden.

Arnus konnte den Totenschein fertig ausfüllen. Nun mußte der ganze Behördenkram erledigt werden. Von der Höhle sagten wir nichts. Statt dessen, wir hätten ihn völlig betrunken in der Steinwanne vom Römischen Haus gefunden.

Er bekam eine anonyme Grabstelle, die Kosten übernahm die Stadt. Achmed blickte ernst bei der kurzen Totenfeier. Domagoi, weichherzig, heulte. Sie hatten ihn liebgewonnen. Dann gingen wir schweigend zurück.

„Willst Du seine Brieftasche aufbewahren, Achmed?"

„Am besten, Sie behalten sie, Herr Curio!"

Ich drehte sie nachdenklich in der Hand, wollte sie gerade in die Schreibtischschublade legen, da fiel mir eine Verdickung auf. Sie hatte außen noch ein kleines Fach mit einem Reißverschluß. Darin mußte etwas Hartes sein. Der Reißverschluß ließ sich nur schwer öffnen. Ich holte einen ovalen, flachen, scheibenförmigen Stein hervor. Achmed griff danach.

„Sicher Erwins Talisman. Aber da ist etwas eingeritzt." Er hielt es gegen das Licht. Jetzt sah ich es auch. Schon ziemlich verblaßt, war mit feinen Strichen ein Rhombus darauf, darin ein stilisierter Fisch ... Mir stockte der Atem ...

... Was nun folgt, könnt Ihr schon ahnen, Klaas. Wir gingen wieder in die Höhle, mit Taschenlampen versehen. Entfernten den Teppich, vergrößerten das Loch, bis sich ein regelrechter Gang zeigte. Er führte abschüssig nach unten – und schien kein Ende zu nehmen. Ich beschloß, umzukehren. Wir mußten ein Seil holen. Ich untersuchte die Decke und die Wände des Ganges. Sie bestanden aus festem Gestein. Das beruhigte mich. Es war nicht ungefährlich. Wir befestigten das Seil am Eingang. Ich hatte vorsorglich noch einige Rollen Schnur dabei. Der Gang führte immer abwärts, mehrere hundert Meter weit – und dann, ich besaß nur noch eine Rolle Schnur, endete er in einer Art kleiner Höhle. Schluß. Aus. Natürlich waren der Rhomboid und der Fisch reiner Zufall. Was ich mir nur gedacht hatte??? Wir kehrten um. Achmed leuchtete die kleine Höhle noch einmal aus. Dabei stellte er sich auf einen flachen Stein, der wie ein Baumstumpf ziemlich ebenmäßig aus dem Boden ragte. Plötzlich gab dieser Stein nach – und sank, denkt Euch nur!, ganz langsam in den Boden. Achmed stieß einen Überraschungsruf aus. Gleichzeitig hörten wir es knirschen. Es kam aus dem Inneren der Wand. Dann bewegte sich etwas. Staub und Brocken rieselten und fielen von der Wand – und endlich wurde ein Spalt sichtbar, der sich wie von Zauberhand öffnete. Groß genug, daß wir hindurchschlüpfen konnten.

Ich rief die Jungs, die sich schon hineingezwängt hatten. Erst mußten wir etwas finden, um es in den Spalt zu klemmen, damit er sich nicht etwa unversehens schließen konnte. Außerdem brauchten wir noch mehr Schnur. Sie sahen es ein. Als wir am nächsten Tag zurückkehrten, war der Stein, auf dem Achmed gestanden hatte, wieder aus dem Boden gewachsen – und der Spalt wieder geschlossen. Also hatte ich richtig geahnt. Wir schleppten einen dicken, kurzen Baumstamm mit uns durch den abschüssigen Gang. Achmed stellte sich erneut auf den Stein. Und alles geschah wie am Tag zuvor. Jetzt verkeilten wir den Baumstamm in dem offenen Spalt. –

Klaas, ich vermag Dir meine wachsende Erregung nicht zu schildern, die mich ergriff, als wir uns hindurchgezwängt, den Spalt von innen angeleuchtet hatten – und ich erkannte, daß es sich um ein großes, mannshohes, steinernes Rad handelte, das den Spalt verschlossen hielt – und sich nur öffnete, wenn man wie Achmed, auf diesen steinernen Baumstumpf stieg, der dann langsam im Boden versank.

Es zeigte, merkwürdigerweise auf der Innenseite, wieder das Rhomboid mit dem stilisierten Fisch, genau in der Mitte – und etwas größer, als auf Erwins Stein in der Brieftasche.

Und übrigens war meine Besorgnis grundlos. Auch innen war so ein „Baumstumpf" – trotzdem war mir mit dem Baumstamm, der jetzt das Rad am Zurückrollen hinderte, wohler. Wer weiß, ob der geheimnisvolle Mechanismus noch funktionierte?

Ich muß jetzt abkürzen. Wenn auch, was nun folgt, ungeheuerlich ist! Der Gang, den wir vorsichtig verfolgten, wurde immer enger. Bald mußten wir kriechen. Sieben Rollen Schnur waren schon verbraucht. Ich hatte nur noch drei bei mir. Mittendrin, als wir so auf allen Vieren immer weiterdrangen, bekam ich plötzlich einen schrecklichen Angstanfall, eine Phobie. Die Enge des Ganges trieb mir den Schweiß auf die Stirn. Doch ich biß die Zähne zusammen. Den Jungs schien es nichts auszumachen. Ich bewunderte ihren Mut. Klaas, geht Dir jetzt auch durch den Sinn, was mir, immer vorwärts tappend, plötzlich dämmerte?

Der geheimnisvolle Verschluß des Spalts – gleicht er nicht dem, den Aoyu betätigte, als sie durch den Berg gingen, und hinter welchem sich der überwältigende Anblick von Lin-Gua-Lin auftat vor Ve-Dan?

Und nur dieser Gedanke, der mich plötzlich ergriff, war es, der mich durchhalten ließ.

Noch eine Rolle Schnur – da plötzlich weitete der Gang sich wieder. Die letzten Schritte konnten wir aufrecht gehen. Wir traten in einen großen Raum, fast wie eine Halle. In der Mitte ein Erdhügel, aus dem etwas blitzte. Dahinter wieder ein Gang.

Wir leuchteten den Erdhügel ab. Nun funkelte er an mehreren Stellen. Wir entfernten die Erde.

Klaas, bitte halt Dich fest! Wir legten sie frei! Einen halben Meter lang, geformt wie eine Vase, schimmernd, mit leuchtenden goldenen und silbernen Fäden durchzogen. Die Oberfläche übersät mit geschliffenen Siebensternen. In den Rhomboiden dazwischen, eingeritzt ein stilisierter Fisch ...

Klaas – ist es zu fassen? Wirklich und wahrhaftig noch eine der Amphoren – Nummer drei!?

Zum Glück hatte ich noch die eine Rolle fester Schnur. Wir legten die Amphore gänzlich frei, umwanden sie mit der Schnur – und traten den

Rückweg an. Sie war vollständig erhalten. Es dauerte eine Ewigkeit, bis wir sie bis zu dem Spalt geschleppt hatten. Erst zogen und schoben wir sie, vorsichtig. Achmed vorne, ich hinten.

Dann tauchte ein Problem auf. Der Spalt erwies sich als etwas zu eng. Achmed stellte sich – wir mußten es probieren – auf den steinernen Baumstumpf an der Innenseite. Und er sank wirklich, wie der andere außen, aber nur ein wenig. Doch es genügte. Mit unheimlichem Knirschen bewegte sich das steinerne Rad noch ein Stück. Es reichte aus. Die Amphore paßte durch.

In der Höhle wieder angelangt, wickelten wir sie in einige der Lumpen von Erwins altem Lager. Niemand sollte sehen, was wir da geborgen hatten.

Es dämmerte schon. Zum Glück herrschte noch immer dieses eintönige, nieselige Wetter, feuchte Nebelschwaden zogen träge durch den Park. Wir trugen die Amphore mit großer Anstrengung. Sie ist ziemlich schwer. So kamen wir unbehelligt bis in meine Wohnung.

Klaas, Klaas, da steht sie nun – stell Dir vor, unter dem Dachlukenfenster, links von meinem Schreibtisch. Ich habe sie zugehangen. Denn niemand außer mir und den Jungs, die mir tiefstes Stillschweigen versprachen, soll sie vorerst sehen. Sie enthält Papyri, wie die anderen. Ich habe sie noch nicht geöffnet, traue mir nicht, sie alleine zu entziffern. Den Jungs mußte ich alles erzählen. Sie hatten längst das Plakat in meinem Zimmer bemerkt, worauf die anderen zwei abgebildet sind – und die Übereinstimmung erkannt. Sie hörten mir sprachlos und mit offenen Mündern zu.

„Ob Erwin sie auch gesehen hat?", fragte schließlich Domagoi in die folgende Stille hinein. „War er davon so durcheinander? Sie muß ihm Angst gemacht haben. Vielleicht ist auch der Spalt wieder zu gewesen, als er zurückkroch? Er muß sich schrecklich gefürchtet haben, wenn es so war! Sicher ist er nur durch Zufall wieder herausgekommen. Hat sich vielleicht unabsichtlich auf den inneren Stein gesetzt ...? Doch, so muß es gewesen sein! Das war es also, sein Geheimnis, welches er uns zu zeigen versprach! Armer Erwin Daviditsch!"

Klaas, ich muß jetzt schließen. Nur eins ist mir noch schließlich aufgefallen. Ich habe die ganzen Schnurrollen und das Seil, die wir gebraucht haben bis zu der Stelle, wo wir die Amphore fanden, nachgemessen. Es ergibt zusammen ungefähr einen Kilometer. Was sagst Du dazu? Und ziemlich tief unter der Erde. Dann machte ich in etwa die Richtung aus und kam zu dem Schluß, daß sie da gelegen haben muß, so ziemlich in der Gegend, wo ich in einem meiner Schübe vor dem Grab mit der Knabenskulptur saß, die dann zu leben anfing – und mich die uralten Verse lehrte.

Hoffentlich halten die Jungen dicht. Die Welt soll von dieser Amphore noch nichts wissen. Erst will ich das Buch fertig haben. Und sein Verlauf wird nun einige Neuigkeiten enthalten, wenn Ihr mir helft, die neuen Papyri zu entziffern. Ihr kommt doch, oder? Ich kann es kaum erwarten ...

Ich grüße Euch. Meldet Euch bald!

Herzlich Euer Bertram Curio

P.S.: Am besten, Ihr ruft Mareike Sommer an, ob und wann Ihr Euch für einige Tage frei machen könnt. Versucht es. Bitte!!! B.C.

20. Kapitel: DER VERBORGENE TEMPEL

Und so geschah es. Sie kamen. Pieter van Bruk stieg zuerst aus dem Zug, gefolgt von Overdijk. Und diesmal – zu seiner großen Freude – war auch Joan dabei. Curio strahlte. Man beschloß, zu Fuß zu gehen. Unterwegs kehrten sie in ein Lokal ein, einem Italiener. Sie aßen und tranken. Schlürften Cappucino, Overdijk und Curio rauchten.

„Das ist ja nun mal ein richtiger Sience-fiction-Roman, in den Sie uns da verstricken, Bertram", ließ sich Pieter van Bruk vernehmen. „Ja, ja, die verflixten Geheimnisse der Realität, was?

Overdijk schwieg, sah seinen Freund forschend an. Gut, daß er die Amphore noch nicht geöffnet hatte. Etwas abgespannt wirkte er schon.

Pieter schlief bei Bertram. Joan und Klaas wurden von Mareike Sommer gastfreundlich aufgenommen. Schließlich kam der Moment, da sie die Amphore öffneten, vorsichtig die Papyri entnahmen – und sich an ihre Entzifferung machten.

Overdijk wollte es erst einmal ohne Hypnose versuchen. Er wandte sie nur ungern an, und auch nur dann, wenn es nicht anders ging. Immerhin griff so ein Vorgang doch tief in die Persönlichkeit des in Trance Versetzten ein – und die schädlichen Wirkungen auf das psychische Gefüge des Probanden waren noch nicht restlos erforscht. Und – es gelang. Sie wurde nicht nötig. Bertram sah die Zeichen vor sich. Man hatte die Papyri vorsichtshalber kopiert und die Originale wieder in der Amphore verschlossen.

Nun hingen die Kopien an der Wand, stand die Amphore unverhangen neben dem Schreibtisch. Curio sah lange und eindringlich auf die Zeichen.

„Streng Dich nicht an. Wir haben Zeit. Betrachte sie ganz gelassen ...", riet ihm Overdijk noch. „Wir haben Zeit, Bertram. Nichts drängt uns. Wenn es heute nicht gehen will, was macht das schon?"

Doch sie mußten nicht lange warten. Bertram lebte durch seine Arbeit an „Gobao" inzwischen so vollständig und mühelos in der Welt dieser längst versunkenen Kultur, daß es ihm bald ziemlich unproblematisch gelang, worüber er selber am meisten erstaunte, die Schrift lesen zu können, die nach dem selben Prinzip verschlüsselt bzw. geheimnisvoll angeordnet war, wie bei den Papyri aus den anderen Amphoren. Sie zeichneten den fremdartigen Wortlaut wieder mit einem Kassettenrecorder auf. Am nächsten Tag machte Bertram sich ans Übersetzen – und schon bald hatten sie den vollen Wortlaut der diesmal seltsamerweise nur zwei Papyri beisammen:

In mächtiger rhythmischer Sprache war da von dem Treffen Ve-Dan's mit Siri die Rede. Davon, wie gefahrvoll der weitere Weg des kleinen, tapferen Priesters aus dem Volke der Aryo jetzt werden würde. Bis zu dieser Etappe hatte sich der frühere Einfluß der Gobaon erstreckt, der wohltuende, zivilisatorische. Hinter dem Flüßchen aber, so wurde berichtet, begänne unbekanntes Terrain. Dort sollten wilde Völker hausen in tiefen unendlichen Wäldern. Und doch war es der Weg, der Siri vorgezeichnet war, der Weg, lang wie einige Sommer, der schließlich ins Tal und an das von zwei mächtigen Gebirgszügen geschützte Meer führen sollte, wo ein neuer Anfang gewagt werden mußte. Von vier Meeren war da die Rede, als äußerer Kranz, und von einem inneren, bestehend aus drei großen Seen. Dort, ziemlich in der Mitte, erhebe sich ein Berg, der ARY-ARY-RHAB. Und der Mha-No, der weise Sonnenpriester, hatte befohlen, daß Siri dort, tief im Innern dieses Berges eine unterirdische Stadt – und in ihrer Mitte einen Tempel errichten sollte, einen heiligen Ort. Siri führte zu diesem Zwecke einen geheimnisvollen, leuchtenden Stein mit sich, von der Größe eines menschlichen Herzens. Diesen hatte der Mha-No zum Mittelpunkt des Tempels bestimmt.

Denn, so wurde weiter erklärt, der Berg werde, wenn die große Flut käme und vieles Land ringsumher, samt vielen Gipfeln des Gebirges, von denen der Berg nur einen bilde, im Wasser untergehen. Durch diesen Stein und der ihm innewohnenden Weihe und Kraft, werde der obere Teil des ARY-ARY-RHAB, wo man die Stollen mit den Behausungen hineintreiben sollte, verschont bleiben. Und mit ihnen der Tempel im Innern, in der großen kristallenen Halle, die man BAR-ES-GUA-WYN nennen solle. Eine Zuflucht, so hieß es weiter, werde dieser Ort sein, für viele, die nachfolgend auswandern in den Jahren des Untergangs von Gobao. Ein Schutz und ein Wegweiser. Denn gegen seinen Zauber werden die Laventrum-Könige machtlos sein. Der Berg werde die Verbindung sein zwischen dem so unendlich fernen Tal und den es suchenden Menschen, die die Rettung verdienten. Ve-Dan sollte Siri bis dorthin begleiten – und erst, wenn der Tempel geweiht war, zurückkehren – um schließlich in Egyop den zu einem anderen Auswandererstrom gehörenden Menschen helfen, sich zurechtzufinden. Zum ersten mal wurde auch beschrieben, wie so ein Exodus vor sich ging. Man durfte sich das nicht einfach wie einen langen Treck vorstellen. Vielmehr war es ein Zug von lose, durch hin und her eilende Boten, verbundenen Gruppen. Die Boten hielten teils zu Pferd, teils mit den kleinsten Flugbooten die Verbindung zwischen allen Teilen aufrecht.

Gewandert wurde vorzugsweise nachts unter der kundigen Führung eingeweihter Einheimischer, die immer ein Stück weit die einzelnen Gruppen begleiteten, sie dann anderen Führern anvertrauten. Und jeder dieser Führer leitete nur ein Stück, vier bis fünf Nachtreisen pro Strecke, die niemand anderes so gut kannte, wie er. So war die große Verborgenheit möglich, in der das alles geschehen mußte. Erst weiter östlich, noch drei, quer zur Richtung der Auswanderer fließende Flüsse weiter, in den Wäldern, konnte man allmählich diese Vorsichtsmaßnahmen lockern. Bis schließlich die Gebiete begannen, die sich dem Machtbereich Gobaos gänzlich entzogen. Dort hatte man auch keine den Mysterien ergebene Führer mehr. Statt dessen wartete man dort aufeinander, da es nun wichtig wurde, ein großes, zusammenhängendes Volk zu werden – und dessen waffenfähige Männer ein Heer. Denn hier hieß es, sich gegebenenfalls gegen feindliche Angriffe wilder Stämme zu verteidigen.

Das in etwa war der Inhalt der ersten Papyrirolle. Auf die Lesung der zweiten freute sich Achmed, der auch bei derjenigen der ersten dabei sein durfte, schon die ganze vorherige Nacht. Er sprach heute freundlich mit seiner Mutter, die ausnahmsweise mal nicht betrunken war.

Durch Curios Fürsprache arbeitete er seit einer Woche als Gehilfe in der Abteilung für Bühnenmalerei am Weimarer National Theater. Bei Dietrich Kluge hatte Curio bemerkt, was für ein Talent in dieser Richtung Achmed besaß.

Achmed ging die Beschreibung, wo sich der Berg ARY-ARY-RHAB befinden solle, nicht aus dem Kopf. Vier Meere als äußerer Kranz – und ein innerer Kranz, bestehend aus drei großen Seen. Dort, ziemlich in der Mitte, erhebe sich der Berg ...

Er kramte seinen Atlas hervor, blätterte, suchte ... Er fuhr mit dem Finger von Weimar aus auf der Europakarte nach rechts, nach Osten.

Erst suchte er nach den drei möglichen Flüssen, die quer zur Richtung der Auswanderer fließen sollten. Kleinere kamen dabei sicher nicht in Frage. Möglich wären nur die großen, wenn die Angaben nach so vielen Jahrtausenden überhaupt noch brauchbar waren. – Also zuerst die Elbe, dann die Oder, möglicherweise – und schließlich der Dnjepr, schon ziemlich tief im Osten. Und dann fielen ihm auch die vier Meere ins

Auge, der „große Kranz": Mittelmeer, Schwarzes Meer, Kaspisches Meer und Persischer Golf. Und endlich auch, wie von selbst, fügten sich mehr im Innern drei Seen zu einem „kleinen Kranz": Wansee, Sewansee und Urmiasee.

Am nächsten Morgen, einem Sonntag, nahm er den Atlas mit in die Belvedere Allee. Vor dem Haus traf er Moritz und Domagoi. Dann saßen sie alle versammelt um Curio, der ihnen den Text des zweiten Papyrus vorlas.

Endlich zeigte er allen seine Entdeckung. Pieter blickte überrascht auf die Karte. Der Junge hatte vollkommen Recht. Und in der Mitte der drei Seen kam eigentlich nur ein Berg in Frage: der 5156 Meter hohe ARARAT. Ein erloschener Vulkan.

„Hört mal. Achmed liegt goldrichtig!", rief er nun laut. „Seht Ihr die drei Seen: Wansee, Sewansee und Urmiasee? Und hier ziemlich in der Mitte zwischen ihnen, der Ararat! Erinnerst Du Dich, Klaas? Es geisterte doch einmal eine ganze Zeit lang die Mär von einer echten Arche Noah durch die Fachpresse. War es nicht Berlitz oder wer, der sie, bzw. Ihre Reste auf dem Ararat gefunden zu haben glaubte? Was, Bertram, wenn Deine Arcayas, wenigstens einige, mindestens aber eine, mit der großen Flut bis zum Ararat vorgestoßen sein sollte? Und vergleiche mal die Namen!: auf dem Papyrus ARY-ARY-RHAB – und hier AR-AR-AT. Na, ich sehe schon. Mein bißchen Verstand wird wohl, von Euch angesteckt, auch bald ganz in archaischen Detektivspiel-Phantastereien versinken." –

Er grinste übers ganze Gesicht.

21. Kapitel: DIE PAPYRI DER WEIMARER AMPHORE

Erster Weimarer Papyrus

Hoch oben – in Gobaos Norden
Fließt, wie ein Wunder, jener warme Strom
Der ew'gen Frühling den Bewohnern schenkt.
Doch künden alte Lieder noch von Zeiten
Als mächt'ges Eis hier alles Leben engte.
Bis es, im Kampfe mit der SOKRIS Macht,
Allmählich weit nach Norden weichen mußte.
Doch bleiben große Teile jener Länder,
Die sich, jenseits des Meeres, ostwärts, unermeßlich
Bis an das End' der guten ALAKIVA dehnen,
Ihr ganzer ob'rer Teil, im Kälteschlaf.
Kaum möglich ist dort Leben – nur am unt'ren Rande
Behaupten trotzig kleine, zähe Völker sich.
Es ist die Zeit der großen Teshiu-Ernte,
Schmackhafte Früchte, die an Sträuchern wachsen.
Aus allen Teilen, auf geheimen Pfaden
Sind Priester, Sänger, Führer angekommen
Auf Geheiß MHA-NO's.
Denn nah heran ist nun der Tag gerückt,
Für einen ersten großen Wanderzug.
Längst ist, was ich dereinst erfahren,
Die schlimme Prophezeiung, Wirklichkeit.
Denn an Gobaos Rand – im unt'ren Süden
Toben seit Wochen Stürme – fürchterlich.
Sie reizen wild das Meer aus seiner Ruhe
Und jagen Wellenheere an die Küsten.
Panisch sind Tausende von dort geflohen,
Wo Häuser durch den Sturm vom Grund gerissen,
Wo trübe Fluten Hunderte ertränkten,
Und ganze Streifen Landes weggebrochen
Im Rachen eines Mahlstroms tief versanken.
Die Felder sind verwüstet. Wälder schwimmen.
Zerbroch'ne Wipfel ragen aus der Flut.

Überall schwimmen Leichen toter Tiere
Und toter Menschen, schrecklich anzusehn.
Mehr im Südwesten – riß vor sieben Tagen,
Berichtet einer, nachts die Erde auf.
In alle Richtungen ward der Grund gespalten,
Der heftig bebte – Vieles stürzte ein.
Tempel und Burgen, Straßen, ganze Dörfer
Forderten die Gewalten als Tribut ...
Und auf die Obdachlos-Verirrten strömt seitdem
Ununterbrochen heft'ger Regen ein.
So dicht, daß man die Hand vor Augen,
Den Nachbarn nicht gewahrt vor Wind und Wasser.
Die Seele schwer von solcher schlimmer Kunde,
Sitzen wir schweigsam in dem flachen Boot
In Sicherheit – denn hier im Norden ist es,
Als ob die ganze Welt voll Frieden wär.
Die See ist still – kaum weht ein schwacher Wind.
Man hört den Rudertakt – den Vogelruf,
Doch trügt die Ruhe, die uns hier umschwebt.
Längst ist das ganze Riesenreich in Fehde.
Nie war die Macht von LAVENTRUM so groß
Wie jetzt – da leider viele Priester
Und Eingeweihte schnöde abgekommen sind
Vom rechten Weg.
Unwürdigen verrieten sie Mysterien
Schon läng're Zeit – doch jetzt im Übermaß.
Und weithin treibt man Mißbrauch mit dem Wissen,
Das nur bei strenger Zucht als Segen wirkt.
So geht die Spaltung mitten durch die Tempel,
Die alten heiligen Orakelstätten hin.
Des Wachstums Kräfte – die in Mensch und Tier,
Besonders aber die – die in den Pflanzen wirken,
Und was den Fortbestand von alle dem ermöglicht,
Fortpflanzungsenergie – sie wird nun wild benutzt
Von vielen tief in Leidenschaften eingefang'nen
Und in Begierden tief verstrickten Wesen überall.

Zweiter Weimarer Papyrus

Auf jener Insel sind wir nun versammelt
Von der selbst LAVENTRUM – der Finstre –
noch nichts ahnt.
Einhellig haben wir dem größten Weisen, MHA-NO,
Der jetzt auf Alakivas Rücken wohnt – uns unterstellt.
Gesetz ist, was er spricht – in Ehrfurcht lauscht
Die kleine Schar Entschloss'ner dem, was er zu sagen.
Die erste große Rettungswelle soll
Nach seinem Willen jetzt bereitet werden,
Die vierte wird er selbst in wen'gen Sommern führen.
„THOL-THE, MAYO und Du, QUEZ-COA
Ihr führt nach Westen eine willige Schar.
AMHA-DYS wird Euch hilfreich sein in allem,
Was Ihr auf Eurem Wege nötig habt.
AYOU, ELKIM und Du, VE-DAN, brecht wie besprochen
Bald nach Süden auf,
Wobei gleichzeitig Ihr Euch östlich haltet.
VE-DAN, Du kehrst, wenn voll sind die Arcayas,
Den Weg zu finden übers kleine Meer,
Um endlich Tumys Küsten zu erreichen,
Zuvor noch einmal um, bevor Du selbst
In Egyop dann für uns wirken wirst.
Noch einmal nach Norden nimmst Du Deine Richtung,
Bis Du den Zug, den größten, den von SIRI triffst.
SIRI, Du weißt, wie im Verborg'nen,
Wie sehr geheim Du alles lenken mußt!
Ihr könnt in kleinen Gruppen, langsam nur,
Ins Innere des riesigen Festlands dringen.
Noch viele Tage weit reicht hier der Einfluß,
Die Macht des FINSTREN, hier ist sie noch groß.
Lang ist der Weg, und viel Gefahren
Erwarten gerade Euch – denn kriegerisch
Sind die, die Ihr am Wege trefft.
An jenem Orte, wo die Macht zuende,
Wo LAVENTRUM selbst nicht Gewalt mehr hat,
Erwarte nun VE-DAN, denn er soll mit,
Mit Dir bis zu dem heil'gen Berge ziehn.

In dessen Innern wirst Du dann errichten
Den mächt'gen, guten Zauber, als des Tempels Mitte
Wie ich schon gesagt. –

Mit SIRI sollen TU-TEM, GHAV und AMZOU gehen.
Ihr alle seid vom Volk der ARYO.
Denn was an Tapferkeit auf diesem Wege
Euch wird abverlangt,
Vermag wohl niemand andres zu bestehn.
Ins Innre geht Ihr von dem Riesenland.
Und Euer Weg wird wohl ein Bündel Jahre dauern,
Bis Ihr das Tal, das tiefverborgene, erreicht.
Umgeben von zwei mächtigen Gebirgen, an jenem Meer,
Das Ihr GOB-YN-AO, NEUES GOBAO, nennen sollt.
Dort bleibt Ihr wohnen, bis ich bei Euch bin.
VE-DAN indes wird, ist in jenem Berge,
Der von VIER Meeren und DREI Seen ist umringt,
Wenn in dem ARY-ARY-RHAB die Kraft verankert,
Die unsern Plänen ihren mächt'gen Schutz gewährt,
Umkehren und sich südwärts wenden,
Wobei zur gleichen Zeit er westlich strebt.
So wird er Egyops Küste bald gewahren,
Wird weiter fort an dem Geheimnis wirken,
Das ich speziell für ihn nur ausersehn." –

MHA-NO war sehr bewegt, als er zum Schlusse
Nach einer Weihe, deren Form ich nicht verraten darf,
Uns Weisheit zeigte, die all unser Wissen
Um ein Gewaltiges und Hohes überstieg.
„Im Herzen BAOLINS, des Reichs der Himmel,"
So sprach er, „sind wie wir versammelt
Die Mächte, Throne, Engel, Geisterscharen.
Von Ihnen stammt, was ich Euch nur verkünde.
Und ich bin Nichts, an ihrem Licht gemessen!"
Dann sahen wir, daß ALAKIVA selbst ein Wesen,
Welches liebt und leidet, ist, – geboren wird, vergeht;
Um endlich ganz wie wir, aufs Neu geboren, in einem
Neuen Sternenhimmel da zu sein. Drei solcher Leben
Hat sie schon gelebt. Drei wird sie noch

Nach ihrem jetz'gen leben.

Nun sprach MHA-NO, bevor er uns entließ, zum
Abschied noch die mächt'gen Segensworte,
In deren Schutz wir voll Vertrauen sind.
Als SOKRIS aufging, war nun jeder still und bereit,
Treu seinen Weg zu gehen. –

22. Kapitel: DER ARY-ARY-RHAB

Weimar, den 2. Nov. 2032
Lieber Klaas!

Schade, daß Ihr so bald wieder fahren mußtet. Die Neuigkeiten und Aufregungen reißen nicht ab. – Ich habe Euch etwas Trauriges und etwas Wunderbares zu berichten:

Das Gute zuerst. Ich träumte wieder einmal, Klaas. Einen Traum von der seltenen Sorte. Die vierte Amphore sei gefunden worden. Und – oh Wunder – wenig später, die Fünfte. Und dann las ich, trotz Traum sehr aufgeregt, die nächsten sechs Papyri. Wo man die Amphoren fand, habe ich vergessen. Obwohl es mir eine Stimme sagte – aber den Inhalt der Papyri konnte ich erinnern. Nicht im Wortlaut, aber in dem, was sie mir zu sagen haben. Und so kann ich Dir also heute eine Fortsetzung von Gobaos Geschichte senden, die sich fast wie nahtlos an die Weimarer Papyri anschließt. Wenn man einmal – an Wunder müssen wir uns, scheint es, allmählich in dieser Sache gewöhnen – diese beiden Amphoren finden wird, hoffe ich nur, daß mein Buch schon veröffentlicht ist. Oder kannst Du Dir etwas von größerer Beweiskraft denken?

Dein Anruf neulich hat mich ganz und gar nicht, wie Du befürchtet hast, beunruhigt. Es kann doch nur gut sein, wenn dieser Dr. Kunstenau aus der Steiermark es schaffen sollte, die Texte der beiden ersten Amphoren zu entschlüsseln. Dann werden wir ja sehen, ob unsere Mühen sich gelohnt haben. Was man daran begreifen wird, bleibt noch abzuwarten. Wahrscheinlich werden die Texte in der Abteilung Mythologie der heutigen Wissenschaft landen.

Doch nun zum Traurigen – obwohl, so traurig auch wieder nicht. Denn ich habe, bei aller berechtigten Besorgnis, irgendwie ein eigenartig ruhiges Empfinden bei der Sache. Mir selbst unerklärlich, denn die Angelegenheit ist fatal genug.

Um es kurz zu machen: Achmed ist verschwunden ...! Vor drei Tagen tauchte seine Mutter, leicht angesäuselt, bei mir auf.

Frau Meßgereit, der Name ist merkwürdig genug, im Kontrast zu ihrem Aussehen, wirkte vollkommen aufgelöst. Sie ist Marokkanerin. Ein Deutscher heiratete sie damals. So bekam sie die deutsche Staatsbürgerschaft und diesen kuriosen Namen.

Er verließ sie bald wieder, als sie schwanger wurde. Irgendwann hatte sie dann begonnen, zu trinken. Sie hielt mir einen Zettel unter die Nase. Er stammt von Achmed – und darauf steht, in Achmeds etwas mühseliger Schrift:

„Ich bin aufgebrochen, den VERBORGENEN TEMPEL zu suchen. Mach Dir keine Sorgen. Versuche nicht, mich zu finden. Ich werde wiederkommen, wenn ich ihn gefunden habe. Geh zu Herrn Curio. Er wird Dir alles erklären.
Achmed!"

Er habe sein Fahrrad mitgenommen, brachte sie unter Schluchzen heraus, und sein Sparbuch. Er sei schon von klein auf sparsam gewesen. Habe immer gearbeitet, Gelegenheitsjobs, sicher auch gestohlen. Das habe sie, aus Angst vor der Wahrheit und den eventuellen Folgen, den Behörden usw. nie näher erforscht.

Ich erklärte ihr so gut es ging – und für sie faßlich, was es mit dem „Verborgenen Tempel" auf sich habe. Von Gobao-Zusammenhängen sagte ich ihr natürlich nichts. Lenkte sie vielmehr auf den allseits mehr oder weniger bekannten Mythos von der Arche Noah. Dann tröstete ich sie, so gut ich es vermochte. Riet ihr, abzuwarten. Zu den Behörden würde sie, so beteuerte sie, schon von sich aus nicht gehen. Mit denen wolle sie nichts zu tun haben. Da er nicht mehr in die Schule gehe, wird ihn auch niemand suchen. Der Bühnenmalerei eine Erklärung zu geben, versprach ich zu übernehmen.

„Sie werden sehen, in einigen Wochen ist er wieder da."

In seinem Alter sei es völlig normal, daß man mal ausbüchse, um sich den Wind des Abenteuers um die Nase wehen zu lassen. So konnte ich sie also fürs erste beruhigen. Im Stillen konnte ich nur hoffen, daß es so käme. Denn wenn er verschollen bliebe, fiele ein Teil der Verantwortung auch auf mich. Aber, da ist wie gesagt noch mein eigenartigruhiges Empfinden ...

Heute nun kam Post. Und dabei – ein kurzer Brief von Ali. Er sei schon nicht mehr in Deutschland. Stecke den Brief von unterwegs ein. Ich solle seine Mutter grüßen – und sie beruhigen. Er verspreche, sich öfter brieflich bei mir zu melden. Achmed

Der polnische Poststempel war leider nicht zu entziffern.

Nun, was sagst Du dazu? Du erinnerst Dich ja, wie eifrig Achmed war am Tag vor Eurer Rückreise. Wie er den Atlas mitbrachte – und den Berg suchte, umgeben von vier Meeren und drei Seen. Und wie seine

Augen leuchteten, als Pieter schließlich den Ararat benannte und von der Arche, die eine der Arcayas gewesen sein mochte, sprach ...

Ich halte Euch auf dem Laufenden. Hier also nun erstmal die Fortsetzung von Gobao. Grüß alle – an die herzlich denkt

Euer Bertram

Gen Osten

In die Jahre bist Du gekommen, Ve-Dan. Ein Mann bist Du geworden. Gereift und gestählt durch Erfahrungen. Die Arcayas sind nach Egyop abgefahren. Du hast Dich, wie der Mha-No befahl, nach Norden gewandt. Und nun gehst Du mit im GROßEN ZUG, den Siri lenkt, unterstützt von Tu-Tem, Ghav und Amzou. Aoyu und Elkim sind schon in Egyop.

Dicht sind die Wälder, die ihr jetzt durchzieht. Noch seid ihr nicht auf Feindseligkeiten gestoßen. Dem Machtbereich des Laventrum seid ihr entronnen. Kleine gedrungene und nimmermüde Pferde, wie sie im Süden Gobaos zu finden sind, tragen Eure Habe. Noch einen Mond lang, wenn dieser schmal wie eine Sichel geworden sein wird, müßt ihr durch diesen endlosen Wald. Ganz anders als der Dschungel in Deiner Heimat ist er. Finsterer, mit anders gearteten Bäumen. Und stiller. Die Tiere meiden Euch, fliehen scheu, wenn ihr entlangkommt. Breite Senken und Täler müßt ihr überwinden, Flüsse durchqueren, auf kleinen Lichtungen abends die Zelte aus Fell oder Pflanzenfasern aufbauen. Sie reichen nicht für alle. Nur die Frauen und Kinder finden darin Obdach. Ihr Männer legt Euch im Kreis um mehrere kleine Feuer. Zusammengerückt seid ihr. Näher zueinander strebten die vielen kleinen Gruppen. Hier ist Eure Taktik eine andere, als die unter den Augen der Schergen Laventrums.

Einen Berg hinauf führt Euer Weg. Schon seit zwei Tagen steigt das Gelände an. Der Mond ist nur noch halb zu sehen. Emsig, mit nickenden Köpfen und schnaubenden Nüstern traben die Pferdchen aufwärts. In Serpentinen schlängelt sich Euer Weg.

Der Wald wird lichter. Ab und zu habt ihr schon einen Ausblick, öffnet sich ein Hochtal zur Rast. Ihr sammelt Beeren und Früchte, tragt Knüppelholz zusammen, fangt Fische in den Bächen, pflegt Eure Waffen; die Frauen bessern die Kleidung aus. Dann zieht ihr weiter. Amzou hatte Recht. Schmal wie eine feine, scharfe Sichel ist der Mond – ihr steht am Anfang des Graslandes, der Steppe, die sich in grünen Wellen hinter dem Horizont verliert.

Noch dürft ihr die Steppe nicht betreten. Auf Siris Befehl lagert ihr ein Stück zurück im Wald. Schon unterwegs habt ihr, wo sich Gelegenheit bot, an stillen Weihern und trägen Flüssen Schilf gesammelt. Ihr habt von den großen Trauerweiden lange, biegsame Äste geschnitten – sie den Pferden aufgeladen. Jetzt zeigt es sich, wozu ihr sie braucht. Die Männer schlagen schlanke, gerade Stämme im Wald. Sie werden kunstvoll zusammengefügt, bis sie lange, rechteckige Rahmen ergeben. Auf ihnen flechtet ihr nun die Weiden, bis sie zwei Schichten ergeben, dazwischen zieht ihr Häute, von der Jagd auf die Büffel und Hirsche sorgsam aufgehoben, gegerbt und getrocknet. Nun bauen Zimmerleute große hölzerne Räder, die sich an den Rahmen auf einer Achse drehen, drei an jeder Seite. Frauen und Kinder heißt man, aufzusteigen. Die Weidenbespannung und die Häute, sie dehnen sich nach unten, bis die Fahrzeuge wie rechteckige Floßboote aussehen. Ihr spannt die Pferdchen vor, die nun befreit von den Lasten, da diese alle auf den Wagen verstaut sind, kräftig die Fahrzeuge ziehen. Und auf den Wagen fügt ihr nun die Zelte zu größeren zusammen. Seltsam sehen die Gefährte aus – der weise Sinn ihres Baues wird Euch jedoch bald offenbar. Ihr ganzer Boden ist mit jenem kostbaren Pflanzensaft bestrichen, der nicht brennen kann, und der so wunderbar fest alle Fugen abdichtet.

In langer Reihe fahren bald, immer sieben Wagen nebeneinander, los. Es dauert, bis der ganze Zug vollständig ist. Erst, wenn sieben solcher Reihen hintereinander fertig sind, darf so eine fahrende Stadt losziehen. Nach einem Tage hat sie Weisung, zu halten und zu warten, bis sie die nächste hinter sich erblickt. Und schließlich fahren alle drei dieser Verbände in Sichtweite hintereinander her. Bald seht ihr nur noch Steppe ringsumher. Die Vorräte muß man rationieren. Denn mühselig ist hier die Jagd auf meist kleines Getier. Hart sind die Körner des wild wachsenden Getreides, auf das ihr von Zeit zu Zeit stoßt. Vermischt mit Gras wird es zu Brei zerrieben. Auf kleinen Feuern eilig dann gebacken.

Lange ist kein Wasser in Sicht. Nur ab und zu ein Tümpel mit brauner Brühe. Dann glücklicherweise kommt ein Flüßchen. Die durstigen Pferdchen trinken lange. Ihr füllt die Wasserschläuche. Das lang entbehrte Baden erquickt Euch.

Jeder Wagen ist zwei Menschenlängen breit und fünf Menschenlängen lang. Und drei mal sieben Menschen finden darauf Platz. Doch gehen ja die meisten nebenher. Erst später werden diese Dinge wichtig. Denn über dreitausend Menschen sind so unterwegs. Amzou und Ghav sind gleich am Waldrand umgekehrt mit wenigen Begleitern. Sie nehmen den nächsten Zug jenseits des Waldes in Empfang. In gleicher Weise werden sie Eurem Zuge folgen. Und dieses wiederholt sich dann noch neunmal, bis dreiunddreißigtausend Menschen auf dem Wege sind – zu jenem Tal, in dem die Menschheit neu beginnen wird. Doch weißt Du durch Mha-No, Ve-Dan, daß sich so eine Welle dann noch sechsmal wiederholt. Wobei die letzten etwas kleiner werden, weil einige am Wege sich heimisch machen. Im ganzen wird der Kern der neuen Menschheit dann hundertvierundvierzigtausend Menschen betragen.

Und das ist im geheimen Wissen vollkommen sicher. Trotz all der Schwankungen auf solcher gefahrvollen Wanderung. Trotz derer, die vor Alter oder Schwäche, an Krankheit oder Überfällen feindlicher Stämme sterben werden. Und mitgerechnet auch all diejenigen, die unterwegs geboren werden. Trotz alldem wird die Zahl genau erfüllt, wie schon in alten Texten prophezeit. Mit einer dieser Wellen wird Mha-No selber ziehen. Genau die Mittlere, die Vierte wird er selbst leiten. So wird er, was im fernen Tale vorbereitet ist, mit weiser Hand ergreifen und gestalten – und wird dann die empfangen, die noch folgen.

Was es mit den anderen Wellen auf sich hat, die, die nach Westen ziehn und sich von Amha-Dys Reich bis hinauf nach Naso in die dortigen Völker einfügen, und was mit denen, die nach Südosten, bis an E-gyops Küste streben, wirst Du später überschauen und berichten, wie Mha-No es Dir aufgetragen.

„Noch ein Tag", sagt Tu-Tem, „dann stoßen wir auf jenen Fluß, auf dem wir unsere Fahrt leichter fortsetzen werden. Nicht alle Pferde können wir dann brauchen. Auf jedem Wagen, der uns dann als Boot dient, ist nur Platz für eines. Die anderen kehren um, Amzou und Ghav entgegen ..."

Er wird unterbrochen vom Ruf eines Kriegers weiter vorn. Dieser Ruf, ein lang gedehnter Ton, ist vereinbart, falls man auf Fremde stieße. Es ist erstaunlich genug, daß wir bis hierher unbehelligt geblieben sind.

Wie viele Male geübt, biegen in jeder Wagengruppe die äußersten Wagen aus, bilden ein Oval, fast einen Kreis, die inneren tun es ihnen nach, und so entsteht bald ein wehrhafter Wall, Frauen und Kinder bleiben in dessen Innern. Die Krieger, Bogenschützen und Lanzenwerfer verschanzen sich blitzschnell hinter dem äußeren Kranz. –

Tu-Tem und ich gehen weiter vor, die Erscheinung näher anzusehen. Hinter uns, einen Pfeilschuß weit, hat sich das nächste Oval gebildet. Und noch weiter, in einem Bogen, das dritte. Krieger besteigen einige der stärksten Pferde, die meist geschont wurden für solche Anlässe, die entweder nur leicht bepackt sind, oder ganz neben den Wagen traben, und halten sich in Bereitschaft. Denn es können auch ein Ausschwärmen und von hinten Angreifen, oder Verfolgung nötig sein, falls man einzelne Menschen absprengt vom Zusammenhang – und als Geiseln zu entführen trachtet.

Doch bietet sich Tu-Tem und mir ein friedliches Bild. Siehst Du ihn noch, Ve-Dan, den greisen Mann, der jetzt flankiert von zwei jüngeren, ohne Scheu auf Euch zukommt? Doch hat er Grund zur Gelassenheit, denn bald gewahrt ihr hinter ihm am Horizont eine unabsehbare Reihe von Reitern. Der Alte hebt die Hand. Da kommen sie nicht näher. In angemessener Entfernung nun nimmt der Alte auf einem Schemel Platz. Die beiden Jüngeren bleiben neben ihm achtungsvoll stehen. Es vergeht eine geraume Zeit bis ich begreife, daß es eine Aufforderung ist, daß sich nun unser Anführer ebenfalls nähere. Siri hat schneller begriffen und ist schon auf dem Weg. Siri langt bei dem Alten an, ebenfalls von zwei Kriegern begleitet. Was nun verhandelt wird, muß abgewartet werden. Es dauert eine geraume Zeit. Bis schließlich der Alte wiederum die Hand hochreckt – und die Reiter am Horizont, wie von Geisterhand gelenkt, verschwinden.

Bald darauf stellen wir eine kleine Truppe Pferdchen zusammen. Sie sind als Geschenk für dieses hier lebende Nomadenvolk gedacht, welches nichts mehr liebt, als Pferde. Auch einiges von dem Gold und den Häuten für Zelte geht mit. Siri kommt ruhig und langsam zurück – bei sich hat er einen der Nomaden. Ein kleinwüchsiger Bursche mit schrägstehenden, zu Schlitzen verengten Augen und langem, auf dem Kopf zusammengebundenem, zotteligem Haar.

„Er wird uns eine Weile begleiten", erklärt Siri. „Wir haben ihnen die Karte auf dem Antilopenfell gezeigt – und ich konnte dem Alten klarmachen, daß wir nur hier durchziehen – und wohin wir wollen, zum Ary-Ary-Rhab. ÜBÜLY-DHAGI oder so ähnlich, nannte er den Berg, der ihm wohlbekannt schien. Aus seinem Gebaren konnte ich entnehmen, daß er uns, als er das hörte, mit großem Respekt behandelte. Auch sprach er den Namen ÜBÜLY-DHAGI nur flüsternd aus – und machte eigenartig abwehrende Bewegungen dazu. Anscheinend wird der Berg gefürchtet, und man bestaunt den Mut derer, die es wagen, in seine Nähe zu ziehen.

Die Pferde und Geschenke wären nicht nötig gewesen. Er war auch so sehr freundlich zu uns. Es schien ihm nur darum zu gehen, herauszufinden, ob wir für sein Volk eine Gefahr bedeuten.

Aber ich denke an diejenigen, die nach uns kommen werden. Es kann nur von Nutzen sein, wenn wir als freigiebige, friedliche Wanderer mit einem unbegreiflichen Wagemut angesehen werden. Dieser Bursche heißt Beskübek. Der Alte hat befohlen, daß er uns geleitet bis zum Fluß – und auch dann noch ein Stück mit uns flußabwärts fährt, bis dieser in das Meer mündet, welches eines der vier Meere ist, die den Berg umgeben.

Ich denke, er kann uns nützlich sein. Die Sprachen, die man hier spricht, sind sicher miteinander verwandt, man muß sich ja irgendwie austauschen. Vielleicht wird er uns helfen, die Bewohner längs des Flusses zu beruhigen, falls wir noch auf welche stoßen."

Besküübeks Augen leuchten, als Siri ihm freundlich anbietet, ein kräftiges, fröhliches, kleines Pferd zu besteigen – und neben ihm im Zuge voranzureiten. Stolz sitzt er im Sattel, beklopft immer wieder zärtlich dem Tier den Hals, zaust scherzhaft seine Mähne.

Und so wird in der Abenddämmerung endlich der Fluß erreicht. Er fließt ruhig und majestätisch dahin. Jetzt enthüllt sich allen der Sinn der seltsamen Fahrzeuge – und bald schwimmen sie in langer Reihe hinter- und nebeneinander auf dem Strom. Die Räder hat man abmontiert, zusammengebunden, und läßt sie hinter jedem Fahrzeug, das jetzt ein regelrechtes Boot mit Zelthaus ist, herschwimmen. Sie werden ja bald wieder gebraucht, wenn sich die Boote wieder in Fahrzeuge auf dem Land verwandeln. Knapp ist der Platz für jeden an Deck bemessen. Hinten, neben dem Steuermann, der jetzt eins der mitgeführten Steuer betätigt, steht ein Pferdchen. Die anderen, die nicht als Geschenk an die Nomaden gegangen sind, traben unter der Aufsicht von wenigen Kriegern schon zurück zum Wald ... Mögen sie heil dort ankommen und neue Fahrzeuge ziehen helfen, oder Nomaden friedlich stimmen – je nach dem!

Kommen Dir nicht Erinnerungen, Ve-Dan? Erinnerungen an jene Fahrt auf dem Ubyu-Lin, den Du besungen hast? Und auf dem Floß vor Dir die Geliebte, Talin-Meh? Wie mag es ihr jetzt gehen? Ungewiß ist

Dir ihr Schicksal. Mit aller Kraft empfiehlst Du sie und den kleinen Sohn dem Schutz der Götter.

Eintönig ist die Fahrt, vom Takt der Ruderschläge unterbrochen ...

Endlich seid ihr am Ziel. Der ohnehin schon breite Strom – nun weitet er sich so sehr, daß kaum die beiden Ufer noch zu sehen sind. Zu dem rechten steuert ihr jetzt hin. Beskübek verabschiedet sich. Er strahlt. Er darf das Pferd behalten. Bald galoppiert er mit einem jauchzenden Ruf davon.

Der Ary-Ary-Rhab, nun kommt er Euch schon näher. Immerhin seid ihr jetzt auf einem der vier Meere, die ihn umgeben. Tatsächlich vier. Und alle noch geschlossen. Denn anders ist das Antlitz der Erde noch in vielem. Anders als heute. Doch tauche nicht auf! Schließ die Augen. Unterbrich ihn nicht, den wundersamen Strom der Erinnerung!

Immer an den Küsten entlang, das Festland im Blick, geht es jetzt weiter. Und Siris Weisheit weiß auch schon den Punkt, an dem ihr dieses Meer wieder verlassen werdet. Schließlich müssen sich viele ins Zeug legen, dem Flusse zu, der hier ins Meer mündet. Denn diesen müßt ihr nun flußaufwärts.

Mühselig wird die Fahrt. Doch ist sie immer noch wesentlich weniger beschwerlich, als wenn ihr über Land ziehen würdet. Ein mächtiges Gebirge, mit vielen gewaltigen Bergen, schneebedeckten Gipfeln, ragt hier am Flußufer auf. Bis, nach fast einem Mond, da ihr nur sehr langsam vorankommt, Siri an Land zu gehen befiehlt. In einer Bucht versammeln sich alle. Unter einem Zelt wird einer der heiligen Steine, von denen noch die Rede sein wird, aufgestellt. Dann ruft Siri den Segen der Götter herbei, befiehlt alle ihrem Schutz.

Danach besteigen nicht alle wieder die Boote. Mit einer kleinen Schar kräftiger Männer, nur etwa zweihundert mit wenigen Pferdchen, mit dem Nötigsten bepackt, wird Siri nun zum Ary-Ary-Rhab ziehen. Alle anderen, also fast der ganze Zug, sollen weiter auf dem Flusse fahren, soweit es geht.

„Dann werdet ihr", so sagt Siri, „schließlich auf eine weite Ebene stoßen. Dort rüstet ihr die Boote wieder um. Laßt die schwerstbeladenen Wagen von den übriggebliebenen Pferden ziehn, indessen ihr die anderen Wagen schieben müßt. Doch nicht sehr lange. Denn bald schon trefft ihr auf das zweite der vier Meere. Dort verfahrt ihr so, wie auf dem ersten. Ihr braucht es nur durchqueren, bis ihr erneut auf einen Fluß treffen werdet, und bald auf einen großen See. Tu-Tem ist bei Euch, er ist eingeweiht. Er kennt den Weg – und er ist groß an Stärke und Weisheit.

Und eines Tages werden die meisten von Euch jenes wunderbare verborgene Tal sehen. Dort sollt ihr bleiben, bis ich zu Euch stoße. Und bald darauf erreicht es auch Mha-No.

Nun seid getrost – und guten Mutes. Wie glücklich unsere Fahrt bis jetzt gewesen ist, habt ihr ja erlebt. Ich muß nun mit den Männern auf den Berg, den mächtigen Segen gründen, der uns alle behütet."

Und damit entläßt er sie. Alle gehen wieder zu den Booten. Indes beginnt Siri, mit den Männern die lange ansteigende Schlucht hinauf zu ziehen. Und bald ist er den Blicken aller entschwunden.

23. Kapitel: DER BERG

Du bist bei Siri, Ve-Dan. Ihr steigt nun schon lange, mühevolle Tage, hinan. Von einem Hochplateau aus weist Siri eines Tages in die Ferne. Dort ragt wahrlich ein gewaltiger Gipfel auf. In zartem Rosa, golden überglänzt, strahlt er. Dort ist er also: der Ary-Ary-Rhab. Von nun an verliert ihr ihn nie mehr ganz aus den Augen, bis zu dem Abend, als ihr ihn erreicht. Ihr schlagt Euer Lager auf. Niemand hat Euch bis jetzt behelligt. Und jetzt ist erst recht keine Gefahr zu erwarten, außer der, des nun schwierigsten Aufstiegs.

Vorsichtig müßt ihr vorwärts gehen. In langen Serpentinen, da die Pferde mit bis zu dem Punkt sollen, wo ihr endgültig halt machen werdet. Denn nicht den Gipfel zu stürmen, geht euer Ehrgeiz, sondern mehr unterhalb den Punkt zu treffen, von dem aus ihr ans Werk gehen werdet, tief im Innern des Riesen den verborgenen Tempel auszuhauen und rettende Wohnungen für viele, deren einstige Bedrängnis Mha-No in weiser Einsicht schon voraus gewußt hat. –

„Es ist nicht mehr weit", sagt Siri plötzlich. „Nur noch ein bis zwei Tage und wir sind da." Kaum hat er es ausgesprochen, als er überrascht schweigt – und nur schweigend seine Rechte zum Berg hinauf erhebt. Dort sitzt in einiger Entfernung ein Wesen – es ist nicht klar, ob Mensch oder Gott. In einem leuchtenden, weißen Gewande, die Beine unter sich gekreuzt, die Handinnenflächen nach oben gekehrt im Schoß. Es sitzt in vollkommener Ruhe, schweigend, in sich gekehrt.

Siri gebietet, anzuhalten. „Wir wollen ihn nicht stören", flüstert er. „Wir werden warten, bis er sich von selbst entfernt. Ich spüre, daß es sich um einen heiligen Mann handelt. Ein besseres Zeichen kann uns nicht begegnen. Drum faßt Euch in Ehrfurcht vor ihm und schweigt.

Ihr tut, wie er geheißen. Lagert euch schweigend. Von Zeit zu Zeit sendet ihr einen Blick hinauf. Der Heilige sitzt – schweigend und unbeweglich. Die Nacht vergeht. Im Morgengrauen noch sitzt er so. Als die Sonne ihn ganz in ihre ersten Strahlen hüllt, ist er auf einmal verschwunden ...

„Wir hätten mit ihm sprechen sollen, Siri", sagt einer von euch bedauernd. „Jetzt ist er weg."

„Wenn er es will, wird er uns besuchen", weist Siri ihn zurecht. „Doch nun kommt! Unser Ziel ist zum greifen nah." Und so brecht ihr auf.

Schließlich erreicht ihr eine Art vorspringenden Absatz, groß genug, um die Zelte aufzuschlagen. Alle sind müde und abgekämpft.

Ihr entfacht mehrere Feuer, nährt es mit dem krummen Holz hier wachsender, wie flach über den Boden kriechender Bäume und Sträucher. –

Den Pferdchen werden ihre Lasten abgenommen. Jetzt grasen sie friedlich, zermalmen das harte Gras, das hier oben noch wächst. Es ist so ziemlich das Ende der Wachstumsgrenze. Dafür bietet sich ein unbeschreiblicher Blick über die Bergketten, die jetzt in tiefem Blau und Violett schimmern.

Am nächsten Morgen wickelt ihr die Werkzeuge aus, die ihr bei eurer Arbeit brauchen werdet. Einige werden losgeschickt, teils auf die Jagd, teils zum Sammeln von Früchten und Beeren. Auch die Blätter einer dicht am Boden wachsenden, unbekannten Pflanze sammeln sie, da sie sich als schmackhaft erweist. Andere gehen Wasser holen, die Schläuche füllen an kleinen, munteren Quellen, die hie und da dem Berge entspringen. Ein dritter Trupp kümmert sich um Holz und um Gras für die Pferde, da der Absatz, das kleine Plateau bald abgegrast sein dürfte. Siri geht mit einigen Wenigen auf Erkundung. Sie klettern auf halsbrecherischen Pfaden höher hinauf – und finden noch am selben Tage, was ihnen Mha-No vorausgesagt hat: mehrere verstreute Eingänge zu kleinen Höhlen. Ja, zwei dieser schmalen Eingänge entpuppen sich weiter drinnen sogar als richtig große Hallen. Immerhin zwei Menschenlängen hoch. Die anderen sind so, daß an ihrer höchsten Stelle ein Mann mit seinem Haupt die Decke berühren kann. Andere bilden ein Ensemble von Höhlen, zum Teil durch enge Stollen, durch die man nur kriechend vorankommt, verbunden.

Und damit beginnt in den nächsten Tagen ein Werk, das mit bewundernswerter Energie ausgeführt wird. Ungeheuer hart ist die Arbeit, die jetzt auf die Männer zukommt – und nur die stärksten und zähesten hat Siri zu dieser Aufgabe bestimmt und mitgenommen.

Immer nur ein Drittel der Männer arbeiten in den Höhlen. Die anderen zwei Drittel teilen sich in die, die ausruhen und diejenigen, welche Holz, Nahrung und Wasser besorgen. Die Arbeiter in den Höhlen werden alle drei Stunden abgelöst. Länger hält man die Anstrengungen nicht aus. Die, welche geruht haben, brechen nun auf, die Vorräte zu erneuern. Und die gesammelt haben, gehen in die Höhlen – und so immer im Kreise herum teilt Siri weise die Arbeiten ein. Denn wer geruht hat, kann nicht gleich wieder in die Höhlen. Erst die Bewegung in der frischen Luft, beim Jagen, Klettern und Sammeln, macht die erschöpften Muskeln wieder geschmeidig – und gibt neue Kraft für die Höhlenarbeit.

Bei Anbruch der Dunkelheit versammeln sich schließlich alle wieder an mehreren Feuern. Das ist Deine Stunde Ve-Dan, die Müden vor dem Schlafe mit Liedern und Geschichten zu erfreuen. Man stellt die Wachen auf, pflockt die Pferdchen an, damit sie im Dunkeln nicht abstürzen – und bald darauf tritt tiefe Stille auf dem kleinen Plateau ein.

Selbstverständlich hast Du Dich auch mit einteilen lassen für die harte Arbeit in den Höhlen, Ve-Dan. Fühlst Du noch Deine schmerzenden Muskeln? Tagelang will der Muskelkater nicht enden. Doch mit der Zeit wachsen Deine Kräfte, und die Arbeit beginnt Dir von der Hand zu gehen. Im Schein von dicken, sehr lange brennenden Fackeln kniet ihr im Innern der Höhle. Mit den kleinen, kurzstieligen Hacken, deren Spitzen aus sehr hartem Gestein besteht, vergrößert ihr mühselig einen engen, nur durchkriechbaren Stollen. Andere glätten die Wände der vorderen Höhle. Wieder andere schleppen das losgeschlagene Gestein hinaus.

Mehrere Vorarbeiter, die sich mit Bergen, besonders ihrem Inneren auskennen, überwachen in allen Höhlen die Arbeit. Sie bestimmen, wo so etwas wie eine Säule freigehauen und stehen gelassen wird, welchen Verlauf die Verbindungsgänge nehmen sollen, wo Treppen ausgehauen werden, welche Höhlen zu Hallen erweitert werden sollen, wo die Schlitze und Ausbuchtungen für später einzufügende geheime Verschlüsse sein sollen, wann ein Luftschacht gebohrt werden muß (eine besonders mühselige und schwierige Arbeit). Sie achten auf die Abstände der Nischen in den Verbindungsgängen, und auf die, der ebenfalls aus den Stollenwänden zu hauenden Löcher für die Fackeln und halbrunden Schalen für brennendes Öl.

Die Stollen müssen unten am breitesten und oben am schmalsten sein. So halten sie den Druck des Berges am besten aus. Und sie müssen dem härtesten Gestein folgen, verlaufen also nie gerade, sondern winden und schlängeln sich durch das Bergesinnere.

Schon zwei Monde arbeitet ihr so – Du bist wieder bei der Höhlenabteilung, Ve-Dan. Da bricht plötzlich der Stollen vor Euch auf – und macht dahinter einer riesigen Höhle Platz. Sie wölbt sich höher als alle, die ihr bis jetzt entdeckt habt.

An ihren Wänden blitzen Kristalle, ziehen sich glänzende Adern hin. Ihre Decke ist an vielen Stellen durchlöchert. Nun macht ihr Euch daran, sie auszugestalten, die Wände zu glätten, bis das Gestein zu schimmern und zu funkeln beginnt, denn diese Höhle, so hörst Du Siri sagen, wird der Mittelpunkt des Zufluchtsortes, wird der VERBORGENE TEMPEL sein.

Schon zwei Tage seid ihr so in der Halle beschäftigt, als auch an einer anderen Stelle die Arbeiter vom entfernteren Stollen durchbrechen, dann noch welche, und endlich sind alle sieben Trupps beisammen. Das ganze vordere Halbrund der Höhle, der Halle, hat nun sieben Zugänge. Das Hintere wird zum Kultraum für die weihevollen Handlungen ausgestaltet werden.

„Nun", sagt Siri, „wird es Zeit, den Berg durch ein Opfer zu versöhnen."

Mit je zwölf Männern aus der sammelnden, der ruhenden und der in den Höhlen arbeitenden Gruppe steigt Siri am nächsten Tage den Berg weiter hinan bis zu seinem Gipfel. Schweigend arbeitet ihr Euch vorwärts. Hier beginnen die Lavafelder.

„Der Berg", so hatte Mha-No gesagt, „gehört zum Vulkan-Geheimnis. Er hat einst, als er mit seinen Brüdern noch vom Eis umklammert war, Feuer gespien, mächtige Lavamassen heraufgeschleudert, die aber durch die Kälte und das Eis sehr viel schneller auf ihrem Wege erstarrten, als normalerweise. So kommt es, daß nur seine oberste Region mit Lava überzogen ist. Als das Eis vor langer, langer Zeit wich, setzten lange Regengüsse ein – daraus wurde im Krater des Berges ein See.

Durch die geheimnisvollen Veränderungen, die durch den Untergang Gobaos sich tief im Innern Alakivas abspielen, wird er eines Tages auch wieder tätig werden, das heißt, beginnen, Feuer zu speien.

Vollzieht daher das Opfer mit dem heiligen magischen Stein, den ihr aus diesem Grunde mit Euch führen sollt, sobald ihr die Tempelhöhle erreicht haben werdet. Denn dieses Ritual wird bewirken, daß der Berg schweigen wird, bis alle Auswandererströme sicher im fernen Tale eingetroffen sein werden.

Den zweiten Stein, den ich Euch mitgebe, und der mit dem, den ihr opfern sollt, auf geheimnisvolle Weise magisch verbunden ist, den versenkt ihr in den Grund der Tempelhöhle, genau unter dem Altar. Tut dies in tiefem Glauben, denn das Geheimnis der beiden Steine darf ich Euch nicht enthüllen!"

Und so seid ihr schon fast auf dem Gipfel, das heißt am Rande des Sees, der weit und breit, dem Himmel am nächsten ist. Nun späht ihr über den Rand des Kraters – und glaubt zunächst, der Krater habe den Himmel eingefangen: so unglaublich rein spiegelt er dessen heute so herrlich tiefes Blau wieder.

Siri befiehlt euch, immer im Abstand von zwölf Schritten am Kraterrand zu stehen. So bildet ihr ein Rund, in dem jeder jeden sehen kann. Ein kleines, wie ein Boot geformtes, aus Pflanzenfasern geflochtenes Gefährt setzt Siri, nachdem er als einziger den Krater hinabgestiegen ist bis zum Rand des Sees, auf das still und glatt ruhende Wasser. Darauf legt er den Stein. Dann zündet er das Gefährt an – und versetzt ihm einen kräftigen Schub.

Ruhig zieht es zur Seemitte, die Flammen züngeln hoch. Schwaden duftenden Rauches, von dem mit wohlriechenden Ölen imprägnierten Gefährt, erreichen Euch. Und dann schaut ihr wie gebannt zur gegenüberliegenden Seite des Kraters!

Dort sitzt er wieder. Weiß, unbeweglich, die Beine unter sich gekreuzt. Wieder seht ihr in die Mitte des Sees. Jetzt lodern hell die Flammen auf, bis das Gefährt zu Asche zerfällt – und erst im letzten Augenblick versinkt feierlich der magische Stein in seinen Tiefen. Als ihr erneut nach dem Heiligen späht, ist dieser verschwunden.

Schweigend steigt ihr hinab. Als ihr das Plateau erreicht, ist es schon fast dunkel.

Noch einen und einen halben Mond arbeitet ihr am VERBORGENEN TEMPEL. Bald schon kannst Du seine ganze, wunderbare Gestalt erahnen. Neun Säulen, die in vielen Farben funkeln, habt ihr herausgehauen. Eine hohe Kuppel wölbt sich darüber. Zwölf Stufen führen hinauf zum heiligsten Raum. Dort soll bald der Altar errichtet werden. Die Zeit ist gekommen, genau unter ihm den zweiten magischen Stein zu versenken. Außer den Wachen auf dem Plateau, seid ihr hier eines Abends vollzählig versammelt. Ein tiefer, schmaler Schacht ist aus dem Grund gehauen. Siri spricht uralte heilige Worte. Dann wird der Schacht verschlossen.

Für Dich, Ve-Dan, bedeutet das, Abschied zu nehmen. Deine Mission ist erfüllt. Südwestwärts wird Dich nun Dein Schicksal führen. Sechs kräftige Gefährten hat Dir Siri zur Begleitung bestimmt.

Längst hast Du an einer geheimen Stelle etwas verrichtet, was niemand wissen darf. Einstmals wird es sich enthüllen.

Jetzt packt ihr sieben Eure Sachen. Ihr sattelt Eure sieben Pferdchen – und schon am nächsten Morgen, in aller Stille, zieht ihr Euren Weg.

Fünf Tage später, auf einem hohen Kamm, seht ihr schweigend zurück zu dem geheimnisvollen Berge mit dem VERBORGENEN TEMPEL – und es ist Euch, als grüße er Euch noch ein letztes Mal, der gewaltige Ary-Ary-Rhab.

24. Kapitel: NACHRICHT VON ACHMED

Weimar, den 24. Dezember 2032

Lieber Klaas!

Ein Brief ist wieder fällig, denn es hat sich einiges zugetragen. Ich habe heute dienstfrei – und so endlich Ruhe, Dir zu schreiben. Das wird wieder ein langer Brief – und ich wollte ihn ohne Unterbrechung zu Ende bringen.

Achmeds Mutter war inzwischen mehrmals hier. Die Augen immer voller Hoffnung, daß ich Nachricht von ihrem Sohn haben könnte. Sie hat sich verändert seit Achmeds Verschwinden. Die letzten zweimal war sie nüchtern, ordentlicher angezogen – und nicht mehr so voller Selbstmitleid. Von ihr erfuhr ich erst vor kurzem, daß Achmed älter ist, als ich ihn schätzte. Er verschwand kurz vor seinem 18. Geburtstag. Er habe in der Schule zweimal eine Klasse wiederholen müssen, die fünfte und die achte, berichtete sie. Das Lernen sei ihm schwer gefallen und habe ihm nie recht Freude gemacht. Viel lieber hätte er sich schon von früh auf nach kleinen Arbeiten umgesehen. Zeitungen ausgetragen in aller Frühe, noch vor der Schule, Botendienste für eine Firma u.a.m. Das Geld habe er immer gespart, auf besagtes Sparbuch, das er ja mitgenommen hat. Das nimmt mir einen Stein vom Herzen, Klaas. Denn sein Verschwinden, als Minderjähriger, hätte wohl auch mir einige Scherereien gebracht!

Vor zwei Wochen etwa, am 2. Advent, bzw. dem Freitag zuvor, war denn auch endlich wieder Post von Achmed im Kasten. Seine Mutter war hocherfreut, als ich ihr den Brief zeigte. Die Seiten, die für sie bestimmt waren, nahm sie wie einen Schatz entgegen.

Er arbeite, schreibt er, auf einem kleinen Bauernhof 30 km nördlich von Odessa, Richtung Berezovka. Die Adresse habe er von dem Leiter eines Heimes für behinderte Kinder an der polnisch-ukrainischen Grenze, wo er für einige Zeit Unterschlupf gefunden habe. Unterhalb von Przemysl, in dem Örtchen Sanok.

Sein Fahrrad sei ihm schon in Rzeszow gestohlen worden, er sei zu Fuß weitergewandert. In dem Heim habe er sich nützlich gemacht: Rollstühle repariert, Spielzeug instand gesetzt, bei der Errichtung eines kleinen Neubaus geholfen – und so habe er wieder etwas Geld verdienen können – und zum Dank und Abschied noch ein altes, aber sehr stabiles Rad erhalten, ohne Gangschaltung.

Odessa sei eine wundervolle Stadt. Er wolle auf dem Bauernhof noch bleiben, bis er Geld für eine Überfahrt mit dem Schiff, übers Schwarze Meer bis nach Batumi beisammen habe.

Der Ararat sei ein Vulkan. Aber er habe Hoffnung, irgendwann doch auf Reste des verborgenen Tempels zu stoßen. Man solle sich keine Sorgen machen. Es gehe ihm gut und das Wanderleben mache ihm große Freude. Die Vorfahren seiner Mutter seien Nomaden gewesen – und das stecke ihm sicher noch im Blut. Er werde sich bald wieder brieflich melden, aus Batumi.

Achmed

Ich habe mich nun daran gemacht, die Aufzeichnungen durchzusehen, die ich gleich nach den Träumen, in denen ich den Wortlaut der vierten und fünften Amphore, die man noch nicht gefunden hat, vielleicht nie finden wird, lesen konnte. Wenn auch nicht der Wortlaut, so aber doch der Inhalt sind mir noch in lebhafter Erinnerung. Die vierte, bzw. Deren Papyri, berichten von der abenteuerlichen Wanderung Ve-Dans durch die Länder südlich und südwestlich vom Ararat. Ein gutes halbes Jahr waren sie unterwegs. Die fünfte schildert die Anfänge der Besiedlung vom Norden Egyops, bis zum Seßhaftwerden der ausgewanderten Gobaon. In diese Zeit fällt auch die stärkste Gobaoische Katastrophe, durch die Riesenteile des gewaltigen Reiches untergingen. Viele kleinere Katastrophen folgten noch im Laufe der Jahre. Denn die Elemente in ihrer Wut, ruhten nicht, bis Gobao endgültig verschlungen war.

Was sagst Du zu China, Klaas? Mit dem Antrag, es aus der UNO auszuschließen, ist Schneidewind nicht durchgekommen. Das heißt, die okkupierten Länder werden bis auf weiteres in Chinas Machtbereich verbleiben. Den Vertrag mit der Vereinbarung, daß China über diese Grenzen nicht hinausgehen werde, halte ich für nicht sehr sicher. Was sagt Pieter dazu? Die Russen sind beunruhigt, haben starke Truppenverbände an ihre südöstlichen Grenzen verlegt ... mich ängstigt das alles sehr. Es liegt irgend etwas Bedrohliches in der Luft. Wer weiß, wie lange das gute alte Europa seinen Frieden noch wird genießen können?

Und die Bilder von Venedig sind ja jammervoll. Ein Großteil der Häuser mußte abgerissen werden. Den Markusplatz hat man zu restaurieren begonnen. Wissenschaftler warnen aber vor der Sinnlosigkeit dieser Unternehmung, da nicht auszuschließen sei, daß es wieder zu Beben in diesem Gebiet kommen könne. Die Pläne des genialen japanischen Ingenieurs Fuzako-Moto, nach denen durch eine sinnreiche Anordnung riesiger Dämme und wellenbrechender Anlagen, Venedig vor Flutkatastrophen in Zukunft geschützt werden könnte, sind wegen der enormen Kosten derzeit nicht realisierbar. Und Maniwaki ist immer noch gesperrt. Immerhin haben der amerikanische Kongreß und die kanadische Regierung endlich wesentlich höhere Summen zur Erforschung und Realisierung alternativer Energiegewinnung bewilligt.

Hochrangige Wissenschaftler bereisen die Länder, in denen das längst Wirklichkeit ist. Aber die Atomlobby ist immer noch sehr mächtig. So bleibt diese Entwicklung abzuwarten – und alles dauert, wie immer viel zu lange.

Aber was können wir tun?

Du wolltest mir von Mikaelia berichten. –

Grüße Pieter und Joan und Tientje, falls sie auf Besuch sein sollte.

Herzlich B. C.

P.S.:
Was hältst Du von unserem letzten Nobelpreisträger? Ich frage mich, wohin seine geniale Erforschung der Möglichkeit von „Simulation tierischer Nervenzellen in Computerchips" noch führen wird. In einem Interview schloß er nicht aus, daß man bald direkt lebendiges Nervengewebe in Computern wird verwenden können. An der Entwicklung geeigneter Nährlösungen werde noch fieberhaft gearbeitet.

Er könne sich durchaus vorstellen, führte er aus, „daß es nicht mehr weit sei bis zur Herstellung einer Art von „Herzschrittmacher" für das menschliche Nervensystem. Mit diesem könnten die menschlichen Reaktionen in Streßsituationen wesentlich besser optimiert werden, als es der Mensch bis jetzt mit seinen unwillkürlichen Reflexen kann.

Negative Gefühle, Angst, ja vielleicht sogar kriminelle Energie würden so in erwünschte Reaktionen umgelenkt werden können. Außerdem sei es kein Problem, die Bio-Chips so zu gestalten, daß auf ihnen alle wesentlichen Informationen über dessen Träger enthalten seien. Ebenso würden negative, gesundheitsgefährdende Tendenzen im Körper schon im Vorfeld erkennbar, durch ein kompliziertes Sensorium im Chip – und könnten rasch behoben werden. Der natürliche Alterungsprozeß könne aufgehalten werden, so daß die Lebenserwartung steigen werde – und letztendlich würde der Chip auch Hilfe leisten können bei einem humanen Sterben, da er den Sterbeprozeß bei zu großem Leidenspotential verkürzen könnte – und dessen Träger human einschläfern würde.

Er stelle sich vor", sagte er dann noch, „daß man diesen Chip bald sehr leicht als Implantat im Brustumfeld unter der Haut tragen könne – und man die Kosten seiner Herstellung so niedrig halten wird, daß es einst möglich sei, jeden Menschen damit auszustatten ..."

Klaas, gruselt Dir's nicht, wie mir, bei so einem Ausblick? Irgendwie wirkt er sehr unheimlich, dieser blutjunge Professor Maryan aus Phoenix in Arizona mit seinen 26 Jahren ...

B. C.

25. Kapitel: AUF DEM WEG NACH EGYOP

Der Ary-Ary-Rhab ist verschwunden, als ihr einen der drei ihn umringenden Seen erreicht, Ve-Dan. Ihr wandert an seinem Ufer entlang. An einer Stelle im Süden schließlich schlagt ihr Euer Zelt auf für eine längere Rast. Unwegsam ist der Weg durch das mächtige Gebirge. Mühselig das Vorwärtskommen. Und noch immer liegen etliche Tage bergiges Land vor Euch. Danach werdet ihr ein fruchtbares, von zwei Strömen umflossenes Gebiet erreichen, um endlich die Küste des größten, der den Ary-Ary-Rhab umgebenden Meere zu erreichen, an dessen gegenüberliegendem Ufer Egyop liegt.

Jetzt spielen die sieben Pferdchen übermütig am Ufer des westlichsten der drei Seen. Ihr bratet Euch schmackhaften Fisch über offenem Feuer. Du sitzt, indessen Deine Gefährten baden, bald alleine am Feuer und schreibst. Plötzlich fühlst Du Dich gepackt und gebunden. Etwas wird Dir über den Kopf geworfen. Ein Schlag trifft Dich. Dann verlierst Du das Bewußtsein.

Als Du wieder zu Dir kommst, herrscht undurchdringliches Dunkel um Dich her. Dir schmerzen sämtliche Glieder. Durst peinigt Dich. Du tastest herum. Feuchtes Gestein spürst Du. Dann huscht etwas über Deine Hand. Erst jetzt fühlst du die Kette an Deinem linken Fuß. Nun brauchst Du Deinen ganzen Mut, um nicht zu verzweifeln.

Irgendwann mußte es ja einmal so weit kommen. Ein Überfall. Verdächtig friedlich war es bis zu diesem Punkt Eurer Reise geblieben. Was ist wohl mit den Anderen passiert? Konnten sie fliehen?

Eine Ewigkeit, so kommt es Dir vor, bist Du schon in diesem finsteren Loch. Für das Lebewesen, das von Zeit zu Zeit über Deinen Körper huscht, beginnst Du allmählich so etwas wie Zärtlichkeit zu entwickeln. Du sprichst es an, in die Rabenschwärze hinein. Endlich wirst Du vor Durst und Hunger, Schwäche, Angst und Feuchtigkeit, ohnmächtig. Du träumst. An dem Ufer des größten der vier den Ary-Ary-Rhab umgebenden Meere stehst Du. Gerade hast Du noch mit jemandem gesprochen. Ganz sicher glaubst Du, ihn von irgendwoher zu kennen.

Nur das Gefühl einer starken, sympathischen, tröstenden Kraft bleibt Dir noch zurück. Da wachst Du wieder auf. Es macht Dir Hoffnung, daß Du im Träume schon am Ufer des Meeres gestanden bist. Doch wie solltest Du je dorthin kommen? Vielleicht läßt man Dich hier einfach verhungern und verdursten?

Nun sprichst Du andächtig das Gebet, welches an das Herz der Sokris gerichtet ist. Einst lehrte es Dich Gurre-Dan, Dein Meister. Davon wirst Du ruhiger. Magst Du hier auch umkommen, denkst Du. Nur der Leib kann zerstört werden. Auf Deinen Geist, so weißt Du, wartet Baolin, das Reich der Himmel. Es beginnt in den Wipfeln Ougurrés, des heiligen Baumes, der bei Deinem Volk ein Bild des Lebens bedeutet. Erst wirst Du am Ufer des großen Stromes stehen und warten müssen, bis Kiliki, der wundersame Fisch, herbeikommen wird, Dich aufzunehmen und über das gewaltige, tiefblaue Wasser nach Baolin zu bringen. Fast freust Du Dich schon auf diesen Weg zu den Göttern – als Dich ein schmaler Lichtstrahl aufschreckt. Gleichzeitig knirscht etwas. Dann hörst Du eine Stimme, sehr leise: „Ve-Dan, ergreife das Seil!"

Und gleich darauf ist es vor Dir. Du fragst nicht.

„Binde es Dir um den Leib", fährt die Stimme fort.

Dann wirst Du von kräftiger Hand nach oben gezogen. Endlich langst Du oben an. In einem stillgelegten Brunnen warst Du gefangen, über den man einen schweren steinernen Deckel geschoben hatte. Es herrscht tiefe Nacht.

„Komm jetzt", hörst Du die Stimme wieder, jetzt dicht neben Dir.

Schweigend folgst Du Deinem Retter. Du begreifst, daß Du jetzt nicht sprechen, nichts fragen darfst, denn noch lauert überall Gefahr.

Bis in die heraufziehende Dämmerung geht ihr so. Und erst beim ersten Tageslicht kannst Du sehen, wer Dich gerettet hat. Dir stockt der Atem.

Ganz in ein langes, weißes Gewand gehüllt, geht er vor Dir, ohne sich umzuschauen. Und der Trost, die Kraft, die Du im Traum, wie einen Nachhall bis in Dein Erwachen in die Brunnenfinsternis hinein gespürt hattest – nun spürst Du sie von ihm auf Dich erneut übergehen. Und so wagst Du nicht, ihn anzusprechen, folgst ihm, und ihr geht so, ohne anzuhalten zwei Tage und zwei Nächte. Wunderbares erlebst Du dabei. Zum einen ist es schon wunderbar genug, daß Du auf diesem ganzen langen Weg weder Hunger, noch Durst, noch Müdigkeit verspürst. Auch in Deiner Seele wird es zunehmend leicht und froh. Manchmal hast Du das Gefühl, daß ihr auf Wolken schreitet, und als würden Euch Wesen umgeben. Dir ist, als streiften Dich Flügel. Dann wieder glaubst Du, Musik zu vernehmen, unendlich fein und herrlich. Und davon strömt eine Kraft und Gewißheit in Dich über, die Dich auf unerklärliche Weise erhebt und nährt.

Endlich, am Abend des dritten Tages, dreht sich Dein Führer um. Oh ja, er ist es. Blitzartig schlägt die Gewißheit in Dich ein. Er ist es. Ist der heilige Mann, den ihr kurz vor Eurem Ziel, an jenem Abend auf dem Ary-Ary-Rhab gesehen hattet, wie er da so schweigend saß, bis zu den ersten Strahlen der Sonne am darauffolgenden Morgen. Und dann noch einmal, bei der Opferung des heiligen Steines am Kratersee des Berges. Sein Gesicht leuchtet wie Schnee und Sonne. Sein Alter ist unbestimmbar. Wunderbar jung sieht er aus – und gleichzeitig wie Jahrtausende alt. Du wagst immer noch nicht, ihn anzusprechen. Es muß ein Gott, mindestens aber ein Engel sein.

Dich niederzulegen und zu schlafen, heißt er Dich. Und Du gehorchst. Bald bist Du in tiefen Schlummer versunken. Als Du erwachst, ist er verschwunden. Neben Dir grast friedlich ein Pferdchen. Es ist bepackt mit einem kleinen Zelt aus Fell, mit zwei großen Wasserschläuchen und mit Dörrfladen aus schmackhaftem Getreide und getrocknetem Obst gebacken, für viele Tage. Du fühlst Dich erquickt, wie schon lange nicht mehr. Vor Dir leuchtet eine fruchtbare Ebene. Und weit in der Ferne siehst Du es schon schimmern, das Meer.

Wo Deine Gefährten geblieben sind, Du weißt es nicht. Nichts hat der Heilige davon erwähnt. So machst Du Dich auf den Weg. In zwei Tagen hast Du das Ufer des Meeres erreicht. Mit Deinem Pferdchen wanderst Du an seiner Küste entlang, immer weiter hinunter nach Süden. Ab und zu siehst Du Nomaden. Doch niemand behelligt Dich. Der Zauber des weißen Heiligen scheint Dich zu schützen. Zwei volle Monde wanderst Du so, ganz allein, immer am Ufer des Meeres. Von den Fladen reicht wunderbarerweise ganz wenig, um Dich über den Tag zu sättigen. Die Wasserschläuche füllst Du hie und da nach, weiter landeinwärts, an sprudelnden Quellen. Eines Tages hast Du wieder einen Traum.

Wie froh bist Du, als darin ganz unerwartet der Heilige neben Dir geht. Jetzt darfst Du ihn auch ansprechen, ihn fragen. Er verrät Dir seinen Namen: BAB-AD-BDJI.

„Habe keine Angst um Deine Gefährten", sagt er. „Sie sind, bis auf zwei, gerettet. Nur Osval und Drisdon wurden gleich getötet, weil sie sich wehrten. Die anderen vier werden bald nach Dir in Egyop eintreffen."

„Wer bist Du?", wagst Du ihn zu fragen. „Bist Du ein Gott?"

Lächelnd schüttelt er das Haupt. „Ich bin ein Mensch wie Du, nur nicht mehr so ganz", lautet seine rätselhafte Antwort. Dann heißt er Dich, stehenzubleiben und Dich umzuschauen.

„Präge Dir dieses Land hier gut ein", sagt er. „Es ist heilig. Auf diesem Boden wird er einst wandeln, der Sohn des Lebens, dessen Haupt die Sonne ist. Großes wird er vollbringen – und niemand könnte dauern, ohne seine Taten. Er ist Licht vom Lichte. In einem Menschen wird er wohnen – und die Pforten des ewigen Lebens aufschließen. Aber erst in einer sehr fernen Zeit, wenn Egyop, das ihr erst aufbauen werdet, schon seinem Ende nahe sein wird."

Dann schweigt er. Und Du begreifst, daß diese Worte nicht gesprochen waren, um erklärt zu werden, sondern um sie ehrfürchtig im Herzen zu bewegen. Dann wachst Du auf.

In einem großen Bogen wendet in der Ferne das Meeresufer. Von da ab wanderst Du nach Westen. Noch zwei Monde bist Du so unterwegs, bis Du eines Tages eines der schwimmenden Häuser entdeckst.

Sie scheint sich etwas verirrt zu haben, diese Arcaya, die genauso aussieht wie die, bei deren Bau Du an den Ufern des Gisou mitgeholfen hast.

Also bist Du angelangt. Bist an dem Ziele, das der Mha-No Dir bestimmte ... wieviel Zeit ist seitdem schon verflossen? Da steigst Du von Deinem kleinen Pferdchen, setzt Dich nieder und versenkst Dich andachtsvoll in die große Güte der lenkenden Götter.

Noch zwei Tage vergehen, bis Du die ersten Siedlungen erreichst. „Sei mir gegrüßt, Egyop, Du unsere Zuflucht in dem großen Jahr der Steinefluten!", so flüsterst Du leise, bevor Dich endlich Aoyu in die Arme schließt.

26. Kapitel: DIE FÜNFTE AMPHORE UND EGYOP

Weimar, Silvester 2032

Lieber Klaas!

Heute nur kurz. Ich lege Dir den Text der fünften Amphore bei. Wenn auch nicht den authentischen. Von diesem träumte ich vor drei Tagen noch einmal so plastisch und detailliert, daß ich es wagen konnte, ihn im Stile der anderen Papyri nachzudichten. Es wird gut sein, sie in „Gobao" einzufügen.

Sollte die fünfte Amphore jemals gefunden werden, ist es sicher nicht ohne Spannung, diese Dichtung mit dem Original zu vergleichen. Es scheinen Wirkungen von der dritten Amphore, die noch immer neben meinem Schreibtisch steht, auf mich überzugehen.

Noch soll sie vor der Welt verborgen bleiben. Etwas sagt mir, daß große und schlimme Dinge auf uns zukommen, und diese Amphore darin noch einmal wichtig werden wird.

Von Achmed kam noch keine neue Nachricht.

Ein wirklich gutes Jahr 2033 wünsche ich uns allen, nicht ohne Bangigkeit. Hier also erst mal die improvisierten Texte der „fünften Amphore".

Herzlich B. C.

EGYOP

An Egyops Küste ruhen noch gefügt die Häuser
Ganz aus dem Holz, so hart wie Stein, der Ligos-Bäume
Wie sie, als dichter Wald, auf Arys wuchsen
Der Insel Stolz, die unterhalb Gobaos lag
Und mit ihm unterging, da sie zu nah am Reiche
Des letzten Eisesschweigers LAVENTRUM gelegen.
Einst ragte sie, als dunkelroter Felsen,
Wie eine Götterfestung aus dem Meer.
Höher als jene Bäume, dreimal höher, funkelten
Ihre Wände in granatnem Glanz, und uneinnehmbar

Schützend dieses tapfre Volk.
So konnte niemand, ohne Willen des weisen Königs NO
Dies Reich betreten
Und fruchtlos blieb so mancher Angriff, den die
Gobaon versuchten.

Die weisesten der Priester, die den Frevel
Der Könige aus dem Geschlecht der Laventrum,
Schon lang erkannt, hatten mit ihren Schülern
Und erwähltem Volk, Gobao nach und nach verlassen,
Das felsge Eiland wurde Zuflucht
So manchem schwerbedrängten Mann mit Frau und Kind.
Als die Verteidigung der starken Insel
Die weise, straffe Hand von einem König heischte,
Wählte der hohe Rat der Eingeweihten, den greisen
Sokris-Priester NO zum ersten Herrscher Arys.
Denn kluge Macht erwies sich bald vonnöten,
Als NO den Inhalt seiner Gesichte offenbarte,
Die ihm gleich nach Antritt seiner Herrschaft
In strengen Stunden der Versenkung durch die Götter
Gewährt sind worden.

Ich war gerade auf der Roten Insel, als NO
Die Priester und auch mich einlud in sein Felsenhaus.
Zwei Tage mußten wir bei ihm in stille Übung uns versenken.
Dann rief er uns in eine Halle.

Und durch ein Ritual, das ich nicht schildern darf,
Erhob er alle uns zu höherm Anschauen des Geschehens,
Das uns hier unten auf der ALAKIVA
Als Untergang Gobaos sich entrollt.
So schauten wir, daß ALAKIVA rund,
So wie ein Menschenkopf im Raume schwebt.
Im Kreise saßen wir am Firmament
Und sahen ihrem ruhigen Drehen zu.
Und endlich sahen wir ihn auch, den Untergang Gobaos,
Bis zu dem letzten Ende dieses Reichs
Auch wie die Rote Insel mit verdarb
Und welche Gegenden von Alakiva

Den Auserwählten Zuflucht gibt und Rettung
Im Westen Lingua-Lin, im Osten jenes ferne Tal,
Zu dem seit Monden SIRI treulich unterwegs
Im Süden endlich Egyop ...

Die Arcayas, aus dem Holz der Ligos-Bäume,
Deren Bestand die Aryo hilfreich opferten,
Um sie daraus zu bauen, sie gleichen
Riesigen Kästen, schwimmenden Häusern,
In denen Platz ist für bald zweimal hundert Menschen.
Und unzählige schwammen bald, alle auf einmal,
Als NO befahl, Arys, die Insel, endgültig zu verlassen.
Denn nah bevor stand jenes größte Beben
Welches das Meiste von Gobao zerstören wird.
IN DEM BEWEGTEN JAHR DER STEINEFLUTEN,
So hieß schon lang die allergrößte Katastrophe
Unter den Eingeweihten, aber auch der ganze
Lange Jahre dauernde Untergang Gobaos
Wurde so benannt ...

Was für ein Zufall, daß es gerade Aoyu ist, der Dich als erster begrüßt, Ve-Dan. Man hat ihn ausgeschickt, die verirrten Arcayas zu holen, die hier, östlich vom Delta des großen Flusses, dem man zu Ehren des inzwischen schon zu BAOLIN heimgekehrten weisen Königs NO, den Namen NO-IL gab, zu landen suchen.

Vorne, wie in einer Gabel, ziehen die kleinen, sehr kräftigen Boote, die mit der Kraft des Pflanzensamens angetrieben werden, die schwimmenden Häuser. Um sie herum läuft draußen ein breiter, hölzerner Steg, auf dem die Ruderer Platz haben, wenn sie mithelfen, vierundzwanzig an jeder Seite, die Arcayas vorwärtszutreiben.

Außer den Menschen enthalten sie allerlei nützliche Geräte, die ein Volk braucht, um wieder neu anfangen zu können. Außerdem Tiere vieler Gattungen, Pflanzensamen und Hab und Gut der Rettung Suchenden. Auch Schätze: Gold, Edelsteine, Silber, Kupfergold, kostbare Geräte, Kelche, geschmiedete Ornamente. All das würde gebraucht werden, um sie, besonders in den ersten Jahren, gegen Nahrung einzutauschen bei den Völkern weiter im Landesinneren.

Hat man zu Anfang die Arcayas einfach an Land gezogen, um fürs erste in ihnen wohnen zu bleiben, bis andere Behausungen gebaut sind – so werden sie bald – unter NO's Befehl, auf dem NO-IL, der damals noch nicht so heißt, flußaufwärts, weiter nach Süden geschafft. Denn gerade die nördlichsten Gebiete der neuen Heimat sind von der bald bevorstehenden Flut bedroht.

Und so errichtet man mehrere Tagesreisen weit im Innern die erste neue Stadt – und in ihr einen Tempel.

Mit den angrenzenden Völkern sucht man gute Freundschaft zu knüpfen, was nicht leicht ist, aber dem unglaublich sanften Wesen des greisen NO dennoch gelingt. Da der NO-IL bis an seine Ufer von totem, sandigen Land umgeben ist, beansprucht niemand ernsthaft dieses Gebiet.

So kann NO die Seinen hier seßhaft machen. Und bald zeigt sich den staunenden Nachbarn, was kluges, auf die Wirklichkeit Alakivas gerichtetes Wissen vermag. Schon auf Arys wußte die Kunst der Baupriester, aus einem komplizierten Brunnensystem Wasser für die Felder zu gewinnen. Diese Kunst der Bewässerung wird nun hier, der neuen Situation entsprechend, weiterentwickelt. Und so blühen bald fruchtbare Felder rechts und links der Ufer des NO-IL, und man kann daran denken, alle Ausgewanderten aus eigener Kraft zu ernähren.

Teils wächst die erste Stadt aus dem Holz der Arcayas, teils wohnen viele noch in Zelten. Doch schon entstehen die ersten Bauten aus den gebrannten Lehmziegeln, die hier von selbst in der heißen Sonne trocknen. Und da man einen Ort gefunden hat, einen niedrigen Berg, aus dem sich Steine brechen lassen, wird der erste Tempel sogar aus diesem gebaut.

Du bist noch kein Jahr in Egyop, Ve-Dan, als die großen, drohenden Vorboten des Untergangs einsetzen. Die Erde hört man jetzt öfter grollen. Stürme fegen auch über Egyops Küste hin. Mächtige Wolken ballen sich und ziehen drohend übers Land. Die Luft ist erfüllt von Unheil. Viele Arcayas schwimmen noch weit draußen – und alle Hände der Stärksten werden gebraucht, sie zu bergen. Schon ist das Delta unter einer heranrollenden Flut versunken, schickt das Meer seine aufgewühlten Wellen weit über die ehemalige Küste.

Vogelschwärme, offenbar aufgeschreckt – und heimatlos umherirrend – ziehen zu Tausenden am Himmel hin. Ausläufer gewaltiger Regengüsse erreichen sogar Eure erste Stadt, die in einem Gebiet liegt, wo es sonst selten regnet.

In dieser Zeit stirbt der weise König NO. Schon längst hat er sich eine Stütze und Hilfe bestimmt in dem kleinen, energischen Priester RE. Dieser übernimmt nun die Lenkung. Er läßt Dämme errichten. In mehreren Reihen hintereinander, bis zur immer weiter zurückweichenden Küste hin. Niemand weiß genau, wie weit die Flutwelle vorpreschen wird. Niemand weiß, ob das Grollen und leichte Beben Alakivas, das selbst hier im Innern Egyops zu spüren ist, nicht zunehmen wird.

So befiehlt er, daß viele der Arcayas, die stets neu hinzukommen, nicht auseinander gebaut werden, sondern in Bereitschaft zu bleiben haben für den schlimmsten Fall ...

Und eines Nachts schrecken viele auf. Denn nun haben sie erst richtig begonnen – die letzten und stärksten Zuckungen Gobaos vor seinem Ende, die man zu Recht und eigentlich DAS BEWEGTE JAHR DER STEINEFLUTEN nennen muß.

27. Kapitel: IN DEM BEWEGTEN JAHR DER STEINEFLUTEN

RE regiert jetzt mit straffer Hand. Die Stadt wächst – und Tag für Tag treffen neue Arcayas ein. Sie ist auf einer Anhöhe errichtet. Vom Dach des Tempels, der am höchsten Punkt aufragt, kann man weit den No-Il hinunter bis zum Meer sehen. Immer neue Flutwellen branden von dort heran. Ganze Küstenstriche Egyops haben sie verschluckt. Das Delta des No-Il ist vollständig überschwemmt. Schon ist der neue Verlauf des Meeresufers vom Tempeldach aus zu erahnen.

Die Dämme, die man auf Re's Geheiß errichtet hat, erweisen sich als lebensrettend. Nun werden alle Arbeitsfähigen eingesetzt, einen hohen Ring um die Stadt zu bauen. Außen fallen seine Mauern schräg ab. Nach dem heranrückenden Meere zu sind sie am höchsten. Weiter draußen wird ein zweiter Ring gebaut – und noch weiter draußen ein dritter. Mächtige Schleusentore verschließen den Zugang zu breiten Kanälen, welche die Stadt durchziehen. Diese sind so breit, daß eine Arcaya darauf fahren kann. Im Rücken der Stadt, dem Hinterland zu, verlassen sie die Stadt wieder und führen sehr viel weiter unten wieder in den No-Il. Hier, hinter der Stadt, fällt das Land ab. Ebenso werden Kanäle außerhalb der Stadt ausgehoben. Und zwischen den großen, die Arcayas fassenden, viele kleinere, wie ein Netz, um die großen zu verbinden. Die Quader für die Dämme holt man aus dem Steinbruch, der schon dem Bau des Tempels gedient hat.

So wird man das eventuell herandringende Wasser zum richtigen Zeitpunkt durch das Öffnen der Schleusen zum Absinken bringen. In Kanäle gebannt, kann es dann rasch durch die Stadt und um diese herum abfließen. Viele kleine Boote läßt RE außerdem aus dem Schilfrohr des No-Il flechten – und zahllose Arcayas liegen unweit der Stadt bereit. Auf jeder müssen einige wenige Männer Wache halten, die sich mit der Steuerung auskennen und die kleinen, mit der Kraft des Pflanzensamens getriebenen Boote bedienen können.

In jede Arcaya werden Vorräte geschafft. Genügend, um in der Not viele Wochen die Insassen zu ernähren. Klug durchdacht sind die Anordnungen RE's – und so murrt niemand ob der ununterbrochenen, harten Arbeit. Alle sehen ein, daß nur so Rettung möglich ist, falls sich die Flutwellen bis hierher erstrecken sollten. In den kleinen Schilfbooten kann man schnell die auf trockenem Grund liegenden Arcayas erreichen. Diese sinken nicht, denn sie steigen mit der Flut. Die wenigen Männer auf ihnen, die wachen, werden sie den Rettungsuchenden entgegensteuern.

Die Kanal- und Schleusensysteme werden die Gewalt der Flut regulieren helfen – und es kann sogar möglich sein, daß dadurch das Hochwasser viel schneller sinkt und die Stadt wieder frei geben muß.

Oft hört man jetzt ein drohendes, wenn auch leises Grollen im Inneren Alakivas.

Du sitzt in Deiner Hütte, Ve-Dan, und zeichnest auf, was um Dich herum vorgeht. So lautet Dein Auftrag. Du mußt an Talin Meh denken. Wo mag sie jetzt sein? Weiter im Süden, an den Ufern des Gisou? Und Debres, Dein Bruder – jetzt ist er schon ein Mann, wenn er noch lebt. Ob Dein Volk, die Lin-Maya-Seti noch weiter an die stolze Zungenstadt haben heranrücken müssen? Und wie erlebt es die jetzt so unerbittlich waltende Katastrophe? Wie vielen Rettungsuchenden helfen sie wohl gerade? Wie geht es Gurre-Dan, Deinem Meister? Und wie dem Mha-Au-Gon, der ältesten Stirn? Wie Deinen Eltern, den Geschwistern; wie den Spielgefährten von einst aus dem Jugenddorf? Was geht gerade auf Gobao selbst vor? Und Ve-Gurre? Dein Sohn? Lebt er?

Wütet Laventrum, dem außerhalb des Riesenreiches keine Zukunft winkt? Suchen auch er, seine Schergen und finsteren Priester Rettung? Erzwingen sie sie gar mit Gewalt? Läßt er die Arcayas verfolgen? Weiß er inzwischen davon? Die Flugboote können nur flach über dem Boden schweben – nutzen sie etwas in diesem entsetzlichen Toben der Elemente?

Fragen über Fragen bewegen Dich, Ve-Dan. Oft bist Du unterwegs nach Norden. Ziehst den ankommenden Arcayas entgegen. Suchst nach bekannten Gesichtern, aber auch nach Zeugen des Weltendramas. Du bittest die, welche es vermögen, zu berichten. Und so setzt sich Dir allmählich, wie ein Puzzle, die Wirklichkeit, das ganze, gewaltige Ausmaß der Katastrophe zusammen. Du bist ein Sänger, Ve-Dan, ein Dichter. Und bald steht vor Deinem inneren Sinn in großen Imaginationen das, was schon seit Jahren die Eingeweihten des BEWEGTE JAHR DER STEINEFLUTEN nennen.

Du wirst noch mehr erfahren, Ve-Dan. Mehr, als du je zu hoffen wagtest. Sogar vom Ary-Ary-Rhab wirst du Neues hören – und schließlich auch vom Schicksal derer, die ins verborgene Tal ganz fern im Osten zogen. Und ganz zuletzt, kurz vor dem Ende deines langen Lebens, wird dich noch eine Botschaft erreichen von MHA-NO selber.

So sammle deinen Sinn – und richte ihn auf das, was gerade geschieht, oder erst kurz vergangen ist. Vieles hast du vernommen, viele Menschen gesprochen – und dir ist, als habest du in wenigen Monden unzählige Schicksale durchlebt. Sogar im Traume stellst du denen, die du siehst, Fragen – und erhältst Antwort. Und ganz geheimnisvoll ist diese Antwort: mitunter so, als würdest du sie selbst erleben. So auch in jenem Traum, der dich entführte, kurz bevor die ersten Fluten den äußersten Ring der Stadt erreichten.

Erst scheint dir, du würdest von ihr träumen. Denn auch darin kommen gewaltige Steinkreise vor. Doch dann erkennst du, daß es sich um die Hauptstadt Gobaos handeln muß. Gefangen bist du mit vielen anderen. In grauer, zerschlissener Kleidung passiert ihr die Tore, werdet angehalten, untersucht und dürft weiter. Ihr müßt Ausbesserungen an den Wällen vornehmen – dann plötzlich siehst du auch IHN von ferne, ihn selbst, Laventrum, den Eisesschweiger. Nur ganz kurz, doch schon davon läuft dir ein Schauer über den Rücken. Und jenen schrecklichen Moment durchlebst du, als dieser furchtbare Tyrann die Gruppe von Kindern im Kanal ertränken läßt, von denen es heißt, sie hätten über ihn gelacht. Am Ende dieses Traumes wirst du mit einer Keule erschlagen.

Du bist nicht unerfahren in der Weisheit des Traumes, Ve-Dan. Längst weißt du, noch von deinem Meister Gurre-Dan, daß Wesen sich im Traum begegnen und gegenseitig in ihre Erlebnisse mit hineinnehmen können. So ist dir klar, daß dieses Erlebnis dir auf solche Weise, ein schon Gestorbener, ja ein Ermordeter, möglich machte. Noch andere Tote werden dir so manches schildern – und du spürst: auch jenseits der Wipfel Ougurres, dort wo Baolin beginnt, das Reich der Himmel, herrscht Erregung über Alakivas Schicksal. –

Gobaos Hauptstadt heißt bei euch Lin-Maya-Seti von alters her TUPAOLIN. Eure erste Stadt in Egyop nennt ihr Mem-Re, zu Ehren des Königs, unter dessen Herrschaft ihr sie errichtet. –

Tupaolin hat sieben Ringmauern um sein Zentrum. Und zwischen jeder fließt ein breiter Kanal. Der Hauptkanal aber durchschneidet die Stadt von Süd nach Nord und ist der breiteste. Auf diesem Kanal fuhrst du im letzten, so schreckensvollen Traum, in dem du die Bilder in der Seele eines Ermordeten noch mal durchlebtest.

Memre besitzt nun aber drei Ringe, die außerdem noch anders gestaltet sind, als die von Tupaolin, ihrer Funktion entsprechend. Im Norden ragen die Mauern mächtig auf – und außerdem zum Meere hin schräg abfallend. Zur Südseite von Memre hin werden sie niedriger.

Du bist wieder unterwegs in Richtung No-Il-Delta, das längst versunken ist. Nur eine halbe Tagesreise braucht ihr noch, du und dein Begleiter, um die neue Küste des Meeres zu sehen. Ihr seid nun zu zweit, denn seit eineinhalb Monden hast du einen Schüler. Er ist so ungefähr in dem Alter, in dem du damals warst, vor so vielen Jahren im Jugenddorf, als Dich die Liebe ergriff zu Talin-Meh ...

Zuerst sahst du ihn nur in respektvoller Entfernung im Sande sitzen – und dir zuschauen bei deinem Tun. Vor deiner Hütte hocktest du in der warmen Sonne, und dachtest nach und schriebst auf Papyri, dachtest wieder nach und schriebst wieder.

Er saß einen Steinwurf weit entfernt im Sande und sah unablässig zu dir hinüber. Abends verschwand er – doch am nächsten Morgen war er wieder da. So ging das einige Tage – bis du ihm endlich winktest, näher zu kommen.

Er zögerte, kam nur einige Schritte näher und setzte sich erneut. Erst am nächsten Tage wagte er es, bis zu dem Platz vor deiner Hütte vorzudringen. Du hattest ihn längst erkannt. Es war Shiv-Re (viele Kinder bekamen jetzt den Namen des Königs angehängt), der Sohn jener Witwe aus dem Norden Gobaos, die schon vor ein paar Jahren hier mit einer Arcaya ankam. Shiv hieß er schon seit seiner Geburt. Den Zusatz Re hatte ihm die Mutter gegeben, als sie in Mem-Re eintraf.

Nun sitzt er hier nah bei dir und sieht dir zu bei deinem Schreiben. Offenbar fasziniert ihn dein Tun – geheimnisvoll zieht es ihn an. Du sprichst eines Tages mit seiner Mutter – und von da an darf er täglich kommen. Er geht dir zur Hand: Papyrus schneiden, Schreibfarben anrühren und mischen, Federkiele und Stäbchen schnitzen und anspitzen. Und dann nimmst du ihn sogar mit bei deinen Erkundungen gen Norden. Er ist dabei, wenn du Ankömmlinge von den Arcayas nach ihren Erlebnissen befragst.

Er hat wuscheliges, üppiges, schwarzes Haar und flinke Augen; ist von schlanker, biegsamer Gestalt, wie das Rohr des Schilfs an den Ufern des No-Il. Nie wagt er zu fragen, mit keinem Wort erwähnt er seinen innigsten Wunsch, den man ihm aber von den Augen ablesen kann. Du weißt es längst – und du erinnerst dich, wie du dich deinem Meister nähertest, Gurre-Dan, mögen die Götter ihm wohlgesonnen sein.

Debres, der Kleinling, dein jüngerer Bruder, er schlief schon. Du lagst noch wach in dem Raum oben im Baum. Debres' tiefe, gleichmäßige Atemzüge konntest du hören. Endlich mußt du eingeschlummert sein.

Da rührte dich jemand an. Du schlugst die Augen auf! Sy-Dany war es, deine sanfte und gütige Mutter. Sie hielt den Finger an die Lippen und winkte dir, aufzustehen und mitzukommen.

Leise legtest du dein besticktes Kleid an und folgtest ihr. Ihr stiegt den Baum hinab und wandtet euch dem Fluß zu. Zum Ufer des Ubyu-Lin führte dich Sy-Dany. Zu jener Lichtung, die für festliche Anlässe genutzt wurde. Du warst noch ganz schlaftrunken, als ihr ankamt. Im großen Halbrund, dem Flusse zugewandt, saßen die Erwachsenen eures Stammes, auch einige Halbwüchsige, denen die Eltern so wie dir, für heute erlaubt hatten, an dieser nächtlichen Feier teilzunehmen.

Du warst noch um einige Jahre jünger als Shiv-Re heute. Man erzählte Geschichten. Alte und Uralte schilderten, was inzwischen den Strom des Vergangenen hinabgeflossen war.

Und dann nahmst du ihn zum ersten mal richtig wahr, jenen mächtigen Alten mit dem federnden, wie jugendlichen Gang. Er war aus eurer Sippe, doch oft hielten ihn weite und offenbar wichtige Reisen von euch fern. Doch wenn er unter euch weilte, fühltest du immer diese besondere Stimmung in den Herzen aller. Als der letzte Erzähler geendet, trat er in den Kreis. Das Haar fiel ihm lang und silbrig über die Schultern. Sein Gewand war auffallend schmucklos. Seine Augen strahlten Stärke und Güte aus. Er hatte ein Instrument bei sich, eine so große Muschel, wie du noch niemals eine erblicktest. In diese blies er nun lange und tief ins Gemüt dringende Töne. Dann hub er zu singen an. Wehmütig stieg seine Stimme auf und ab, wurde laut und wieder leise. So leise, daß alle angestrengt lauschen mußten. Dann wieder blies er in die Muschel – nun aber unendlich zart. Und wieder sang er, ließ Töne ohne Worte an- und abschwellen.

Du hattest kein Zeitgefühl mehr – und es wurde dir leicht um die Seele. Du hattest das Empfinden, daß sie sich öffne, wie zu etwas Verborgenem hin.

Jetzt schwieg Gurre-Dan, lange. Atemlose Stille herrschte. Niemand wagte zu hüsteln oder zu rascheln. Und dann begann er, mit tiefer, unbeschreiblich kraftvoller Stimme Worte zu sprechen, nein eher, sie auf wenigen Tönen zu betten, die mal um ein weniges hinauf-, mal hinabstiegen, um wieder zur mittleren Höhe zu finden.

Unvergeßlich werden dir diese Worte bleiben. Langsam und feierlich erzählten sie vom Beginn der Zeiten, als die Götter beschlossen, die

Menschen zu erschaffen. Jeder von ihnen mußte ein Opfer bringen, damit das möglich wurde. Und so entstanden die ersten Menschen – und sie ruhten im Schoße der Götter.

Dann gingen diese daran, ihnen eine Wohnstatt zu bereiten und es wurde Alakiva geboren, deren erster Name, der Name ihres ersten Lebens SANDUR war. Und als Alakiva das erste mal starb, nahmen die Götter auch die Menschen wieder in ihrem Schoße auf. Bald wurde sie ein zweites mal geboren und hieß nun SOKRIS-DAO. Ihr drittes Leben lang wurde sie KRISDAN-DAO genannt. Und endlich trat sie in dieses jetzige Leben ein, und du flüstertest lautlos ihren Namen, bevor ihn Gurre-Dan sang: ALAKIVA.

Und von jedem ihrer Leben wußte Gurre-Dan zu erzählen und zu singen. In welcher Art die Menschen dabei lebten ... und vieles andere mehr. Mit offenem Mund und völlig selbstvergessen lauschtest du – und ein tiefer Seufzer entrang sich deiner Brust, als Gurre-Dan endete.

Schweigend gingst du mit den anderen zurück ins Baumdorf. Unendlich erfüllt war deine Seele von den gewaltigen Bildern, die Gurre-Dans Gesang in dir hervorgerufen hatte. Lange konntest du nicht einschlafen. Und bis in den Traum hinein sahst du sie vor dir, die vier Leben jenes Wesens, das jetzt Alakiva hieß – die Mutter aller Menschen. Seitdem ließ dich das Bild Gurre-Dans nicht mehr los. Am hellerlichten Tag sahst du von da an oft sein Antlitz vor dir, das in Würde und Weisheit geleuchtet hatte an jenem Abend. Woher wußte er, was er gesungen hatte? Und hatte er es selbst in Worte gebracht, dieses Wissen? Konnte man das erlernen?

Oh – was für ein Glück mußte es sein, von diesem wunderbaren Mann eingeweiht zu werden in die Geheimnisse der Welt!

Nun ist also Shiv-Re in der Situation, in der du damals Gurre-Dan gegenüber dich befandest. Nun sucht er dir nahe zu sein, begierig auf deine Kunst und Weisheit. Wie damals die deinen, so leuchten jetzt seine Augen, wenn du ihm behutsam das eine oder andere lehrst.

Er geht dir zur Hand, reibt die Farben zum Beschreiben und Bemalen der Papyri, erledigt kleine Botengänge für Dich, hält Ordnung in deiner Hütte. Flink ist er, wie seine Augen – und von schneller Auffassungsgabe.

Als erstes erklärst du ihm den Bau deines Instrumentes, der Say-Dor. Aus dem Holz der Ligos-Bäume geschnitzt der siebeneckige Corpus. Und auch aus diesem der schmale lange Hals. Mit Krokodilhaut der

Corpus straff bespannt. Darauf die drei Saiten aus den Sehnen eines Rindes, eines Ya-Qui.

Ob er sich zutraue, sich selber eine ebensolche Say-Dor zu bauen?, fragst du ihn. Shiv-Re nickt eifrig. Und so sitzt er denn die nächsten Wochen an den langen Nachmittagen, während du schreibst, vor deiner Hütte und schnitzt zuerst den Corpus. Das ist eine Arbeit, die große Geduld erfordert. Kein Holz gibt es auf Alakiva, das härter ist als das der Ligos-Bäume von der Insel Arys. So braucht es viel Zeit, bis mit winzig kleinen Schnitzern nach und nach das Innere des kurzen Ligosstückes, das Shiv-Re vor sich liegen hat, herausgeschält ist. Dann muß er ihm die äußere siebeneckige Form geben. Das Holz glänzt in tiefem Rot und Braun, und grünliche Adern scheinen sich hindurchzuziehen als Maserung. Doch Shiv-Re arbeitet verbissen. Bald kann er sich den schlanken Hals vornehmen, den er aus einem dünneren, gerade gewachsenen Ast fertigt. Nun noch die Halterungen für die Sehnen, oben zum Aufwickeln und Spannen, zum Stimmen der drei Grundtöne: Pty, As und Kum – und Shiv-Res Say-Dor ist fertig.

Verlegen lächelnd und erwartungsvoll zeigt er sie dir. Und er glaubt sicher, daß er nun sofort beginnen könne, darauf zu spielen.

„Oh nein, Shiv-Re, so schnell geht das nicht! Nun kommt das Schwerste. Du mußt DEINEN Ton finden. Einen für deinen Leib, einen für deine Seele und einen für deinen Geist. KUM, Shiv-Re, ist der Ton des Leibes, AS derjenige der Seele und PTY bringt deinen Geist zum Klingen.

Geh also in den nächsten Tagen morgens beim Aufgang der Sonne zum Ufer des No-Il. Dort setze dich der aufsteigenden Sokris gegenüber – und lausche, wie sie klingt. Lausche dem Klang des Lichtes. Solange, bis du ein Singen in dir, bei ihrem Anblick hörst. Doch störe dieses Singen nicht – sondern behüte es. Ganz, ganz behutsam mußt du es in dir erlauschen. Es wird stärker werden – und immer stärker, bis es so kräftig, wenn auch fein in dir tönt, daß du es niemals wieder vergessen kannst. Dieser Ton, der da in dir aufblühen wird wie eine Blume, er ist der Ton des Geistes. Doch fasse dich in Geduld! Es kann lange dauern, bis du ihn vernimmst, und noch einmal so lange, bis er ganz sicher in dir wohnen wird.

Wenn dieser Ton des Lichtes dir unverlierbar geworden ist, kannst du den nächsten in dir heranbilden. Dazu sollst du hinausgehen auf den Hügel westlich der Stadt, in die Richtung, wo das große Sandmeer liegt. Und nun wirst du dich in das Wehen des Windes versenken. Lausche seiner auf- und abschwellenden Melodie – jeden Morgen, bevor du zu mir kommst. Bis dir aus diesem Wehen ein Ton hervorgeht, der in deinem Inneren widerhallt – und diesen sollst du ganz wie das Singen des Lichtes in dir verstärken. AS ist es, der Ton der Seele, der aus dem Winde erwächst.

Und endlich gehe wiederum zum Ufer des No-Il. Setze dich an sein Ufer – und hör auf das Wasser. Denn der Klang, der dir aus dem Wasser in die Seele fließen wird ist KUM, der Ton des Leibes."

Shiv-Re sieht ihn mit großen Augen an – und hört zu. So schwer hat er es sich nicht vorgestellt, ein Sänger zu werden.

„Eins mußt du noch wissen", fährst du fort zu Shiv-Re zu sprechen: „jeder Sänger hat seine eigenen drei Töne, seine eigenen PTY, AS und KUM. Und wenn du sie gefunden hast, werde ich dich ihren Zusammenklang lehren, durch den allein die Wahrheit in die Herzen der Menschen dringt, wie es unser Auftrag ist und der Wille der Götter."

Und so geschieht es.

In der ersten Dämmerung steht Shiv-Re auf, geht durch das schlafende Mem-Re und wandert bis zum Ufer des No-Il. Viele Tage hindurch sitzt er nun jeden Morgen dort, das Aufsteigen der Sokris erwartend. Er lauscht ihrem Klang und dem Klang ihrer Strahlen. Die erste Zeit ist er mehr von der täglichen Wiedergeburt des Lichtes fasziniert – und hört nichts. Doch er läßt sich nicht entmutigen. Und eines Tages – es ist vollkommen still, unbeweglich ruht das Wasser des Flusses, lautlos zieht ein Vogel seine Bahn. Eines Tages empfindet er ganz, ganz zart, hauchfein ein Klingen in sich. Er ist erregt, zwingt sich zur Ruhe, aus Sorge, das Klingen zu verscheuchen. Noch viele Tage bringt er so zu, jeden Morgen – und zu Beginn noch bang, ob der Klang auch wieder zu hören sein wird. Und es dauert noch einige Zeit, bis er ihn nicht nur morgens hört, bei Sokris' Aufgang, sondern auch den Tag über, wann immer er andachtsvoll in sich hineinlauscht.

Nun geht er an die nächste Aufgabe. Er hätte nie geglaubt, daß es so spannend sein kann, dem Wehen des Windes zu lauschen. Auf schwillt er und ab – und unendlich sind die Variationen seines Klanges. So auch ergeht es ihm schließlich mit dem Fließen des Wassers. Und ganz nebenbei geschieht etwas Wunderbares in seiner Seele. Zuerst wird er einfach froher durch sein beharrliches Üben. Liebe entflammt nun oft seine Gefühle. Liebe und Mitverstehen mit allem, was lebt. Daraus entsteht ihm Dankbarkeit – die sendet er zu den Göttern, dem Lichte entgegen, ganz ohne Worte. Und als drittes fühlt er seinen Leib leichter werden. Beschwingt, von wunderbaren Kräften durchwebt.

Und eines Morgens wagt er es, ohne Ve-Dan zuvor gefragt zu haben: Als ihm der Gesang des Wassers zu einer unverlierbaren Gewißheit und zu einem Klang in der Seele geworden ist, sieht er sich eines Morgens am No-Il-Ufer um. Kein Mensch ist zu sehen.

Da erhebt er seine Arme zur Sonne – und singt ehrfürchtig die drei Töne: Pty, As und Kum – hinauf und wieder hinab und wieder hinauf. Er läßt sie aus sich strömen, an- und abschwellen – und er hat das Gefühl, als gehen nun überall in ihm, er hätte nicht zu sagen vermocht wie, Türen auf, als entstehen neue Verbindungen zwischen seinem Geist, seiner Seele und seinem Körper.

Erst drei Tage später wagt er es schließlich, Dich, Ve-Dan, zu bitten, ob er seine Say-Dor nun stimmen darf.

Ve-Dan – und du nickst nur schweigend.

Vorsichtig wickelt Shiv-Re sein Instrument aus. Langsam, durch leichtes, behutsames Drehen des Mechanismus am oberen Ende des schlanken Halses, stimmt er die Saite immer höher. Er läßt sich Zeit. Und du, Ve-Dan, beobachtest mit Freude die ausdauernde Geduld – und die Wandlung, die in dem Jungen schon vor sich gegangen ist.

Dann hat Shiv-Re seine Töne gefunden. Leise summend stimmt er jede Saite ein – bis er sie endlich scheu – aber sicher dem Meister vorspielt.

„Nun spiel sie alle drei zusammen, Shiv-Re", sagst du, Ve-Dan. Und so strömt der Dreiklang durch deine Hütte. „Nun sage ich dir ein Geheimnis, Shiv-Re, eins, das sicher schon als Ahnung in dir aufgegangen ist: Diese drei Töne, Shiv-Re, das bist du selbst. Und nur, wenn dein ganzes Wesen klingt in dem, was du einmal singen und spielen wirst, kannst du damit den Menschen wahrhaft helfen, die Götter zu hören und ihrer Weisheit zu folgen. Denn recht gesungen, verleiht deine Kunst, die du nun lernen wirst, den Menschen Kraft und Sicherheit." Und so übt dein eifriger Schüler, Ve-Dan, von nun an, Musik und Sprache miteinander abwechseln zu lassen. Später, sie zu verbinden. Er erfährt, wie man Dinge und Geschehnisse, die man erlebt und beobachtet hat, in Töne und Verse verwandeln kann – und dies zu erlernen dauerte lange, lange Zeit. Wie gut, so begreift jetzt Shiv-Re, daß er die Kraft und die Ausdauer dazu schon beim Herstellen seines Instrumentes – und dann beim Finden seines Dreiklanges erbildet hat. Als Nächstes sind jetzt uralte Texte an der Reihe, die meist nicht lang, aber von großer Wirkung sich erweisen. Dazwischen lehrst du ihm, Ve-Dan, einige deiner Lieder. Und schon nach einigen Wochen kannst du daran gehen, mit dem Jungen erste Übungen im selbständigen Erfinden eines Liedes in Klang und Wort zu versuchen ...

„Sieh, Shiv-Re, dort, wie jener Vogel kreist. Hör auf seinen Ruf. Auf steigt er – dann läßt er sich wieder abwärts fallen, um sich bald darauf erneut aufzuschwingen. Nun werde selbst ein Vogel. Versenke dich ganz in ihn hinein, wie er sich vom Winde tragen läßt, vom Lichte emporlocken und von der Erde neu erquicken. Nun schließ die Augen – und male dir ein Bild vor die Seele, aus den Linien seiner Bewegungen, als wolltest du es tanzend dir verdeutlichen. Auf diese Bewegungen nun lege die Töne einer Melodie. Doch suche noch nicht nach Worten für das Beobachtete. Das üben wir später.

Erst laß es tönen – trau dich – habe keine Angst. So erfaßt Shiv-Re nach und nach das Wesen des Klanges und das der Worte. Noch Vieles lehrst du ihm, Ve-Dan. Die Geheimnisse des Rhythmus, ja aller Rhythmen, die man wahrnehmen kann.

Von den ganz großen, die im Wandel der Sterne sich vollziehen, bis zu den kleinsten in den Bewegungen winziger Tiere. Vom Wechsel von Tag und Nacht, von dem der Jahreszeiten, vom Rhythmus des Menschenlebens: Kindheit, Jugend, Alter, Tod. Vom Rhythmus im Wachstum der Pflanzen, ja, allen Lebens, von dem der Sprache und von den Rhythmen, die der Mensch zum Leben erweckt, wenn er die Trommel schlägt ...

Und eines Tages lehrst Du ihn den GROßEN GESANG VON DEN VIER LEBEN ALAKIVA'S.

Es dauert Wochen, bis er ihn auswendig weiß. Erst nur die Worte. Sie ruhig vor sich hinzusagen, braucht allein viele Stunden, so gewaltig und lang ist der Text. Dann kommen die Töne, die er dir nachsingt, Ve-Dan. Erst wenn er sie vollkommen beherrscht, kann er darangehen, sie in der Höhe seines eigenen Dreitons zu erproben.

So reift er soweit heran, daß er auch das LIED DER DREI KÜNFTIGEN LEBEN ALAKIVA'S lernen kann. Dieses Lied darf nur sehr selten und in besonderen Situationen vor dem Volke gesungen werden. Sonst ist es nur für einen Kreis von Wissenden bestimmt, denen es Kraft verleihen soll, dem Zukünftigen vertrauensvoll, mutig und vorausplanend zu begegnen. Denn es handelt von den drei folgenden Wiedergeburten Alakivas, wenn sie die jetzige beendet haben wird.

Die Wissenden verständigen sich, wenn sie davon sprechen wollen, nur mit den drei sonst geheimen Namen der zukünftigen Leben der Alakiva. Als nächstes wird sie YU-PTY-ER heißen, dann VE-NOU-AS – und schließlich VOL-KUM-AN.

Als Shiv-Re dich fragt, wie es danach wohl weiter geht, mußt du schmunzeln, Ve-Dan. „Das werden wir schlicht abwarten müssen, Shiv-Re, bis dahin haben wir noch ein paar hunderttausend Jahre Zeit, nicht wahr???"

28. Kapitel: DER ERWACHENDE DRACHEN

Weimar den 16. Februar 2033

Lieber Klaas!

Verzeih, ich habe lange nichts von mir hören lassen. Danke für Deine letzten beiden Briefe.
Deine Eindrücke von Mikaelia bestätigen die meinen. Ein Hoffnungsschimmer, ein Weg, die furchtbaren Paroxysmen des sozialen Problems zu meistern? Wie lange wird die Menschheit nun schon davon geschüttelt? Ob es sich durchsetzt? Doch so viel scheint mir gewiß: Wir werden das nicht mehr erleben ...

Siehst Du, es steht so viel Bedrohliches auf. Die Mongolei von China annektiert. Rußland ist in heller Aufregung. Jetzt muß die Völkergemeinschaft handeln. Das ist keine regional-interne Frage mehr. Das ist ein offener Eklat!

Wird es zum Krieg mit Rußland kommen? Was sagt Pieter? Die Russen haben mobil gemacht. Freiwillige melden sich in Scharen, ganz wie beim großen vaterländischen Krieg vor fast hundert Jahren gegen die Nazis. Eine alte Weissagung lautet: Rußland ist unbesiegbar. Möge es sich bewahrheiten!

Es gibt immerhin Ansätze. China hat im eigenen Innern Probleme. Der Widerstand wächst. Studenten, Arbeiter, Intellektuelle. Nur die Bauern sind nach wie vor passiv. Aber in den Millionenstädten wächst der Unmut. Ob der Große Drache den Krieg braucht, um seine Macht zu stabilisieren? Hörte gestern im Eurofunk eine Rede Schneidewinds vor der UNO-Vollversammlung. Er forderte sofortiges Handeln – und, das hat mich überrascht: materielle, auch kriegstechnische und selbstredend moralische Unterstützung Rußlands. Da kommt sein tief verwurzelter Schweizerischer freiheitswilliger Charakter durch. Doch bleibt die Abstimmung abzuwarten. Immerhin ist China endlich seit zehn Tagen mit eindeutiger Mehrheit aus der UNO ausgeschlossen worden. Ich bin ganz durcheinander und träume Bedenkliches. – Wohin, glaubst Du, hätte es Sinn, zu emigrieren? Australien? Neuseeland?

Achmed hat geschrieben. Endlich mit Absender. Er ist immer noch bei Odessa. Ich schickte ihm einen Eilbrief. Er solle sofort umkehren. Es sei jetzt zu gefährlich. Hoffentlich erreicht der Brief ihn noch, bevor er ernstlich in Gefahr gerät! Er wolle in der ersten Märzhälfte aufbrechen, schrieb er. Seine Mutter hatte ganz verweinte Augen, als sie neulich bei mir war. –

„Er war schon immer sehr eigensinnig", sagte sie unter Tränen. „Vielleicht hört er auf Sie, Herr Curio...?"

Ja, ich habe die letzte Ausgabe von Oudheidkunde erhalten. Nun haben sie also Splitter gefunden, mitten im Amazonas-Delta. Und sie haben die selbe Substanz, wie die Amphoren, sagen sie? Auf die Herkunft der Amphoren habe ich mich in meinem Erinnerungsstrom noch nicht konzentriert ... im Moment bin ich überfragt. Man vermutet, daß die Splitter von einem massiven Meteoritenregen stammen? Schon möglich.

Und Rustenau plagt sich mit der Entzifferung der Amphorentexte ab. Soweit ich das sehe, nach den ersten Proben von Textpassagen, die er inzwischen vorgelegt hat, bestehen für ihn vor allem Schwierigkeiten, bei der Wahl der richtigen Assoziationszusammenhänge. Er wird noch lange dran zu knabbern haben.

Gobao – hat er einfach als LAND übersetzt. Die Arcayas sind für ihn SCHIFFE. Schiffe waren den Gobaon bekannt, doch handelte es sich meist um größere Boote, die man ruderte und die nicht für die hohe See gedacht waren. Das Meer war nicht breit bis zu den an Gobao grenzenden Festländern. Man überflog es einfach mit den niedrig schwebenden Flugbooten, und auch nur, wenn die See ruhig war. Mehr brauchte es nicht. Arcayas entstanden erst, als den Eingeweihten der Untergang Gobaos klar war, und man baute sie im Geheimen. Also hatten die Gobaon offiziell davon noch keinen Begriff. Sie wurden ausschließlich im Zusammenhang des großen Rettungsplanes geschaffen, den Mha-No leitete, und eigens dafür ersonnen. Es gab vorher überhaupt keinen Bedarf für solche schwimmenden Häuser. Und es führt demnach in die Irre, wenn Rustenau lediglich „Boot" assoziiert.

Wie dem auch sei. Ich spüre, daß ich mit Gobao nun bald zum Ende kommen werde. Eventuell im Juni dürfte ich fertig sein. Man kann nur anreißen, was sich damals alles ereignete. Und es soll nun doch bald heraus. Obwohl mir wegen der Zukunft oft jetzt schwere Schatten auf der Seele liegen und die Freude an der Arbeit verdunkeln.

Was hältst Du von den Bestrebungen, eine Weltwährung einzuführen? Die Pluralität geht immer mehr zum Teufel, das weht mir aus solchen Impulsen entgegen. Natürlich wird sie nur in den reichen Ländern fürs erste zu verwirklichen sein. Trotzdem. Die Einförmigkeit nimmt zu. Obwohl die Befürworter über lauter ungeheure Vorteile schwafeln.

Schon als der EURO durch war, empfand ich seinerzeit tiefes Bedauern. Und jeder mußte dann doch dabei Federn lassen, als man ihn abwertete. Aber natürlich, der immer expansionsgierigen Wirtschaft, den Megakonzernen kommt es zu pass.

Professor Maryan aus Phönix, Arizona, läßt eine Innovation nach der anderen vom Stapel. Er schlägt vor, das Geld ganz abzuschaffen – und dafür eine Universal-Card zu entwickeln, ein Superchip, der alle Funktionen des früheren Geldes, das längst veraltet sei, übernehmen könne ... oh je, dann entgleitet uns das Ökonomische bald ganz ins Imaginäre. Von den neuen Machtmöglichkeiten, die dahinter lauern, ganz zu schweigen. Er mag ja, wie die New York Times neulich lobsang, ein Genie sein, dieser Professor Maryan. Doch mir wird bei seinen Ideen nicht wohl.

Ach ja, da ist doch noch etwas, diesmal eine Meldung, die mir Freude macht. Der gute alte CAYCE ist rehabilitiert. Er hatte ja das Auftauchen von Atlantis-Resten schon für 1998 vorausgesagt. Wie gut, daß es jetzt, wenn auch mit 45 Jahren Verspätung eingetroffen ist. Sie rätseln noch rum. Ich vermute eine alte Palastanlage. Es gab an der südwestlichen Küste einen gewaltigen Palast, den sich der vorletzte Laventrum hatte erbauen lassen. In der Nähe befand sich ein großer Flugboothafen. Und ein, heute würde man sagen, astronomisches Observatorium. Du wirst davon bald in der Fortsetzung von Gobao lesen. Denn die nächsten 50 Seiten sollen bald an Dich abgehen, wenn mir die Stimmung nicht ganz verscheucht wird ... ich kann jetzt keine drei Tage vorausschauen, jedenfalls nicht ohne Gänsehaut.

Warten wir ab, was die Experten zu dem Aufgetauchten sagen. Daß es am Bermuda-Dreieck passierte ist interessant. Es wird Dir bald erklärlich werden, wenn Du von dem besonderen Zauber lesen wirst, den ein gewisser CRO-DAO-SYN auf Geheiß Mha-Nos zur Anwendung brachte, und der offensichtlich noch bis in unsere Zeit wirkt, indem dort Schiffe und Flugzeuge verschwinden – und noch andere merkwürdige Dinge passieren. Dieser Zauber machte der Laventrumherrschaft sehr zu schaffen. Doch sie kamen nicht dahinter ...

Ich soll Euch von Mareike grüßen.

Wir haben immer noch Schnee in Weimar. Wenigstens ein Trost. Denn die letzten vier Jahre blieb er in unseren Breiten aus.

Im Deutschen National Theater versucht man sich gerade an einer Dramatisierung von Tolkiens HERR DER RINGE.

Morgen Vormittag ist Probe. Ich will „fenstern" – und bin gespannt, was dabei herauskommt. Die Idee an sich ist gut ... obschon eigenartig. Ausgerechnet Tolkien, den ich, wie Du weißt, sehr verehre.

Klaas, ich schweige nicht wieder so lange und grüße Euch für heute

herzhaft B.C.

29. Kapitel: DIE FLUT UND DER GROßE GESANG VON DEN VIER LEBEN ALAKIVAS

Erster Gesang: SANDUR (Saturn)

Im Herzen BAOLINS begann, was ich berichte
Die Götter lagerten im Himmelskreis
Noch war nicht Gestern und noch war nicht Morgen
Kein Raum umgab die Zeit – und kein Geschehn
Entfaltete sein webendes Gesetz
Nicht Diesseits und nicht Jenseits, kein Beginnen
Kein Werden und kein Enden unterbrach
Der Götter Schweigen, das äonenlang
Als blauer Glanz, als Kraft und Stille wehte...

Shiv-Re spricht die Worte des großen Gesanges von nun an immer wieder, jeden Morgen, wenn kaum die ersten Streifen Lichts die gute Alakiva grüßen. So wie du es ihm aufgetragen, Ve-Dan.
Und ebenso verfährt er am Abend, bevor er die Augen schließt. Denn im Herzen eines Sängers müssen diese Worte unverlierbar wohnen, so wie es von alters her Brauch ist. Vom Lehrer auf den Schüler geht so die Weisheit über – und überdauert die Zeiten. Nichts darf davon verlorengehen. Kein Wörtchen fehlen und auch keiner der Töne der uralten Melodie. Und sieben lange Abende dauert es jedesmal, wenn dieser Gesang dem um ein Feuer versammelten Volke offenbart wird.

Und in der Nacht durchlebt Shiv-Re in gewaltigen Bilden das, wovon er kündet.

Zunächst weiß er ihn nur auswendig, ohne noch viel von seinem Sinn zu begreifen. Jedoch, je öfter er ihn viele Tage lang, morgens und abends vor sich hin spricht, erschließt sich ihm immer mehr und mehr die ehrfurchtgebietende Wahrheit.

Der Name ohne Namen – der Unsagbare
Der IMMEROHNEANFANG sprach in dieses Schweigen.
Wir wollen, sprach er, schaffen sieben Sphären,
Und mächtig soll Bewegung regen sich
Das Nichtzusehende soll sichtbar werden
Aus Euren Herzen, Kinder, ströme nun das SEIN.

Da reckten sich die Götter auf vom Lager
Und Tatenlust durchströmte ihren Sinn
Die Einen schufen Raum, die Andern Wellen,
Und Dritte Wärme – die aus ihrer Liebe flutete,
Und Vierte machten alles Werden sichtbar,
Vereint gebaren sie dadurch das LICHT.

Aus diesem Lichte webten sie die Engel
Zuerst die Hohen, sechzehnfach geflügelt
Sie wuchsen wie ein Flügelwald um Gottes Stirn
Aus ihrem Rauschen ward der Klang geboren,
Der Urton, der voll Sehnsucht, auszuschwärmen,
Sich mit den erstgeschaffnen Wellen einte,
Und seither unaufhörlich alles Sein durchdringt.

Nun halfen jene Engel den Gewalten,
Den Chysmaliden, wie ihr alter Name lautet
Den Mächten halfen sie, den Axon-Dur,
Den Thronen, Anandany stets genannt.
Bald füllte sich die Welt mit vielen Wesen
Entfaltete sich Raum, zwölffachgestaltet
In allen pulste erste Schöpferfreude
Erst da erwachte Gottes jüngstes Kind.
Zunächst noch unsichtbar, sprang es umher,
Flog kichernd um die Engelangesichte
Und schlief noch einmal ein in Gottes Bart.
Doch hatte sich der ernste Osvalid
Sogleich in es verliebt – und suchte kitzelnd
Den Kleinen wieder zu erwecken, anzustacheln
Von da an war das LACHEN in der Welt
Denn niemand anders war der kleine Schelm
Neugierig sah er allem Werden zu
Und mischte Fröhlichkeit in die Entwicklung.
Dann schuf er selbst sich eine kleine Schar:
Lust, Witz und Frohsinn waren ihm bald zur Seite,
Spaß, Heiterkeit und endlich auch Humor.
Der letzte überholte bald die andern
Weil er von allen etwas in sich trug
Bald wollten sie denn schließlich nur noch dort
Wo er sich regte, mit ihm wirksam sein.

Schon hatte er sich etwas ausgedacht:
Von allen Wesen, den gewaltgen Hohen
Bis zu den kleinen, Jüngsten holte er
Mit Schalk im Auge, Herzenswärme sich.
Die rollte er zu einer großen Kugel,
Sie fröhlich balancierend auf dem Kopf.

Und da ihn alle liebten kamen sie
Mit ihm zu spielen mit dem Wärmeball.
Nur Osvalid sah ernst auf dieses Treiben
Der Erste, Hohe, Älteste der Engel
Gebot der Wärme endlich still zu schweben
Und alle folgten seinem festen Sinn.
Ein jeder opferte nun erste Schöpferkräfte:
Liebe und Weisheit, Seligkeit und Macht.
Dies ließen sie nun in die Kugel strömen
Damit sich darin erstes Leben rege,
Noch zart gewebt aus Wärme und Idee.
Gemeinsam zündeten sie nun das Feuer
Die Flamme, die in Ewigkeiten nicht
Durch alle Zeiten nicht erlöschen wird.
Sal-Aman-Dur, das Flammen-Sein
Gebar ein erstes Kind, genannt SAN-DUR.

Shiv-Re spricht, jetzt schon vollkommen sicher, leise die nun folgende Beschreibung des ersten Lebens Alakivas vor sich hin. Wie sie Gestalt annehmen, die Wesen, die in ihr entstehen; wie sie ganz von der Weisheit ihrer Schöpfer durchdrungen werden, wie ihre erste Leibesform beschaffen ist, wie sich als Flutendes, Fließendes die ersten Formen bilden von allem Späteren, von Mensch und Erde, Wasser, Luft und Licht.

Wie sich die Wärmesubstanz immer mehr verdichtet, schon nahe ist dem Feuer, ihrem sichtbaren Kleid, wie man es heute um die Sokris schimmern und strahlen sieht ... Noch viele Strophen schildern das Werden und Wesen der SANDUR ... bis endlich die Stelle kommt, wo berichtet wird, wie Gott, der NAME OHNE NAMEN, Sandur wieder in sich hineinnimmt, und wie sie in ihm einen langen Schlaf schläft – und Kraft sammelt für eine Wiedergeburt.

„Im Herzen Baolins begann, was ich berichte", schließt die letzte Zeile.

Shiv-Re schweigt eine Weile, überdenkt in großen Schritten das im leisen Sprechen Entrollte – und stimmt sich auf das Folgende, das zweite Leben Alakivas ein.

Er will gerade beginnen, die Verse vom Werden der SOKRIS-DAO langsam, halb singend, zu sprechen, da gewahrt er von der Anhöhe aus, die sich in Richtung des großen Sandmeeres links von Mem-Re erhebt, ganz in der Ferne ein Glitzern und Schimmern. Sokris scheint heute mit großer Kraft. Aber dieses Glitzern kommt immer näher, wie ein sich langsam vorwärtsschlängelndes, riesiges Reptil – und plötzlich weiß er: das ist Wasser, das Meer. Es naht das Meer, die Flut zieht heran. Er muß die Stadt warnen, alle sollen aufwachen – und tun, was viele Male auf Geheiß des Königs RE für diesen Fall geübt worden ist. Sie wird von keinem Sturm angetrieben, die Flut. Es ist windstill. Auch keine erregten, sich hochtürmenden Wellen kann Shiv-Re erspähen. Nur dieses glitzernde, schimmernde Näherkommen. Das bedeutet, daß das Nordmeer angeschwollen ist, gespeist von den mächtigen Wellen des Ozeans, der Uogis – und nun in seiner Fülle überall über die Ufer strömt. Wie mag es jenseits des Nordmeeres aussehen? Wie weit erstreckt es sich dort ins Land? Gar bis zu dem mächtigen Gebirge, gar bis zu dem Berg, von dem ihm sein Meister, von dem du, Ve-Dan ihm erzählt hast? Gar bis zum Ary-Ary-Rhab?

Es bleibt keine Zeit mehr, daran herumzurätseln. Schnell läuft er der Stadt zu. Ruft dem ersten Wachposten entgegen: „Schnell, schlage den Gong, die Flut, sie naht! Sie wird bald hier sein!"

Ein Gong weckt nun die anderen – und in Minutenschnelle tönt es von allen Mauertürmen der Stadt. Die Menschen schrecken auf. Eilig packen sie das Nötigste auf ihre kleinen Boote. Zuerst steigen die Frauen und Kinder ein, obgleich sie noch auf dem Trockenen auf das Wasser warten auf den flachen Dächern der Häuser. Im Eilschritt bewegten sich Trupps von Kundigen auf die Arcayas zu, die rings um die Stadt, teils im Sande, teils am Ufer des No-Il warten. Sie besteigen sie, lösen den Steuermechanismus, und je zwölf Ruderer zu jeder Seite nehmen ihre Plätze ein.

Auf dem Dach des Palastes beobachtet der König RE selber, durch ein gefärbtes Glas gegen die Blendung der herrlich strahlenden Sokris, das Nahen der Flut. Am schnellsten nähert sie sich von Nordwesten, über die sanften Dünen des Sandmeeres klettert sie. Anscheinend kämpft auf der anderen Seite der No-Il, der ja dem Meere entgegenfließt, mit den seinen Lauf bedrängenden Wassern. Doch das Meer ist stärker – und so sieht RE, wie der Fluß überall beginnt, über seine Ufer zu treten.

In einem weiten Bogen spannt sich in der Ferne der vorderste Damm. Rechts und links von ihm führen breite Kanäle nach Süden. Noch sind sie trocken. Und auch von den drei hohen Schleusen ziehen sich Kanäle hin, der Stadt zu. Einer durchquert sie. Er ist so breit, daß die Arcayas gut auf ihm schwimmen können. Die beiden anderen münden kurz vor der Stadt, rechts und links in die beiden großen Kanäle vom vordersten Damm, welche die Stadt im leichten Bogen umgehen. So dienen fünf Kanäle Mem-Re's Sicherheit. Von Damm zu Damm sind sie durch Schleusen verbunden, können so nach Bedarf gestaut oder gelöst werden. Die äußeren sind am breitesten und ohne Schleusen. Die drei inneren verlaufen parallel bis zu den Schleusen des zweiten Dammes, ebenso dahinter, bis zu denen des dritten, schon nahe der Stadt. Dann weichen die beiden inneren rechts und links aus, führen in die beiden äußeren. Und nur der mittlere wird noch einmal von einer Schleuse unterbrochen, die in die mächtige Stadtmauer eingefügt ist, die sich schräg abfallend gegen die Flut zu stemmen vermag. Außerdem ist das fünfstrahlige Kanalsystem noch durch kleine Kanäle untereinander verbunden, die in einigem Abstand immer zwei Kanäle miteinander in Kontakt bringen. Sie verlaufen schräg von Nord nach Süd, und so macht das Ganze den Eindruck eines kunstvollen Geäders, mit dem man hofft, der blinden Macht der Flut wenigstens für einige Zeit Herr zu werden. Zum Glück naht die Flut sehr langsam. Shiv-Re, der jetzt neben Ve-Dan auf einem der höchsten Palasttürme stehen darf, bewundert, bei aller Erregung durch das aufziehende Unheil, die Schönheit des Schauspieles.

Am hellen Vormittag hat das Wasser den ersten, vordersten Damm erreicht. Die Baumeister, die das Anlegen des ganzen geleitet haben, sind auf die Schleusen verteilt, auf ihren Posten. Zehn Schleusen unterstehen ihrem Kommando. Sie haben ein Signalsystem zu ihrer Verständigung untereinander ausgeklügelt. Am Tage mit rot leuchtenden, an langen Stangen befestigten Fahnen, für die Dunkelheit mit hellen Fackeln, können so die Befehle RE's und die Botschaften, welche die Schleusenmeister ihm senden, weitergegeben werden. Die beiden Außenkanäle füllen sich jetzt mit Wasser, zuerst nur in Rinnsalen. Doch schwillt der Strom immer mehr an – und bald schießen die Wassermassen mit großer Geschwindigkeit rechts und links um die Stadt. RE erhält Nachricht, die die Meister der ersten Schleuse denen der zweiten, diese denen der dritten, und diese schließlich dem König senden. Das Wasser ist nur noch eine Armeslänge tiefer als die Oberkante des ersten Dammes. RE gibt Befehl, die drei Schleusen zu öffnen. Nur kurze Zeit später ergießt sich das Wasser auch schon durch den großen Kanal, der die Stadt durchquert, da man die mittleren Schleusen aller drei Dämme und der Stadtmauer geöffnet hat.

Als dieser sich in einen reißenden Strom verwandelt, werden alle zehn Schleusen geöffnet. Trotzdem steigt das nun durch alle fünf Kanäle dahindonnernde Wasser weiter an, und hie und da treten auch die Kanäle schon über ihre Ufer. Bald ist der Raum zwischen dem ersten und zweiten Damm mit Wasser bedeckt, dessen Oberfläche dort, wo die großen und die kleineren, sie verbindenden Kanäle verlaufen, sichtbar strukturiert ist. Der zweite Zwischenraum sieht wenig später ebenso aus. Endlich steigt das Wasser auch an der Stadtmauer selbst. Der die Stadt durchquerende Kanal faßt das gewaltige Heranfluten nicht mehr – und so sind die Untergeschosse der am tiefsten liegenden Häuser und die Wege zwischen ihnen bald erreicht.

Nun haben alle die kleinen Boote zu besteigen, als wirklich die Dächer, auch diejenigen der höheren Häuser erreicht sind. Nur die Anhöhe des Palastes ragt schließlich noch heraus. Die kleinen Boote streben, von Kundigen geführt, auf genauen Wegen und unter Mühe, da man die Unterströmungen der nun in der Tiefe verlaufenden Kanäle überwinden muß, zu den Arcayas. Längst haben sich deren Ankertaue straff gespannt. Umsichtig reicht man zuerst die Kinder hinein, hilft dann den Frauen. Auf ihren flachen Dächern nehmen die Signalgeber Platz. Zum höchsten Punkt des Palastes strebt eine kleinere, aber mit wunderbaren Farben bemalte Arcaya. Sie wird in Kürze RE nebst seinem Gefolge aufnehmen. RE selbst will auf dem Dach der königlichen Arcaya das Geschehen weiter beobachten. Ein großes Glück in all der Gefahr ist die völlige Windstille. Auch kein Regen trübt die Sicht – und in strahlendes Sonnenlicht getaucht, kann der König gut die Arcayaflotte seines bedrohten Volkes überblicken.

In langer Reihe ziehen sie dann den No-Il hinab, nachdem sich alle auf ihm versammelt haben. Sie schwimmen ins Landesinnere nach Süden. Gegen Abend, in den letzten Strahlen der sinkenden Sokris, kommt, schon mit Fackeln weitergegeben, der Befehl zum Halten. Die schweren Ankersteine sinken auf den Grund. Kaum noch strömt hier das Wasser. Und Kundige finden heraus, daß der No-Il ganz allmählich wieder beginnt, in seine natürliche Richtung, dem nördlichen Meer entgegen, zu fließen.

Die ganze Nacht durch ruht die Arcayaflotte auf den jetzt trägen Wassern. Am Morgen rudert man sie flußabwärts, zurück nach Mem-Re.

Nur eine Arcaya strebt in die entgegengesetzte Richtung. Sie soll einen Ort auskundschaften, an dem sich weiter im Süden eine zweite Stadt wird errichten lassen. Schon lange hat RE diese Plan gefaßt. Sie soll vollkommen sicher vor neuen Flutwellen sein. Die fähigsten Baumeister hat er mitgeschickt, aber auch Priester, die imstande sind, mit etwaigen ansässigen Bewohnern zu verhandeln. Mit Schätzen, zumindest Proben davon, ist sie ebenfalls ausgerüstet. Denn mit gutem Gold und Silber ist leichter Frieden zu erhandeln, als mit leeren Händen.

Sie finden denn auch nach einigen Tagen Fahrt in der Gegend, wo der No-Il in einer großen Schleife verläuft, einen geeigneten Berg. Er ist zum großen Teil versandet, jedoch mit felsigem Untergrund, der sich, wie sie schätzen, wenigstens doppelt so hoch erhebt, wie die Anhöhe, auf der Mem-Re gegründet worden ist.

Nun muß die Umgebung erkundet werden. Kontakt will man aufnehmen zu den am nächsten wohnenden Völkern. Doch müssen sie weit gehen, bis sie auf solche stoßen – und niemand von ihnen beansprucht den Berg und seine Umgebung. Trotzdem werden Geschenke im Namen RE's übergeben und um Freundschaft geworben. Dann kehrt man um.

Inzwischen ist die Arcayaflotte in Mem-Re eingetroffen. Trostlos der erste Anblick der von den Fluten verlassenen Stadt. Immer noch fließt Wasser durch die Kanäle. Weite Flächen sind mit stehendem Gewässer bedeckt, welches aber nicht sehr tief ist. RE befiehlt, die drei Schleusen des vordersten, von der Stadt am weitesten entfernten Dammes zu schließen. Was dahinter liegt, kann so schneller frei werden von dem ständig abfließenden Wasser.

Bald kann man die zweite Schleuse schließen. Und als auch die letzte in der Stadtmauer geschlossen wird, geht man daran, die Stadt aufzuräumen. Sokris brennt in den nächsten Tagen unbarmherzig vom Himmel herab. So trocknet alles schneller als erwartet, und es gibt viel zu tun. Tagsüber richtet man eingesunkene Häuser wieder auf, räumt die Straßen von Schlick und Schlamm frei ... Alle arbeiten eifrig daran, Mem-Re wieder herzustellen. Nachts schlafen die meisten noch einige Zeit in den Arcayas, die nun wieder am Ufer des ruhig stromabwärts fließenden No-Il liegen. Und schon nach einem halben Mond kann die

Mehrheit der Bewohner ihre Häuser wieder beziehen. Nun werden Kräfte frei für Re's lang gehegten Plan. Zehn Arcayas mit Werkzeug und Proviant und den stärksten Männern ausgerüstet, machen sich auf den Weg zu jenem Berg, den die vor einer Woche zurückkehrende Erkundungsgruppe gefunden hat.

Sie werden beginnen, den Berg zu besiedeln, der statt einer Spitze, statt eines Gipfels, ein Hochplateau besitzt. Re glaubt nicht daran, daß Mem-Re solch eine Flut nur einmal erleben wird. Er will eine Ausweichmöglichkeit für sein Volk schaffen. Wenn nötig, soll es ganz in die neu zu gründende Stadt auf dem Hochplateau umziehen.

Shiv-Re bittet seine Mutter und Dich, Ve-Dan, mitziehen zu dürfen. Und du brauchst nicht lange nachzudenken. Er ist weit genug fortgeschritten, um an solch einer Aufgabe mitwirken zu können. Und es wird gut sein, wenn bei den Pionieren der neuen Stadt ein, wenn auch noch sehr junger, Sänger mit dabei ist.

30. Kapitel: DAS BEWEGTE JAHR DER STEINEFLUTEN

Die Arbeit an der neuen Stadt, die man TYR-RHEN nennt, geht voran. Der Fels ist aus hartem Gestein. Nicht nur oben auf dem Plateau errichtet man erste Häuser, sondern auch ins Innere des Berges dringt man vor. Die Steine, die man dabei gewinnt, benutzt man für die Häuser oben. So haut man Wohnungen direkt aus den steil aufstrebenden Felswänden, legt Gänge an, schafft Hallen im Berge, Verbindungswege, meißelt Treppen heraus. Hart ist die Arbeit – und Shiv-Re, der selbst noch nicht so lange mit durchhalten kann, bekommt andere Arbeit. So wechselt er jeden Tag zu einer anderen Gruppe von Arbeitern – und singt und rezitiert ihnen aus dem Großen Gesang von den vier Leben Alakivas.

Ve-Dan, ein wenig vermißt du deinen Schüler schon, nicht wahr? Nun bist du wieder allein unterwegs nach Norden, den erneut eintreffenden Arcayas entgegen. Was diese zu berichten wissen, rundet allmählich dein Bild ab von dem gewaltigen Vorgang, bei dem die Hauptmasse Gobaos untergegangen ist. Nicht in einer einzigen Nacht – und nicht durch eine einzige Katastrophe, sondern über Jahre hat sich das erstreckt, was die Wissenden das BEWEGTE JAHR DER STEINEFLUTEN nennen. Und so, wie die mit den Arcayas Angekommenen zu unterschiedlichen Zeiten aufgebrochen sind, um Gobao endgültig den Rücken zu kehren, so weiß jeder die verschiedensten Erlebnisse zu schildern. Viele Notizen und Aufzeichnungen hast du dir im Laufe der Zeit gemacht – und es wird Zeit, sie zu einem großen Bild, zu einer in Verse gebrachten Schilderung des ganzen Dramas zu formen. Als sich dann schließlich noch zwei Dinge ereignen, die dich unterrichten über etwas, was dir sehr am Herzen liegt, ist am folgenden Tag der Entschluß gefaßt – und du beginnst mit dem Entwurf für den GROßEN GESANG VOM UNTERGANG GOBAOS.

Eine Arcaya ist eingetroffen, deren Insassen nicht nur von ihrer Fahrt vom Süden Gobaos nach Osten, dann wieder nach Süden, und schließlich durch eine Enge, von der aus man beide Meeresufer sehen kann, berichten. Merkwürdig ist schon, daß sie nach ihrer Schilderung viel früher aufgebrochen sein müssen, als einige der Arcayas, die schon vor Wochen eingetroffen sind. Von den Kräften einer großen, einer gewaltigen Flut erzählen sie. Die Arcaya sei auf und ab geschwankt. Oft sei befürchtet worden, sie könne umkippen. Wellen, turmhoch habe sie durchfahren, vielen ist furchtbar schlecht gewesen, haben sich übergeben müssen ... Und dieser Aufruhr des Meeres hat sich endlich zu einer starken Strömung beruhigt, die die Arcaya weit nach Osten getrieben hat. Die Strömung ist so stark gewesen, daß an ein dagegen anrudern nicht zu denken gewesen ist. Viele Tage, ja Wochen sei man so orientierungslos auf dem Meere getrieben, bis – den Göttern sei's gedankt – Land zu sehen gewesen ist. Genauer: große Bergspitzen haben aus dem Meere geragt. Gewaltig und majestätisch. Aber dennoch, das hat man bald herausgefunden, sind es nur Gipfel gewesen, die man hat sehen können. Also, so begreift der Priester, der mit ihnen fährt, sind die Wasser so hoch, daß sie den größten Teil eines ganzen Gebirges unter sich begraben haben. Kein flaches Land, welches die Arcaya zum Landen benötigt, ist in Sicht gewesen. So muß man lange zwischen diesen Gipfeln umhertreiben. Doch dann ist etwas Merkwürdiges geschehen. Auf einem der höchsten Gipfel sitzt ein Wesen, ganz in ein weißes Gewand gekleidet. Ruhig, die Beine unter sich gekreuzt. Dieses habe ihnen endlich gewunken – und der mit ihnen fahrende Priester versteht, daß dieses Wesen eine Möglichkeit kennt, wie sie mit ihrer Arcaya dennoch landen können. Und so ist es geschehen. Es stellt sich heraus, daß sie sehr nahe an diesen Gipfel heranfahren können, an einer Stelle, wo sich unter dem Boden der Arcaya ein überflutetes Halbplateau befindet, was ebenso gut wie flaches Uferland hilft, landen zu können. Die Arcaya kann fest vertäut werden – und man ist auf sein Geheiß und seinem freundlichen, stummen Winken dem weißen Wesen gefolgt, von dem einige schon vermutet haben, daß es ein Götterbote sein müsse. Doch was sie schließlich vorgefunden haben, hat ihnen den Atem verschlagen. Auf einem nur um einige Menschenlängen höher gelegenen zweiten Plateau, zu dem man nun emporgestiegen ist, dem weißen Wesen oder Götterboten folgend, stehen sie plötzlich vor einigen, mit Ornamenten und heiligen Zeichen verzierten Eingängen. Mehrere kleinere und ein großer, torartiger ... und das Wesen ist darauf nicht mehr gesehen worden.

Wie tief erfreut bist du, Ve-Dan, als du das hörst. Das weiße Wesen, das hohe Halbplateau, darüber das zweite, die Ornamente und mehreren Eingänge ins Innere des Gipfelbereiches, die Beschreibung der Verzierungen – und das, was nun noch davon erzählt wird. Es gibt dir die Gewißheit, daß diese Arcaya bis zum Ary-Ary-Rhab verschlagen worden ist – und hat, wie durch ein Wunder, von dort auch noch den Weg hierher nach Egyop gefunden.

Das zweite, was du erfährst ist ganz anderer Natur. Auf einer wenig später eintreffenden Arcaya sind einige Lin-Maya-Seti – und darunter eine Frau aus d e i n e m Stamm. Dany-Lin, eine uralte Greisin, die du wiedererkennst als die, welche an einem Abend am Feuer deines Stammes von lang vergangener Zeit erzählte, sie bringt dir die furchtbare Nachricht: Talin-Meh, die Liebliche, und dein Sohn Ve-Gurre – sie sind beide nicht mehr am Leben. Dany-Lin mußte mit ansehen, wie sie von den Schergen Lavantrums, die mit ihren Flugbooten über den Dschungel gefahren waren, und einige Stämme der Lin-Maya-Seti überfallen hatten, im Ubyu-Lin ertränkt wurden.

Du wirst nie zu schildern vermögen, was deine Seele durchlebt in den nächsten Tagen, Ve-Dan. Unendlich zerreißt dir der Jammer das Herz – und nur deine strenge, in langen Jahren erworbene Disziplin, läßt dich den einzigen, jetzt möglichen Ausweg ergreifen:

Du mußt den schon lange vorbereiteten, im Geiste schon skizzierten GROßEN GESANG VOM UNTERGANG GOBAOS beginnen, mußt dich in die Arbeit stürzen ... und die Götter für alles andere sorgen lassen.

Mehrere Tage versenkst du dich zunächst in strenge Gebetsübungen, nimmst wenig Nahrung zu dir, stehst im Morgengrauen auf – dann legst du alles bereit. Schreibzeug und genügend Papyri – und versenkst dich in die heilende, wenn auch langsam, ganz langsam heilende Arbeit.

Du nennst diesen Gesang, wie es gar nicht anders möglich ist: DAS BEWEGTE JAHR DER STEINEFLUTEN. Nun ist es Zeit, dich daran zu erinnern, Ve-Dan, für WEN du diesen Gesang aufzeichnest. Der „Große Gesang von den vier Leben Alakivas" und andere heilige Texte, von denen einige Shiv-Re schon durch dich erlernt hat, sind keine geschriebenen Zeugnisse. Sie werden nur aufbewahrt im Gedächtnis der Meister, die sie ihren Schülern weiterreichen. Niemand wird Verständnis aufbringen für Geschriebenes. Nur den als mächtig wirkenden, in die Luft figurierten Zeichen während eines Vortrages, entnimmt man ehrfürchtig das, was verkündet werden soll. Für wen also schreibst du, Ve-Dan?

Vor langer, langer Zeit, so lehrte dich dein Meister Gurre-Dan, hätten die Götter eine Botschaft vom Himmel gesandt. Gewaltige Worte, in die vieltönenden Gewänder der Winde und Stürme gekleidet, seien gesprochen worden von ihnen über den Wipfeln des Dschungels. Und nur die Meister des Wortes konnten sie verstehen. Damit verbunden war das Herabregnen eines großen Schwarmes leuchtender, glühender Steine.

Die Meister des Wortes gingen alsbald den Ort suchen, wo sie niedergefahren sein mußten. Dabei stießen sie tief in den undurchdringlichen Wäldern auf einen dunkelblauen See – und nur durch die Macht ihres Seelenauges fanden sie heraus, daß dieser Schwarm leuchtender Steine, der die Worte der Götter begleitet und wie bekräftigt hatte, in den See niedergegangen und untergetaucht sein müsse. Auch wußten sie durch innere Weisheit, daß die Substanz dieser Steine sonst nirgends auf der guten Alakiva vorkommt – und nie wieder vorkommen wird. Eine einmalige Gabe aus fernsten Himmelswelten waren sie, die Steine. Aus diesem See wurden sie geborgen, eine große Zahl – und es waren feine, längliche und auch große, schwere darunter. Und, erinnere dich, aus diesen großen formten die heiligen Handwerker, die zu diesem Zwecke ausgesucht worden waren von den Vorgängern Gurre-Dans, verschiedene heilige Gegenstände – unter anderem auch die Gefäße, die man sehr, sehr viel später AMPHOREN nennen würde. Und in der Zeit, als es auf Gobao noch ruhig war, aber die ersten der großen Auswandererströme der gobaoischen Endzeit eingeleitet werden mußten, als man also die Arcayas baute, gab man diesen solche heiligen Gegenstände und Amphoren mit in die verschiedenen Weltgegenden. Und ausgerechnet dir, Ve-Dan, übertrug endlich dein Lehrer Gurre-Dan die Aufgabe, die Geschehnisse um die letzten Zeiten von Gobao – und aller in sie mit hinein verstrickten Völker aufzuzeichnen. Dazu mußtest du die Fähigkeit in dir ausbilden, Zeichen zu erfinden, mit denen du würdest ausdrücken können – und niederschreiben, was geschah. Aus den mächtig wirkenden, in die Luft geformten Zeichen entwickeltest du deine Schrift.

„Vieles, viel Schlimmes wirst du erleben. Großes Leid wirst du erfahren. Doch du wirst es überstehen. Schreibe es auf!", hatte Gurre-Dan dir einstmals gesagt.

„Mit welchen Zeichen, in welcher Sprache, Meister?", hattest du gefragt.

„In deiner Sprache – und in deiner Schrift!", antwortete dir Gurre-Dan.

Doch für wen schreibst du alles auf – und verschließt es in die sieben Amphoren aus dem heiligen Steine, der Botschaft der Götter?

„Eine neue Menschheit wird erstehen", fuhr damals Gurre-Dan fort. „Und in urfernen Zeiten wird es Menschen geben, die wiederum die Fähigkeit entwickeln werden, die Himmel offen zu sehen. Und es wird sie dieses Sehen plagen, wie ein Schrecken, wie eine Krankheit. Diesen Menschen wird deine Botschaft helfen, diese sollen durch dich erfahren, das wahr ist, was sie in schmerzlicher Verwirrung träumen. Und deine Erzählung wird sie vielleicht befähigen, die dereinst wiederum von einem neuen Untergang bedrohte Welt durch eine große Umkehr zu retten. So berichte also, was du für richtig hältst. Du wirst weite Wege wandeln in verschiedenen Weltgegenden. Verschließe, was du schreibst in insgesamt sieben Amphoren – und versenke sie an verschiedenen Orten – und versieh diese Orte mit der Kraft deiner Seele. Laß dort hineinströmen deine besten Gedanken und versiegele sie mit magischer Kraft, wie ich es dich lehren werde."

Und so tatest du es, Ve-Dan. An einer Stelle, wo der Ubyu-Lin sich mit vielen Strömen vereinigt, versenktest du die eine. Eine weitere bei deiner Wanderung nach Norden, an dem Punkt, an dem du Siri trafst, um mit ihm eine Strecke nach Osten zu ziehen. Eine dritte schließlich in einem abgelegenen, schmalen, ausgehauenen Stollen auf dem Ary-Ary-Rhab. Eine vierte im Norden Egyops, dort, wo jetzt das Meer schon alles bedeckt.

Nun bist du dabei, die Papyri für die fünfte mit dem BEWEGTEN JAHR DER STEINEFLUTEN zu versehen. Noch weißt du nicht, wo du sie versenken wirst. Und wenn dir die Götter das Leben erhalten, wirst du mit ihrer Hilfe auch noch die letzten zwei zustande bringen, so wie es dir Gurre-Dan aufgetragen hat.

Und du schreibst, wie es dir am richtigsten erscheint, in der Form dem Gang der Versenkung ins Seeleninnere folgend, von außen nach innen. Noch bist du am Überlegen, ob es wichtig sein wird, Shiv-Re eines Tages in dein Tun einzuweihen. Denn nicht abzusehen ist, ob du die Zeit haben wirst, die letzten zwei Amphoren selber fertigzustellen. Es kommt sehr darauf an, wie Shiv-Re sich weiter entwickeln wird. Doch es hat noch Zeit. In einigen Krisdans wirst du ihn vielleicht zurückrufen aus der neuen Stadt im Süden, aus Tyr-Rhen.

Es wird sich, wenn man die Amphoren wiederfinden wird, für ihr Verständnis um Menschen handeln müssen, bei denen die Anlage des hellen Sehens wieder erstanden sein wird. Wenigstens in ihren Anfängen. Denn, daß dieses Sehen einstmals für die Menschheit für lange Zeit ganz erlöschen wird, hat dir Gurre-Dan ebenfalls anvertraut. Und so gehst du also nun daran, den Großen Gesang: DAS BEWEGTE JAHR DER STEINEFLUTEN zu beginnen.

In deiner Schilderung mußt du, wenn auch nur in kurzen, großzügigen Bildern, weit zurückgehen. Von den Geschehnissen vor Gobao ist zu berichten. Von den Feuermenschen, die in Flammenkleidern fast auf der anderen Seite Alakivas lebten. Von MO-RHY-AOUN handeln die ersten Verse, und davon, wie dieses Reich unterging durch Feuerstürme und Glut speiende Vulkane. Wie man von dort auswanderte, mitnahm, was noch zu retten war, und schließlich auf Gobao begann, eine neue Menschheit zu bilden.

Davon ist zu erzählen, wie Gobao die ersten langen Zeiträume in dichte Nebel gehüllt war, wie die Luft durchsetzt war mit Wasser, wie die Menschen mehr im Innern sahen, als auf das, was draußen um sie herum vorging. Und wie sie durch das innere Leuchten das Äußere erkannten – und unterscheiden konnten, was gut war und was schlecht, was ihnen helfen oder schaden konnte.

Auch über ihre Gestalt muß gesungen werden, die noch sehr davon abhing, was in ihrer Seele vorging. Und wie es also solche, mit riesigen, klobigen Leibern gab und solche, mit fein gebildeten kleineren, den jetzigen immer ähnlicher. Und daß es noch nicht Mann und Frau gab in den Anfängen von Gobao. Erst später teilten sich die Menschen in diese beiden Formen. Jahrtausende lang entwickelte sich die Menschheit auf Gobao so – und große Weisheitsstätten wurden errichtet sieben an der Zahl, in sieben großen Städten, um die herum die sieben großen Völker entstanden, die zusammen heute als Gobaon bekannt sind.

Da war das ehrwürdigste Heiligtum, der wunderbare SOKRIS-Tempel – und der ihm an Ausstrahlung und stärke nur wenig unterlegene VOL-KUM-AN-Tempel ganz im Süden. Dazwischen lagen die Orakelstätten des YU-PTY-ER, der VE-NOU-AS, des MHA-ROU-AS, des SAN-DUR und des MYR-GHOR.

Später entwickelten sich noch drei Völker dazu, die mehr gegen das östliche Ufer Gobaos hin entstanden. Tupaolin war die größte und die herrlichste der Städte auf Gobao. Ihr folgten Thyr-Rhen, die Stadt, deren Namen jetzt eure zweite Stadt in Egyop bekommen hat. Dann Samar-Dun, von wunderbaren, blau leuchtenden Bergen und tiefen klaren Seen umgeben. Schließlich Te-Noch-Tyt, deren Volk heißblütig und dunkelhäutig war. Mol-Lon-Is, die Stadt, in welcher die ersten Flugboote erfunden worden waren. Es folgten Go-By im Westen und mehr in der Mitte Nam-Seth-Ra. Erst vor zweitausend Jahren bildeten sich: Chys-Mal; Ty-Ana und Nes-Bachre-Fath. Die letzte Stadt trug ihren Namen zu Ehre des heiligen Vogels gleichen Namens, des Feuerkranichs – vielmehr nur eines seiner unzähligen Namen, mit denen ihn die verschiedenen Völker verehrten.

Jener Vogel, der die Winde weisheitsvoll regiert, das Feuer bändigt, die Elemente als seine Untertanen befehligt, der sich immer wieder neu gebären kann, in vielerlei Gestalt zu sehen ist, und der nach dem geheimen Gesang, dessen Wortlaut du nicht schildern darfst, Ve-Dan, dem großen Gesang, den die Priester im Thronsaal des Königskindes Am-Mha-Dys eines Tages anstimmten, ihn zu wecken – und der dazu führte, den Untergang des Eisesschweigers, des letzten Laventrum zu bewirken. Des Feuerkranichs Macht, den man auch Nachtströmer, Sefir, Semurg, Anand – und noch mit unzähligen anderen Namen ruft, er ist der mächtige Geist, der den Laventrum ihr Ende brachte.

Der Feuerkranich ist zugleich jenes Wesen, das sich nach einem Untergang immer wieder zu einem Aufstieg erheben kann – und so gibt er den Menschen Hoffnung, mit seiner Hilfe neu beginnen zu können.

Die Eingeweihten nennen ihn den GEIST DER GÖTTER, der zwischen ihnen weht, sie alle inspirierend. Jetzt kommst du, Ve-Dan, zu jenen erhabenen Meistern, denen die Götter die Weisheit und den Zusammenklang der Empfindungen aller gutwilligen Menschen anvertraut haben. Noch weit über den Priestern, die man sehen kann, stehen sie. Sie wirken ganz im Verborgenen, und nur selten geschieht es, daß ein Sterblicher das Glück hat, einen von ihnen zu sehen. Sie wohnen im WEIßEN SAAL, der sich rund um Alakiva über den Wolken befindet. Mitunter steigt einer von ihnen herab und führt für kurze Zeit die Menschen. Sie können sehr viel länger leben als die anderen Menschen – und haben Macht, das Schicksalsgesetz auszugleichen und Körper gleich Kleidern anzuziehen, wann immer sie es wollen und es notwendig ist. Im Volke kennt man sie unter dem Namen: die SECHSUNDNEUNZIG NIEGESEHENEN.

Einer von ihnen, das weißt du, wohnt jetzt in der Seele und dem Geiste des Mha-No, des obersten Priesters des Sokris-Orakels, das sich oberhalb Tupaolins, ganz im Norden befindet.

Wenn es nötig ist, wenn in besonderer Not einmal einer von ihnen in Menschengestalt wandelt, ist es ein solcher, der die Macht eines helfenden Gottes zu deuten imstande ist. So geschah es, als der Zug, welchen der Mha-No selber leitete ins ferne Tal ganz im Osten, in große Bedrängnis geriet durch die sie verfolgenden Flugboote der Laventrum-Schergen. Als eine feurige Wolke zog da der Gott vor den Auswanderern einher – und SYG, einer dieser Weisen, der plötzlich, niemand wußte woher, dem Mha-No zur Seite stand, hatte die Sprache der Wolke zu deuten gewußt und den Zug sicher vor seinen Verfolgern geschützt.

Jetzt kommst du dazu, die Ursachen von Gobaos Ende zu benennen, Ve-Dan. Denn es ist nicht ganz richtig, dafür nur der Entwicklung der letzten etwas mehr als hundert Jahre, der Zeit, seitdem die Laventrum-Könige herrschen, die Schuld zu geben. Schon vor sehr langer Zeit, das weißt du von Gurre-Dan, hatte eine Entwicklung eingesetzt, wo man begann, geheimes Wissen Unwürdigen zu verraten. Die guten Kräfte, welche die Götter einst den Menschen gaben, ihre Macht über die Pflanzen und Tiere, über die Kräfte des Wachsens und Werdens wurden mißbraucht. Alte Gesänge berichten, daß schon vor sehr langer Zeit größere Landstriche Gobaos – und einige umliegende Inseln dadurch in den Fluten des zornigen Meeres untergingen. Immer wieder hatten Priester und Sänger gewarnt. Eine geheime Bruderschaft entstand, die ganz im Verborgenen, als Gegenmacht zu den Tempeln, unterirdische Einweihungsstätten schufen, in denen man Macht auch über andere Menschen erlangen konnte. Schwarzer Zauber wurde dort entwickelt. Dann kam die Zeit, als Gobao in fünf Inseln zerbrach, vier kleinere – und die große, die das heutige Gobao bildet. Auf einer kleineren, unterhalb Gobaos, konnte durch einige Vol-Kum-An Priester wieder ein Gegengewicht gegen die schlimmen Tendenzen aufgebaut werden. So entstand die Kultur des kleinen aber tapferen Volkes der Arya, auf der Insel Arys, wo allein die Ligos-Bäume wachsen. Die Ligos-Bäume verdanken ihre Entstehung der Weisheit dieser Vol-Kum-An Priester. Durch den gutartigen Gebrauch der Macht über Wachstum und Werden, hatten sie sich im Verlauf der Jahrhunderte zu diesen Eigenschaften verstärken können, die sich dann so segensreich für den Bau der Arcayas auswirkten.

DAS BEWEGTE JAHR DER STEINEFLUTEN war eigentlich nur der Höhepunkt einer langen, frevelhaften Entwicklung. Schon immer zogen kleine Scharen übers Meer in andere Weltgegenden. Sie verschmolzen mit den dort lebenden Menschen, bildeten erste Anfänge neuer Kulturen. So kam es, daß, als die großen Auswanderungen begannen, deren letzte sieben Wellen im BEWEGTEN JAHR DER STEINEFLUTEN geschildert werden, die gutwilligen Gobaon oft problemlosere Aufnahme in den neuen Alakiva-Gebieten fanden, als sie hätten hoffen dürfen.

Aus der Bruderschaft der schwarzen Magier erwuchs allmählich eine alles durchsetzende Strömung, die endlich darin gipfelte, daß die Laventrum-Könige ihre finstere Tyrannei errichten konnten.

Nun wurde das Böse, Mißbrauchende im großen Stil angewandt. Nun starben Menschen beim Bau gewaltiger Burgen und Paläste der Laventrum-Macht zu Tausenden. Nun wurden sie mit der angsteinflößenden Kraft des schwarzen Zaubers beherrscht. Nun nahmen die Gier und die Leidenschaften der Gefolgschaft Laventrums derart überhand, daß die schon lange drohende – und sich schon öfter in verheerenden, aber kleineren Katastrophen Luft machende Gefährdung ganz Gobaos zunahm.

Die Völker ringsumher wurden unterjocht, so auch das deine, Ve-Dan, die Lin-Maya-Seti-Gua-Mha-Dys-Dan, in den Dschungeln westlich von Gobao. Nun mußten die mutigsten und entschlossensten Priester nach und nach kleinere Scharen um sich versammeln, mußten die gute Götterweisheit im Verborgenen pflegen, mußten in hilferufenden Kulten die Kräfte der Sechsundneunzig Niegesehenen herbeirufen, jetzt mußte die Rettung im großen Stile geplant werden, mußten die Wege und Mittel für die Auswanderung erdacht und ausgeführt werden. Denn jetzt, nach dieser einleitenden Schilderung, wie es zu all dem kommen konnte, beginnt erst das eigentliche, das Herzstück deines Gesanges, Ve-Dan, vom großen BEWEGTEN JAHR DER STEINEFLUTEN.

Noch anders ist zu dieser Zeit Alakiva gestaltet als heute. Was heute weit auseinander liegt, mit gewaltigen Ozeanen dazwischen, es lag näher beieinander. So waren die Wege übers Meer nach Westen und auch nach Osten nicht so weit, denn mitten in dem großen Ozean, mitten in Uogis lag ja noch Gobao. Nach Osten zu, in den Weiten des endlosen Landes, das sich bis ins verborgene Tal erstreckte, reichten die Wasser von Norden her bis weit hinunter ins Land, überall durchsetzt mit gewaltigen Eisbergen. Ein großer Teil der Gegend, wo Egyop liegt, war ebenfalls noch Meer – und längst nicht so groß die heutige Wüste. Überhaupt wird sich die Erde noch beträchtlich umgestalten durch Gobaos Untergang. So wie sie es getan hatte, als die Feuermenschheit unterging. Doch wird es Zeit, die Berichte der Vielen, die mit dem nicht versiegenden Strom der Arcayas ankamen im Norden Egyops, zusammenzufassen – und daraus ein Bild des letzten, stärksten Zuckens Gobaos vor seinem Ende zu entwerfen.

Wie die früher Angekommenen erzählten, von den gewaltigen Stürmen, die über das Land rasten. Die Späteren von dem heftigen und endlosen Regen, wieder andere von dem aufgewühlten Meere, auf dessen haushohen Wellen sie hilflos schaukelten. Auch davon, wie sich die Laventrum-Getreuen begannen, zurückzuziehen auf den höchsten aller

Berge Gobaos. Dorthin, wo sich die größte zyklopische Burg befand. Wie das Volk unaufhörlich Vorräte dort hinauf schaffen mußte. Von der Panik ist zu berichten, als ganze Uferstreifen abbrachen. Wieviel Tote es gegeben hatte, weil alles sich kopflos zu retten suchte. Wie schwer es den herumschlingernden Arcayas wurde, noch Hilfesuchende aufzunehmen durch das furchtbar brodelnde Wasser. Wie die Hütten einfielen und ihre Teile in den Lüften herumwirbelten. Wie die Bäume, ja ganze Wälder umknickten oder ebenfalls in die fürchterlich drohende, brausende Luft stiegen, wie von Riesenhänden geworfen. Wie auch die Laventrum-Krieger Angst bekamen, und sich ihre schweren Rüstungen als großes Hindernis erwiesen, als sie sich retten wollten. Wie es so heftig regnete, donnerte und blitzte, so ein Heulen und Fauchen aufkam, das wochenlang nicht schwächer wurde – und einem die Seele erschauern ließ, ja manche darüber ihren Verstand verloren. Wieviele Menschen von den umherjagenden Trümmern erschlagen wurden, andere ertranken in mächtig herandonnernden Flutwellen, wieder andere in der Panik umkamen – und schließlich noch die, welche die Wut und Angst der sie verfolgenden Laventrum-Schergen umbrachte. Wie bald nirgends mehr Nahrung aufzutreiben war, denn auch die Ernte, die Vorratshäuser, die Tiere, all dies trieb in der grausigen Flut umher. Wie die Erde zu dröhnen begann, aufsprang in mächtigen Rissen, vieles darin verschlingend, wie Berge versanken – und andere entstanden mit heftigstem Getöse, da alles auf ihrem Rücken übereinanderstürzte. Wie aus der See selber urplötzlich Land auftauchte, um gleich darauf wieder zu verschwinden. Wie der Himmel tagelang so dunkel blieb, daß man die Hand nicht vor den Augen sah, wie im Meere gewaltige Strudel, ja Mahlströme entstanden, die alles, was in ihre Nähe kam, verschlangen – und welch eine Gefahr sie für die Arcayas bildeten, die sich hüten mußten, in ihre Nähe zu kommen. Wie aussichtslos das für manche war, da an unvermuteten Stellen ganz plötzlich so ein Mahlstrom entstehen konnte. Wie dann ganze Flotten von Flugbooten der Laventrum-Schergen ausschwärmten. Flüchtende verfolgend – oder zur Erkundung über die Lage. Wie es ihnen gelang, einige Arcayas zu fangen – um sie für ihre eigene Flucht zu nutzen. Die Insassen warf man einfach unbarmherzig ins tobende Wasser und nahm selbst darin Platz. Und die Letzten, die du befragtest, Ve-Dan, sie berichteten dir schließlich von dem, was bis nach Egyop hinein zu spüren gewesen war: Dieses drohende, haarsträubende, gigantische Beben, bei dem alle glaubten, daß nun die ganze gute Alakiva auseinanderbrechen würde. Welches so heftig war, daß es jeder Mensch bis in sein Innerstes hinein spürte – und vor dem die Arcayas mit größten Anstrengungen versuchten, zu fliehen. Todesmutig saßen die Ruderer draußen auf der schmalen Umrandung an den Seiten – und versuchten heldenhaft, dem fürchterlichen Orte zu entkommen. Wie es endlich nur um ein weniges ruhiger geworden sei, so daß man habe wegkommen können. Immer dieses Knirschende, Krachende, Bebende der Alakiva im Rücken und wie es dann wie durch ein Wunder etwas heller wurde, ja man endlich den Himmel wieder wahrnahm – und die es sehen konnten, es nie vergessen werden: denn dort, wo einst Gobao gewesen war, sah man nur noch das immer noch gewaltig wogende Meer ...

Du kannst diesen Abschnitt deiner Schilderungen nun beenden, Ve-Dan. Du schreibst die letzte Zeile:

GOBAO ABER SANK – DIE MÄCHTGE INSEL
IN DEM BEWEGTEN JAHR DER STEINEFLUTEN

Du brauchst eine Pause, Ve-Dan. Sehr anstrengend ist das Schreiben der Papyri. Und alles, was du schilderst, durchlebst du auch noch einmal mit. Du bist erschöpft – und wanderst zum Ufer des No-Il. Auf einmal spürst du dein Alter. Seit der vorletzten Seite hat dich ein Zittern ergriffen. So gehst du vorsichtig – und zitterst noch immer. Du weißt nicht, ob außen – oder im Innern deiner Seele. Vermutlich beides.

Und so faßt du einen Entschluß: Der hohe Auftrag des Mha-No ist zu wichtig, als daß du ihn gefährden darfst. Es kann gut möglich sein, daß du bald von den Göttern gerufen wirst.

Ein Besuch in Tyr-Rhen wird dir jetzt gut tun. Du willst nach Shiv-Re schauen – und wenn er sich als würdig erweist, wirst du ihn einweihen in deinen Auftrag und ihn deine Zeichen lehren, in die du das Berichtete kleidest. Wenn er bereit ist – denn es muß sein freier Wille sein – wirst du ihn lehren, die letzten Papyri zu schreiben, die letzten Amphoren zu verbergen für spätere, sehr viel spätere Zeiten der Menschheit.

31. Kapitel: PIETER VAN BRUK HAT RECHT BEHALTEN

Weimar, 17. April 2033
Lieber Klaas!

Pieter hat also recht behalten. Du weißt es. Niemanden wird es geben, der heute nicht die Nachrichten verfolgt hätte. Entschuldige, ich konnte am Telefon nur stammeln. Es wird Abend – und ich habe mich endlich so weit gesammelt, Dir kurz zu schreiben. Es ist nun also eingetreten, das Wahnwitzige. Auch dieses Jahrhundert bekommt seinen großen Krieg.

HEUTE MORGEN GEGEN 1 UHR MEZ HAT CHINA MIT RIESIGEN PANZERVERBÄNDEN – UNTERSTÜTZT VON DER LUFTWAFFE – DIE GRENZEN ZU RUßLAND IM FERNEN OSTEN ÜBERSCHRITTEN ...

Was wird jetzt werden? Die Welt ist in Aufruhr. Hörte letzte Woche einen Vortrag im Anthroposophischen Zweig über die Wiederkunft AHRIMANS. Du weißt, Dr. Steiner hat davon gesprochen, daß er sich inkarnieren wird??? Frag Joan, die wird es dir erklären.

Wenn er schon verkörpert ist, wo ist er zu suchen? Bei den Chinesen selbst? Oder in solch kalten Intelligenzen, wie diesem blutjungen Professor Maryan aus Phönix, Arizona?

Die UNO hat erstaunlich schnell reagiert. Schon heute Nachmittag konnte die Abstimmung erfolgen. Man hat ein totales Wirtschaftsembargo Chinas beschlossen. Doch was hilft das jetzt? Sie haben genügend Ressourcen. Der Beschluß kommt zu spät. Man hätte den Drachen nicht so schmählich hofieren dürfen all die Jahre. Experten sagten, daß China sich hüten wird, Atomwaffen zu reaktivieren und einzusetzen, da dies den anderen Großmächten ebenso möglich sei – und es dadurch seinen eigenen Untergang riskieren würde. Doch wer steckt in den Köpfen dieser furchtbaren Abenteurer mit ihrem unheimlichen Machtwillen? Japan hat Generalmobilmachung befohlen. Indien ebenso. Die NATO arbeitet fieberhaft an geheimen militärischen Plänen – und die USA versammeln ihr weltweit verstreuten Streitkräfte ...

Klaas – ich muß jetzt ganz vorsichtig mit mir umgehen. Die Gefahr, daß ich erneut erkranke, ist jetzt nicht auszuschließen ...

In Weimar geht es zu wie in meiner Jugend, zur Zeit der Wende, als die DDR unterging. Viele sind auf den Straßen und Plätzen versammelt und diskutieren aufgeregt. Wie groß ist die militärische Macht Chinas wirklich? Man munkelt von fürchterlichen Soldaten. Sie sollen mit Chip-Implantaten ausgerüstet sein – und keine Furcht kennen. Sie seien wie eine Art Bio-Roboter, eine Art menschlicher Kampfmaschinen. Aber sagte nicht Professor Maryan, solche Dinge seien erst in der Entwicklung? Sind die Chinesen selber drauf gekommen? Oder hat ihnen jemand diese Sachen verkauft und verraten? Gewissenlos, um des Profits willen? Wen kümmert das im Moment? Niemanden. Sie hätten ein schreckliches Kampfgas, überhaupt chemische und bakteriologische Waffen, computergesteuerte Raketensysteme, eine der bestausgerüsteten Panzerarmeen, die meisten ferngelenkt, nur jeder zehnte sei bemannt, um die anderen einzusetzen. Tragischerweise greifen sie die Russen mit ihren eigenen Waffen an, die sie ihnen im Laufe der Zeit wegen ihrer Wirtschaftsmisere selbst verkauft hatten. Aber auch deutsche, französische, amerikanische und japanische Technik entfaltet nun ihre ganze mörderische Kraft. Ist Rußland wirklich unbesiegbar? Wer vermag etwas gegen eine 300 Millionen Armee?

Klaas, ich fürchte wirklich um meine Geistesklarheit. Ob es Dir möglich ist, mir für einige Zeit ein Zimmer bei Dir in Den Haag im Kabouterhuis einzuräumen?

Hier noch etwas Erfreuliches, über das ich mich aber im Moment gar nicht recht zu freuen vermag, obwohl es wunderbar ist: Achmed ist wieder da! Stell Dir vor. Und nicht mit leeren Händen. Er kam mit einem kleinen Lieferwagen älterer Bauart, wie man sie im Osten noch nutzt, besonders in Rußland. Er muß ihn irgendwo für seine Zwecke gestohlen haben. Darüber schweigt er sich aus. Und das Unbegreiflichste – er hat den Berg wirklich erreicht. Ist tatsächlich bis zum Ararat vorgedrungen. Unter abenteuerlichen Umständen, die ich Dir ein andermal erzählen will. Und er ist heil wieder zurückgekommen, durch ein Gebiet, in dem Bandenkrieg herrscht, zwischen Aufständischen und Regierungstruppen. Und das aller Verrückteste, Klaas: er hat sie bei sich, stell Dir vor! Wirklich und wahrhaftig.

Er hat sie gefunden, in den verfallenen Ruinenresten des uralten VERBORGENEN TEMPELS, hat sie wahrhaft ausfindig gemacht, die vierte Amphore. Ich kann es nicht fassen. Aber sie jetzt zu entschlüsseln, fehlt mir jede Muße.

Er kam vorgestern hier an. Gestern haben wir sie verborgen, die dritte, die ja nun schon lange neben meinem Schreibtisch stand – und also die vierte. Und zwar dort, wo wir die dritte gefunden hatten. Mir war

dabei, als sollte ich mein Buch GOBAO überhaupt im ganzen in die beiden Amphoren verschließen – und diese wieder verbergen vor der Menschheit – jetzt, wo uns die Ereignisse so überrollen, und Gobaos, verzeih, natürlich das Ende der heutigen Zivilisation kurz vor dem Untergang zu stehen scheint.
Bitte antworte schnell.
Es fällt mir jetzt schwer, hier in Weimar zu sein.

Herzlich B.C.

32. Kapitel: DIE BOTSCHAFT DES MHA-NO

Tyr-Rhen ist gewachsen. Du staunst, Ve-Dan, wieviel die fleißigen Männer schon geschafft haben. Viele Häuser ragen auf dem Plateau auf. Überall hört man das Klingen der Werkzeuge. Das Innere des Berges unterhalb des Plateaus ist mit Gängen durchzogen. Ganz wie auf dem Ary-Ary-Rhab. Und ganz im Innern, tief verborgen, ist man daran gegangen, einen weiteren VERBORGENEN TEMPEL zu gestalten. Schon sind kleine Gruppen von Bewohnern aus Mem-Re eingetroffen, die Häuser zu beziehen. Große technische Kunst haben die Baumeister bewiesen, als sie die flutsicheren Verschlüsse für die Zugänge zum Inneren des Berges erdachten. Tiefer hinein kann man so noch Gänge, Vorratsspeicher und Behausungen aus dem Berge hauen. Und vom Plateau aus sind sie ebenfalls zu erreichen. Man plant, die unterirdische Stadt so weit auszubauen, daß alle Bewohner darin Zuflucht finden werden, falls eine weitere Flut heranrollen sollte. Shiv-Re ist überall dabei. Er hilft mal hier, mal dort, ist voller Eifer – und ist inzwischen sehr geschätzt, wenn er abends den um ein großes Feuer Versammelten aus dem GROßEN GESANG VON DEN VIER LEBEN ALAKIVAS vorträgt. Er ist sicherer geworden, hat eine tiefe Stimme bekommen und zeigt schon jenen Mut und Ernst, den ein Sänger so nötig braucht. Auf der SAY-DOR hat er fleißig geübt – und so ist es auch ein Vergnügen, ihn spielen zu hören, ganz ohne Worte, nur dem Fortschreiten der Melodie hingegeben.

Es tut dir gut, Ve-Dan, dich auszuruhen von den Anstrengungen der letzten Wochen. Und eines Abends nimmst du denn Shiv-Re beiseite und sagst ihm, er solle eine Woche lang die strengen Übungen machen und fasten, denn danach hast du ihm wichtige Dinge zu sagen – und auch einen Auftrag, falls er dazu bereit sein sollte.

„Was immer Ihr mir auftragt, Meister, ich werde es ausführen, mit Eurem Segen", hat Shiv-Re mit leuchtenden und liebenden Augen erwidert.

Dann zog er sich zurück, zu fasten und zu meditieren. Eine Woche später sitzt du mit ihm, Ve-Dan, auf dem Dach eines Hauses auf dem Plateau des Berges von Tyr-Rhen. Ihr schweigt beide. Sokris ist noch nicht aufgegangen. Erst als ihre ersten Strahlen am anderen Ufer des

No-Il ausschwärmen, hebst du an zu sprechen. Shiv-Re sitzt neben dir und lauscht.

Von deinem Auftrag sprichst du, den dir Mha-No erteilte. Davon, wie du ihn seit Jahren treulich ausgeführt. Wie du erst in den letzten Tagen dabei bist, die größere Hälfte des Papyrus-Textes für die vierte Amphore fertigzustellen. Und wie du in den nächsten Tagen den Rest vollenden wirst. Von deinem Alter mit seinen Gebrechen sprichst du. Daß es Zeit ist, ans Ende zu denken, an die große Überfahrt mit KILIKI nach BAO-LIN. Und wie es doch aber wichtig ist, daß alle sieben Amphoren fertig mit Papyri versehen würden. Und wie dir die Götter erlaubt hätten, dafür eigens Zeichen zu erfinden – wobei du gespürt hättest, daß es ohne die Inspiration der Sechsundneunzig Niegesehenen nicht möglich gewesen wäre. Ja auch davon, daß du einstmals einen von ihnen zweimal gesehen hättest. Einmal bei eurer Ankunft, mit Siri auf dem Ary-Ary-Rhab, und einmal, als dich derselbe gerettet aus dem tiefen, verlassenen, feuchten Brunnen, bei deiner Rückkehr nach Egyop. Ob er sich zutraue, fragst du Shiv-Re, die Zeichen zu erlernen, und falls du selbst nicht mehr dazu kommst, dein Werk fortzuführen und zu vollenden.
Shiv-Re schweigt. Er ist erschüttert über das große Vertrauen, das du in ihn legst. Dann wendet er dir sein Gesicht zu, und du kannst in seinen klaren, wachen, klugen Augen seine Bereitschaft ablesen.
So gehst du am nächsten Tage daran, in Verse zu bringen, was noch folgte nach Gobaos Ende. Am späten Nachmittag unterbrichst du deine Arbeit bis zum folgenden Tag – und lehrst Shiv-Re deine Zeichen.
Rasch erfaßt er ihr Wesen. Bald ist er so weit, daß er Aufzeichnungen von dir, Ve-Dan, mühelos lesen kann. Schon öfter hat er dir Proben seines Talentes, Verse hervorzubringen, vorgelegt. Nun willst du ihn ein weiteres mal auf die Probe stellen. Du gibst ihm einige deiner Notizen. Im Gange deiner Schilderungen hast du auf Vieles nicht näher eingehen können. Allzu weitläufige Beschreibungen von dem Leben der Lin-Maya-Seti, die wunderbare Ausstrahlung des Königskindes Am-Mha-Dys, deine vielen Begegnungen mit deinem Meister Gurre-Dan, die Landschaften Gobaos, die du hast kennenlernen dürfen, die vielen kleinen Abenteuer auf dem Wege der Länder westlich von Gobao, und wie du als erstes zu einem Führer für Auswanderer hinauf nach NASO ausgewählt worden bist. Dann später, deine Wanderungen nach Süden, die Arcayas geleitend bis zum kleinen Nordmeer, das von oben betrachtet eigentlich das Mittlere Meer ist, an das auch Egyop im Norden grenzt.

Dann deine Fahrt nach Norden, um Siri zu begegnen, mit ihm nach Osten zu ziehen bis zum Ary-Ary-Rhab. Einige Begegnungen mit Urbewohnern in den dichten, dunklen Wäldern, schließlich deine Rückkehr vom Ary-Ary-Rhab aus nach Egyop, wo du schon einmal zuvor, als halber Jüngling noch, in Gurre-Dans Begleitung gewesen bist. Endlich die wunderbaren Tage auf der geheimen Insel hoch im Norden, oberhalb Gobaos, wo ihr um den Mha-No versammelt wart. Und was ihr da alles zu sehen bekamt: Die wunderbare Magie dieser Einweihung, die euch sogar bis in den Kosmos erhob, von wo aus ihr dem treuen Drehen Alakivas zuschautet und in gewaltigen Bildern auch das Ende Gobaos voraussehen durftet – das alle so tief betroffen gemacht hat. Endlich, wie der höchste Eingeweihte des Vol-Kum-An-Orakels, der Hüne KYR-SON-THUT euch den Zauber erklärte, der unweit von Gobao tief im Meer verborgen wurde und eine magische Macht von dort ausstrahlt, gegen die Laventrum nicht ankam. Davon darfst du nur wenig verraten, nur eigentlich erzählen, daß es ihn gibt.

Endlich von der geheimnisvollen Reise eines seltenen Boten aus dem fernsten Osten. Ein Kind, das scheinbar äonenalt, so wie Am-Mha-Dys, in seinem Reiche KIAN-MA der Höchste ist. In diesem Reiche leben noch am unverfälschtesten jene Nachfahren einer weit vor Gobao liegenden Zeit. Als sich die Menschheit noch auf der anderen Seite Alakivas entwickelte – und ebenfalls einen gewaltigen Untergang heraufbeschwor. Von MO-RHY-AOUN erzählst du dem staunenden Shiv-Re. Ganz ähnlich wie jetzt, seien viele ausgewandert, und eine große Zahl habe sich in jene Gegend retten können, wo heute KIAN-MA besteht. Als Feuermenschen verehren sie vor allem die wunderbare Macht der Drachengötter. Diesem jungen, ja knabenhaften König von KIAN-MA ist es zu verdanken, daß die Getreuen des Mha-No tief im allerfernsten Osten, in jenem wunderbaren Tal siedeln dürfen. Dieses Tal, von zwei großen Gebirgen schützend umgeben, während die dritte Seite ans Ufer des heiligen großen Sees GO-BY grenzt, so genannt nach einer der Städte Gobaos – nämlich derjenigen, in welcher der Mha-No einst geboren und aufgewachsen sei. Die Reise des Königsjünglings von KIAN-MA um die halbe Alakiva herum zum Königskind Am-Mha Dys schilderst du dem lauschenden Shiv-Re ... und welche Bedeutung sie für die Rettung Unzähliger während Gobaos Untergang hatte.

So vieles also konntest du, Ve-Dan, nur kurz andeuten in deinen schon verfaßten Papyri. So liest Shiv-Re jetzt teils davon in deinen Notizen, teils erzählst du ihm an langen Abenden, was dir erinnerlich ist.

Dann bittest du ihn, das eine oder andere, das ihn am meisten beeindruckt hat, schon einmal in Verse zu bringen. Und nach wenigen Tagen kannst du dich deiner Bewunderung für das Talent des Jünglings nicht enthalten.

„Nun kann ich den Tod ruhig erwarten, mein Junge", sagst du eines Abends. „Du wirst gewiß vermögen, dessen bin ich sicher, all das zu schildern, was ich nicht, oder nur kurz erwähnt habe – und der Auftrag Mha-Nos ist also bei dir in guten Händen.

Eines morgens machst du mit Shiv-Re eine Bootsfahrt auf dem No-Il. Shiv-Re singt dir Verse vor, die ihm beim Lesen deiner Notizen gekommen sind. Das Boot liegt ruhig im Schilf, nur einige Schritte vom Ufer entfernt. Shiv-Re hat sein Gesicht zum Ufer gekehrt. Du sitzt ihm gegenüber. Plötzlich verändert sich Shiv-Res Gesicht. Ehrfurcht, ja Furcht und Überraschung malen sich darauf.

„Seht nur, Meister", flüstert er schließlich.

Du wendest dich um. Da steht er am Ufer. Ganz in Weiß gekleidet, ein Lächeln von unbeschreiblicher Milde und Güte auf dem Antlitz – und winkt.

„Nehmt ihr mich auf in eurem Boot, ihr Sänger?", ruft er schließlich mit einem kleinen Lachen in der Stimme. „Oder hat euch der Schreck die Glieder gelähmt? Ich muß ja ein furchtbarer Anblick sein!"

Ihr steuert sofort das Boot zu ihm hin. Und leichtfüßig steigt er zu euch. Shiv-Re hat es die Sprache verschlagen. Konnte *er* das sein, der Weiße Magier, der Götterbote vom Ary-Ary-Rhab, den sein verehrter Meister schon zweimal gesehen? Einer der Sechsundneunzig Niegesehenen?

„Zuerst muß ich euch loben", spricht der Weiße nun. „Ihr seid voll Eifer bei der Arbeit. Dieses Volk an den Ufern des No-Il ist zu Großem ausersehen. Deine Amphoren, Ve-Dan, sie werden im Verborgenen ruhen und wirken. Besonders dereinst, wenn ihre Stunde gekommen sein wird. Dies Volk aber wird bald schon beginnen, die Weisheit der Himmel auf mächtige, unvergängliche Papyri zu schreiben. Diese Papyri, sie werden größer sein als alle Tempel, die ihr je gesehen habt. Und sie werden den Grundriß eines Vierecks haben, von dessen jeder Seite sich vier Dreiecke erheben werden, die oben in einer Spitze zusammenlaufen. Darin wird alle Weisheit enthalten sein. Und sie werden den Feuerkranich nachbilden, dessen Namen ungezählt: Cheops, Borä, Nachtströmer ..."

Dann verstummt er. Rätselhaft sind seine Worte, Ve-Dan, und du bist beinahe erschrocken, ihn zu sehen. Denn eine innere Stimme hat dir längst gesagt, daß du ihn nur dreimal in deinem Leben erblicken würdest. Nun also naht der Tod. Er ist nicht mehr weit. Doch dann faßt du deinen Geist zusammen, seinen Worten nachzudenken.

„Aber jetzt, meine Kinder", spricht er weiter, „ist es Zeit, daß ihr flußabwärts rudert. Denn unweit von Tyr-Rhen wartet ein Bote auf Euch. Er kommt von weit, weit her. Seht nur dort in der Ferne die kleine Arcaya."

Und ihr schaut beide in die Richtung, die der Weiße euch gewiesen, Ve-Dan. Als ihr den Kopf wieder wendet ist der Weiße verschwunden.

Du weißt ja allmählich, Ve-Dan, daß dies so seine Art ist. Also bewegt Shiv-Re die Ruder und lenkt euer Boot flußabwärts.

Als ihr ans Ufer kommt, an die bezeichnete Stelle, entfährt dir, Ve-Dan, ein Ausruf tiefster Verwunderung. Am Ufer steht in einem kleinen Gefolge, einer Schar treuer Gefährten – SIRI selbst. Das bedeutet Nachricht. Die lang ersehnte Nachricht aus dem fernen Tal. Mha-No sendet dir Botschaft.

Jetzt erst klingen dir die Worte des Weißen im Ohr, als würdest du sie erst in diesem Augenblick vernehmen. Sie sind noch rätselhafter als die anderen:

„Nun werde ich die Seele dieses Volkes werden. Denn ausstrahlen soll von ihm Weisheit für Jahrtausende!"

SIRI ist schweigsam wie immer, aber voller, wie aus ihm leuchtender Freude über das Wiedersehen mit dir. Du kommst indes den Tränen nahe. Ihr umarmt euch.

Noch am selben Abend spricht SIRI ernste Worte zu dir:

„Sagen läßt dir der Mha-No: Dir bleibt nicht mehr viel Zeit. Zwei Sommer wirst du noch erleben. Drum folge meinem Boten SIRI. Aufbrechen sollt ihr beim nächsten vollen Mond nach seiner Ankunft. Zu mir soll euer Weg führen. Ins ferne Tal brich auf, denn dir ist bestimmt, von hier aus die Überfahrt nach BAOLIN anzutreten!"

Unter vier Augen hat dir Siri diese Botschaft anvertraut. Auch, daß noch eine Amphore dort am Go-By-See auf dich warte. Und daß dir nun durch diese Nachricht Mha-Nos vergönnt sein wird, die Wiege einer neuen Menschheit noch zu sehen, bevor du deine Augen für immer schließen wirst.

Nur einige wichtigste Dinge gedenkst du – dies reift bald als fester Entschluß in dir – dieser Amphore anzuvertrauen. Fast alle deine Notizen wirst du deshalb Shiv-Re überlassen können. Denn was du noch in Verse bringen willst, ruht auch so tief und sicher in deinem Geiste.

Die Zeit des Abschieds von Egyop rückt schnell heran. Shiv-Re verhält sich tapfer, wenn ihn auch tiefe Trauer befallen hat darüber, daß er seinen geliebten Meister nie wieder sehen soll.

„Doch, Shiv-Re, doch", hast du ihn getröstet. „Wir werden uns wiedersehen, in Baolin! Ich werde auf dich warten. Sei guten Mutes!"

Dann kommt der Morgen, an dem Siri mit den fünf kräftigen Begleitern am Ufer des No-Il auf dich wartet. Wieviele Wanderungen und Fahrten hast du in deinem Leben schon gemacht, Ve-Dan. Und nun, da das Alter dich beugt, mußt du noch einmal aufbrechen. Um die habe Welt soll dein Weg nun führen. Flüsse entlang, durch Wüsten, über Gebirge, durch tiefe Wälder, ein ganzes Stück auf dem Meere. Viele Monde werden vergehen, bis du in jenem Tal ankommen wirst, in dem Mha-No selber dich liebevoll erwartet.

So hast du also nur wenige Habseligkeiten bei dir: Ein paar Notizen, deine SAY-DOR, festes Schuhwerk, ein neues, haltbares Gewand, welches Shiv-Res Mutter für dich gewebt hat. Den No-Il flußabwärts geht eure Reise zunächst. Ihr unterbrecht sie bei Mem-Re. Denn auch der König selber will von dir Abschied nehmen. Er versieht euch noch mit wertvollen Steinen und Gold, welches nützlich werden kann, wenn ihr die Länder so mancher Völker durchreisen werdet. Für Herberge und Nahrung sollen sie mit sorgen helfen. Eine Weile geben euch noch Krieger König Re's das Geleit. Endlich besteigt ihr am Ufer des Mittleren Meeres eine kleinere Arcaya – und entschwindet den Blicken einiger Weniger, die euch bis hierher gefolgt sind. Unter ihnen, mit Tränen in den Augen Shiv-Re.

33. Kapitel: UMKLAMMERT

Bertram war froh, im Kabouterhuis zu sein. Ausgerechnet das Zimmer von Siglinde Sober war frei geworden. Sie war schon vor einigen Monaten ausgezogen, nur eine halbe Autostunde weiter, nach Delft. Jetzt war sie Teilhaberin einer kleinen Galerie, deren Inhaberin Gefallen an ihr gefunden hatte und ihre kompromißlose Art schätzte. Ihre Skulpturen fanden Beachtung, einige konnten schon verkauft werden.

Achmed hatte Bertram begleitet. Er machte sich im Kabouterhuis nützlich: reparierte, renovierte, und wurde bald von allen Bewohnern geliebt.

Es war Achmeds Idee, eine der beiden Amphoren, die sie wieder in jener Höhle im Goethe-Park versteckt hatten, nämlich die vierte, mit nach Den Haag zu nehmen – um sie dort zu verbergen.

„Keiner weiß, was demnächst alles geschehen wird", hatte Achmed argumentiert. „Und es ist besser, wenn die Amphoren nicht zusammen sind. So ist die Wahrscheinlichkeit größer, daß wenigstens eine von ihnen erhalten bleibt."

So hatten sie die Amphore denn auf den kleinen gestohlenen Lieferwagen geladen und waren damit nach Den Haag gezuckelt.

Auch in Den Haag herrschte jetzt, wie überall, Unruhe. Viel mehr Menschen als sonst standen in Gruppen, bevölkerten die Cafés, liefen debattierend durch die Lange Vorhout, über den Grote Markt, auf dem Vorplatz der Central Station. Ja selbst am Strand von Scheveningen ging es aufgeregt zu. Und das Ende April. Ein Menschenauflauf wie in der Hochsaison. Kaum jemanden hielt es zu Hause. Alle trieb die bange Frage um, wie es nun weitergehen würde. Man umringte die Fernseher in den Strandcafés, saugte begierig jede neue Nachricht auf.

Etwas Unfaßbares lag in der Luft, etwas Unheimliches und zugleich Elektrisierendes, eine nervöse Gemeinsamkeit in den Empfindungen. Wildfremde Menschen sprachen miteinander, als kennten sie sich schon Jahre. Die ersten Seiten der Zeitungen waren fast gänzlich mit fett gedruckten Schlagzeilen bedeckt. Geschäftemacher warben mit der Warnung, sich schnell mit allem Nötigen einzudecken. Komplette Notrationen konnte man zu Pauschalpreisen erwerben. Viele Keller wurden entrümpelt – und für den Ernstfall eingerichtet. Demonstrationen verschiedenster Gruppierungen sorgten zusätzlich für Aufregung. Und in den zwölf Uhr Nachrichten wurde gemeldet, daß sich vom Osten her, aus Kasachstan, aus der Ukraine, ja selbst aus Polen und der Türkei Flüchtlingstrecks aufgemacht hätten, die die Angst vor dem GROßEN DRACHEN nicht mehr in ihrer Heimat hielt. Sie würden bald Mitteleuropa und den Westen überschwemmen.

Die UNO tagte in einer Art Dauersitzung. In Straßbourg und Brüssel versuchten Sonderkommissionen des Europarates zu Beschlüssen zu kommen. In großer Zahl landeten Einberufungsbefehle in den Briefkästen der Haushalte, in denen Wehrpflichtige lebten. Infolge von schnell anberaumten Manövern donnerten auch über Den Haag in kurzen Abständen Verbände von Kampfflugzeugen. Sie verursachten so ohrenbetäubenden Lärm, daß man sein eigenes Wort nicht mehr verstand. Besonders nachts störten sie empfindlich die ohnehin nicht besonders ruhigen Gemüter der Einwohner.

Noch zögerten die Staaten der EU, ein Eingreifen zu beschließen. Trotz Drängens von Seiten Japans, das sich nicht traute, im Alleingang zu handeln. England aktivierte seine Verteidigungsbündnisse.

Von überall wurden hektische Vorbereitungen gemeldet. Und aller Augen und Sinn waren dorthin gerichtet, von wo man die eigentliche Entscheidung zum Handeln erwartete: nach den Vereinigten Staaten.

Großrechner wurden mit Strategien und Bündnissystemen gefüttert. Experten überboten einander mit sich widerprechenden Vorschlägen. Hohe Militärs nahmen ihren Hut. Neue wurden ernannt. Das Fernsehen heizte die Stimmung noch an, indem es mit Computersimulationen über den möglichen Verlauf des sich abzeichnenden Dramas aufwartete.

Ganz im Geheimen und ohne, daß etwas davon in die Öffentlichkeit sickerte, reaktivierte man die längst weltweit geächteten Kernwaffen. Pausenlos funkten Satelliten Bilder vom Krisenherd.

Besonders von der mongolischen Grenze aus waren die chinesischen Truppen ins fernöstliche Rußland eingedrungen. Die Angaben schwankten zwischen sechs- bis achthundert Kilometer, ja von manchen wurden schon über tausend Kilometer angegeben. Der ganze Baikalsee sei in chinesischer Hand. Auch mehr westlich konnte den Drachen niemand aufhalten. Kirgisien sei einfach überrannt worden. Die Truppen stünden kurz vor Taschkent in Kasachstan.

Eine große Welle, vor der strengen Kriegsdiktatur flüchtender Chinesen, habe sich hinein nach Nordindien, Westpakistan und Afghanistan ergossen – und ihr Strom versiege nicht. China habe die betreffenden Länder unmißverständlich davor gewarnt, sie aufzunehmen.

Die USA entschlossen sich endlich, eine Flugzeugträgerflotte über das Beringmeer nach Japan zu senden. Nach den Satellitenaufnahmen zu schließen, galt der Hauptvorstoß der Chinesen in nordwestlicher Richtung, den Kerngebieten Rußlands. Durch die Steppen Kasachstans würden die riesigen Panzerverbände mühelos bis zur südlichen Wolga vordringen können, wenn niemand sie aufhielt.

Bertram machte jetzt öfter ruhelose Spaziergänge. Er wirkte nervös und fahrig. Overdijk hatte ihm ein leichtes, schlafanstoßendes Mittel verordnet – und eben auch diese Bewegung an der frischen Luft.

Heute Nachmittag wollten sie sich treffen, im Hinterstübchen bei Pieter van Bruk in „OUD & GOED". Er hatte sein Manuskript von Gobao aus Weimar mitgebracht. Doch daran zu arbeiten, erwies sich bald als unmöglich. Einige mal hatte er es versucht. Doch gelang es ihm nicht, sich zur Ruhe zu zwingen, die er dafür gebraucht hätte. Was sollte jetzt dieses Buch? Die Ereignisse hatten die darin enthaltene Warnung längst überholt. Kein Mensch würde es lesen. Wofür die Dichtung hätte sensibel machen sollen, es war nun umgeschlagen in unerbittliche Realität. Angstträume schüttelten ihn, aus denen er fast jede Nacht schweißgebadet auffuhr. Wie gut, daß es seine Freunde gab! Er klammerte sich an diese beiden – und suchte im Gespräch mit ihnen, seine aufgewühlte Seele zu bändigen.

Pieter erwartete ihn schon in der Ladentür. „Klaas muß jeden Moment kommen", rief er ihm entgegen. „Komm rein, Bertram, komm rein!" Er sah ihn aufmerksam und forschend an. Sein Freund gefiel ihm gar nicht in letzter Zeit. Hoffentlich bricht seine Krankheit nicht wieder durch, dachte er mitfühlend. Bertram vertrug sie einfach nicht, die Schrecknisse der letzen Zeit. Er hat eine zu starke Phantasie, dachte Pieter. Diese malt ihm die Wirklichkeit in den grellen Farben der hellen Angst. Und wie oft ist Mut nichts als das Fehlen dieser Phantasie, grübelte er weiter. Es ist gar nicht so von der Hand zu weisen, daß eigentlich der den meisten Mut hat, der ihn entgegen solcher, die Realität widerspiegelnder Ängste, aufrechterhalten muß.

Klaas tauchte auf. Schweigend gingen die drei nach hinten. Die Kaffeemaschine brodelte bald darauf – und dann saßen sie beisammen im Hinterstübchen und blickten sich schweigend an.

„Tientje hat sich geweigert, zurückzukommen", platzte Overdijk schließlich in die lastende Stille. „Sie könne den Sonnenhof jetzt nicht im Stich lassen." Overdijk stöhnte.

Pieter schenkte Kaffee ein." Wenn man von den regionalen Kriegen absieht, die schlimm genug waren, Vietnam, Kuwait, Ruanda, dann 2013, der neu ausgebrochene Konflikt zwischen Indien und Pakistan, ihr erinnert euch? Und zu guter letzt der Dreiwochenkrieg in Rußland, als putschende Generäle mit den fernöstlichen Armeen auf Moskau zumarschierten, 2019 ... wenn man von all dem absieht, hatten wir immerhin fast 89 Jahre eine Art Frieden, jedenfalls keine weltumspannenden Konflikte mehr, wie es der zweite Weltkrieg war, der im Mai 1945 zu Ende ging." Pieter kratzte sich am Kopf.

Er hatte diese Tatsache sachlich dargelegt. Doch auch ihm war an dem leise vibrierenden Unterton in seiner Stimme die allgemeine, unbeherrschbare Unruhe anzumerken. Und dann, als hätte er das, was Overdijk gestöhnt hatte, erst jetzt erfaßt, wandte er sich ihm zu.

„Klaas, das Baltikum ist so bald nicht gefährdet. Dem GROßEN DRACHEN geht es um Rußland. Es ist kaum anzunehmen, daß er, wenn es ihm gelingt, Moskau zu erreichen, weiter vordringen wird. Chong-Tsiao ist nicht Hitler. Ich meine, er ist kein verrückter Psychopath, im Gegenteil. Er weiß genau, was er tut – und würde nie in größenwahnsinnigem Irrwitz seine Macht riskieren. Es ist ja gerade seine intellektuelle Kälte und Berechnung das Unheimliche an ihm. Er wird schlucken, was er kriegen kann, und davon die Finger lassen, was ihm den Bissen gefährden könnte. Auch wenn du jetzt in Sorge bist. Tientje ist dort im Moment genauso sicher, als wäre sie hier."

„Pieter, was wird geschehen", meldete sich Bertram zu Wort. „Werden die großen Allianzen, wird Amerika eingreifen? Die NATO? Japan und der Südpazifik? Und die Atomwaffen? Wird man sie wieder ausgraben?"

„Das kann man im Augenblick noch nicht sagen", entgegnete Pieter. „Ihr habt es ja sicher heute morgen gehört. Ich meine, die Ernennung des neuen Oberbefehlshaber der russischen Streitkräfte. Ein gewisser General Gurdanowskij. Ein Georgier. Bis jetzt Chef des Sicherheitsrates. Er hat angeordnet, daß sich alle Armeen hinter dem Ural zusammenzuziehen hätten. Das erscheint mir klug. Er überläßt den Chinesen zunächst das Hinterland, die Weite Sibiriens, ja die asiatischen Teilrepubliken, um Zeit zu gewinnen und Kraft zu sammeln. Die Allianzen werden vermutlich abwarten, mit welcher Stärke Rußland in der Lage sein wird, auf die Invasion zu antworten.

Fatalerweise hat sich Rußland immer gegen die Osterweiterung der NATO gewehrt. Und ihr gar selber beizutreten, wies es als völlig unzumutbar von sich. Sonst wäre die Sachlage einfach. Der chinesische Angriff wäre so ein Überfall auf NATO-Gebiet gewesen. Übrigens, auch deshalb ist Mikaelia, das ja seit zwölf Jahren vernünftigerweise im Bündnis ist, nicht unmittelbar gefährdet. Auf eine direkte Konfrontation mit der NATO werden sie es, wie ich schon sagte, nicht ankommen lassen. Trotzdem rüstete Rußland, schon aus wirtschaftlichen Gründen, stark ab. Die Feindschaft mit China ist schon sehr alt. Aber da es in den letzten Jahrhunderten nie zu einem ernsthaften Krieg mit ihm gekommen war, wenn man von einigen Plänkeleien absieht, hat sich die Meinung tief eingewurzelt, daß es auch nie dazu kommen würde."

Das Telefon klingelte. Kraszewsky war am Apparat. Achmed sei verschwunden. Schon seit zwei Tagen. Jetzt mache man sich langsam Sorgen.

34. Kapitel: UNTERWEGS INS FERNE TAL

Shiv-Re wird also in Verse bringen, was du ihm an Aufzeichnungen zurückgelassen hast. Die Teile, die in größerer Ausführlichkeit die Erlebnisse widerspiegeln, die du, Ve-Dan, nur kurz hast anreißen können. Wollte man alles aufschreiben, so wäre die Zahl der Amphoren, die man füllen müßte, Legion.

Was du nicht weißt, ist, daß dein Schüler auch von dir singen wird, von all dem, was er durch dich erfahren und erlebt hat. Aber auch davon, wie Mem-Re noch zweimal überflutet wurde, was du aus Platzgründen verschwiegen hast. Und welche Dienste dabei Tyr-Rhen, besonders bei der letzten Überschwemmung, leistete.

Noch immer ist das Delta des No-Il von den Wassern des Mittleren Meeres bedeckt. Eure kleine Arcaya bewegt sich immer an der Küste entlang. Zuerst eine kurze Zeit nach Osten, dann hinauf nach Norden. Und obwohl du den Weg einst zu Fuß in umgekehrter Richtung gewandert bist, kommt dir die Küstenregion, die ihr entlang fahrt, unbekannt vor. Das muß daran liegen, daß das Land, welches du durchreist hast, jetzt Meeresboden ist, und was dir jetzt als Küste entgegenschimmert, gehörte damals noch zum Landesinnern.

Langsam nur, ganz langsam ziehen sich die Wasser zurück. Und so kann eure Reise bis weit nach Norden in der Arcaya stattfinden. Das kleine, kräftige, umgebaute Flugboot, angetrieben mit den Wachstumskräften der Pflanzen, zieht sie stetig vorwärts. Nur manchmal müssen die 24 Ruderer hinaus, um die Fahrt zu unterstützen. Etwa, wenn gefährliche Strudel und gegenläufige Unterströmungen die Arcaya abtreiben wollen von ihrem Kurs. Als ihr sie schließlich verlassen müßt, braucht ihr, was dich sehr wundert, nur ganze drei Tage, um eine Gegend zu erreichen, die dir plötzlich wieder bekannt vorkommt. Und schließlich steht ihr am übernächsten Tage schon an dem dir vertrauten Ufer des südlichsten der drei Seen, die den Ary-Ary-Rhab umgeben. Und in der Ferne kannst du ihn schon schimmern sehen, im Kranz der ihn umgebenden Bergbrüder.

Die ganze Strecke, die ihr gewandert seid, mal auf den kleinen, kräftigen Tragtieren, den Pu-Dun reitend, mal sie am Zügel führend, ist noch feucht. Schlamm und Schlick beschweren euer Vorwärtskommen. Überall seht ihr Tümpel und Wasserlachen, kreuzen schmale Rinnsale, die eifrig zum Meer streben, euren Weg. Es muß noch nicht lange her sein, daß das Meer bis hierher gereicht hat. Und noch weiter muß es vorgedrungen sein, denn eine der verirrten Arcayas berichtete dir ja davon, wie sie fast direkt am Ary-Ary-Rhab vor Anker hat gehen können.

Wieder führt euer Weg durch enge Schluchten und steile Serpentinen hinauf. Wieder leuchtet der Gipfel des Ary-Ary-Rhab euch majestätisch entgegen. Wieder erreicht ihr zuerst das untere, und endlich das obere Plateau. So, wie du sie verlassen hast, siehst du sie wieder, die Verzierungen an den Eingängen zum Inneren des Berges. Die kleinen Eingänge und der große grüßen dich. Unzählige Scharen von Auswandernden haben hier inzwischen Rast und Zuflucht gefunden. Shao-Gor, der Priester, der jetzt hier die Befehlsgewalt hat, nimmt dich herzlich in Empfang. Du kennst ihn von eurem gemeinsamen Aufenthalt auf der geheimen Insel hoch im Norden Gobaos, als ihr auf Geheiß des Mha-No jene gewaltigen Ereignisse vorauszusehen versammelt wart, die jetzt schon zur Vergangenheit gehören.

Auch der letzte, der siebente der großen Auswandererströme ist nun schon hier vorübergezogen. Es kommen nur noch kleinere Gruppen von Nachzüglern fast jeden Tag an. Ruhen aus, stärken sich, erhalten im verborgenen Tempel Shao-Gors Segen – und ziehen weiter.

Shao-Gor, der mit am längsten auf Gobao aushielt, die in Angst und Panik Verstreuten sammelte, ihnen Mut zusprach, sie kundigen Führern übergab und nach Osten schickte, bis er schließlich selbst aufbrach, um die letzte der sieben großen Wellen zu leiten. Shao-Gor berichtet nun in vertraulichem Gespräch die Ereignisse, die du, Ve-Dan, nur in ihrer Wirkung, in ihren Ausläufern als die drei großen, Mem-Re verschlingenden Fluten erlebt hast.

In fünf Teile sei eines Nachts Gobao auseinandergebrochen. Dazwischen habe sich das Meer erhoben. Aus ihm seien steile Bergrücken aufgetaucht und wieder versunken. Die Stürme seien immer furchtbarer geworden. Die abtrünnigen Priester der ins Schwarzmagische entarteten Kulte hätten begonnen, die entfesselten Gewalten mit Menschenopfern beschwichtigen zu wollen. Viele der Gefolgsleute Laventrums seien auf eigene Faust mit ihren Flugbooten ausgeschwärmt. Und diejenigen, welche bei ihrem Flug übers Meer nicht zugrunde gingen, die die Ufer der umliegenden Länder erreicht hätten, seien über die dort lebenden Einheimischen hergefallen, hätten sie getötet, um sich selbst dort niederzulassen. Doch dies sei ihnen nur kurz von Nutzen gewesen. Denn die Stürme und Erdbeben, der unaufhörliche, heftige Regen, der mit

Eisklumpen in der Größe von Taubeneiern vermischt gewesen sei, habe die Fluten so gewaltig ansteigen lassen, daß die Ufer der Gobao jenseits des Meeres umgebenden Länder davon verschlungen worden seien.

Die Gewalt der an- und abschwellenden Stürme sei so stark gewesen, daß auch die Wälder der Küste von Lin-Gua-Lin bis weit ins Landesinnere hinein wie Gras zerknickt, ausgerissen und herumgewirbelt worden seien. Und weiter drinnen, dort wo ihr euch vor vielen, vielen Jahren schon, ihr Lin-Maya-Seti, auf Geheiß des Königskindes Am-Mha-Dys zurückgezogen hattet, seien schließlich solche versprengten Laventrum-Schergen aufgetaucht – und hätten alles getötet, was sie vorfanden. Und so kam denn auch Talin-Meh, die Liebliche, ums Leben. Deine Eltern und dein Bruder Debres, der Kleinling, sicher auch, falls sie nicht ganz bis zur Zungenstadt, bis Lin-Gua-Lin zu fliehen vermochten. Von ihnen hast du keine Kunde. Nur der Tod der Geliebten ist dir schreckliche Gewißheit, und der Deines Sohnes, Ve-Gurre. –

Oben im Norden, fährt Shao-Gor fort, seien die ewigen schwimmenden Berge, die Eisberge in Bewegung geraten. Auch vom nördlichsten Festland seien die dicken Kappen von massiven Gletschern zerbrochen und in gewaltigen Stücken ins Meer getaucht. So wurde es den fliehenden Laventrum-Anhängern unmöglich, dort unterzukommen, wie sie gehofft hatten.

Und eigentümlich: Bis zuletzt seien sich die Laventrum-Getreuen, einschließlich Laventrum selbst, des ganzen Ausmaßes der Katastrophenkette nicht bewußt geworden. Trotz schwarzmagischer Kunde habe niemand von ihnen gewußt, daß Gobao, welches so viele Jahrtausende sicher und unangefochten existierte, ganz untergehen würde.

Bald darauf seien auch die fünf großen Inseln in kleinere zerrissen worden, von denen die meisten gleich untergingen. Das tobende Meer sei in solch gewaltiges Wogen geraten, daß man nicht mehr wußte, wo oben, wo unten, wo der Himmel und wo Alakiva sich befinden. Das sei der Zeitpunkt gewesen, wo er, Shao-Gor selbst, sich oben im Norden, wo es noch eine kurze Zeit etwas ruhiger gewesen sei, unter vielfachen Gefahren aufgemacht habe, um die letzte Welle von Auswanderern, die schon aufgebrochen war ins ferne Tal, einzuholen und zu leiten. Schon morgen werde er die wenigen, auf dem Ary-Ary-Rhab Zurückbleibenden, die die Nachzügler und Versprengten noch erwarten und versammeln sollen, um mit ihnen der siebenten großen Auswandererwelle zu folgen, segnen – und dann aufbrechen. Und du, Ve-Dan, hast den Entschluß gefaßt, mit ihm zu ziehen.

So geschieht es. Nun seid ihr, Ve-Dan, schon einen halben Krisdan unterwegs nach Osten. Noch gestern hat der Ary-Ary-Rhab inmitten seiner Brüder zum letzten male aufgeleuchtet, bis er euren Blicken ganz entschwand.

Den mühseligen Abstieg aus dem Gebirge habt ihr hinter euch, ebenso das fruchtbare Tal rings um das Delta eines großen Flusses, der sich ins östliche der vier, den Ary-Ary-Rhab umgebenden Meere, ergießt. Mit einem kräftigen Boot, das hier wie eine Fähre von wenigen Kundigen gesteuert, von einem Ufer des Meeres zum anderen pendelt, bis alle Auswanderer übergesetzt sein werden, seid ihr nun schon in Sichtweite der östlichen Küste. Morgen werdet ihr dort landen. Dahinter erstrecken sich unendliche Steppe, die ihr durchqueren müßt. Da ihr schneller vorwärtskommt, als der große, letzte Zug, werdet ihr diesen bald einholen, um mit ihm eines fernen Tages gemeinsam im Tale Mha-Nos einzutreffen.

Du spürst dein Alter jetzt stärker, Ve-Dan. Du bist der Älteste in der kleinen Schar. Noch wenige Sommer trennen dich vom achten Jahrzehnt deines Lebens. Oft überfällt dich Müdigkeit. Du spürst deine Knochen. Von Zeit zu Zeit erfaßt dich Schwindel, sausen dir die Ohren.

Nur die Botschaft des Mha-No hält dich aufrecht. Deinen Gefährten verschweigst du deine Beschwerden. Nur noch das ferne Tal erreichen – um sich dann zum Sterben niederzulegen. Das erfüllt jetzt deinen Sinn. Wird Talin-Meh in Baolin auf dich warten? Wird das Gericht der Götter, welches deine Taten anschauen wird, gnädig sein? Kannst du vor ihnen bestehen?

Das kräftige, schmale, längliche Boot hat nun die östliche Küste erreicht. Ihr führt die Maultiere, die Pu-Dun an Land, beladet sie mit allem Notwendigen und macht euch auf ins Innere der endlosen Steppe.

Nicht wiedersehen wirst du die Zungenstadt, hoch auf den Pfauenbergen. Nicht das Königskind Am-Mha-Dys, nicht den geliebten Lehrer Gurre-Dan, über dessen Schicksal du nichts weißt. Doch kann er schwerlich noch unter den Lebenden weilen. Es sei denn, er zählte jetzt über hundert Sommer. Nicht die Lin-Maya-Seti, dein Volk, außer denen, die mit nach Osten ausgewandert sind. Nicht die Baumhäuser, die Dschungelsiedlungen. Nicht das westliche Ufer von Lin-Gua-Lin, nicht die Wasser der Uogis – und nicht den Ubyu-Lin.

Nimm Abschied, Ve-Dan. Bereite dich vor. Schon bald wird er auf dich warten, der wunderbare Fisch Kiliki, der die Toten hinüberträgt nach Baolin, das in den Wipfeln Ougurres beginnt.

Die Steppe verläuft in weit ausschwingenden Ebenen, die an- und abschwellen wie ein leicht bewegtes Meer. Von den Hügeln zieht ihr hinab in die Täler, von diesen wieder die Hügel hinauf – und so immer weiter. Schier endlos lösen die Wellen einander ab. Die Pu-Dun traben fröhlich und unermüdlich vorwärts. Von Zeit zu Zeit besteigst du ein solches langmähniges Pferdchen, um deine müden Füße auszuruhen, Ve-Dan. Abends seid ihr um mehrere kleine Feuer versammelt. Wochenlang zieht ihr schon durch die Steppe. Der Mond steht in der Nacht hellorange leuchtend und riesengroß am Himmel. Zum Schlafen zieht ihr all eure Kleider an, denn die Nächte sind empfindlich kalt. Am Tage könnt ihr das Meiste davon ablegen, da Sokris heftig herabbrennt und ihr bald ins Schwitzen geratet. Endlich seht ihr in der Ferne einen grünen Streifen. Darüber, fast nur erahnbar in blauem Dunst, die ersten Ausläufer eines Gebirges.

„Bald werden wir den Wald erreichen", sagt Shao-Gor eines Abends. „In ihm lebt ein Volk, welches den ersten Auswandererwellen große Schwierigkeiten bereitet hat. Sie sind struppig und roh in ihren Sitten. Sie leben von der Jagd und den Früchten des Waldes. Ihr Gott ist ein häßlicher Koloß, den sie aus dem Holz eines mächtigen Baumes gefertigt haben. Er steht auf einer Lichtung, die ihnen heilig ist und die kein Fremder erblicken darf. Unser Weg durch den Wald würde geradewegs darauf zu führen. Doch um uns Schwierigkeiten zu ersparen, müssen wir einen weiten Bogen um diese Lichtung machen, auch wenn wir dadurch einige Tage Zeit verlieren. Merkwürdigerweise lieben sie besonders unsere Amulette, die wir um das linke Handgelenk tragen. Deshalb führen wir mehrere Satteltaschen voll davon mit uns. Aber auch unser Gold mögen sie gern, obwohl es ihnen wenig nützt, da sie mit den umliegenden Völkern im Tauschhandel verkehren. Meistens tauschen sie Felle und aus Holz geschnitzte Gerätschaften gegen das, was sie benötigen. Am Gold entzückt sie der Glanz, und die Amulette tragen sie gern, oft drei bis vier auf einmal um beide Handgelenke. So wird uns der Durchzug leichter werden als den ersten beiden Auswandererzügen. Für sie ist es eine kleine Sensation, wenn wir eintreffen – und wir müssen uns darauf einrichten, einige Abende mit ihnen zu verbringen.

Ihr Gott heißt Bougu-Bog – und man trifft ihn öfter in Gestalt eines Bären. Deshalb dürfen Bären nie gejagt oder gar getötet werden. Das brächte schreckliches Unheil. Wenn man einen auftauchen sieht, so legt man ein Opfer auf den Waldboden – und geht ihm aus dem Weg.

Kyr-Tut, der uns vor einem Krisdan in der Steppe entgegenkam, um uns den weiteren Weg zu führen, hat es fertiggebracht, einige Brocken ihrer Sprache zu erlernen. Er wird uns als Dolmetscher dienen.

Aber es ist nicht gesagt, daß wir sie unbedingt treffen. Mitunter verstecken sie sich – und beschleichen uns, um uns zu beobachten. Zwar sind sie bis jetzt einigermaßen friedlich geblieben, bis auf die beiden Male beim Durchzug der ersten und dann noch einmal beim Durchzug de zweiten Welle. Da überfielen sie eine der Abteilungen und verschleppten Viele. Und es ist ein Wunder, daß sie niemanden töteten. Die Unsrigen kamen nur durch ein Lösegeld wieder frei, also einer Menge Gold und Amulette. Das haben sie sich gemerkt.

Um zu vermeiden, daß sie wieder versuchen, Lösegeld auf diese Weise zu erpressen, sandten wir von da ab eine kleine Schar in den Wald voraus mit ebenso viel Gold und Amuletten versehen, wie ihnen der Überfall einbringen würde – und mit dem Versprechen, daß sie noch mehr bekämen, wenn die Welle in Frieden durchziehen kann. Das hat bis jetzt auch funktioniert. Morgen werden also zwölf Männer voraus reiten, die Satteltaschen gefüllt mit den begehrten Kleinoden. Sie werden uns den Weg sichern. Wie schade, daß uns Siri nur bis zum Meer geleitet hat. Er verstand es bis jetzt am besten, mit ihnen umzugehen. Sie haben sogar seinen Namen behalten und bei jeder folgenden Welle nach ihm gefragt. Aber natürlich ist er auch der Geeignetste, die letzten Nachzügler auf dem Ary-Ary-Rhab zu erwarten, um endlich auch diese sicher ins ferne Tal zu führen."

Ja, Ve-Dan, schade ist es, daß Siri zurückblieb. Denn auf eurem Wege zum Ary-Ary-Rhab hattest du mit ihm so manches gute Gespräch. Er erzählte dir auch, daß der Mha-No im fernen Tal dabei ist, eine kleine Gruppe Auserwählter in besonderer Weise zu schulen und zu unterrichten. Es sind nicht die Klügsten, die er dafür auswählte. Vielmehr müssen es schlichte, der Autorität des Mha-No vollkommen ergebene Menschen sein, die fähig sind, ihre Persönlichkeit ganz zurückzustellen. Auf diese Weise werden sie dafür vorbereitet, Gefäße zu werden. Denn die hohen Meister aus der Schar der Sechsundneunzig Niegesehenen beabsichtigen, in solchen Menschen zeitweise Wohnung zu nehmen. Sie selbst werden es erleben, wie eine gewaltige Erleuchtung – und aus ihrem Munde würden die Meister reden. Die so geschulten Menschen wird er eines Tages in die verschiedenen Richtungen der Welt aussenden. Durch ihre selbstlose Opferhaltung und ihr schlichtes Wesen wird es den Weißen Meistern, den Sechsundneunzig Niegesehenen möglich, neue Kulturen aufzubauen. Die ersten seien schon ausgesandt worden, zum Beispiel nach Egyop, wo du, Ve-Dan ja einen sie im Verborgenen führenden und inspirierenden Meister wiedergesehen hast, am Ufer des No-Il – und zum dritten und letzten Mal in deinem Leben ...

Bei Siris Schilderung dämmert dir erst der Sinn der letzten Worte, die der Weiße zu dir gesprochen hat, und die dir erst, als er schon wieder verschwunden war in der Erinnerung zu Bewußtsein kamen:

„Nun werde ICH die Seele dieses Volkes werden! Denn ausstrahlen soll von ihm Weisheit für Jahrtausende!

Denn Siri führte schon eine kleine Gruppe von sieben Menschen, die bei seinem Eintreffen in Egyop, als du ihn erkanntest in der Richtung, die der Weiße dir gewiesen hat, bescheiden im Hintergrund gestanden haben. Dies sind durch Mha-No Vorbereitete – und sie besitzen in hohem Maße die Fähigkeit, zum Mund des Weißen, der einer der Sechsundneunzig Niegesehenen ist, zu werden. Durch ihr Opfer wird dieser das Volk von Egyop zu seiner Aufgabe, ein wichtiger Ort für die Bildung einer neuen Menschheit zu sein, erziehen.

Es kam, wie Shao-Gor gesagt hat. Ihr habt in mehreren Wochen den Wald in einem großen Bogen durchquert. Und schon fast an seinem Ende, dort, wo er vor Tagen begonnen hat, das Gebirge hinaufzuklettern, stoßt ihr auf einen stillen See.

Tatsächlich war das Waldvolk mit den Geschenken der Vorhut zufrieden. Ihr bekamt die Waldmenschen nicht zu Gesicht. Nur die Vorhut, die ihnen jetzt als Nachhut, die bei friedlichem Durchzug versprochenen restlichen Geschenke übergab, sah sie noch einmal.

An diesem See nun macht ihr eine längere Rast. Menschen und Tiere sollen ausruhen. Die Pu-Dun baden übermütig im See. Ebenso die Kinder und Jugendlichen. Du findest Muße, Ve-Dan, ein wenig in deinen Aufzeichnungen für die fünfte Amphore die im fernen Tal auf dich wartet, fortzufahren.

Shao-Gor läßt dir noch einige Felle bringen, vom Waldvolk eingehandelt. Denn sogar in der wärmenden Sonne am Tage fröstelst du neuerdings immer leicht. Jetzt liegst du am Seeufer noch eine Weile wach, fürsorglich in sie eingehüllt.

Ungefähr in einem halben Krisdan müßtet ihr endlich, so sagte Shao-Gor, auf die hinterste Abteilung der siebenten und letzten Auswandererwelle treffen. Aber Krisdane werden noch vergehen, bis ihr das ferne Tal erreicht haben werdet.

Dann mußt du eingeschlafen sein, Ve-Dan. Im Ohr noch das leise Knacken und Singen des verglimmenden Feuers, das Schnauben der Pu-Dun, die Stimmen einiger Weniger, die sich noch flüsternd unterhalten. Und plötzlich stehst du wieder auf einem der Türme vom Palast des Königskindes in Lin-Gua-Lin. Und neben dir, als wäret ihr niemals getrennt gewesen, steht ebenso plötzlich dein geliebter Meister Gurre-Dan. Er sieht dich mit durchdringendem Blick an: „Ich gehe nun, Kiliki zu erwarten", sagt er zu dir, „und eine Wohnung für dich vorbereiten in Baolin. Denn bald wirst du mir folgen, Ve-Dan."

Da wachst du auf. Gurre-Dan ist verschwunden. Sollte dein Meister erst jetzt gestorben sein? Oder noch im Sterben liegen? Dann muß er uralt geworden sein.

Wieder schläfst du ein, als unvermittelt ein Kleiner vor dir im Grase sitzt. Du erkennst ihn sofort, ein Bubos, ein Pflanzenmeister, einer vom Zwerg-Volk, den Menschen meistens unsichtbar. Obwohl du ihn nur einmal gesehen hattest, damals als Jüngling, an jenem Tag, als deine Mutter Sy-Dany, der du davon erzählt hattest, beschloß, daß es für dich Zeit sei, ins Jugenddorf zu ziehen. Jetzt erkennst du ihn wieder. Es ist derselbe.

„Träume ich?", fragst du ihn.

„Ja und nein", antwortet der Kleine.

„Bist du hier, bei uns, bei der Auswanderung?"

„So ist es", kommt die Antwort. „Viele von uns sind mit euch ausgewandert, von Gobao und von den umliegenden Ländern."

„So seid ihr also noch mehr?"

„Das darf ich dir nicht sagen. Aber ich soll dir Kunde bringen von den Deinen. Deine Mutter, Sy-Dany, sie lebt. Ebenso dein Bruder Debres, der Kleinling. Dein Vater ist auf dem Weg nach Naso verunglückt."

Da fragst du schnell, einer Eingebung folgend:

„Und Gurre-Dan, mein Meister? Was weißt du von ihm?"

„Er sprach selbst mit dir", antwortet der Bubos.

Und wieder wachst du auf. Das Feuer ist fast erloschen. Leise flüsternd lösen sich die Wachen ab. Es ist kurz vor dem Morgengrauen. Bald wird das Signal zum Wecken kommen. Vor euch liegen die anstrengendsten Wochen eurer Wanderschaft. Erste Frühaufsteher regen sich schon. Ein Kind weint im Schlaf. Der Ruf eines Vogels erschallt von den Wipfeln zu euch herab. Ächzend richtest du dich auf, Ve-Dan. Massierst deine erstarrten Gliedmaßen.

„So ist alles gut", murmelst du lautlos vor dich hin. „Nun weiß ich von den Lebenden und von den Toten, was ich zu wissen begehrte. Du bist wieder so schnell verschwunden, kleiner Bubos. Ich hoffe, du hörst ihn trotzdem, meinen Dank!"

35. Kapitel: DIE SIEBENTE WELLE

Krosbol verfügt über Gaben, die den andern nützlich sind – und ihnen dennoch unheimlich erscheinen. Selten sieht man ihn lächeln. Meist geht er mit verschlossener Miene, ein wenig abseits und für sich. Er ist ein Hüne von Gestalt mit lang herabwallendem, tiefschwarzem Haar. Du siehst ihn zum ersten mal an jenem Morgen, als ihr die hinterste Abteilung der siebenten Welle erblickt. In ein langes, graues Gewand gehüllt, schreitet er als letzter, schweigsam und in sich gekehrt. Und du spürst bald, Ve-Dan, daß ihn ein Geheimnis umgibt, an dem er offenbar schwer zu tragen hat.

Doch zunächst überdeckt die Tatsache, daß ihr nun die siebente Welle erreicht habt, deine Überlegungen in Bezug auf Krosbol. Der Weg bis hierhin ist stetig angestiegen, doch werdet ihr in den nächsten Tagen darangehen, euch in nördlicher Richtung wieder hinab zu bewegen. Denn ihr seid an dem Punkt angelangt, wo auch unendlich weit nach Norden zu wieder trockenes Land sich erstreckt, während zuvor das Eismeer sich bis fast an den Rand der großen Steppe, die ihr durchquert habt, geschoben hatte.

So werdet ihr also in etwa einem Krisdan den um einiges tiefer liegenden Pfad erreichen, den die Wellen vor euch schon gebahnt und gangbar gemacht haben. Auf ihm, der länger ist, als der direkte, immer weiter steigende durch das unermeßliche Gebirge, aber weniger gefahrvoll und mühselig, werdet ihr das Gebirge umgehen, um erst weit im Osten noch einmal steil hinauf zu müssen, und an seiner anderen Seite wieder ebenso steil hinunter. Von dort, so sagt Shao-Gor, wird es nicht mehr weit sein bis ins ferne Tal.

Bei diesem Abstieg nun passiert das Unglück, das deine Aufmerksamkeit verstärkt auf Krosbol lenkt. Eines der Pu-Dun, der Pferdchen strauchelt, und noch ehe es jemand hätte verhindern können, stürzt es mitsamt der kleinen Ta-Ga-Neh in einen tiefen Spalt, der fatalerweise gerade an dieser Stelle links vom schmalen Bergpfad klafft. Der Aufschrei der Mutter weckt dich aus deinem Sinnen. Der Zug gerät ins Stocken – und beinahe wären noch mehr gestürzt. Du kannst gleich darauf beobachten, wie Krosbol, ohne im Geringsten zu zögern, sich daran macht, den Spalt an seinen gefährlich glatten Wänden herabzusteigen. Er muß ungewöhnliche Kräfte haben, denn er stützt sich nur mit Händen und Füßen gegen die engen Wände des tiefen Schachtes, bis er euren Blicken durch hervorstehende Überhänge, die den Spalt nach unten unterbrechen, entrückt ist.

Eine Weile, die euch allen unendlich lang vorkommt, vergeht, bis ihr Krosbol wieder zu Gesicht bekommt. Er hat die kleine Ta-Ga-Neh bei sich, die allem Anschein nach noch lebt, ja unversehrt geblieben sein muß, wie durch ein Wunder. Sie lehnt huckepack auf Krosbols Rücken und dieser hat außerdem noch den Gurt seines Gewandes um sie geschlungen. Weder schreit noch weint sie, sondern blickt nur mit großen, schreckgeweiteten Augen nach oben, euch entgegen. Kräftige Arme helfen Krosbol mit seiner kleinen Last zurück auf den schmalen Pfad. Tatsächlich, Ta-Ga-Neh ist unversehrt geblieben. Krosbol erklärt der Mutter, die sich vor Dankbarkeit nicht zu fassen vermag, wie es dazu kam. Das Kind ist unten auf dem Maultier gelandet, und so mit einigen Schrammen davongekommen. Das Pu-Dun allerdings hat sich bei dem Aufprall sofort das Genick gebrochen. Krosbol hat das Kind überreicht – und geht nun wieder schweigend, als sei nichts gewesen, weiter. Was für ein merkwürdiger Mensch, denkst du, Ve-Dan. Und von da ab beginnst du, ihn öfter zu beobachten.

Ihr habt den unteren Weg erreicht, der wesentlich breiter ist als der Pfad beim Abstieg. Bald tun sich von Zeit zu Zeit breitere Hochtäler auf, wo es bequemer ist, zu rasten. Schon beim ersten Hochtal ordnet Shao-Gor drei Tage Rast an. Ein klarer Gebirgsbach schlängelt sich hier anmutig hindurch. Die Wiese duftet durch eine Fülle verschiedener Kräuter, die auf ihr gedeihen. Für drei Tage lohnt es sich, die kleinen Fellzelte aufzuschlagen. Du stimmst deine Say-Dor, die die beschwerliche Reise bis heute unbeschadet überstanden hat. Am folgenden Abend wirst du einen der Abschnitte vortragen, zumindest einen Teil davon, aus dem GROßEN GESANG VON DEN VIER LEBEN ALAKIVAS.

Krosbol hält sich abseits. Er schläft nicht im Zelt. Die Kühle des nachts scheint ihm nichts auszumachen. Mit ein paar Fellen bedeckt, liegt er in der Nähe des Feuers, das man schon lange vor der Dunkelheit entzündet hat.

Das Tal bietet gerade Platz genug für alle aus der letzten Abteilung der siebenten Welle. Auch für die Pu-Dun, welche die saftigen Kräuter der Wiese eifrig abgrasen. Besonders die stacheligen Disteln, die hier in Mengen zu finden sind, haben es ihnen angetan.

Einige fischen in dem breiten Bach, andere sind ausgeschwärmt, Eßbares aufzutreiben, kleine Beeren, leuchtend rot, die etwas bitter und säuerlich schmecken. Die Vorräte an Fladen und Dörrfleisch gehen zur Neige, und niemand fragt groß nach dem Geschmack, wenn nur der Hunger gestillt werden kann. Auch Vögel werden von geschickten Bogenschützen erlegt – und man legt Schlingen aus für Kleinwild, das hier reichlich vorhanden, wenn es auch sehr scheu ist, so daß man es kaum zu Gesicht bekommt. Die Kleidung ist verschwitzt und zerrissen durch den Abstieg über den abschüssigen Pfad vom Gebirge herunter. Sie wird gewaschen und ausgebessert.

Wie lange ist das schon wieder her, Ve-Dan, seit ihr auf die letzte Abteilung der siebenten Auswandererwelle gestoßen seid. In viele solcher Abteilungen unterteilt, zieht sich die Welle hin. Während ihr noch hier im Tal rastet, beginnen die Vordersten schon längst wieder mit dem Aufstieg viel weiter östlich.

Shao-Gor, der eigentlich die Leitung der ganzen Welle hat, bleibt dennoch bei euch. Er besitzt, wie alle Führer der einzelnen Wellen, das innere Sehen in starkem Maße. So behält er immer die Überschau über das Ganze. Zudem pendeln zwischen den einzelnen Abteilungen schnellfüßige und gewandte Boten hin und her. Der Bote der vorletzten Abteilung bringt alles Wichtige gesammelt zu ihm und nimmt seine Anweisungen entgegen, die auf diese Weise wieder zu den einzelnen Abteilungsführern gelangen.

Die letzte Welle hat es am leichtesten. Denn viele Hindernisse sind durch die Vorangegangenen schon ausgeräumt, und Hilfreiches ist eingerichtet worden. So die in Höhlungen versteckten Vorratslager, die die Vorgänger anlegten aus erjagtem und gesammeltem Überfluß: Getrocknetes Obst, gedörrtes Fleisch, grob zerriebenes Mehl aus wildwachsendem Getreide.

Die Völker am Wege haben keine Furcht oder Aggressionen mehr gegen euch, da ihnen alles Nötige berichtet worden ist, und sie durch das friedvolle Verhalten der Durchziehenden einsehen können, daß ihnen von dort keine Gefahr droht. Im Gegenteil, sie dürfen eher kostbare Geschenke erwarten: Gold, edle Steine und kunstvoll gefertigte Gerätschaften.

Und es kommt vor, daß sogar einige der Auswanderer beschließen, bei dem einen oder anderen Volke zu bleiben – und nicht mehr weiter zu ziehen. Das steht jedem frei – so will es der Mha-No. Niemand soll gezwungen sein, bis ins ferne Tal mitzuziehen.

Auch das andere kommt, wenn auch seltener, vor: daß einige aus den Völkern am Wege beschließen, mit einer Welle mitzuziehen. Und auch dies ist ganz in der Ordnung. Überhaupt vollzieht sich, trotz des mühsamen, stetigen Weiterwanderns, der ganz normale Alltag des Volkes. Unterwegs werden Kinder geboren; Hochbetagte und auch Jüngere sterben. Man begräbt sie am Wege – und verschließt ihre letzte Ruhestätte zu ihrem Schutz noch mit einem in die Luft gezeichneten magischen Symbol, welches ihre Entweihung durch Frevler zu verhüten imstande ist.

Der folgende Abend rückt heran. Um ein großes Feuer in der Mitte lagern alle in mehreren Kreisen. Noch schwirren die Gespräche, Lachen und Rufe durch das Tal. Kinder balgen sich, die Pferdchen tänzeln, über euch, hoch droben, kreisen große Vögel, wie es scheint direkt unter den Strahlen der versinkenden Sokris.

Von ihr, das heißt von dem Leben Alakivas, das dem Wesen der Sokris am verwandtesten ist, vom zweiten Leben der guten Alakiva, von SOKRIS-DAO also, hast du, Ve-Dan, beschlossen, an diesem Abend zu singen.

Nachdem Shao-Gor schließlich Schweigen geboten hat, stimmst du noch einmal deine Say-Dor. Dieses Stimmen selbst, bis dich der Zusammenklang der drei Saiten Pty, As und Kum zufriedenstellt, ist für die Zuhörer selbst schon eine Einstimmung auf das Folgende. Denn ohne Hast läßt du die Töne lange ausschwingen. Immer wieder schlägst du die Saiten leer an, mitunter durch winzige, behutsame Drehung am oberen Mechanismus etwas korrigierend – und endlich läßt du alle drei in einem Klang zusammen ertönen. Für die Zuhörer das Zeichen, daß nun der eigentliche Vortrag beginnt.

Jetzt ist nur die vorsichtig suchende, wehmütig langgezogene Melodie zu hören im Tal. Allmählich tritt vollkommene Aufmerksamkeit und Stille ein. Sehnsucht bemächtigt sich der Zuhörer. Noch ist sie unbestimmt und fragend. Nun läßt du auch deine Stimme vernehmen, die mit den Klängen der Say-Dor beginnt, Zwiesprache zu halten, noch ganz ohne Worte.

Es gehört zum ungeschriebenen Gesetz der Sänger, vorher nicht zu verraten, wovon der Vortrag handeln wird. Selbst Shao-Gor weiß nichts davon. Erst nach deinen ersten gesungenen Worten erkennt man aufseufzend, worum es geht.

Etwas Seltsames ist geschehen. Etwas, was nur dir, Ve-Dan, so auffällt: Krosbol, der sich sonst immer konsequent abseits hält, ist an diesem Abend ganz in deiner Nähe. Dicht am Feuer sitzt er, blickt dich aufmerksam an unter halb geschlossenen Lidern.

AUS DEM GESANG VOM ZWEITEN LEBEN ALAKIVAS

Im Strom des Urtons weben unaufhörlich
Die Wesen, die man Lichtessöhne nennt,
Und im gewaltgen Tanz der ungezählten Sterne
Erlernen sie den Klang der Schaffensmacht.
Eins ist das Wort, das ohne End gesprochen,
Eins mit dem Urton, der ihm Macht verleiht
Aus sich Gestaltung ohne Zahl zu formen
Denn alles Sein ist im Beginne Klangfigur.
So wurden alle Welten erst gesungen
Sodann gesprochen – und daraus entstand
Der Tanz des Werdens, der in Allem webt.
Und immer schon hat solchen Schöpfungstagen
Die höchste Weisheit eine Ruhenacht gesellt.
In dieser schlief SAN-DUR, wie ihr wohl wißt,
Nachdem sie sich des hellen Tags erfreute
Noch einmal tief in Gottes Geistesgrund.
In dieser Ruhe wurde umgewandelt
Was an Begonnenem noch umzuwandeln war.
Die höchsten Engel, die das hohe Leuchten
Des IMMEROHNENAMEN ewig sehn
Sie wirkten nun an SAN-DURS Wesen weiter
Versahen sie mit Gaben neuer Art
Vollkommener zu formen, strebten sie
Was in SAN-DUR als Leben angelegt.
Und als sie endlich sich zufrieden zeigten
Begann der SOKRIS-Tag, der SOKRIS-DAO.
Sie sang nun leuchtend hell auf ihrer Bahn
Erfüllt mit flammengoldnem Feuerleben
Und wie ein Fest ward sie, ein Tanz von Licht
Und was wir heute SEHEN, HÖREN, FÜHLEN nennen
Bekam auf SOKRIS-DAO erste Form.
Umhüllt von dem, was heute wir als Leiber
Als feste Hülle bis zum Tode tragen
Doch noch unendlich fein, andersgestaltig
Als Flammenleib, der sehr beweglich war
Fähig, sich gegenseitig zu durchdringen.
Und noch nichts Böses konnte sie verdunkeln

In frohen Wellen strömte auch das LACHEN
Durch alle Formen, sie vereinend hin
Und Jauchzen war der Klang von allem Lichte
Und Feuertanz – im Rhythmus heilger Verse.
Und aus dem SEHEN formte sich die Leibessehnsucht
Und Seelenkeime sprossen aus dem HÖREN
Ins FÜHLEN endlich strömten Geistesstrahlen.
Noch sahen, hörten, fühlten nicht die Wesen
Wie wir es heute, aus uns selber tun
Vielmehr durchwebten sie die Lichtessöhne
Und nahmen so ihr Tun von Außen wahr.
Äonenlang erstrahlte SOKRIS-DAO
Von nun an in den zwölfgestaltgen Raum
Der noch nicht Raum war, so wie wir ihn kennen
Sondern ein Innres blieb, gewirkt aus Geistesweiten.
In BAOLIN begann, was ich berichte
Vernehmt nun SOKRIS-DAOS weitren Weg.

Atemlos lauschten alle dem Fortgang deines Gesanges, Ve-Dan. Noch viele Verse folgten, die im Einzelnen beschrieben, was auf SOKRIS-DAO weiterentwickelt wurde, was dort entstand, und was zurückblieb. Und mit einem Seufzer des Bedauerns begleiten sie die Verse, die endlich andeuten, daß du nun zum Ende kommen würdest. Die Zeit hätte nicht ausgereicht, den ganzen Gesang vom zweiten Leben Alakivas an diesem Abend vorzutragen. Und es ist eine altbekannte Sitte, daß ein Vortrag vorläufig als beendet zu betrachten ist, wenn der Vers: „In Baolin begann, was ich berichte" sich zum dritten Male wiederholt.

Niemand hat so aufmerksam zugehört, wie Krosbol. Das hast du die ganze Zeit deutlich gespürt. Schweigend suchen jetzt alle ihre Lager auf. Der Sternenhimmel glänzt in dieser Nacht besonders herrlich. Kein Wind weht – und die Seelen sind erfüllt von den gewaltigen Bildern, die durch deinen Gesang in ihnen entstanden.

Am nächsten Morgen, noch bevor die ersten sich erheben, steht plötzlich Krosbol vor deinem Zelt. Zum ersten Mal spricht er dich an. Ob du wohl irgendwann eine kleine Zeit übrig hättest, ihn anzuhören, fragt er. Und noch am selben Nachmittag, dem letzten eurer Rast im Tal, erfährst du seine Geschichte.

36. Kapitel: KROSBOLS GESCHICHTE

„Ich danke euch, ehrwürdiger Meister Ve-Dan, daß ihr die Geduld aufbringen wollt, mich anzuhören", beginnt Krosbol mit warmer, sympathischer Stimme, wenn auch stockend.
Um euch verständlich zu sein, muß ich weiter ausholen. Es gab ganz unten in Gobaos Südwesten einen Tempel. Dort wurde das Geheimnis des Planeten MHA-ROU-AS bewahrt und gelehrt. Nicht weit von diesem Tempel lag die große Stadt MOL-LON-IS. Am Rande dieser Stadt bin ich aufgewachsen. Mit sieben Jahren kam ich in eine Schule, die von Priestern dieses Tempels geleitet wurde. Als ich zwölf wurde, kamen meine beiden Eltern, deren einziges Kind ich war, durch einen Unfall ums Leben. Sie waren aus der Stadt kommend auf dem Heimweg, als ein aufkommender Sturm einen Baum umbrach, der sie unter sich begrub. Da beschlossen die Priester, daß ich im Tempelbezirk weiter aufwachsen sollte.

Der Oberste dieses Tempels hieß ganz ähnlich, wie der des Sokris-Orakels ganz im Norden: Cha-Mha-No. Wir lernten Weisheit, die mich tief erfüllte. Und ich wurde davon so durchdrungen, daß ich keinen anderen Wunsch mehr kannte, als ebenfalls Priester zu werden. Doch geht es, wie ihr wißt, nicht nach solchen Wünschen. Nur wen die Priester auswählen, hat das Glück, wenn er die im Laufe der Jahre immer schwieriger werdenden Prüfungen besteht, eines Tages den Segen und die große Einweihung zu bekommen.

Nun wirkte im Leben dieses Tempels seit langem schon insgeheim jene fatale, dunkle Kraft, die man als Uneingeweihter gar nicht spürte, geschweige denn hätte unterscheiden können. Cha-Mha-No war längst von Machtgier besessen und fasziniert von der Möglichkeit, mit Hilfe dunkler Gewalten Herrschaft zu erlangen über die Seelen vieler Menschen. Er neidete dem Mha-No seit langer Zeit dessen unangefochtene Autorität über alle Orakelstätten. Und so entwickelte er die furchtbaren Kräfte der Finsternis immer mehr, um sie seinem Neide dienstbar zu machen. Im Tempel Mha-Rou-As verehrten wir ganz selbstverständlich, und wußten es nicht anders, neben dem großen Geist, dem IMME-ROHNENAMEN, neben Osvalid, dem höchsten Engel und neben anderen hohen Wesen auch die drei Geister, wie Cha-Mha-No sie nannte: Mu-Ka-Bo, den vierfach gehörnten Kraftgeist; Zam-Don-Os, den Fels der Dämmerung – und schließlich Uxy-Por, die weltumspannende Schlange. Als hohe und wichtigste Wesen stellte Cha-Mha-No sie uns hin. Die Wahrheit erkannte ich erst, als es zu spät war, nach der großen Einweihung. Da war mein Herz, mein Sinnen und Trachten aber schon vergiftet. Auch ich bekam Gefallen an dem Gedanken, über andere unumschränkte Macht ausüben zu können. Daß Mu-Ka-Bo, Zam-Don-Os und Uxy-Por die obersten Herrscher über Dämonenheere sind, diese Tatsache störte mich, als sie mir klar wurde, nicht mehr so. Ihr werdet sicher schon bei meiner bloßen Darstellung darüber im Innersten erschrecken, verehrter Ve-Dan. Da ich nun aber einmal begonnen habe, darüber zu sprechen, wäre ich euch sehr dankbar, wenn ihr mir Gelegenheit gebt, alles berichten zu dürfen, was mir heute schwer und niederdrückend auf der Seele lastet.

Natürlich erfuhr kein Nichteingeweihter von unseren Praktiken. Niemand merkte, wie die kultischen Handlungen nach und nach damit durchsetzt wurden. Und schon gar niemand ahnte, daß es die schwarzmagische Bruderschaft gab, die sich zum Ziele setzte, die Wirkung dieser drei Mächte unter den Menschen zu verstärken. In diese Bruderschaft wurden auch Menschen aufgenommen, die von ihrer niederen Gesinnung her nie die heiligen Weihen in den ehrwürdigen Kulten der Sokris und der anderen Mysterien erhalten hätten. Diesen Menschen wurden Geheimnisse verraten, die bis dahin aufs Strengste vor allen Unwürdigen bewahrt worden waren. Solche dunklen Bruderschaften gab es schon einige. Fast jedes Orakel hatte bald so einen geheimen Zweig.

Auch gab es eine strikte Drohung – ja der Tod war einem sicher – wenn es einem in den Sinn gekommen wäre, diese Bruderschaft jemals wieder verlassen zu wollen.

Und wir wurden die Stützen der Macht Laventrums. Viele schlimme und grausame Dinge gingen auf unsere Verantwortung zurück, deren Einzelheiten zu schildern ich euch ersparen will, weiser Ve-Dan.

Macht, unumschränkt ausübbar, verwandelt, wie ihr wissen werdet, die Seele. Sie verliert den Geschmack an den hellen und freundlichen Dingen des Daseins, und berauscht sich stattdessen an dem kalten, dämonischen Glanz ihrer Wirkungen. Scharf wird der Verstand. Zu Schläue, Verschlagenheit und Listigkeit wandelt er sich um. Alle anderen Regungen werden davon verzehrt. Man studiert die Schwächen der Menschen, ihr unterschiedliches Wesen, lernt sie durchschauen, erspürt ihre schwachen und verletzlichen Punkte, weiß sie gegeneinander einzusetzen, eignet sich das ganze Instrumentarium, die ganze Palette des Herrschens an. Von der direkten, grausamsten Gewalt, der Vernichtung des Unbotmäßigen, über die verschiedenen Stufen des Schreckens und der Angst, die schwächere Gemüter zu pressen versteht, bis zur listigen Intrige und doppelzüngigen Redegewalt, die alles mit einem Fluidum aus Lüge und Schmeichelei, aus Gunst und Irrlogik, aus gleißendem Verstand und magischen Verlockungen zu durchsetzen versteht. Das Erzeugen einer Atmosphäre von Unentrinnbarkeit und gesteigerter Ohnmacht in denen, die gezwungen werden sollen...

Und das Schlimmste: Man wird stolz darauf, liebt seine teuflische Kunst, sieht verachtungsvoll auf diejenigen herab, die sich in den fein gesponnenen Netzen verfangen.

Hat man einmal von dieser Macht gekostet, ist man ihr in der Regel verfallen. Denn sie muß einem von da an alles ersetzen, was für immer verlorenging: Güte, Zuneigung, Schlichtheit, Wahrhaftigkeit, selbstloses Handeln; ja ganz normaler Kontakt mit allen Menschen. Einfach ein Wesen unter anderen zu sein, in Freundschaft, Herzlichkeit und Liebe verbunden. Diese Fähigkeiten sterben in einem ab, fliehen und kehren nie mehr wieder. Was zurückbleibt, ist eine trostlose, verödete Innenwelt aus endlosen Steppen und Wüsten, durch die nur das kalte Gleißen des schrecklich wirksamen, nimmermüden Verstandes wie drohende Blitze fegt.

Ich habe Menschen gequält und getötet durch magische Mittel. Ich habe Angst verbreitet und sie zu nutzen gewußt. Ich bin in der Hierarchie der Bruderschaft aufgestiegen – und war davon befriedigt – und, um es endlich zuzugeben: Ich kam in die Lage, als einer von den schlichten Abgesandten aus dem südlichsten Gobao verkleidet, euch als Spion bei eurem Treffen auf der geheimen Insel zu belauschen, als euch Mha-No das Wahrbild schauen ließ vom Untergang Gobaos.

Was ich nicht ahnte, war, daß Mha-No wußte, wer ich bin. Er ließ es sich nicht anmerken, duldete mich aus einem Grunde, der mir erst später klar wurde.

Nun muß ich dazu kommen, daß etwas in meiner Seele aufzukeimen begann, was ich als meinen Retter bezeichnen will: denn trotz meines Aufstieges, meiner Erfolge und meiner Bosheit wuchs ein bitteres Kraut in mir herauf. Ich war nicht imstande, seine wachsende Kraft zu verhindern. Mehr und mehr verbreitete sich in mir tiefste VERZWEIFLUNG.

Ich lenkte mich ab, so gut ich konnte, heimste durch meinen Eifer im Bösen Bewunderung und Respekt in der Bruderschaft ein. Besonders dadurch, daß ich den miterlebten Wahrtraum Mha-Nos auf meine Weise nutzend, daran beteiligt war, etwas zu verwirklichen, was euch scheinbar unbekannt geblieben ist.

Weit oberhalb Gobaos, hoch im Nordwesten, jenseits von Naso liegt ein Gebiet, von dem alle glauben, daß es vollständig mit ewigem Eis bedeckt sei. Doch stimmt dies nur zum Teil. Kommt man weit genug ins Innere dieser Region, so findet man Inseln freigeschmolzenen Landes inmitten der eisigen Umgebung. Hier steigen rätselhafte heiße Quellen aus größten Tiefen auf. In einem Gebiet mehrerer solcher nahe beieinander liegender Inseln, begann bald auf meine Anregung hin ein Auswandererzug ganz anderer Art. Die schwarzmagische Bruderschaft schuf sich hier eine Fluchtburg für die Zeit nach der Katastrophe. Nicht einmal Laventrum erfuhr davon.

Ausgewählt wurden für niedere Dienste entsprechend geeignete Geschöpfe aus dem einfachen Volke: für die Beschaffung der Nahrung durch Jagd und Ackerbau, zur Errichtung der klobigen Burg, der Wohnhäuser mit allen erdenklichen Bequemlichkeiten. Diese Geschöpfe sollten sich zur Bedienung und Beherrschung durch die schwarzmagischen Brüder dort ansiedeln und nach deren Gutdünken vermehren. Mit Hilfe der hochentwickelten Gobaoischen Technik war es kein Problem, das Projekt zu verwirklichen. Und ich muß es euch gestehen, Ve-Dan: Eine große Zahl dieser verblendeten Priester konnte sich dorthin vor dem Untergang Gobaos retten. Den Laventrum zu retten, hütete man sich aber. Er wäre den Verschworenen mit seiner ins Wahnwitzige gesteigerten Machtgier nur im Wege gewesen.

Von dort aus wurden auch Priester auf streng verborgene Weise in die verschiedenen Weltgegenden gesandt. Denen hinterher, die schon seit langer Zeit auf Geheiß Laventrums die weit entfernt liegenden Völker für seine Zwecke hatten beeinflussen sollen. Die schwarzmagische Bruderschaft kam zu der Einsicht, daß mit Gobao nicht die ganze Alakiva untergehen würde, und daß man dafür sorgen mußte, sich Einflußgebiete zu sichern, um später über die vorbereiteten Seelen die Herrschaft antreten zu können. Laventrum erfuhr schon lange nicht mehr alles, was die Bruderschaft wußte. Darauf ist auch zurückzuführen, daß Mha-Nos sieben Auswandererwellen nicht auf ernsthaft gefährlichen Widerstand durch ihn stießen. In allen Gegenden Alakivas, verehrter Ve-Dan, sind die schwarzen Priester unterwegs, sehr oft mit größter Schlauheit getarnt. Und überall dort, wo sie es noch nicht getan haben, werden sie geheime Stätten für ihre finsteren Kulte und magischen Praktiken einrichten – und es ist nur eine Frage der Zeit, bis diese ihre Wirkung tun, und die Bruderschaft heute hier und morgen da wird offen die Macht an sich reißen können.

Es gehört zu einem der Gelöbnisse meiner Umkehr, daß ich euch heute davon sprach. – Wie es zu meiner wunderbaren Rettung kam, will ich euch im Folgenden noch kurz schildern.

Ich berauschte mich an meinen Aufgaben, doch die Verzweiflung fraß mir das Herz. Nichts gab es, was sie eindämmen konnte. Sie wurde so stark, daß ich die Geister, daß ich Mu-Ka-Bo, Zam-Don-Os und Uxy-Por anflehte, mich von dieser Welt zu nehmen. Doch ich erhielt keine Antwort. Es war die Zeit, als die Kette der Katastrophen, die Gobao schüttelten, nicht mehr abriß. Besonders im Süden war die Lage trostlos. Abertausende kamen in den Stürmen und in den immer wieder anrollenden Fluten um. Im Innern Alakivas war schon das Grollen zu vernehmen, das eines Tages eingesetzt hatte. Ein tief aus dem Grunde aufsteigender Klang, der jeden zum Erzittern brachte – so etwas wie ihn hatte zuvor noch nie ein Sterblicher vernommen. Uns von der Bruderschaft focht das Leid der Menschen nicht an. Wir hatten ja unsere Fluchtburg im ewigen Eisland, zu der wir rechtzeitig aufbrechen würden. Wie ihr wißt, weiser Ve-Dan, liegt ganz im Südwesten, direkt an der felsigen Küste der große burgartige Palast, den sich schon der Urgroßvater des letzten Laventrum hatte errichten lassen. Dort hielt sich der letzte Laventrum auch gerade auf, da ihm die Bruderschaft einzureden vermocht hatte, daß dies der sicherste Ort auf Gobao sei – und er dort die Katastrophe überstehen würde.

Zu ihm war ich in jener Nacht, die mich um und um wandelte, unterwegs. Ich hatte geheime Botschaft für ihn in einer Lederrolle bei mir. Sie enthielt die magischen Zeichen, mit denen er die Wände seines Palastes ausstatten sollte, da ihm diese, wie man ihm glauben gemacht hatte, den Schutz Mu-Ka-Bos sichern würden. Die Anlage des Palastes hatte zum Meere hin ein großes Steintor, aus dem die Flugboote ausschwärmen konnten. Dieses war schon umspült von den trüben, gischtig tobenden Fluten. Die Wachmannschaften saßen in den weiter oben ausgehauenen Nischen und schöpften Wasser aus ihnen, welches sie durch die Sichtluken ins brodelnde Meer schütteten. Ich selbst jagte auf meinem schnellen Reittier direkt auf der äußersten Ringmauer entlang wie ein dunkler Schatten.

Ich war inzwischen von derart wildem Selbsthaß zerfressen, daß ich vorhatte, mich nach meiner Mission ins Meer zu stürzen. Angst vor dem

Tode kannte ich nicht. Das verlernt man bei den Übungen der schwarzmagischen Bruderschaft. Ich trieb dem Tier die Hacken in die Weichen. In der Ferne schimmerten schon die Goldzinnen des eigentlichen Palastes. Unter mir donnerten die Wogen von Uogis gegen die steil abfallenden, aus gewaltigen Quadern gefügten Mauern. Durch die Finsternis rasten mit mir die Flutgeister in heulendem Flug. Das erschöpfte Tier schlingerte. Ich riß es am Zügel. Beinahe wären wir abgestürzt. Nur zu, dachte ich grimmig. Jetzt oder später, was liegt daran! Jetzt nur noch bis zur letzten steinernen Feuerschale, deren brennendes Öl längst vom Sturm gelöscht war. Dann nach rechts herunter vom Mauerweg. Doch, Mu-Ka-Bo hilf!, was war das? Eine strahlend helle, blaue Lichtfontäne schoß vor mir auf. Ich hörte ein mächtiges Rauschen, Zischen, Pfeifen – darin eine dröhnende Stimme ... dann stürzte ich herab – und es wurde still.

Als man sich zu mir niederbeugte, glaubte man, ich sei tot. Doch bekam ich alles mit. Es war Mesogöb, ein Unterführer, ein Kem-Chab des Laventrum, der sich suchend über mich neigte. Er drückte mir die Augen zu, zog mir die Lederrolle aus dem Gürtel – und warf einen Blick hinein. „Schnell, mein Pferd!", schrie er dann. Er schwang sich wortlos auf das Tier und preschte davon.

Mich ließ man einfach liegen.

Doch ich war nicht tot, wie sie annahmen. Ich hörte jetzt nichts mehr. Um mich herum war Totenstille – und ich selbst glaubte für eine Weile auch, daß ich gestorben sei. Dann hörte ich wieder die Stimme, nun nicht mehr dröhnend, aber mächtig und eindringlich. Auch das Rauschen, Zischen und Pfeifen war verstummt.

„Krosbol, wie lange willst du noch im Finstern wandeln?", sprach sie mich an.

„Wer bist du?", begehrte ich zu wissen.

„Nur deine Verzweiflung hat dir ermöglicht, daß ich dir begegne", kam die Antwort. „Folge mir!"

Und tatsächlich konnte ich mich erheben und fühlte mich leicht und frei dabei. Da ich niemanden sah, fragte ich: „Wohin soll ich gehen?

Dann plötzlich, so hell und strahlend, daß er mich blendete, gewahrte ich ihn. Eine riesige, leuchtende Gestalt – und besonders durchfuhr mich sein Blick. Er war erfüllt mit Zorn und Trauer, aber darin doch strenge Güte.

Er führte mich, wie er sagte, zum Meer des Leidens. Und die Qualen der Wesen, die ich dort sah, waren so, daß ich sie selbst auf das Heftigste mit durchlebte. Am Rande dieses Meeres standen abgezehrte, furchtbar häßliche Gestalten und klapperten mit den Zähnen. „Wer sind diese?", wollte ich wissen.

„Sie sind von deiner Bruderschaft", donnerte der Strahlende mich an – „und sie harren des Gerichts. Die sie gequält und geängstigt haben und ins Meer des Leidens stießen, diese werden über sie richten."

Noch vieles zeigte er mir, was mir die Seele bis ins Innerste erzittern machte und sagte mir, daß ich schon heute Gericht über mich erlebt hätte, wenn ich wirklich, wie ich vorhatte, ins Meer gesprungen wäre.

„Du wirst nun Zeit zur Wandlung bekommen", sprach er noch. Dann rührte er mit dem Finger seiner rechten Hand an mein Herz – und war verschwunden.

Ich hörte wieder die donnernden Wogen in der Tiefe. Als ich mich aufrichten wollte, spürte ich, daß ich gelähmt war. Kein Glied konnte ich rühren. So lag ich lange, indessen der Sturm heulte. Niemand würde mein Rufen hören können. Woher hatte ich plötzlich diese Todesfurcht?

Erst im Morgengrauen, welches auch nur wenig Helligkeit brachte, vernahm ich in meiner Nähe Flüstern.

„Er sieht aus wie einer von den finsteren Priestern", sagte eine Stimme.

„Aber wenn wir ihm nicht helfen, wird er zugrunde gehen", antwortete eine zweite. Ich wurde hochgehoben und auf einen zweirädrigen Karren gelegt. Schweigend fuhren sie mit mir in die vom Palast wegstrebende Richtung. Es dauerte lange, bis wir endlich an einer schlichten, hinter einem Damm hingeduckten Hütte haltmachten. Um es kurz zu machen: Sie pflegten mich dort die ganze Zeit. Es müssen mehrere Tage gewesen sein. Ich kann es nicht genau sagen, da ich immer wieder einschlief. Ich konnte weder sprechen, noch mich bewegen. Nicht einmal den kleinen Finger konnte ich rühren. Und es begann in mir etwas Seltsames vorzugehen.

Ein Gefühl, zart und von ungewohnter Weichheit keimte ganz schüchtern in mir auf. Erst heute weiß ich, was es war. Als erstes wagte es die Dankbarkeit, zaghaft in mir zu wachsen. Ein Empfinden, von dem ich schon nicht mehr gewußt hatte, daß es das gab. Noch andere Anfänge von so mancher ungewohnten Seelenpflanze lockten die guten Menschen, die sich um mich kümmerten, in mir hervor. Sie teilten ihre karge Kost mit mir, bedeckten mich, damit ich nicht fröre, mit dem Wärmsten, was sie hatten, und – sie stellten mir keine Fragen. Mit ihnen, gütiger Ve-Dan, gelangte ich schließlich auf eine der Arcayas, die sie schon sehnsüchtig erwartet hatten.

Erst als man von ihr aus Gobao nicht mehr erblicken konnte, und nur noch das furchtbare Knirschen und Grollen aus dem Erdinnern vernahm, begann ich nach und nach, meine Glieder wieder regen zu können. Doch blieb ich noch über mehrere Krisdane hin stumm. Es handelte sich um die Arcaya, vielmehr eine, denn es gab mehrere davon, die sich bis zu dem ertrunkenen Gebirge verirrte. Vielleicht, Meister Ve-Dan, habt ihr es bemerkt, daß ich mich erst am Ary-Ary-Rhab dem Zug nach Osten anschloß. Dort hatte ich die Arcaya verlassen, und mich der Obhut Shao-Gors anvertraut, indessen diese Arcaya mit Nachricht für euch, und mit Siri, der sie dort bestieg, nach Egyop fuhr.

Shao-Gor, in dessen Nähe ich auch meine Sprache wiederfand, gebot mir zu schweigen, als ich reden wollte – und zu warten, bis ein Sänger und großer Meister eintreffen würde, mit dem wir dann gemeinsam ins ferne Tal zögen. Er sprach von euch, Ve-Dan.

Lange hatte ich nicht den Mut, euch anzusprechen. Und erst euer Gesang gestern Abend hat so viele Türen, so viele Dämme in mir geöffnet, daß ich nach durchwachter, schlafloser Nacht heute Morgen endlich zu euch fand. Nun will ich in Ergebung euer Urteil erwarten. Denn so, wie man von euch spricht und wie ihr zu singen vermögt, seid ihr bestimmt einer der ganz Großen im Gefolge Mha-Nos."

Krosbol schwieg. Er war mit seinem Bericht zuende. Auch Ve-Dan schwieg lange. Während Krosbols Erzählung hatte er manche Erschütterung durchlebt. Jetzt war er wieder gefaßt.

„Krosbol", hob er schließlich zu sprechen an, „ich habe euch längst beobachtet, und ihr gabt mir Rätsel auf. Ich sah euch nach dem Herzen handeln, zum Beispiel, als ihr die kleine Ta-Ga-Neh so mutig aus dem Felsspalt geholt habt. Euer Verzweifelt-Sein war eure Rettung. Das heißt: Ihr wart noch fähig, unter eurer Schlechtigkeit zu leiden.

Deshalb nur konnte euch einer der Meister aus der Schar der Sechsundneunzig Niegesehenen die helfende Hand reichen. Denn niemand anders warf Euch auf der Ringmauer zu Boden – in jener Nacht, da ihr euch selber töten wolltet. Nun, da ihr gewillt seid, den Pfad in umgekehrter Richtung zu wandeln, und jener Große euch nicht verurteilt hat, will auch ich es nicht tun – statt dessen bitte ich euch: Fahrt fort, womit ihr begonnen habt! Hört auf euer Herz ..."

37. Kapitel: IM TAL

Durch den schwarz-blau flutenden Raum zog Alakiva treu ihre Bahn. Sie webte an dem komplizierten Tanz göttlicher Choreographie. In auf- und absteigenden Ellipsen durchlief sie die genau bestimmten, nahen und ferneren Distanzen zur Sokris – und sorgte so zuverlässig für den Wechsel der Jahreszeiten. Dabei drehte sie sich um ihre eigene Achse, ließ das Licht um sich wandern, um ihre Kinder im Zusammenklang von Tag und Nacht werden und vergehen zu lassen. Krisdan, der Sonnensohn, der Mond, blieb ihr zur Seite. Er konnte den Blick nicht von ihrem wundervoll blauen Antlitz wenden. Und in der Nacht erhielt er den Menschen die Gewißheit, daß Sokris wieder erscheinen werde am folgenden Morgen. Die anderen Planeten tanzten ebenso mit Alakiva im großen kosmischen Saal. Seine Türen standen weit und seine Fenster – durchsichtig war das Dach. So schimmerte der Tierkreis aus den Raumestiefen herein. Kunstvoll umtanzten alle Himmelswesen die kleine Alakiva, sie webten Schicksalsformen, deren Wirkungen die Menschen lebten. Sie schrieben Zeichen in den Raum, heilige Zeichen – und wer sie lesen konnte, erkannte daraus Gesetze und Verheißungen. Von ihnen lernten die Priester, Weisheiten in die Luft zu formen, magische Figuren von starker Wirkung. Saß man im Weißen Saal – in der Höhe über den Wolken rund um Alakiva, dort, wo ihre Seele Baolin berührte, dort, wo die Wipfel Ougurres, des Mutterbaumes von den Geistern erfüllt wurden, im Palast der Sechsundneunzig Niegesehenen, die mit den Göttern verkehrten, die zwischen ihnen und den Menschen vermittelten – so konnte man dem ruhigen Wandern Alakivas mit dem Seelenblicke folgen. Uogis zog vorüber, in dessen Tiefen jetzt versunken war, was einst Gobao geheißen hatte. Dann zog das Zungenreich vorbei, in dessen Norden noch immer Am-Mha-Dys herrschte – obwohl auch dort tief in den Dschungel hinein noch immer die Wasser der letzten großen Flut schimmerten.

Nun tauchte das andere große Meer, tauchte Gisou auf. Bald darauf die Gegend, wo einst Mo-Rhy-Aoun gewesen war, das wie Gobao unterging in fernster Vergangenheit, durch den Frevel der Feuermenschen. Und endlich erscheint auch Kian-Ma, das gewaltige Reich des anderen Königskindes Chin-Li, der nun schon längst ein Mann geworden, wenn auch unglaublich Jugendliches von ihm ausstrahlte. Noch immer hält er, von seiner Wanderung um die halbe Alakiva, von seinem Besuch bei Am-Mha-Dys zurückgekehrt, schützend die Hand über das ferne Tal; jenseits des größten aller Gebirge, am Ufer des klaren Sees, den Mha-No Go-By nannte, nach der gobaoischen Stadt, in der er einst geboren wurde.

Jetzt kann man auch gewahren, wie sein Geist oben über den Wolken im weißen Saal der Sechsundneunzig Niegesehenen weilt. Denn wichtige Dinge werden ihm von diesen anvertraut. Seinen Sinn hält er auf Alakiva gerichtet – und er sieht unermüdlich den mystischen Fisch, sieht Kiliki die Toten nach Baolin bringen, und umgekehrt auch die, welche in ein neues Leben wollen, hinunter zur Alakiva.

Auch hat er schon seit einer Weile dem Abstieg zugesehen, beobachtet, wie die letzte Abteilung der siebenten Auswandererwelle sich dem fernen Tale nähert. Schon morgen werden sie eintreffen.

Langsam öffnet Mha-No die Augen. Mit einem festen Entschluß beendet er seine Versenkung. Dann erhebt er sich, tritt aus seinem schlichten Gemach ins Freie. Sein Weg führt ihn hinab zum See Go-By. Dorthin, wo sich eine schmale Halbinsel in ihn hineinerstreckt. Auf ihrer äußersten Spitze hat er ein kleines rundes Haus errichten lassen. Darin soll Ve-Dan nach seiner Ankunft die letzten Tage seines Lebens wohnen.

Am nächsten Morgen umarmt ihr euch schweigend, Ve-Dan. Mha-No empfängt dich mit allen Ehren. Die ersten Tage bist du sein Gast, bis alles für deine Bequemlichkeit hergerichtet ist auf der Halbinsel. Auch die fünfte Amphore hat Mha-No dorthin schaffen lassen. Nur noch Weniges hast du aufzuzeichnen, dann wird sie verschlossen werden, und wie es Mha-No bestimmte, in der Tiefe des Go-By versenkt.

Schlicht, aber wunderschön ist deine letzte Behausung. Rings um das Westufer des Sees ziehen sich die Hütten der Talbewohner hin.

Großer Friede und allgemeine Freundlichkeit waltet unter ihnen. Sie haben viel Land urbar gemacht. Die Tiere, besonders die Ty-He, die die so nahrhafte Milch geben, hält man in Ehren. Kein Tier wird getötet. Frei laufen sie im Tal umher. Strenge, aber wichtige Gesetze hat Mha-No erlassen. Kein Fleisch darf gegessen werden, und alle Menschen lernen schon von klein auf die Meditation, die Versenkung in den Willen der Götter. Freier Sinn und Herzensfrohheit sind die Folgen.

Unter diesen Menschen darfst du noch einmal singen, Ve-Dan. Und zwar etwas, das sonst nur für die Ohren Eingeweihter bestimmt und erlaubt ist. So kommt der Abend heran, wo du ihn anstimmen wirst, den großen GESANG VON DEN DREI LEBEN ALAKIVAS. Am ersten Abend erklingt derjenige, der Alakivas nächstes Leben schildert, in dem sie YU-PTY-ER heißen wird.

Hier im Tal ist das Klima kräftig, fast rauh. Geeignet, die Menschen zu stählen und abzuhärten. Sie tragen dicht gewebte Kleidung – vielfach mit Pflanzensäften gefärbt. Phantasievoll sind die Säume bestickt – und bei den Kindern auch Brust und Rücken, so daß du an eure Kleidung in deiner Jugend bei eurem Stamm vom Baumvolk erinnert wirst. Oft kommen sie bis an dein Haus auf der Halbinsel, von den Klängen der Say-Dor, die du stimmst, magisch angezogen. Manchmal dürfen sie hereinkommen und du hast Freude an ihrem lebendigen, quirligen Plappern. Du läßt dir Verse von ihnen vortragen, die sie schon gelernt haben, und läßt sie ebenso von ihren kleinen Erlebnissen berichten. Die meisten von ihnen sind hier im Tal geboren und aufgewachsen.

An sieben Abenden wirst du den großen *Gesang von den drei Leben Alakivas* vortragen. Die Menschen hier sind durch das wunderbare Wesen Mha-Nos weit genug fortgeschritten, ihn in rechter Weise aufnehmen zu können. Sie sind der Keim für die Zukunft Alakivas. Und Zukünftiges soll in ihre Seelen gesenkt werden und sie stärken für ihre Aufgabe.

Es ist die Zeit der Blüte. Überall prangt die Natur in herrlicher Pracht. Die Abende bleiben noch bis weit in die Nacht hinein leidlich warm. Zahllose Vogelscharen kreisen über dem See Go-By.

Auf deinen Gesang, Ve-Dan, bereitet sich alles vor wie auf ein Fest. Speisen werden hergerichtet. Das ganze Seeufer wird geschmückt und mit schön gewebten Tüchern und bequemen Decken ausgelegt. Duftendes Holz für die Abendfeuer schichtet man auf.

Schon am Nachmittag beginnt das Fest. Es wird gegessen und getrunken. Kinder führen einen Tanz auf. Ältere und Älteste erzählen von den Abenteuern während der verschiedenen sieben Auswandererwellen. Am frühen Abend bringt Mha-No den gütigen Göttern ein Opfer dar: Blumen, Früchte, Fladen und kleine, aus Gras und Zweigen kunstvoll von den Kindern gefertigte Gebilde.

Und endlich braust, in Erwartung deines Eintreffens, Ve-Dan, fröhliches, gespanntes Murmeln über den See bis zu deinem Hause.

Als du auf dem kleinen Podest Platz nimmst, von wo aus dich alle gut sehen und hören können, tritt tiefe Stille ein. Lange ausschwingend ziehen die Töne PTY, AS und KUM über den vollkommen ruhigen Wasserspiegel des Go-By. Ebenso die ersten deiner gesungenen Töne, noch ohne Worte. Inzwischen ist die Dämmerung hereingebrochen. Die Seelen aller Menschen, der Großen, wie der Kleinen, der Hohen, wie der Schlichten sind nun geöffnet. Da formst du die ersten Worte ...

Erster Gesang: YU-PTY-ER

Durch sieben Stufen führt der Weg des Menschen:
Geburt und Kindheit, Jugend, Reife, Weisheit
Dann abwärts Alter, endlich noch der Tod.
So hat auch Alakiva sieben Rhythmen,
Sieben Epochen lebt die Menschheit durch
Und wieder sieben Stadien formen eine jede
Bis sie der nächsten ihre Früchte schenkt.
Sieben mal sieben ist die heilge Zahl,
Die jedes Dasein Alakivas formt
Bis sie ins nächste Werden sich bereitet,
Während sie in der tiefen Ruhenacht
Den Heilschlaf bis zur neuen Wandlung schläft.
Ihr wißt wohl alle, wie die Tage heißen,
Die Alakiva schon bis heut gelebt.
Am Anfang war SAN-DUR, dann folgte SOKRIS,
Der SOKRIS-DAO mit dem *Feuerleib*.
Darauf gestaltete der KRISDAN-DAO
Die weitere Entwicklung aller Wesen aus.
Aus diesem wuchs das Heute, wurde ALAKIVA
Mit deren Schicksal wir verwoben sind.
Nun also höret von den Daseinskreisen,
Die Alakiva nach uns wandern wird.
Zunächst YU-PTY-ER soll ihr Name sein,
Dann VE-NOU-AS – und endlich VOL-KUM-AN.

Was sich danach vollzieht, faßt kein Begreifen
Und ist Geheimnis, in der Götter Mund.
Groß ist, was uns die Götter schenkten,
Noch Größres birgt die Zukunft uns.
Von allem Anbeginne planten sie schon immer
Uns aufzuziehen, bis wir ihnen gleichen.
Sie, die selbst Schöpfer sind, sie wollen uns

Die Schöpferkräfte eines Tages schenken.
Die Macht des Wortes wird uns so zuteil,
Die uns befähigt, Wesen auszusprechen –
Und zu begleiten, bis auch diese endlich
Uns und den hohen Wesen gleichen werden.
Doch ist dazu die höchste Liebe nötig
Und Opferkraft – und starker Geistesmut.
Was so beginnt, wird in den ersten Kreisen
Wird auf dem YU-PTY-ER als Anfang sein.
Und Hohes wird uns dann als Auftrag leiten
Erlöser werden wir dem Reich der Tiere
Die heute schon voll Sehnsucht nach uns schauen.
Noch vieles andere wird uns aufgegeben
Wir werden Meister sein in unsrem Leib.
Uns werden Geistesflügel herrlich wachsen
Und auch der Tod büßt ein von seiner Macht
Bis er schon bald sich bis zum Schlafe mildert
Als der er früher uns begleitet hat.

Schon herrscht tiefe Dunkelheit, sitzen die Menschen lauschend um die Abendfeuer. Vom Leben auf dem YU-PTY-ER singst du, Ve-Dan, von der Verwandlung des Leibes in Unverwesliches, von der Herrschaft über alle seine Regungen. Davon, wie das Herz wird sehend werden, wird schauen können, mehr und deutlicher, als heute die Augen zu schaun vermögen.

Von der Kraft des Willens, der alles vermag, ist er mit den Göttern im Bunde – ja, von der Erlösung des Bösen singst du, die auf dem YU-PTY-ER schon einsetze. Wie erst UXY-POR erlöst werden wird mit seinen dämonischen Scharen. Davon, wie das, was heute als Blut in den Adern der Menschen kreist, zu Licht sich wandeln wird ... und noch so vieles Wunderbares weißt du zu künden.

Erst am übernächsten Abend kommst du mit der Schilderung des YU-PTY-ER zuende. Darauf singst du von dem Leben Alakivas, das VE-NOU-AS genannt wird, zwei Abende lang. Die letzten beiden schließlich handeln von VOL-KUM-AN.

Schon am vorletzten Abend hat dich unversehens ein Schwächeanfall befallen. Mit strenger Selbstdisziplin singst du weiter. Am letzten Abend brauchst du dann deinen ganzen Willen und deine ganze Kraft, um bis zum Ende durchzuhalten.

           In Yu-PTY-ER ist PTY der Mittelton
        Als Ton des Geistes herrscht er unumschränkt,
           AS als der hohe Klang der Seele
        Wird auf der VE-NOU-AS der Herrscher sein.
        Auf VOL-KUM-AN wird schließlich KUM regieren
           Des Leibes Klingen – und durch dessen Kraft
        Werden wir Ewigkeit anziehen, unvergänglich.
        Von da an wird kein Leid, kein Tod mehr sein.
        So wirken PTY und AS und KUM dann brüderlich
           Uns ewig zu erfreun in Gottes Grund.
        PTY, AS und KUM, so heißen auch die *Saiten*
        Meiner SAY-DOR, der ihr so lang gelauscht.
           Nun hört sie immerdar in eurer Seele
        Denn Boten sind sie aus der Zukunft Reich.
           Ihr habt, was Wenige nur hören dürfen
        Vernommen, nehmt es still in euch hinein.
           Drei Leben Alakivas sind verklungen
        Die sie in Zukunft noch durchwandern wird
           Und wir mit ihr, in immer neuen
           Kreisläufen unsres Daseins, die sie uns
        Durch ihre treuen Dienste erst ermöglicht
           Bewohnt sie darum dankbar und bewußt
        Mißbraucht sie nicht – auf daß nicht einst ein neues,
           Noch schlimmeres Gobao untergeht!
        Sich nicht die Götter nochmals zürnend von uns wenden
           In einem neuen Jahr der Steinefluten.
           In Baolin begann, was ich berichtet,
           In Baolin verklingt nun mein Gesang.

Als du geendet, Ve-Dan, herrscht noch lange ergriffenes Schweigen. Dann gehen die Menschen still auseinander in ihre Häuser und Hütten, sich schlafen zu legen.

Deine Schwäche, Ve-Dan, sie hat bei den letzten Versen so zugenommen, daß dich nun heftiges Zittern schüttelt. Auf einen Wink Mha-Nos tragen dich zwei kräftige Männer in dein Haus auf der Halbinsel. Mha-No bleibt bei dir. Ihr sprecht kein Wort miteinander. Beide seid ihr in Meditation vertieft. Du auf dem Ruhelager, von dem aus du auf den Go-By sehen kannst. Er auf einem Schemel in deiner Nähe. Furcht steigt in dir auf vor dem Ende. Doch du wandelst sie tapfer in Geistesklarheit. Bis zum Morgen seid ihr so beisammen. Dann geht Mha-No stumm hinaus, nachdem er dich zuvor gesegnet.

Blau schimmert das Wasser des Go-By. Kommt er nicht schon angeschwommen, der treue Kiliki, deine Seele zu holen?

Schmerz durchfährt deine Glieder. Der alte Leib will sich an dich klammern, nicht loslassen will er von diesem Leben. Du sprichst ihm geduldig zu. Liebevoll, seine Furcht sänftigend.

Was tust du jetzt? Wie kommst du auf den mächtigen Baum? Immer höher kletterst du, die kleinen, in Spiralen um ihn führenden Brettchen entlang. Jetzt zwängst du dich durch einen Schlitz. Wo ist nur Talin-Meh? Sie wollte doch hier auf dich warten. Da sitzt ihr schon auf dem Floß, fahrt auf dem Ubyu-Lin – und du, Ve-Dan, du singst, deinem Stamm die Zeit zu kürzen:

Ihr Ströme – ach ihr Ströme – Lichtgefälle ...

Ayou öffnet die verborgene Felsentür, da wird sie sichtbar, die wunderbare Stadt Lin-Gua-Lin, hoch auf den Zungenbergen. Gerade noch hattest du doch Talin-Meh geküßt, und dein Söhnchen Ve-Gurre gestreichelt?

Jetzt leuchten dich die Augen deines Meisters an. Mit Gurre-Dan stehst du auf einem Turm des Königspalastes. Jetzt baust du schon mit, an geheimem Ort an den Arcayas. Zurückgekehrt bist du schon von Naso hoch im Norden. Wie bist du in den Kreis um Mha-No geraten, auf jene unbekannte Insel? Du sitzt im Weißen Saal der Sechsundneunzig Niegesehenen. Doch dann ist Siri vor dir und du ziehst mit ihm. Wie tröstend grüßt der Gipfel des Ary-Ary-Rhab! Da spricht dich Shiv-Re an, ihr seht die Flut, und Shiv-Re lernt voll Eifer von dir. Noch einmal brichst du auf ... da lächeln ja Sy-Dany und Debres, jetzt auch Cao-Dan, dein Vater ...

Mit einem Male ist alles wieder verschwunden. Du erwachst für kurze Zeit. Draußen glänzt der Go-By. Ein Knabe sitzt an deinem Bett und lächelt.

Da schreckt dich das furchtbare Grollen im Innern Alakivas – und du hörst es sprechen:

In dem bewegten Jahr der Steinefluten,
Als sich die Götter zürnend von uns wandten...

Gleich darauf wandelt sich die Stimme:

Nun werde ich die Seele dieses Volkes ...

Wer hatte das gesprochen? Und wo? Und jetzt schwebst du über Alakiva. Zugleich siehst du kleine Gruppen von jeweils sieben Menschen in verschiedene Weltgegenden wandern, und wenig später neue Reiche entstehen und neben dir sieht auf sie herab – Mha-No.
„Bin ich schon tot?", fragst du ihn, Ve-Dan.
Er schweigt. Nur mit seiner Rechten weist er hinaus. Auf blauem Wasser kommt ein gewaltiger Fisch heran. Mit goldenen und silbernen Strahlen ist sein hellblauer Leib durchwirkt. Kiliki? Ist er das?

Du wendest dich noch einmal um zu Mha-No:
„Ist die Amphore verschlossen?" Mha-No lächelt dir zu.
Da kletterst du – wie behende das geht, wo sind deine Schmerzen, wo deine Angst? – auf den Rücken Kilikis. Über den See geht die Fahrt. Dann erhebt sich der Fisch in die Lüfte. Der See ist unendlich groß, ist lauter blaues, wehendes Wasser. Klein ist Alakiva geworden, dann schwindet sie ganz ...
Was schimmert da in der Ferne? Was für ein Licht! Was für ein Leuchten! Ist das schon Baolin? Oh – wenn es so ist? Dank sei dir, Kiliki! Da erfüllt dich Jubel, Ve-Dan, so stark, daß du noch einmal zu singen anhebst:

In Baolin begann – was ich berichtet,
In Baolin verklingt nun mein Gesang ...

38. Kapitel: DIE ZUKUNFT UNGEWIß

Overdijk hatte alle zu sich gebeten. So waren sie in seinem Arbeitszimmer versammelt. Joan saß am Fenster, Pieter im Schaukelstuhl, Bertram im Sessel, Overdijk selber auf der kleinen Liege. Joan hatte einen Imbiß bereitet, Spinoza sich durch die angelehnte Tür gezwängt. Selbst er war irgendwie unruhig. Man sprach von Tientjes Anruf heute Morgen. Achmed war im Sonnenhof eingetroffen. Ursprünglich hatte er weiter gewollt, sich als Freiwilliger melden bei der Russischen Armee, wie das jetzt so viele junge Leute taten.

Tientje hatte Achmed überzeugen können, auf dem Sonnenhof zu bleiben. Er sei mit seinem handwerklichen Geschick dort unentbehrlich, besonders jetzt, wo einige russische Helfer einberufen worden seien. Achmed hatte immerhin versprochen, fürs erste zu bleiben. Vor seinem Verschwinden aus Den Haag war er noch mit Klaas und Bertram in den Scheveninger Wald gegangen, wo sie die vierte Amphore, welche Achmed vom Ararat geborgen hatte, vergruben.

Rustenau war mit seiner Entschlüsselung des Textes der zuerst gefundenen Amphore fertig. Und sie war ausgefallen, wie Bertram es vorausgesehen hatte: mit wenig Verständnis für die Seelenart einer vormythologischen Menschheit.

Professor Maryan aus Phönix, Arizona, war in den Beraterstab des amerikanischen Präsidenten aufgerückt. Das alles hatten sie schon besprochen. Nun entstand eine Pause. Sie kauten an ihren Broten. Da holte Bertram endlich einen Packen aus seiner Tasche. Es war ihm tatsächlich gelungen, sich wieder auf seine Arbeit an Gobao zu konzentrieren. Klaas hatte es ihm geraten: „Meine Medikamente können dich unterstützen, Bertram", hatte er gesagt. „Doch was dir wirklich deine Gesundheit erhalten wird, ist die Arbeit an deinem Buch."

Und so hat er Gobao heute Morgen beenden können. Er schlug vor, den Freunden die letzten Kapitel vorzulesen. Alle waren einverstanden. So hatte man eine Zeitlang Pause von dem alles beherrschenden Thema, auf das man ja doch immer wieder zurückkam, trotz der Anstrengung aller, sich davon nicht vollkommen auffressen zu lassen.

Als Bertram zu Ende gekommen war, schlug Overdijk vor, das Manuskript in verschiedene Erdteile zu versenden. Er habe Kontakte nach

Kanada und nach Neuseeland – und Pieter wüßte ja wohl auch noch einen guten Verleger in Südafrika.

„Klaas hat Recht", sagte Pieter. „Die Zukunft ist nach Lage der Dinge vollkommen ungewiß. Alles ist möglich. Sowohl, daß wir an diesem Wahnsinn zugrunde gehen, als auch, daß man ihn in den Griff kriegt. Und wir sollten auch deine Briefe nicht aus dem Roman entfernen. Sie sind mir längst ein wichtiger Bestandteil der ganzen Geschichte geworden. Vielleicht sollte man nur die Stellen streichen, in denen zu genau beschrieben wird, wo sich jetzt die dritte und die vierte Amphore befinden."

Und so wurde man sich einig. „Es hat keinen Zweck, darüber zu grübeln, ob das, was wir tun, Sinn hat", hatte Pieter noch gebrummt. „Das ist eine Haltung, die, hätte man sie immer beherzigt, uns um so manches Wertvolle in der Menschheitsgeschichte geprellt hätte. Im Moment kann ich mich nur an den Satz des deutschen Reformators Luther halten: „Und wenn ich wüßte, daß morgen die Welt untergeht, so würde ich trotzdem noch heute einen Apfelbaum pflanzen..."

Dann taten sie, wovor jeder sich fürchtete, und wonach doch alle verlangten. Sie schalteten den Fernseher ein. Hilflos und wie angeschraubt starrten sie auf die flimmernde Mattscheibe.

Die Nachrichten brachten keinen Trost:

Seit heute Morgen hätten die Russen vom Ural aus mit einer Gegenoffensive begonnen.

Seit 12 Uhr MEZ sei die Operation *Drachentöter,* die europäische, indische, amerikanische und japanische Streitkräfte zusammen durchführten, angelaufen.

Und bereits zur Stunde würden durch mehrere Staffeln der *US-Air-Force* von Japan und von Flugzeugträgern aus, die strategisch und wirtschaftlich wichtigen Zentren Chinas im Nordosten bombardiert...

Spinoza sprang plötzlich von dem kleinen Sofa, wo er bis dahin ruhig neben Overdijk gelegen hatte auf – ließ einen ungewohnt klagenden Laut vernehmen und verließ mit gesträubtem Fell das Zimmer.

Alle sahen sich an – und lasen es sich von den Augen ab:

Nun war sie vollkommen ungewiß, die Zukunft der Erde, vollkommen ungewiß ...

Verzeichnis wichtiger Worte und Personen

„abgewickelt werden" – Praxis des Stellenabbaus in den Neuen Bundesländern (dort besonders in den ersten Jahren nach der Wiedervereinigung

„Abitur nicht machen dürfen" – übliche Praxis in der DDR, begabten Schülern trotz bester Noten, wegen sogenannter ideologischer Unzuverlässigkeit von Abitur und Studium auszuschließen (besonders oft Christen)

Achmed (Meßgereit) – eines der drei Kinder im Park, die Bertram beobachtete → Erwin entdeckt später die → Ary-Ary-Rhab-Amphore

Adagio – langsamer Satz (Teil) eines Konzertes

„Adolfs Datsche" – Adolf Hitler ließ im 3. Reich in Weimar eine Kongreßhalle bauen, die nicht fertiggestellt wurde. Diese Halbruine nannte man lange im Volksmund scherzhaft „Adolfs Datsche", wobei Datsche das russische Wort für Wochenendhaus ist.

Adrenalinstöße – Freisetzung des Hormons Adrenalin, auch „Fluchthormon" genannt, da es in Gefahrensituationen durch eine Steigerung aller Kräfte und des Willens zum Überleben befähigt – oft mit starken Glücksempfindungen verbunden.

Adventisten – 1832 in den USA gegründete Religionsgemeinschaft, die die baldige Wiederkehr Christi erwarten

Afrika-Corps – Armee unter General → Rommel, welche Nordafrika im 2. Weltkrieg besetzte

Ahnya – uralte Frau der → Lin-Maya-Seti

Ahriman – eine der Manifestationen des Bösen, hier auch „Fels der Dämmerung" genannt; Zam-Don-Os, → Mu-Ka-Bo

Akathisie – Nebenwirkung eines neuroleptischen Medikamentes; bezeichnet das Unvermögen, still zu sitzen – mit unruhigem Umherlaufen verbunden

akkurat – ordentlich, fein säuberlich

akribisch – sehr fein und genau

Alakiva – so heißt die ERDE bei den → Lin-Maya-Seti

Alkovenbett – Bett in einer Wandnische

Ambesser, Dr. – leitender Arzt des → Kabouterhuis in Jena (Thüringen)

Ambiente – Umfeld, Umgebung, Einrichtung

Amha-Dys – siehe → äonenaltes Kind

Amphoren – geheimnisvolle Gefäße, die Schriftrollen in sich bergen; in der Form verwandt den gleichnamigen griechischen Vasen; von denen zu Curios Zeit einige gefunden werden (Tunis, Amazonas, Weimar, Ararat ...) – aus auf der Erde unbekanntem Material → Osvalid: „Steine der Götter", die vom Himmel fielen (Meteoritenregen im Dschungel)

Amsterdamsestraat – Straße in Den Haag

Amzou – Unterführer einer Auswandererwelle

Anamnese – Krankengeschichte, Wiedererinnerung

Anke Schwetz-Balint – ungarische Komponistin, lebt von 2013 – 2056

Anthroposophie – „Weisheit vom Menschen" – durch → Rudolf Steiner begründete Geisteswissenschaft, die des Menschen sämtliche Aspekte (Wesensglieder): Leib, Seele und Geist verständlich macht. Es werden dementsprechend des Menschen Leben in der physischen, seelischen und geistigen Welt untersucht → Theosophie

Äonen – sehr lange, nach Jahrtausenden zählende kosmische Zeiträume

äonenaltes Kind – Amha-Dys → Königskind. Die Lin-Maya-Seti denken sich ihren König als von ewiger Jugend und sehr viel länger lebend, als sie selbst. Ein gleiches Phänomen stellt das Königskind von KIAN-MA (China) dar → Chin-Li.

Ararat – höchster Berg in Armenien, → Ary-Ary-Rhab

Arcaya – schwimmende, riesige Holzhäuser, die eigens zur Rettung vor Gobao's Katastrophen ersonnen wurden → Archen

Archai – nach Rudolf Steiner, hohe Engelwesen in der geistigen Welt, auch „Geister der Persönlichkeit" und „Urbeginne" genannt

archaisch – sehr alt

Arche Noah – nach der Bibel (Altes Testament) schwimmendes Holzhaus, mit dem Noah und die Seinen, nebst Paaren von Pflanzen und Tieren, Rettung fanden vor der Sintflut

Archetypen – uralte, allen Menschen bzw. großen Gruppen gemeinsame Erlebnisse, die sozusagen genetisch in unserem Unbewußten überdauern können; auch eine Form des kollektiven Gedächtnisses, welches die Mythen aller Völker bereichert und darin ablesbar ist → nach C.G Jung

Arnhem – kleiner holländischer Ort an der Grenze zu Deutschland

Arnus, Dr. – praktischer Arzt in Weimar, betreute → Erwin Daviditsch Ehrenburg kostenlos; Freund Curio's

Arvo Pärt – estnischer Komponist des 20. Jahrhunderts; Schöpfer einer sehr spirituellen Musik; geboren in Paide, aufgewachsen in Tallinn, lebte bis 1980 in der Sowjetunion, dann vorrangig in Frankreich

Ary-Ary-Rhab – Bezeichnung der Lin-Maya-Seti für den Ararat

Arys – kleinere Insel unterhalb Gobao's

Arya – Bewohner von Arys (Singular)

Aryo – Bewohner von Arys (Plural)

Atheisten – Ungläubige; glaubenslose Menschen

Atlantis – → Gobao

„Atlantis der Seele" – im Sinne von C.G. Jungs → Archetypen

Aurobindo, Sri – indischer Philosoph

„Ausreise erhalten" – zur DDR-Zeit konnte man einen „Antrag auf Ausreise aus der DDR" (in den Westen Deutschlands) stellen, dem meist erst nach jahrelangen Schikanen stattgegeben wurde (z.B. Verlust der Arbeit, Überwachung durch den Geheimdienst nebst Freundeskreis usw.)

autodidakt – etwas selbst, ohne fremde Hilfe erlernen

automatisches Dichten – Dichtung voll aus den wilden Kräften des Unterbewußten heraus, ohne Kontrolle des Verstandes; verstanden als psychisches, meist krankes Phänomen, welches vor allem die Künstlergruppe der Surrealisten pflegte und kultivierte

Autosuggestion – Selbsthypnose

Azde-Coan – eines der Völker unter → Amha-Dys

Bab-ad-bdji – der „Weiße"; einer der → 96 Niegesehenen; er erscheint Siri und Ve-Dan, um zu helfen

Backfisch – junges Mädchen

Bad Berka – kleiner Kurort bei Weimar

Badhuisweg – Straße in Den Haag

Baghwan – pseudoindische Sekte

Baltic-Bio – geschütztes Zeichen für → Demeter-Produkte aus dem → Baltikum

Baltikum – Sammelbegriff für Estland, Lettland und Litauen

Baolin – in der Sprache der Lin-Maya-Seti: Jenseits, Himmel, geistige Welt

Baptisten – griechisch: „Täufer"; christliche Gemeinschaft mit Erwachsenentaufe, gehört zu den Freikirchen; entstanden im 17. Jhr. in England
Bardo Thödol – Tibetanisches Totenbuch; eines der großen Einweihungsbücher der Menschheit, neben dem ägyptischen Totenbuch „Toth" und dem „Popul Vuh"
Bar-Es-Gua-Wyn – Tempel im Ary-Ary-Rhab
Batumi – Kurort am Schwarzen Meer
Bejaarde Huis – Altersheim, → Steiner Klinik
Belvedere Allee – schönste Straße Weimars, entlang des Goetheparks
Benn, Gottfried – einer der bedeutendsten deutschen Lyriker, lebte von 1886 – 1956
Berles, Alexander – Mitpatient Bertram Curio's in der Psychiatrie Mühlhausen
Bermuda-Dreieck – geheimnisvolle Meerestiefe im westlichen Atlantik, in der u.a. Schiffe und Flugzeuge spurlos verschwunden sein sollen → Pero-Mho-Däa-Zauber
Bertram Curio – → Ve-Dan, Autor von „Gobao"
Beskübek – tatarischer Helfer während eines Abschnittes der Siri-Auswandererwelle
Betonköpfe – so nannte man die ideologischen Hardliner des Kommunismus
„Beziehungen haben" – Connection, war sehr wichtig in der DDR; ohne sie kam man oft nicht weiter
Binz – Badekurort auf der Insel Rügen, Ostsee
biologisch-dynamische Bauernhöfe – nach R. Steiner entwickelte landwirtschaftliche Methode zur natürlichen Erzeugung von Agrarprodukten ohne chemische Hilfsmittel, und nach ganz bestimmten kosmischen und irdischen Gesetzen → Demeter

bis dato – bis dahin, bis heute
Boris Budenitsch – russischer Patient im Kabouterhuis in Den Haag
Borä – Kosmisches Meer, dessen Träne → Uogis, in der Sprache der Lin-Maya-Seti, der Atlantik ist
boschbildartig – hier: fratzenhaft, absurd, höllisch; nach den Gemälden des niederländischen Malers Hieronymus Bosch (um 1450-1516), der phantastische Darstellungen von Höllenstrafen, Sünden und Versuchungen schuf
Botschaftsbesetzungen in Prag und Ungarn leiteten den Untergang der DDR, den Fall der Mauer ein → 1989
Bougu-Bog – Bär, heiliges Tier und Gott eines Waldvolkes am Wege nach Go-By-Nao, bzw. Go-By (Kurzform von Go-By-Nao)
brachial – mit Gewalt
Bruk, Pieter van → Pieter
Buboa – auch Bubos genannt; Pflanzenmeister, Zwerg, Elementarwesen, meistens unsichtbar
Buchenwald – ehemaliges KZ (Konzentrationslager) im 3. Reich, auf dem Ettersberg bei Weimar
„Bullen" – abschätzig für Polizei, auch „Polypen"
„Bullenschiff" – Polizeiauto
Bußbedt, Dr. – Bertram Curio's behandelnder Arzt im psychiatrischen Krankenhaus Mühlhausen, Haus 18

Camille Claudel – Schülerin und Geliebte von Auguste → Rodin; geniale Bildhauerin, lebte die letzten 30 Jahre in der Psychiatrie; lebte von 1864 - 1943
Cao-Dan – Vater von Ve-Dan
Carlos Grenada – spanischer Komponist 2007 – 2073
Cayce, Edgar – amerikanischer Hellseher, machte präzise Angaben zu Atlantis

Central Station – Hauptbahnhof von Den Haag

C.G. Jung – schweizer Psychologe, Psychoanalytiker und Mythenforscher; lebte 1875 – 1961, Schüler von Siegmund Freud, entwickelte die Lehre von den Archetypen, unterschied individuelles und kollektives Unbewußtes des Menschen, auch bekannt durch seine Traumdeutung

Cha-Mha-No – schwarzmagischer Oberpriester des Mha-Rou-As (Mars) Tempels auf Gobao; wirkt auf → Krosbol

Chickeria – publicitysüchtige, mondäne, lose Gruppierung reicher und berühmter Leute

Chin-Li – Königskind von Kian-Ma (China) → äonenaltes Kind

Chong-Tsiao – Staatsoberhaupt Chinas zu Curio's Zeit

Choreographie – Ablauf von Bewegungen beim Bühnentanz

Ciurlionis, Mikalojus Konstantinas – bedeutendster litauischer Jugendstilmaler (auch Komponist); schuf Bilder mit Engeldarstellungen und anderen transzendenten Inhalten, z.T. nach musikalischen Kompositionsprinzipien; lebte von 1875 – 1911

Corona-Schröter-Weg – Weg durch den Goethepark in Weimar

Cro-Dao-Syn – Priester und Eingeweihter auf Gobao; bewirkte den Bermuda-Fluch (Pero-Mho-Däa-Zauber), der vielen Anhängern → Laventrums das Verderben brachte. Der Fluch wirkt bis heute nach im → Bermuda-Dreieck

Curio → Bertram

Curt Belozzo – Schauspieler am → DNT in Weimar; häufig Hauptdarsteller zu Curio's Zeit

Dany-Lin – berichtet Ve-Dan vom Tod seiner Frau Talin-Meh und seines Sohnes Ve-Gurre

Dauerpatient – die Gefahr, nie wieder aus der Psychiatrie in Mühlhausen entlassen zu werden, war durchaus gegeben

Debres – Ve-Dan's Bruder, der „Kleinling"

deklamieren – laut und bedeutungsvoll sprechen (z.B. Gedichte)

Delft – kleine berühmte Stadt bei Den Haag

Demeter-Produkte – Nahrungsmittel aus der biologisch-dynamischen Landwirtschaft, z.B. auch von Baltic-Bio

deponieren – hinterlegen, verstecken

Depression – psychische Erkrankung mit ständiger Trauer, Hoffnungslosigkeit und Perspektivlosigkeit, mit dem Gefühl innerer Willenslähmung; oft durch Leberstörungen bedingt; Gefahr von Selbstmord zu Beginn und Ende des Krankheitsprozesses

detailliert – ausführlich, in allen Einzelheiten

Diakon – theologisch ausgebildeter Sozialarbeiter in der evangelischen Kirche

Die 96 Niegesehenen – sehr weit entwickelte Menschen, die in rein geistiger Gestalt im Umkreis der Erde leben und das Schicksal der Menschen begleiten ; sie können jederzeit einen Körper wie ein „Kleid" anziehen und auf Erden wirksam werden; so tut es der „Weiße" für Siri und Ve-Dan → Bab-ad-bdji

Dietrich Kluge – Maltherapeut in Weimar-West, Freund Bertrams

DNT – Deutsches Nationaltheater (in Weimar)

Domagoi – einer der drei Jungen, die Curio im Park beobachtet (Achmed, Moritz, Domagoi)

Dominikaner – katholischer Bettelorden; 1216 von dem Spanier Dominikus gestiftet, weiße Tracht; bedeutende Gelehrte: Albertus Magnus und

Thomas von Aquino; Dominikaner waren berüchtigt als Hauptträger der Inquisition; → Kloster
Don Carlos – Schauspiel von Friedrich Schiller
Donnersbach, Gottfried von – einer der drei Freunde und Mitpatienten Curio's in der Psychiatrie Mühlhausen, → Alexander Berles, → Rommel
drakonisch – streng, grausam
Drehtürpsychiatrie – der übliche Weg eines psychisch Kranken, immer wieder im psychiatrischen Krankenhaus zu landen: rein, raus ... rein, raus
Dreigliederung, soziale – Ideen Rudolf Steiners zur Umgestaltung der menschlichen Lebensverhältnisse und zur Lösung der sozialen Misere der Menschheit durch strikte Trennung von Wirtschaft, Rechtsleben und Geistesleben:
- Freiheit im Geistesleben (Wissenschaft und Kunst)
- Gleichheit vor dem Gesetz (Justiz)
- Brüderlichkeit im Wirtschaftsleben

Drittes Reich – Herrschaft der Nazis von 1933 – 1945 (2. Weltkrieg, KZ's)
Echnaton – auch: Echn-Aton oder Amenhotep IV.; bedeutendster der 4 ägyptischen Pharaonen der 18. Dynastie; lebte von 1364 – 1347 vor Christus; weil er einen höchsten monotheistischen Gott favorisierte, versuchten die konservativen Amun-Priester nach seinem Tod, sein Andenken durch Zerstörung seiner Bildnisse und Tilgung seines Namens auszulöschen
Eckermann, Johann Peter – Sekretär und Vertrauter Goethes; lebte von 1792 – 1854
Eden, Franz → Franz Eden
Eduard Curio – Vater von Bertram Curio
Egyop – erste Kultur nach Gobaos Untergang in Nordafrika, aus der später Ägypten wurde

Eingeweihter – ein mit den Mysterien vertrauter Priester, der durch eine harte Spezialschulung Einblicke in die geistige Welt erlangte und besondere Fähigkeiten erwarb, durch die z.T. auch Naturgesetze kurzzeitig außer Kraft gesetzt werden konnten
Eila – finnische Freundin von Valentina Overdijk (Tientje). – Eilas Vater war lange Jahre Sekretär der finnischen Botschaft in Den Haag. In dieser Zeit gingen Tientje und Eila zusammen in die Waldorfschule.
„**einschlagen**" – Jugendschlagwort (Slang) für Aufmerksamkeit erregen
Eisesschweiger – so wurde weithin der letzte der Gobao-Könige aus der Dynastie der → Laventrum genannt
Eklat – Aufsehen, Skandal
elegisch – hier: wehmütig
Eleonore – Kabouterhuis-Patientin
Elkim – Unterführer von Auswanderern
Elysium – „Ort der Freude", Land der Seligen (Himmel)
emigrieren – sich vor Verfolgung retten durch Flucht in ein anderes Land
endogen – aus inneren Ursachen entstanden
Enklave – sozusagen: Außenstelle, Zweig
Erwin Daviditsch Ehrenburg – russischer Ingenieur, in Deutschland zum „Penner" abgerutscht; fand als Erster die „Weimarer Amphore", ohne zu wissen, was es ist; wurde von den 3 Jungen: Achmed, Moritz und Domagoi entdeckt
eskalieren – sich ausweiten, überhandnehmen, außer Kontrolle geraten
Esoterik – verborgenes, „geheimnisvolles" Wissen → das Wissen der Eingeweihten
Essay – frz.: Versuch, philosophisch-literarischer Aufsatz
Ettersberg – Berg bei Weimar
euphorisch – sehr fröhlich, fast übertrieben, himmelhoch jauchzend

Euro-Trans-Rapid (ETR) – schnellster Zug Europas im 21. Jahrhundert
Eurythmie – von Rudolf Steiner entwickelte Bewegungskunst nach Sprachlauten
Exerzitien – religiöse Übungen der Versenkung
Exkurs – Vortrag, Ausführungen zu einem bestimmten Thema
Exodus – Auswanderung eines ganzen Volkes
Expertise – Gutachten
Ezra Pound – größter englischsprachiger (amerikanischer) Lyriker des 20. Jahrhundert; lebte von 1885 – 1972
fakultativ – hier: freiwillig wählbar (Sprachunterricht)
Fall der Mauer – Öffnung der innerdeutschen Grenze beim Zusammenbruch der DDR;
(am 9. November 1989)
FDJ-Funktionär – FDJ – Freie Deutsche Jugend; sozialistischer Jugendverband, Vorstufe zur SED
Fehlmedikation – sich als falsch herausstellende Verordnung von Medikamenten (kam in der Psychiatrie öfter vor)
„**fetzen**" – Jugendschlagwort (Slang) für: wunderbar
Feuerkranich → Nes-Bachre-Fath
Feuermenschen – Bewohner des lange vor Gobao im Pazifik untergegangenen Erdteiles Mo-Rhy-Aoun → Lemuria, der noch sehr von Feuer durchsetzt war
Fietsen – holländisch: Fahrrad
figurieren (in die Luft) – in die Luft gezeichnetes magisches Wort
Fluidum – besondere Atmosphäre, Stimmung
Franz Eden – einer der besonderen Patienten Overdijks, deren Akte er bei sich zu Hause hat
Franziskaner – durch den italienischen Mönch Franz von Assisi (Giovanni Bernardone) gestifteter Bettelorden;

brauner Habit mit Kapuze und weißer Kordelgürtel; Franz von Assisi lebte von 1181/1182 – 1226
Frau Meßgereit → Achmed's Mutter
Frau Senkblei und Fräulein Klinckerfuß – Kolleginnen von Bertram am → DNT
Fräulein Metzig – Fürsorgerin (Sozialarbeiterin) in Mühlhausen
Fräulein Zobel – vorübergehende Freundin von Bertrams Vater, weswegen sich die Mutter scheiden ließ
F 6 – besonders bei Bonzen beliebte Zigarettenmarke in der DDR
FU – → Mareike Sommer
Fuzako Moto – japanischer Ingenieur, der ein geniales System zum Schutze Venedigs entwickelte, für dessen Verwirklichung leider kein Geld vorhanden war
Gassenhauer – freches Lied, Spottlied, eingängiger Schlager
Gau, Supergau – Störfall in einem Atomkraftwerk mit unberechenbaren, gefährlichen Wirkungen
Gauckom – Kabarett in Weimar um 2030
Geheimlehren alter Völker – Offenbarungen über die Realität des Lebens nach dem Tod, der Existenz von Gott, Engeln, Jenseits, Himmel – und der Weg, wie man sich darüber selbst Gewißheit verschaffen kann (dazu gehören u.a.: das Popul Vuh der Maya, das Ägyptische Totenbuch Toth, das Tibetanische Totenbuch Bardo Thödol). In der Zeit unseres heutigen Bewußtseinsstandes sind aber die Bücher → Rudolf Steiners geeigneter, um sich über diese Bereiche zu erkundigen. In seiner entwickelten Geisteswissenschaft gibt er exakt die Methoden und Wege an, wie man sich in die geistige Welt erheben kann, ohne Einbuße des wachen Bewußtseins. Frühere Glaubens- und Offen-

barungsinhalte wurden durch ihn zu möglichen Erkenntnisinhalten.
„Geheimwissenschaft" – grundlegendes Buch R. Steiners über die Entstehung des Menschen im Zusammenhang mit der Erdevolution und der gleichzeitigen Entwicklung der geistigen Wesen und des Kosmos. Auch der Schulungsweg ist darin beschrieben.
Geistige Welt – das von R. Steiner beschriebene Jenseits, der Himmel, die Wirklichkeit des Lebens auch ohne physischen Körper, zusammen mit den geistigen Wesen (Engel, Gott).
Gelmeroda – Dorf bei Weimar
generös – großzügig
Gesichte – Visionen, Erscheinungen
Ghav – Unterführer von Auswanderern
Gisou – Pazifik
Gnosis – griech.: „Erkenntnis", eine frühchristliche esoterische Strömung – wurde später bekämpft
Gobao – Atlantis; Gobaon = Atlantier
Gob-Yn-Ao, kurz: Go-By – „neues Gobao", so wurde das ferne Tal auf Geheiß → Mha-No's genannt
„Goeie Middag, Mijnheer..." – holländisch: Guten Tag, mein Herr.
Goetheanum – „Architektur gewordene Anthroposophie"; Freie Hochschule für Geisteswissenschaft; Hauptsitz der von R. Steiner gegründeten Anthroposophischen Gesellschaft in Dornach/ Schweiz
Goethes Gedicht: „Zueignung" – darin beschreibt Goethe, wie ihm ein Wesen erschien, welches ihm „Der Dichtung Schleier", die Kraft der Poesie schenkte
Gorbatschows „Perestroika" – den Zusammenbruch des Kommunismus einleitendes Hauptwerk des damaligen Staatsoberhauptes der UdSSR, Michail Gorbatschow (1987-1990)
Göttliche Komödie – „Divina commedia", Hauptwerk des größten italienischen Dichters Dante Alighieri, lebte von 1265 – 1321
Großer Tiger – auch: Großer Drache; Bezeichnungen für China
Gurdonowskij, Alexeij Petrowitsch – General, russischer Oberbefehlshaber im russisch-chinesischen Krieg im 21. Jahrhundert
Guerilla – Partisanen, paramilitärische Verbände in Lateinamerika
Gurre-Dan – „des Königskindes Sänger", großer Eingeweihter und Sänger (Poet) der Lin-Maya-Seti; Lehrer von Ve-Dan
Haagsche Kurier – große holländische Tageszeitung im 21. Jahrhundert
Haiku – kurzes, meist nur zweizeiliges japanisches Gedicht
Halluzinationen – hier: krankhaftes Erblicken von Nichtvorhandenem; kann sich aber auf alle Sinnesqualitäten erstrecken; dabei soll es sich um eine irreguläre Rückspiegelung von organischem Geschehen ins Bewußtsein handeln
„Hängolin" – potenzdämpfendes Mittel im Krankenhaus-Tee
Hans Heinz Blauer – Gründer und Prior eines evangelischen Klosters, bei dem G. von Donnersbach eine Zeit lang lebte
Haus Stadt Weimar – eines der zwei Weimarer Kinos zur DDR-Zeit
Heilpädagogik – Therapie von geistig behinderten (seelenpflegebedürftigen) Kindern und Erwachsenen
Hellers – Familie auf der Ostseeinsel Hiddensee, die Bertrams Schwester Ruth für 3 Jahre in Pflege nahm
hermetisch – verborgen, geheim (Alchymie)
heroisch heldenhaft
Herr Rosselberg – Brigadier in der LPG (Landwirtschaftliche Produktionsgenossenschaft), in der Curio von Mühlhausen aus arbeitete

Hexe von Endor – Zauberin im alten Israel zur Zeit König Sauls (Altes Testament)
Hiddensee – kleine, schmale Insel in der Ostsee, westlich von der Insel Rügen
Hierarchien – Rangordnung der geistigen Wesen in der geistigen Welt (9 Hierarchien): Engel, Erzengel, Archai, Mächte, Throne, Gewalten usw.; erstmalig dargestellt von Dionysius dem Areopagiten im 5. Jhr. in Syrien „Von der himmlischen Hierarchie"; von R. Steiner ausführlich dargestellt in seiner „Geheimwissenschaft"; in den Papyri von „Gobao" ist von einigen die Rede: z.B.
Chysmaliden = Gewalten
Axon-Dur = Mächte
Anandany = Throne
Hildegard von Bingen – große deutsche mittelalterliche Mystikerin (Benediktinerin); schrieb eine eigene Theologie, eine Menschenkunde; vor allem bekannt sind ihre Gesänge; lebte von 1098 – 1179
„Hirnie" – abfällige Bezeichnung für Geisteskranke
horrend – übermäßig, unangemessen
Hostie – in den Leib Christi verwandeltes „Brot" im christlichen Gottesdienst (Sprachgebrauch vor allem im katholischen Zusammenhang)
Hufeland-Kliniken – Krankenhausverbund in Weimar
idealistisch – mit hoher Gesinnung; nach Idealen strebend, die man ohne eigenen Vorteil verwirklichen will
Identum – hier: deckungsgleiche Erscheinung
Ideologie – eine (meist dogmatisch und unduldsam) auftretende Form einer Weltanschauung
I Ging – altes chinesisches Weisheits- und Orakelbuch
Ignatius von Loyola – spanischer Heiliger (1491 – 1556), der 1534 in Paris den → Jesuitenorden stiftete (Societas Jesu)
Ika o mirre gat aleidji tez Borä ... – „Steil steigt das Meer zu überdrehten Fluten ..."; Anfang des Papyritextes der zweiten Amphore, den Curio zuerst von dem steinernen Knaben hörte und Jahrzehnte später in Weimar entzifferte
Ikonen – russische Heiligenbilder, die nach streng formal vorgeschriebenen Gesetzen gemalt werden
Ilm – Fluß in Thüringen, fließt in Weimar durch den Goethepark
immens – gewaltig
indifferent – hier: uninteressiert, gleichgültig
Inkarnation – „Verkörperung"; jetziges Dasein in einem physischen Körper; nach der Esoterik leben wir alle in immer neuen Leben auf der Erde, d.h. wir reinkarnieren uns immer wieder, nachdem wir unsere Erdenerlebnisse in der geistigen Welt aufgearbeitet haben und eine neue Geburt auf der Erde vorbereiten → Wiedergeburtslehre, Reinkarnation; Rudolf Steiner hat zu diesem Thema sehr genaue wissenschaftliche Angaben in Büchern und Vorträgen
Innovation – Neuerung, neue Idee
Inter Baltic (IB) – eine Art ICE im Baltikum im 21. Jahrhundert
Intereneninitiation – „Einweihung" in die Kniffe und Tricks, die einen → „Hirnie" davor bewahren → Dauerpatient zu werden, und ihm das Leben in der Psychiatrie erleichtern
Intuition – hier: ein deutliches und sicheres Gefühl und Wissen von etwas haben;
im esoterischen Sinne: ein unmittelbares, direktes Wissen aufgrund höherentwickelter und verwandelter Willenskräfte haben in der Art eines seelischen und geistigen Wahrnehmungsorganes

Isolator – Raum für tobsüchtige Patienten – „Gummizelle"
Jack Mair – Oberpfleger in Haus 18 in Mühlhausen / Psychiatrie
Jammes, Dr. – übernahm nach Overdijk die Leitung im Den Haager Kabouterhuis, während Overdijk nur noch einige spezielle Patienten betreute. Also auch der eigentliche Chef von Dr. Tadeusz Kraszewski.
Järna – Ort in Schweden nahe Stockholm; anthroposophisches Zentrum
Jean-Luc Artaud – Kabouterhuis-Patient (Den Haag)
Jennifer Jordan – eine von den interessanten Patienten, deren Krankenakte Overdijk bei sich zu Hause hatte
Jesuiten – Gesellschaft Jesu (Societas Jesu); 1534 durch → Ignatius von Loyola gestifteter katholischer Mönchsorden; auch: „Soldaten Christi" genannt, da sie sich einer extremen Form der Willensschulung (Exerzitien – geistliche Übungen) unterziehen und die Befehle ihrer Oberen in unbedingtem Gehorsam erfüllen, ohne die dahinter stehenden Motive zu erfragen. Dieser Orden spielte durch seine Intrigen und seine beherrschende Stellung durch Mission, Bildungseinrichtungen, wissenschaftliche Forschung eine große weltpolitische Rolle, die auch zum Mißbrauch der Macht führte. Deshalb wurde der Orden auch zeitweise von verschiedenen Regierungen einige Zeit verboten.
Jesus Poeple – religiöse Welle in den USA während der Hippizeit der 60iger und 70iger Jahre
Jugendweihe – pseudo-religiöses, sozialistisches Ritual (als Ersatz für Firmung und Konfirmation gedacht) mit dem deutlichen Bekenntnis zum Staat, zur Aufnahme Jugendlicher in die Erwachsenenwelt. Wurde wie ein Zwang gehandhabt. Ohne Jugendweihe durfte man meist kein Abitur machen und auch nicht studieren.
Juniaufstand – Aufstand der Bevölkerung am 17. Juni 1953 in der DDR; wurde mit Hilfe der russischen Besatzungsmacht niedergeschlagen
Kabouter – holländisch: Zwerg, Gnom
Kasseturm – Turm im Stadtkern von Weimar, Studentenklub
Kathe-Ma-Dun – Amazonas in der Sprache der Lin-Maya-Seti
Kian-Ma – China in der Sprache der Lin-Maya-Seti
Kiliki – mythologischer Fisch; geistiges Wesen in der Religion der Lin-Maya-Seti, welches die Verstorbenen auf seinem Rücken nach → Baolin (in den Himmel) bringt
Klaipeda – Ostseeküstenstädtchen in Mikaelia
Klapper / Klapsmühle – Jargon für Psychiatrie
„Klärung eines Sachverhalts" – Amtsformel im Polizeijargon der DDR für Verhör
Klassisches Weimar – Das Weimar der Goethezeit ist baulich noch fast vollständig erhalten. Zeit der deutschen Klassik, die vor allem durch Goethe, Schiller, Herder und Wieland geprägt war.
König No – oberster Priester der → Aryo, der in Egyop zum ersten König gewählt wurde; nach ihm wurde der dortige große Fluß No-Il, später Nil genannt
Korte Voorhout – Straße in Den Haag
Krassiwaja – russisch: schön, die Schöne
Kraszewski, Tadeusz, Dr. – Assistenzarzt im Den Haager Kabouterhuis
Kreative Potenz – künstlerische Schaffenskraft
Kris-Dan – „Sonnensohn" = Mond, in der Sprache der Lin-Maya-Seti

Krosbol – Priester mit schwarzmagischer Schulung → Kapitel: Krosbols Geschichte
Kultus – feierliche religiöse Handlung, Gottesdienst, Ritus
Kupfergold – Edelmetall zur Gobao-Zeit, heute nicht mehr existierend
Kyr-Son-Thut – oberster Priester des Vol-Kum-An-Orakel (Vulkan-Orakel); beauftragt → Cro-Dao-Syn mit dem → Bermuda-Zauber
Kyr-Tut – auf Lin-Maya-Seti: so nannten die Auswanderer einen der „Lotsen", der ihnen von den → Bougu-Bog zur Verfügung gestellt wird
Lancelot – einer der Ritter von König Artus Tafelrunde (Gralslegende)
Lange Voorhout – Straße in Den Haag
Lapislazuli – Halbedelstein
Lars Poser – Schulfreund von Curio
Laventrum – letzter König der gleichnamigen Dynastie von Gobao, Gewaltherrscher
Leiden – Stadt in Holland
Lektor – Verlagsmitarbeiter
Lettland, Litauen, Estland – die 3 zu Mikaelia verbundenen kleinen Staaten des → Baltikum
Liefde – holländisch: Liebste
Ligos-Bäume – Bäume aus härtestem Holz, die nur auf Arys wachsen; Baumaterial für die → Arcayas
Lingualin – Hauptstadt der Lingua (d.i. „große Zunge", also Südamerika) – Völker unter König Amha-Dys
Lin-Maya-Seti-Gua-Mha-Dys-Dan – Eines der Dschungelvölker auf Lingua, kurz: Lin-Maya-Seti genannt. Gurre-Dan und Ve-Dan sind Lin-Maya-Seti.
Liturgie – Text und formale Gestaltung eines → Kultus (Gottesdienst)
Lotussitz – Sitz mit besonders gekreuzten Beinen; Meditationshaltung indischer Yogis
lukrativ – lohnend, etwas einbringend

Lourdes – katholischer Wallfahrtsort in Frankreich; dort soll die Jungfrau Maria, die Mutter Jesu, einem Mädchen erschienen sein; die dort entsprungene Quelle birgt Heilkräfte in sich
Mahlstrom – großer Strudel im Ozean
Mamma Karzinom – Brustkrebs
Mammon – zusammenfassende Bezeichnung für Geld und Gut
manipulieren – beeinflussen, unfrei machen, „dran drehen", eine Form der Kontrolle
Maniwaki – Standort eines Atomkraftwerks in Kanada
Mareike Sommer – FU; zweite Freundin, später Ehefrau Curios
Markus Curio – Bruder von Bertram
martialisch – kraftstrotzend, gewalttätig, grausam
Martin Weingart – Schulfreund Bertrams
marode – heruntergekommen
Masereel, Frans – belgischer Maler, vor allem durch Linolschnitte bekannt; lebte 1889 – 1972
Maya – alte südamerikanisch-indianische Hochkultur
Mayo – Unterführer von Auswanderern
Mauerbau – Bau der innerdeutschen Grenzmauer durch die DDR am 13. 8. 1961
Mauerfall – → Fall der Mauer (9. 11. 1989)
Meister Eckart – mittelalterlicher Mystiker, Dominikanermönch, lebte um 1260 – 1328
Mem-Re – erste Stadt in Egyop
Menetekel – warnendes Vorzeichen
Meningitis – Gehirnhautentzündung
Mesogöb – ein Kem-chad, d. i. Unteroffizier Laventrums
Metaphorik – Bildung sinnverwandter Begriffe, Metaphern, besonders in der Dichtung
Mha-au-gon – „Älteste Stirn"; so hießen die Führer der → Lin-Maya-Seti

Mha-No – Oberpriester des Sokris-Orakels (Sonnen-Orakel); höchster Eingeweihter zur Zeit von Gobaos Untergang; der biblische Noah (Arche Noah – Altes Testament)

Mia Weingart – Mutter von Martin Weingart; Dichterin und Kinderbuchautorin

Middelburgsestraat – Straße in Den Haag

Mikaelia – Zusammenschluß von Litauen, Lettland und Estland zu einem Staatenbund, der nach den Prinzipien von R. Steiners „Sozialer Dreigliederung" wirtschaftet. Unter anderem bedeutet dies, daß Rechtsprechung, Wirtschaft und Wissenschaft voneinander unabhängig sind.

Mileitis, Konstantinus – 2022 – 2026 Außenminister von Litauen; 2026 – 2034 Staatspräsident von Mikaelia, das auf sein Betreiben 2026 gegründet wurde

Minne – hier: Liebe

missionieren – für eine bestimmte Überzeugung werben

mongoloid – eine Form von Schwachsinn aufgrund eines Gendefektes Trisomie 21

monologisieren – unaufhörlich reden

Montagsdemonstrationen – setzten vor der politischen Wende in Leipzig und Dresden (DDR, 1989) ein und führten diese mit herbei

Mo-Rhy-Aoun – Lemuria → Feuermenschen

Moritz – einer der drei Jungen (Achmed, Domagoj), die Curio im Goethepark beobachtete

Moskwitsch – sowjetische Automarke

Mühlhausen – In Pfafferode bei Mühlhausen befand sich das Bezirkskrankenhaus für Psychiatrie zur DDR-Zeit

Mukabo – einer der 3 Teufel: Mukabo: vierfach gehörnter Kraftgeist = Sorat

Zam-Don-Os: Fels der Dämmerung = Ahriman
Uxy-Por: die weltumspannende Schlange = Luzifer

Mystik – innere Versenkung; ein Weg der Gottessuche

Naso – Bezeichnung der Lin-Maya-Seti für eine subarktische Region im Norden Kanadas

Nastassja – mongoloides Mädchen vom Sonnenhof in Mikaelia, welches Overdijk begrüßte

nebulös – unklar, verschwommen

Neederlands – Niederländisch, Holländisch

Nes-Bachre-Fath – einer der vielen Namen des Feuerkranich, d. i. der Geist der Götter; christlich: Heiliger Geist

Nieuwe Parklaan – Straße in Den Haag

No-Il – alter Name für den Fluß Nil in Egyop, zu Ehren des König No

Odessa – Stadt am Schwarzen Meer

Okker – ein Punk aus dem besetzten Haus in der Gerberstraße in Weimar

ona molodijez – russisch: sie ist ein Prachtkerl

Onkel Hermann – Bruder von Curios Mutter

Organe, die – so wurden kurz die einzelnen Abteilungen des Machtapparates in der DDR genannt: Partei, Polizei usw.

Orpheus – Gestalt aus der griechischen Mythologie; Sänger, der seine Frau aus der Unterwelt holen wollte

Osvalid – 1. Kristall des Meteoritenregens, aus dessen Material auch die Amphoren bestehen; 2. Name des Höchsten der Göttersöhne (Michael)

Ottawa Stadt in Kanada

Otto Mieler – einer der besonderen Patienten, deren Krankenakte Overdijk bei sich zu Hause aufbewahrt

Oude Kaas – holländisch: alter Käse

Oud en Goed – holländisch: alt und gut; Name des Buchantiquariates von Pieter van Bruk
Oudheidkunde – holländisch: Altertumswissenschaft; Archäologie; Zeitschriftenname
Ougurre – Mythologischer Baum, der in den → Que-Bao-Bäumen (d. i. Himmelssäule) verehrt wurde von den Lin-Maya-Seti. Seine Wurzeln reichen ins Innere der Erde, seine Wipfel berühren und tragen Baolin, das Reich der Himmel.
Overdijk's, die – Klaas, Joan und Valentina (Tientje)
Papyro, Pergamente, Papyri – Wechselnde Bezeichnung für das Material, auf dem die Amphorentexte geschrieben waren. Sie ähnelten sowohl etwas dem ägyptischen Papyrus, als auch altem Pergament. Ihre Herkunft wurde nie enträtselt; das Material blieb unbekannt.
Paroxysmus – gesteigerter Anfall
Pater Gordian – Dominikanerpater in Leipzig (DDR)
Patti Smith – amerikanische Rocksängerin
Pendant – Gegenstück, Entsprechung
Perlenband – Bei den Lin-Maya-Seti war es üblich, Nachrichten durch Perlenbänder zu übermitteln, die nach einem bestimmten System geknüpft waren.
Pero-Mho-Däa (Zauber) – Magischer Zauberfluch, mit dem eine der tiefsten Spalten des Atlantik beim → Bermuda-Dreieck durch die guten Priester Gobao's belegt wurde, als Kampfmittel gegen die Verfolgung des Exodus durch die Laventrum-Macht. → Cro-Dao-Syn
Philipp Otto Runge – neben Casper David Friedrich bedeutendster Maler der deutschen Romantik; bekannt für seine Kinderbildnisse; lebte von 1777 – 1810

phosphoreszierend – blitzend, leuchtend
Pieter van Bruk – Philosoph, Journalist, Inhaber des Antiquariates OUD en GOED; Freund von Overdijk
Pionierhaus – Gebäude im Goethepark an der Ilm in Weimar, welches zur DDR-Zeit für die Jungen Pioniere (sozialistischer Kinderverband) genutzt wurde.
Plitzcoa-Dysou – Saft der gleichnamigen Pflanze, mit dessen Hilfe die Lin-Maya-Seti das Holz der Arcayas imprägnierten, um es feuerfest und wasserdicht zu machen.
Pluralität – Vielfalt
Polypen – Slangwort für Polizei, → Bullen
Postexistenz, Präexistenz – nach der → Reinkarnationslehre das Leben der menschlichen Seele und des Geistes nach dem Tod bzw. vor der physischen Geburt in der geistigen Welt
Präambel – Einleitung
Prager Frühling – 1968 wurde in der Hauptstadt der damaligen Tschechoslowakei, Prag, versucht, eine demokratische Form des Sozialismus einzuführen. Er wurde durch den Einmarsch sowjetischer Streitkräfte beendet.
precies – holländisch: richtig, genau, präzise
Primus inter pares – lateinisch: Erster unter Gleichen
Prior – Oberster eines Klosters (Abt)
Proband – Versuchsperson
Psyche – Seele
Psychopath – Jemand mit kranker Seele; Verrückter, Irrer
Pty, As und Kum – die 3 Grundtöne der → Say-Dor:
Kum = Ton des Leibes = Klang des Wassers
As = Ton der Seele = Klang des Windes
Pty = Ton des Geistes = Klang des Lichtes

Pu-Dun – sehr kleine, aber kräftige Pferdchen
Quarantäne – Isolation; Schutzmaßnahme bei Krankheiten und Katastrophen (Seuchen, Gau)
Que-Bao – „Himmelssäule"; riesige Baumart im Dschungel zur Gobao-Zeit
Quez-Coa – Unterführer von Auswanderern
Quo vadis? – lat.: Wohin gehst Du?
Raphael Tobias – Sohn von Mareike Sommer und Bertram Curio
Re – König von Egyop, Nachfolger von König No
Reinkarnation – Wiedergeburt; nach der Esoterik die Bezeichnung der Tatsache, daß wir nicht nur einmal, sondern mehrfach auf die Erde wiederkehren und einen physischen Leib tragen ; aus Gründen der Weiterentwicklung (Lernen) und des Schicksalsausgleiches (Karma); ca. zwei Verkörperungen in 1200 Jahren, abwechselnd in einer männlichen und einer weiblichen Inkarnation
„Reinkarnation und Karma" – ein Buch von Rudolf Steiner zu diesem Thema; Karma = Schicksal
rekapitulieren – wiederholen, zusammenfassen
Reminiszenzen – Erinnerungen
Ressourcen – Vorräte, Reserven, Möglichkeiten
Rhapsode – grch.: Sänger, Dichter
Rilke, Rainer Maria – bedeutender dt. Dichter des 20. Jhr.; lebte 1875 – 1926
Rodin, Auguste – französischer Bildhauer; lebte 1840 – 1917
Rommel – → Wüstenfuchs
Russische Kirche – Auf dem Weimarer historischen Friedhof steht hinter der Goethe- und Schiller-Gruft eine winzige russisch-orthodoxe Kirche mit Zwiebeltürmen, in der auch Gottesdienst abgehalten wird.

Rustenau, Dr. – österreichischer Sprachwissenschaftler, der sehr materialistische Übersetzungen einiger Amphorentexte vorlegte
Ruth Curio – Bertrams Schwester, die 3 Jahre bei den → Hellers auf Hiddensee lebte
Sal-Aman-Dur – das „Flammensein", Urwärme; ein hohes Geistwesen in → Baolin
San-Dur – Saturn; Sohn des Flammenseins; erste Inkarnation der Erde; → sieben Leben Alakivas
Say-Dor – Instrument zur Gobao-Zeit mit den drei Saiten → Pty, As, Kum
Scheveningen – Den Haag vorgelagerter Küstenort
Schneidewind, Ralf – UNO-Generalsekretär (2028 – 2032) aus Graubünden (Schweiz) stammend
Schöpferkräfte → Wärme
Schübe – In Schüben auftretende Höhepunkte, Krisis, innerhalb des Krankheitsverlaufes einer Schizophrenie (Psychose).
schulmedizinische Psychiatrie – etablierter, offizieller Zweig der psychiatrischen Medizin; will alles Krankheitsgeschehen allein aus rein körperlichen Prozessen erklären; behandelt vorrangig mit hohen Dosen von Psychopharmaka (Medikamente).
Sellin – kleiner Badeort auf der Ostseeinsel Rügen
Shao-Gor – Priester, betreute den Ary-Ary-Rhab-Tempel; zog dann aber nach seiner Ablösung durch → Siri, als Führer der 7. und letzten Ausreisewelle ins ferne Tal, nach Go-By
Shiv-Re – Schüler von Ve-Dan in Egyop
Sieben Leben Alakivas – Alakiva (die Erde) wird genau wie wir Menschen wiedergeboren; die Geheimlehren kennen sieben aufeinanderfolgende

Leben von ihr, wobei wir jetzt auf der vierten Inkarnation der Erde leben:
1. San-Dur = alter Saturn
2. Sokris-Dao = alte Sonne
3. Krisdan-Dao = alter Mond
4. Alakiva = Erde
5. Yu-Pty-Er = Jupiter
6. Ve-Nou-As = Venus
7. Vol-Kum-An = Vulkan

Demzufolge gibt es einen Gesang von den VIER LEBEN ALAKIVAS, also über die gewesenen 3 und der jetzigen Inkarnation – und einen Gesang von den DREI LEBEN ALAKIVAS, der ihre zukünftigen Inkarnationen beschreibt. In den Namen der zukünftigen Leben Alakivas sind die 3 Grundtöne der → Say-Dor enthalten: → Pty, As und Kum, da das Hören ihres Klanges die künftigen Leben mit vorbereiten hilft.

Siglinde Sober – Kabouterhuis-Patientin

Simone Hebestreit – Bertrams erste Freundin, mit der er seine erste erotische Erfahrung machte

Siri – aus dem Volk der Arya; tapferer Priester der Sokris aus Arys; einer der großen Führer des Exodus von Gobao

Sneltrain – holländisch: Schnellzug

Sokris-Dao – Sonnentag; zweite Inkarnation Alakivas; → sieben Leben Alakivas

Solnze-Haus – russisch: Solnze = Sonne

Sonnenhof – heilpädagogisches Dorf in → Mikaelia

Sophie Kaledor – Kabouterhuis-Patientin zur Zeit von Siglinde Sober

Sophienhaus – evangelisches Diakonissenkrankenhaus in Weimar

Spinoza – Overdijks Kater

Sprokjes – holl.: Geschichten, Märchen

Sputnik – erster, durch die Russen ins All geschickter Flugkörper

Stasi – Staatssicherheitsdienst; Geheimpolizei in der DDR, die auch vor Folter und Mord nicht zurückschreckte

Steiner-Klinik – anthroposophisches Altenheim in Den Haag

Steiner, Rudolf – Begründer der → Anthroposophie; Philosoph und Eingeweihter der Neuzeit; lebte von 1861 – 1925

Sy-Dany – Mutter von Ve-Dan

Syg – einer von den → 96 Niegesehenen

Ta-Ga-Neh – kleines Mädchen, welches von → Krosbol gerettet wurde

Talin-Meh – Ve-Dan's Frau

technikabstinent – hier: mit so wenig Technik als möglich, auskommend

Temu – Gefährte von Ve-Dan, der Angst bekam und umkehrte

„Theosophie" – grundlegendes Buch von R. Steiner

Thol-Te – Unterführer von Auswanderern

Thomas Wolfe – amerikanischer Schriftsteller des 20. Jhr.; lebte 1900 – 1938

Tientje – Valentina, Overdijks einzige Tochter

Tolkien, John R. R. – englischer Philologe und Schriftsteller; schrieb: „Der kleine Hobbit" und „Der Herr der Ringe"; lebte 1892 – 1973

Tortur – Folter

Tot ziens – holl.: Auf Wiedersehen!

Traktat – belehrende Abhandlung

Transsubstantiation – Im Teil der Wandlung des christlichen Gottesdienstes sich vollziehende Verwandlung von Brot und Wein in den Leib und das Blut Christi

Tschernobyl – Standort eines russischen Atomkraftwerkes, in dem ein erster verheerender Störfall → Gau stattfand (26. 4. 1986)

„tumbe" Verliebtheit – tumb = altdeutsches Wort für taub, töricht

Tupao-Lin – Gobao's Hauptstadt in der Sprache der Lin-Maya-Seti
Tu-Tem – Unterführer von Auswanderern
Ty-he – Vorläufer der heutigen Kühe in Go-By
Tyr-Rhen – zweite Stadtgründung in Egyop, mehr südlich als Mem-Re gelegen
übersinnlich – geistig, mit physischen Sinnen nicht wahrnehmbar; Übersinnliches kann man nur durch sogenannte „Seelenaugen" kennenlernen, also innere Wahrnehmungsqualitäten, deren Entwicklungsmöglichkeit R. Steiner in seinem Buch: „Wie erlangt man Erkenntnisse höherer Welten" beschreibt. Es handelt sich um die Entwicklung der „Lotusblüten", bzw. um die Entwicklung von Imagination (verwandeltes Denken), Inspiration (verwandeltes Fühlen) und Intuition (verwandelter Willen).
Übüly-Dhagi – Tatarischer Name für den → Ary-Ary-Rhab
Ubyu-Lin – Fluß im Dschungelgebiet der Lin-Maya-Seti, Nebenfluß des Amazonas
Unikat – Einzelstück, Original
Uogis – „Träne Boräs"; Name der Lin-Maya-Seti für den Atlantik
Uxy-Por – Teufel Luzifer → Mukabo
Ve-Dan – Sänger und Dichter aus dem Volk der Lin-Maya-Seti; Schüler von → Gurre-Dan
Ve-Gurre – Sohn von Talin-Meh und Ve-Dan
Vibrationen – Erschütterungen
Visionen – Erscheinungen geistiger oder seelischer Bilder; sind sowohl in gesunder als auch krankhafter Form möglich
Visite – Arztrundgang im Krankenhaus zu den Patienten
VPKA – Volkspolizei Kreisamt; Dienststellenbezeichnung der Polizei in der DDR

Vreede-Palast – Sitz des Internationalen Gerichtshofes in Den Haag
Waldorfschulen – Mit anthroposophischer Menschenkunde arbeitende Schulen. Von Rudolf Steiner, ausgerüstet mit einer entsprechenden Pädagogik, begründet. Es wird Wert gelegt auf eine starke künstlerische und handwerkliche Förderung der Kinder und eine davon gestützte Wissensvermittlung. Ursprünglich gegründet für die Arbeiterkinder der Firma Waldorf Astoria auf Initiative von Emil Molt.
Wärme – Herzenswärme ist in → Baolin eine Substanz. Ebenso: Liebe, Weisheit, Seligkeit, Macht, Ideen – sie alle sind durchdrungen von den Schöpferkräften der → Hierarchien
Weleda / Wala – Fabriken zur Herstellung von speziellen Medikamenten und Kosmetika auf anthroposophischer Basis (Verwendung rhythmischer Prozesse wie: Potenzieren, Belichten, Erwärmung und Abkühlung)
„Wir sind das Volk!" – Parole zur Zeit der politischen Wende in der DDR (→ Montagsdemonstrationen, 1989). Später wurde daraus: „Wir sind ein Volk!"; Einleitung der Wiedervereinigung beider deutscher Staaten; → Fall der Mauer
Wirtschaftsembargo – Handelssperre; hier: gegen China
Witz, Lust, Frohsinn, Spaß, Heiterkeit, Humor – gehören zum Gefolge des Lachens; in → Baolin sind das selbständige Wesen
„Wüstenfuchs" – So wurde der Oberbefehlshaber des → Afrika-Corps, General Rommel, aus der Nazi-Zeit genannt.
Ya-Qui – Vorform des heutigen Rinds, weiblich: Ty-he
Yogananda, Paramhansa – großer, später in den USA wirkender indischer Eingeweihter (Yogi); schrieb

das Buch: „Autobiographie eines Yogi"
Yu-Pty-Er – Jupiter; →sieben Leben Alakivas
Yvonne ter Ver – besonders interessante Patientin, deren Krankenakte Overdijk bei sich zu Hause aufbewahrt
Zam-Don-Os – Teufel Ahriman → Mukabo
Zen-Buddhismus – japanische Form des Buddhismus
Zeugen Jehovas – stark missionierende, strenge Sekte
Zeist – Stadt in Holland
Zölibat – Ehelosigkeitsverpflichtung katholischer Priester, Mönche und Nonnen (Gelübde)
Zweites Gesicht – Hellsehen
Zwiebelmarkt – festlicher Herbstmarkt in Weimar, mit den berühmten Zwiebelzöpfen
zyklopisch – riesenhaft

Inhalt

Prolog: GESCHICHTE UND DICHTUNG 7
1. Kapitel: 4. AUGUST 2031 9
2. Kapitel: BERTRAM CURIO 21
3. Kapitel: DIE AMPHORE 49
4. Kapitel: BERTRAM CURIO II 59
5. Kapitel: MIKAELIA 79
6. Kapitel: DIE AKTE CURIO UND NOCH EINE AMPHORE 87
7. Kapitel: EINE IDEE WIRD GEBOREN 97
8. Kapitel: SIGLINDE SOBER 103
9. Kapitel: IN WEIMAR 110
10. Kapitel: EINEN VERSUCH WERT 116
11. Kapitel: DER DICHTUNG SCHLEIER AUS DER HAND DER WAHRHEIT 124
12. Kapitel: EIN PÄCKCHEN UND EINE REISE 132
13. Kapitel: EIN BRIEF AN OVERDIJK 143
14. Kapitel: DIE GOBAO-PAPYRI 146
15. Kapitel: IHR STRÖME – ACH IHR STRÖME 158
16. Kapitel: AUF DEM PFAUENBERG 164
17. Kapitel: DER GROßE RATSCHLUß UND EIN WIEDERSEHEN ... 169
18. Kapitel: AM UFER DES GISOU 175
19. Kapitel: NEUIGKEITEN 178
20. Kapitel: DER VERBORGENE TEMPEL 193
21. Kapitel: DIE PAPYRI DER WEIMARER AMPHORE 197
22. Kapitel: DER ARY-ARY-RHAB 202
23. Kapitel: DER BERG 211
24. Kapitel: NACHRICHT VON ACHMED 217
25. Kapitel: AUF DEM WEG NACH EGYOP 221
26. Kapitel: DIE FÜNFTE AMPHORE UND EGYOP 225
27. Kapitel: IN DEM BEWEGTEN JAHR DER STEINEFLUTEN 230
28. Kapitel: DER ERWACHENDE DRACHEN 241
29. Kapitel: DIE FLUT UND DER GROßE GESANG VON DEN VIER LEBEN
    ALAKIVAS 245
30. Kapitel: DAS BEWEGTE JAHR DER STEINEFLUTEN 253
31. Kapitel: PIETER VAN BRUK HAT RECHT BEHALTEN 264
32. Kapitel: DIE BOTSCHAFT DES MHA-NO 267
33. Kapitel: UMKLAMMERT 273
34. Kapitel: UNTERWEGS INS FERNE TAL 278
35. Kapitel: DIE SIEBENTE WELLE 287
36. Kapitel: KROSBOLS GESCHICHTE 293
37. Kapitel: IM TAL 301
38. Kapitel: DIE ZUKUNFT UNGEWIß 309
Verzeichnis wichtiger Worte und Personen 311

Verlag Ch. Möllmann

Michael Brose: Kassandra
Roman
Kassandra ist eine Geschichte vom Sehen einer Blinden – und von der Blindheit der Sehenden. Und eine Liebesgeschichte.
Ägypten, Kreta, Delphi, Troja – und schließlich der Trojanische Krieg sind die spannend erzählten Stationen des Buches. Auf ihnen entwickelt sich das Lebensdrama eines kleinen, blindgeborenen Mädchens, das schließlich zur Seherin Kassandra heranreift ...

Rudolf Eppelsheimer: Romanze am Tegernsee
Sommerglück und Uferschatten
Die ebenso lebenswahre wie geheimnisumwobene Liebesgeschichte um die Krise des Musikers Michael Falkenau vor. Der Autor bricht dabei auf befreiende Weise mit jenem Tabu, wonach die Erzählkunst nur einer Welt ohne Transzendenz, das heißt aber nur einer halben Welt, Raum gegeben. Statt dessen knüpft Erzählung an die große und eigentliche deutsche Tradition von Goethe bis zu Rilkes „Malte" an. So wird auch in der deutschen Prosa aus jener halben Welt wieder eine Ganzheit, wie sie dem wahren Wesen unseres Daseins im Kosmos entspricht.

Viktoria von Gillhaußen: Lebendige Spuren
Roman
Diese Buch findet seine Freunde bei jung und alt. Die Erkenntnis von Realität und Wirkung der Tatsachen: Reinkarnation und Karma, dringt durch die jüngere Generation mit zunehmender Selbstverständlichkeit ins Bewußtsein der Menschen. Dies durch Anschauung zu unterstützen, ist das Anliegen der Autorin. Vier spannende Erzählteile wachsen zu einem Roman zusammen. Ihr Inhalt fügt sie einsichtig in karmischer Notwendigkeit aneinander: Immer sind es Situationen des Umbruchs, in denen alternde Geistigkeit durch neue Entwicklungen abgelöst und Zukünftiges gesucht wird. So ist das Buch ein Roman des Bewußtseinswandels. Die Schicksale sind geheimnisvoll miteinander verknüpft, so daß sich auch karmische Fäden zu einem Band oder auch zu einem Knoten verbinden. Der Leser wird durch das Buch auf eine Entdeckungsreise geschickt, wo er den Strom finden kann, aus dem sich die Ereignisse einsichtig ergeben.